贾平凹文选

长篇小说卷

废 都

2

贾平凹 / 著　　作家出版社

情节全然虚构，请勿对号入座；
唯有心灵真实，任人笑骂评说。

——作者一九九三年声明

一千九百八十年间，西京城里出了桩异事，两个关系是死死的朋友，一日活得泼烦，去了唐贵妃杨玉环的墓地凭吊，见许多游人都抓了一包坟丘的土携在怀里，甚感疑惑，询问了，才知贵妃是绝代佳人，这土拿回去撒入花盆，花就十分鲜艳。这二人遂也刨了许多，用衣包回，装在一只收藏了多年的黑陶盆里，只待有了好的花籽来种。没想，数天之后，盆里兀自生出绿芽，月内长大，竟蓬蓬勃勃了一丛。但这草木特别，无人能识得品类。抱了去城中孕璜寺的老花工处请教，花工也是不识。恰有智祥大师经过，又请教大师，大师还是摇头。其中一人却说："常闻大师能卜卦预测，不妨占这花将来能开几枝？"大师命另一人取一个字来，那人适持花工的剪刀在手，随口说出个"耳"字。大师说："花是奇花，当开四枝，但其景不久，必为尔所残也。"后花开果然如数，但形状类似牡丹，又类似玫瑰。且一枝蕊为红色，一枝蕊为黄色，一枝蕊为白色，一枝蕊为紫色，极尽娇美。一时消息传开，每日欣赏者不绝，莫不叹为观止。两个朋友自然得意，尤其一个更是珍惜，供养案头，亲自浇水施肥，殷勤务弄。不料某日醉酒，夜半醒来忽觉得该去浇灌，竟误把厨房炉子上的热水壶提去，结果花被浇死。此人悔恨不已，索性也摔了陶盆，生病睡倒一月不起。

此事虽异，毕竟为一盆花而已，知道之人还并不广大，过后也便罢了。没想到了夏天，西京城却又发生了一桩更大的人人都经历的异事。是这古历六月初七的晌午，先是太阳还红堂堂地照着，太阳的好处是太阳照着而人却

1

忘记了还有太阳在照着，所以这个城里的人谁也没有往天上去看。街面的形势依旧是往日形势。有级别坐卧车的坐着卧车。没级别的，但有的是钱，便不愿挤那公共车了，抖着票子去搭出租车。偏偏有了什么重要的人物亲临到这里，数辆的警车护卫开道，尖锐的警笛就长声儿价地吼，所有的卧车、出租车、公共车只得靠边慢行，扰乱了自行车长河的节奏。只有徒步的人只管徒步，你踩着我的影子，我踩着他的影子，影子是不痛不痒的。突然，影子的颜色由深而浅，愈浅愈短，一瞬间全然消失。人没有了阴影拖着，似乎人不是了人，用手在屁股后摸摸，摸得一脸的疑惑。有人就偶尔往天上一瞅，立即欢呼："天上有四个太阳了！"人们全举了头往天上看，天上果然出现了四个太阳。四个太阳大小一般，分不清了新旧雌雄，是聚在一起的，组成个丁字形。过去的经验里，天上是有过月亏和日蚀的，但同时有四个太阳却没有遇过，以为是眼睛看错了；再往天上看，那太阳就不再发红，是白的，白得像电焊光一样的白。白得还像什么？什么就也看不见了。完全的黑暗人是看不见了什么的，完全的光明人竟也是看不见了什么吗？大小的车辆再不敢发动了，只鸣喇叭，人却胡扑乱踏，恍惚里甚或就感觉身已不在街上了，是在看电影吧？放映机突然发生故障，银幕上的图像消失了，而音响还在进行着。一个人这么感觉了，所有的人差不多也都这么感觉了，于是寂静下来，竟静得死气沉沉，唯有城墙头上有人吹动的埙音还最后要再吹一声，但没有吹起，是力气用完，像风撞在墙角，拐了一下，消失了。人们似乎看不起吹埙的人，笑了一下，猛地惊醒身处的现实，同时被寂静所恐惧，哇哇惊叫，各处便疯倒了许多。

这样的怪异持续了近半个小时，天上的太阳又恢复成了一个。待人们的眼睛逐渐看见地上有了自己的影子，皆面面相觑，随之倒为人的狼狈有了羞愧，就慌不择路地四散。一时又是人乱如蚁，却不见了指挥交通的警察。安全岛上，悠然独坐的竟是一个老头。老头囚首垢面，却有一双极长的眉眼，冷冷地看着人的忙忙。这眼神使大家有些受不得，终就愤怒了，遂喊警察呢？警察在哪儿？姓苏的警察就一边跑一边戴头上的硬壳帽子，骂着老叫花子："pi！""pi！"是西京城里骂"滚"的最粗俗的土话。老头听了，拿手指在安全岛上写，写出来却是一个极文雅的上古词：避。就慢慢地笑了。随着笑起来的是一大片，因为老头走下安全岛的时候，暴露了身上的衣服原是孕璜寺香客敬奉的锦旗所制。前心印着"有求"两字，那双腿叉开，裤裆处是粗糙的大针脚一直到了后腰，屁股蛋上左边就是个"必"，右边就是个"应"。老头并不知耻，却出口成章，说出了一段谣儿来。

这谣儿后来流传全城，其辞是：

> 一类人是公仆，高高在上享清福。二类人做"官倒"，投机倒把有人保。三类人搞承包，吃喝嫖赌全报销。四类人来租赁，坐在家里拿利润。五类人大盖帽，吃了原告吃被告。六类人手术刀，腰里揣满红纸包。七类人当演员，扭扭屁股就赚钱。八类人搞宣传，隔三岔五解个馋。九类人为教员，山珍海味认不全。十类人主人翁，老老实实学雷锋。

此谣儿流传开来后，有人分析老头并不是个乞丐，或者说他起码是个教师，因为只有教师才能编出这样的谣辞，且谣辞中对前几类人都横加指责，唯独为教师一类人喊苦叫屈。但到底老头是什么人，无人再作追究。这一年里，恰是西京城里新任了一位市长，这市长原籍上海，夫人却是西京土著。十数春秋，西京的每任市长都有心在这座古城建功立业，但却差不多全是几经折腾，起色甚微，便铁打的衙门流水的官去了。新的市长虽不悦意在岳父门前任职，苦于身在仕途，全然由不得自己，到任后就犯难该从何处举纲张目。夫人属于贤内助，便召集了许多亲朋好友为其夫顾问参谋，就有了一个年轻人叫黄德复的，说出了一段建议来：西京是十二朝古都，文化积淀深厚是资本也是负担，各层干部和群众思维趋于保守，故长期以来经济发展比沿海省市远远落后，若如前几任的市长那样面面俱抓，常因企业老化，城建欠账太多，用尽十分力，往往只有三分效果，且当今任职总是三年或五载就得调动，长远规划难以完成便又人事更新；与其这样，倒不如抓别人不抓之业，如发展文化和旅游，短期内倒有政绩出现。市长大受启发，不耻下问，竟邀这年轻人谈了三天三夜，又将其调离原来任职的学校来市府做了身边秘书。一时间，上京索要拨款，在下四处集资，干了一宗千古不朽之宏业，即修复了西京城墙，疏通了城河，沿城河边建成极富地方特色的娱乐场。又改建了三条大街：一条为仿唐建筑街，专售书画、瓷器；一条为仿宋建筑街，专营全市乃至全省民间小吃；一条仿明清建筑街，集中了所有民间工艺品、土特产。但是，城市文化旅游业的大力发展，使城市的流动人员骤然增多，就出现了许多治安方面的弊病，一时西京城被外地人称做贼城、烟城、暗娼城。市民也开始滋生另一种的不满情绪。当那位囚首垢面的老头又在街头说他的谣儿，身后总是斯跟了一帮闲汉，嚷道："来一段，再来一段！"老头就说了两句：

说你行，你就行，不行也行。说不行，就不行，行也不行。

闲汉们听了，一齐鼓掌。老头并没说这谣儿所指何人，闲汉们却对号入座，将这谣儿传得风快，自然黄德复不久也听到了，便给公安局拨了电话，说老头散布市长的谣言，应予制止。公安局收留了老头，一查，原是一位十多年的上访痞子。为何是上访痞子？因是此人十多年前任民办教师，转公办教师时受到上司陷害未能转成，就上访省府，仍未能成功，于是长住西京，隔三间五去省府门口提意见，递状书，静坐耍赖，慢慢地欲进没有门路，欲退又无台阶，精神变态，后来也索性不再上访，亦不返乡，就在街头流浪起来。公安局收审了十天，查无大罪，又放出来，用车一气拉出城三百里地放下。没想这老头几天后又出现在街头，却拉动了一辆破架子车，沿街穿巷收拾破烂了。一帮闲汉自然拥他，唆使再说谣儿，老头却吝啬了口舌，只吼很高很长的"破烂喽——承包破烂——喽！"这肉声每日早晚在街巷吼叫，常也有人在城墙头上吹埙，一个如狼嚎，一个呜咽如鬼，两厢呼应，钟楼鼓楼上的成百上千只鸟类就聒噪一片了。

这日，老头拉着没有轮胎的铁壳轮架子车，游转了半天未收到破烂，立于孕璜寺墙外的土场上贪看了几个气功大师教人导引吐纳之术，又见一簇一簇人集在矮墙下卜卦算命，就趋近去，也要一位卦师推自己的流年运气。围着的人就说："老头，这里不测小命，大师是峨嵋山的高人，搞天下大事预测！"自将他推搡老远。老头无故受了奚落，便把一张脸涨得通红。正好天上落雨，噼噼啪啪如铜钱砸下，地上立即一片尘雾，转眼又水汪汪一片，无数水泡彼此明灭。众人皆走散了，老头说声"及时雨"，丢下车子不顾，也跑到孕璜寺山门的旗杆下躲雨，因为待得无聊，也或许是喉咙发痒，于哗哗的雨声里又高声念说了一段谣儿。

没想山门里正枯坐了孕璜寺的智祥大师，偏偏把这谣儿听在耳里。孕璜寺山门内有一奇石，平日毫无色彩，凡遇阴雨，石上就清晰显出一条龙的纹路来，惟妙惟肖。智祥大师瞧见下雨，便来山门处查看龙石，听得外边唱说："……阔了当官的，发了摆摊的，穷了靠边的……"若有所思，忽嘎喇喇一声巨响，似炸雷就在山门瓦脊上滚动。仰头看去，西边天上，却七条彩虹交错射在半空，联想那日天上出现四个太阳，知道西京又要有了异样之事。果然第二日收听广播，距西京二百里的法门寺，发现了释迦牟尼的舍利子。佛骨在西京出现，天下为之震惊，智祥大师这夜里静坐禅房忽有觉悟，自言道如今世上狼虫虎豹少，是狼虫虎豹都化变了人而上世，所以丑恶之人多了。同时西京城里近年来云集了那么多的气功师、特异功能者，莫非是上天派了这种人来拯救人类？孕璜寺自有强盛功法，与其这么多的一般功法的气功师、特异人纷纷出山，何不自己也尽一份功德呢？于是张贴海报，广而告之，就在寺内开办了初级练功学习班，揽收学员，传授通天贯地圆智功法。

练功班举办了三期，期期都有个学员叫孟云房的。孟云房是文史馆研究员，却对任何事都好来劲儿。七年前满城正兴一种红茶菌能治病强身，他就在家培育，弄得屋里尽是盛茶菌的瓶儿罐儿，且要拿出许多送街坊四邻，如此就认识了一个茶友，以至这茶友做了老婆。此后，夫妇俩又开始甩手，说是甩手疗法胜过红茶菌的，这当然只半年时间，社会上又兴吃醋蛋，又兴喝鸡血，他们都一一做了。不想喝鸡血却喝出毛病，老婆的下身阴毛脱落，寻了许多医院治疗不愈，偶尔听说隔壁的邻人有祖传的秘方，老婆便去求治，果然新毛生出。邻人年纪比孟云房长一岁，以前也在一起搓过麻将，此后出门撞着，点头作礼，邻人哧啦一笑。孟云房就买了很重的礼品回来对老婆说："人家治了你的病，你应该去谢谢才是。"老婆送礼过去，兴高采烈回到家，孟云房却将写好的离婚书放在桌上让她签字，说这下好了，咱们离婚吧，老婆是我的老婆，穿衣见父，脱衣见夫，我老婆的东西怎么让外人看到呢？！离了婚半年，新娶了妇人叫夏捷，也就随夏氏另择了新居。新居的平房正好与孕璜寺一墙之隔，隔墙不高，新婚后的孟云房平时没事，就常脑袋趴在墙头，听那边清器作乐，看那僧人走动。自参加学功后，每日闻得授功的铜锣一敲，便手脚如猴，逾墙而过。一次就被智祥大师撞见，忙要逃避，大师就说："咱们是老相识了嘛！"孟云房忙点头称是，却说："大师这么好的记性，还记得我呀？"大师说："怎么能不记得，你们那异花是死了？"孟云房说："是死了，大师测字实在灵验！"大师又问："你那个朋友呢？病好了吗？"孟云房说："病是早好了。大师竟也知道他是病过？真是神人！"大师说："哪里！要是神人，那时我就该留下他这个名人来好生谈谈哩！"孟云房就忙说："改日我一定领他来拜会大师！"

一期练功班下来，孟云房迷上了气功，且四处张扬身上有了气感。每有熟人聚会，他总是盘脚作用功态，动辄给别人发功，又反复问有没有感觉？感觉是没有的。复念咒语，念得满嘴白沫，一头汗水，还是不行。众人就浪笑了。夏捷说："他真有气了的，昨晚我肚子胀，他一发功，果然肚里嘎咕咕响，一会儿我就跑了厕所。他现在酒肉不沾，烟不吸，葱也不吃哩！"孟云房说："真的。"众人说："噢，跟了和尚就当和尚了，那戒色了吗？如果晚上不和嫂子睡，那就真是戒了！"夏捷也就笑了说："我也等着他戒哩！"却拿眼匕斜过来，孟云房脸就红了。

夏捷的话，只有夏捷和孟云房知道。原来学功期间，孟云房认识了寺里的小尼慧明。慧明年方三八，三年前从佛学院毕业到孕璜寺，两人交谈过数次。孟云房甚是佩服她的佛学知识，他也是看过《五灯会元》和《金刚经》的，又善发挥，倒惹得慧明常有难事来请教。于是许多中午时分，慧明在矮墙那边喊孟老师，两人就趴了墙头嘀嘀咕咕说长长的话。一天晚上，月光清幽，夏捷从外边回来，见孟云房又趴在墙头与小尼姑说话，因为趴得久了，蚊子叮那一双光腿，一只脚就抬起来不停地在另一条腿上搓。墙这边说："慧明，这篇论文写得好多了，可你也得悠着些劲儿呢。"墙那边说："我不累的。人累是心累，清静地写这篇论文，我只觉得愉悦的。"墙这边说："是如莲的喜悦吗？一墙之隔，两个世界，我倒羡慕你们……"墙那边就嘻嘻笑，说："你什么都可以当，只是不能当和尚的，你在外边寻清静寻不到，真到了清静处，怕你又受不得清静。"墙这边说："是吗？"那边又说："前几日对你说过的事，一定得口严着。"这边说："这我晓得，心系一处，守口如瓶嘛！"那边说："孟老师真好，那我还写了一份状书，要托你送到市长手里。"这边的就竭力探了身子，伸了手去接，说："你站在石头上，我就接着了。哎哟，脚崴了吗？"那边说："没有的。"墙头上一沓纸冒上来，孟云房抓到了，同时这边踏着的一根木条断裂，扑通一声，人出溜下来，下巴正撞在墙头瓦上，一页瓦遂落地而碎。夏捷看了一场好戏，说："嘿嘿，孟云房，你可要小心的，《西厢记》我才看了一折哪！"也不顾孟云房伤着没有，搭了凳子往墙那头看，小尼姑已幽灵一般从花丛里跑远了。

此时，夏捷当着众人面暗示孟云房，孟云房脸红了，却说："你不要说了吧，这也是做佛事，功德无量的。"众人更是不得其解，就嚷道该吃晌午饭了吧，说："嫂夫人不要急，只要你出力，不会要你出钱的！"便各人掏了五元，自然是赵京五脚勤提了篮子上街打酒买菜。

西京东四百里地的潼关，这些年出了一帮浪子闲汉，他们总是不满意这个不满意那个，浮躁得像一群绿头的苍蝇。其中一个叫周敏的角儿，眼见得身边想做官的找到了晋升的阶梯，想发财的已经把十几万金钱存在了银行，他仍是找不到自己要找的东西。日近黄昏，百无聊赖，在家闷读罢几页书，便去咖啡厅消费。消费了一通，再去逛舞场。舞场里就结识了一个美艳女子。以后夜夜都去，见那女子也场场必至。周敏就突发奇想：这女子或许能给我寄托！舞散后，提出送女子回家，女子推辞一番却并不坚决，他就大了胆子，用自行车驮到一个僻背巷口。女子跳下来告别，说你走吧，却是不走。他就上去亲了一口，女子便呜地哭了，说："我恨你！"周敏说："我太激动。我再不了。"女子说："我恨这个时候才见你，三年前你在哪儿？！"周敏一把拥了她载在车后架上，一阵风骑到城外河滩，车子一倒，两个人也倒在沙窝里做了一团。这时女子说："我有丈夫哩，孩子都两岁了。"周敏吃了一惊，但已无法自制，说："我不管，我只要你，你嫁给我吧！"女子叫唐宛儿，从此不忘了周敏。回家提出离婚，丈夫不同意，剥光了衣服地打。这边一打，舞场上的周敏见不上，布置了小兄弟在宛儿家的前后察看动静。消息返回，周敏就在那丈夫前脚出门，后脚进去，带宛儿出来藏于一处密室。潼关县城也就那么般大，每只苍蝇都有出处，何况一个活人？第四天里，周敏来见宛儿，宛儿只说，她刚才瞧见丈夫的一个朋友了，鬼鬼祟祟的，一定是派来查访的。周敏听了，也觉得自己早已不宜于待在这小地方，当下包一辆出租车开往西京城里，租赁一所房子住下了。

初到西京，两人如鱼得水，粗略购置了一些家具和生活用品，先逛了华清池、大雁塔，又进了几次唐华宾馆、天马乐园。这妇人是好风光的尤物，喜欢宾馆的豪华和漂亮的时装，又喜欢读书，有奇奇妙妙的思想。两人路过城中的报话大楼，巨大的钟表正轰鸣着乐曲报时，宛儿便说："人若要死，从钟表上跳下来，那死也死得壮观吧！"周敏说："我要死，我才不跳的，拿一根绳子就吊死在钟表上，既能在乐曲中死去，死去又能让全城人都看得见！"宛儿说声好，竟扑在周敏的怀里撒娇，说她那个丈夫以前和她吵架，她开了音箱放小夜曲，为的是有这种轻音乐，双方的情绪就会渐渐平和，丈夫却一脚把音箱踢翻了。周敏说："他不懂。"妇人说："他只是有劲，是头驴子！"

一月后，两个人疯劲渐渐疲软，所带钱财也所剩无几，周敏才知道女人对于男人不过如此。诚然唐宛儿美艳，而西京这么大的城市，也不能实现他的愿望，得到他想要得到的东西，在这里，新电影、新衣服、新装饰品，一样也不缺，仍没有新的思想和新的主题。每天早上，腐蚀在城墙头的阳光仍是那样的阳光，花坛里开放的仍是那样的花。尽管妇女的威风已超过了丈夫，一年也仍只有一天"三八"节。虽然有八十岁的老翁娶亲做了新郎，他还是个老翁。陷入了苦闷的周敏，不能把这些说破于唐宛儿，唯有一早一晚去城墙头上吹埙。吹过了一阵埙，日子还是要过的，便出来寻挣钱的营生。发现了居家不远处有个清虚庵，庵里正翻修几间厢房，遂在那里谋到一份小工，幸亏做工当日发款，也就每日能买一尾草鱼、半斤新嫩蘑菇回去给妇人清炖来吃。

周敏面目清新，在一帮民工中间显得出众，包工头就让他兼管出外采买材料，买材料又受尼姑审验，少不得就认识了慧明师父。几经交谈，知道慧明师父前不久才从孕璜寺而来，因为年轻，又有学问，虽不是庵里当家，却处处露面，自作主张，众尼姑倒服她。周敏见慧明人物俊美，有心接近，有事没事也常去过问。一日，拿了一书在读，一抬头见慧明在紫藤架下向他招手，忙丢下书本近去。慧明说："你好出众，读的什么书？"周敏说："《西厢记》，这普陀寺里……"却不说了。慧明说："你觉得清虚庵不比普陀寺好吗？"周敏扭头看下四周，正要说出什么来，慧明一张粉脸轻笑了一下，倒十分庄重起来，却说："你一来，我就看出你不是个下苦的小工，果然喜欢读书。若是看看热闹倒也罢了，若要看出个门道来，知道书里更深一层的意思，倒可去见一个人的。"周敏说："这当然好。就不知那是什么人，肯不肯见我，还得师父引荐的。"慧明说："凭你这张甜嘴，西京城里谁也是会见上的。"当下就写了街巷门号、所见人姓名，又书一小函。周敏欢天喜地便要去，慧明说："等等，我这里还另有一信函，你带给他吧。"

周敏带了信函，依所示的街巷寻去，便在孕璜寺左墙后找着了孟云房。孟云房甚是热情，让座，沏茶，问了许多情况，如读过什么书？写过什么文章？西京城里还认识何人？周敏口齿利爽，一一答上，孟云房就让他进了书房长说短聊，好是热乎。夜里回来，周敏说知唐宛儿，唐宛儿说："西京自古居之不易，咱们在这里举目无亲，能见到孟研究员，也是天大的幸运，你不要受慧明引荐去一次就作罢，应该多去才是。"周敏依了妇人话，隔三间五便去一次。先去时常以慧明为旗号，后来再去又不免带一尾鱼一捆菜的。夏捷也好感他，常当着孟云房的面说他穿戴齐整，批点丈夫的肮脏。一月有余，已是常客，周敏开始拿了新写的短文求正。孟云房好为人师，自然从中国古典美学讲到西方现代艺术，说得周敏点头不迭，决心要在老师的指导下好好写写文章，便叫苦做小工出力不说，更是没有时间，孟老师在城里是文化名流，一定认识人多，能否介绍到某个报刊编辑部去干些杂务。一是有时间看书作文，二是即使没时间，但接触的都是文化人，单那气氛也会使自己提高快些。孟云房说句"潼关多钟秀，人自有灵气"，独自微笑。周敏不知他的意思，便声明老师若有为难就罢了，现在寻个事干是不容易，何况报刊编辑部那是什么人待的！孟云房就笑道："我就估摸你不是平地卧的角儿！不是吹牛，全城所有报刊编辑部我都熟悉，现在虽然家家人员饱和，可我说句话也不是泼出的水。话又说回来，要在西京文艺圈里混事，得了解文艺圈的现状，你了解多少？"周敏说："我哪里了解，出门一片黑的。"孟云房说："西京城里有一大批闲人的，闲人却分两类。一类是社会闲人，或许有地位，或许没地位，或许有职业，或许没职业，都是一帮有力气、有精力、有能耐的，讲究爱管事的仗义之徒。他们搞贩运，当说客，吃喝嫖赌，只是不抽大烟。坑蒙骗拐，只是不偷盗财物。起事又灭事。西京的服装潮流、饮食潮流由他们领导，西京的经济发展靠他们刺激，那些红道由他们周旋，黑道也受他们控制。这其中的代表人物，也是暗中的领袖，有四个，人称四大恶少。这类人待你好了，好得割身上的肉给你来吃，说是不好，立马三刻就翻脸不认了人的。这个圈子你不要沾惹。怎么说这些人？你听听他们的语言即可知一二：他们把钱不叫钱，叫'把儿'，说好哥儿不叫好哥儿叫'钢哥儿'，找女人叫'打洞'，漂亮女人叫'炸弹'……"孟云房还要说下去，周敏谦虚的脸上竟笑了一下。孟云房说："你不相信吗？"周敏说："信的。"心里却想起自己在潼关县城的作为，知道大城市有大城市的闲人，小县城有小县城的闲人，等量级不同，但起码语言是相通的。就又说一句："现在社会，你能在家想象个什么，就有可能在现实中发生什么，你说的我都信！"孟云房说："这些人就不提了，我要给你说的是另一类闲人：文化闲人。西京城里，提起四大恶少，无人不晓；提起四大名人，更是老少皆知的。要在西京文艺界沾边，你就得认识这四大名人。四大名人的第一名是画家汪希眠，今年四十五岁，原是个玉器厂的刻工，业余绘画，数年间画名大噪，原本西京国画院要调他去的，他却去了大雁塔，被聘为那里的专职画家。洋人来西京必去大雁塔，他就出售画作，尤其是册页，一个小小册页就数百十元，他是一天能画四五册页的。卖出的画大雁塔管理所得五成，他得五成，这就比一般画家有钱得多。更出奇的是，他学什么像什么，所有名家之作都可仿制，上至石涛、八大山人，下至张大千、齐白石。前二年石鲁的画价上升，他画得数幅，连石鲁的家属也辨不来真伪。他是有钱，又好女人，公开说作画时没有美人在旁磨墨展纸，激情就没有了。去年夏天，邀一伙朋友去城南五台山野游，我也去了。他是什么气派，雇了四个出租车，一个车全是女的！他的那个小情人在涧潭游泳，把一枚金戒指丢了，众人都急起来，下潭去摸，他说：'丢了就丢了。'听这口气，一万二千元的戒指好像是身上搓下的垢甲蛋儿！当下从口袋掏了一把钱给那女的，嗨，一沓票子这般厚的。再一位，你在西京大街小巷走走，看看所有招牌题字，你就知道龚靖元的大名了。民国时期，所有的字号是于右任所题，于右任也没龚靖元如今红盛！他同汪希眠一样总有赶不走的一堆女人，但他没有汪希眠痴情，逢场作戏，好就好，好过就忘了，所以好多女人都自称是龚氏情人，龚靖元却说不出具体名姓。他的字现在难求，一般人求字他是不盖章的，不盖章等于白搭。要盖章都要他夫人盖，那就当面交款：一张条幅一千五，一个牌匾三千元。钱全被夫人管着，龚靖元零花钱是没有的，但他爱打麻将，一夜常输千儿八百，没有钱就写字来顶。他赌博是出了名的，公安局抓了三次，每次抓进去，为人家写上一中午的字，就又放出来了。全城的高档宾馆没有不挂龚靖元的字，所以他到任何宾馆，要吃就吃，要住就住，宾馆经理接他如接佛一般。市里烹饪协会考厨师，考官首先问：龚靖元吃过你的菜吗？若回答吃过，这厨师第一关就过了；若说没吃过，说明你压根儿还差等级。另一个名人就是西部乐团的团长阮知非了。他原是秦腔演员，从父辈那里学有几手'吹火''甩梢子''耍獠牙'的绝活。秦腔没落，剧场萧条，他辞了职组织民办歌舞团，演员全是合同聘用，正经剧团不敢用的人他用，不敢唱的歌他唱，不敢穿的服装他穿，所以前五年之间走遍大江南北，场场爆满，钱飘雪花一般往回收。这些年流行歌舞大不如前，乐团人马分为两拨，一拨由城市转入乡下，一拨在西京城里开办四家歌舞厅，门票高达三十元，可人疯一般往里进。这三位名人都是与社会闲人有来往的，只是合时则合，分时则分，主要得内靠官僚，外靠洋人。唯有第四个名人活得清清静静，他的夫人虽也雇人在碑林博物馆那条街上开着个太白书店，他却是不大缺钱又不大爱钱的主儿，只在家写他的文章图受活。但世上的事儿就是这么蹊跷，你越不要着什么，什么却就尽是你的。这四个名人中间就数他档次高，成就大，声播最远。这就是你们潼关的同乡了。"周敏听孟云房口若悬河讲下来，听得一愣一愣的，待说到"你们潼关同乡"，就说："莫不是作家庄之蝶？！"孟云房说："对了，要不我说'潼关多钟秀，人自有灵气'。我是看到你爱写文章就想到庄之蝶了。他就是你们那儿的骄傲，想必你是认识的。"周敏说："名字是早知道，有一年他去潼关作文学报告，我知道后赶去，报告会已经结束了。潼关喜爱文学的年轻人如此多，原因也就是他的影响。我见过他的照片，没见过人的。"孟云房说："四大名人之中，要我最佩服的是庄之蝶，与我最要好的也是庄之蝶。他是西京城文坛上数一数二的顶尖人物，你若要去报刊编辑部做事，我当然可以帮你，但我跑十趟八趟，倒没他的一句话来得顶用。他常来这里吃茶吃酒，你不妨星期三或星期六下午来，说不定就会碰上，我来提说，听听他的意见，看哪个报刊更合适。"

周敏自此一连几个星期，每星期三和星期六下午就来孟云房家，穿得整整齐齐，头上也喷了发胶，梳得一丝不乱的。可孟家虽坐了一帮作家、编剧和画家、演员，却未见到庄之蝶。周敏一时未能去报刊编辑部做事，因为生计，又不能耽误了清虚庵做小工挣钱，心也慢慢灰下来。

此日，慧明又让周敏捎一个口信儿到孟云房家里。两人吃着茶，自然又说起庄之蝶来。孟云房才告诉周敏，庄之蝶原来不在城里许多时间了，他也是上午见了太白书店的洪江才知道的，便不免怨怪庄之蝶：近一年来声名越来越大，心情反倒越来越坏，脾性儿也古怪了，出外这么长时间竟连他也不打个招呼！周敏听了，勾下头去，轻轻地叹息了。孟云房却拿出一封短信，问周敏是否能亲自去文化厅找一个人去，若找着这个人，别的报刊编辑部去不得，但《西京杂志》编辑部或许不成问题。周敏展信读了，原来是孟云房以庄之蝶之名写给一个叫景雪荫的。周敏不知景雪荫是男是女，是什么领导，问孟云房，孟云房却一脸诡笑，避而不答。

周敏半信半疑，揣了短信往文化厅去。天向晚时，又来见孟云房。孟云房正剥了上衣，穿着宽大花裤衩在书房写作，口里应着，身子不动。周敏等不及，大声喊："孟老师，是我，周敏。"一阵踢踏声，门抽开扣子，周敏推门而入，"扑通"一声跪在孟云房的面前。孟云房甚是吃惊，却也明白几分，问道："事情成了？"周敏脸涨得通红，却回头叫道："都拿进来！"接踵一个粗脚女子，拎着一个大的旅行袋子往外掏，柜盖上就是一筒碧螺春茶、两瓶维 C 果汁粉、一包笋丝、一包宁夏枸杞、一包香菇。孟云房叫道："小周，你这是怎么啦？给我送礼吗？"周敏说："这算什么礼，大热天的，写作又这么累，想给你买些什么，你戒荤了，又无法买的。孟老师，多亏你的条儿，事情十有八九要成了哩！"孟云房说："我说寻景雪荫一寻就准，她是厅里人，以前在编辑部也干过，谁不看她的面子呢？"已经在内屋睡下的夏捷隔帘说道："小周呀，你可是讲究实际的人呀！你孟老师写了个条儿，你就孝敬你的孟老师了？"周敏笑着说："师母已经睡了吗？我哪里就敢忘了你，刚才路过蓝田玉店，我进去看了，里边有菊花玉镯的，已经付钱人家了，可摆着的三副，副副都有暗伤，我让他们快些进货来，三日后去取的，只怕师母看不上。"妇人说："我看你是挣一个花两个的浪子！"周敏就还在笑，孟云房已经把维 C 果汁粉瓶盖拧开，给自己冲一杯，给周敏冲一杯，还要给夏捷冲一杯送进去。周敏说他不喝的，这杯给师母吧。孟云房说："拿进我的家门，就算是我的了，现在是我招待你呀！"端了一杯进内屋去。周敏坐下来抿了一口，门帘处一动，送货的女子在向他示意。周敏出去，在院子里悄声说："你怎么还不走？没你的事了。"女子说："钱呢？"周敏说："钱不是全付了你吗？"女子说："你付的是东西钱，我送这么远也不能白送呀！"周敏说："送牙长一截路也要钱？"给了一角。女子说不行的，你是打发叫花子吗？叫花子开个口，也没有给一角钱的。周敏就把口袋反翻出来让看没一个子儿了，女子骂骂咧咧地走了。周敏回到屋里，笑着说："那姓景的好高贵气质，一见面，我倒被她镇住，差点不敢拿出条儿来，手心都是汗。她先领我去了编辑部找主编，又去把厅长也找来，主编就说三天后听消息吧。她倒这般能耐的！"孟云房说："这你就不知道了。景雪荫虽在厅里是一个处长，可文化厅里除了厅长外，上下哪个敢小觑了她？说出来你冷牙打颤，如今省上管文化的副书记是她爹的当年部下，宣传部长也曾是她爹的秘书。老头子现在调离了陕西，在山西那边还当着官，虽人不在了陕西，老虎离山，余威仍在嘛！"周敏听了，说："这我知道了，景雪荫莫非就是庄老师当年的相好！"孟云房说："你怎么知道？"周敏说："潼关出了庄之蝶，潼关就流传着他的轶闻趣事，以前我还以为是人衍生的事，没想倒真是这样！她一见到信就说了，庄之蝶好大架子，一个条儿来，人也不见面了！"孟云房说："你怎么说？"周敏说："我说，之蝶老师说了，他现在正写一个长篇小说，过一段日子就来看你的。她还说看什么，已经老了，不好看了！"周敏说完，笑了笑，却说："孟老师，事情这般顺当，倒让我担心。之蝶老师以后要怪咱们

13

的。"孟云房说："正是这样，我才赶写一篇他的作品的评论文章的。"周敏千谢万谢，直说到自鸣钟敲过十二点方离去。

唐宛儿一整天没有见到周敏的面，知道是在外边为工作奔波，将中午做了的麻食又温了一遍，就热水洗了身子，漱了口，换一身喷过香水的时兴裤头和奶罩，专等着男人回来慰劳他。但周敏一时未回，就歪在床上读起书来。夜深听得门外脚步响，身子就软溜下来，把书遮在脸上装睡着了。周敏敲门，门却自开，原来并未插关，进来看床灯亮着，妇人悄然无声，轻轻揭了书本，人睡得好熟，就站着看了一会儿睡态，不觉凑下来吻那嘴唇，妇人却一张口将伸进的舌头咬住，倒吓了周敏一跳。

周敏说："你没有睡呀！脱得这么赤条条的，也不关门！"妇人说："我盼着来个强奸犯哩！"周敏说："快别说浑话，一天没回来就受不了？"妇人说："你也知道一天没回来呀！"周敏就说了怎么去见孟云房，孟云房如何写条儿又见景雪荫，事情十有八九要成了。妇人高兴起来，赤身就去端了温热的麻食，看着男人吃光，碗丢在桌上，也不洗刷，倒舀了水让周敏洗，就灭灯上床戏要。（此处作者有删节）妇人问："景雪荫长得什么样儿，这般有福的，倒能与庄之蝶好？"周敏说："长得是没有你白，脸上也有许多皱纹了，脚不好看。但气势足，口气大，似乎正经八百，又似乎满不在乎的样子，喜欢与男人说笑的。"妇人把男人的头推到一边，嫌他口里烟味大，说："哪有女人不喜欢男人的！"周敏说："我听孟云房说了，她是个男人评价很高、女人却瘪嘴的人，她没有同性朋友。"妇人说："我猜得出了，这号女人在男人窝里受宠惯了，她也就以为真的了不得了。如果是一般人，最易变态，是个讨厌婆子。她出身高贵，教养好些，她会诱男人团团围了转，却不肯给你一点东西，这叫狼多不吃娃，越危险的地方越安全。"周敏说："你这鬼狐子，什么都知道，可潼关县城毕竟不是西京城。她若是那样，庄之蝶一个条儿就那么出力？！"妇人说："要说我不明白，也在这里。可我敢说，这号女人是惹不得的，别人只能为了她，她是不能让别人损了她的。既然人家肯这么帮忙，你就多去孟云房那儿，免得以后庄之蝶知道借了他的名分儿生气，也好让孟云房顶着。"周敏就说起给夏捷买玉镯的事，说他想好了，把妇人戴的菊花玉镯给她，只给一只。妇人沉默了半日不言语，周敏就不敢多说，爬上去又亲那一段身子，妇人掀开了，说："这是你给我买的，现在你又送她，姓夏的是大城市的时髦女人，样子自然好，只怕她日后也是你的了。"周敏说："你尽胡说，她穿着时兴，可一端儿个黄脸婆，一个玉镯子值几个钱？能在编辑部寻个事儿干，或许往后会寻访到我所要的东西，咱们又可在西京长长久久生活下去，哪头重哪头轻，你能掂着的。若不愿意，我明日重买一个是了。"妇人说："好吧。"当下褪了一只镯子在床头，背过身睡去了。

三日后，周敏带了玉镯送与了夏捷。孟云房不在家，两人就说起编辑部的事，周敏心里多少有些忐忑。夏捷说："不看僧面看佛面，景雪荫会尽心的。"周敏记起唐宛儿的话，也笑了问道："庄老师与她到底是怎么个关系呢？却是终没结婚！"夏捷说："之蝶现在是大作家了，可当年哪里就比得了你？爱情这东西说不来，做夫妻的不一定就有爱情，有爱情的倒不一定就做了夫妻。"便讲了庄之蝶过去的瓜瓜葛葛，使周敏听得心怦怦然跳，连声叹息。夜里回去，就将这些故事又渲染了讲给唐宛儿，妇人兴趣盎然，要求讲了一宗还要讲一宗，苦得周敏只好瞎编排，说："咱们在一块儿××，你倒让我只说他们的事，你是要做了那景雪荫吗？"唐宛儿说："我倒幻觉你是庄之蝶哩！"噎得周敏全无兴趣，赤着腿立在那里多时，就把裤子穿上了。

后来，编辑部果然通知周敏去打杂，好似早六月落了白雨。周敏带了许多礼品——给编辑部的人见面送了。每日早去晚归，跑印刷，送稿件，拖地，提水，博得上下满意。他又是聪明至极的人，抽空阅读来稿，也能看出个子丑寅卯。待到一日拿了自写的一篇稿子让主编钟唯贤看，惊得钟主编大叫："你也能写东西？！"文章虽最后未能发表，却知道了他的才干。周敏就从此来劲，早晚没去城墙头上吹埙声，买了庄之蝶许多书读，又有心打问庄之蝶的事，回来说与唐宛儿喜欢。唐宛儿在家擀面，一边用劲擀动，晃得两个肥奶鼓鼓涌涌，一边说："你真要能写，何不就写写庄之蝶？潼关流传他那么多事，你又知道了他在西京的情况，写了如果能在《西京杂志》上发表，杂志靠写名人提高发行量，你写名人说不定也会出名。再说，写了他，替他扩大影响，他回来知道是借他的名分去的编辑部，他若高兴也感激你，就是不高兴，也没什么太难堪你。"周敏听了，直嚷道高见，当下夺了擀面杖，说要"幸福"女人，女人手也不洗，两人就去卧屋快活一气。

周敏果然写成三万字的文章，他虽未见过庄之蝶，却俨然是庄之蝶的亲朋密友，叙述他的生活经历创作道路，以及在生活与创作中所结识的几多女性。自然，写得内容最丰富的，用辞最华丽、最有细节描写的是同景雪荫的交往。景雪荫的名字隐了，只用代号。钟主编看后，颇感兴趣，决定当月采用。眼看着出刊日期将至，周敏每日去孟云房家打问庄之蝶回来了没有，没想孟云房近日正陪了智祥大师去了法门寺看佛骨，夏捷却说庄之蝶已回到城里，昨儿晚还来了电话，就写了庄之蝶的住址，让他不妨先去见见。

周敏心急，搭了出租车径直去北大街文联大院。车行至一半，却叫停下，步行前往，要镇定紧张的情绪。到了大门口，见有许多人在那里，不禁又紧张起来，就远远蹲在一边只向这边张望。门是铁门，并不大的，有一妇女牵了一头花背奶牛，一边与旁边的人说话，一边拿了瓷杯在牛肚下挤奶。院子里就有一人趿了鞋出来，个头不高，头发长乱，穿一件黑汗衫，前心后背都印着黄色拼音字母。奶牛突然长叫了一声。众人就说："牛在叫你哩！"一片哄笑。那人说："牛叫我是怕你们把奶吃完了，是我建议牵着牛来卖奶的，可头口奶总是让你们吃了！"妇女说："一月光景不见先生了，这牛一路上也牵不动的，奶也下得少。今日进城，它是哪里也不肯停，直往了这里，我寻思怪了：莫非是先生回来了？果然先生就回来了！人怎么整整瘦了一圈的？！"那人说："没有奶喝能不瘦？"妇人说："肚子却大了！"那人笑笑，拍拍肚子，就趴到牛肚下边，口接了奶头用手挤着吮起来。这边瞧着的周敏倒觉得好笑：文联大院住的这帮文人，果然出怪，现场挤鲜奶不烧生喝也够奇了，哪有直接对了奶头就吮的！就又听旁边人还是论说那人的肚子大小，说："肚子当然大了的，你问先生在哪儿去了？"妇女说："哪儿去吃山珍海味了？街上的民谣说'八类人搞宣传，隔三岔五解个馋'，先生又开什么会了？"旁人说："你瞧瞧先生的衫子，上面的拼音是什么？前心写的是'汉斯啤酒'，后背写的是'啤酒汉斯'，肚子能不大吗？！"只听噗的一声，在牛肚下吮奶的人就笑喷了，白花花的奶汁溅了一脸一脖，也就不再吮，付过钱，又说笑几句，趿着鞋扑扑沓沓返回去了。妇女清点着钱，叫嚷多付了，要退的，旁人说："他那一吮，或许吮得多哩，再说别人是挤了卖，他是亲自去吮，这价钱自然高的。"妇女说："前日南街一个年轻人买奶，说某某某是吮着买奶，他也要吮，结果是吮不出来，反叫牛尿了一头臊水！"旁人说："这还好，他要搞错了，不准儿嚼了牛的别的什么也吮了！"一阵爆笑，妇人拿拳头打那贫嘴，牵了牛走去，买了奶的也各自散了。周敏见那妇女牵牛走去，买奶的也各自散了，站起来抖抖精神走过去，正好门房的老太太出来关铁门，拿眼光就直直盯他。偏巧有骑自行车的极快地将车停在门前，老太太挡住问："你干什么？"那人说："我找王安！他是作曲家，在后楼住着的。"老太太说："你是哪里的？"来人说："查户口吗？"老太太躁了："查户口怎么着！国有国法，家有家规，文联的大门就是我看守的，这是我的责任！"来人说："好，好，我是雁塔文化馆的，姓刘，叫……"老太太说："我不管你叫什么，我叫叫他。"就在门房里对着一个麦克风，噗噗地吹，回头问："有声没？"周敏说："有声。"老太太说："王安老师，下来接客！王安老师，下来接客！"喊了三遍，满院轰响，老太太探头说："人不在，改日来吧！"就问周敏干什么？周敏要说见见庄之蝶，但突然决定不见了，想，这老婆子这般叫喊，活脱脱是旧时妓院的老鸨嘛，如果真让庄之蝶下来接客，自己怎么介绍自己，又是站在门口，一句两句能说得清吗？就返回孟云房家，恰好孟云房才回来，要领了他再去，他心下还是紧张，说还是等杂志出来，让庄之蝶看了文章，话就好说了。

待回去说与唐宛儿，唐宛儿就骂道："你还讲究要寻找新的世界的呢！你才是个呆头！庄之蝶已经回到城里，你不急着去见，要待他先去了景雪荫那儿，露出了事情的原本发火吗？"周敏悔得直拍脑袋。唐宛儿说："那这样吧，咱托人家的福贵，何不办了酒席请他来家？"周敏说："那人家肯来的？"唐宛儿说："让孟老师去请，先说原委，再说写了文章的事。如果事情顺当，他就会来的；如果不来，到编辑部的事就算结束了，也用不着再去人家那儿受难堪。"周敏忙去说动孟云房，孟云房去和庄之蝶说了，回复同意吃请，喜得一对男女如没脚蟹一般连日筹办酒菜，日子定在七月十三日。

十三日一早，周敏起了床就在厨房忙活。因为临时居住，灶具不全，特意又去近处饭馆租借了三个碗、十个盘子、五个小碟、一副蒸笼、一口沙锅。回来见女人扫除了屋里屋外，放了买来的几本庄之蝶的小说、散文选集在桌上，直喊来西京时带的那张潼关地图放哪儿了？周敏说："忙处加楔，寻那干啥？"女人说："贴在墙上嘛！"周敏想了想，说一句"鬼狐子！"在女人屁股上拧了一把。女人哎哟一声，撒了娇就撩裙子让看一块儿青，然后就宣布她什么也不干了，她要打扮呀！周敏开始剖鱼，一会儿女人跑出来让瞧大红连衣裙好不，一会儿又换了一件黑色短裙。那衬衣、鞋子、项链、袜子，也一件一件试。周敏说："你是衣服架子，要饭的衣服穿着都好看哩！庄老师是作家，正经人物，又是初次见面，还是穿朴素些好。"女人就在沙发上的一堆衣服里挑了一件黄色套裙穿了，于镜前搽脂抹粉，画眼影，涂口红。这时候，孟云房夫妇来了，提一罐桂花稠酒，又一包杏子。周敏说："谁让带东西，这不是反着来吗？"夏捷戳了周敏的额，说："这酒是我给宛儿拿的。你庄老师最爱吃杏子，我怕你们不知道他的嗜好。宛儿呢，让我瞧瞧这个妹妹，什么美人坯子？！"唐宛儿忙迎出来，说："你瞧吧，瞧了就不愿认这个妹妹了！"周敏说："怎么是妹妹，称师母才是！"夏捷说："我才不要那个名分！果然稀罕人才！"两个女人见面，叽叽喳喳说了许多女人的话，无非是你这衣服好看，你这么年轻，用的哪一种化妆品？使过丰乳器吗？唐宛儿就说："周敏呀，你张罗吧，我要陪夏姐玩棋子呀！"拿了棋子棋盘拉夏捷上到二楼的亭子里。房东前三日阖家出外旅游了，楼上的三间房锁着，那平台上修个木头亭子，里边安放着一张石桌四个鼓形石椅，两人一边说话下棋玩儿，一边睃眼儿看楼下的大街。周敏已端了茶水、糖果、西瓜、桃子上来。夏捷说："小周，今日就看你给我们吃什么山珍海味？"周敏说："今天可得委屈你了，一是没什么好东西，二是我也不会做，聊表个心意的。"夏捷说："我也不图在你这儿耍排场，等你以后发达了，只要不忘了我就是。"便对楼下孟云房喊："喂，你今日得上灶呀，别也充老师，盘脚搭手喝清茶！"孟云房说："在家我做饭，出门在外也得做饭？今日我怎么啦，庄之蝶出场，我就成龟孙子啦！"话虽说着，却也去水池洗手。两个女人乜斜了眼，只顾在楼亭上哧哧笑。

原定十点庄之蝶到，已经十点过十分了，门前还是清静。孟云房切好了肉丝，炸毕了丸子，泡了黄花木耳，将鱼过了油锅，鳖也清炖在沙锅里，说："街巷门牌说得好好的，他总不至于寻不着吧？我去前边路口看看。"就走到街上。路口处行人并不多，站了一会儿，却拐进一条小巷，匆匆往清虚庵里去了。

清虚庵此日没有修建，山门掩着，推开进去，一个老尼姑问找谁，孟云房说找慧明师父，老尼姑就领了去后边的大殿。大殿里凉飕飕的，身上的汗立即就退了，却因才从太阳下进来，什么也看不清。立了一时，方见殿角安有一床，撑一顶尼龙蚊帐，正睡着一个人在那里。孟云房觉得不妥，便往出走。帐里的人醒了，叫了一声"孟老师！"孟云房回过头来，床上坐的正是慧明，衣领未扣，脸色红润，自比平日清俊许多。慧明说着，分挂了帐帘，却并未穿鞋下来，依然偎在床上："来这边坐吧，今日是路过这里吗？"孟云房咽了一口唾沫，说："是有人请吃饭。"慧明说："我知道你是待一会儿就走的。"扭头对老尼姑说："你干你的事去吧。"老尼姑就笑了一下，拉了殿门出去。

半个时辰，孟云房出了清虚庵，小跑往十字路口来，一抬头却见路边停了一辆木兰牌摩托车，觉得眼熟，瞅了瞅，摩托车的右把掉了一块儿漆，后座上用绳子缚着一块儿硕大无比的砖。就左右看去，果然在路边的一家旧书摊前，站着庄之蝶。走过去，庄之蝶也看见了他，说："老孟，你快来看看，这里有笑话哩！"孟云房见是一本旧书，却是《庄之蝶作品选》，扉页上有庄之蝶的亲笔签名："高文行先生惠正"，下边是 × 年 × 月 × 日，"庄之蝶"三字上还加了印章。当下替庄之蝶尴尬起来，骂道："这号东西，要卖人送的书也该撕了扉页才是，庄之蝶的书也不至于这么不值钱呀！"庄之蝶问："你记得这高文行是谁？"孟云房想不起来，庄之蝶说："是赵京五的一个朋友。那日见了我，说是我的崇拜者，硬要我送他一本书的。"就按价又买了，当场再在签名处写道："再赠高文行先生惠正。× 年 × 月 × 日于旧书摊。"孟云房说："这书你给我，这才有保存的价值了。"庄之蝶说："我还得给他寄去才是。"孟云房说："这你让他上吊了！"两人过来推摩托车，孟云房说周敏在家等得快要疯了，怎么才到？庄之蝶说他路过东城墙根，那里堆了好多烂砖石，就在里边翻了翻，翻出这块城砖，是块汉砖的，哪儿还能找着这么完整的？！就说："这儿离清虚庵近，你没去那？"孟云房脸红了一下，说："我到那里干什么？快走吧。"庄之蝶让他先回，自个儿去邮局寄了赠书。

孟云房回来说庄之蝶马上就来，自去厨房炒菜，慌得唐宛儿从楼亭上下来，悄悄问周敏，瞧她的头发光不光。周敏说两边总有散发扑撒下来，要记着往耳后夹。女人就要周敏随时提醒。周敏说，我咳嗽为号。女人就又上得楼亭与夏捷走棋。这当儿门外有马达声响，孟云房在厨房喊："来了！"同周敏就跑出门口。唐宛儿看时，一辆"木兰"门前停了，跳下一个又瘦又矮的人来，上身是一件铁红砂洗布短衫，下身穿一条灰白色长裤，没穿袜子，一双灰凉软鞋。一时有些吃惊：这是庄之蝶吗？声名天摇地动的，怎么一点不高大，竟骑的是女式"木兰"车？更出奇的是一下车，并没有掏了梳子梳头，反倒双手把头发故意弄乱起来。就听得门口孟云房在介绍周敏。他客气地握了一下周敏的手，并且说小伙子好精神，头上焗过油哟！又四顾了，问怎么住在这里，怪清静的呀！进得院里，直嚷道有院子好，院子里这棵梨树好，墙头上这架葡萄好。"我住在那楼房上像个鸟儿，没地气的！"唐宛儿觉得这名人怪随和有趣，心里就少了几分紧张。等到周敏在下边喊她，急急下了楼来，不想一低头，别在头上的那只云南象骨发卡掉下去，不偏不倚掉在庄之蝶的脚前碎了。

庄之蝶和孟云房说话，听见周敏叫唐宛儿下来见老师，先是并不在意，冷不丁发卡掉在脚下碎了，一抬头，楼梯上两个女人都"呀"了一声，一水长发就哗地散下一堆，忙举手去拢，立时一边走下来一边在后脑处盘，人到院子，发也盘好了。

眼前的两个女人，夏捷四十余岁，穿一件大红连衣裙，光腿，腿肚儿肥凸，脸上虽然脂粉特重，感觉不干净。唐宛儿二十五六年纪吧，一身淡黄套裙紧紧裹了身子，拢得该胖的地方胖，该瘦的地方瘦。脸蛋是瓜子形，漂白中见亮，两条细眉弯弯，活活生动。最是那细长脖颈，嫩腻如玉，戴一条项链，显出很高的两个美人骨来。庄之蝶心下想：孟云房说周敏领了一个女的，丢家弃产来的西京，就思谋这是个什么尤物，果然是个人精，西京城里也是少见的了！

　　唐宛儿见庄之蝶看着她微笑，说声："我好丢人哟！"却仰了脸面，大大方方伸手来握，说："庄老师你好，今日能请老师到我们家真是造化，刚才还以为你不肯来呢！"庄之蝶说："哪里不去，也不能不去见乡党啊！"唐宛儿说："庄老师怎么还是一口潼关话？"庄之蝶说："那我说什么？"唐宛儿说："什么人来西京十天半月的，回去就变腔了，我还以为你是一口普通话了！"庄之蝶说："毛主席都不说普通话，我也是不说的！"大家就笑起来。周敏说："都进屋说话吧，院子里怪热的。"进得屋内，周敏自然沏茶敬烟，反复说地方窄狭，让老师委屈了。夏捷说："小周，不要说那么多客气话了。你和你孟老师只管去拾掇饭，我来替你招呼就是。"孟云房和周敏就去了厨房，唐宛儿还是立在那里，往旋转的电风扇上喷淋茉莉香水。夏捷说："之蝶，来，坐到嫂子这边，你一走这么长日子，想得人天天打问你！"庄之蝶笑着说："蒙嫂子还有这份心！近日忙什么了，编排出好的舞蹈了？"夏捷说："就为这事要求你的！市长指示我们拿出一台节目，可排出几个来又觉得不行，愁得头发一掉一把的。"庄之蝶说："你现在有孟哥，还来叫我？"夏捷说："他不行，云苫雾罩的，开口是中国古典舞蹈如何，西洋现代舞蹈又如何，动不动就自己导演起来，人家演员都烦他了。你来看看，我相信你的感觉。"庄之蝶说："是些什么内容？"夏捷说："一个是'打酸枣'，一个是'斗嘴儿'，一个是'挑水'，写的是一对男女由井台上相见而钟情，再是结了婚逗趣儿，后是有了身孕要吃酸的。"庄之蝶说："构思不错嘛！"夏捷说："是不错吧？就是舞蹈语汇不多。"庄之蝶说："你看过潼关陈存才的花鼓戏《挂画》吗？"唐宛儿说："陈老艺人的戏我看过，六十岁的人了，穿那么小个鞋，能一下子跳到椅背上，绝的是抓一个纸蛋儿，空中一摞，竟用脚尖一脚踢中！解放前他就演红了，潼关人说：宁看存才《挂画》，不坐民国天下。"夏捷说："戏剧是戏剧，舞蹈是舞蹈，那不是一回事的。"唐宛儿脸红了一层，便窝在沙发里不动，似听非听地迷糊着。庄之蝶说："你可以吸收那跳椅子的形式，比如井台挑水，能不能让演员双脚跳在桶沿上？"夏捷想了想，说道："对，对，为了表现她的兴奋，也是要显夸她的一双新鞋，让她一脚踩一只桶沿，挑担还在肩上，那么双脚换着一步一步走。”就喊唐宛儿寻出一张纸来，她要让庄老师帮设计设计的。唐宛儿见一时插不上话，又给两人添了水，便走到院子里去。

庄之蝶在屋里谈了一会儿，借故上厕所，也到了院子。唐宛儿在葡萄架下，斑斑驳驳的光影披了一身，正无聊发怔，见庄之蝶出来，立即就笑了。庄之蝶说：“听你口音，是潼关东乡人？”唐宛儿说：“老师耳尖，你去过东乡一带？”庄之蝶说：“那里最好吃的是豆丝炒肉。”唐宛儿说：“这就好了，我说老师来了我做一道豆丝炒肉的，周敏倒取笑我，说一般人吃不惯的。”庄之蝶说：“那就太好了！”拿眼看女人，女人低了眼帘。庄之蝶兀自说这葡萄是什么种类，这时节了还青着，就跳了一下，要摘一颗下来，但没有摘着。唐宛儿哧哧发笑。庄之蝶问笑什么？女人说：“他们说你爱吃酸，我不信，一个大男人家的怎么爱的吃酸，又不是犯怀的。果然老师爱的！”就站到一个凳子上去摘葡萄，藤蔓还高，一条腿便翘起，一条腿努力了脚尖，身弯如弓，右臂的袖子就溜下来，露出白生生一段赤臂，庄之蝶分明看见了臂弯处有一颗痣的。周敏端了菜从厨房出来，见了说：“你怎么让老师吃青葡萄，牙酸坏了怎么吃菜的？”庄之蝶也笑笑，赶忙才去了厕所。

回来洗了手，桌上已摆好了三个凉菜，又开启了几瓶罐头，庄之蝶自然坐了上席。夏捷喝自带的桂花稠酒，孟云房只享用杏仁果露，周敏就捧满盅白酒敬道：“庄老师，您是西京名人，更是咱潼关人的骄傲，学生蒙您关照到了编辑部，这恩德终生不敢忘的。今日我要说的，是为了去编辑部，其中有些做法不妥，假借了您的名分写条儿，还望老师谅解。至于写您的那篇文章，我才学着写的，让您见笑了。”庄之蝶说：“事情已经办成了，就不必那么说了。那篇文章我也没看，现在写这样文章的人多，虽说是宣传我，可也是人家的文章。以前有人写了让我看，我看了主张不发表，可人家最后还是发表了，写文章的人都有发表欲嘛，所以后来这类文章我都不看。”周敏说：“老师这么大度，真是意想不到，那就受学生一敬，满喝了吧！”庄之蝶接过仰脖喝了，说：“孟哥你真的戒了？”孟云房说：“当然戒了。”庄之蝶说：“这何必呢！咱们学习佛呀道呀的，主要是从哲学美学方面去借鉴些东西罢了，别降格到民间老太太那样的烧香磕头。其实寺庙里的那些和尚、尼姑也是一种职业。"孟云房说:"这你就不懂了,不在局中,不知局情。练气功不戒酒肉葱蒜,气感就不上身;有了功能,吃酒肉葱蒜又不舒服。"庄之蝶说:"修炼修炼,世上真正的高人都是修出来的,只有徒子徒孙才整日练的。"唐宛儿哧哧发笑,众人看她时,却抿了抿嘴,拧头看窗外的那株梨树,梨树举着满枝绿叶,弯曲苍老的身子上有一个洞。庄之蝶看见唐宛儿神情很美,问道:"你要说什么的?"唐宛儿说:"你们说学问的,我听个热闹。"孟云房说:"什么学问?!我们常抬杠惯了,我现在越来越和他想不到一块儿了。"庄之蝶说:"我是觉得你爱走极端。说戒酒就戒了,这意志我做不到。可滴酒就不沾了?这可是真正的'五粮液'哩!"孟云房说:"是'茅台'也不喝的!"夏捷已经自个儿喝了一碗稠酒,又喊周敏倒了一碗,说:"之蝶你才说对了,他一生就是吃了走极端的亏!你来西京时,他已出了名的,可这些年了,你一片辉煌灿烂了,他还是他。现在文章也写得少了,整日价参佛呀,练功呀,不吃这不吃那,也害得我寡汤寡水的肚里没有了油!"周敏说:"这就叫孟老师没口福。世上那些个体户做生意的,福而不贵;孟老师贵而不福。"孟云房说:"这话是对的,你庄老师福贵双全,活到这个份儿上,要啥有啥地风光!"庄之蝶听了,定睛看从窗棂里射进来照在菜盘上的光柱,光柱里有活活的物浮动,脸上就是一丝苦笑,说:"是什么都有了,可我需要破缺。"孟云房吃了一惊,问道:"你说什么?"庄之蝶又重复了一遍:"破缺。"孟云房说:"我现在也难吃摸透你了。说实话,你能去啤酒厂那么长的时间我没有想到,近日在报纸上写的那些文章似乎观念也大不同了以前。"庄之蝶说:"我也吃惊过我自己,是顺应了社会,还是在堕落了?"孟云房说:"这我不能下结论,怕就像我怎么迷上气功要戒酒戒肉一样吧,一切都是生命的自然流动,如水加热后必然会出现对称破缺的自组织现象。"两个人这么说着,周敏和唐宛儿就听得似懂非懂,虽然还在笑着,笑得僵硬。夏捷就啧啧啧地咂着口舌,说:"孟云房同志,今日是被人请了来吃酒的,不是开学术会,你们别贩卖那些名词了!"庄之蝶就挥挥手,说:"不说了不说了,咱们喝酒吧。"端起杯自个儿就喝了。

23

喝来喝去,只有庄之蝶和周敏喝,气氛不得上来,周敏就提议能否和庄老师过几拳热闹热闹。庄之蝶一再推辞,周敏仍不停地纠缠,唐宛儿一直笑吟吟看着，见双方都在坚持，就说："周敏你别把你那一帮闲人的法儿待庄老师。庄老师，我也敬你一杯了！"庄之蝶赶忙站起，端了酒杯。妇人说："结识了庄老师，我们才在西京待住了，以后你还要收了周敏这个学生，让他跟你学着写文章。"庄之蝶说："周敏现在是编辑部的人，日后我投稿子还得求他。"妇人说："那我先喝了！"一杯饮尽，脸色绯红。庄之蝶遂也喝净杯子。妇人又是一连三杯。周敏咳嗽了一下，妇人伸手将鬓边散下的头发夹在耳后，那脸越发地鲜美动人了。庄之蝶也乘兴喝下三杯，将刚才的冷清涤尽，倒抓了酒瓶在手，不服唐宛儿的海量。

众人嘻嘻哈哈热闹了一番，孟云房又去炒了三个荤菜、三个素菜，再端上松子煎鱼、火爆腰花、一盘田鸡肉、一沙锅清炖甲鱼。夏捷直叫甲鱼好，说看谁能吃到针骨谁就有福。在外国，针骨当牙签，一个五美元的。动手把肉分开，每人面前的小碟夹了一份。唐宛儿着筷翻动自己碟里的，发现一块儿里却有针骨，就说："我在潼关吃黄河里的鳖吃得多的，倒嫌有泥腥气，庄老师你身子重要，这一份给你吧！"不容分说倒在庄之蝶的碟里。庄之蝶知妇人牵挂自己，便也夹了一块儿回给她说："这是好东西，你不能不吃。"唐宛儿看时，夹过来的竟是鳖头，黑长狰狞，很是吓了一跳，斜眼看庄之蝶，庄之蝶故作平静，妇人就将鳖头夹起在口里嗍哑有声，待庄之蝶投目过来，耳脸登时羞红。夏捷已经瞧着，要说一句笑话来，庄之蝶便抢先道："哎呀，我吃出针骨了！"夏捷就说："之蝶就是命好。去年大年初一我在饺子里包了一分钱，谁也没吃到。他来了，让他吃，他不吃，说你尝一个吧，夹一个给他吃了，没想那一个里就有着钱。"唐宛儿咽下了鳖头，羞红方褪，却不敢去瞧夏捷的眼睛，说是她去炒个豆丝肉片的，起身倒往厨房去。

庄之蝶又喝了许多酒，不觉头沉起来，听得厨房里叮叮咣咣一片响，说："一闻到味，我就坐不住了，让我看看怎么个炒法？"夏捷说："那有什么看的，你要爱吃，以后让唐宛儿到你家给你做。你老实坐着，吃我这杯敬酒，借花献佛，权当我让你看我的舞蹈的谢意了。"庄之蝶笑着又吃了一杯，拿眼就瞥了门外，堂屋门口正对了厨房，厨房没有掩门，唐宛儿在那里忙活。

唐宛儿在厨房切了肉片，点了煤气，火嘭嘭在响，就生出许多念头。只将一面小镜子放在灶前的案板上，镜子正好映出坐在正位的庄之蝶，就想：若论形状，作家是不够帅的，可也怪，接触了短短时间，倒觉得这人可爱了，且长相也越看越耐看。以前在潼关县城，只知道周敏聪明能干，会写文章，原来西京毕竟是西京，周敏在他面前只显得是个小小的聪明罢了！这么想着，油就煎了，慌不迭要放豆丝，却放了一块儿未切的姜，姜上有生水，嚓，油花乱溅，一滴就迸出来，只觉得脸上针扎一般，哎哟一声就蹲下了。

堂屋里听见妇人惊叫，周敏就跑过来，掰开女人手，脸已烧出一个明水泡儿，妇人急拿了镜子照，眼泪就流出来。众人忙问怎么啦，周敏说："没甚事的，脸上溅了一点油。"扶妇人到卧室去涂獾油。孟云房说："现在这女人，除了生娃娃，啥也不会了。"夏捷说："你别这么说，我连娃娃也没给你生的！"大家又笑起来，自然孟云房又去了厨房。

卧室里，唐宛儿悄声说："真倒霉，让我怎么去见人！"周敏说："没啥，庄老师不是那种讲究的人。我见了他吃了一惊，我给你说的趴在牛肚子下吮奶的那人吧，你道是谁，正是他哩！"女人说："他不讲究可不比你我的不讲究，你我不讲究是邋遢，他不讲究就是潇洒哩！"

周敏出来又陪吃喝，自把那鸡肉撕开，把鸡头夹在庄之蝶碟里，庄之蝶也夹了一只鸡腿给夏捷，又夹了一只鸡翅在碟里要周敏端给唐宛儿。周敏就说："宛儿，你快出来，庄老师给你夹了菜的。"妇人走出来，不好意思捂了脸，说："真对不起。"夏捷说："怎么对不起？"妇人说："烂脸给大家，不尊重人哩。"庄之蝶心下就说：这妇人好会风情的。孟云房笑道："你脸细皮嫩肉的，这么烂一点，也是一种对称破缺嘛。"妇人就坐下，那脸一直没褪红，一碰着庄之蝶的目光就羞怯怯地笑。庄之蝶带些酒劲，心就慌起来，推说去厕所走出去。一进厕所关了门，那尘根已经勃起，却没有尿，闭了眼睛大声喘气，脑子里幻想了许多图像，兀自流出一些异物来，方清醒了些。复来入席吃菜，情绪反倒消沉了。

到了下午四时，酒席撤去，庄之蝶起身告辞，周敏如何挽留，言说去阮知非那儿有要事的，周敏就送了客人到十字路口。回来见唐宛儿还倚在门口，叫了一声，妇人竟没有反应，说声"你发什么呆儿？"看那脸上烫伤已明泡消瘪，结着一个小痂。唐宛儿回过神儿来，一忙噘了嘴说："今日我没丢人吧？"周敏说："没有的，你今日比任何时候都显得漂亮！"说着亲妇人一口。妇人让他亲着，没有动，却说："他们都挺高兴的，什么都好，遗憾的是庄老师的夫人没有来。"周敏说："听孟老师说，她近日住在娘家，她娘有病的。"妇人说："夏姐儿说他夫人一表人才。"周敏说："都这么说的。庄之蝶会娶一个丑老婆吗？"唐宛儿长叹着一口气，回坐在床上呆着个脸儿。

这天晚上，庄之蝶并没有回文联大院的家去，阮知非邀他同市里的领导审看了新排的一台节目，帮着改写了所有节目的串台词儿，一帮演员就闹着和他玩儿牌取乐。一直到了深夜，庄之蝶要回去，阮知非却又强扯了去他家喝酒。阮知非是新装饰了房间，也有心要给庄之蝶显摆；庄之蝶偏是不作理会，只闷着头儿贪酒，心想以前还以为阮知非是浪子班头，戏子领袖，办一个乐团有那么多俊妞儿围着，却原来这帮演员一个个如青皮柿子并未发开，颜色上倒差唐宛儿也远了。心下暗想了白天酒席上的诸多细节，不免有些小得意，酒便喝得猛了。也知道阮知非的老婆这晚并没在家。这对夫妇是一个担柴卖，一个买柴烧，平日谁也不干涉谁的私事，只规定礼拜六的晚上必须在一起的。所以也就脱了上衣，一边喝一边海空天阔地穷聊，直到都昏昏沉沉了，方挤在阮知非单独的卧室床上呼呼睡去。翌日醒来，已是日照窗台，倒惊叹阮知非的屋子确实装饰得豪华，阮知非也便得风扬了碌碡，说他用的壁纸是法国进口的，门窗的茶色玻璃是意大利出产，单是上海的名牌五合胶板，买了三十七张还不甚宽裕。又领了庄之蝶去看了洗澡间的浴盆，再看厨房的液化气灶具，又看了两间小屋的高低组合柜。只有靠大厅那间门反锁着，阮知非说："这是你嫂夫人的房间，她那儿挂的是正经日本货吊灯，你看看稀罕吧！"掏出钥匙拧开锁，庄之蝶吃了一惊，那一张硕大的席梦思软床上，并枕睡着了两个人：一个是阮夫人，一个是个男人，男人的嘴角流着涎水，不认得的。庄之蝶脑子登时嗡的一声，迷惑如梦，却听见阮知非还在介绍："这是我老婆，……她什么时候回来的，咱睡熟了竟没听见门响？"庄之蝶不知道回答些什么，不说话又觉得不圆场了阮知非，越是想把话说好，越是说岔了嘴，竟说道："那个呢？"阮知非说："那是我吧。"说完拉闭了屋门，牵庄之蝶又回到他的卧室，竟哗啦打开一个壁柜门，里边是五层格架，一尽是各式各样大小不一的女式皮鞋。"我喜欢鞋子，"他说，"这每一双鞋子都有一个美丽的故事。"庄之蝶弄不明白他在说什么，看着阮知非眼角白白的眼屎，说："你擦擦眼角。"恍惚间想，如果这是为一些女人买的，为什么又没送去？或许送一又买一，在这儿当做另一种的档案吗？！阮知非却取了一双给庄之蝶，说："这一双是前日西大街商场朱经理送我的，它没编号，没故事的，我转送弟妹吧，你一定要收下。"

庄之蝶带了皮鞋，匆匆离开了阮知非家，摩托已经骑过广济街十字口了，方记得身上有一张稿费通知单，掉头又返回钟楼邮局领取。钱并不多，二百余元。出来见街上行人骤多，看看表已是下班时间，手里提了鞋盒儿晃晃荡荡去停车处，倒觉得自己怎么就接受了这双皮鞋，干了件没趣的事儿，兀自笑笑，忽然心有所动，遂到电话亭里拨通了景雪荫家的电话。电话里传来一个男人的声音，直问："谁呀？谁呀？"庄之蝶知道这是景雪荫的丈夫，咯噔放了电话。又给景雪荫的单位拨，一询问，才知景雪荫去父母那儿探亲去了，人还没有回来。便拍了拍鞋盒儿，怏怏地走出电话亭，百无聊赖地在旁边的报栏下看报。一个青年就一晃一晃雀步近来，悄声说："要眼镜吗？"衣服一亮，背心的前胸处挂了一副圆形硬腿镜。说："不瞒你说，这是小弟偷来的，真正的石头镜，商店里明码儿标价八百元的，小弟要钱花，急于出手，你给三百元，拾个便宜吧。"庄之蝶抬头看看天上，太阳白花花的，眼睛就眯着笑，在身上掏，掏出来了，不是钱是一张名片，说："小弟，不瞒你说，哥哥也是干这生意的。交个朋友吧，这是我的名片。"那人接过名片看了，啪地倒行了个礼，说："原来是庄老师，实在荣幸！我听过你一次报告的，但你胖了，有了小肚子了，我认不出你来了！"庄之蝶说："你也喜欢写作？"那人说："从小就梦想当作家，市报上去年还发过我一首小诗的。"庄之蝶说："西京了不得，天上落一颗陨石，砸死十个人，有七个就是文学爱好者了！"那人羞惭走开，一边走还一边回头看他。庄之蝶觉得好笑好气，就钻进一家杂货店去，将那二百元稿费看得很贱了，买了一套景德镇的瓷盘瓷碟，一个炒勺，一个蜂窝煤炉子，还有一套茶具，当下写了唐宛儿家的地址，嘱店家妥善送运，自个儿却骑了"木兰"径直往双仁府街的岳母家来。

五十五年前，城北远郊的渭河岸上有过一位姓牛的奇人，能"仰观象于玄表，俯察式于群形"，神出鬼没。那时杨虎城才结束了关中道上的刀客行径，拉杆子在西京城里作了赳赳武枭，就请他当幕僚。这奇人只有一颗野心，不愿在城中居住，依然在乡里筑三间茅屋，置一亩薄田，过懒散自在日子。但凡杨司令有了什么重大事情，方肯进城一次。不久，河南军阀刘镇华围攻西京，整整八十天未能攻破，就采用了日本人的计谋，从外打地道。城里的人都知道了敌方在打地道，却不知地道将在哪儿出口，日夜在地里埋下土瓮，盛了水，看水的动静，各处都惶惶不可终日。奇人来了，长袍马褂的打扮，在各街各巷走了一遍，歇下来，坐在教场门的一块石头上吸水烟，吸了十二哨子，说："就在这儿挑泥凿池，置一个湖吧。"杨虎城半信半疑，但还是引全城的水积蓄在那儿。结果地道出口正打在湖底，某一日湖心陷落，水从城外溢出，刘镇华只好溃退了。杨虎城感念此人，赏了双仁府街一条巷让他居住，此人却还是回到渭河岸上，巷子就由儿子住下。因为这地方正是西京城四大甜水井中最大一口井的所在，儿子便开设了双仁府水局，每日车拉驴驮，专供甜水了。这一段历史，庄之蝶最乐意排说，惹动得家有来客，总要夫人牛月清拿出那张她祖父的照片来看，拿出水局的骨片水牌来看，看罢了，还要走到双仁府街巷上，指点当年牛家独居这条巷子的情景。牛月清就训斥过庄之蝶："你这么四处张扬，是嘲笑我牛家后世的败落吗？我娘就是没生下个儿来，若是有儿，也不至于现在只守住那几间平房的！"庄之蝶总要涎了脸说："我哪里是嘲笑了？牛家就是败落，不也是还有我这上门的女婿？！"牛月清这时候就喊娘："娘，娘，你听见了吗？你女婿这口气是说他是名人，给牛家争了脸面了！你说说，他现在的名分儿有没有我爹我爷爷那时的名分儿大？"

双仁府的小院里还住着老太太，她是死活不愿到文联大院的楼上，苦得庄之蝶和牛月清两边扯动。庄之蝶每一次一进这边的街巷口，就油然浮闪出昔日的历史，要立于已经封盖的那口井台上，久久地注视井台青石上绳索磨滑出的如锯齿一样的渠槽儿，想象当年街巷里的气象，便就寻思牛月清训斥他的话是对的。

日在当顶，热气正毒，庄之蝶骑着"木兰"一拐进巷道，轰地一股燥气上身，汗水立时把眼睛都眯了。偏一只游狗，当道卧着，吐着一条长舌喘气。庄之蝶躲闪不及，"木兰"就往墙边靠，车没有倒下，左手的小拇指却蹭去了一块儿皮。进了小院门口，赵京五正在屋里同牛月清说话，听见摩托车响就跑出来，说："总算把你等回来了！"帮着先把车后的城墙砖抱了进屋。牛月清尖声叫道："快别把这破烂玩意儿往家搬！"庄之蝶说："你仔细看看，这是汉砖哩！"牛月清说："你在文联那边屋里摆得人都走不进去，还要在这边摆！一块儿城墙砖说是汉朝的，屋里的苍蝇也该是唐代的了！"庄之蝶看着赵京五，一脸难堪，却说道："这句话有艺术性。你那艺术细胞只有在发火时最活跃。"让赵京五把砖又放到"木兰"后座上缚好，招呼进屋坐了。

　　这是几间入深挺大的旧屋，柱子和两边隔墙的板面都是上好的红松木料，虽浮雕的人虫花鸟剥落了许多，毕竟能看出当年的繁华。左边的隔墙后间，八十岁的老太太睡在那里，听见庄之蝶的声就喊叫着让过去。老太太五十岁上殁了丈夫，六十三岁上神志就糊涂起来。前年睡倒了半个月，只说要过去了，但又活了过来，从此尽说活活死死的人话鬼语，做疯疯癫癫的怪异行为。年前冬月，突然逼了庄之蝶要给她买一副棺材，要柏木的，油心儿的柏木。庄之蝶说你这么硬朗的身子还要活二十年的，现在买了棺材干啥，况且城里人不准土葬的。老太太却说我不管的，我就要的，我看着我的棺材我就知道还有个我哩。不吃不喝，进行要挟。庄之蝶没法，只好托人去终南山里购得一副。老太太却就把床拆了，被褥放在棺材里去睡。牛月清和娘闹，认为这样让外人看了多难看，以为儿女虐待老人。庄之蝶便对牛月清说，娘多半患了自恋症，她喜欢怎么办就怎么办吧。奇怪的是她以棺材为床后，每每出门，脸上就要戴一个纸做的面具，气得牛月清不让她多出门上街。庄之蝶却喜欢逗她，说她有特异功能；如果自己能这样，不用学外国的魔幻主义小说，照直感写出来自然而然就是魔幻小说的。老太太喊叫他，他就走过去。那房间里窗子紧关，窗帘严闭，庄之蝶忽地沁出一身汗来。老太太说："这热什么呢！我年轻的时候天才叫热的，六月六就炸了红日头，家家挂了丝绸被褥晒。老年人的寿衣也晒，你爷爷却夹了伞从村巷里走，一句话不说的，村里人赶紧收拾衣服，紧收拾慢收拾，雨就哗哗啦啦下来了！现今天不热了，你觉得热是心热，你蘸口唾沫涂在奶头上就不热的。"庄之蝶笑着没有说话，老太太手指头蘸了唾沫涂在他的奶头上，也顿觉两股凉气直钻心中，打了一个激灵儿。老太太说："之蝶呀，刚才你爹回来了，就坐在你坐的那地方，给我说他泼烦，说他的新来的邻居不是好邻居，小两口整天价吵，孩子也顽皮，常过来偷吃他的馍馍。你给你爹点一炷香吧。"屋里一张案桌上放着岳父遗像，香炉里香灰满溢。庄之蝶点了香，抬头见墙角上一个蜘蛛旧网，尘落得粗如绳索，拿了拐杖去挑。老太太说："不敢动的，那是你爹来了喜欢待的地方！"庄之蝶还要问，老太太就说："他来了，香一点着他就来了。你死鬼刚才在哪里着，这般快就来了？"庄之蝶扭头四下看看，什么也看不见，香燃着，烟长如丝，直直冲上屋顶。老太太又说老头子在开水牌匣子，骂道："家里传下来的古董就这些水局的牌子，你还要拿走吗？上次市长也来家专门看过的，人家再来看拿什么看的？"当枕头一直枕在头下的小匣子，老太太就压在了屁股下。庄之蝶只觉得好笑，还要说什么，牛月清在外屋喊："你净跟娘在那里说什么鬼话呀！你说完你走了，唬得我还敢进屋吗？"庄之蝶走出来，说："娘说的事情也怪，怕是一种心灵感应吧！六月十九日是爹的生日，虽说十多年都不过了的，今年这生日别忘了买一刀麻纸给爹烧烧。"就问赵京五有什么事，赵京五说："论说起来也没什么大事，想让你去我家那儿看看。我家是旧式四合院，市长决策在我们那儿修建一座体育馆，一大片房子就得全拆，你要再不去看，便再也看不到了。"庄之蝶说："总说要去，总是抽不开身子。可我还要提醒你，你说要送我几件古董的。"赵京五笑道："没问题，随便从床下取个什么，也比得你那块城墙砖。今日午饭嫂子就不必做了，我做东，咱们去吃葫芦头去。我还有一宗大事要说给你的。"牛月清说："大热天的葫芦头怎么吃，臭烘烘的，我才不去的。"庄之蝶说："这你就不懂，葫芦头是西京小吃第一碗，虽说是猪大肠泡馍，调料不同味道就不同了。你以前吃过东门口'福来顺'的，那当然差了，正宗的在南院门的'春生发'，传说祖上是得了孙思邈的真药方子，吃起来就不一般。你经年便秘，那是肠子上有病，吃什么补什么，该去吃的。"牛月清说："吃什么补什么，那京五就吃不得了！"庄之蝶说："京五怎么啦？"牛月清说："京五刚才给我说冤枉，他看中唐坊街一个女子，又不好意思向人家说破，见天去街口等候那女子去上班、下班。相思了一月，三天前去街口听见噼噼啪啪燃鞭炮，近去瞧热闹，才知道那女子结婚了，新郎不是他！京五什么都行，就是不会恋爱，有二两猪脑子哩，还要再去吃猪肠子？"庄之蝶说："京五失恋了？吃什么补什么，那就吃女人！"赵京五哈哈笑起来，说他准备独身主义呀，起身拉庄之蝶就要走。牛月清说："先不要走的，把我的事办完了，你们走三天三夜我也不管的。"庄之蝶问："又什么事啦？"牛月清说："今早我去朱雀百货大楼给娘买了个挠手，娘老说身上有虱，哪儿有虱，人老了皮肤发痒。买回来，谁知隔壁王嫂也孝敬了娘一把挠手，王嫂的倒比我买的做工好，我想把买的退了回去，只是担心退不了，你们出出主意怎么个退法？"庄之蝶说："一个挠手值几个钱，费这心思。"牛月清说："你好大方，你是龚靖元嘛！"赵京五说："嫂子过日子仔细！"牛月清说："男人再能挣钱，婆娘不会过日子，也是白搭。何况他耙耙没齿，我匣匣还敢没底？京五，我想去了商店当然先说好话，夸这挠手材料好，做工也好，我是实心实意买了的，可谁想到孩子他爹也给老人买了，而且又都是你们的货！你想想，一个老人挠痒痒，能用了两个挠手吗？都是吃工资的人，一分钱也是不易的，多买一个放在那里，这不是浪费吗？所以希望能退掉一个。如果人家坚持不退，那就讲理儿了，说买卖要公平，如今共产党员都有退党的自由，买个货也不能退吗？现在的售货员都年轻，谁吃这一套，要变了脸儿吵怎么办？那咱也变脸，吵！你说说，吵起来用书面语言还是用粗话？"庄之蝶说："让我听听你的书面骂语？"牛月清说："你们强词夺理，混蛋，小王八羔子，操你娘的！"庄之蝶说："你说粗话说顺了，书面语言说着说着就滑了，操你娘应该说操你母亲的，这就文明了！"气得牛月清说："京五你瞧瞧，你庄老师就是这号男人，从来不为我遮风挡雨！"赵京五说："庄老师在外边可是年轻人崇拜的偶像哩！"牛月清说："我嫁的是丈夫不是偶像。硬是外边的人宠惯坏了他，那些年轻人哪里知道庄老师有脚气，有龋齿，睡觉咬牙，吃饭放屁，上厕所一蹲不看完一张报纸不出来！"赵京五只是笑，说："我给你出主意，如果变了脸还不顶用，你就寻他们领导，领导不见，就给市长拨专线电话。"牛月清说："就这么着，我立马就去，你们等着我回来再走！"

老太太听见牛月清要出门，却一定要牛月清化了妆走。牛月清不喜欢在脸上搽这样涂那样，就不理娘，兀自走了。老太太在卧屋里嘟囔不休：让戴面具不戴，连妆也不化，人的真面目怎么能让外人看了？

牛月清一走，庄之蝶说："我在外边前呼后拥的，回到家里就这么过日子！"赵京五说："嫂子这不错了，她文化浅些，可贤惠却比谁都强。"庄之蝶说："她是脾气坏起来，石头都头疼。对你好了，就像拿个烧饼，你已经吃饱了，还得硬往你嘴里塞。"就让赵京五在这儿坐着，他先骑车把城墙砖送到文联那边的房里去。

刚返回来，一杯茶还未喝净，牛月清就进了门，提了一包刚出笼的肉包子，喊叫娘快先吃着，一脸红光光的，说："你们猜猜，结果怎么样？"赵京五说："这么快回来，人家还是不退？"牛月清说："退了！"赵京五说："嫂子行，出门在外到底要强硬呢！"牛月清说："哪里就强硬了，我一去站在柜台，人家售货员问买什么，我支支吾吾说不清，人家就笑了，问是退货吧？我立即说退的。人家接过去就付了款，完了！"赵京五吃了一惊："完了？"牛月清说："可不就完了！这么地容易，我倒没意思起来了。"三个人都不言语起来。庄之蝶说："咱们常常把复杂的事情想得过于简单，但也常常把简单的事情想得太复杂了。"牛月清撇了嘴道："作家这阵给我上课了！"

老太太吃包子，还嫌味淡，便取了碗在她的卧室里舀瓮里的醋。瓮很大，揭了布馕盖儿，满屋中都是味。赵京五说："什么香，这么浓的？"牛月清说："娘，你搅醋瓮了？"酿醋是每日都要用一根净棍儿搅的。老太太说："不用搅了，熟了。"赵京五说："你们家自己做醋？"牛月清说："你庄老师有怪毛病，街上的熏醋不吃，只吃白醋，我酿了一大瓮的。味儿真是纯的，给你盛一塑料桶吧！"赵京五说："我没庄老师挑剔，什么都吃的。如果腌有泡菜，我改日来尝尝。"牛月清说："那你寻着地方了，我们家腌有泡菜、咸菜、糖蒜、辣子，只要你喜欢吃！"当下便寻了塑料袋儿，竟各类给装了，让赵京五走时带上。

庄之蝶说了几句他们家有乡下人口味的话，突然记起鞋子的事，就从提兜取出来给牛月清。牛月清说："给我买的？"庄之蝶没有说是阮知非送的，她恶心阮知非，骂是"流氓"。就说是昨日在孟云房家，夏捷送的。牛月清见是一双细高跟的黑色牛皮尖脚鞋，叫道："天神，这么高的跟儿，这哪里是鞋，是刑具嘛！"庄之蝶说："我最讨厌你这么说话，如果是刑具，满街女人都是犯人了！"牛月清就一边脱了旧鞋来试，一边说："你总希望我时髦，穿上这鞋，我可什么也不干了，你能伺候我吗？"穿进去，前边就凸鼓起来，一立身直喊疼。牛月清的脚肉多，且宽，总是穿平底鞋，庄之蝶为此常叹息，说女人脚最重要，脚不好，该十分彩的三分就没有了。牛月清当下脸上不悦起来，说："我要穿高跟，只能穿北京产的，上海产的穿不成。"庄之蝶只好将鞋收起，说那就还给人家好了，免得落一场人情。就和赵京五出门走了，装鞋的兜儿挂在摩托车上。

　　一出街口，赵京五见庄之蝶情绪好起来，说起南郊十里铺有一农民企业家，姓黄的，人极能行，办了一个农药厂，已经有三次寻到他，说是一定要庄之蝶为他的药厂写点文章，文章可长可短，怎么写都可以，只要能见报纸。庄之蝶就笑道："你又拿他什么钱了，你偷了牛让我拔桩？！"赵京五说："我怎么敢？不瞒你说，这厂长是我姨家的族里亲戚，姨以前给我谈说，我推托了，这厂长又三番五次上门求我，我就寻你了。我也想，为什么不写呢？这号文章又不是创作，少打一圈麻将不就成了？稿酬我敲定了，给五千元的！"庄之蝶说："那我署个笔名。"赵京五说："这不行，人家就要你的三个字的名。"庄之蝶说："我的名就值五千元？"赵京五说："你总清高！现在的世事你清高就清贫吧，五千元也不是小数，你写一个长篇大不了也是这个数。"庄之蝶说："让我考虑考虑。"赵京五说："人家说好今日也来我家的，你拿定主意，钱的事你不要提，我要他先交钱再写稿，现在这些个体户暴发了，有的是钱。"

　　说话间，两人到了赵京五家。一个爆玉米花的小贩在门前支摊子生火炉，烟雾腾腾的，赵京五近去踢了火炉，骂了："哪里没个地方，在门口熏獾呢？！"小贩手脸乌黑，翻了白眼要还手，扑了几扑，还是咽了口唾沫把火炉提到一边去了。庄之蝶等烟散开，看看门牌，是四府街三十七号。门楼确是十分讲究，上边有滚道瓦槽，琉璃兽脊，两边高起的楼壁头砖刻了山水人物，只是门框上的一块儿挡板掉了；双扇大门黑漆剥落，泡钉少了六个，而门墩特大，青石凿成，各浮雕一对麒麟；旁边的砖墙上嵌着铁环，下边卧一长条紫色长石。赵京五见庄之蝶看得仔细，说这铁环是拴马的，紫色长石就是上马石，旧时大户人家骑马上街，鞍鞯上铃铛叮咚，马蹄声嗒嗒有致，倒比如今官僚坐小车威风的。庄之蝶很欣赏门墩上的雕饰，说西京城里什么风物都被人挖掘整理了，就是门墩浮雕无人注意，他要拓些拓片出来，完全可以出版一本很有价值的书的。进了大门，迎面一堵照壁，又是砖雕的郑燮的独竿竹，两边有联，一边是"苍竹一竿风雨"，一边是"长年直写青云"。庄之蝶拍手叫道："我还未见过郑燮的独竿竹哩，你何不早拓些片呢！"赵京五说："现在要拆房子了，我准备把这完全揭下来。你要喜欢，你就保存吧。"庄之蝶说："这两句诗当然好，但毕竟嵌在照壁上不宜，未免有萧条之感。"入得院来，总共三进，每一进皆有厅房廊舍，装有八扇透花格窗，但乱七八糟的居住户就分割了庭院空地，这里搭一个棚子，那里苫一间矮房，家家门口放置一个污水桶、一个垃圾筐，堵得通道曲里拐弯。庄之蝶和赵京五绊绊磕磕往里去，出出进进的人都只穿了裤头，一边炒菜的，或者支了小桌在门口搓麻将的，扭过头来看稀罕。到了后进的庭院，更是拥挤不堪，一株香椿树下有三间厦房，一支木棍撑了木窗，门口吊着竹帘，赵京五说："这是我住的。"进了屋，光线极暗，好一会儿才看清白灰搪的墙皮差不多全鼓起来。窗下是一张老式红木方桌，桌后是床，床上堆满了各类书刊，床下却铺了厚厚的一层石灰。庄之蝶知道那是为了隔潮的。赵京五招呼在两只矮椅上坐了，庄之蝶才发现矮椅精美绝伦，一时叹为观止，说："我在西京这么长时间了，真正进四合院还是第一回。以前人总是说四合院怎么舒服，其实全成了大杂院。这要住一家人是什么味道？"赵京五说："这本来就只住我们一家，五○年，城市的贫民住进来，住进来了就再不能出去了；且人口越来越多，把院子就全破坏了。"庄之蝶说："是你们一家的，以前倒没听你说过，能有这么个庄宅，上辈人是有钱大户了？"赵京五说："说出来倒让你吓一跳的，岂止是有钱人家！你知道清朝时八国联军攻北京吧，慈禧太后西逃西京那是谁保驾的？那是我老爷爷。老爷爷做刑部尚书，是名震朝野的大法家，这一条街全是赵家的。八国联军攻到了京城，他是朝里五个主战人物的领袖，且暗中支持过义和团。朝廷对抗不了洋人，慈禧西逃，李鸿章留京与鬼子签了《辛丑条约》，洋人就提出要严惩主战派，点名要交出我老爷爷，由他们绞死。慈禧无奈，在西京下了圣旨，西京市民在钟楼下六万人集会反对，声言若交出我老爷爷，慈禧就不能待在西京。慈禧一方面迫于民情，一方面也不忍将自己的大臣交给洋人，就下了一旨'赐死'。我老爷爷便吞黄金，吞后未死，又让人用纸蘸湿了糊口鼻而亡。死时五十岁。从那以后，赵家一群女人，为了生计，一条街的房就慢慢卖掉，只剩下这一座院落。你瞧瞧，现在留给我这后代的只有这两个矮椅了。"庄之蝶说："嚯，你原来还有这般显赫的家世，半年前市长组织人编写《西京五千年》，我负责文学艺术那一章，书成后，看到有一节写了清朝的一个刑部尚书是西京人，知道这段故事，想不到竟是你的祖上，要是大清王朝不倒，你老爷爷寿终正寝，现在见你倒难了！"赵京五笑了："那西京的四大恶少，就不是现在的这般崽子了！"庄之蝶站起来，隔了竹帘看见对门石阶上有红衣女子一边摇摇篮的婴儿一边读书，说："世事沧桑，当年的豪华庄院如今成了这个样子，而且很快就一切都没有了！我老家潼关，历史上是关中第一大关，演动了多少壮烈故事，十年前县城迁了地方，那旧城沦成废墟。前不久，我回去看了，坐在那废城的楼上感叹了半日，回来写了一篇散文登在市报上，不知你读到没有？"赵京五说："读过了，所以我才让你来这里看看，说不定以后还能写点什么。"竹帘外的红衣女换了个姿势坐了，脸面正对了这边，但没有抬头，还在读书，便显出睫毛黑长，鼻梁直溜。庄之蝶顺嘴说句："这姑娘蛮俊的。"赵京五问："说谁？"探头看了，说："是对门人家的保姆，陕北来的。陕北那鬼地方，什么都不长，就长女人！"庄之蝶说："我一直想请个保姆，总没合适的，劳务市场介绍的不放心。这姑娘怎么样？能不能让她在他们村也给我找一个。"赵京五说："这姑娘口齿流利，行为大方，若给你家当保姆，保准会应酬客人的。但院子里人背地说，主人不在，她就给婴儿吃安眠药片，孩子一睡就一上午。这话我不信，多是邻里的小保姆看着她秀气，跟的主儿家又富裕，是嫉妒罢了。"庄之蝶说："那就真胡说了，做姑娘的会有这种人？"两人重新坐下，赵京五就关了门，开始打开一个木箱，取出他收集到的古玩给庄之蝶看，无非是些古书画、陶瓷、青铜器、钱币、碑帖拓片、雕刻件，庄之蝶倒喜欢起那十一方砚台了。赵京五最得意的也正是这些砚台，它不仅是端砚、洮砚、徽砚、泥砚，且所产年代古久，每一砚上都刻有使砚人的名姓。他一

35

方方拿起来让庄之蝶辨石色，观活眼，用手抚摩来感觉了，又敲了声在耳边听。然后讲此砚初主为谁，二主为谁，历史上任过几品官衔，所传世的书画又如何有名，热羡得庄之蝶连声惊道："你这都是怎么收集的？"赵京五说："那几方是收集得早了，有些是和人交换的，这一方花了三千元买的。"庄之蝶说："三千元，不便宜哟！"赵京五说："还不便宜？现在把这方拿出去卖，两万元我还不让的。月前去莲湖区博物馆，因市上建了大博物馆，各区的文物都要上交，区博物馆就把所收藏的一些小件东西未入册登记，想处理了为职工搞福利。我去见了这砚，爱得不行，要买，他们说一万元，还了半天价，毕竟熟人好办事，三千元就拿走了。"庄之蝶半信半疑，又拿过砚来细细察看，果然分量比一般砚重了几倍，用牙咬了咬，放在耳边有金属的细音，而砚的背面一行小字，分明写着"文徵明玩赏"。庄之蝶骂道："京五，你懂这行，再有这等好事，要忘了我可不行，你的什么事我也不管了！"赵京五说："你不急嘛！最近有人给我透风，说是龚靖元的儿子龚小乙手里有一方好砚，他是吸大烟的，说是单等他爹出国访问后就出手，等我去看了，如果是真货，弄了来我一定先满足你。我说过要送你东西的，这两件怎么样？"庄之蝶看时，是两枚古币，又翻来覆去了半日，嘿嘿笑道："京五，你个鬼头，骗别人倒好，竟来唬我，这孝建四铢珍贵是珍贵，却是汉五铢钱脱胎换形来的，这枚'靖康元宝'也是普通宋币制的！"赵京五尴尬地说声："我是试你的眼力的，还真是行家里手！那我送你一块儿真家伙，这可是稀罕物的。"便取了一个红丝绒小包，打开了，是两枚铜镜。赵京五比较着，要拣出一枚给了庄之蝶。庄之蝶认得一枚是双鹤衔绶鸳鸯铭带纹铜镜，一枚是千秋天马衔枝鸾凤铭带纹铜镜，心下喜之不尽，一伸手全拿了过来，说："这活该是一对镜儿，要送就送个双数。你收集的砚台多，赶明儿我也送你一块儿，你凑你的百砚好了！"心下自喜。赵京五却一时为难了，说："我送了你，但你得向汪希眠给我求一幅画的。"庄之蝶说："那还不容易吗？改日我领你去他家，要什么画什么，他还得拿酒肉招待的！"当下拿了镜到窗前观看。

这时节有人敲门，赵京五问："谁？"并未回答，忙使眼色，庄之蝶立即将镜揣入怀中，赵京五自个儿也关了木箱上锁放好，上边堆一些破旧书报，问："谁呀？"回答："是我。"赵京五拉开门就叫道："是黄厂长？！你怎么现在才来，庄老师已经在这里等你了半天，一块儿去吃饭的，我们的肚子早都饿得咕咕响了！"庄之蝶看时，此人又粗又矮，一脸黑黄胖肉，却穿一件雪白衬衣，系着领带，手里拎了一个大包。站起遂与之握手。黄厂长握了手久不放下，说："庄先生的大名如雷贯耳，今天总算见到了！我来时说去见庄先生呀，我那老婆还笑我说梦话。这手我就不洗了，回去和她握握，叫她也荣耀荣耀！"庄之蝶说："噢，那我这手成了毛主席的手了？！"三人都哈哈大笑。黄厂长说："庄先生真会说笑话，真是人越大越平易！"庄之蝶说："我算什么大！弄文学的只不过浪个虚名，你才是财大气粗！"黄厂长还在握着庄之蝶的手，握得汗渍渍的，说："庄先生，话可不能这样说，我看过你的一些报导，咱都是乡下穷苦人出身，过去钱把我害苦了，现在钱是多了，但钱多顶得住你的大名？我可能比你年长，说一句不客气的话，以后有什么手头紧张，你给哥哥说一声，有我的就有你的。咱那药厂生意正好，101农药市面上很紧俏，你几时能赏脸儿去看看，我们随时恭候哩！"赵京五说："事情我对庄老师说了，咱也不必绕圈子，都是忙人，庄老师从来不写这类文章的，这回破了大例。你安排个时间，哪日去厂里先看看，然后是五千元你交给我，见报是没问题的。话可说清，只能是五千字！"黄厂长这才松开了手，给庄之蝶鞠了一躬，不迭声地说："多谢了，多谢了！"庄之蝶说："那几时去呢？"黄厂长说："今儿下午怎样？"庄之蝶说："那不行的。大后天下午吧！"黄厂长说："行，大后天我来接你好了。京五，庄先生这么看得起我，我太高兴了，咱们出去吃饭吧，你说上哪个饭庄？"赵京五说："今日我做东，我们商量了去吃葫芦头的。"黄厂长说："吃葫芦头太那个了吧！"庄之蝶说："吃葫芦头方便，这儿离'春生发'又近的。"黄厂长说那就依你，掏了包儿里一瓶西凤酒、三瓶咖啡、两包蓼花麻糖、一条"三五"牌香烟，让赵京五收下。赵京五不好意思，说："见一面分一半，庄老师你把香烟拿了吧。"庄之蝶拒不要，说洋烟太爆抽不惯的。黄厂长就说了："京五你不让了，庄先生爱抽国产烟，改日我买三条五条'红塔山'送去。这点小礼品再推让，我脸上就搁不住了。"赵京五收了礼品，却仰面对庄之蝶笑，笑了说："肚子是饥了，可你难得来我这儿一趟，能不留个笔墨吗？只写一幅，耽搁不了些许时间的。"庄之蝶就说："你是个笑面虎，你一笑，我就知道又要有事了！可你什么没有，倒要我的字？"赵京五说："名人字画嘛，我也要保存几张的。"

立时桌子安好，展了宣纸，庄之蝶提了笔却没词儿，歪着脑袋问："写些什么？"赵京五说："随你的便吧，把你近期感悟的事写上最好，日后真成了惊天动地的人物，研究你，我就有第一手材料了！"庄之蝶略有沉吟，挥毫写了：蝶来风有致，人去月无聊。赵京五看了，说："这是什么意思？上句有个'蝶'字，这是暗指了你；下句有个'月'字，莫非又暗示了牛月清嫂子？'有致''无聊'能想出，'来'与'去'我就弄不明白了！"庄之蝶也不搭理，又提笔在旁写下一行小字："赵京五索字，遂录古人诗句。知之为知之，不知为不知。吾一字虽不值千金，但三百年后也必是文物，一字可卖八百元吧！如此算来，赵京五若有后代，已得我上万元了！不写了，不写了，庄之蝶就此掷笔。"赵京五一字字念完，乐得抚掌大笑："这最好，这最好，真的值上万元的！"

黄厂长在一旁看得眼馋起来，说："庄先生也赏我一幅吧，我会裱得好好的挂在中堂的！"不待庄之蝶应允，就过来添墨汁，没想用力过大，墨倒了一手，就跑到院中水池里去洗。庄之蝶悄声说："他这一洗，将我的'荣耀'洗没了！"两人就哧哧笑。赵京五说："给他写一幅吧，有钱的暴发户喜欢个风雅的。"庄之蝶说："噢，现在是只要一当了官，什么都是内行了。咱们的市长原是学土壤学的大学生，当了市长，工业会上他讲工业，商业会上他讲商业，文联会上他又讲文学艺术创作，你还得一字一字去记！这些暴发户一有了钱，也是什么都有了！"赵京五说："他就是再有钱，还不是要附你的风雅吗？"庄之蝶即写了："百鬼狰狞上帝无言；星有芒角见月暗淡。"赵京五正要说"妙"，竹帘一挑，一个声音先进来："哪个是作家庄之蝶？"庄之蝶看时，门里跳进来的是对门的小保姆。

原来黄厂长在水池里洗手，小保姆问干什么呀，弄得一手的墨？黄厂长说请作家庄之蝶写字的，小保姆看的正是庄之蝶的书，在婴儿口中塞了奶嘴儿就跑过来了。庄之蝶从没遇到过谁这么当面直喊，连个老师也不称呼，但不知怎么却喜欢了她的率真，便看着那一张俏脸儿说："我是庄之蝶。"小保姆瞧了瞧，却说："你骗我，你哪里会是庄之蝶？"黄厂长倒吃了一惊，拿眼看赵京五。赵京五问："你说庄之蝶是什么样子？"小保姆说："他起码比你要高，这么高的！"用手比画着。庄之蝶说："哎呀，这物价天天涨，个头就是不长，要当庄之蝶也当不成了！"小保姆才认真起来，又仔仔细细打量一番，脸就通红，但立即说："实在对不起，冒犯你了！"庄之蝶说："你在对门那家当保姆？"小保姆说："是个小保姆，您该笑话我了！"庄之蝶说："哪里敢笑话？刚才我还对京五说：这姑娘一边看孩子还一边读书，在保姆中不多见的！"小保姆说："您不贱看我，那您就该赠我一幅字了！"庄之蝶说："凭你这种口气，我敢不吗？叫什么名字？"小保姆说："柳月。"庄之蝶愣了愣，喃喃起来："又是一个月？"遂写了一联古诗："野旷天低树，江清月近人。"

赵京五在旁说："柳月，你好福气的，我摊的笔墨纸砚，倒让你捡了便宜！庄老师给你写了字，你得介绍一个你村里的姑娘来给庄老师家当保姆。"柳月说："庄老师是什么人家，我们那儿的人粗脚笨手的，可没有能入得眼的！"庄之蝶说："看一个就知道一群，你一定会找一个好的。"柳月想了想，说："那就只有我了！"赵京五怎么也没有想到她说出这般话来，忙给柳月使眼儿。庄之蝶却合掌叫道："我就等着你说这话的！"得意得柳月哇的一声，嘲笑了赵京五："你还给我丢眼色的，怎么着，我一证实他是庄老师，我就感觉我要当他家保姆了！"赵京五说："这不行的，你和对门那家订的有合同，你走了，他们知道是我介绍了去别的人家，不知该怎么骂我了？！"柳月说："我当他家童养媳？"庄之蝶却平静了脸，说："这样吧，等你同那家合同期满，你就让京五找我吧。"

三人吃饭来到街上，庄之蝶说柳月压根儿不像是乡里来人，可乖呢。赵京五说："谁能想到她出落得这般快的。初来时，穿一身粗布衣裳，见人就低了眉眼，不肯说话。有一天，那家人上了班，她开了柜子，把女主人的衣服一件一件穿了在大立镜前照，正好被隔壁的人看见，说了句'你像陈冲'，她说是吗？却呜呜地哭。谁也不晓得她为什么哭！头一个月发了保姆费，主人说，你给你爹多寄些吧，黄土圪垯上的日子苦焦；她没有，全买了衣服。人是衣裳马是鞍，她一下子光彩了，满院子的人都说像陈冲，自此一日比一日活泛，整个儿性格都变了。"庄之蝶提说柳月，是觉得这姑娘性格可爱。无意间露嘴儿一句，却引得赵京五说了一堆，见赵京五又说出："你真的要她去你家吗？可别雇了个保姆却请了个小姐！"就不愿多搭理，自个儿往前走了。走过一条小巷，看见近旁谁家的院子，枝枝权权繁密了一棵柿树，一片泛黄的叶子被风忽地吹来，不偏不倚贴在他的右眼窝上，便突然说："京五，从这条巷拐过去是不是清虚庵？"赵京五说："是的。"庄之蝶说："我新识了一个朋友就在那附近，何不喊了也一块儿去吃葫芦头热闹！"赵京五说："你是说尼姑慧明吧？"庄之蝶说："人家是佛门人，去吃猪大肠？！"赵京五说："得罪了。既然是你的朋友，叫来我也认识认识。"庄之蝶说："我速去速来。"发动了"木兰"，嗖的一声骑着去了。

车一在门前响，低矮的院墙上就冒出一个油光水亮的头来，喊："庄老师！"庄之蝶看时，正是唐宛儿，吟吟对他笑哩。墙头上罩满了爬壁藤，庄之蝶寻思这女人怎么这样巧地就发现了他，油头粉脸却在一片绿中不见了，遂听墙内一连三声："你稍等一下，我来开院门！"

原来妇人正上厕所，蹲在那里看墙根被水浸蚀斑驳的痕迹，看出里边许许多多人的形状来，不知怎么就想起庄之蝶，兀自将脸也羞红了。偏这时听见摩托车声，慌乱中站起来一看，恰恰就是庄之蝶，急拉起了溜脱在脚脖处的米黄色裤裙，颤乎乎跑出来。

庄之蝶从门缝往里瞧，妇人一边跑一边系裤带，却并没有跑来开院门，倒进堂屋，正看着了丰满的微微后翘的臀部的扭动，心里就嗖地一阵麻酥。

唐宛儿在屋里当镜又整了整头发，用一块儿海绵蘸了胭脂敷在颧骨处，涂了唇膏，跑出来把门打开，便长久地倚在门扇上给客人慈眉善眼了。庄之蝶看着那一对眼睛，看出了里边有小小的人儿，明白那小人儿是自己，立即说："周敏呢，周敏不在家？"妇人说："他说今日要去印刷厂，一早就走了的。庄老师你进来呀，这么大日头的也不戴了帽子！"庄之蝶一时有些迷糊，弄不清周敏不在对于自己是一种失望还是一种希望，便提了兜儿走进来。落了座，妇人沏茶取烟，把风扇打开了，说："庄老师，我们怎么感激你哩，你这么大名气的人，别人要见也见不上的，我们倒受你太多的恩惠。"

庄之蝶说："受我什么恩惠？"妇人说："你送来那么多餐具，甭说我们现在用不完，就是将来正式成家过日子，用也用不完的。"庄之蝶这才记起让杂货店送餐具的事，就笑了："那有几个钱，只花了一篇小文章的稿费。"妇人把凳子搬在庄之蝶面前，也坐下了，绞了腿，说："一篇小文章就买到那么多东西？周敏说，发稿酬算字数，标点符号也算字的。那你写一本书，光标点符号就要值多少钱的！"庄之蝶噗地笑了："如果只有标点符号，就没有人付稿费了！"妇人也就身子抖动，笑得放出声来，但立即，她提了提脖前坠下的圆领衫儿，因为在笑时圆领衫儿拥过来，已经露出很大很白一块儿胸口了。偏这一提，倒使庄之蝶心里咯噔一下，以后眼光一到那里就滑过去了。妇人说："庄老师，我要问你一个问题，你写的作品中，人物都有模特吗？"庄之蝶说："这怎么说呢？好多是我推想的。"妇人说："你怎么能想到那么细？我对周敏说了，庄老师是个感情丰富细腻的人，有这样一个丈夫，他的妻子真幸福。"庄之蝶说："她说她下一辈如果还转世，再也不给作家当老婆！"妇人似乎甚是吃惊，闷了一时，低了眉眼说："那她是身在福中不知福了，她哪里尝过给粗俗男人做妻子的苦处！"竟噗嗒掉下一颗泪来。庄之蝶立即想到她的身世。庄之蝶没有见过她的那个丈夫的，但庄之蝶现在能想象出那是一个什么样的男人了，于是安慰道："你是有福的，就你这长相，也不是薄命人。过去的事过去了，现在不是很好吗？"妇人说："这算什么日子？西京虽好，可哪里是我长居的地方？庄老师你还会看相，就再给我看看。"妇人将一只白生生的小手伸过来，放在庄之蝶的膝盖上了。庄之蝶握过手来，心里是异样的感觉，胡乱说过一气，就讲相书上关于女人贵贱的特征，如何额平圆者贵凹凸者贱，鼻耸直者贵陷者贱，发光润者贵枯涩者贱，脚跗高者贵扁薄者贱。妇人听了，一一对照，洋洋自得起来。只是不明白脚怎么个算是跗高，庄之蝶动手去按她的脚踝下的方位，手要按到了，却停住，空里指了一下，妇人却脱了鞋，将脚竟能扳上来，几乎要挨着那脸了。庄之蝶惊讶她腿功这么柔韧，看那脚时，见小巧玲珑，跗高得几乎和小腿没有过渡，脚心便十分空虚，能放下一枚杏子，而嫩得如一节一节笋尖的指头，大脚趾老长，后边依次短下来，小脚趾还一张一合地动。庄之蝶从未见过这么美的脚，差不多要长啸了！看着妇人重新穿好袜子和鞋，问："你穿多大的鞋？"妇人说："三十五号码的。我这么大的个，脚太小，有些失比例了。"庄之蝶一个闪笑，站起来说："这就活该是你的鞋了！"从兜里取了那双皮鞋给妇人。妇人说："这么漂亮的！多少钱？"庄之蝶说："你要付钱吗？算了，送了你了！"妇人看着庄之蝶，庄之蝶说："穿上吧！"妇人却没有再说谢话，穿了新鞋，一双旧鞋嗖的一声丢在床下去了。

庄之蝶返回饭馆的时候，情绪非常地好。赵京五和黄厂长见他这么久才来，又没叫来那个朋友，倒有些扫兴，叫嚷肚子饿扁了，问庄之蝶不觉得饥吗？庄之蝶说他只想喝酒。

一顿饭，三人都喝得多了。先是上半瓶白酒下肚，还甜言蜜语着；下半瓶喝下便相互豪言壮语；再买了半斤，就胡言乱语起来；又买了半斤喝过，无言无语了。在饭馆直坐到了后晌。后来庄之蝶要走，赵京五说："我得送你。"庄之蝶摆摆手，摇摇晃晃骑了"木兰"，一路走着，一路却能分辨街上商店门口广告牌上的错别字。一进双仁府小院，入门就睡下到天黑，牛月清把饭做好了才起来。起来又独独坐了一回，说肚子不饥，也不吃饭，要骑车回文联那边住屋去过夜。牛月清说："今晚不消过去了，就住在这边吧。"庄之蝶支支吾吾的，说晚上还要写写文章的，牛月清就说："你要过去，我晚上可不过去的。"庄之蝶明白她的意思，心想我躲清静才过去呢，脸面上却做一副苦态，叹口气出门走了。

巷口街头，日色苍茫。鼓楼上一片鸟噪，楼下的门洞边，几家卖馄饨和烤羊肉串的小贩张灯支灶，一群孩子就围了绞棉花糖的老头瞎起哄。庄之蝶才去瞧棉花糖是怎么个绞法儿，把一勺白糖能摇绞出棉花一样的丝来，一抬头却见门洞那边走来了卖牛奶的刘嫂和她的牛。在供应了定点的牛奶后，刘嫂和牛直歇到天凉起来才往城外走。一见面牛就长哞起来，惊得孩子们一哄散了。刘嫂说："庄先生好几天又不见买奶吃了，是没住在文联吗？"庄之蝶说："明日在的，我等你了。"走过去拍着牛的背，一边和刘嫂说些牛奶的产量和价格，刘嫂就抱怨每斤饲料又涨了一角，可奶价还是提不上来，这么大热的天，真不够进城跑一天的辛苦钱。说话间，奶牛站在那里四蹄不动，扭转了头这边看看，那边看看，舌头在嘴里搅动着，尾巴慢慢地甩过来，又慢慢地甩过去。庄之蝶就说："你要想开点，若不出来跑跑，不是一分钱挣不来，照样要买菜买粮吗？哎呀，你瞧这牛，它倒不急不躁，像个哲学家的！"

　　庄之蝶这话当然是随便说的，没想这牛却一字一字听在耳里。人说狗通人性，猫通人性，其实牛更通人性。一年前庄之蝶在郊区采访住在刘嫂家，这女人先是务菜，菜务不好，卖菜时又不会在秤杆上做手脚，光景自然就害恓惶。庄之蝶一日出主意："城里供应的奶常常掺水，群众意见颇大，但用奶的人家多，奶场又想赚钱，水还是照样掺，订奶户一边骂娘也还一边要订的。那么，何不养头奶牛，能把牛牵上去城里现挤现卖，即便是价高些也受人欢迎，收入一定要胜过务菜了。"刘嫂听了，因此在终南山里购得了此牛。牛是依了庄之蝶的建议来到西京城里，庄之蝶又是每次趴下身子去用口吮吃，牛对庄之蝶就感激起来，每每见到他便哞叫致意，自听了他又说"牛像个哲学家"，从此真的有了人的思维，以哲学家的目光来看这个城市了，只是不会说人的语言，所以人却不知晓。

　　这一日，清早售完奶后，刘嫂牵了牛在城墙根歇凉，正是周敏在城墙头上吹动了埙，声音沉缓悠长，呜呜如夜风临窗，古墓鬼哭，人和牛都听得有些森寒，却又喜欢着听，埙声却住了，仰头看着剪纸一般的吹埙人慢慢移走远去，感觉里要发一些感慨，却没有词儿抒出，垂头打盹儿睡着。牛啃了一肚子草，也卧下来反刍，一反刍竟有了思想了：

　　当我在终南山的时候，就知道有了人的历史，便就有了牛的历史。或者说，人其实是牛变的呢，还是牛是人变的？但人不这么认为，人说他们是猴子变的。人怎么会是猴子变的呢？那屁股和脸一样发红发厚的家伙，人竟说它是祖先。人完全是为了永远地奴役我们，又要心安理得，就说了谎。如果这是桩冤案，无法澄清，那我们就不妨这么认为：牛和人的祖先都是猴子；猴子进化了两种，一种会说话，一种不会说话；说话是人的思维的表现，而牛的思维则变成了反刍。如此而已。啊哈，在混沌苍茫的天地里，牛是跳蚤一样小得几乎没有存在的必要吗？不，牛是庞然大物，有高大的身躯，有健壮的四蹄，有坚硬锋利的战斗之角，但在一切野兽都向着人进攻的世界里，独独牛站在了人的一边，与人合作，供其指挥，这完全是血缘亲近心灵相通。

可是，人，把牛当那鸡一样、猪一样彻底为自己服务。鸡与猪，人还得去饲养着方能吃他们的蛋，吃他们的肉，而牛要给人耕种，给人推磨，给人载运，以至发展到挤出奶水！人啊人，之所以战胜了牛，是人有了忘义之心和制造了鞭子。

这头奶牛为自己的种族的屈辱而不平了，鼻孔里开始喷两股粗气，一呼一吸，竟使面前的尘土地上冲开了两个小土窝。但它仰头注视了一片空白的天空，终于平和下来，而一声长笑了。牛的长笑就是振发一种"哞"。它长笑的原因是：在这个世界上，一切动物中除牛之外都是狰狞，无言的只有上帝和牛。牛正是受人的奴役，牛才区别于别的野兽而随人进入了文明的社会。好得很，社会的文明毕竟会使人机关算尽，聪明反被聪明误，走向毁灭，那么，取代人而将要主宰这个社会的是谁呢？是牛，只能是牛！这并不是虚妄的谶语，人的生活史上不就是常常发生家奴反主的故事吗？况且，牛的种族实际上已有率先以人的面目进入人类者，君不见人群里为什么有那么多的爱穿牛皮做的大衣、茄克和鞋。这些穿皮衣皮鞋的人，都是牛的特务，他们在混入人类后自然依恋牛的种族或是提醒自己的责任，才在身子的某一部位用牛的东西来偷偷暗示和标榜！而自己——这头牛洋洋得意了，实在是天降大任吧，竟是第一个赤裸裸地以牛的身份来到人的最繁华的城市里了，试问在哪个城市有牛能堂而皇之地行走于大街？！

这牛思想到这儿，于是万分地感谢庄之蝶了。是庄之蝶首先建议了一个女人从山野僻地买它而来，又牵了它进城现挤现卖奶汁，更是说下一句"牛像个哲学家"，一字千金，掷地有声，使它一下子醒悟了自己神圣的使命。啊！我是哲学家，我真的是哲学家，我要好好来观察这人的城市，思考这城市中人的生活，在人与牛的过渡世纪里，做一个伟大的牛的先知先觉吧！

44

六月十九日黄昏，庄之蝶买了烧纸过双仁府来。牛月清从街上叫了一个小炉匠在院门口，正把家传的两支银簪熔化了重新打制一枚戒指。庄之蝶近去看了看，小炉匠脸色白净，细眼薄嘴，一边自夸着家传的技艺，一边脚踩动风包，手持了石油气枪，在一块儿木头上烧化簪子，立时簪子稀软成珠。

庄之蝶从未见过这景致，以为牛月清要做耳环的，说你把簪子用了，娘犯起心慌病来要煮银簪水喝，你就不停地从耳朵上往下取吗？牛月清说："我才不戴耳环，汪希眠手上戴三枚戒指，你一枚也没有，出门在外别人笑你吝啬，也得骂我当老婆的刻苦了你！"庄之蝶听了咕哝一句："胡折腾！"进院去屋，与娘说话。

　　戒指制好，牛月清欢天喜地拿了回来，直嚷道庄之蝶戴了试试，庄之蝶却忙着用人民币拍印烧纸：纸一沓一沓铺在地上，钱币一反一正按在上边用手拍。牛月清嘲笑庄之蝶太认真，烧纸是寄托哀思的一种方式，用得着那么费劲？老太太伸手拧女儿的嘴，还要求庄之蝶一定把纸按实在土地上，要不亡人带了这钱过河，钱就变成铁钱了。牛月清又说，即使变铁钱，那是对古时的银元和铜板而言，现在用纸币拍印，纸钱变了铁钱倒好哩！老太太再骂牛月清，亲自把拍印后的烧纸分成六份，一一让庄之蝶在上面写亡人名姓。自然是岳父的钱最多，依次是老太太的父母、舅舅、姐姐，还有一个牛月清的干娘。惹得牛月清再笑娘的负担重，要照顾这么多人的，一面把戒指套在庄之蝶的指头上，戒指硕大，庄之蝶坐在沙发上，就作出很阔的架势，二郎腿挑着鞋摇着，手指笃笃地在沙发扶手上敲，说身上的衫子过时了，得换一件的。牛月清说："我早给你买了一件大红 T 恤衫，还怕你不穿的。我们单位老黄，六十二岁了，就穿了这样的衫子，人年轻了十岁的！"庄之蝶又说："那这裤子就不配了，如今街上兴港式老板裤，我得要一件的。有了老板裤，鞋也要换的，还有这裤带，这袜子……"牛月清说："得了得了，换到最后你得去美容换脸皮了，说不准儿还要换班子换了我去？！"庄之蝶说："去年你用一支簪镶补了一颗牙，从此是金口玉言，在家里你说什么就是什么。现在你让我戴戒指，那只好这么换嘛！"笑了笑，卸了戒指放在桌上，埋怨牛月清随流俗走，要把他打扮成什么形象了！牛月清就不悦起来，说："这么说我是舔屁股把仔蛋咬了？我兴兴地打扮你你不依，往后你也别干涉我头发怎么梳，衣服怎么穿！"老太太见两人又斗花嘴，自不理睬，却突然叫苦起来，说给老头子的钱面值都是壹佰元，没有零花票子，在冥国里买什么能方便吗？庄之蝶便去取了一沓稿纸，分别拍印了拾元的、伍元的、壹元的面票，一家人起身去巷口马路边焚烧。

外边全然黑了，马路上人少车稀，百米外的路灯杆上一颗灯泡半明半暗。纸一燃起来，三个人的影子就在马路两边的墙上忽大忽小，跳跌如鬼，纸灰碎屑纷纷起落。庄之蝶和牛月清先是并不觉得什么，跪在那里嫌火太炙，身子往后退，老太太却开始念叨各个亡人的名字，召唤他们来收钱，叮咛把钱装好，不要滥花销，也不必过分节省，如果花销完了就来告诉她。庄之蝶和牛月清就觉得森煞，瞧见一股小风在火堆边旋了一会儿，就立即用纸去压住。这时候，西边天上忽然一片红光，三人都抬头去看。老太太便说："饿鬼在那里打架哩，这都是谁家的饿鬼？他妈的，你们后人不给你们钱，倒抢我家老头子的？！"牛月清毛骨悚然，说："娘，你胡说什么呀！那怕是一家工厂在安装什么机器用电焊吧，什么鬼打架不打架的！"老太太还是仰望夜空，口里念叨不停，后来长出一口气，说老头子，到底身手捷快，硬是没让被抢了钱去，就问："月清，街那边十号院里可有怀了孕的女人？"牛月清说："那院子尽住些商州来的炭客，这些人来城里发了，拖家带口都来住，是有一个女人肚子挺大的。"庄之蝶说："这些人把老婆接来，没有一个不生娃娃的，都是计划外的二胎三胎。日子越穷，娃娃越多；娃娃越多，日子越穷。不知道他们怎么想的？"牛月清说："前天中午我去医院，在门诊室正遇着十号院那女人，她说她怀孕了，让医生检查胎位正不正。医生让她解了怀，拿听诊器往她肚子上放，那肚皮黑乎乎地脏，医生拿酒精棉球去擦，一擦一道白印子，说：'你来这里，也该把肚皮洗一洗！'那女人红了脸，闷了半晌说：'我男人是炭客嘛！'"说罢就笑，庄之蝶也笑了。老太太就说："一个鬼去投胎了，那孩子就要出世了！"一语未落，果然听得远处有婴儿的啼哭声，遂听见有人在马路上噔噔噔速跑，接着是拍一家门板，大叫："根胜，根胜，我老婆生了！你快起来帮我去东羊街买三个锅盔一罐黄酒，她这阵害肚子饥，吆头牛进去都能吃掉的！"庄之蝶和牛月清面面相觑，疑惑娘竟能说准，往夜空中看看，越发害怕起来。胡乱烧完纸，起身就要回去。街巷那边的一棵梧桐树后却闪出一个人来，在那里叫道："牛嫂，牛嫂！"老太太问："谁个？"那人说："是我。"迎着火光走近，庄之蝶认得是右首巷里的王婆婆，哼了一声兀自回家去了。

原来，这王婆婆早年是聚春园的妓女，二十五岁上遇着胡宗南的一位秘书，收拢了才做起安分夫妻，曾生过一个儿子。儿子长成墙高的小伙子，骑摩托却撞在电杆上死了。不几年，那秘书也过了世，她寡寡地独自过活，日子很是狼狈。前二年，以家里的房子宽展，开办了私人托儿所。因与老太太认识得早，家又离得近，常过来串门聊天。庄之蝶见她说话没准儿，眉眼飞扬，行为又鬼鬼祟祟，便不喜欢她来，曾说过她办托儿所会把孩子带坏的话，惹得老太太不高兴，牛月清也指责他带了偏见看人的。王婆婆自然是庄之蝶在时来得少，庄之蝶不在时来得多。半年前王婆婆和老太太聊天儿，说到庄之蝶和牛月清这么大的岁数了怎么不生养孩子，老太太就伤了心，说他们结婚后的第二年怀上了，但偏说孩子来得太早，就人工流产了；后来又怀上了，又说事业上有个名堂了再要孩子，又堕胎了；如今什么都有了，要怀孩子却怀不上了！王婆婆说她有个秘方的，不但能让怀上，而且还一定能让怀上个男孩。老太太好不喜欢，说知了牛月清，牛月清泪水吧嗒地告诉娘，她何尝不想怀上孩子，但不知怎么怀不上，这几年庄之蝶倒越来越不行的，说来也怪，他是不用时逞英豪，该用时就无能，已经看过许多医生都没效果，准备着这一辈子就再不要孩子了。老太太苦愁了许多日子，才想出个主意来，让北郊的干表姐来代生，然后抱过来抚养，这样毕竟是亲戚，总比抱养外人的孩子要好。偏巧干表姐怀了孕，老太太去说知了心思，干表姐喜欢得一口应允，老太太却一定要生男孩子才抱养的，逼了表姐去医院做 B 超检查。一查竟是女孩，只好做了流产术。老太太便领了干表姐去拜访王婆婆，王婆婆就教导了：月信三天后，就抓紧行房要怀上孕，然后开始吃她的药，一天早晚吃一小勺，不要嫌苦，吃后下身出少量的血也不必惊慌。就把自制的一瓶黑稠如浆的药交给干表姐。老太太当然感激不尽，当场要付药钱。王婆婆说不用急的，生下男孩了付我不迟，只是说此药中最值钱的是沉香，要进口的纯沉香，这服药是别人买了药配的，先就应急了牛嫂，但得买了沉香再给人家配呀。于是牛月清就四处寻购沉香。庄之蝶得知，很不乐意，为此拌过几回嘴。这阵，王婆婆见庄之蝶走了，得意忘形地头也晃手也摇，说："牛嫂，你听着十号院那婴儿叫唤吗？那炭客的老婆生了三个女孩，吃我的药就把男孩生下来了！这几天我就坐在他家，单等着她生，炭客说：'王婆婆，要是生下个女娃你就不好走了！'我说：'要不是男娃，我退你的药钱！

要是这男孩生下来，就是吃我这药生下的第二十二个了！'怎么着，果然就是个男孩！"牛月清也高兴起来，说："王婆婆，我是信你的，沉香我买回来了。"王婆婆说："是吗？生下孩子可别忘了我！"牛月清让王婆婆到家去吃饭喝茶，王婆婆说改日去吧。牛月清早忘记了害怕，一个人从黑巷道路回来取沉香。庄之蝶问："王婆婆又说生孩子的事？"牛月清说："那秘方真灵，炭客那孩子就是吃了她的秘方的！"庄之蝶瞧见她拿了沉香，问是多少钱买的，牛月清说五百元钱，恼得庄之蝶一梗脖子到厨房去吃稀饭，吃了一碗，就钻到蚊帐里睡去了。

牛月清和老太太回来，情绪蛮高，吃罢饭了便端了水盆到卧室来洗，一边洗一边给庄之蝶说王婆婆的秘方是胡宗南那个秘书传给她的。那秘书活着的时候只字不吐，要倒头了，可怜王婆婆后半生无依无靠，就给了她这个吃饭的秘方。庄之蝶没有吭声。牛月清洗毕了，在身上喷香水，换了净水要庄之蝶也来洗。庄之蝶说他没兴头。牛月清揭了蚊帐，扒了他的衣服，说："你没兴头，我还有兴头哩！王婆婆又给了一些药，咱也吃着试试，我真要能怀上，就不去抱养干表姐的孩子；若是咱还不行，干表姐养下来暗中过继给咱，一是咱们后边有人，也培养一个作家出来，二是孩子长大，亲上加亲，不会变心背叛了咱们。"庄之蝶说："你那干表姐两口，我倒见不得，哪一次来不是哭穷着要这样索那样，他们这么积极着怀了孩子又打掉又怀上，我看出来的，全是想谋咱们这份家产的！"当下被牛月清逗弄起来，用水洗起下身，双双钻进蚊帐，把灯就熄了。庄之蝶知道自己耐力弱，就百般抚摸夫人……（此处作者有删节）牛月清说："说不定咱也能成的，你多说话呀，说些故事，要真人真事的。"庄之蝶说："哪儿有那么多的真故事给你说！能成就成，不成拉倒，大人物都是前无古人后无来者的。"牛月清说："你是名人，可西京城里汪希眠名气比你还大，人家怎么就三个儿子？听说还有个私生子的，已经五岁了。"庄之蝶说："你要不寻事，说不定我也会有私生子的！"牛月清没言传，忽然庄之蝶激动起来，说他要那个了，牛月清只直叫"甭急甭急"，庄之蝶已不动了，气得牛月清一把掀了他下来，骂道："你心里整天还五花六花弹棉花的，凭这本事，还想去私生子呀！"庄之蝶登时丧了志气。牛月清还不行，偏要他用手满足她，过了一个时辰，两人方背对背睡下，一夜无话。

翌日，牛月清噙了泪要庄之蝶一块儿同她去干表姐家送药。庄之蝶不去。牛月清恨了恨声，灰不沓沓自个儿去了。庄之蝶在家坐了一会儿，也坐得不是个滋味儿，便往郊区 101 药厂，采写黄厂长的报告文学。采访很简单，听黄厂长作了一番自我介绍，又看了一下简易的加工坊，庄之蝶一个晚上就写好了文章。在去报社交稿时，却心中冲动，谋算着趁机要去见见唐宛儿了。

已经走到了清虚庵前的十字路口，庄之蝶毕竟有些紧张起来，他不知道周敏在不在家，即使不在家，妇人又会对自己怎么样呢？阮知非那夜的经验之谈使他百般鼓足着勇气，但当年对待景雪荫的实践又一次使他胆怯了。何况，他想起了在牛月清面前的无能表现，懊丧着自己越来越不像个男人了，而又觉得自己一想到唐宛儿就冲动，不明白与这妇人是一种什么缘分啊？！这么思前想后，脑子就十分地混乱，徘徊复徘徊，终于踅进近旁的一家小酒馆里，要了一瓶啤酒，一碟熏肠，独自坐喝。这是一间只有二十平方米大小的地方，四壁青砖，并不搪抹，那面粗白柜台依次排了酒坛，压着红布包裹的坛盖。柜台上的墙上，出奇地挂有一架老式木犁，呈现出一派乡间古朴的风格。庄之蝶喜欢这个地方，使他浮躁之气安静下来，思绪悠悠地坠入少时在潼关的一幕幕生活来。酒馆里来的人并不多，先是几个在门外摆了杂货摊的小贩，一边盯着货摊一边和店主扯闲，一小盅酒成半晌地品，品不完。后来有一汉子就踏进来，立于柜台前并不言语，店主立即用竹列子打满了酒盛在小杯里，汉子端了仰脖倒在口里，手在兜子里掏钱，眼睛一眨一眨盯了店主，说："你掺水了？！"店主说："你要砸了我这酒馆吗？砸了这酒馆可没一天三次伺候你的人了！"汉子笑了笑，走出去。酒馆里又清静下来，只有庄之蝶和墙角坐着的一个老头是顾客。老头鸡皮鹤首，目光却精神，喝的是白酒，就的是一碟盐水黄豆，用大拇指和中指食指捏酒碗的姿势和力量，庄之蝶知道老头是个用笔的人。庄之蝶在类似这样的小酒馆里，常常会遇到一些认识的老教授或文史馆那些满腹经纶的学者，他们衣着朴素，形容平易。酗酒的年轻闲汉们总是鄙视他们，以为是某一个退休的工人，退居二线的机关中层干部，抢占他们的凳子，排队买小菜时用身子把他们挤在一边。庄之蝶认不得这一位老者，心里却想：这怕又是一个天地贯通了的人物。他不停地看老者吃酒，希望他能抬起头朝自己这里来看，但又害怕老者看见自己，因为这些成了人精的人物，会立即看出你的肠肠肚肚，你在他面前全然会是一个玻璃人的。老者却目不旁视，手捏一颗豆子丢在口里了，嚼了一会儿端起酒碗吱地咂一下，自得其乐。顿时庄之蝶感到自己活得太累，太窝囊，甚至很卑鄙了。这时就听见远处有极美的乐响传来，愈来愈大，酒馆的店主跑到门口去看。他也过去看，原来是巷中一家举行接骨灰典礼，亡人的骨灰从火葬场运到巷口，响器班导引了数十个孝子贤孙，接了骨灰盒，焚纸鸣竹，然后掉头返回，乐响又起。庄之蝶参观过许多葬礼场面，但今天的乐响十分令他感动，觉得是那么深沉舒缓，声声入耳，随着血液流遍周身关关节节，又驱散了关关节节里疲倦烦闷之气而变成呵的一个长吁。他问店主："这吹奏的是一支什么曲子？"店主说："这是从秦腔哭音慢板的曲牌中改编的哀乐。"他说："这曲子真好！"店主惊着眼睛说："你这人怪了，哀乐有好听的？就是好听，也不能像听流行歌曲一样在家里放呀？！"庄之蝶没再多说，回坐到他的酒桌。酒桌那头已新坐了一个戴了白色眼镜的年轻人，一边叫喊来一瓶啤酒，一盘炒猪肝，一边从口袋里掏出一本杂志来读。年轻人读得特别投入，时不时就独自地发一个轻笑。如今能这么容易坠入境界的读书人实在太少了，庄之蝶遂想：天下的文章都是作家编造出来的，却让这些读者喜怒哀乐。牛月清知道他写文章的过程，所以她总看不上他的文章，却在看别人写的书时流过满面的泪水。年轻人突然口舌咂动起来，发出很响的声音，庄之蝶猜想这一定是看到书里的人物在吃什么好东西吧。这时候，那捧着杂志的两只手，一只就抓住了面前的筷子，竟直直戳过来，在庄之蝶盘中夹起了三片熏肠，准确无误地塞在了杂志后的口里。一会儿，筷子又过来了，再夹了两片吃了去。庄之蝶觉得好笑也好气，拿筷子在桌面梆梆敲。读书人惊醒了，放下杂志看他，噢的一声，低头就将口中的熏肠吐在地上，说："对不起，对不起，我吃错了！"庄之蝶笑起来，说："什么文章把你读成这般样了？"年轻人说："你不知道，这是写庄之蝶的事。庄之蝶，你知道吗？他是个作家。我以前只读他写的书，原来他也和咱们普通人一样！"庄之蝶说："是吗？上面怎么写的？"读书人说："他小时候，是个很蠢很笨的孩子，在小学，只觉得老师是世上最伟大的人，有一次去厕所小便，看见老师也在小便，就大惑不解，说：'老师也尿呀！'好像老师就是不屙不尿的人。老师当然瞪了他一眼，没有说话。他还在看着，竟又说：'老师也摇呀？！'结果老师说他道德意识不好，又告知家长，父亲就揍了他一顿……"庄之蝶说："这简直是胡说！"读书人说："胡说？这文章上写的呀，你以为伟大人物从小就伟大吗？"庄之蝶说："让我瞧瞧。"拿过杂志，竟是新出刊的《西京杂志》，文章题目是《庄之蝶的故事》，作者署名周敏。这就是周敏写的那篇文章吗？庄之蝶急急浏览了一下，文中全记载了一些道听途说，且极尽渲染，倒也生动有趣，便寻思道：让我也看看我是什么样儿？于是又读到了这个庄之蝶如何慷慨又吝啬，能把一头羊囫囵囵送了别人，却回家后又反去索要牵羊的那节麻绳，说送的是羊没有送绳；如何智慧又愚蠢，读李清照的"昨夜雨疏风骤，浓睡不消残酒。试问卷帘人，却道海棠依旧。知否，知否？应是绿肥红瘦！"便认定是李清照写新婚之夜的情事，但却看不懂列车运行时刻表；如何给人快活又让人难堪，能教人识苍蝇公母的方法，是看苍蝇落在什么地方，落在镜子上的就是母苍蝇，母苍蝇也爱美；但公共场所被人不停地拉着合影了，便哭丧了脸说他前世是马变的，这马不是战马也不是驮运的马，是旅游点上披了彩带供人骑了照相的马，竟伤心落泪。庄之蝶再往下看，便到了庄之蝶的恋爱故事，竟出现了庄之蝶当年还在一个杂志社工作时如何同本单位的一位女性情投意合，如漆如胶，又如何阴差阳错未能最后成为夫妻。庄之蝶的眉头就皱起来了：前边的故事怎么离奇荒唐那并不伤大雅，这恋爱之事牵涉了他人岂敢戏言？女性虽未提名道姓，但事情框架全是与景雪荫发生过的事情，却那时与景雪荫笃好，现在也后悔，虽内心如火而数年里未敢动过她一根头发，甚至正常的握手也没有。如今写成这般样子，似乎什么事情都已发生过了，那么，双方皆有家室儿女，景雪荫的丈夫读到此文怎么感想？牛月清读后怎么感想？每一宗事似乎都有影子，又全然不是现在所写的样子，周敏是从哪儿得到的材料呢？庄之蝶更不安的是，如果景雪荫读了此文，她会怎么看待我，认为这些隐秘之事必是我庄之蝶提供，是为了炫耀自己，要以风流韵事来提高自己知名度吗？如果她的丈夫追问这一切，景雪荫又会怎么样呢？庄之蝶愁苦起来了，放下杂志，再没心绪要见唐宛儿，急急就往《西京杂志》编辑部去了。

十二年前，当景雪荫刚从大学毕业分配到文化厅的时候，庄之蝶已是《西京杂志》的编辑了。一张新的办公桌放在了他的办公桌的对面，以会议室改做的作品编辑室就塞满了五个人。作品组组长钟唯贤，却唯一能领导的只有庄之蝶。一名老编辑是同钟一块儿进文化厅的，都是大学生，自然不服钟的指挥；一名是比庄之蝶早来二年的李洪文，机敏精灵，能言善辩，曾经为钟当作品组组长出过力，钟却认定了他是小人，君子易处，小人难交，对自己有过恩惠的小人更难交，处处也就让他；另一位姓韦，是个寡妇，正与严副厅长谈恋爱，钟是不好领导的；而景雪荫呢，厅长早年正是景父的部下，一来就不叫厅长叫叔叔。钟唯贤的一个兵就只是庄之蝶。夏收时派庄之蝶去郊区支援农民夏收；地震时命庄之蝶去参加街道办事处组织的救灾队；早晨上班提开水；晚上下班关门窗。五年的时间里，庄之蝶在这里度过了他的青春岁月，虽然为他们对他的轻视、欺辱而痛哭过，咒骂过，但他自离开了这里，却觉得那是一段极有意义的日子，尤其令他终生难忘的景雪荫，现在回想起来，那简直是他人生长途上的一袋干粮，永远咀嚼不完的。十二年过去了，厅长还是厅长，杂志还是杂志。那个韦寡妇已早做了严副厅长的夫人，调任了另一个部门成为处长。景雪荫也弃文从政，提升为厅里的中层领导。而钟唯贤，永远也没出息的老头，他既不信李洪文，又离不得李洪文，经过一番努力，终于击败了承包了三年杂志、在经济上一塌糊涂的上一个编辑部班子，他出任了新的主编。庄之蝶赶到那座熟悉的大楼上，自然是不停地与碰着的熟人打招呼，一推开还是那间会议室改做的编辑室，所有的编辑都在里边，每个人都拿了一条裤衩在抖着看。猛然门被推开，收拾不及，见是庄之蝶，李洪文就叫起来了："哎呀，来得早不如来得巧，这一件就给你了吧！"庄之蝶说："这是干什么呀，一人一块儿遮羞布！"一个面孔陌生的人就走过来和庄之蝶握手，说："庄老师你好，我是王鹤年，写小说的，你给我们厂的产品提提意见吧！"李洪文说："刊物整顿之后，业余作者都给刊物拉广告的，鹤年小说写得不错，他们厂是街道办的小厂，他拉不来广告，就送大家一些他们的产品。这是防性病裤衩哩，有性病治性病，没性病防性病。"
庄之蝶说："这倒适合于你，我只需要的是壮阳裤衩。"说得大家都笑了。钟
主编笑得脸缩成一团，形如核桃，直卸了眼镜擦眼泪，说："之蝶，你过来，
我这里给你攒着好烟的。"就拉开抽屉，取出了一个纸盒，里边满满地装了
香烟。十多年前，庄之蝶开始抽烟的时候，就特意给钟唯贤做了个大纸盒，
因为业余作者来送稿，首先是要敬编辑一支好烟的，钟唯贤不抽烟，常是谢
绝。庄之蝶就叮咛不必谢绝，他可以代为消费的。后来的编辑叫苟大海的便
说："老钟真是迂腐，庄之蝶现在还抽那种烟吗？今日当着庄之蝶的面，以后
这烟我就代他接管了！"说着把烟盒拿过去，将烟全倒进自己抽屉，顺手把
自己的椅子给庄之蝶坐了。

　　庄之蝶坐下来，相互寒暄了许多，自然就谈起了新出版的杂志，编辑室
人人激动。从内容的质量到封面的设计，以及这一期的广告宣传，无一不充
满了自信，尤其谈到周敏写的那篇文章，夸耀邮局门口已张贴了海报，特意
介绍这篇文章，编辑部已经决定再加印一部分杂志，且要对周敏提高稿酬。
李洪文说："大作家，我已经说过了，曹雪芹写了一部《红楼梦》，一部《红
楼梦》养活了几代人吃不完。现在你庄之蝶，也活到供人吃你了！周敏这篇
文章是不长，可以说只吃到了你的脚指甲；几时我也要写写的，你说给我什
么吃？"庄之蝶说："我什么也不让你吃！"李洪文说："那好吧，某一日我写
一篇了，会署个女人的名字，看你让不让？你一定说：让你吃口条吧！"庄
之蝶就笑了："让你吃痔疮！"周敏一直不说话，只忙着给庄之蝶沏茶倒水，
过来说："庄老师，这是我发表的第一篇文章，你要多多提意见的。"庄之蝶
就平静了脸面，正经对钟唯贤他们说明他正是为这篇文章而来的，有个问题
放心不下。钟唯贤也立即紧张起来，问道："什么问题？"庄之蝶说："别的都
可以，就是写我与阿×的关系，渲染得太过分了，会不会出现副作用呢？"
钟唯贤说："这我也考虑了，我问过周敏，材料是哪儿得到的，周敏说材料
不会失实的。"庄之蝶说："事情都有影子，但一具体写，味儿就变了，虽没
有署真名，可环境、人物形象又太具体，你知道我和景雪荫相好是相好，真
还没有发展到谈恋爱的。"李洪文说："这有什么，通篇都在塑造了一个高尚
的女性，谈恋爱又怎么啦？婚前和谁谈恋爱都是正常的，何况你现在是大名

人，能和这样的名人谈恋爱也是一个女人的荣光，她景雪荫盼不得全世界人都知道她和你有那么一段美丽的艳史。"庄之蝶说："洪文你别胡说，我虽然相信景雪荫不是那号人，但咱们毕竟是在中国，要看现实。她现在有家庭，又有领导地位，不出事就好，出了事对谁都不利的。"钟唯贤问："那你的主意呢？"庄之蝶说："编辑部极快派人去给景雪荫送一份杂志，说明情况，把可能出现的矛盾处理在萌芽时期。"周敏说："我去寻过了，她还没有回来。"庄之蝶再强调："一等回来，立即就去！"李洪文说："你放心，这事由我们办好了。今日中午不要走了，周敏得了稿费，今日要请你的客，让我们都沾沾光嘛！"周敏说："没问题，大麦市街老贾家的灌汤包子，吃多少我买多少。"庄之蝶说："李洪文还是老毛病，从来都是叫嚷别人请他吃，没听说过要请人吃的。"李洪文说："这没办法，老婆管着钱呀！如果你护着周敏不请客，你就请请大家。"苟大海说："咱们玩玩麻将吧，谁赢了谁请客。"庄之蝶问钟唯贤："这行吗？"钟唯贤说："你们又不玩钱的，你们玩吧，我还有个事，我就不陪你了！"庄之蝶笑了笑，和钟唯贤握手告别，送他出门了，李洪文立即关上门，说："我们的领导怎么样？瞧那话多有水平，他不反对咱们玩，但若出了事，他什么责任也没有的，这就叫会当领导！"苟大海说："他要会当领导，也不是干了一辈子还是个主编，连个处级干部都不是。"庄之蝶说："他一辈子胆小怕事。"办公桌就横过来，李洪文从桌斗取了麻将，周敏又给各人面前放下茶杯、烟灰缸。庄之蝶对周敏说："这里人多，你就不要玩了，能帮我去一趟市报社吗？"周敏问："什么事？"庄之蝶说："这里有一份写企业家的稿子，你直接送给报社文艺部张主任，让他越早越好地登出来。"周敏高兴地去了。

庄之蝶、李洪文、苟大海和另一个年轻的编辑小方开始打点执风，结果庄之蝶坐东，李洪文坐西，苟大海坐北，小方坐南。李洪文却要和苟大海换位子，说庄之蝶有钱，今日一定要他出水，而苟大海牌艺不高，看不住下家的。庄之蝶说："不是苟大海看不住我，是你属木命，北方位属水。"李洪文说："你也懂这个？"庄之蝶说："我懂得你！"李洪文倒脸红起来，说："我说过的，今日就要赢你。你带了多少钱？"庄之蝶脱下鞋来，鞋壳儿里平铺了二十元钱。苟大海说："庄老师真逗，钱怎么装在那儿？"庄之蝶说："以前我还在文化厅的时候，钱欺负过我，现在我就把它踩在脚下！"李洪文说："那么两张，顶得住我一个自扣吗？"庄之蝶说："这别担心，你赢了我借款付你。可你也要知道，我最善于白手夺刀。"开场第一圈，庄之蝶果然自扣了一庄，平和了一庄，气得李洪文直骂牌是舔沟子①，不抽烟的人偏要抽庄之蝶一支烟，说要沾沾红人的光，一支烟未抽完，倒呛得鼻涕眼泪地直咳嗽。

说到烟，小方就问起庄之蝶在文化厅工作时是不是老抽钟唯贤的烟，这样从抽钟唯贤的烟自然说到钟唯贤，庄之蝶问："老钟现在日子怎么样？他老婆还来单位不？"苟大海说："老钟够苦命，二十年右派，偏偏又娶了个恶婆子，前一个月初三那恶婆子又来了，当着众人的面竟能把他的脸抓出血来。"庄之蝶说："他有什么办法！我还在文化厅时，他们就分居着，老婆一来，他就慌了。大家都劝他离了婚算了，可那婆子就是不离。没想他也真能凑合，现在了还是这样！"李洪文打出一张牌，庄之蝶要吃了，李洪文又后悔说打错了，收回去重新打了一张牌，说："我倒有个机密。你们谁也不能传出去！"小方说："李老师一天到黑总有机密！"庄之蝶说："李洪文有特务的才能，当年严副厅长和韦寡妇谈恋爱，他是第一个发现的，他能藏在厕所四个小时，观察厕所对门的韦寡妇房里，严副厅长是几时几分进去的，几时几分拉灭灯的。"李洪文说："后来怎么样，他们不是结婚了吗？"庄之蝶说："正是人家要结婚，你那监视有什么价值？"李洪文说："这他们倒感谢我的，我公开了机密，才促成了他们一场好事。"庄之蝶说："好、好！老钟有什么机密？"李洪文说："老钟靠什么能活下来？他是有他的精神支柱的！年轻时他喜欢他的一个女同学，大学毕业后，不久他就成了右派，后来又听说那位女同学也成了右派。他在右派期间找不下个对象，经人介绍和现在这个郊区的老婆结了婚。前几年，偶尔得知他的那个女同学还活着，在安徽的一个县中教书，况且已经离了婚，独身过活，就整日唠叨这女同学如何地好。他给人家去了四封信，不知怎么总不见回信。或许这女同学早不在了人世，或许压根儿就不在安徽的那个中学，一切都是误传。可老钟中了邪似的，每

---

① 沟子，从音。陕西方言，即屁股。

天都在收发室信栏里看有没有他的信。"小方说:"他刚才出去,一定又去收发室了吧。"李洪文说:"我知道他干什么去了——职称又开始评定,还不是为他那个编审的名分儿给评审会的人说情去了!真窝囊,前年该评职称了,武坤当了主编,把老头丢在一边;这次又要评了,却说老钟才当了主编,资历还欠些。和!"李洪文说着就推倒了牌。这一和是庄上和,又接连和了三次,李洪文话就越发多,不断地总结和牌的经验,又训斥苟大海不会下牌,怎么就让庄之蝶又碰吃了个八万,再是反复提醒刀下见菜,谁也不许欠账。小方说:"李老师是输了嘴噘脸吊的,赢了就成了话老婆!"李洪文说:"我现在成你们共同的敌人了,都嫉妒开了。赢牌也不见得是好事的,牌场上得意,情场上失意。嗨!对不起了,又一个杠。"从后边揭了一张,再打出一张。"饭稠了又有豆儿,可惜不是杠上开花。之蝶呀,说一句你不爱听的话,老钟没评上编审,是吃了武坤的亏,可景雪荫偏偏和武坤打得火热,这你得说说她了。"庄之蝶自和了一炸一平外还再没有和牌,已经借了苟大海三张票子,眼里盯着牌,脑子里却尽是钟唯贤可怜巴巴的样子,他想象不来几十年里老钟是怎样活过来的?听李洪文让他劝说景雪荫,就苦笑了:"这是人家的自由,我凭什么说人家?老钟这么大年纪还天天盼女同学的信。"李洪文说:"还有机密的!你去过他房子吗?他房子里放了许多补阳药,他是和老婆分居了十几年,从不在一块儿同床共枕,也未见他和别人有什么瓜葛,我想他现在突然吃这补阳药,一定是女同学给了他希望,盼望联系上能在晚年结婚,好好享受一下人的日子哩!"李洪文说着,突然大叫:"扣了!"梆的一声,手中的牌在桌上一砸,偏巧牌竟砸断,一半从窗口飞出去。众人看时,他要扣的牌是夹张两饼,手是独捏了一个成了一饼的半块牌。苟大海首先说:"哪里扣了?夹张的要两饼,你扣的是一饼!"李洪文说:"你没看见牌断了吗?"小方也说:"那我们不管,你手里是一饼,夹的是要两饼,不算自扣的!"李洪文就到窗口去看飞去的那个饼,自然难以寻着,要大家付钱,苟大海、小方硬是不付,李洪文便生气了。庄之蝶说:"不算这个自扣,你李洪文也是三归一了,你要他们脱裤子当袄还债吗?"李洪文说:"你们这些人赖账,那我就不请客了,权当把钱发给你们自个儿去吃饭吧!"庄之蝶说:"不让你请客,我请了!"又借了苟大海五十元钱,让小方叫老钟也一块儿去吃饭。小方去了，但老钟人不在宿舍。四个人于是到大麦市街吃了灌汤包子，又到茶馆喝了几壶茶，天黑下来方才散了回家。

庄之蝶在路上想，今日输得这么惨，李洪文说牌场上得意，情场上失意。自己牌场上这么臭，莫非情场上有了好事？立在那里发了一会儿呆，后悔没有去找唐宛儿。心动着现在去吧，又觉得天色太晚，恐怕周敏也已在家，遂快快回双仁府来。

双仁府巷口，黑黝黝蹲着一个人，见庄之蝶过来，突然站起来吆喝："破烂——承包破烂——喽！"庄之蝶看清是那个说谣儿的老头，就笑着说："天这般黑了，你老还收什么破烂？"一个嗝胃里蹿上一股酒气。老头并不理睬，拉了铁轱辘架子车一边顺着大街走，一边倒独说独谣，竟又是一段谣儿：

革命的小酒天天醉，喝坏了党风喝伤了胃，喝得老婆背靠背，

老婆告到纪检委员会，书记说：该喝的不喝也不对。

庄之蝶推开门，屋里灯明着，夫人和洪江坐在沙发上一边点钱一边用计算器算账。庄之蝶瞧见沙发上一沓一沓大小不一的钱票，说："嗨，这一月大赚了嘛！"牛月清说："赚什么了？进了一批金庸的武侠书，先还卖得可以，没想到那一条街上，哗哗啦啦一下子又开了五家书店，又全卖的金庸的书，南山猴——一个磕头都磕头，货就压下了。这些钱算来算去，勉强付那两个姑娘的工资和税务所的税金，前几天洪江买了三个书柜，现在还是空缺哩！你一天到黑只是浪跑，也不去过问一下，洪江说湖南天籁出版社新出了一本书，叫什么来着？"洪江说："是《查泰莱夫人》。"牛月清说："这《查泰莱夫人》正红火哩，可进不来货，你不是认识天籁出版社的总编吗？他们总是来信约你的稿，你就明日拍个电报，让他们也给咱发一批书来嘛！"庄之蝶说："这还不容易，洪江你明日就以我的名义去个电报。"洪江说："我就要你这句话，要不，你又该说我借你的名儿在外胡来了。"庄之蝶说："只能是这份电报以我的名，也不要说书店就是我开办的。"洪江说："你就是太小心，真要以你的名字做了这书店字号，什么好书都能进得来的！"庄之蝶

说："我是作家，作家靠作品，外界知道我办书店，会有什么想法?！"洪江说："现在什么时候了，文人做生意正当得很哩，名也是财富，你不用就浪费了，光靠写文章发什么财，一部中篇小说抵不住龚靖元一个字的。"牛月清说："洪江还有一件事要和你商量，洪江你说说。"洪江说："开了这一年书店，我也摸了行情，写书的不如卖书的，卖书的又不如编书的。现在许多书店都在自己编书，或者掏钱买出版社一个书号，或者干脆偷着印，全编的是色情凶杀一类的小册子，连校对都不搞，一印几十几百万册，发海了！朱雀门街的小顺子，什么鸡巴玩意儿，大字不识的，却雇人用剪刀和胶水集中社会上各类小册子中的色情段落，编了那么一本，赚了十五万，现在出入都是出租小车，见天去唐城饭店吃一顿生猛海鲜。"庄之蝶说："这些我知道，咱不能这样干。"洪江说："我知道你要这么说。现在有一件事，我和师母商量了，一个书商拿来印好的一本武侠书，署名是刘德写的，卖不动，想便宜一半卖给咱。我想了，咱接过来，换一个封面，署上全庸大名，一定会赚许多钱的。"庄之蝶说："这怎么就能赚许多钱?"洪江说："金庸的书卖得快，这书当然写得不如金庸，咱署名全庸，用草字写，猛地一看也是金庸了，若要查起来，我写的是全庸啊！这事你由我办好了，只是得筹十万元，这你和师母要想办法。"牛月清说："只要你老师同意，钱我筹。今日汪希眠送了帖子来，说是明日要给他娘过七十大寿，盼望咱一家人去，你要明日去就去，不去，我去向他借八万，咱再取了存折，十万元也凑够了。"庄之蝶说："老太太七十大寿? 我还以为那是六十出头的人！这是要去的，可这是去向人家贺寿，怎么开口借钱?"说了一回，一时意见不拢，牛月清就打发洪江先回书店去了，低头问："你今晚还过文联那边去吗?"庄之蝶说："天这么晚了，过去又得让人开大门。"牛月清说："要是早，你就又过去了? 咱这是什么夫妻?！"庄之蝶没有言语，上床先自去睡了，牛月清也随后来睡，两人谁也不接触谁，就听到了城墙头的埙声如诉如泣。庄之蝶说："这是谁在吹埙?"牛月清也说了一句："这是谁在吹埙?"说毕了，又归于寂静。庄之蝶说这句话时心里是这么想着，原不想说出声来却说出了声。没料牛月清也说了一句，他现在就希望牛月清赶快地瞌睡。但是，女人却在被窝里窸窸窣窣动起来，并且碰了一下他，要把他的手拉过去。庄之蝶担心会这样，果然真就这样来了，他厌恶地背了身去，装做全然地不理会。这么静躺了一会儿，又觉得对不起女人，转过身来，要行使自己的责任。女人却说："你身子不好，给我摸摸，讲些故事来听。"庄之蝶自然是讲已经多少次重复过的故事。女人不行，要求讲真故事，庄之蝶说："哪里有真实的？"女人说："就讲你发生过的。"庄之蝶说："我有什么？家里的猪都饿得吭吭，哪有枭的糠？！"女人说："我倒怀疑你怎么就不行了？八成是在外边全给了别人！"庄之蝶说："你管得那么严，我敢接触谁？"女人说："没人？那景雪荫不是相好了这么多年吗？"庄之蝶说："这我起咒，人家一根头发都没动过。"女人说："你好可怜，我以后给你介绍一个，你说，你看上谁了？"庄之蝶说："谁也看不上。"女人说："我不知道你的秉性？你只是没个贼胆罢了。刚才说汪希眠给他娘过寿，你一口应允了要去的，瞧你那眼神，你多高兴，我知道你看上了汪希眠的老婆了！"庄之蝶说："看上也是白看上。"女人不言语了。庄之蝶以为她已睡着，没想牛月清却说："汪希眠老婆爱打扮，那么些年纪了倒收拾得是姑娘一般。"庄之蝶说："人家能收拾嘛！"牛月清说："收拾着给谁看呀？我听龚靖元老婆说，她年轻时花着哩！当年是商场售货员，和一个男人下班后还在柜台内干，口里大呼小叫地喊，别人听见了往商场里一看，她两条腿举得高高的。别人就打门，他们竟什么也听不见，一直等来人砸门进来了，还要把事情干完了才分开！"女人说着，突然手在庄之蝶的下边摸去，一柄尘根竟挺了起来，便拉男人上去……（此处作者有删节）不觉叫了一声，身子缩成一团。庄之蝶说："原来你也没能耐的？"女人说："我没说你，你倒弹嫌了我。你总说你不行，一说起汪希眠老婆，你就兴成那样了？！我哪里比得上你好劲头，你是老爷的命，衣来伸手，饭来张口，这两处的家，什么事我不操心？"庄之蝶说："快别胡说！你才多大年纪，周敏那媳妇虽比你小六七岁，可她受的什么苦，脸上却没一条皱纹的。"牛月清就恼了，说："一个汪希眠老婆你还不够，还要提说唐宛儿，她受什么苦的？听夏捷来说，她是同周敏私奔出来的？"庄之蝶说："嗯。"女人说："能私奔出来，在家肯定是什么活儿也不干的姑奶奶身子！说女人贱也就贱在这里，男人对她越是含在口里捧在手里，她越是温饱了思淫，要生外心的。"庄之蝶说："夏捷几时来的？"女人说："半后晌来的，来了给我带了一只菊花玉石镯儿，说是唐宛儿让她捎给我的,说那日请客我没能去,心里过不去。"庄之蝶说:"你瞧瞧,人家对你这么好的,你倒背后还说人家不是。玉镯儿呢?让我瞧瞧什么成色?"女人说:"我这么胖的胳膊,根本戴不进去,装在箱子里了。我哪儿是说了人家的不是?我是嫌你在外见着一个女的了,就回来拿人家的长处比我的短。别说人比人比死人,如果这个家我百事不操,我也不会这么些皱纹!"庄之蝶赶紧不再提唐宛儿,说:"你也是辛苦,赶几时请一个保姆来,前几日赵京五说他帮咱物色一个的,到时候你就也不干,动口不动手地当清闲主儿。"牛月清气消下来,说:"那你看吧,我也会保养得细皮嫩肉哩。"两人说了一阵话,女人偎在丈夫的怀里猫一般睡了,庄之蝶却没有睡意,待女人发了鼾声,悄悄坐起来,从枕下取了一本杂志来看,看了几页又看不下去,吸着烟指望城墙头上的埙声吹动。但这一晚没有埙声,连收破烂的老头的吆喝也没听着。

翌日,牛月清去老关庙商场的糕点坊去订购寿糕,又特意让师傅用奶油浇制了恭贺汪老太太七十大寿的字样,又买了一丈好几的苏州细绸、一瓶双沟老窖、一包腊汁羊肉、二斤红糖、半斤龙井回来。庄之蝶却不想去。牛月清说:"这可是你不去呀,汪希眠的老婆要问起我怎么说?"庄之蝶说:"今日那里一定人多,乱七八糟的,我也懒得去见他们说话。汪希眠问起,就说市长约我去开个会,实在走不开身。"牛月清说:"人家要你去,是让你给汪家壮脸的,汪希眠见你不去生气了,我向人家提出借钱,若慷慨就罢了,若有个难色,我怎么受得了?你是真的不去,还是嫌我去了丢显你,那我就不去了。"庄之蝶说:"你这女人就是事多!我写幅字你带上,老太太一定会高兴的。"说毕展纸写了"夕阳无限好,人间重晚晴"。督促女人去了。

牛月清一走,庄之蝶就思谋着去周敏家,琢磨该拿些什么送唐宛儿。在卧房的柜里翻了好大一会儿,只是些点心、糖果一类,就到老太太房里,于壁橱里要找出一块儿花色丝绸来。老太太却要给他说话,唠叨你爹天麻麻亮就来说泼烦了,她问大清早的生哪里的气,你爹说了:"我管不住他们,你们也不来管他们!"庄之蝶问:"他们是谁?"老太太说:"我也问他们是谁。我们的女婿这么大的人物，和市长都平起平坐吃饭的，谁敢来欺负了你？你爹说，还不是隔壁新的小两口，一天到晚地吵嘴打架，苦得他睡也睡不稳，吃也吃不香。我想了，你爹不会说谎的，你今日既然不去做客吃宴席，就一定要去你爹那儿看看，真有那烦人的隔壁，你用桃楔钉在那里！"老太太说罢就去院里用刀在一株桃树上削桃节儿。庄之蝶又气又笑，忙扶她回来，削了三四节桃木棍，答应去看看的。

原本安妥下老太太抽身就能走开，不想牛月清的干表姐从郊区来了，给老太太带了一包小米。老太太好生喜欢，笑着笑着就哭起来，说这闺女还记着她，问她爹在干什么，一年半载也不来看看，现在乡里富了，就忘了老姊妹，老姊妹并不向他借钱用嘛。干表姐忙解释她家承包了村里的砖瓦窑，老爹虽干不了体力活，但老爹是有名的火工，火色全由他把握的，实在抽不开身。老太太就说："现在抽不开身了，当年怎么三天五天来一趟，吃了喝了，走时还要带一口袋粗粮回去，那就有空了？！"说得干表姐脸一阵红一阵白。庄之蝶就圆场说娘老了，脑子不清楚了，整天价胡说。干表姐说："我哪儿就怪老人的？她说的也是实情，当年我们家孩子多，日子恓惶，全凭老姑家周济的。"就对老太太说："老姑，你骂我爹骂得好，我爹也觉得好久没来看你了。再过十天，乡里过庙会，有大戏哩，这回我爹特意让我接了你去的。"老太太说："城里有易俗社、三义社、尚友社，你妹夫看戏从不买票的，我倒去乡里看戏？"干表姐说："戏园子里看戏和土场上看戏不一样的，再说乡里富了，我爹说接了你去好好伺候伺候你。"老太太说："这我就得去了！可你只请我，怎不也请了你老姑父？"干表姐脸色煞白起来，直拿眼睛看庄之蝶。庄之蝶说："她就这样，一会儿说人话，一会儿说鬼话。"干表姐说："请的，请我老姑父的。"老太太就说："之蝶，这就好了，你和你表姐去你爹坟上看看去，惩治了那隔壁，你爹才肯去的。"庄之蝶无奈，只好说让干表姐吃些东西再去，干表姐说她不饥的，却还是把庄之蝶拿出的糕点、水果各样吃了些，就问，家里这冰箱值多少钱，录放机多少钱，还有那组合柜、床头柜、柜上的那盏台灯，眼馋得了得。两人要出门时，老太太却突然要干表姐留下说句话儿，让庄之蝶先出去。庄之蝶在院中等了好一会儿，干表姐一脸通红地出来了，庄之蝶问："我娘又说什么了？"干表姐说："她是问月清妹妹捎去的药吃了没有，有了身子了没有，叮咛要你姐夫不得喝酒……我倒真恐慌，有心让孩子来你们这里享福，又担心这孩子不聪明，辱没了你们。"庄之蝶一时不知说些什么，胡乱地支吾了一通，把话支开，就又说老太太阴阳难分的趣事。干表姐说："老太太年岁大了，少不得说话没三没四的。可人一老，阴间阳间就通了，说话也不敢全认为是胡言乱语，我们村也常有这等事。"庄之蝶苦笑了，说："没想表姐和我娘一样的！"

　　两人骑了"木兰"出了北城门，一直往汉城遗址西边的一个土沟畔去。天极热，摩托车停在路口，满身臭汗地踏过一片土坷垃地，一到沟畔的地塄边，远远就看见了竖起的一面石碑。干表姐哇的一声先哭起来了。庄之蝶说："姐，你怎么哭了？"干表姐说："不哭，老姑父生气不说，周围的鬼魂倒要笑话老姑父了。"就又哭了三声，方停下来。令庄之蝶吃惊的是，就在爹的旧坟左边，果然有了一个新坟丘，上边的茅草还未生起，花圈的白纸被雨水零散地溻在泥土里，一时心想："这一定是爹所说的新来的隔壁了。"胸口怦怦紧跳。干表姐已跪在那里焚纸钱，叽叽咕咕念说不已。庄之蝶走上了沟畔，去打问一个挖土的乡民，问那新坟里是什么人？乡民说是一个月前，薛家寨有姓薛的小两口带了孩子进城去，在三岔路口被一辆卡车一起轧死，一家人就合了一个墓在那里埋了。庄之蝶吓得脸色寡白，知道老太太所说的话不假，忙到那新坟周围钉了桃木楔，扯着干表姐扭头就走。

　　从坟上回来，老太太便被干表姐接了去郊区。庄之蝶看看天已不早，估摸牛月清也该在汪希眠家吃了午饭回来，就胡乱吃了些东西。回想起在坟上的情景，再不敢认定老太太是胡言乱语，便尽力搜索平日她曾说过的荒诞言语，记录在了一个小本上反复琢磨。其时，天突然转阴，风刮得窗子噼噼啪啪价响，似有落大雨的样子，庄之蝶赶忙关了窗子，又到院子里收取了晾着的衣服、被褥。等了一个时辰，雨却没有落下一滴来，而天上汹涌了乌云，瞬息变化着千奇百怪的图像。庄之蝶临窗独坐，看了许久，忽见乌云越聚越多，末了全然是一个似人非人而披发奔跑的形象，尤其那两只赤脚硕大无比，几乎能分辨出那翘起的五个脚趾，以及脚趾上的簸箕纹和斗纹。他觉得有趣，要把这形象记下来，一时寻不到合适字眼，便照了图像来画，却冷不丁感到了恐惧。回头看了看老太太的房间，越发惊骇不安，锁了门就往文联大院这边来。

牛月清下午没有回来，晚上也没有回来。夜里十点左右，一个人来捎信，说夫人让告诉庄之蝶："汪老太太硬是留下她不让走，陪着在那边玩麻将的，她就也请汪老太太和汪希眠的老婆明日到咱家做客，她们是应允了。"庄之蝶说："这么说，是让我明日一早就上街买菜喽？"来人说："阿姨就是这个意思。"遂交给了他一个买菜的单子。庄之蝶看时，单子上写着：猪肉二斤，排骨一斤，鲤鱼一条，王八一个，鱿鱼半斤，海参半斤，莲菜三斤，韭黄二斤，豆荚一斤，豇豆一斤，西红柿二斤，茄子二斤，鲜蘑菇二斤，桂花稠酒三斤，雪碧七桶，豆腐三斤，朝鲜小菜各半斤，羊肉二斤，腊牛肉一斤，变蛋五个，烧鸡一只，烤鸭一只，熟猪肝、毛肚、熏肠成品各半斤。另，从双仁府娘那边带过去五粮液一瓶，啤酒十瓶，花生米一包，香菇木耳各一包，糯米一碗，红枣一袋，粉丝一把。再买豌豆罐头一瓶，竹笋罐头一瓶，樱桃罐头一瓶，香肠一斤，黄瓜二斤，发菜一两，莲子三两。庄之蝶说："这么麻烦的，真不如上饭店去包一桌两桌子！"来人说："阿姨就估摸你会说这话的，她让我叮咛你，这是汪希眠夫人要来的，饭店就是吃山喝海，没有家里做着吃有气氛，且能说些话的。"庄之蝶在心里说："她真的以为我看上汪希眠的老婆了？！"打发来人走后，想想既然在家这么招待，真不如趁机也请了孟云房两口、周敏两口来快活快活，一来让牛月清看看自己并无意于汪希眠的老婆，二来也让唐宛儿来家看看。主意拿定，连夜就给赵京五拨了电话，让他明日一早来帮他去炭市街副食市场买了这一揽子菜蔬。

清晨起得很早，庄之蝶骑车就去了芦荡巷副字八号周敏家。唐宛儿已经起来化了妆，在镜前收拾头发。周敏蹲在葡萄藤下满口白沫地刷牙，见庄之蝶进了院子，喜欢得如念了佛。妇人听见了，双手在头上忙着迎出来，脸倒红了一下，问过一声却走到一边还继续盘发髻。周敏说："头还没收拾停当？怎么不给庄老师倒茶的？"妇人方自然了，忙不迭地就去沏茶；茶水太烫，双手倒换着捧过来，一放下杯子吸吸溜溜甩手地叫，又不好意思，就给庄之蝶绽个笑。庄之蝶说："厉害吗？"妇人说："不疼的。"手指却吮在口里。

妇人一夜睡得满足，起来又精心打扮了，更显得脸庞白净滋润，穿一件粉红色圆领无袖紧身小衫，下边一个超短窄裙，直箍得腰身亭亭，腿端长如锥。庄之蝶说："今日要出门吗？"妇人说："不到哪儿去呀！"庄之蝶说："那打扮得这么精神？"妇人说："我有什么衣服呀，只是化了妆。我每天在家也是这样，化化妆，自己也精神，就是来了人，见人也是对别人的尊重嘛！庄老师该笑话我们的俗气了？！"庄之蝶说："哪里能笑话，这才像女人哩。这衣服够帅的嘛！"庄之蝶说着，心里咯噔一下，妇人脚上穿着的正是那日他送的皮鞋。妇人也看了出来，就大声说："庄老师，这一身衣服都是五年前的旧衣服了，只有这鞋是新的，你瞧，我这双鞋好吗？"庄之蝶心放下来，知道妇人这么说，一是给周敏听的，二是给他暗示：她并没有说出送鞋的事来。庄之蝶也就说："不错的。其实衣服鞋袜不存在好与不好，就看谁穿的。"周敏从院子里摘了一串葡萄，回来说："她就是衣服架子！鞋这么多的，偏就又买了这双，有了新的就又不下脚了！"庄之蝶心中大悦。妇人为什么没有告诉周敏鞋的来源，且当了周敏的面谎说得自自然然，那么，她是对自己有那一层意思了吗？就说："周敏，今日我这么早来找你，是请你们中午到我那儿吃顿饭的，你们有天大的事也得放下，是非去不可的了！请的还有画家汪希眠的母亲和夫人，再就是孟云房夫妇。我在这里不能多待，还要去通知老孟，通知了上街急着采买的。"妇人说："请我们呀，这受得了呀？"庄之蝶说："我上次不也来吃请过吗？"妇人说："这实在过意不去了，我们巴不得去认认门的，也该是见见师母了。可请那么多人，我们是什么嘴脸，给你丢人了！"庄之蝶说："已经是朋友了，就别说两样话。宛儿，是你托夏捷把一只玉镯儿给了我的那口子了？"妇人说："怎么，师母不肯赏我的脸儿吗？"庄之蝶说："她哪里是不肯收，只是觉得连面儿都没见的，倒白收的什么礼？！"唐宛儿说："哟，什么值钱的东西！周敏念及孟老师给我们介绍了你，给夏姐儿送了一个镯儿，我寻思给夏姐儿一个了，也一定要送师母一个的，就托她送了去的。"庄之蝶就从怀里掏出一个布包儿，说："你师母让我回送一件东西的，倒不知你们喜欢不喜欢的？"妇人便先拿了过去，一边绽，一边说："师母有这般心意，送个土疙瘩来我也喜欢！"绽开了，却是一枚古铜镜儿，呀地就叫了："周敏，你快来看的！"周敏也便看了，说："庄老师，这你让我为难了，这可是没价儿的稀罕物！"庄之蝶说："什么价儿不价的，玩玩嘛！"妇人却已拿着照自己，说以前听人说过铜镜，倒想铜镜怎么个照呀，谁知竟和玻璃一样光亮的，就把桌上摆着的一个画盘取掉，把铜镜放在那支架上，又是照个不停。周敏说："瞧你臭美！"妇人说："我是想这铜镜儿该是古时哪个女人的，她怎么个对镜贴花黄的？"说罢了，却噘了嘴，说："周敏，以前我收拢的那几个瓦当，你全不把它当事儿，这儿塞一个，那儿塞一个的，把一个还给我摔破了，这镜儿可是我的宝贝，放在这里你不能动啊！"周敏说："我哪里不晓得轻重贵贱？"看着庄之蝶，倒有些不好意思。妇人就说："周敏，那你就替庄老师跑跑腿，去通知孟老师，回来了买些礼品，说不定今日是庄老师的生日还是师母的生日哩。"庄之蝶说："谁的生日都不是，吃饭事小，主要是朋友聚聚。"周敏便随着要走，庄之蝶也要走，周敏说："有我去通知，你就不急了，让唐宛儿去街上买些甑糕和豆腐脑回来，你一定没吃早点的。"庄之蝶也就坐下来，说那便歇口气再走吧。

周敏一走，唐宛儿便把院门关了，回来却说："庄老师，我给你买甑糕去吧。"庄之蝶一时竟不自然起来，站起了，又坐下，说："我早上不习惯吃东西，你要吃就给你买吧。"妇人笑着说："你不吃，我也不吃了。"拿一对毛眼盯着庄之蝶。庄之蝶浑身燥热了，鼻梁上沁了汗珠，却也勇敢地看了妇人。妇人就坐在了他的对面，凳子很小，一只腿伸在后边，一只腿斜着软软下来，脚尖点着地，鞋就半穿半脱露出半个脚后跟，平衡着凳子。庄之蝶就又一次注视着那一双小巧精美的皮鞋。妇人说："这鞋子真合脚，穿上走路人也精神哩！"庄之蝶手伸出来，却在半空划了一半圆，手又托住了自己的下巴，有些坐不住了。妇人停了半会儿，头低下去，将脚收了，说："庄老师。"庄之蝶说："嗯。"抬起头来，妇人也抬了头看他，两人又一时没了话。庄之蝶吃了一惊，说："不要叫我老师。"妇人说："那我叫你什么？"庄之蝶说："直呼名字吧，叫老师就生分了。"妇人说句："那怎么叫出口？"站起来，茫然无措，便又去桌上抚弄了铜镜儿，说："听孟老师说，你爱好收集古董的，倒舍得把这么好的一枚铜镜送我们？"庄之蝶说："只要你觉得它好，我也就高兴了！你姓唐，这也是唐开元年间的东西，你保存着更合适哩。你刚才只看那镜面光亮，还没细看那背面饰纹吧？"妇人就把铜镜翻了来看，才看清镜背的纽下饰一鸳鸯立于荷花上；纽两侧再各饰一口衔绶带、足踏莲花的鸳鸯；纽上方是一对展翅仙鹤，垂颈又口衔绶带同心结。而栉齿纹凸起的窄棱处有铭带纹一周，文为："昭仁晒德，益寿延年，至理贞壹，鉴优长全，窥妆起态，辨皂坤妍，开花散影，净月澄圆。"妇人看了，眼里充溢光彩，说："这镜叫什么名儿？"庄之蝶说："双鹤衔绶鸳鸯铭带纹铜镜。"妇人说："那师母怎肯把这镜送我？"庄之蝶一时语噎，说不出话来。妇人却脸粉红，额头上有了细细的汗珠沁出，倒说："你热吧？"自个儿起身用木棍撑窗子扇。窗子是老式窗子，下半截固定，上半截可以推开。木棍撑了几次撑不稳，踮了脚双手往上举，妇人的腰身就拉细拉长，明明白白显出上身短衫下的一截裸露的后腰。庄之蝶忙过去帮她，把棍儿刚撑好，不想当的一声棍儿又掉下来，推开的窗扇砰地合起，妇人吓得一个小叫，庄之蝶才一扶了她要倒下的身子，那身子却下边安了轴儿似的倒在了庄之蝶的怀里。庄之蝶一反腕儿搂了，两只口不容分说地粘合在一起，长长久久地只有鼻子喘动粗气。

……庄之蝶空出口来，喃喃地说："唐宛儿，我终于抱了你了，我太喜欢你了，真的，唐宛儿。"妇人说："我也是，我也是。"竟扑扑簌簌掉下泪来。庄之蝶瞧着她哭，越发心里爱怜不已，用手替她擦了，又用口去吻那泪眼，妇人就味味笑起来，挣扎了不让吻，两只口就又碰在一起，一切力气都用在了吸吮，不知不觉间，四只手同时在对方的身上搓动。庄之蝶的手就蛇一样地下去了，裙子太紧，手急得只在裙腰上抓，妇人就把裙扣在后边解了，于是那手就钻进去，摸到了湿淋淋的一片……（此处作者有删节）庄之蝶说："那天送给你鞋，我真想摸了你的脚的。"妇人说："我看得出来，真希望你来摸，可你手却停住了。"庄之蝶说："那你为什么不表示呢？"女人说："我不敢的。"庄之蝶说："我也是没出息的，自见了你就心上爱你，觉得有缘分的，可你是我接待的第一个女人，心里又怯，只是想，只要你有一分的表示，我就有十分的勇敢的。"女人说："你是名人，我以为你看不上我哩。"庄之蝶把软得如一根面条的妇人放在了床上，开始把短裙剥去，连筒丝袜就一下子脱到了膝盖弯。庄之蝶的感觉里，那是幼时在潼关的黄河畔剥春柳的嫩皮儿，是厨房里剥一根老葱，白生生的肉腿就赤裸在面前。妇人要脱下鞋去，彻底褪掉袜子，庄之蝶说他最爱这样穿着高跟鞋，便把两条腿举起来，立于床边行起好事。妇人沾着动着就大呼小叫，这是庄之蝶从未经历过的，顿时男人的征服欲大起，竟数百下没有早泄，连自己都吃惊了。唐宛儿早满脸润红，乌发纷乱，却坐起来说："我给你变个姿势吧！"下床来趴在床沿。庄之蝶仍未早泄，眼盯着那屁股左侧的一颗蓝痣，没有言语，只是气喘不止。妇人歇下来，干脆把鞋子丝袜全然脱去……（此处作者有删节）庄之蝶醉眼看妇人如虫一样跃动，嘴唇抽搐，双目翻白，猛地一声惊叫……

　　庄之蝶穿好了衣服，妇人却还窝在那里如死了一般，他把她放平了，坐在床对面的沙发上吸烟，一眼一眼欣赏那玉人睡态。妇人睁眼看看他，似乎有些羞，无声地笑一下，还是没有力气爬起来，庄之蝶就想起唐诗里关于描写贵妃出浴后无力的诗句，体会那不是在写出浴，完全是描述了行房事后的情景。妇人说："你真行的！"庄之蝶说："我行吗？！"妇人说："我真还没有这么舒服过的，你玩女人玩得真好！"庄之蝶好不自豪，却认真地说："除过牛月清，你可是我第一个接触的女人，今天简直有些奇怪了，我从没有这么能行过。真的，我和牛月清在一块儿总是早泄。我只说我完了，不是男人家了呢。"唐宛儿说："男人家没有不行的，要不行，那都是女人家的事。"庄之蝶听了，忍不住又扑过去，他抱住了妇人，突然头埋在她的怀里哭了，说道："我谢谢你，唐宛儿，今生今世我是不会忘记你了！"妇人把庄之蝶扶起来，轻声地叫了："庄哥。"庄之蝶说："嗯。"妇人说："我还是叫你老师的好。"庄之蝶说："是你笑我太可怜了？"妇人说："一直叫你老师，突然不叫就不好了。人面前我叫你老师，人后了就叫你庄哥吧！"两人又搂了亲了一回，妇人开始穿衣，收拾头发，重新画眼线，涂口红，说："庄哥，我现在是你的人了，你今日请汪希眠的老婆，那一定是天仙一般的人物，我去真不会丢脸儿吧？"庄之蝶说："让你去，你就知道你的自信心了！"妇人说："但我怕的。"庄之蝶说："怕什么？"妇人说："师母能欢迎我吗？"庄之蝶说："这就看你怎么个应酬法了。"妇人说："我相信我会应酬了的，但心里总是虚。还有，这一身衣服该让她笑话了。"庄之蝶说："这衣服也漂亮的，现在是来不及了，要不我给你钱，你去买一身高档时装穿了。"妇人说："我不花你的钱，我只要你在这里看看我穿哪一件的好。"就打开柜子，把所有衣服一件一件穿了试，庄之蝶倒心急起来，待选定了一条黑色连衣裙，就抱着又亲了一回，匆

67

匆出门先回去了。

回到家来，赵京五已买了全部食品，因为进不了门，一整堆儿放在门口，人却不见了。庄之蝶开门正收拾着，牛月清和汪希眠的老婆就来了。瞧见庄之蝶蹲在厨房剖鱼，汪希眠老婆就叫起来："哎哟，我享的什么福呀，这么大的作家给我下厨房剖鱼！"牛月清就说："好了，你别做样子了！嫂子，我这家里比不得你家，你委屈了挑块干净地方坐，让之蝶陪你说话，我该在厨房忙活了！"庄之蝶说："希眠呢？他怎么还不到？是和老太太搭的出租车？"牛月清说："希眠今天去北京，票几天前就买好了的，他是不得来的。老太太昨儿晚还说得好好的要来，今早起来头却晕，怕是昨儿高兴，玩了半宿的麻将，就累着了。她说她实在不能来的，有什么好吃的，末了给她捎一点过去，权当她也是来过了。"庄之蝶说："这太遗憾了，老太太还从未来过我这儿的。"汪希眠老婆说："她不来也好，迟迟早早的我也落得自由，老人家在场，咱们说话倒不随便哩！"牛月清就笑着说："今日嫂子一人，在我这儿怎么自在怎么来！"就脱了高跟鞋，穿了围裙，把庄之蝶和汪希眠老婆推到书房去坐。

庄之蝶安顿汪希眠老婆在书房坐了，问道："人怎么瘦了？"那老婆就摸着脸，说是瘦了，瘦得失了形没个样子了。庄之蝶说瘦是瘦了，人却越发清秀，是不是减肥药苗条的？那老婆就说："人老珠黄了还减什么肥？年初到现在，整日里打不起精神，动不动就害冷，感冒，吃了许多药也不济事。月前有老中医看了，说我这病是一锅烧不开的水，吃什么药也没用的，是月子里害的病症儿，就得怀个娃娃，怀娃娃使全身功能来一次大调整方能好的。可我现在怀什么娃娃？就是要怀，也怀不上了！"庄之蝶说："人常说，五十九努一努，六十朝上还生一炕，你才多大年纪？如果真要生个娃娃，我负责给你弄出个指标来！"汪希眠老婆说："你比我们年轻，要生娃娃你怎不生一个呢？"这老婆是无心说起，庄之蝶却脸红起来，正巧牛月清从厨房去对门屋里取花椒调料，听见了这边说的话，就一挑了帘子出来，说："嫂子这话说着了，我们已决定要养个娃娃的，以前之蝶总是忙事业，怕有个娃娃分心。如今看来没个娃娃，两个大人在家里冷清无事的。我劝他，文章写到什么时候才是个够，论名儿也浪得差不多了！"汪希眠老婆忙说："就是就是。"庄之蝶却一时瓷在那里，只是皮笑肉不笑。牛月清剜了他一眼，说："之蝶你这呆子，只顾说话，也不拿了水果让嫂子吃？！"庄之蝶忙取了水果给汪希眠老婆了，才记得去给赵京五拨电话，问他怎么又回去了，赶快来帮着做饭呀！

这时候，院子里的喇叭嗡儿嗡儿吹响了三下，一个声音在喊："庄之蝶下来接客！庄之蝶下来接客！"汪希眠老婆说："这是谁在叫呀？"庄之蝶说："讨厌得很，门房那韦老婆子负责倒负责，就是太死板，这么叫我下去接客，我倒像个妓女了！"乐得汪希眠老婆一脸细纹。庄之蝶要出门下去，厨房里牛月清就唤了："今日家有贵客，别的来人都拒绝了，让老婆子就说你不在家。"庄之蝶说："我还请了老孟和周敏他们。"牛月清沉吟了一下，说："你倒会计划。这也好，都热闹热闹。"却悄声说道："孟云房那张嘴云苫雾罩的，他要在场，什么话也说不成，借钱的事怎么提？"庄之蝶说："你这会儿给她说吧。"牛月清说："遇难堪事你就龟头缩了？！"庄之蝶一笑还是走了。牛月清便提了开水壶来书房给汪希眠老婆茶碗续水，说说笑笑着道出借钱的事。汪希眠老婆倒爽快，当即就答应了。倏忽楼道一阵脚步响，就听得孟云房干戳戳的嗓子在嚷："汪嫂子在哪里？"牛月清和汪希眠老婆就住了话头，迎出来。孟云房已到了门口，张口叫道："一年没见了，只说你显老了，你竟比夏捷年轻面嫩，你让我们还活人不？我现在知道了，汪希眠创造力那么旺盛，原来源泉不老嘛！"汪希眠老婆说："你这个老鸦嘴，不作践我就没话说了，你要看上我，你和希眠换一换！"孟云房就对夏捷说："我愿意，你一定比我更愿意，希眠一张画卖千百元，比跟着我享福的！"夏捷瞪了孟云房一眼，也笑了说："汪希眠不会看上我，你给嫂子当个伙夫还是可以的。"汪希眠老婆过来拧夏捷的嘴，两人就乱作一团，亲热得如孩子。孟云房坐下喝茶，拿眼睛还在瞅那老婆，说："嫂子，我说你年轻你还不信，之蝶你也瞧瞧她头上的火焰多高！"汪希眠老婆吓了一跳："头上有焰？"孟云房说："什么动物头上都有焰的，焰的大小明暗表示着生命力的长短强弱。"庄之蝶说："你不知道老孟现在学气功？"汪希眠老婆说："听说过，果然神神道道的。"孟云房说："什么是神神道道？我已经弄通了《梅花易数》《大六壬》，《奇门遁甲》《皇极经世索隐》也是读过了三遍，出外做过三次《易经》报告了。现在正攻《邵子神数》，这是一本天书，弄通了，你前世是什么托变，死后又变何物，现生父母为谁，几时生你，娶妻何氏，生男还是生女，全清清楚楚……"庄之蝶说："按你这么说，什么都是有定数的，那就用不着奋斗了。"孟云房说："定数是当然有定数，但也不是说人活在世上不用奋斗。我琢磨了，正是在定数之内强调奋斗才能使生命得到充分的圆满的。《邵子神数》海内外流传的原本极少，而解开这本书的钥匙原也有一本书的，现在可以说绝迹，其中有六位数字我总算倒腾开了两个数字。这你不要笑，孕璜寺的智祥大师他也没办法，如今研究这本书的人疯了一般……"牛月清就过来说："云房，你别在这里海阔天空，你今日任务还是当厨师！"孟云房说："瞧瞧，这就是我的定数，将来当了国家主席了，也是要给政治局的人做饭的。"就去了厨房。汪希眠老婆见孟云房走了，便对庄之蝶说："之蝶，那件事你怎么不给我说？"庄之蝶说："什么事？"汪希眠老婆说："还有什么事？！昨儿在我家要是说了，现成的东西就拿来了！"庄之蝶说："这都是月清胡成精。蒙你关照了。"夏捷听不懂，问："什么事呀，鬼鬼祟祟的！"庄之蝶没言语，汪希眠老婆说："之蝶，这事可不能给她说吧，明日莲湖公园东兴桥头第三根栏杆下见，不见不散。"庄之蝶也说："暗号照旧。"夏捷就噘了嘴说："好狗男女，我向月清告密去！"说过了，心里却不悦起来，知道他们故意说趣话岔开真实事情，把她当了外人，就问周敏两口怎么不来，家里有没有五子棋，唐宛儿来了，这次非赢了不可。语未落，有人敲门，这女人就一边去开门一边骂："小骚精你架子大，做老师师母的都来了，你们悠哉游哉才到，敢是在家又日捣了一回才出门的？"门一开，门口却站着赵京五，身后一个提了大包裹的小美人脸都红了，当下捂嘴过来叫庄之蝶。庄之蝶出来，倒也惊讶了。小美人说："庄老师，我来报到呀！"庄之蝶一时措手不及，呆在那里。赵京五说："柳月刚才找我，说辞了那家要过来。我说改日吧，今日庄老师家请客的。可柳月一听更乐了，说这不正需要我了吗？我想想也对，就领她来了！"

庄之蝶就一手拎了大包裹，一手引了柳月到厨房来见牛月清。说："月清，你瞧谁来了？前几日我对你说过找个保姆的，偏今日京五就领来了！"牛月清看时就笑了："今日是怎么啦，咱们家要开美人会议了！"一句话说得柳月轻松了许多，叫了声："师母，往后你多指教了！"一双眼就水汪汪地滴溜儿，看自己新的主妇中等身体，稍有些胖，留有时兴的短发型，却用一个廉价的塑料发箍在那里箍着，方圆大脸，鼻子直溜，一双眼大得无角，只是脸上隐隐约约有些褐斑点子。牛月清问："叫什么名字？"柳月说："柳月。"牛月清说："我叫月清，你叫柳月，这么巧的一个月字！"柳月说："这就活该我进你家门的。"牛月清就喜欢了："这真是缘分！柳月，你现在看到了，我们家就是这般样子，要说劳累不怎么劳累，只是来客多，能眼里有水，会接待个人就是了。不进这个门是外人，进了这个门就是一家子，你庄老师整日价在外忙事业，咱们姐妹两个就过活了！"柳月说："大姐这般说话，我柳月是跌到福窝了。只是我乡里出身，人粗心也粗，只怕接人待物出差错，别人骂我倒可，影响了你们声誉事却大。你权当是我的亲姐姐，或者说是我家大人，多要指教，做得不到你就说，骂也行，打也行的！"一席话说得牛月清越发高兴，柳月就一支发卡把头发往后拢个马尾，挽了袖子去洗菜。牛月清一把拦了，说："快不要动手，才来乍到，汗都没退，谁要你忙活？！"柳月说："好姐姐，我比不得来的客人，之所以赶着今日来，就是知道人多，需要干活的，要不我凭什么来热闹？！"牛月清说："那也歇歇气呀！"庄之蝶就领了柳月认识这些常来的客人，又参观房子。柳月瞧着客厅挺大的，正面墙上是主人手书的"上帝无言"四字，用黑边玻璃框装挂着，觉得这话在哪儿看过，想了想是读过的庄之蝶的书上的话，原话是"百鬼狰狞，上帝无言"，现在省略了前四字，一是更适于挂在客厅，二是又耐人嚼味，心里就觉得作家到底不同凡响。靠门里墙上立了四页凤翔雕花屏风，屏风前是一张港式椭圆形黑木桌，两边各有两把高靠背黑木椅。"上帝无言"字牌下边，摆有一排意大利真皮转角沙发。南边有一个黑色的四层音响柜，旁边是一个玻璃钢矮架，上边是电视机，下边是录放机。电视机用一块儿浅色淡花纱巾苫了，旁边站着一个黑色凸肚的耀州瓷瓶，插偌大的一束塑料花，热热闹闹，只衬得黑与白的墙壁和家具庄重典雅。柳月感叹，有知识的人家毕竟趣味高，哪里会像照管孩子的那家满屋子花花绿绿的俗气。客厅往南是两个房间，一个是主人的卧室，地上铺有米黄色全毛地毯，两张单人席梦思软床，各自床边一个床头矮柜。靠正墙是一面壁的古铜色组合柜，临窗又是一排低柜。玫瑰色的真丝绒窗帘拖地，空调器就在窗台。恰两张床的中间墙上是一巨幅结婚礼服照，而门后却有一个精致的玻璃镜框，装着一张美人鱼的彩画。柳月感兴趣的是夫妇的卧室怎么是两张小床，一双眼睛就疑惑地看着庄之蝶。庄之蝶知道她的意思，说："这床能分能合的。"柳月就咯咯地笑。这一笑，书房里的汪希眠老婆、夏捷就跑出来，柳月窘得满脸通红。庄之蝶介绍了，夏捷一把拉了柳月到书房，直盯盯看着，说："这哪里是保姆，来了个公主嘛！"问："你是哪里人？"柳月说："陕北人。"汪希眠老婆说："我知道，那里有两句话：'清涧的石板瓦窑堡的炭，米脂的婆姨绥德的汉'。你一定是米脂人！"柳月点了头说："汪家大姐真有知识！"汪希眠老婆说："有知识的是你家主人哩，你瞧瞧人家这书房！"柳月扭头看起来，这间房子并不大，除了窗子和门外，凡是有墙的地方都是顶了天花板高的书架。上两层摆满了高高低低粗粗细细的古董。柳月只认得西汉的瓦罐，东汉的陶粮仓、陶灶、陶茧壶，唐代的三彩马、彩俑。别的只看着是古瓶古碗佛头铜盘，不知哪代古物。下七层全是书，没有玻璃暗扣扇门，书也一本未包装皮子，花花绿绿反倒好看。每一层书架板突出四寸空地，又一件一件摆了各类瓦当、石斧、各色奇形怪状石头、木雕、泥塑、面塑、竹编、玉器、皮影、剪纸、核桃木刻就的十二生肖玩物，还有一双草鞋。窗帘严拉，窗前是特大的一张书桌，桌中间有一尊主人的铜头雕像，两边高高堆起书籍纸张。靠门边的书架下是一方桌，上边堆满了笔墨纸砚，桌下是一只青花大瓷缸，里边插实了长短书画卷轴。屋子中间，也即那沙发前面，却是一张民间小炕桌，木料尚好，工艺考究，桌上是一块儿粗糙的城砖，砖上是一只厚重的青铜大香炉。炉旁立一尊唐代仕女，云髻高耸，面容红润，凤目娥眉，体态丰满，穿红窄短衫，淡紫披巾，双手交于腹前，一张俊脸上欲笑未笑，未笑含笑。柳月一看见这唐仕女就乐了，说："她好像在动哩！"庄之蝶立即兴奋了，说："柳月的感觉这么好，立即就看出来了！"便点了一炷香在香炉，炉孔里升起三股细烟上长，一直到了屋顶如白云翻飞，说："现在再看看。"众人都叫道："越看她越是飘飘然向你来了哩！"夏捷就说："这真是缘分，你们看看这唐仕女像不像柳月？眉眼简直是照着柳月捏的！"柳月看了，也觉得酷像，说了句："是我照着人家生的吧！"说罢倒羞起来，歪在门框上不语了。庄之蝶说："柳月，平日你和你大姐在家，得空就可以来书房看看书的。"夏捷说："哟，你这书房是皇帝的金銮殿，凡人不得进来，今日我也是沾了汪嫂的光方坐了这半天，柳月一来倒给这么大的优待了！"庄之蝶脸也红了，说："柳月从此是我家人嘛！"夏捷越发抓住不放，说："哟哟，说得好亲热的，你家人了？！"走过去，附在庄之蝶耳边悄声说："请的是保姆，可不是小妾，你别犯错误啊！"庄之蝶大窘，面赤如炭。柳月并没有听见他们耳语了什么，却明白一定与自己有关而羞了主人，就说："让我看书，我是学不会个作家的。每日进来打扫卫生，我吸吸这里空气也就够了！"门外却有人在说："打扫卫生可不敢打死了蚊子，蚊子是吸过庄老师的血，蚊子也是知识蚊子，让我们来了叮叮我们，也知识知识！"

　　众人回头看去，书房门口站着的是一位美艳少妇，少妇身后是周敏，笑容可掬的，提了一包礼品。庄之蝶霍地站起来，站起来却没了话。少妇是极快地目掠了他一下，嘿嘿嘿地笑："庄老师，我们来迟了，你不给我们介绍介绍吗？"庄之蝶立即活泛开来，接过周敏的礼品，拥他们进得书房，一一介绍了。轮到说这是大画家汪希眠的夫人，那老婆就说："要介绍就介绍我，我可不沾汪希眠的光。"伸了手和唐宛儿先握了，说："天下倒有这么白净的人，我要是男人，舍了命都要去抢了你的！"一句话却说得唐宛儿噎了气，脸上顿时灰了光彩，直到庄之蝶让她与柳月认识了，才缓过劲来，但再不正眼儿看汪希眠老婆，只和柳月说个不停，甚至拉了柳月的手捏来捏去，还从头上拔一支红发卡别在柳月头上，说："我怎么见你这般亲的，总觉得在哪儿见过了面的！小妹妹，你可要记着我，别以后我来拜见庄老师了，你就是不开门！"柳月说："你是庄老师的乡党、朋友，我要不开门，你就向庄老师告状，这张脸也就全让你掐了！"夏捷一直不言语，末了说："小骚精，话说完了没有？我一直等着你下棋哩！"唐宛儿说："急死你，我还得去见见师母的。"柳月就说："我也该去厨房了，我领你去。"去了厨房，柳月说："大姐，来了客人啦，你快去歇了说话，我给孟老师做下手。"周敏忙把唐宛儿介绍给牛月清，牛月清急忙拍打身上灰，一抬头见面前立着一位鲜活人儿，兀自发了个怔。柳月俊是俊，眉眼儿挑不出未放妥的地方；这唐宛儿眼睛深小，额头也窄些，却皮肉如漂过一样，无形里透出一种亮来。牛月清瞧着那鬓发后梳，发根密集，还以为是假贴了的，待看清是天生就的美鬓，就大声地说道："是唐宛儿呀，咱虽是头次见面，可你的名字我差不多耳朵要听得生茧子！总说让你庄老师引我去看看你，却总走不脱身。跟了他这名人，他一天到黑忙，我也忙，却也不知道忙些什么！可话说回来，咱是没脚的蟹，不为人家忙着服务又能干什么？常言说，女人凭得男子汉，吃人家饭，跟人家转嘛！"孟云房说："这话没说完，吃人家饭，跟人家转，晚上摸人家 ×× 蛋！"牛月清说："你这张屎嘴，甭说唐宛儿叫你老师，人家也是多大点的嫩女子，不怕失了你架子！"孟云房说："初认识时称老师，你以为咱真就是老师？三天五天熟了，狗皮袜子有什么反正！之蝶没出名时候，也不恭敬叫过我老师？现在怎么着，前年叫老孟，去年叫云房，现在是下厨房的伙夫了！你说唐宛儿是嫩女子，唐宛儿什么没经过？前个月我去华山脚下的华阴县去讲《易经》，长途车一路不停，好容易司机停了车，一车人都拥下去解手，一个小伙子一下车门口就尿，后边下来母女两人，老太太忙拦了女儿，就说啦，你这人太不像话，尿尿好赖避着人呀！小伙说，大妈呀，你这般年纪了，我在你面前还不是个娃娃吗？没有啥的。那姑娘却撇了嘴，说："你还是娃娃，你骗谁的？瞧你那东西成了啥颜色了，你当我是外行哩？！"牛月清抄起扫面笤帚就在孟云房头上打，拉了唐宛儿出了厨房，说："甭理他，他越说越得能的！"两人在沙发上坐下了，牛月清便谢呈了送她玉镯儿的事，忽想着庄之蝶曾说过唐宛儿脸上没一根皱纹的，看了看，果然没有。就问平日用的什么面奶，搽的什么油脂，说："你见过汪大嫂子吗？她告诉我白天用黄瓜切成片儿，一页一页贴在脸上十五分钟，让皮肤吸收那汁水儿，夜里睡前拿蛋清儿涂脸，蛋清儿一干，把脸皮就绷紧了，这样就少皱纹的。"唐宛儿说："我倒不用这些！有那么多黄瓜和鸡蛋我还要吃的，那是有钱有闲的人家用的法儿，我胡乱地用些化妆品罢了！"牛月清说："我现在知道了，你是天生的丽质，我怎么也比不得的了，况且这家里里里外外都是我操持忙乱，没心性也没个时间清闲坐在那儿拾掇脚脸！"唐宛儿便提高了声音说："师母真是贤惠人！你口口声声为庄老师活着的，其实外边谁不知道有了你这贤内助才有了庄老师的成就。出门在外，人们说这就是庄之蝶的夫人，这就是对你的尊重和奖赏嘛！"

唐宛儿的话自然传到书房，汪希眠老婆一字一句听在耳里，脸上就不好看起来，低声问夏捷："这小肠肚蹄子，倒挪开我了，我可没得罪了她呀！"夏捷笑笑，附在耳边说了周敏和唐宛儿私奔的事，汪希眠老婆叫了苦："天呀，我刚才说那话，可真是无意的，她就这么给我记仇了？这么心狠的人，跑了就跑了，男人不说了，孩子毕竟是心头肉也不要了？！"

如此乱糟糟说了许多话，自鸣钟敲过十四下，牛月清就拉开厅室的饭桌，孟云房摆上了八凉八热，四荤四素，各类水酒饮料，招呼众人擦脸净手都入席。孟云房不吃酒不动荤，声明他一人在厨房忙活，末了炒些素菜自个儿享用，就不坐席了。众人说声："那就辛苦您了！"遂吆喝举杯。庄之蝶先碰了汪希眠老婆的杯，再碰了夏捷的杯，依次是周敏、唐宛儿、赵京五，最后是柳月。柳月说："和我也碰呀？我是该敬你的！"庄之蝶说："酒席上不分年龄大小，资历高下。"柳月说："那也轮不到我，你和大姐碰了，我再碰！"牛月清说："我们两个还真没碰过杯喝酒的。"众人便说："今日你们就碰碰，来个交杯酒！"牛月清说："来就来吧，老夫老妻了，来一个给大家凑凑兴！"竟用拿杯的手套了庄之蝶的胳膊，众人又是一声儿笑。唐宛儿笑着，却没有声，拿眼儿看柳月，怪她多言多嘴落好儿。柳月正笑得开心，拿眼也看了唐宛儿，唐宛儿却并没对应，别转了头去，看一只从窗台花盆上起飞的苍蝇。那苍蝇就飞过来落在了庄之蝶的耳朵梢上，庄之蝶一手举了酒杯，一条胳膊又被牛月清套了，动弹不得，头摇了摇，苍蝇并不飞走。唐宛儿在心里说：若是天意，苍蝇能从他耳朵上落到我头上的。果然苍蝇就飞过来，停在唐宛儿的发顶上了，这妇人会心而笑，丝纹不动。周敏却看见了，吹了一口气来，苍蝇就在桌上飞来飞去的，唐宛儿恼得拿眼剜他。这一切夏捷看见了，说："瞧着人家老夫妻要喝交杯酒，这小两口也忍不住了！"唐宛儿就笑嗔道："快别节外生枝，让老师师母喝呀！"便动手去扇已经停在猪蹄盘沿上的苍蝇，这么一扇，苍蝇竟直直掉在了牛月清的酒杯里。

当牛月清套了庄之蝶的胳膊要喝交杯酒，唐宛儿眉宇间闪过一道阴影，心里酸酸的不是味道，寻思牛月清年纪大是大了，五官却没一件不是标准的，活该是有福之相，远近人说庄夫人美貌，也是名不虚传。但是，唐宛儿总觉得这夫人的每一个都标准的五官，配在那张脸上，却多少有些呆板，如全是名贵的食物不一定炒在一起味道就好。于是又想，我除了皮肤白外，眼晴是没有她大的，鼻子没有她的直溜，嘴也略大了些，可我搭配起来，整体的感觉却要比她好的。这当儿，苍蝇落在酒杯里，众人都一时愣住，不言语了，她心里一阵庆幸，脸上却笑着说："师母，要喝喝大杯的，换了我这杯吧！"便将自己的酒杯递给了牛月清，交换了牛月清那杯，悄声泼在桌下。庄之蝶和牛月清交杯喝了，牛月清倒感激唐宛儿，亲自拿了酒瓶，重新给唐宛儿倒满了酒，说："唐宛儿，这里都是熟人，我也用不着招呼，你和柳月初来乍到，不要拘束，作了假，我就不高兴了！"唐宛儿说："在你这里我作什么假？我借花献佛，敬师母一杯，上次你没去我家，过几日我还要请你去我那儿再喝的。"两人又喝了一杯。牛月清不能喝酒，两杯下肚脸就烧得厉害，要去内屋照镜子，唐宛儿说："红了多好看的，比涂胭脂倒匀哩！"

　　三巡酒喝罢，只有周敏、赵京五和庄之蝶还能喝，妇道人就全不行了。庄之蝶说："今日就是来喝酒的，你们都不喝这不行，咱们行个酒令才是，还是按以往的规矩，轮流说成语吧！"柳月说："我真是开了眼了！"唐宛儿说："开什么眼了？"柳月说："没来之前，我就想这知识分子家是怎么个生活法？来了以后瞧你们什么话都说，和常人一样嘛，可一上酒桌就又不一样了！以往我见过的酒席上不是划拳就是打老虎杠子，哪里有过说成语的，这成语怎么个说法？"庄之蝶说："其实简单，一个人说句成语，下边的人以成语的最后一字作为新成语的首字，或者同音字也行。以此类推，谁说不上来罚谁的酒。"柳月说："那我就去换了孟老师来！"牛月清说："柳月，你年轻人哪个不高中毕业，还对不出来？要说对不上来的，只有我哩！"孟云房在厨房接了话茬儿说道："常言说，要得会，给师傅睡。你能对不上来？"牛月清就又骂孟云房。庄之蝶便宣布开始，起首一个成语是：嘉宾满堂。下边是赵京五，说，堂而皇之。下边是周敏，说：之乎者也。下边是柳月，说：叶公好龙。下边是夏捷，说：龙行雨施。下边是汪希眠老婆，说：时不待我。夏捷说："这不成的，施与时并不同音，何况这成语是自造的！"庄之蝶说："可以的，可以的。"下边是唐宛儿，似乎难住了，眼睛直瞅了庄之蝶作思考状，突然说：我行我素。庄之蝶说："好！"下边是牛月清，说："素，素，素什么呀，素花布。"众人就笑起来，说："素花布不行的，请喝酒！"牛月清把一杯酒喝了。开始由她起头，说："现在倒想起来了，素不相识，就再说素不相识。"庄之蝶说：识时度势。赵京五说：势不两立。周敏说：立之不起。柳月说：起死回生。夏捷说：生不逢时。汪希眠老婆说：拾金不昧。唐宛儿说：妹妹哥哥。庄之蝶吓了一跳，唐宛儿就笑了，众人都笑，唐宛儿急又改说：眉开眼笑。庄之蝶又说"好！"牛月清说：笑了就好。众人说："这不行，不是成语，你再喝一杯，重开始。"牛月清说："我说我不行的，这瓶酒全让我喝了。唐宛儿坐在我上边，她尽说些我难对的，我要错开。"柳月说："大姐，你坐在我下边，我不会为难你的，让唐宛儿为难庄老师吧。"牛月清真的起身坐到柳月的下边，说："还是从我开始。福如东海。"夏捷说：海阔天空。汪希眠老婆说：空谷箫声。唐宛儿说：声名狼藉。庄之蝶说：积重难返。赵京五说：反复无常。周敏说：长鞭未及。柳月说：岌岌可危。牛月清想了想，又是想不出来，端起杯子又喝了。众人都说女主人厚道，可这酒席是招待大家的，主人却只是自己喝。牛月清也就笑，笑着笑着，身子却软起来，双手抓了桌沿，但双腿还是往桌下溜。庄之蝶说："醉了，醉了。"一句未落，果然已溜在桌下。几个人忙过来要让喝醋或让喝茶，庄之蝶说："扶上床睡一觉就过去了。今日主人家带头先醉了，下来谁输了都不得耍奸。夏捷嫂子，轮到你该说了！"

孟云房在厨房吃完了自炒的素菜，出来说："你们今日怎么啦？酒令尽说些晦气的成语。这样吧，每人各扫门前雪，都端起来碰杯一起喝干，我给大家上热菜米饭呀！"众人立起，将酒杯一尽喝干，个个都是面如桃花，唯周敏苍白。孟云房就端热菜，摆得满满一桌。吃到饱时，上来了桂圆团鱼汤，众勺全伸进去，庄之蝶说："今日酒席上，月清最差，她自然是该要喝醉的，大家评评，谁却对得最好，就赏她喝第一口鲜汤！"夏捷说："你要让唐宛儿先喝，我们是不反对的，偏要使这心眼！"唐宛儿说："我说的哪有夏姐的好，夏姐是编导，一肚子的成语的。"孟云房说："噢，原来是一肚子成语，我总嫌她小腹凸了出来，还让她每日早起锻炼哩！"夏捷就走过去拧了孟云房的耳朵，骂道："好呀，你原来嫌我胖了，老实说，看上哪个蜂腰女人了？"孟云房耳朵被扯着，却还在夹着菜吃，说："我这夫人，就是打着骂着亲爱我哩！"唐宛儿说："让我瞧瞧，你们几个男的，谁的耳朵大些！"就拿眼睛瞅庄之蝶，众人只是会心地笑。庄之蝶装着不理会，第一勺桂圆团鱼汤并未舀给唐宛儿，却给了汪希眠老婆。汪希眠老婆喝罢了汤，便用香帕擦嘴，说她吃好了。她一放碗，唐宛儿、夏捷也放了碗。柳月就站起来给每人递个瓜子儿碟儿，自个儿收拾碗筷去厨房洗涤去了。庄之蝶让大家随便干什么，愿休息的到书房对面的那个房间床上去躺，要看书的去书房看书。汪希眠老婆要了一杯开水喝了些药片儿，说她喝酒多了，去倒一会儿。夏捷嚷道要和唐宛儿下棋，硬拉了周敏去做裁判。庄之蝶和孟云房在客厅坐了，孟云房说："之蝶，还有一事要问你的。上次慧明师父的那个材料你交给了德复，德复很快让市长批了，现在清虚庵要回来了所占的房产，正在扩大重建，慧明也就成了那里掌事的。她好不感念你，要求了几次，请你去庵里喝茶哩！"庄之蝶说："这黄德复还够意思的。要去庵里，能让德复去去也好。"孟云房说："这盼不得的，只怕他不肯。"庄之蝶说："我要邀他，他也多少要给面子的。"孟云房说："他要能去，还有一件大事就十有八九了！清虚庵东北角那块地方，原本也是这次一并收回的，但那里盖了一幢五层楼，住的都是杂户人家。市长的意思，这幢楼就不要让清虚庵收回，因为居民再无法安排住处。慧明师父也同意了，只是五楼上一个三居室的单元房一直没住人，慧明师父想要把这房子给她们，作为庵里来的非佛界的客人临时住所，市长是有些不大愿意。我思谋了，如果这单元房间市长能给了清虚庵，而清虚庵又能让给咱们，平日谁要搞创作图清静去住十天半月，还能规定个日子在那里聚会研讨，这不就成了个文艺家沙龙场所？"庄之蝶听了，脸上生动起来，说："这真是最好不过的事！我给德复说去，估计问题不大吧。"又压低了声音说："可你得保密！除过搞文艺的人外，对谁也不能说。记住，我老婆也不要说，要不我在那里写作，家里来了人，她会让人又去找了我的。"孟云房说："这我明白。"庄之蝶说："还有一事，我倒要求你，你真的能卜卦了？"孟云房就张狂了："'奇门遁'我不敢说有把握，一般的纳甲装卦我却要拍腔了！"庄之蝶说："你咋呼这么大声干啥？你真能卜，给我卜一卦。"孟云房小了声说："什么事，你倒也让我卜卦了？"庄之蝶说："这事你先别问，到时没事就不给你说，真有了事少不得你帮忙。"孟云房却说这需要蓍草，卜卦最灵验的是要用蓍草，他托人从河南弄来了一把蓍草，只是放在家里的。庄之蝶说："这你本事不中找借口了？！"孟云房说："那好吧，就以火柴梗儿代替蓍草。"当下从火柴盒里取出四十九根来，让庄之蝶双手合十捂了。然后又让他随意分做两堆，自个儿就移动这个，移动那个，拢集一起，取出单数在一旁，把剩余的又让庄之蝶随意分两堆。如此六遍，口里念叨阴、阳、老阴、少阳不绝，半晌了，抬头看着庄之蝶，说："什么事，还这么复杂？"庄之蝶说："你是卦师，你还不知道是什么事吗？"孟云房说："以你这几年的势头，是红得尿血的人，怎么这是个'困'卦？！你报个生辰年月吧！"庄之蝶一一报了，孟云房说："你是水命，这还罢了。此事若要问的是物事，物为木，木在口内是困；若要问人事，人在口内为囚。"庄之蝶脸色白了，说："当然是人事。"孟云房说："人事虽是囚字，有牢狱或管制之灾，而可贵的是你为水命，囚有水则为泅，即你能浮游得救。但是，即便是能浮游，恐怕游得好得救，游不好就难说了。"庄之蝶说："你尽是胡说。"起身去给孟云房茶碗续水，心里却慌慌的。

夏捷和唐宛儿下了三盘棋，唐宛儿都输了；输了又不服，拉住夏捷还要下，卧室里就啊的一声惊叫。庄之蝶续了水正把壶往煤炉上放，听见叫声，壶没有放好，哗地水落在炉膛将煤火全然浇灭，水汽和灰雾就腾浮了一厨房。他已顾不得捡那空壶，跑进卧室，牛月清已满头大汗仄坐在地毯上，床上的凉席也溜下来，一个角儿在牛月清身下压折了。众人都跑进来，问怎么啦？牛月清仍是惊魂未散说："我做了个噩梦。"听说是梦，大家松下气来就笑了，说："你是给我们收魂了，吃了你一顿饭真不够你吓的！"牛月清也不好意思地爬起来，先对了穿衣镜理拢头发，说："梦真吓死我了！"孟云房说："什么梦？日本鬼子进村啦？"牛月清说："这一醒来我倒忘了。"众人就又笑。牛月清摇了摇头，认真地说："我多少记些了。好像我和之蝶正坐了汽车，突然车里冒烟，有人喊：车上有炸药要爆炸了！人都往下跳，我和之蝶就跳下来跑，之蝶跑得快，我让他等我，他不等，我跑到一个山崖上了，没事了，他却来对我说：咱俩命大哩。我不理他，关键时候你就自顾自了？！"汪希眠老婆和夏捷就看庄之蝶，庄之蝶说："看我什么，好像我真的那样干了？！"大家又一阵笑，牛月清就又说："我说着就拿手去推他，没想这一推,之蝶就从崖上掉下去……"夏捷便说:"好了好了,那谁也不吃亏了,他没有带着你跑,你也把他推下崖了。我看你是做主人的先醉了,醒来不好意思,就编一个谎儿调节尴尬场面的吧。"牛月清说:"我都吓死了,你还取笑!谁是醉了?有能耐咱再喝一圈儿!"庄之蝶说:"你那能耐大家都领教过了,我提议难得这么多人聚一起,咱照相留个纪念吧!"唐宛儿首先响应,待赵京五第一个给庄之蝶和牛月清拍过合影,就立于两人背后,偏要把一颗脑袋担在牛月清的肩上,说:"给我们也来一张,就这么照!"接着相互组合,一卷胶卷咔咔咔立时照完。周敏看了一会儿热闹,心里发急,对庄之蝶和牛月清说他才到杂志社,不敢多耽误的,便到杂志社去了。

因为喝得有些多,下午又没能按时上班,周敏一路赶得急,脸是越发烧烫。半路上先买喝了一瓶酸梅冷饮,心身觉得清朗了许多。一进文化厅大门,便见院子里有人凑了一堆议论什么。周敏初来文化厅,又是临时招聘,一心要在此改邪归正,立稳阵脚,重新生活,所以手脚勤快,口齿甜美,对谁都以礼相待。听见那堆人里有人说:"说曹操,曹操就到,就是这小伙儿!"当下笑了一下,要走。一个人走近来说:"周敏,你行的!"周敏说:"什么行的,请你多关照啊!"那人说:"你这么客气,真是也学了庄之蝶的一手了!庄之蝶总是对人说他没写什么,可几天不见,一部小说就出来了。你越是夸他写得好,他越说是胡写的。可说实话,庄之蝶写得好是好,还真没一部作品让文化厅的人争读争议。你这一篇,是爆炸性哩!"周敏说:"你们都看了?"那人说:"文化厅没人不看了的,锅炉房那老史头不识字,还让人读着给他听的。景雪荫今早一下飞机,听说连家也没回,那小丈夫就拉她来找厅长,大哭大闹的好是凶火!她闹什么的?别瞧平日一本正经的,原来也勾引过人家作家!可为什么不嫁了庄之蝶?是那时认为庄之蝶配不上她吧,现在后悔了,经人说破又恼羞成怒了?她能认得什么人,真金子都丢了,只会仕途上往上爬,这是她父母的遗传!"周敏不待他说完,就旋风般地向楼上跑去,一推杂志社门,除了钟唯贤外,编辑部的人都在,正在叫骂不休。周敏问:"真的出事啦?"李洪文还在发他的脾气:"姓景的要是这样,咱们就不去,她是中层领导,看能把咱们怎样?"苟大海说:"她老子是高干,子女也不能这样欺负人嘛。听听广大群众的反映,咱们办杂志是为社会办的，不是为她个人办的！"周敏知道景雪荫一定是来编辑部闹过，事情已无法和平处理了，就说："她啥时回来的？庄老师让咱们注意她回来的时间，一回来就先拿了杂志去说明情况，你们没人去吗？"李洪文说："昨天下午成批的杂志一运来，武坤如获至宝先拿了一本，连夜去找景的丈夫，不知煽了一夜什么阴风，那丈夫今早来找厅长。等景雪荫一下飞机，两口又来闹。那小子口口声声他是景雪荫的丈夫，别人不在乎这事他在乎！哼，武坤和他老婆都干了什么？他倒为这篇文章充男子汉！"周敏坐在那里身子发软，中午吃下去的好酒好菜往上泛，心想，怕鬼有鬼，绳从细处断了，这不仅给庄之蝶惹了事，自己一个临时招聘人员还能在杂志社干下去吗？就问李洪文："钟老师呢？"李洪文说："厅长来电话叫去了。"

过了一会儿，钟唯贤回来，一见周敏，说："你来了？"周敏说："钟老师，我对不起咱编辑部了！"李洪文说："这是什么话？不是你对不起谁的事，出了事，咱不要先检讨，一切要对作者负责，对杂志负责。再者，这事直接影响到庄之蝶的声誉，他是名作家，以后还想向人家要稿不要？！"钟唯贤卸下眼镜，凸鼓的眼球布满血丝，用手揉了揉，并没有揉去眼角的白屎，又把眼镜戴上了，说："这我知道。可现在事情闹大了，景中午来厅里闹了一场，我也坚持不承认犯了什么错，她立马三刻去省府见主管文化的瞿副省长了，瞿副省长让宣传部长处理，部长竟让她捎了一封信给厅长，上有三条处理指示：一是作者和编辑部必须承认写庄与景的恋爱情节是无中生有，造谣诽谤，严重侵犯景的名誉权，应向景雪荫当面赔礼道歉，并在全厅机关大会上予以澄清。二是杂志社停业整顿，收回这期杂志，并在下期杂志上刊登声明，广告此文严重失实，不得转载。三是扣发作者稿费，取消本季度奖金。"李洪文就火了："这是什么领导？他调查了没有就指示？厅里也便认了？！"钟唯贤说："厅里就是有看法，谁申辩去？"苟大海说："他们怕丢官，咱杂志社去！老钟，你要说话，你怕干不了这个主编吗？这主编算个×官儿，处级也不到，大不了一个乡长！"钟唯贤说："都不要发火，冷静下来好好琢磨琢磨。周敏，你实话告诉我，文里所写的都真实？"周敏说："当然是真实的。"李洪文说："婚前谈恋爱是法律允许的，再说谈恋爱是两人的事，我不敢说周敏写的真实，可谁又能说写的不是真实？景雪荫现在矢口否认，让她拿出否认的证据来，文中说她送了庄之蝶一个古陶罐，古陶罐我在庄之蝶的书房见过的，她也要赖了？！"钟唯贤说："给我一支烟。"苟大海在口袋里捏，捏了半天捏出一支来，递给钟唯贤。钟唯贤是不抽烟的，猛吸了一口，呛得连声咳嗽，说："我再往上反映，争取让领导收回三条指示。大家出去谁说什么也不要接话，权当没什么。但要求这几天都按时上班，一有事情大家好商量。"说完往自己新搬进的独个办公室去，但出门时，头却在门框上碰了，打一个趔趄，又撞翻了墙角痰盂，脏水流了一地。他骂道："人晦气了，放屁都砸脚后跟！"

李洪文笑了一声，说句："老钟你好走啊！"把门关了，说："庄之蝶在写作上是个天才，在对待妇人上十足的呆子。景雪荫能这么闹，可能是两人没什么瓜葛，或者是景雪荫那时想让庄之蝶强暴了她，庄之蝶却没有，这一恨十数年窝在肚里，现又白落个名儿，就一股脑发气了？"苟大海说："强暴这词儿好。怎么不强暴她就发恨？"李洪文说："你没结过婚你不懂。"苟大海说："我谈过的恋爱不比你少的。"李洪文说："你谈一个吹一个，你也不总结怎么总是吹？恋爱中你不强暴她，她就不认为你是个男子汉，懂了没？"苟大海说："周敏，你有经验，你说。"周敏自个儿想心思，点了点头。李洪文说："庄之蝶要是当年把景雪荫强暴了，就是后来不结婚，你看她现在还闹不闹？"正说得好，门被敲响，李洪文禁了言，过去把门开了，进来的还是钟唯贤。钟唯贤说："我想起来了，有一点特别要注意的，就是这几天在机关碰上了景雪荫，都不得恶声败气，即使她故意给你难堪，咱都要忍，小不忍事情会越来越糟。"李洪文说："你当过右派，我可没那个好传统。"钟唯贤说："啥事我都依了你，这事你得听我的！"说完便又走了。苟大海说："洪文你真残酷，钟老头可怜得成了什么样儿，你还故意要逗他！"李洪文说："周敏，我看这事你得多出头，或者让庄之蝶出面，钟老头是坏不了事也成不了事的，他窝囊一辈子了，胆子也小得芝麻大，只怕将来靠山山倒，靠水水流。"说得周敏六神无主，再要讨李洪文的主意，李洪文却坐在那里取了一瓶生发水往秃顶上擦，问苟大海是否发觉有了新发出来，苟大海说："有三根毛吧。"窗外就噼噼啪啪一阵鞭炮响。

钟唯贤就又跑过来，问："哪里放鞭炮？"李洪文、苟大海、周敏就都往凉台上去，钟唯贤说："让大海一人去看看，都拥在那里目标太大，现在是全文化厅的人都拿眼睛看咱哩！"苟大海在凉台看了，回来说："是三楼西边第二个窗口放的，见我往下瞧，几个人手举了一张报纸，上面写了'向杂志社致敬！'"钟唯贤脸就黑下来，说："这些人是平日看不惯景雪荫，曾提意见说景雪荫凭什么提为中层领导，可厅里没有理睬，借此出气的。"就让苟大海下去制止制止，免得火上加油，忙中添乱。李洪文却说他去，去了一会儿变脸失色又回来，说是不好了，武坤拉了局长去看放鞭炮，叫嚣文化厅成什么样子了，把他们上届杂志社的编委会撤了，这一届的新班子就这样促进厅里的安定团结了？！气得钟唯贤终于骂了一句："杂志社就是查封了，他武坤休想再翻上来，娘的×！给我一支烟。"苟大海却没有烟给他了，到门后捡烟蒂，烟蒂全泡在脏水里。

牛月清去汪希眠家取现款，只怕大额票子拿着危险，叫柳月厮跟了，两人又都换了旧衣。牛月清提一个菜篮子，下边是钱，上边堆一些白菜叶子；柳月并不平排行走，退后了三步，不即不离，手里握着一个石片，握得汗都湿津津的了。这么一路步行走过东大街，到了钟楼邮局门口，那里挂着一个广告招牌，上书了"最新《西京杂志》出刊，首家披露名作家庄之蝶的艳情秘史"。牛月清看了，冷不丁怔住，就蹴在那里，将菜篮放在两腿之内，急声喊柳月进去买了一本，就在那里看起来，登时呼呼喘气，嘴脸乌青。柳月不知上面写了些什么，也不敢多嘴。一路回来，庄之蝶并不在家，牛月清兀自上床就睡了，慌得柳月不知做什么饭好，去问过一声，牛月清说："随便！"随便是什么饭？柳月只好做了自己拿手的煎饼，炒一盘洋芋丝，熬半锅红枣大米稀粥。做好了，看看天色转暗，独自在客厅坐了，又甚觉无聊，刚到院门口来透透空气，庄之蝶推了"木兰"走进来。

庄之蝶是把照好的胶卷交一家冲洗部冲洗，因为需要两个小时，便在街边看四个老太太码花花牌。老太太都是戴了硬腿眼镜，一边出牌，一边同斜对街的一家女人说话。女人骨架粗大，凸颧骨，嘴却突出如喙，正在门前的一张席上晾柿饼。庄之蝶心想，这女人晾的柿饼，没有甜味，只有臭味了。

一个老太太瞧见庄之蝶看那女子，眨巴了眼睛说："你是瞧着她窝囊吗？她可是有钱的主儿，平日闲了码牌，钱就塞在奶罩里，一掏一把的！"庄之蝶说："她是干啥的，那么多钱？"老太太说："终南山里的，赁了这门面做柿饼生意，整日用生石粉沾在柿饼上充白霜哩。"庄之蝶说："这好缺德，吃了不是要闹肚子吗？！"老太太说："这谁管哩！你要问问她吗？"便高声向斜对门说："马香香，这同志和你说话的！"丑女人就立定那里，看着走过来的庄之蝶，问："买柿饼吗？"庄之蝶说："你这柿饼霜这么白的，不会是生石粉吧！"丑女人说："你是哪里的？"庄之蝶说："文联作协的。"丑女人说："噢，做鞋的，瞧你们做鞋的才作假，我脚上这鞋买来一星期就前头张嘴了！"庄之蝶说："哪里是做鞋的，写文章的，你知道报社吗？和报社差不多的。"丑女人立即端了晾晒的柿饼，转身进屋，把门关了。码牌的老太太就全笑开来，一个说："什么不是假的？你信自个儿的牙能咬自己的耳朵吗？"庄之蝶说："如果有梯子，我信的。"老太太说："你也会说趣话，我咬了让你瞧瞧。"嘴一咧，白花花一排牙齿，忽地舌尖一顶，那一盘假牙却在了手中，便把假牙合在了耳朵上。庄之蝶恍然大悟，乐得哈哈大笑。老太太说："现在兴美容术的，眉毛可以是假的，鼻子可以是假的，听说还有假奶、假屁股。满街的姑娘走来走去，你真不知道是假的真的！"老太太幽默风趣，庄之蝶就多坐了一会儿，看看表，时间已过了两个多小时，便告辞了去冲洗部。刚一离开，老太太就说："这人说不定也是假的哩！"庄之蝶听了，不觉也疑惑了，想起同唐宛儿的事，恍惚如梦，一时倒真不知了自己是不是庄之蝶？如果是，往日那胆怯的他怎么竟做了这般胆儿包天的事来？如果不是，那自己又是谁呢？！这么在太阳下立定了吸纸烟，第一回发现吐出的烟雾照在地上的影子不是黑灰而是暗红。猛一扭头，却更是见一个人忽地身子拉长数尺跳到墙根去，吓得一个哆嗦，浑身都起了鸡皮疙瘩。再定睛看时，原来是自己正站在了一家商店门前，那商店的玻璃门被人一推，是自己的影子经阳光下的玻璃反照在那边的阴墙上。庄之蝶神不怕鬼不怕的，倒被自己的影子吓得半死，忙四下看看，并没人注意到他的狼狈，就去冲洗部领取照片。但等他先看他与牛月清、唐宛儿的合照时，却不禁又吃了一惊，合照的客厅的背景，一桌一椅，甚至连屏风上的玉雕画儿都清清楚楚，人却似有似无。尤其牛月清和唐宛儿根本看不见身子，是一个肩膀上的两个虚幻了的头颅。再把别的照片取出看，所有人都是如此。庄之蝶骇然不已，询问冲洗部的人这是怎么回事？人家竟训斥了他，说照出这样的底片让他们冲洗，不是成心要败坏他们的名誉吗？！庄之蝶再不敢多说，过来启动"木兰"，竟怎么也启动不了，只好推着，迷迷糊糊往家走来。

在文联大院的门口，柳月一见庄之蝶就问到哪儿去了。庄之蝶说了去冲洗照片，柳月就要看她的形容，说她从来照相要亏本的。赵京五也提醒过她：以后恋爱一定要让男的亲自看她本人，不能仅凭照片。庄之蝶见她这么迫切要看照片，就不愿把照片拿出来，谎说还未冲洗出来，搪塞过去。柳月丧了兴头，却压低声音，就说了大姐买了杂志，如何生气，如何独自睡了。庄之蝶顿时更觉手脚无力，将那照片之事抛却一边，上得楼来就拿了杂志去书房又看了一遍，出来给柳月笑笑，轻声说："叫她吃饭。"柳月说："我不敢的。"庄之蝶低头想了想，进卧室去了。

牛月清裹了毛巾被仄睡那里，一把蒲扇挡在脸上，庄之蝶摇了摇，说："怎么现在睡了？快起来吃饭呀！"牛月清闭了眼不理。庄之蝶又扳了一下，牛月清如木头一样就仰了身，眼睛却仍紧闭睡着。柳月就捂了嘴儿在卧室门口偷笑。庄之蝶说："月清，月清，你装什么瞌睡？"牛月清还是不动不吭，一个姿势儿睡着。庄之蝶就故意用手在她的口鼻前试试，牛月清忽地坐了起来。庄之蝶就笑了，说："我试着没热气的，还以为你过去了！"牛月清说："你巴不得我一口气上不来死掉哩！"庄之蝶说："柳月，你看看外边天气，怎么天晴晴的就刮风下雨了？"牛月清说："凉台上晾有床单哩。"柳月噗地笑出了声，一闪身钻到厨房里去。牛月清这才知道了庄之蝶的话意，不觉也一个短笑，遂变脸骂道："你好赢人，一堆屎不臭，还要操棍儿搅搅！你以为你以前的事光荣吗？是要以名人的风流韵事来证明你活得潇洒吗？"庄之蝶说："你是看了周敏写的那文章？上边尽是胡说的。我和景雪荫的事你不清楚？"牛月清说："那你让他就那么写？"庄之蝶说："我哪里知道他写这些！你也清楚这类文章我从来不看，只说他初来乍到，要在文坛上站住脚，也不妨把我做了素材发他的文章。若知道是这般写，我也早扣压了！"牛月清说："他初来乍到，却如何知道那些事？"庄之蝶说："可能是云房他们胡诌过闲传吧。"牛月清说:"那也一定是你在外向他们吹嘘,人家是高干子女,说说和景雪荫的事,好抬高你的身价嘛!"庄之蝶说:"我现在用得着靠她抬高身价!?"牛月清说:"那我清楚了,你是和姓景的旧情未断才这么说一说搞精神享受哩!"说得越发气了,眼泪也哗哗的。柳月在厨房听见他们吵起来,忙跑过来劝解,说:"大姐,你不用生气,生什么气呢!庄老师是名人,名人少不了这种事体,那又有啥的?"庄之蝶说:"柳月,你这一说,我倒真有此事了!"牛月清也笑了,拉了柳月在怀里,说:"柳月才来,该笑话我们也吵闹的。"柳月说:"牙常咬了舌头,谁家不吵的?我看孩子的那家,男的在外边有相好的,别人说知了那女的,女的说我才不管的,他终是挣了钱装在我家的柜子里而没装到别的地方去嘛!"牛月清就又笑着拧柳月的嘴。柳月说:"好了,这下没气了,咱吃饭吧!"牛月清说:"我倒没啥的,只是坏了你庄老师的名声。可话说回来,我知道你庄老师还不是那种人,他是有贼心儿没贼胆,也是没个贼力气。别人说他怎么怎么我是不信,恨只恨他在外面一高兴了爱排说,只图心里受活,不计带来的影响。"说罢就又掉下一颗泪子。柳月听了,倒觉得新奇,还要说什么,有人敲门,牛月清忙揩了眼泪,一边暗示庄之蝶到书房避了,一边大声问:"谁?"门外说:"我。周敏。"门开了,牛月清笑道:"下班没回去?来得牙口怪齐的,一块儿吃饭吧!"

周敏说他下班早,回家已经吃过饭了,原本是一早晚去城墙头上溜达的,一拐脚先到这里来了。庄之蝶也从书房出来与周敏见面,他高兴周敏来得是时候,就让周敏吃一块儿煎饼,周敏还是不吃,庄之蝶就在录放机上装了磁带,让他先欣赏着音乐吧,便和牛月清、柳月围了桌子吃饭。磁带放的是《梁山伯与祝英台》,周敏就说:"庄老师喜欢民乐?"庄之蝶吃着煎饼点头,突然说:"我这儿有一盘带子,录得不清晰,但你听听,味儿真好哩!"重新换了磁带,一种沉缓的幽幽之音便如水一样漫开来。周敏急问:"这是埙乐,你在哪儿录的?"庄之蝶就得意了:"你注意过没有,一早一晚城墙头上总有人在吹埙,我曾经一夜偷偷在远处录了,录得不甚清晰,可你闭上眼慢慢体会这意境,就会觉得犹如置身于洪荒之中,有一群怨鬼呜咽,有一点磷火在闪;你步入了黑黝黝的古松林中,听见了一颗露珠沿着枝条慢慢滑动,后来欲掉不掉,突然就坠下去碎了,你感到了一种恐惧,一种神秘,又抑不住地涌动出要探个究竟的热情；你越走越远，越走越深，你看到了一疙瘩一疙瘩涌起的瘴气，又看到了阳光透过树枝和瘴气乍长乍短的芒刺，但是，你却怎么也寻不着了返回的路线……"庄之蝶说着，已不能自已，把饭碗也放下了。柳月叫道："庄老师是朗诵抒情诗嘛！"庄之蝶却看见周敏垂下头去，就说："周敏你不感觉是这样吗？"周敏说："庄老师，这埙是我吹的。"庄之蝶啊了一声，嘴张着不能合上。牛月清和柳月也停止了吃饭。周敏说："我是瞎吹的，只是解解闷罢了，没想你却听到了。你若真喜欢，改日我正经录一盘给你送过来。但我不明白，你现在是名人，要什么有什么的，心想事成，倒喜欢听这埙声？"说毕，从挎包里掏出一个黑色的小陶罐儿似的东西，说这就是埙。庄之蝶知道什么是埙声，却并未见过埙的模样，当下拿过看了，稀罕得了得，问这是哪儿买的，说他曾去乐器店问过有没有埙，那售货员竟不知道埙是什么。周敏说这是上古时的乐器，现在绝少有人使用了，他在潼关时听一个民间老艺人吹过，跟着学过一段时间。到西京后在清虚庵挖土方，挖出这个小陶罐儿，谁也不认得是什么，他就收藏了，才到城墙头上练习着吹，吹得并没个名堂的。两人一时说得热起来，庄之蝶就说："不知怎么我听了对味儿，我还买了一盘磁带，你听听味儿更浓哩！"就换了另一盘带，放出来竟是哀乐。牛月清过来噔地把机子关了，说："见过谁家欣赏的是哀乐？！"庄之蝶说："你好好听听，听进去了你也就喜欢了。"牛月清说："我永远也不会喜欢！你这么一放，别人还以为咱家死了人了！"庄之蝶只好苦笑了笑，关了录放机，坐下来吃饭。柳月说："庄老师也怕老婆？"庄之蝶说："我哪里怕老婆？只是老婆不怕我罢了。"牛月清故意不理他的趣话，庄之蝶兀自说句："这粥熬得好哩！"喝完一碗粥，放了筷子，问周敏还有什么事，要是没事，晚上到孟云房家聊天去。

周敏倒一时脸上难堪起来，支吾了半会儿，说："我倒有一件事向你说的，你先吃饭吧。"庄之蝶说："我吃好了，你说吧！"周敏说："我只说知恩报恩，为老师写篇文章宣传宣传，没想倒惹出事来。景雪荫她是回来了，闹得很厉害，厅里领导可能也会来找你查证事实呀。我先来通个信儿，听听你们意见的。"牛月清说："我和你庄老师已经看过那篇文章了。"周敏一下子慌了手脚，说道："师母也看过了？！"牛月清说："没事不要寻事，出了事也不必怕事。这事要闹该是我闹的，她景雪荫闹的什么？文章虽不是庄之蝶写的，可不看僧面看佛面，过去的一场感情一点不珍惜，说翻脸就翻脸了？！"庄之蝶不接牛月清的话，只黑了脸，详细问了厅里和杂志社的情况，叹道："我一再叮咛等人家一回来就先去解释，你们偏偏不在意么！现在出了这事，她的对立面肯定说三道四，幸灾乐祸，再加上武坤趁机煽风点火，借她丈夫又给她施加压力，人都有个自尊心的，她不闹一下，别人还以为她是默认了。既然闹开了，可能就不会提起来又悄没声地放下，她是从来没吃过亏的人，要强惯了，碌碡拽在半坡，是退不下来。"牛月清说："现在姓景的全然翻了脸，你还只是从她的角度考虑？周敏写这文章杂志能刊出来，主观上哪个不是对你好？你这么一说，一颗石头撞得三个铃响，让多少人丧气哩！"庄之蝶听了，心里倒窝了火，忍了忍，说："那我怎么办？"周敏说："厅里若有人来问你情况，你只需咬定所写的都是真事，甚至你可以说……这话师母怕不爱听的。"牛月清说："你往透里说。"周敏说："你可以说和她都那个了，写得还不够的。恋爱中有那种事是常事，你说有，她说没有，到哪儿寻证人去？一潭水搅混了，谁说得清白？"庄之蝶立即站起来，脸色都变了："你怎么能想出这种主意？！咱说话不要说讲责任，起码得有个良心啊！"牛月清也说："周敏，这话可不敢说。你庄老师是有社会地位的，比不得你我。这么说出去，外界一股风，你庄老师不成了西京城里的痞子闲汉角色？我出门又对人怎么说的？！"周敏听了，脸色泛红，当下拿手打了自己一个嘴巴，说他是昏了头了，动出这么个混账念头，也是他没经过世事，一听到省上领导的指示便害怕了，就反复求老师、师母能原谅他。庄之蝶气得抓了茶杯去喝，茶杯已经搭在嘴边，才发觉杯里并没了水，放下杯子，就把脸别到一边去。牛月清过来给庄之蝶添了茶水，又给周敏的茶杯续了水，说："周敏，你何必又要这样呢？你庄老师怎么能不理解你？就不要再说原谅不原谅的话了，说得多了，倒让人觉得不美！"周敏就变得老实憨厚起来，说："我也是在你们面前气强，才这么说的。那怎么处理呀？"庄之蝶说："我有什么办法？但有一条，恋爱我是不能承认的。"牛月清说："事情是已经过去了的事，我原本是不愿多说的，至于你和姓景的恋爱过没恋爱过，在我认识你之前我管不了那么多，可咱们都已经订婚了，你和姓景的还丝丝缕缕地纠缠着，我不是瞎子，全看在眼里，劝过你不要与她来往，你总是不惜伤害了我而去袒护她，我以为她是多高尚，对你多有感情，没想她能崖里井里揎你了！"庄之蝶说："你少说两句行不？你一掺和这事就更眉眼了！"牛月清说："你是以为我吃醋吗？我倒可怜了你哩！"见气氛不对，柳月忙劝，周敏也只管怨恨自己不好，牛月清才说："这些我也忍了，可事情到了这一步，你竟对景雪荫不恨不气，这让我失望。你不承认是恋爱，那你与她的关系怎么说？"庄之蝶说："是同志，是朋友。"牛月清说："那文章中写的几宗事怎么不是同杂志社别的人所发生的？"庄之蝶说："是比一般同志、朋友更友好嘛。"牛月清说："这些全依了你。可你面对现实了没有？如今文章上写的调儿是恋爱的调儿，你若坚持不承认恋爱，那就只有杂志社和周敏吃不了兜着！但这么一来，社会上又会怎么看待你？说庄之蝶为了一个女人，竟能把支持他宣传他的一批朋友置于死地了！"庄之蝶说："你这是迫我就范嘛！"牛月清说："别人说那是烂铜，你要硬说是金子，你实在还丢心不下那个姓景的，你就依你的主意办吧！"便对周敏说："周敏，你给钟唯贤他们说，这是你们要宣传庄之蝶的，那活该是自作自受；你也收拾了行李，明日再去清虚庵当你的小工吧！"站起身竟到卧室睡去了。

庄之蝶哭丧着脸在客厅踱来踱去，周敏就木呆在那里，坐也不是，站也不是。柳月瞧着难受，从冰柜里取了一盘梅李让周敏吃，周敏不吃，两人推来让去的。庄之蝶过去捡一颗给了周敏，一颗自己倒吃起来，说："这样办吧，你只咬定所写之事都是有事实根据的，也可以说是我提供的，但我提供时并未点明是与景雪荫发生过的事，我只提供了在我以往生活中所接触过的许多女性的情况。现在文章中写到的内容可能有景雪荫的事，也可能全然没有，虽然你写的是纪实文学，但按照文学写作的规律，是把与我交往过的许多女性中的事集中、概括、归纳到这一个阿×符号式的形象上来的。这样行吧？依这样的理由对付任何方面的责难，你就可以是什么事也没有的了。"周敏沉吟了半天，方说："那就这么办吧。"告辞出门走了。

牛月清听见门响，知道周敏走了，在卧室的床上叫："之蝶，你来！"庄之蝶推开房门，见夫人倚在床上正用了洗面奶脂擦洗脸上的油垢，就说："你好行哟，当着周敏的面，你不说他的过错，竟那么说话，你让周敏怎么看我，以为我要牺牲了他和杂志社的人？"牛月清说："我不那么说，你能最后有这么个主意吗？"庄之蝶说："你知道周敏的根根底底吗？我毕竟与他才认识，他借了我的名去杂志社我就心里不痛快，现在又惹起这么多是是非非，你倒偏向了他！这以后我见了景雪荫怎么说话？"牛月清说："你还想着和她好呀？！"庄之蝶恨了一声，把房门拉闭了，坐到客厅里吸烟，这当儿就隐隐约约听见了埙声。直听到那埙声终了，让已经在沙发上坐着打盹的柳月也回到那间空屋睡了，仍还待在客厅，又将那盘哀乐磁带装进录放机里低声开动，就拉灭了灯，身心静静地浸淫于连自己也说不清的境界中去了。

　　连日里，周敏早出晚归，都在杂志社守着，回到家来也不逗唐宛儿玩耍取乐。妇人是静不下的身子，唠叨几次说多久时间了也没有去"喜来登"歌舞厅了，周敏只是今日推到明日，明日推到后日。妇人又提说碑林博物馆左旁的那条街上，庄老师家开办了一个书店，也该去看看，一来瞧有什么好读的书，二来也好显得关心老师的事。周敏不耐烦地说："我哪有你这闲心思，要去你去好了。"不是携了埙器往城墙头上去吹，就是扳倒头就睡。妇人也怄气儿，日夜谁不理谁。白天周敏上班走了，其实妇人并没独自去逛街疯去，只是在家精心打扮，脂粉搽得喷香，眉毛扯得细匀，支了耳朵听院门铁环叩动，想着是庄之蝶来了。那日初次事成，妇人喜得是一张窗纸终于捅破，想这身子已是庄之蝶的了，禁不住热潮涌脸，浑身亢奋，望着院门口来来往往的人，对着他们冷漠地瞧一下这院中的梨树和梨树下的她，她愤怒里就有了冷酷的笑：等着吧，哪一日知道我是庄之蝶的什么人了，看你们怎么来奉承我，我就须腺得你们脸面没处放的！可是，这么多天日，庄之蝶并没有来，便自己给自己发气，将梳光的头揉乱了去，将涂得血红的口唇在镜子上哈一个红圈，又在门扇上哈一个红圈。这一个晚上，月光如水，周敏又去了城墙头上吹动埙音，唐宛儿掩了院门，在浴盆里洗澡。后来赤身披了睡衣坐在梨树下的凉床上，坐了许久，十分寂寞，想庄之蝶你怎地不再来了呢？如同世上别的男人一样，那一日仅是突然的冲动，过后就一尽忘却，只是要获得多占有了一个女人的数字的回忆吗？或者，庄之蝶是一位作家，他要在我这里仅仅是为了写作而体验一种感受吗？这么思来想去，就回味那一日的情景，却又全然否定了去。庄之蝶不会是那样的，他第一次见到她那种眼神，他胆胆怯怯接近她的举动，以及那后来发疯发狂的行为，妇人自信着庄之蝶是真了心地爱着她的。在以往的经验里，妇人第一个男人是个工人，那是他强行着把她压倒在床上，压倒了，她也从此嫁了他。婚后的日子，她是他的地，他是她的犁，他愿意什么时候来耕地她就得让他耕，黑灯瞎火地爬上来，她是连感觉都还没来得及感觉，他却事情毕了。和周敏在一起，当然有着与第一个男人没有的快活，但周敏毕竟是小县城的角儿，哪里又比得了西京城里的大名人。尤其庄之蝶先是羞羞怯怯的样子，而一旦入港，又那么百般的抚爱和柔情，繁多的花样和手段，她才知道了什么是城乡差别，什么是有知识和没知识的差别，什么是真正的男人和女人了！唐宛儿这么想着，手早在下面摸搓开来，一时不能自己，唤声"庄哥！"便颤舌呻吟，娇语呢喃，于凉床上翻腾跃动了如条虫子。（此处作者有删节）待凉床咯咯吱吱一寸寸挪移靠着了梨树，一时里眯眼看起枝丫上空的月亮，不觉幻想了那是庄之蝶的脸面，就吐闪着舌头，要把一双腿往庄之蝶身上去搭，于是也就蹬在了树干上。一挺一挺身子，梨树就哗哗把月亮摇乱，直到最后猛地蹬去，安静了，三片四片梨树叶子却就画着斜圈儿一飘一飘下来，盖在妇人身上。妇人消耗了身心，并没有起来，仍是躺在那里，只是身子软得如剔了骨头一般，还在发着呆。吹完埙的周敏回来了，说："你还没有睡呀？"妇人把身上的树叶拂了去，挪挪睡衣，盖住了那条白腿，说："没睡的。"躺着未起。周敏无聊地看了一下院子上空的月亮，说了一句："今晚月色真好。"妇人也说："好。"却想：庄之蝶这会儿干什么呢？是在书房里读书，还是已经睡了？心里就默默说道：庄哥，让我暂时地离开你，我得和另一个灵魂在这屋檐下了。别关上你的门么，风会仍然向你吹去的，也许你会突然惊醒，似乎听见了有悄悄的声响吧，可别动呀，我的庄之蝶，还是闭上你的眼睛，我们的交谈就开始了哩。周敏在厨房里洗完了脸，看见唐宛儿还躺在那儿发呆，就说："你怎么还不去睡呢？"唐宛儿恨恨地说："讨厌！话这么多的，你睡你的去嘛！"却趿了拖鞋去开院门。周敏说："你要出去？这么晚了！"唐宛儿说："我睡不着的，去十字路口买杯冰淇淋。"周敏说："你要穿那睡衣出去吗？"

素白的睡衣一闪，妇人却已经走到街巷去了。

　　唐宛儿并没有去冷饮店里买了冰淇淋吃，而在那店里借用人家的电话在拨了。接电话的是柳月。柳月问是谁，唐宛儿说你听不出是我的声吗？就问庄老师可好，师母可好？柳月在那边喜欢地说："是唐宛儿姐姐呀，这么晚了有什么要紧事？"唐宛儿说："我哪有什么紧事，只是问问家里有什么出力气的活儿没有，譬如拉煤呀，买米面呀，换液化气罐呀，周敏是有力气的！"便听见柳月在喊牛月清，牛月清问谁的电话？柳月说了是唐宛儿的，询问家里有没有出力的活儿让他们干的。牛月清就过来接了话机，说："唐宛儿有心，真谢了你的，你怎么不来家转转呀？"唐宛儿说："我哪是不想去的，只是庄老师写作忙，怎么好去打扰呢？"牛月清就说："你庄老师不在家，去开市人大会议了，恐怕十天左右的，你来玩啊！"唐宛儿说："一定的，一定的。"心里便轻松了，轻松了就想，如果会议期间去找他不是更方便吗？放下电话，却后悔忘了问庄之蝶在哪里开会。

　　第二天晚上，周敏回来得早，吃罢晚饭就趴在桌上写起什么。唐宛儿近去要看，周敏却用手捂了，唐宛儿一撇嘴就走开，把电视机搬到卧室里去看。原本是消磨一阵时间就睡去，没想电视里正好是市人大会议的专题报导，庄之蝶就出现在荧屏上边，体体面面端坐于大会主席台上，一时倒作想自己若成了庄之蝶的夫人该是多好，那消息传到潼关城里，今晚潼关县城的人看到了电视里的庄之蝶，必然就谈论了她，那么知道她的人立即要改变了对她的非议，羡慕得不知又该说些什么话了！那个没了老婆的工人，他还有什么可说的呢？他之所以和周敏闹个不休，是因为周敏比他的地位名声高不出多少；而真的是庄之蝶的夫人了，他只能是自惭形秽，自动离婚的。如此之想，又忍耐不住，自个儿手在下边又窸窸窣窣动弹，不觉流些许东西出来。方毕，周敏收拾了笔纸进来，两人自然又没了话，各自熄灯睡觉。妇人有个毛病，喜欢脱得赤条条地睡觉，且要猫一样地蜷了双腿偎在男人怀里才能睡着。先前是周敏提出这样睡觉太累，各人睡各人的被筒好，她死不同意，现在却主动铺好了两个被筒。唐宛儿睡到迷迷糊糊将入梦境，却一下子惊了，原来是周敏从那个被筒钻了过来，她立即就打开他的手，说："我困了！"受了打击的周敏就停止动作，赌气回到自己被筒，却睡不下，坐起来唉声叹气。唐宛儿只是不理。周敏就拉了灯，将枕边的一本书摔在地上，后来竟哽哽咽咽哭起来了。唐宛儿越发反感，说："神经病，半夜三更哭什么？"周敏说："我好心烦，你不是安慰我，倒也跟我怄气。常言说，家是避风港，可我这破船烂舟回到港来却又是风吹浪打。"唐宛儿说："咱这算什么家？！女人凭的男子汉，我把一份安安稳稳的日子丢了，孩子、名誉、工作全丢了，跟着你出来，可出来了就这么流浪，过了今日不知明日怎么过，前头路一抹黑着，这还是个家吗？何况每日旁人下眼瞧看，那天汪希眠老婆当众奚落着我，也不见你放一个响屁儿出来！我不安慰你？这些天来，你哪日不是早出晚归，撇了我一个人整天整天说不得一句话的，谁又来念惜了我？！"周敏说："正是替你着想，我一个人把天大的难处自个儿顶了，你倒怨我。"唐宛儿说："什么大不了的事，现在是文化人了，好不自在的。"周敏就把那篇文章惹了是非的事如此这般地叙了一遍，说："要是在潼关县城，我会叫哥儿兄弟去揍那姓景的一顿出气，可这里的文化圈内不兴这套手段。能到杂志社去，咱是多亏了庄老师的帮助，可出了事情，他却没两肋插刀的劲儿了。他现在要坚持不是谈恋爱，想两头落好；而姓景的却不是省油的灯，若再给他施加压力，庄老师怕要说所写的都不真实。那么，成我事的是他，将来败我事的也许还是他。"唐宛儿听了，倒紧张起来，下床倒了一杯水给周敏，瞧他也真的比往日瘦了。周敏就抱她在怀里，她却又反感起来，心下闪动：这倒也好，他真在西京文坛上无法立脚混下去，她就更有了机会和庄之蝶在一处。便挣脱身子回躺在自己被窝，说："你也不要错怪了庄老师，他怕也有他的难处。"周敏说："盼他不会出卖了我。可我也作想了，得给我留个后路。"唐宛儿说："留什么后路？"周敏说："目前就依了他说的，只承认写的都是实情，但不是实指一人，是综合概括的。若是庄老师站在了景的一边，说我写的不真实，我就得要说材料全是他提供的，有采访本为证，我只是以记录照实写罢了。"唐宛儿说："你哪里采访过他？还不尽是道听途说。"周敏说："这我有办法。"唐宛儿没有说话，把灯拉了睡在被窝里心里扑腾扑腾地跳。

　　翌日清早，周敏起来急急又去了杂志社。唐宛儿赶忙打开电视机，她知道昨晚的新闻隔日早晨还要再播一次，果然又有了庄之蝶的镜头出来，用心记住了会议在南门外古都饭店召开，便光头整脸收拾一番，去了古都饭店。饭店的大门口果然挂满了各种彩旗，从楼顶直垂下来一条巨大红绸标语，上面书写了"热烈庆贺市××届人民代表大会在我店隆重召开！"但大门却关着，有四五个佩戴了治安袖章的人守在旁边的小门处，不许非会议人员进去。隔着铁栅栏，院子里停放了一溜小车，刚刚吃毕午饭在院中散步的代表，一边用牙签剔牙，一边去门房边的小屋里凭票领取香烟。栅栏外却拥着一群人，乱糟糟地嚷什么。唐宛儿喜欢看热闹，往前挤了挤，脚上的高跟皮鞋就被谁的脚踩脏了，才一脸不高兴地掏了手纸去揩，便见紧靠栅栏处是三个头发黏腻的妇女和一个粗糙男人，男人双手高举了一张白纸，上面写着"请人民代表为我伸冤"，下边密密麻麻的小字，大略写了冤情。三个妇女扑通通就跪下去，喊："我们要见市长！我们要见市长！"声泪俱下。几位戴治安袖章的人过来拉，妇女抓了栅栏不松手，那衣服就拥起来，露出黑兮兮的肚皮和干瘪的奶头，说："市长为什么不见我们？当官的不为民做主，不如回家给老婆抱娃去！你要再拉，我一头撞死在这里！"戴袖章的人就不拉了，说句："那你就胡闹吧，看你能闹出什么来？！"站到一边抽烟去。唐宛儿立在旁边看了一会儿，见瞧热闹的人越来越多，许多男人不看那妇女倒看她，知道自己与这三个妇人在一处，丑的越发丑，美的更美了，偏不害羞，将脸面平静，目往高处视，随后就摆柳腰儿向小门进去。守门人似乎不挡她，她已经走进三步了，却又被喊住，问："同志，你的代表证？"唐宛儿说："我不是代表，我找庄之蝶的！"那人说："实在抱歉，大会制度是不能让一个非会议人员进去的，你要找庄之蝶，我让人叫他出来见你。"就对院中一人说见了庄之蝶告诉他门口有人找，果然不一会儿庄之蝶就出来了，喜欢地说："啊，你怎么来啦？"唐宛儿说："快让我进去，我有话对你说的。"庄之蝶便给门卫说了，领了唐宛儿到院中，却说："你太艳乍，我先上去。703房间，记住，不要走错了。"头也不回进楼去了。唐宛儿随到了703房间，庄之蝶一下子关了门，就把妇人抱起来。妇人乖觉，任他抱了，且双腿交合在他腰际，双手攀了他脖颈，竟如安坐在庄之蝶的双手上。妇人说："瞧你刚才那个小心样子，现在就这么疯了！"庄之蝶只是嘿嘿笑，说："我好不想你，昨儿晚上还梦到了你，你猜怎么着，我背你上山，背了一夜。"妇人说："那真不怕累死了你！"庄之蝶就把妇人放在床上，揉着如揉一团软面。妇女笑得咯儿咯儿喘，突然说："不敢动的，一动下边都流水儿了。"庄之蝶一时性起，一边咽着泛上来的口水，一边要剥妇人的衣裙。妇人站起却自己把衣裙脱了，说走路出了汗，味儿不好，她要冲个澡的。庄之蝶就去里间浴池里放水，让她去洗，自个儿平静下心在床边也脱了衣服等待。一等等不来，兀自推了浴室门，见妇人一头长发披散，一条白生生身子立于浴盆，一手拿了喷头，一手撼那丰乳，便扑过去。妇人顿时酥软，丢了喷头……（**此处作者有删节**）妇人的头枕在盆沿，长发一直撒在地上，任庄之蝶在仰直的脖子上咬下四个红牙印儿，方说："别让头发沾了水。"庄之蝶才爬起来，关了喷头，将她平平地端出来放在床上。床头是一面小桌，桌上面的墙上嵌有一面巨镜，妇人就在镜里看了一会儿，笑着说："你瞧瞧你自己，哪儿像个作家？"庄之蝶说："作家应该是什么样儿？"妇人说："应该文文雅雅吧。"庄之蝶说："那好嘛。"就把妇人双腿举起，去看那一处穴位，羞得妇人忙说："不，不的。"却再无力说话，早有一股东西涌出。随后就拉了被子垫在头下，只在镜里看着。直到妇人口里喊叫起来，庄之蝶忙上来用舌头堵住，两人都只有吭吭喘气。

　　……妇人听说她那里竟有一颗痣的，对着镜寻着看了，心想庄之蝶太是爱她。潼关的那个工人没有发现，周敏也没有发现，连她自己也没发现，就说："有痣好不好？"庄之蝶说："可能好吧，我这里也有痣的。"看时，果然也有一颗。妇人说："这就好了，以后走到天尽头我们谁也找得着谁了！"说毕，却问："门关好了没，中午不会有人来吧？"庄之蝶说："你现在才记起门来了！我一个人的房间，没人的。"妇人就让庄之蝶抱她在怀，说："咱一来就干这事，热劲倒比年轻时还热！其实我大着胆儿到会上来，是要对你说一件事的。是周敏的文章给你惹祸了？"庄之蝶说："你知道了？我叮咛过他，不要告诉你，怕你操心又起不了作用，他怎么就告诉你了？！"唐宛儿把周敏介绍的情况说了一遍，问是不是这样？庄之蝶点了头，唐宛儿说："我虽和周敏在一起生活，但现在什么都是你的了，你要防着他哩！"庄之蝶说："他怎么啦？知道咱的事了？"唐宛儿说了周敏的第二手准备，庄之蝶沉默起来，坐在那里冷笑了两声。唐宛儿说："你生气了？你要惩治他吗？我来给你说这事，只是要你防着他，却不要你惩治他的。周敏是聪明，有时聪明得就心贼了，可他还不至于是什么坏人。"庄之蝶说："这些我知道。"唐宛儿却突然脸面抽搐，两股清泪流下来。庄之蝶忙问怎么啦？唐宛儿说："不知是咱们的缘分，还是我和周敏的姻缘尽了，自见了你，一满地害相思，十七十八的时候也没这么害过，整日价慌得什么事儿也捉不到手里去做。什么是同床异梦，我实实在在是体会到了！"庄之蝶说："我何尝又不是这样？不敢哭的，这个时候哭，对身子倒不好的。听话着，嗯！"拿手去擦妇人泪，疼爱得像待着一个孩子。妇人说："我听话，我不哭的。可我还要给你说的，我不说就要憋死我了！我越是大着胆儿跟你往来，心里越是害怕，害怕这样下去，日子该怎么个过呀？！庄哥，我要嫁你，真的，我要嫁了你！"妇人说着，不等庄之蝶反应，就又说："我想嫁给你，做长长久久的夫妻，我虽不是有什么本事的人，又没个社会地位，甚至连个西京城里的户口都没有，恐怕也比不了牛月清伺候你伺候得那么周到，但我敢说我会让你活得快乐，永远会让你快乐！因为我看得出来，我也感觉到了，你和一般人不一样，你是作家，你需要不停地寻找什么刺激，来激活你的艺术灵感。而一般人，也包括牛月清在内，她们可以管你吃好穿好，却难以不停地调整自己给你新鲜。你是个认真的人，这我一见到你就这么认为，但你为什么阴郁，即使笑着那阴郁我也看得出来，以至于又为什么能和我走到这一步呢？我猜想这其中有许多原因，但起码暴露了一点，就是你平日的一种性的压抑。我相信我并不是多坏的女人，成心要勾引你，坏你的家庭，也不是企图享有你的家业和声誉，那这是什么原因呢？或许别人会说你是喜新厌旧的男人，我更是水性杨花的浪荡女人了。不是的，人都有追求美好的天性，作为一个搞创作的人，喜新厌旧是一种创造欲的表现！可这些，自然难被一般女人所理解，因此上牛月清也说她下辈子再不给作家当老婆了。在这一点上，我自信我比她们强，我知道、我也会来调整了我来适应你，使你常看常新。适应了你也并不是没有了我，却反倒使我也活得有滋有味。反过来说，就是我为我活得有滋有味了，你也就常看常新不会厌烦。女人的作用是来贡献美的，贡献出来，也便使你更有强烈的力量去发展你的天才……我这么想的时候，我就很激动，很激动，但激动了却又想，这可能吗？要是不遇着你，我也不觉得我有这个自信，是你给了我一点太阳我才灿烂的，是不是想入非非，便不知天高地厚了？我也提醒我自己，你是有家有室的人，老婆又漂亮贤惠，更要命的是你名声大，你已不是你个人的庄之蝶，你是社会的庄之蝶，稍有风吹草动就满城风雨，你是敢冒这个险吗？能受得了折腾吗？如果真把一切都折腾坏了，我既是爱你却不把你害了？！所以，你我那一场事后，我心里说，风流一次就风流一次算了，以后见面只说话儿，再也不敢往深处陷了，但我无法控制我……庄哥，我说这些，你不要耻笑，你让我说出来，事情能不能成，你肯不肯要我嫁你，这我不管，我只要当着你的面说出来，说出来我心里就好受多了！"妇人说完，就趴在那里不动了。庄之蝶不防顾她说了这席话来，更觉这妇人可爱，一下子把她抱在怀里，脸对脸地看着，倒自己心里难受，一颗泪先禁不住地滚下来。他说："宛儿，我怎么敢耻笑你？谢你也谢不及的。你有这么个心思，我这几天也惶惶不可终日呢！十多年前，我初到这个城里，一看到那座金碧辉煌的钟楼，我就发了誓要在这里活出个名堂来。苦苦巴巴奋斗得出人头地了，谁知道现在却活得这么不轻松！我常常想，这么大个西京城，于我又有什么关系呢？这里的什么真正是属于我的？只有庄之蝶这三个字吧。可名字是我的，用得最多的却是别人！出门在外，是有人在崇拜我，在恭维我，我真不明白我到底做了些什么让人这样？是不是人们弄错了？难道就是因为我写的那些文章吗？那算是些什么玩意儿？！我清楚我是成了名并没有成功的，我要写我满意的文章，但我一时又写不出来，所以我感到羞愧，羞愧了别人还以为我在谦虚。我谦虚什么呀？这种痛苦在折磨着我，可这种痛苦又能去对谁说，说了又有谁能理解呢？孟云房是我最好的朋友，而我和他在这些地方说不拢，他总骂我是瘦猪吭吭，肥猪也吭吭。牛月清是我的老婆，她确实是贤惠老婆，在别人看来，有她这样的老婆是该念佛了，可我无法去给她说这些。我心里苦闷，在家自然言语不多，她又以为我怎么啦，总是拿家里的烦事嘟嘟囔囔。也是我不好，就和她吵闹，越吵闹相互越少沟通。你想想，这样我还能写出好作品吗？什么感觉都没有了，心里却又焦急，怨天尤人，终日浮浮躁躁，火火气气的，我真怀疑我要江郎才尽了，我要完了。一年多来，就连身体也垮下来，神经衰弱得厉害，连性功能都几乎要丧失了！就在这个时候认识了你，我可以如实地对你说，我接触过

97

的女人也并不少，但我仅仅是认识着罢了。我周围的一些人津津乐道杯水主义，我向来看不起他们这样做，也想象不来没有感情的投入怎么就干那事，如果死猫烂狗地见着就吃，吃过便走，真不如自个儿去手淫了！见了你，我不知道怎么就怦然心动，也不知道哪儿就生出了这么大的胆儿来！我觉得你好，你身上有一股我说不清的魅力，这就像声之有韵一样，就像火之有焰一样，你是真正有女人味的女人。更令我感激的是，你接受了我的爱，我们在一起，我重新感觉到我又是个男人了，心里有了涌动不已的激情，我觉得我并没有完，将有好的文章叫我写出来！但我又是多么哀叹我们认识得太晚了，那些年你怎么就不来西京呢？而我怎么也在潼关没有碰上你呢？！我是想到了我们结婚的事，甚至设想到过结婚后的情景。可现实怎样呢？我虽然恨我为声名所累，却又不得不考虑到声名。如果立即提出离婚，社会必然要掀起轩然大波，领导怎么看？亲戚朋友怎么看？牛月清又会怎样？这就不可能像一般人那样十天八天一月两月叫事情过去……宛儿，我说这些，你要谅解我，我并不想说甜言蜜语来哄你，我只能把一切想法告诉你，但我的感觉里，我们是会成功的，我要你记住一句话：你等着我，迟迟早早我要娶了你的！只要你信我。"妇人在怀里点着头，说："我信的，我等着你！"庄之蝶就吻了妇人，说："那你给我笑笑。"妇人果然就笑了。两人重新抱在一起滚在床上，庄之蝶就又趴上去，妇人说："你还行吗？"庄之蝶说："我行的，我真行哩！"……（此处作者有删节）这时，就听得楼道里有人招呼："开会了！开会时间到了！"便举过手腕，瞧着手表时针分针已转到下午两时过五分，低声说："不敢啦！"两人赶忙穿好衣服。庄之蝶说："下午大会发言，我还是第一个哩。"唐宛儿说："谁能想到一会儿你在台上庄庄重重发言，这会儿却在干这事！今日晚上看电视，你在电视里出现，多少人看了，准在说：瞧，那就是我崇拜的偶像庄之蝶！我却要想，我可知道他那裤子里的东西是特号的哩！"庄之蝶就咬了她一下脖子，说："我先走啦，你过会儿楼道里没人再出去。"出门就走了。唐宛儿梳头描眉，重涂了口红，又整理了床铺，直到听见楼道毫无动静时，树叶一般飘出房门。

　　会又开了三天，三天里唐宛儿来过两次，又约定了还要再来，喜得庄之蝶精神亢奋，心里也不多想了那文章引起的烦恼。这天晚饭，餐厅的桌子上碰着了黄德复，倒吃了一惊！黄德复整个儿瘦了一圈，原本白净的脸干黄如蜡，眼眶发黑，问是得了什么病吗？德复说："困的。"庄之蝶就把要清虚庵那套单元楼房做文艺沙龙的请求让他通融市长，给予关照。德复口里应允了，却直说不要太急，现在市长要办的事多如牛毛，样样都重要，一时是没个时间来料理这等小事的。庄之蝶说："这能费了市长多少时间的，还需要写书面报告、开办公会议研究吗？你两三句话一说就完了，人大的会议，市长不正好能趁机休息吗？"德复说："你们这文人，该怎么说呢，你以为这种会议，领导就能休息吗？"就拉了庄之蝶到一边，悄声说，开人代会比打一场战争还紧张的。会议前，他和秘书长每天晚上开车去郊县和市内各区政府了解情况，找人谈话，该讲明的就讲明，该暗示的就暗示，他是囫囵囵五个晚上没得睡觉。会议期间，更是复杂得了得，原定的人事安排，是要换掉人大主任，但有人私下串联，偏偏还要选他，说不定最后那日选举，他真要选票多当选了，事情就糟了。而市长的连任问题是不大，但如果票数虽过半或是过半不多，那不也是给市长难看吗？黄德复说："这些情况你知道？"庄之蝶说："我哪里知道？整个会议庄重热烈，里边还有这么多根根蔓蔓的事！"黄德复说："你们文人不懂得政治也好。可你想想，现在你要我立马三刻给市长说房子的事，市长心绪好了事情或许好办；他正烦着，一个随便的理由都能先否定了你，以后再也说不得了。这事我见机行事，你放心，我不会压着不办的。"一席话，的确是肺腑之言，却听得庄之蝶目瞪口呆，也不再提说这事。再见到市长或黄德复满面笑容地在楼厅里与代表们握手寒暄，也不近去招呼，远远离开，到自个儿房间去看书。

　　也就在这日下午，大会主席团通知小组讨论，服务员就送来了大会期间给代表订的三份报纸。发言的继续发言，未发言的就翻开报纸。庄之蝶先读了省报第三面的文艺版，又看市报，几乎一二面全是有关大会的各类报导，觉得没甚意思，就去读第三份叫《周末》的报纸，一下子被一条消息吸引。消息的标题是：市府大院上班拖拉，半小时后来人过半。内容竟是本报记者于×月×日上班时突然在市府门口作调查：上班后十分钟来了多少人，二十分钟后来了多少人，半小时后来了多少人。局长迟到的有几位，副市长迟到的有几位。立时会上议论纷纷，话题由讨论市长的政府工作报告变成了对此报导的争论。庄之蝶听了听，无非是乱哄哄地发牢骚话，觉得索然无味，就回到房间给家里拨电话，询问有没有要紧事。接电话的是柳月，直问"谁呀？谁呀？"庄之蝶正要说话，电话里却传来嬉闹声。他想听听嬉闹的是谁，便不说话，柳月在那边说："神经病！"咔地把听筒放下了。庄之蝶再拨，柳月不问青红皂白，吼道："错了，这是火葬场！"电话又按了。气得庄之蝶又一次拨了电话，一等那里拿了听筒就骂道："柳月，你在家就这样接电话吗?！"柳月听清了声音，忙说："庄老师，怎么是你呀？这几天你不在，每日几十个电话寻你的，我说你不在的，过会儿电话又来，大姐就让我接了说号码错了，倒没想到竟误了你的电话。"庄之蝶还在发火："谁在那里和你说话？"柳月说："是洪江。他是才来寻你的，你要给他说话吗？"电话里就有了洪江的声音，先是支吾不清，后来说到书店的事，立即说那一部书稿已印出两天了，发散到各地零售点，销路十分地好。洪江咕咕嘟嘟说了半天，庄之蝶没吭声，洪江就说："庄老师，你听着了吗？"庄之蝶说："嗯。"洪江说："这一次是捞住了，我大概计算了一下，咱们投资十万，能纯收入三万的！照眼下的行情看，我想过十天半月咱再印一万，所以想是否招待一下邮局发行科那个姓贾的？此人不敢得罪的，除了正经发行渠道外，他手里有个黑道发行联络图哩，如果你觉得这主意行，你是否能出面见见他，明天，还是后天？"庄之蝶说："我没空，你给你师母说吧。"就把电话放了，拉展床铺，一直睡到吃晚饭的时辰。

吃罢饭，去院门外看了看，没有发现唐宛儿来。大会安排晚上去易俗社看秦腔的，许多代表已三三五五结伙一边散步一边往剧院去了，有人喊庄之蝶一块儿走，庄之蝶说他得回家一趟，外地来了客人的，推辞了。待看戏的都去看戏了，回到房间等候约好的唐宛儿，却想该拿什么吃的招待妇人，便才去商店买了一盒口香糖回来，黄德复却敲门进来，说："市长找你呢！"庄之蝶说："市长找我？"当下虚掩了门，两人去到对面楼二层的一个套间。推门进去，市长正歪在长沙发上吸烟。一见庄之蝶，市长起身说："大作家来了，这些天都在会上，你怎么不来见我？"庄之蝶说："你太忙，不敢打扰么。"市长说:"别人不见,你来能不见吗?德复给我谈了你们的请求,要支持嘛!有人说我是只抓文化,不抓政治经济,该当文化部长而不是市长。嘿,落了这么个名儿,我倒真要为知识分子办些实事。清虚庵那套单元房,就给了你们吧,以后搞什么活动,如果觉得我还可以当个听众,别忘了通知我哦!"庄之蝶从沙发上跳起来,说:"真谢谢市长了!市长抓文化,这是抓住了西京的特点。文化搭台,经济唱戏,这怎么仅仅是文化的事呢?别的行业中我了解不多,在文艺界,你的政绩可以说是有口皆碑!"市长说:"德复,你把钥匙给之蝶吧。"黄德复果然从口袋里掏出了房证和钥匙,说:"市长心倒比我细,说你们去办理房证,又得到处寻人,作家的时间耽搁不起,今中午特意让我去办理了。"庄之蝶接过钥匙,真不知说些什么好。市长又说:"你们文艺界以后还有什么事就来直接找我吧!听说西京城里有四大名人,我倒只认识你庄之蝶和阮知非。德复呀,你拣一个星期天,把他们四大名人召集在一块儿,我请他们吃顿饭,交交朋友!"黄德复说:"这太好了,周恩来总理一生就喜交文艺界朋友,他说过,一个政治家没有几个文艺家朋友就成不了什么大政治家。"市长说:"这些人都是市宝嘛!古话说,铁打的衙门流水的官。我这市长,今日当了今日是市长,明日不当了我什么也不是。你们却不同了,有了好的作品,千古留名的!"庄之蝶笑着说:"市长也太谦虚了,干我们文艺这一行毕竟是虚东西。上个月我去六府街口,见那里修有一座水房,墙上红漆写了六个大字:'吃水不忘市长!'我就感触极深,真正千古留名的都是给百姓办了实惠事情的。现在杭州的白堤、苏堤,甘肃的左公柳就是明证。"市长哈哈笑了,说:"六府街口那儿一直没有通自来水,尤其是夏天,居民盆盆罐罐要到三里外的别的街巷去提水,群众意见很大。我知道这情况后,把城建局、自来水公司的领导叫来,让他们说说是怎么回事,当然他们有许多实际困难。我就发火了,不管你说一千道一万,西京这么大个现代城市竟然还有一块儿没水吃?!必须十天之内水要到那里,如果第十一天我去那里发现还没有水,谁的责任我就撤谁的职!水果然第九天就通了。那日几千人在那里敲锣打鼓,鸣放鞭炮,还做了匾要送到市政府来。我知道了,赶紧让德复去制止。我心里在想,老百姓太好了,只要你真正为他们办一点事,他们会永远忘不了的!"庄之蝶说:"哎呀,这么好的题材,我们文联应该组织一些人去写写！"市长说："这你们不要写，它牵涉到个人的事。这里倒有一篇文章，是下边一些同志写的，送到我这儿让我过目，我看了觉得还不错的。据说省报准备刊发，但什么时候发，就说不准了，听他们说，现在风气不好，连党报刊发文章也得有熟人，真是岂有此理！"市长说着，就取了一沓稿件给庄之蝶，说："你看看。"庄之蝶收了，市长便说："这样吧，德复你和大作家到你的房间去看吧，我再过三分钟还要去市委开个会的。之蝶，改日我去你房间聊吧，你住703房间？"庄之蝶说："你要有空，你打电话我下来就是了。"

两人又到了隔壁房间，黄德复关了门，说："你先看看稿件。"庄之蝶看了，文章的题目是：市长亲自抓，改革作先锋。副题是：西京市府大院的新风气。内容几乎是从另一个角度来针锋相对了《周末》报的批评。黄德复说："今日《周末》上的文章你看到了吧，那是有人在搞政治阴谋。这样的文章原本是该发在市报上的，但偏偏发表在《周末》，他们的目的很明确，就是选举前诋毁市府工作。这篇文章影响极坏，经查，就是那个人大主任手下人写的。上午我们赶出这份稿子，决定省市两家党报同时发出，市报当然无误，只是省市两报常闹别扭，一向不大好好配合；而省报是省上的，咱市上却无权管得了人家。你在省报那儿认识人多，这你得出面，一定要他们保证明日刊出来，又必须在头版头条。你觉得要给什么人打招呼，由你决定，花钱的事你不要管，哪怕咱几万元买下他们版面来也行。"庄之蝶说："熟人是多，可明日刊出，这来得及吗？"黄德复说："后天就要选举，只能明日刊出来，这就看你的本事了！今晚车已经派好，我陪了你去。"庄之蝶说："那好吧，现在寻主编已来不及，编排室主任是我的朋友的哥哥，让他抽下别的稿子，把这篇塞进去。"便写了一些人的名字，要求给人家买些礼品什么的。黄德复即刻委托了人出去采购电饭锅、烤箱、电子游戏机一类东西去，说："今晚可是稿子不发咱就不回来啊！"庄之蝶却面有难色了。黄德复问："你晚上有事？"庄之蝶说："倒也没什么事，这样吧，你在这儿等我，我去我的房间取个包儿。"黄德复说："我跟了你去，你是名人，找你的人多，说不定一去又碰上什么人缠住了身。"庄之蝶心里叫苦不迭，只好说："那就不去了。"

这一夜里，庄之蝶果然没能回来。他和黄德复去找他的朋友，朋友偏巧出远门不在，只好直接去找编排室主任，送了礼品，谈了要求，稿件就编了上去。但谁也没想到，这晚值班的一位副总编在看报样时说了一句："这稿子是谁写的，怎么内容和《周末》报的文章正好相反？到底西京市府的情况如何，咱要慎重着好。"主任就不敢做主了，来他的宿舍见庄之蝶和黄德复。他们就又去找副总编说明情况，副总编说："一个是市府大秘书，一个是作家名人，我当然信服你们，上稿子是没问题的，但不一定就上明日的这一期，后天一定发排怎么样？"黄德复说："这不行呀，让抽下来的稿件后天发不一样吗？"副总编说："这你不知道，此稿已压了三天，人家是赞助了报社一个征文活动，厂长来闹了几次。"黄德复说："一个小厂的报导有一个市府的报导重要吗？"就正说反说，硬缠软磨，最后达成协议，给报社一万元，稿件总算排了上去。庄之蝶见事情已毕，心急唐宛儿不知去找他等候了多长时间，就催黄德复回饭店。黄德复却要等着报纸最后一次打出校样，亲自校对了再走。两人在主任房间打了一会儿盹，校样出来，黄德复又嫌标题太小，主任就叫苦，说工人不耐烦了。黄德复出去在夜市买了几条香烟，一人一条分发给车间工人，又买了一只鸡一瓶酒，来和副总编、主任喝。主任一杯酒下肚，话就多起来，直夸黄德复工作态度如此负责认真，这样的年轻人实在是不多见了，激动起来，竟提出他要写一则编者按，说写便写，乘醉写得文笔流畅，观点分明，又抽下一则短消息，排进去，乐得黄德复又送自己名片，又留主任的电话，一再说明有什么事就来找他。这么折腾到半夜，等到拿到了一沓新报，庄之蝶已困得抬不起头了，迷迷糊糊被黄德复拉扯到车里欲往饭店去，天几乎要大亮了。

　　车驶过清虚庵前的路口，庄之蝶突然清醒过来，说已到了这里，何不去看看那套单元楼房。黄德复就陪他上了那楼的五层，打开房门，三室一厅，因为在楼顶，十分安静。黄德复就保证今日中午，他出面让古都饭店运来几个旧沙发和一张桌一把椅一张床来，甚至再让送一套被褥。文艺家都穷，恐怕谁也不能自费买这些东西供大家享用的。庄之蝶又说了一番感激话，就听见楼下有人起了哄："再来一段，再来一段！"不知什么卖艺人在近旁摆了摊子。两人下得楼来，却见是那收破烂的老头被一伙年轻人围着，正说出了一段谣来：

十七十八披头散发。二十七八抱养娃娃。三十七八等待提拔。四十七八混混奄奄。五十七八退休回家。六十七八养鱼务花。七十七八振兴华夏。

黄德复就皱了眉头，叫道："嗨，老头！你在这儿胡说什么？"老头扭头看了，说："我没说什么，我说什么了！"黄德复说："你要再胡说，我就叫公安局把你再赶出城去！"老头立即把草帽按在头上，拉了铁轱辘架子车就走，沙哑的声又叫喊了："破烂——承包破烂——喽！"庄之蝶此时还在二楼的楼梯上，正要给下边的黄德复说话，一脚踩空，骨碌碌就跌滚下来，把脚崴了。

在医院里住了三天，敷上药膏，庄之蝶是可以单腿蹦着活动了，就回来住在了双仁府这边的平房里。岳母去郊区过庙会，这日，托人捎来口信，说是还要住一段时间，待天凉了再回来。牛月清留来人吃了饭，就打点了一个包袱，装了娘的几件换洗衣服，又把她的和庄之蝶的一些旧衣旧裤袜子鞋帽的收拢了一包，说："之蝶，这些旧衣服怕你也不穿了，让干表姐他们拿去吧，乡下也不多讲究的。"庄之蝶说："你随便吧。"脸色并不悦。牛月清送了来人出门，顺手又拿了桌上一包烟让带了路上吸，回来说："让拿些旧衣服的，你脸色就那么不好看，当着外人要让我下不了台的？！"庄之蝶说："是谁给谁下不了台？你给你的亲戚送东西什么时候是事先和我商量的？总是当了人的面才对我说一声半句的，我不同意了又能怎么着！"牛月清说："是我只给我的亲戚东西吗？你说话可要有良心，你潼关的老家不是这个来就是那个来，旅游呀，看病呀，做生意呀，打官司呀，谁来不住在这里吃在这里，哪个我没以礼相待？你那老舅和姨表女婿，开口借钱就是二千三千的，我给了整数还再多给了零头，我也知道那是包子打狗一去不还的，可我说过一个字的不吗？现在西京的年轻人找对象为啥女的不找乡下男的，就是嫌婚后这种麻烦多……"庄之蝶摆了手说："你不要说了好不好？我这几天可心烦的！"

挣扎着从沙发上起来，挂了拐杖就到卧室去了。庄之蝶生气一走，牛月清气也消了，想了想，喊柳月冲杯酸梅汤来，努嘴儿让送到卧室去。柳月端了酸梅汤要去，她却又夺了自己送进去，柳月就在卧室门口看着说："大姐，你这何苦的！"牛月清说："你是说我贱吧？女人嘛，就是再跑，前头遇着的还不是男人？"柳月说："你这么就越发惯出庄老师毛病了，他才不肯喝的！"庄之蝶偏把酸梅汤喝了，说："我是听你还说了一句精彩的话才喝的。"牛月清说："我说什么话了？"庄之蝶就丧气得又不言语了。柳月说："我知道了，你说女人就是再跑，前头遇着的还是男人，庄老师就喜欢你说些能上了书的话，往后你要骂他，就用成语来骂，他就再也不恼了！"

　　送奶的刘嫂牵了牛每日去文联大院，十多天里竟又没见到庄之蝶，经打问是开了一个会，现在又崴了脚住在双仁府。再进城就特意绕两条大街来这边送奶，来时还带了一个大南瓜，说是跌打损伤了，用南瓜瓤儿敷着就会好的。牛月清很感念她的善心，要付钱给她，她硬不要。院门口正有卖豆腐的小车推过，就要买一篮子送了她，刘嫂挡了说："我是不吃你们城里豆腐的，吃了就反胃。"庄之蝶说："刘嫂吃豆腐过敏？"刘嫂："城里的豆腐是石膏水点的，本来就没乡里浆水点了的好吃，我又听人说，现在那些卖豆腐的个体户，点豆腐的石膏都是从骨科医院后墙外捡的病人用过的石膏。"庄之蝶哈哈大笑，说："这么说，我这脚上的石膏将来还舍不得撂的！"牛月清说："刘嫂你说这话，是变着法儿不肯收我的礼哩，可我和老庄怎么个谢你哩？"刘嫂说："哎哟哟，我有什么要谢的？一个庄户人家能结识你们也是造化。大前日进城，东大街戒严了，警报车鸣儿鸣儿地响，说是北京来了个什么大官儿，大官儿的轿车不开过去，谁也不能横穿了马路的。我牵牛往过走，一个麻脸警察就训开了：人都不能过，牛还要过？！我说，同志，这是要给庄之蝶送鲜奶的。那麻子警察说：庄之蝶，是作家庄之蝶吗？我说：当然是作家庄之蝶！那麻子警察却啪地给我行个礼，说：请你通行，你告诉庄先生，我姓苏，是他的崇拜者！我牵了牛就走过去，我那时的脸面有盆盆大哩！你瞧瞧，这荣耀是送我千儿八百能抵得了？"柳月就说："真有这事？"刘嫂说："我哪里敢瞎编了！"柳月就看着庄之蝶笑，眉毛挑了挑："我倒也记起一宗事了，你住院第二天，洪江来了电话，说有四个街道工厂都想请你做了他们顾问，并不要你出什么力，只是给厂里写个产品介绍呀、工作汇报呀的，每月固定给你一千元的。"庄之蝶说："洪江爱拉扯，上厕所小个便也能结识个便友的。不知在外面以我的名义又成什么精了，我去当什么顾问？！"柳月说："我也这么说的。他说文化人这阵也吃香的，过去土匪聚众都抢个师爷的，街道工厂要赚大钱也明白这个理儿了。"突然伸手在庄之蝶背上猛地一拍，掉下一个拍死了的牛虻，说："这么多人牛虻不叮，偏偏叮你！"庄之蝶说："这牛虻怕不是个文学爱好者就是哪个工厂的厂长嘛！"说得牛月清、柳月和刘嫂全笑了。

　　说了一会儿话，看看天色不早，庄之蝶还是硬了腿儿附在牛的肚子下用口吮奶。柳月瞧着有意思，嚷着她也要嗑了牛的奶头吮，才趴下身去，牛就四蹄乱蹬，那一条毛尾像刷子一样扫得她脸疼。急一躲避，胳膊上的一件玉石镯儿掉在地上就碎了，当下哭丧了脸，说这玉镯儿是那家女主人赏她的一个月的工钱，拾了半块砖头就砸在牛背上。庄之蝶忙把她唬住，说："我早瞧见了，那是蓝田次等玉，值不得几个钱的！你大姐有一个镯儿，是菊花玉镯，她胳膊太粗，也戴不上，我让她送你！"柳月脸上绽了笑意，说："这牛也太没礼性，你吃奶它就不动的，莫非前世你们还有什么缘分？！"庄之蝶说："这真说不定，它让你坏了一个玉镯儿，也怕是前世你欠过它的一笔小债！"

　　这话说者无意，柳月有心，听了却一天里闷闷不乐，恍恍惚惚倒觉得自己生前与这牛真有了什么宿怨。晚上吃罢饭，自个儿便到城墙根去，剜了一大篮嫩白蒿、蚂蚱菜、苦苣条，说是明日一早牛再来了喂了吃。牛月清说："柳月心这么好的，咱姐妹活该要在一处。我就见不得人可怜，谁家死了人，孝子一放哭声我眼泪就出来了。门前有了讨饭的，家里没有现成吃的，也要去饭馆买了蒸馍给他。去年初夏，天下着雨，三个终南山里来的麦客寻不到活，蜷在巷头屋檐下避雨，我就让他们来家住了一夜。你庄老师一提起这些事就笑我，说我是穷命。"柳月说："大姐还算穷命呀，有几个像你这般有福的呢！连那卖奶的刘嫂也说，你家女主人银盆大脸，鼻端目亮，是个娘娘相哩！"牛月清说："他是说我骨子里是穷命。"柳月说："这么说也是的。以前没到你们家，真想象不出你们吃什么山珍海味的，来了以后，你们竟喜欢吃家常饭，平日菜也不要炒，也不要切，白水煮在锅里，就是我们乡下人也不这么吃的。"牛月清说："这样营养好哩，别人都知道你庄老师爱吃玉米面糊糊煮洋芋的，哪里却晓得每顿我要在他碗里撒些高丽参末儿！"柳月说："可你总是不该缺钱花呀，穿的怎么也不见得就时兴，化妆品也还没我以前的那家媳妇的多！"牛月清就笑了："你庄老师就这么唠叨我，你也这般说呀，真是我邋遢得不像样了？"柳月说："这倒不是，但像你这年龄正是收拾打扮的时候，你又不是没有基础，一分收拾，十分人才就出来了！"牛月清说："我不喜欢今日把头发梳成这样，明日把头发又梳成那样，脸上抹得像戏台上的演员。你庄老师说我是一成不变。我对他说了，我变什么？我早牺牲了我的事业，一心当个好家属罢了，如果我打扮得妖精一样，我也像街上那些时兴女人，整日去逛商场，浪公园，上宾馆喝咖啡，进舞场跳迪斯科，你也不能一天在家安生写作了！"柳月一时语塞，停了一会儿，却说："大姐，庄老师写的那些小说你也读吗？"牛月清说："我知道他都是编造的，读过几部，倒觉得入不到里边去。"柳月说："我是全读了的，他最善于写女人。"牛月清说："人都说他写女人写得好，女人都是菩萨一样。年前北京一个女编辑来约稿，她也这么说，认为你庄老师是个女权主义者。我也不懂的，什么女权不女权主义。"柳月说："我倒不这样看，他把女人心理写得很细。你上边说的那些话，我似乎也在哪一部书里读到过。我认为庄老师之所以那么写女人都是菩萨一样的美丽、善良，又把男人都写得表面憨实，内心又极丰富，却又不敢越雷池一步，表现了他是个性压抑者。"牛月清说："你庄老师性压抑？"说过了就笑了一下，点着柳月的额头说："该怎么给你说呢？你这个死女子，没有结婚，连恋爱也没恋爱，你知道什么是性压抑了？！不说这些了，柳月，你把剜来的草淋些水儿放到厕所房里阴着去，大热天的在院子里晒蔫了，明日牛也吃着不新鲜。"柳月去把青草淋了水放好，过来说："大姐，说到牛，我心里倒慌慌的。我们村发生过一宗事，好生奇怪的。是张来子爹在世的时候，光景不错，借给了张来子舅舅八十元，来子他爹一次挖土方，崖塌下来被砸死了，来子去向他舅舅讨账，他舅舅却矢口否认。两人好是一顿吵，他舅舅就发咒了，说要是他赖账死了变牛的，张来子听他这么说也就不要账了。这一年三月天，张来子家的牛生牛犊子，牛犊子刚生下来，门口就来人报丧，说是他舅舅死了，来子就知道这牛犊是他舅舅托变的，倒一阵伤心。以后精心喂养牛长大，也不让牛耕地拉磨。有一天拉了牛去河畔饮水，路口遇着一个担瓦罐的邻村人，牛就不走了。来子说：舅呀舅呀，你怎么不走了呢？那人觉得奇怪，怎么把牛叫舅舅？来子说了原委，那人才知道他舅舅死了。那人是认识来子舅舅的，倒落了几颗眼泪。没想牛却后蹄一踢，踢翻了瓦罐担子，瓦罐就全破碎了。来子忙问这瓦罐值多少钱，那人说四十元的。来子要赔，那人却说：来子，不必赔了，你舅舅生前我是借过他四十元的，他这是向我要账的呢！大姐，这奶牛坏了我的玉镯儿，莫非我真的就欠了它账的？！"牛月清说："就是欠账，这不是也还了吗？你庄老师也说过了，我的菊花玉镯放着也是白放，你就戴着吧。"当下取了戴在柳月手腕上。也活该是柳月的，玉镯儿不大不小戴了正合适。柳月就以后常挽了袖子，偏露出那节白胳膊儿。

一日早晨，柳月扶了庄之蝶在院门口吃了牛奶，又喂了奶牛青草，牛月清就上班去了。庄之蝶在院门口一边同刘嫂说话，一边看着奶牛吃草，柳月就先回了家，闲着没事，便坐在书房里取了一本书来读。自庄之蝶住到这边来，特意让从文联大院那边搬了许多书过来，柳月搬书时什么文物古董都没拿，却同时将那唐仕女泥塑带过来，就摆在书房的小桌上。也是有了她生前欠了牛的债的想法后，便也常记起初来时众人说这仕女酷像她，她也就觉得这或许又是什么缘分儿的，于是每日来书房看上一阵。这么读了一会儿书，不觉就入迷了，待到庄之蝶进来坐在桌前写东西，她赶忙就要去厅室。庄之蝶说："不碍事的，你读你的书，我写我的文章。"柳月就坐下来又读。但怎么也读不下去了，她感觉到这种气氛真好：一个在那里写作，一个在这里读书，不禁就羞起来，抬头看着那小桌上的唐仕女，欲笑未笑、未笑先羞的样子，倒也觉得神情可人。这么自己欣赏着自己，坐着的便羡慕了站着的，默默说：我陪着他只能这么读一会儿书，你却是他一进书房就陪着了！嘬了嘴巴，给那仕女一个喷笑。待到庄之蝶说："柳月，你俩在说什么话？"柳月就不好意思起来，说："我们没说话呀！"庄之蝶说："我听得出的，你们用眼睛说话哩！"柳月脸绯红如桃花了，说："老师不好好写文章，倒偷听别人的事！"庄之蝶说："自你来后，大家都说这唐仕女像你的，这唐仕女好像真的附了人魂似的，我一到书房看书写作，就觉得她在那里看我，今日又坐了个活唐仕女，我能入得了文章中去吗？"柳月说："我真的像这唐仕女？"庄之蝶说："她比你，只是少了眉心的痣。"柳月就拿手去摸眉心的痣，却摸不出来，便说："这痣不好吧？"庄之蝶说："这是美人痣。"柳月嘎地一笑，忙耸肩把口收了，眼睛扑扑地闪，说道："那我胳膊上还有一颗呢！"庄之蝶不觉就想起了唐宛儿身上的那两颗痣来，一时神情恍惚。柳月说着将袖子往上挽，她穿的是薄纱宽袖，一挽竟挽到肩膀，一条完整的肉长藕就白生生亮在庄之蝶面前，且又扬起来，让看肘后的痣，庄之蝶也就看到了胳肢窝里有一丛锦绣的毛，他于是接收了这支白藕，说声："柳月你这胳膊真美！"贴了脸去，满嘴口水地吻了一下。窗外正起了一群孩子的欢呼声，巷道里一只风筝扶摇而起了。

　　牛在看见柳月抱了嫩草给它的时候，牛是感激地向柳月行了注目礼的。在牛的意识里，这小女人似乎是认识的，甚至这双仁府，也是隐隐约约有几分熟悉。它仔细地回忆了几个夜晚，才回忆起在它另一世的做牛的生涯里，是这双仁府甜水局一十三个运水牛驮中的一个，而这小女人则是当初水局里的一只猫了。是有过那么一日，十三头牛分别去送水，差不多共是送出去了五十二桶水，收回了一百零四张水牌子，但这只猫却在牛的主人坐下吃烟打盹的时候叼走了两张水牌去城墙根玩耍丢掉了，结果牛和它的主人受了罚。后来呢，它的前世被卖掉在了终南山里，转世了仍然是牛，就在山里；猫却因为贪食，被别人以一条草鱼勾引离开了水局，剥皮做了冬日取暖的围脖，来世竟在陕北的乡下为人了。牛的反刍是一种思索，这思索又与人的思索不同，它是能时空逆溯，可以若明若暗地重现很早以前的图像。这种牛与人的差异，使牛知道的事体比人多得多，所以牛并不需要读书。人是生下来除了会吃会喝之外都在愚昧，上那么多的学校待到有思想了，人却快要死了。新的人又开始新的愚昧，又开始上学去启蒙，因此人总长不高大。牛实在想把过去的事情说给人听，可惜牛不会说人话，所以当人常常忘却了过去的事情，等一切都发生了，去翻看那些线装的志书，不免浩叹一句"历史怎么有惊人的相似"时，牛就在心里嘲笑人的可怜了。

现在，它吃完了嫩草，被刘嫂牵着离开了双仁府沿街巷走去，毛尾就摇来摇去扇赶着叮它的牛虻，不知不觉地又有它的心思了。在这一来世里，它是终南山深处的一头牲口，它虽然来到这个古都为时不短，但对于这都市的一切依然陌生。城市是什么呢？城市是一堆水泥嘛！这个城市的人到处都在怨恨人太多了，说天越来越小，地面越来越窄，但是人却都要逃离乡村来到这个城市，而又没有一个愿意丢弃城籍从城墙的四个门洞里走出去。人就是这样的贱性吗？创造了城市又把自己限制在城市。山有山鬼，水有水魅，城市又是有着什么魔魂呢？使人从一村一寨的谁也知道谁家老爷的小名，谁也认得土场上的一只小鸡是谁家饲养的和睦亲爱的地方，偏来到这一家一个单元，进门就关门，一下子变得谁都不理了谁的城里呢？街巷里这么多人，你呼出的气我吸进去，我呼出的气你吸进去，公共汽车上是人挤了人，影剧院里更是人靠了人，但都大眼瞪小眼地不认识。如同是一堆沙子，抓起来是一把，放开了粒粒分散，用水越搅和反倒越散得开！从有海有河的地方来偏要游泳公园中的人造湖，从有山有石的地方来偏要攀登公园里的假山。可笑的是，在这个用四堵高大的城墙围起来的到处组合着正方形、圆形、梯形的水泥建筑中，差不多的人都害了心脏病、肠胃病、肺病、肝炎、神经官能症。他们无时不在注意卫生，戴了口罩，制造了肥皂洗手洗脚，研制了药物针剂，用牙刷刷牙，用避孕套套住阴茎。他们似乎也在思考：这到底是怎么啦？不停地研究，不停地开会，结论就是人应该减少人，于是没有不谈起来主张一个重型的炸弹来炸死除了自己和自己亲人以外的人。

牛就觉得发笑了。牛的发笑是一种接连的打喷嚏，它每日都会有这么一连串的喷嚏的。但牛又在想了，牛在想的时候也是颠来倒去地掂量，它偶尔冒上来的念头是自己不理解人，不理解拥挤着人的这个城市，是不是自己不是人也没有注册于这个城市户籍的缘故？自己毕竟是一头牲口，血液里流动的是一种野性，有着能消化草料的大的胃口，和并不需要衣饰的庞大的身躯？但是，牛坚信的是当这个世界在混沌的时候，地球上生存的都是野兽，人也是野兽的一种。那时天地相应，一切动物也同天地相应，人与所有的动物是平等的；而现在人与苍蝇、蚊子、老鼠一样是个繁殖最多的种族之一种，他们不同于别的动物的是建造了这样的城市罢了。可悲的，正是人建造了城市，而城市却将他们的种族退化，心胸自私，度量窄小，指甲软弱只能掏掏耳屎，肠子也缩短了，一截成为没用的盲肠。他们高贵地看不起别的动物，可哪里知道在山林江河的动物们正在默默地注视着他们不久将面临的末日灾难！在牛的另一种感觉里，总预感了这个城市有一天要彻底消亡的，因为静夜之时，它发现了这个城市在下陷，是城市每日大量汲取地下水的缘故，或是人和建筑越来越多，压迫了地壳的运动。但人却一点也不知道，继续在这块地上堆积水泥，继续在抽用地下水，那使他们沾沾自喜的八水绕西京的地理，现在不是几水已经干涸了吗？那标志着这个城市的大雁塔不是也倾斜得要倒塌了吗？到那一日，整个城市塌陷下去，黄河过来的水或许将这里变成一个水泽，或者没有水，到处长满了蒿草，那时候，人才真正知道了自己的过错；知道自己过错了，也成了水泽中的鱼鳖，也成了啃吃蒿草的牛羊猪狗；那就要明白了这个世界上野性是多么与天地同一，如何去进行另一种方式的生存了。

这牛想到这里，只觉得头脑发疼，它虽然在大街上恍恍惚惚地走着，感觉良好地以为自己是个哲学家了，但它懊丧上天赋予自己的灵性并不怎么多，思绪太杂太乱，一作长思考就头疼，甚至也常常灵魂出窍，发生错觉，潜意识里是拉着一张犁的，一张西汉或是开元年间的钝犁，就在屎壳郎般的小汽车当中被围困了，莫名其妙地望着不断拔节的鞋后跟，找不到耕耘的田野。它对于自己的智慧的欠缺和不由自主的走神儿就长声叹息了。于是，索性在刘嫂牵了它经过一座公园的长墙外的小路上走着时，就扭了头去嚼吃那墙根丛生的酸枣刺。人吃辣子图辣哩，牛吃枣刺图扎哩，气得刘嫂不停地用树棍儿敲打了它的屁股说："走呀，走呀，天不早了呀！"

牛月清见庄之蝶脚伤迟迟不好，每日换了药膏就不让他多活动，特意给文联大院的门房韦老太婆和双仁府这边巷口的人家叮嘱了：任何来人找庄之蝶，都说人不在家，也不要告诉家的门牌号数。又私下吩咐了柳月，故意将电话听筒放不实确，使外界无法把电话打通进来。这样一来，旁人也倒罢了，苦得周敏如热锅上的蚂蚁。那天下午，他来找到师母，要告知的是文化厅研究宣传部长的三条指示，决定让周敏和杂志社去向景雪荫赔礼道歉。周敏和李洪文去见景雪荫，景雪荫高仰了头，只拿了指甲油涂染指甲，涂染过了还抬起来，五指复开复合地活动，一句话也不说。周敏当即一口唾沫呸在地上，拉门出来了。李洪文汇报了厅里，厅长说："那就这样吧，她不理你们是她的事。别的指示我们可以先搪塞上边，可第三条，在下期刊物上发严正声明却要照办的。你们拟出文来，让我看看。"周敏就为了拟此文的用字遣词来讨庄之蝶的主意，但庄之蝶在人大会议上，无法进得古都饭店，第二天一早时间已来不及，只好和钟唯贤自拟了交上去。厅长又让景雪荫过目，景雪荫却不同意了，嫌用词含糊，必须写上"严重失实，恶意诽谤"，周敏和钟唯贤就不同意，双方僵起来。厅长便将拟文呈报宣传部，俟等上边裁决。周敏又是第三次第四次去文联大院和双仁府两边寻找庄之蝶，门房都说人是不在的，给两边的家挂电话，总是忙音，心里就犯了疑惑，以为庄之蝶是不是不管此事了？他是名人，又上下认识人多，他若撒手不管，自己就只有一败涂地的结果了，不免在家骂出许多难听话来。

唐宛儿却另有一番心思，忐忑不安的是她去了几次古都饭店，莫非露了马脚，被牛月清得知，庄之蝶才故意避嫌躲了他们？想起那日傍晚，她幽灵般地到703房间去，门是虚掩着，却没见到庄之蝶。待了半个小时又不敢多待，在走廊里转了几个来回再走下来，后来又转到楼的后边巷道，数着那第三个窗口看有没有灯光亮起，直是脚疼脖酸地守望了两个小时，那窗口还是黑的，方灰不沓沓转身回去。庄之蝶约定好好的知道她要去的，为什么人却不在？现在猜要么是走了风声，要么是牛月清也去过了饭店，便将庄之蝶强逼了回家去睡？要么还是那饭店的服务员打扫房间，在庄之蝶的床单上、浴盆中发现了长的头发和曲卷了的毛儿，有了叽叽咕咕？心里有事，身子也恹恹发困，一连数日不出门，只把肥嘟嘟一堆身子待在床上和沙发里看书。书是一本叫《古典美文丛书》，里边收辑了沈复的《浮生六记》和冒辟疆写他与董小宛的《影梅庵忆语》。还有的一部分是李渔的《闲情偶寄》中关于女人的片段。唐宛儿先读的是李渔的文章，读到女人最紧要的是有"态"，便对"态"是什么不甚了了，待看到有态了三分人材便会有七分魅力，无态了七分人材也只有三分魅力，态于女人，如火之有焰，灯之有光，珠玉有宝气，她便连声称是，觉悟道："这态不就是现在人说的气质吗？"就自信于自己绝对是有"态"的人。往后又读了《影梅庵忆语》，更是爱煞了那个董小宛，不禁想到：这冒辟疆是才子，庄之蝶也是才子，冒辟疆缠缠绵绵一个情种，庄之蝶又何尝不是如此？而自己简直就是那个董小宛了嘛，天下事竟有这般奇妙，自己也是有个"宛"字的！于是猛一回首，便感觉里有个董小宛飘然向自己走来，忍不住就嫣然一笑了。然后望着窗外的梨树，想着这梨树在春天该多么好，举一树素白的花，或者是冬天，顶那么厚的雪，我在屋子里听下雪的声音，庄之蝶踏着雪在院墙外等我，那墙里的树和墙外的他一样白吧？现在是夏天，没有花，也没有雪，梨树纯有叶子也是消瘦，消瘦得如她唐宛儿的时光。唐宛儿这么恍恍若梦，低了头又去读书。书上写到下雨，起身来到院子里，院里果然淅淅沥沥有了雨。面对了梨树和一树无人知道的雨，就死了心眼儿地认定这梨树是庄之蝶的化身，想，庄之蝶原来是早在她搬住到这院子的时候就在这里守候了她吗？遂紧紧抱了一会儿梨树，回到屋里，一滴眼之雨珠就落在了翻开的书上。

　　白日就这么挨了过去，到了晚上，周敏还是迟迟不能回来，相隔不远的清虚庵的钟声，把夜一阵阵敲凉。窗口的一块儿玻璃早已破裂，是用白纸糊的，风把纸又吹出了洞，哗啦哗啦地响。唐宛儿突然惊悸了一下，感觉里庄之蝶就在院门外徘徊。她穿了拖鞋便往外跑，下台阶时头上的发卡掉了，头发如瀑一样洒下，她一边走一边弯腰捡发卡，捡了几次未能捡到，还是过去开了院门，院门外却空寂无人。又左右看了看街巷。也许，他是在哪一个暗处招手，看了许久才发现那不是他，是风。木呆呆返回来，清醒了庄之蝶是没有来，好多好多天日也没有来了，或许永远也不会来了，就哽咽有声，满脸泪流，叹其命运不济。这么一哭，不能收住，又将长时间里没有泛上来的思子之情袭了心间，越发放声号啕。计算日子，再过三日竟是儿子三岁的生日，就不管了周敏回来不回来，再次开了门出去，直喊了一辆蹬三轮车的夜行人，掏三元钱让拉她去钟楼邮局，给潼关的旧家发了电报。电报是发给儿子的，写了"愿我儿生日快乐"。一路哭泣回来就睡了。

　　周敏夜阑回来，见冰锅冷灶，也不拉灯，问妇人怎么啦，拉了电灯，揭开被子，疑惑妇人眼怎么肿得如烂桃一般，就发现了枕边的电报收据，上边写有潼关。急问了原由，不觉怒从心起，掴了妇人一个耳光。唐宛儿跳下床来，竟不穿一丝一缕，上来就揪周敏的头发，骂道："你打我？你敢打我？！孩子那么小，没了他娘，三岁生日了，我就是狼也该发七个字的问候吧？"周敏说："你脑壳儿进水了吗？是猪脑壳儿吗？一纸电报抵什么屁用！他收了电报，必要查电文从哪儿发的，上边有西京字样，你这不是成心要他知道你我在哪儿吗？"唐宛儿说："他知道了又咋？西京大得如海，他就寻着来了不成？"取了镜来照脸，脸上是胖起来的五个渗血的指印，唐宛儿又过来揪周敏的头发，揪下一团，又哭了："你那么英雄，倒怕他来寻到你；那你还是怯他嘛，你这么个胆小样儿，何必却要拐了他的老婆，像贼一样地在西京流浪？！跟你流浪倒也罢了，你竟能打我！在潼关他也不敢动我一个指头的，你这么心狠，你来再一掌拍死我算了！"周敏瞧见妇人脸肿得厉害，想这女人也是跟了自己活得人不人鬼不鬼的，就后悔自己下手太重了，当下跪下来，抱了她的双腿，求她饶恕，又抓了她的手让在自己脸上打。周敏是有一套哄女人的本事，也是真心实意痛恨自己，妇人也就不哭了。周敏见她擦了眼泪，便上去抱了她亲，用手搔她的身子，一定要让她笑了才说明她是饶恕了他。原来妇人有一个秘密，就是身上痒痒肉多，以前周敏取笑过她痒痒肉多是喜欢她的男人多。庄之蝶也这么搔过她，取笑过她，于吟吟浪笑里给了她更强有力的压迫和揉搓。这阵禁忍不住，就笑了一下，周敏方放了心去厨房做饭，又端一碗给妇人吃了，相安无事睡下。

庄之蝶在家闷了许多天日，总觉得有一种无形的阴影笼罩了自己，想发火又无从发起，恨不能出门散心，也不见一帮熟人来聊，终日看看书，看过全然忘却，就和柳月逗些嘴儿说话。两人已相当熟腻，早越了小保姆和老师的界限。庄之蝶让柳月唱个歌儿，柳月就唱。陕北的民歌动听，柳月唱的是《拉手手》，歌词儿是：

114

　　你拉了我的手，我就要亲你的口；拉手手，亲口口，咱们两个
山圪崂里走。

庄之蝶听得热起来，柳月却脸色通红跑进老太太那间卧室里将门关了。庄之蝶一拐一瘸过去推门推不开，叫："柳月，柳月，我要你唱哩！"柳月在门里说："这词不好，不要唱的。"庄之蝶说："不唱就不唱了，你开了门嘛！"柳月不言语了，停了一会儿，却说："庄老师，你该笑我是学坏了？！"庄之蝶说："我哪里这样看你？"就直推门。柳月在里悄声拉了门闩，庄之蝶正使了劲，门猛地一开，人便倒在地上，脚疼得眉眼全都错位了。吓得柳月忙蹴下看他脚，严肃了脸儿说："这都怪我，大姐回来该骂我，撵了我哩！"庄之蝶却在柳月的屁股上拧了一下，说："她哪里知道？我不让你走，你是不能走的！"就势把柳月一拉，柳月一个趔趄险些脚踩了庄之蝶身子，才一迈腿，竟跌坐在庄之蝶脖子上，小腹正对了嘴脸，庄之蝶就把她双腿抱死。柳月一时又惊又羞。庄之蝶说："这样就好，让我好好看看你！"柳月的短衫儿没有贴身，朝上看去，就看见了白胖胖的两个大乳，乳头却极小，暗红如豆。庄之蝶说："你原来不戴乳罩？！"腾了手就要进去，柳月扭动着身子不让他深入……（此处作者有删节）说："你什么女人没见过，哪里会看上一个乡里来的保姆？我可是一个处女哩！"一拨手，从庄之蝶身上站起来，进厨房做饭了。庄之蝶落个脸红，还躺在地板上不起来，想自己无聊，怎么就移情于柳月？！兀自羞耻，却听得厨房里柳月又唱了，唱的是：

大红果果剥皮皮，外人都说我和你。其实咱俩没那回事，好人担了个赖名誉。

夜里，夫妇二人在床上睡了，说家常话，自然就说到柳月。牛月清问："柳月今日怎么穿了我那双皮鞋？我先不经意，她见我回来了就去换了拖鞋，脸红彤彤的，我才发现的。"庄之蝶说："她早晨洗了她的鞋，出门要买菜时没有鞋穿，我让她穿了的，回来她怕是忘了换。这女子倒是好身架，穿什么都好看，你那么多鞋的，那双就让她穿了吧。"牛月清说："要给人家鞋，就买一双新的送她。我那双也是新穿了不到半个月，送了她却显得是咱给她的旧鞋。"庄之蝶说："夫人好贤惠。那我明日就给了她钱让她自个儿去买一双是了。"牛月清说："你倒会来事！"就又说："我还有一件事，想起来心里就不安的，今日清早去上班，在竹笆市街糖果店里看有没有好糖果儿，那个售货员看了我半天，问道：你是不是作家庄之蝶的夫人？我说是的，有什么事？她说我在一份杂志上看见过你夫妻的照片，你家里是不是新雇了一个保姆？我说是呀，是个陕北籍的叫柳月，模样儿水灵，谁看着也不会认做是乡下的女子。她说，人皮难背。我问说这话有什么由头，莫非柳月来这店里买糖果，是多找了钱没吭声就走了吗？那售货员说柳月以前在她家当保姆的，就咬了牙齿发恨声：这保姆可坑了我了，我从劳务市场领她去我家看孩子，她不知怎么就打听到你们家，闹着要走，要走我也不能强留不放，只是劝她等我找到新的保姆了再走吧。这不，一天下班回来，孩子在家里呜呜哭，她人不见了，桌上留个条儿说她走了！她攀了你们高枝儿了，害得我只好在家看了孩子半个月，工资奖金什么也没了，她倒多拿了我的半月保姆费。售货员说了这一堆，我没吭声，信了她怕事实不确冤了柳月；不信吧，心里总是不干净，像吃了苍蝇。你说是实是假？"庄之蝶说："柳月不会心毒得那样的，怕是柳月能干，那家舍不得她走；她走了那家人倒嫉恨了咱，说些挑拨话儿。"牛月清说："我也这么想过。可这女子模样好，人也干净利落，容易讨人欢心，我待她好是我的事，你别轻狂着对她好呀！"庄之蝶说："你要这么说，明日我就辞了她！"牛月清说："你知道我不会让她走的，你说放心的话！"说着就蠕动了身子，说她要那个，庄之蝶推说腿是这样，是要我命了吗？牛月清伸了伸脚腿，说："那你要记着太亏了我！"趴下身瞌睡去了。

第二天，牛月清去上班，干表姐却把电话打到她的单位，牛月清自然问她娘在那边怎么样，干表姐说啥都好的，早上一碗半红豆儿稀饭，中午吃半碗米饭，饭是不多，菜却是不少的。你姐夫从渭河捕了三条鱼，孩子们都不准吃，只给老姑吃。晚上是两个鸡蛋蒸一碗蛋羹的，还有一杯鲜羊奶。老姑是胖了，也白了，只是担心家里的醋瓮儿没人搅捣，让我给你说，别只捂着瓮盖儿让坏了。再就是唠叨没个收放机，不能见天听戏的。牛月清说，娘这么爱听戏的，她年轻时就见天坐戏园子。也便说了这边的事，譬如醋没坏的；娘的几双旧鞋刷洗晾干了，收拾得好好的；那个王婆婆是来过几次，还送了老太太一副黄布裹兜儿。末了，随便也把庄之蝶的脚说了一句。凑巧，这个中午他们单位的领导要去渭河滩一带为职工采买一批便宜鲜羊肉，牛月清就匆匆回文联大院那边取了一部袖珍收放机和两盘戏曲磁带，要求领导一定去邓家营，打听她干表姐的家，把东西捎过去。但是，牛月清中午回来，老太太却已经在双仁府这边的家里了。一问原委，是干表姐打完电话，顺嘴把庄之蝶的脚伤说了，老太太就立马三刻坐不住要回，干表姐奈何不了她，坐公共汽车就送了来。老太太查看了庄之蝶的伤，并没有说什么，只嘟囔着柳月被子叠得不整齐，桌子上的瓶子放的不是地方，窗台上的花盆浇水太多，墙角顶上的那个蜘蛛网怎么就挑了。柳月不敢言语。到了晚上，柳月和老太太睡一个房子，老太太依旧以棺材为床，半夜里却在说话。柳月先以为是在给她说的，偏装睡不理。老太太却越说越多，几乎是在和谁争吵，一会儿软下来劝什么，一会儿又恶了声吓唬，且抓了枕头去掷打。柳月睁眼看了，黑乎乎的什么都没有，就害怕起来，过来敲夫人的卧室门。庄之蝶和牛月清起来，过去问娘，是娘做噩梦吗？老太太说："你们这一喊，他们倒都走了，我正好说歹说着的。"牛月清说："他们是谁？"老太太说："我哪里知道？刚才我看着进来了几个，手里都拿着棍子，就知道又是来磕之蝶的腿了。这是哪儿来的，无冤无仇的磕我女婿什么腿？"牛月清说："娘又说鬼了。"吓得柳月脸就煞白，牛月清又怨恨起来："娘，不要说了，什么人呀鬼呀的，只吓着我们！"庄之蝶说："你让她说。"就问老太太："娘，娘，你吓唬住他们了？"老太太说："这都是些恶鬼，哪里肯听我的？你明日去孕璜寺和尚那儿要副符来，现在城里到处是恶鬼，只有那和尚治得住的。要了符回来，一张贴在门框上，一张烧了灰水喝下，你那腿就好了。"庄之蝶说："明日我就去孕璜寺，你好生睡吧。"让柳月也去睡。柳月不肯，就睡了客厅沙发上。

天明起来，牛月清去上班了，柳月眼泡肿胀，自然是一宿没能睡好，安排用过了牛奶、酥饼、茶饭，老太太翻出一块儿布来又在做一个新的遮面巾。柳月要帮她做，老太太看不上她的针线活，柳月就来书房和庄之蝶说话。老太太一见他们说话，就仄了头，眼睛从老花镜的上沿来看，说："之蝶，你不是说要去孕璜寺吗？"庄之蝶说："我知道的。"去厕所小解了回来坐在客厅，看柳月立在厨房门上挂洗晾干了的门帘儿。昨日给的钱新买的高跟皮鞋柳月穿了，并不穿袜子，反倒另是一番韵味，偏又是穿了一件黑色短裤，短裤紧紧地绷在身上，举手努力把门帘往门框上的钉头上挂，腿腰挺直，越发显得体态优美。庄之蝶说："柳月，你光脚穿这皮鞋真好看的。"柳月还在挂门帘，说："我腿上没有毛的。"庄之蝶说："鞋尖夹指头不？"柳月说："我脚瘦。"庄之蝶说："你大姐脚太肥的，穿什么样鞋一星期就没了形状，这倒还罢了；这些熟人里脚不好的是夏捷，大拇指根凸一个包的，什么高跟中跟的鞋一满穿不成。你注意了没有，她坐在那儿，脚从不伸到前面来的。"柳月就把一条腿翘起来，低了眼去看，庄之蝶却一手将那脚握了，将脸贴近，皱了鼻子闻那皮革的味和脚的肉香。柳月双手还在门框上，赶忙来收腿，又被亲了一口，腿脚回到地上只觉得痒，痒得脸也红了。庄之蝶却装得并不经意的样子，又说这皮鞋式样真是不错的。柳月见他这样，脸也平静下来，说："你个男人家，倒注意女人的脚呀鞋呀的？给谁说谁都不信的。"庄之蝶说："种地要种好地边子，洗锅要洗净锅沿子，女人的美就美在一头一脚，你就是一身破衣裳，只要有双好鞋，精气神儿就都提起来了。唐宛儿就懂得这些，她才是讲究她的头上的收拾，活该也是她的头发最好，密盈盈的又长又厚，又一半呈淡黄色，你几时见她的发型是重样的？可你总是扎个马尾巴的！"柳月说："你知道我为啥扎马尾巴？我是没个小皮包儿，夏天穿裙子短衫没口袋，出门了擦汗的帕儿不是别在裙带上，就用帕儿扎了那头发，要用时取着方便。"庄之蝶说："那你也不说，我给你钱去买了包儿。我现在才明白，街上的女人都挎个包，原以为里边装有钱，其实是手帕、卫生纸和化妆品！"柳月就嘿嘿地笑。老太太听他们这边说话，就又说："之蝶，都什么时候了，你还不去孕璜寺吗？"庄之蝶给柳月挤挤眼，说："就去，就去。"心里想，牛月清为什么把我的脚伤告诉老太太，又让老太太回来，是怕我在家闲着只和柳月说话，说出个感情来哩？！心里就又一阵发闷，头皮发麻，浑身也是这么痒那么痒的。给孟云房拨了电话，让他去一趟孕璜寺见智祥大和尚要副符。打电话时才发现电话线压在听筒下边，就说："我说这么多天，我不得出去，也没有个电话打进来，原来听筒没放实！柳月，这是你干的？"柳月瞒不过，才说了牛月清的主意。庄之蝶就发了火："静养，静养，那怎么不送我去了监狱里养伤？！"柳月说："这我得听大姐的。"庄之蝶说："听她？她盼不得我双腿都断了才好放心！"柳月说："大姐倒是好心，你这么说倒屈了她。"庄之蝶说："她只知道给你吃好穿好身体好，哪里又知道人活着还活一种精神哩！别瞧她什么事满不在乎的样儿，其实心才小的，谁也防着。"柳月就问："她也防我？"庄之蝶没有言语，扶墙走到书房独坐了生气。

孟云房半晌午就来了，果然拿了符帖，直骂庄之蝶脚伤了这么多天日竟不对他吭一声，平日还称兄道弟地亲热，其实心里生分，在眼里把他不当个有用的人看的。庄之蝶忙解释骨头裂得并不十分厉害，只是拉伤了肌腱三天五天消不了肿，告诉你了，白害扰得人不安宁，不仅是没告诉你，所有亲戚朋友一概不知的。孟云房说："害扰我什么了，大不了买些口服蜂乳、桂圆晶的花几个钱！"柳月就笑了撇嘴："你什么时候来是带了东西？哪一次来了又不是吃饱喝醉？庄老师让你去要符，总是给你说了脚伤吧，你今日探望病人又提了什么礼品？！"孟云房也笑了，说："你这小人精哪壶不开提哪壶，我没给你庄老师拿礼品，给你倒拿了一个爆栗子！"指头在柳月的脑顶上梆地一弹，柳月一声锐叫，直骂孟云房没有好落脚，天会报复了你的！孟云房就说："这话也真让你说着了！我那第一个老婆的儿子从乡下参军了五年，是个排长儿，原想再往上升，干个连长儿团长儿什么的，可上个月来信说部队也让他复员，而且是哪儿来的仍回哪儿去。我那儿子就对首长说啦，报告团长，他们是兵可以哪儿来的哪儿去，我是排长呀！团长说：排长也是一样。我那儿子就说：一样了我就不说了，可我是从我娘的肚子里来的，我无法回去，何况我娘也都死了！"柳月就破涕为笑，说："真不愧是你的儿子！"就又说道："你有几个老婆？听大姐说，你前妻是城里人，孩子才八九岁，他当的什么兵？！"庄之蝶说："柳月你不知道，他早年还离过一次婚，在乡下老家的。"孟云房便说："咱是有过三个老婆的人，一个比一个年轻！"柳月说："怪道哩，我说你脸上皱纹这么多的？！"庄之蝶瞪了一下柳月，问孟云房："孩子到底安排了没有？"孟云房说："我认识我老家县上的常务副县长，打了长途电话给他，他答应了在县上寻个工作。说出来你哪里能想到，我在电话上说需要不需要我和庄之蝶回来一趟再给地区专员说个情，庄之蝶和专员可是同学的。他说啦，你这是拿大×吓娃，要激将我吗？你和庄之蝶还认识？我说不光认识，他结婚我还是证婚人！他就高兴了，说庄之蝶是大名人，大名人委托的事我能不办？孩子安排是没有这个政策，可我用不着暗中走后门，还担心有人告状生事，我要公开说，这孩子是庄之蝶的亲戚，就得安排，谁如果有亲戚能给社会的贡献有庄之蝶那么有影响，要安排个工作，我保证还是安排！"庄之蝶说："你尽胡成精，最后出了事都是我的事！"孟云房说："这是你的名气大呀！等那常务副县长到西京来了，我领他到你这里来，还要劳驾你招待一下他哩！"柳月说："哎呀呀，你来吃了，还要带一个来吃！"孟云房说："不白吃的，你瞧瞧这个！"从怀里掏一个兜儿药袋子，让庄之蝶立时三刻戴在小腹的肚脐眼上。庄之蝶说："你又日怪，脚伤了，在这儿戴什么？"孟云房说："你总是不信我。一天光写你的书，哪里懂得保健药品！现在以市长的提议，在城东区开辟了一个神魔保健街，全市有二十三家专出产保健品了。这是神功保元袋，还有神力健脑帽、神威康肾腰带、魔功药用乳罩、魔力壮阳裤头，听说正研制神魔袜、鞋、帽子，还有磁化杯、磁化裤带、磁化枕头床垫椅垫……"庄之蝶说："你甭说了，这现象倒不是好现象，不知是谁给市长出的馊主意！魏晋时期社会萎靡，就兴过气功，炼丹，寻找长生不老药，现在竟兴这保健品了？！"孟云房说："你管了这许多！有人生产就有人买，有人买就多生产，这也是发展了西京经济嘛！"庄之蝶摇了摇头，不言语了，却说："这么多天，我不得出门，也不见你们来，我有一件事要给你说的。"就让柳月先出去。柳月撇了嘴说："什么见不得人的事，不告诉我，我向大姐告状的！"孟云房就说："你要听话，过几天我给你也带个魔功乳罩来！"柳月骂道："你这臭嘴没正经，你先给夏姐儿戴了再说！"孟云房说："这女子！我老婆真戴了的，乳头乍得像十八九岁姑娘娃一样的！"庄之蝶说："柳月还是姑娘家，你别一张嘴没遮没拦的。"看着柳月出去了，悄声道："你提说的清虚庵那楼上房子的事，我给市长谈了，市长把房子交给咱们了，还配了一套旧家具。这是钥匙，你不妨去看看。再叮咛你一次：谁也不要告诉的，牛月清不要给说，夏捷也不能说！"喜得孟云房说："这太好了！你到底是名人，比不得我们人微言轻，咱们应好好写一篇文章在报上发表，宣扬宣扬市长重视文艺工作。"庄之蝶说："这你就写吧，以后需要人家关照的事免不了的。有了房子，怎么个活动你考虑一下，平日哪些人可以参加，哪些人得坚决拒绝，但无论怎样，钥匙只能咱两人控制。等我脚好了，咱就开办一次。"孟云房说："第一次让慧明讲禅吧。现在兴一种未来学，我差不多翻看了中外有关这方面的书，但慧明从禅的角度讲了许多新的观点，她认为未来世界应是禅的世界，是禅的气场，先进的人类应是禅的思维。我也思考这事。这下有了活动室，我可以去静心写了，在家夏捷是整日嘟嘟囔囔。禅静禅静，我可没个静的去处！"庄之蝶说："真正有禅，心静就是最大的静了，禅讲究的是平常心，可你什么时候放下过尘世上的一切？你还好意思说禅哩！我看你是又不满足人家了？你那些毛病不改，娶十个老婆也要嘟囔的！"孟云房笑着说："这我又怎么啦，我没你那知名度，能碰上几个女的？"庄之蝶说："我哪像你？！"孟云房嘿嘿地笑，说："你也是事业看得太重，活得不潇洒。我替你想过了，当作家当到你这份儿上已经比一般文人高出几个头了，可你就能保证你的作品能流传千古像曹霑、蒲松龄吗？如果不行，作家真不如一个小小处长活得幸福！佛教上讲法门，世上万千法门，当将军也好，当农夫也好，当小偷当妓女也好，各行各业，各色人等，都是体验这个世界和人生的法门。这样了，将军就不显得你高贵，妓女也就不能说下贱，都一样平等的。"庄之蝶说："这我哪里不清楚，我早说过作家是为了生计的一个职业罢了。但具体到我个人，我只会写文章，也只有把文章这活儿做好就是了。"孟云房说："那你就不必把自己清苦，现在满社会人乱糟糟的，有权不用，过期作废；有名不利用，你也算白奋斗出个名儿。不给你说有权的人怎么以权谋私，这样的事你也见得多了，就给你说说我家隔壁那个老头吧。老头做生意发了，老牛要吃嫩苜蓿，就娶了个小媳妇。他的观点是，有钱了不玩女人，转眼间看着是好东西你却不中用了。刚才我来时，路过他家窗下，他是病了三天了，直在床上哼哼。我听见那小媳妇在问：你想吃些啥？老头说：啥也不想吃的。小媳妇又问：想喝些啥吗？老头说：啥也不想喝的。小媳妇就说了：那你看还弄那事呀不？老头说：你活活儿把我扶上去。你瞧瞧这老头，病恹恹得那个样儿，人家也知道怎么个享受哩！"庄之蝶说："我不和你扯这些了，你最近见到周敏他们吗？他也不来见我！我总觉得有一个巨大的阴影压着我的。云房，今年以来我总觉得有什么阴影在罩着我，动不动心就惊惊的。"孟云房说："你真有这么个预感？"庄之蝶说："你说，不会出什么大事吧？"孟云房说："你没给我说，周敏倒给我说过了，我就等着你给我说这事的。你既然还信得过我，我要说，这事不是

121

小事，牵涉的面大，你又是名人，抬脚动步都会引得天摇地晃的，周敏是惶惶不可终日，这你要帮他哩！"庄之蝶说："我怎么没帮他，你别听他说。他那女人还好？"孟云房诡笑了一下，低声道："我知道你要问她了！"庄之蝶冷下脸说："你这臭嘴别再给我胡说！"孟云房就说："我怎敢胡说？我去过他们那儿，却没见唐宛儿出来，周敏说是她病了。那花狐狸欢得像风中旗浪里鱼的，什么病儿能治倒了她？！她怎么能不来看你，这没良心的。庄之蝶是轻易不动荤的猫儿，好容易能爱怜了她，她一个连城里户口都没有的小人物，竟不抓紧了你，来也不来了？！"庄之蝶从糖盒拣起一颗软糖塞到孟云房的嘴里，孟云房不言语了。

　　吃过午饭，庄之蝶在卧室里睡了，脑子里却想着孟云房晌午说的话来。原是多少在怨唐宛儿这么些日子人不来电话也不来，才是她也病了！她得的什么病，怎么得的，是不是那日在古都饭店没有找着他，又给这边拨电话拨不通，小心眼儿胡思乱想，害得身上病儿出来？人在病时心思越发要多，也不知那热腾腾的人儿病在床上又怎么想他？不觉回忆了古都饭店里的枝枝节节，一时身心激动，腿根有了许多秽物出来。随后，脱了短裤，赤身睡了一觉，起来让柳月去把短裤洗了。

　　柳月在水池里洗短裤，发现短裤上有发白起硬的斑点，知道这是什么，只感到眼迷心乱。想夫人中午并不在家，他却流出这等东西，是心里作想起谁了？是梦里又遇到谁了？那一日她唱《拉手手》，他是拉她在身上的，她要是稍一松劲就是妇人身子了。那时她是多生了一个心眼儿，拿不准主人是真心地爱她，还是一时冲动着玩她。庄之蝶是名人，经见的事多人多，若是真心在我身上，凭我这个年龄，保不准将来也要做了这里主妇；即使不成，他也不会亏待了我，日后在西京城里或许介绍去寻份正经工作，或是介绍嫁到哪家。但若他是名人，宠他的人多，找女人容易，他就不会珍贵了我，那吃亏的就只有我了。现在看了这要洗的裤子，虽不敢拿准他是为了我，却也看透了这以往自己崇拜的名人，不畏惧了也不觉害怕，倒认作亲近了起来。

　　洗毕短裤，在院中的绳上晾了，回房来于穿衣镜前仔细打量自己，也惊奇自己比先前出落得漂亮，她充满了一种得意，拉了拉胸前衫子，那没有戴乳罩的奶子就活活地动。想着几日前同夫人一块儿去街上澡堂里洗澡，夫人的双乳已经松弛下坠，如冬日的挂柿。现在一想起那样子，柳月莫名其妙地就感到一阵欣悦。正媚媚地冲自己一个笑，门口有人敲门。先是轻轻一点，柳月以为是风吹，过会儿又是一下，走近去先上了门链后把门轻轻开了，门外站着的却是赵京五。赵京五挤弄了右眼就要进来，门链却使门只能开三寸长的口缝，赵京五一只脚塞进来了只好又收回去。柳月说："你甭急嘛，敲门敲得那么文明，进门却像土匪！"赵京五说："老师在家吗？"柳月说："休息还没起来，你先坐下吧。"赵京五就小了声，说："柳月，才来几天，便白净了，穿得这么漂亮的一身！"柳月说："来的第二天大姐付了这月工钱，我去买的。这里来的都是什么人，我穿得太旧，给老师丢人的。"赵京五说："哟，也戴上菊花玉镯儿了！"柳月说："你不要动！"赵京五说："攀上高枝儿了就不理我这介绍人了？"柳月说："当然我要谢你的。"赵京五说："怎么个谢法？拿什么谢？"柳月就打了赵京五不安的手，嘻嘻不已。

庄之蝶听见两人嘻嘻作笑，就问是谁来了，赵京五忙说是我，对着镜子就拢了拢头发。庄之蝶说："京五，你进来说话。"赵京五进了卧室，庄之蝶还在床上躺着，并没起来。赵京五说："老师脚伤了，现在怎么样了？饭前在街上见了孟老师，才听说的。我知道脚伤了不能动，心又闲着，是最难受的，就来陪你说说话儿，还给你带了几件东西解闷儿。"说着从怀里掏出一把扇子，一个塑料袋子，袋子里装着折叠的画。先把那扇子打开了给庄之蝶，庄之蝶看时，扇子很精致，眉儿细匀，纸面略黄，洒有金箔花点。扇把儿是嵌接的一个小葫芦状。扇正面是一幅山水，仿的是八大山人，这倒一般，背面却密密麻麻手书有蝇头小楷，颇为好看，略略一读，内容不是常见的唐诗宋词，而是中国共产党的社会主义总路线总方针的决议，后边署名竟是"康生"，又盖了康生的两个小印章。庄之蝶立即坐起来说："这是康生手书的纸扇？！"赵京五说："你喜欢古瓶，我给我一个朋友去信，他回信是满口答应要送你的，并说这月底就来西京。没想上礼拜他犯了事了，花了六万元买得的两尊小佛像被没收了。真不知那是什么佛像，这般值钱的！货是从汉中往西京运，雇的是出租车，但车到了宝鸡，后边追上两辆警车，就把他

123

拦住了，连人带佛像全弄走。前日他家人找我，说公安局传出了话，小佛像是没收了，要判刑是坐七年大牢，要罚款是十万，何去何从，三天回话。他家人当然是愿罚款。你猜猜人家多有钱的，一来一往就栽了十六万！他家人不在乎钱，还怕罚了十万不放人，托我找门子说说情，就送了我这把扇子，说这虽不是古物，却也算现代宫中的东西，康生又是共产党的大奸，人又死了，算得一件有价值的东西。这是中央八中全会前康生送给刘少奇的，以前他反对刘少奇，后见刘少奇地位要提高，就又巴结，便手书这把扇子送着讨好。"庄之蝶说："这实在是件好东西，康生这字不错嘛！"赵京五说："那当然了，他在书法上也算一家的！你也是爱书法，我就送了你收藏好了。"庄之蝶说："京五，礼尚往来，你看上我这里什么就拿一件吧！"赵京五说："什么也不要，你送我几张手稿就好了。"庄之蝶说："我又不是诺贝尔获奖作家，这手稿我给你一捆也成。"赵京五说："只要你给我手稿，你瞧瞧，还要送你一件东西保管也喜欢。"打开塑料袋，一张四尺开的水墨画，正是石鲁的《西岳登高图》，构图野怪，笔墨癫狂，气势霸悍。庄之蝶一看便知这是石鲁晚年疯后的作品，连声称好，又凑近读了旁边一行小字："欲穷千目，更上一楼。"就说："这石疯子的字金石味极浓，但这么写古诗怕就不对了，王之涣写《登鹳雀楼》的诗是'欲穷千里目，更上一层楼'，他少一'里'，缺一'层'字，文理不通。"赵京五说："他是画家不是作家，可能是先把'里'字遗了，旁补一字不好看，干脆后边也就不写个'层'字，这样写反更能体现他那时的疯劲。这画好便宜哇，我在临潼一个妇女手里三百元收买的，拿到广州去，少说也四五万吧！"庄之蝶说："能值这么多？"赵京五说："这里边的行情我了解，现在南方石鲁的画卖价最高，海外到了十二万人民币。汪希眠靠什么发的，他就是偷着搞石鲁的仿制品骗来西京旅游的那些洋人的。我有个熟人，也是这个行当的角色，以前就和汪希眠联系，他专跑市场推销假画，近日和汪希眠闹起不和，来寻我说要合伙办个画廊什么的。画廊里挂些有名的和没名的人的画，光靠在那里卖，卖不了多少钱；关键在后边弄的赝品，赝品由他请人在别处画，咱拿来你题上序或跋，这生意必定好的。"庄之蝶说："这明明是赝品，查出来了，上有我的序跋，多丢人的。"赵京五说："这你就错了，查出来，咱也会说咱们也是上了当的，还以为是真的哩！如果知道是赝品要骗人，怎么能这么爱的，题了序、跋收藏吗？只是手头紧才卖的。嗨，现在杀人放火的案子十个才能破两个三个，咱这是什么事儿，哪里就容易让查出来了？若是真有慧眼的，明知是赝品，他才买的。为什么？赝品虽不如真品，但也有赝品的价值，何况你是名人，字也写得好，更有收藏价值。白花花的银子往里流，你倒不要，偏在这里爬格子！"庄之蝶说："你说得容易，我倒心中没底，这不是说了就了的事。在哪儿办画廊？画廊里就是应景也要挂些名家字画，我这里又能有几幅？"赵京五说："我查看了，咱那书店旁边有个两间空门面，把它买过来，就布置了做画廊，正好和书店一体相得益彰。名家字画你这里不多，我那里还有，近日还可再有一些来的。你知道吗，西京城里现在有个大作品没露世哩！"庄之蝶问："什么大作品？"赵京五说："我那朋友的家人说，他得这把扇子的那户人，上三个月来西京求龚靖元给他爷爷写一碑文，碑文写好后，为了报答龚靖元，带去了一卷毛泽东手书的白居易《长恨歌》，原诗没写完，仅一百四十八个字，每个字碗口大的。送到龚家，龚靖元不在，他儿子龚小乙就收了，偷得他爹四个条幅作为回报。这龚小乙不成器，抽一口大烟。他想私吞了好卖个大价买烟土的。这幅手卷现在可能没出手，我有办法能讨出来，还不撑了门面吗？"庄之蝶说："京五你个大倒腾鬼！你说的这事，好是好，我可劳动不起，你和洪江商量去吧！"赵京五说："谁让你劳动，只要你个话就是了。洪江能干是能干，却是个冒失鬼，我知道怎么镇住他，这你就放心好了。"

末了，庄之蝶让柳月送赵京五。一送送到院门外，柳月问："京五，你和庄老师谈什么呀，眉飞色舞的？"赵京五说："要办一个画廊呀。柳月，你要对我好，将来你到画廊来当礼仪小姐，也用不着当保姆做饭呀洗衣呀的。"柳月说："我哪里待你不好了？！画廊还八字没一撇的，就那么拿捏人。你要是庄老师，不知该怎么把我当黑奴使唤了。"赵京五就打了她一拳。柳月也还去一拳。一来一往了四五下，柳月终是在赵京五的屁股上踢了一脚，说："我走后，那个人家骂我没有？"赵京五说："连我都骂上了，到处给人说你管孩子为了省事，给孩子偷吃安眠药。你真这么干过？"柳月说："他那孩子前世是哭死鬼托生的，醒着就哭嘛！你可千万不要告诉说我在这里，万一他们来这儿胡闹，损我的人哩！"赵京五说："我不说的。可人是活物，又不是一件死东西，你整日出出进进买菜呀上街呀，保得住那院里的人不看见你？看见了不告诉他们？他们要寻了我，我又不能是警察管住人家！"柳月脸就阴下来，又说："你平日不是吹嘘你认识黑道红道的人多，你怎不让黑道的人去唬唬他们？！这事托你办了。你要嘴上哄了我，只要你从此不到庄老师家来！"赵京五说："你这倒仗势欺人了！"

送走了赵京五，柳月在巷口站了一会儿，牛月清就回来了。瞧见她手指噙在口里在那里发呆，问站在这儿干什么？柳月忙说老师让送送赵京五，正要回去的。牛月清就批评她女孩子家没事不要立在巷口卖眼儿。两人正说着，周敏和唐宛儿各骑了一辆自行车顺巷而来，当下叫道："你这两个，金男玉女的，满世界疯着自在，这又是往哪家歌舞厅去？"唐宛儿已下了车子，说："正要去师母家的！中午孟老师告说庄老师伤了脚，慌得我当时要来，周敏却说等他下班后一起去。老师伤还重吗？"牛月清说："唐宛儿的嘴真乖，碰着我了就说要到我家去，碰不着就去歌舞厅。要不，晚上来我家还打扮得这么鲜亮的？"唐宛儿说："师母冤死人了，老师伤了脚，别人不急，我们也不急？不要说到你们家，就是去任何人家，我都要收拾的。收拾得整齐了，也是尊重对方嘛！"说着就搂了柳月，亲热不够。柳月便注意了她的头发，果然又是烫了个万能型的式样，长发披肩。牛月清听唐宛儿这么说了，早是一脸绽笑，说："那我就真屈了你们！快进屋吧，晚饭我和柳月给咱搓麻食吃。"周敏说："饭是吃过了，刚才我和宛儿陪杂志社钟主编在街上吃的酸汤羊肉水饺。你们先回吧，我们马上来，钟主编吃完饭回家取个东西，我们说好在这儿等候他，他寻不着你家路的。"

牛月清和柳月回到家，柳月去厨房搓麻食，牛月清就对庄之蝶说周敏他们要来了，还有一个钟主编，这钟主编可一直没来过咱家。如果是为了稿子的事，他以前总是在电话中联系，如果是来探望你的伤情，他与你并不关系亲热，让周敏代个慰问话也就罢了，怎天黑了，老头亲自要来家？庄之蝶说："这一定是周敏鼓动来的，还不是为了那篇文章的事！周敏人有心劲，他怕他给我说话我不听，特意搬钟主编来让我重视的。"牛月清说："他聪明是聪明，这做法多少还是小县城人的做法么！"就取了水果去厨房洗。

不久，周敏三人到了门前，庄之蝶拐着腿到门口迎接，唐宛儿忙扶他坐在沙发上，又拿小凳儿支在伤腿下让伸平，揭了纱布看还肿得明溜溜的脚脖儿，说声："还疼？"眼泪就掉下来。庄之蝶见她失了态，在挡她手时，五指于她的胳膊肘处暗暗用劲捏了一下，把一条毛巾就扔给她擦了眼泪，抬头对钟主编说："你这么大的年岁，还来看我，让我难为情了。这周敏，你要来就来，怎么就也劳驾了钟主编？！"钟主编说："就是你不叫我来，我迟早知道了也要来的。第一期你同意上了周敏的文章，往后还要有你的大作的。当编辑的就是一靠作家二靠读者，你支持了，我这个主编才能坐得稳哩！"庄之蝶见他先提到周敏的文章，也就不寒暄别的，直奔了主题说道："我这开了十天会，脚又伤了，也就去不了杂志社看看。现在事情怎么个情况了，周敏也不来及时告诉我。"周敏说："我来过，你开会不在家，只好把那声明由厅里送宣传部去审定了。"钟主编说："事情也就是这样，景雪荫一定要在声明中加'严重失实，恶意诽谤'的话，我就是不同意加！我给厅长说，我是当了二十年的右派，平反后干了三年杂志负责人，后又被武坤把我弄下来他去干。现在正儿八经算是个主编，我就那么稀罕？大不了，我还是下台，还是当右派嘛！不坚持原则，轻率处理人、发声明，社会上读者会怎样看待这个新改版的杂志？杂志还有什么威信？怎样体现保护作家的权益？！"钟主编向来谨慎胆小，没想激动起来，口气强硬，这让庄之蝶和牛月清都感动了。周敏在一旁说："这件事钟主编日夜操心，没有他顶住，外界不知怎么笑话了我也笑话了庄老师？我本来裤子就是湿的，不怕立着尿，只是害得庄老师损名声。"庄之蝶没有接他的话，喊柳月给钟主编续茶水。柳月和唐宛儿在书房里交流着梳头的经验，嘻嘻哈哈笑，出来续了茶，又叫过牛月清去一块儿说话。

钟主编说："现在声明还在宣传部，我连着三天电话催他们的意见，并且要求行个文或批个字下来。宣传部说这还要让管文化的副省长过目，而副省长这几日事太忙，但很快就批下来的。我倒有了担心，若副省长能同意咱写的声明，那是最好不过了，若副省长听信景的话，依景的要求加了那八个字再批下来，我牛皮再大，能顶住厅里顶不住副省长！"庄之蝶垂了头没吭声，闷了半天，说："是这样吧，有你在杂志社那儿顶着，我就放心了，我可以去找省上领导的。周敏，我过会儿给你写个信，写给市委的秘书长，他和管文化的副省长是儿女亲家，你去找到他，咱求他给副省长说说话。咱不企望领导要站在咱一边，只盼领导能公正无私，不偏听偏信。"乐得周敏把手里的苹果也不吃了，说："老师还有这么个关系，早动用了，她姓景的还张狂什么？！"钟主编说："好钢要用在刀刃上，重要关系万不得已是不要动用的。"庄之蝶没有言传，取了一根烟接在将要吸完的烟把儿上继续吸，那烟雾就随了腮帮钻进长发里。长发像起了火。

　　庄之蝶吸完了烟，让牛月清出来陪着钟主编说话，他就去书房写信。书房里唐宛儿和柳月还在浆浆水水说不完，一见庄之蝶进来，就丢下柳月，问怎么崴了脚的，在哪儿崴的？说她一连几夜都做梦，梦见老师在大街上骑了"木兰"跑，她看见了再叫也不理的，心里还想老师跑得这么快的，没想这梦是反着的，你就崴了脚了！庄之蝶说："就是跑得快了，为了市长的一些事没有能在房间坐着，脚就崴了，你说遗憾不遗憾？原本那晚上还约了一个人去我那里谈艺术呀的，害得人家扑个空，怕现在心里还骂我哩！"拿眼睛就看唐宛儿。唐宛儿瞥了柳月一眼，说："你是大名人的，说话没准儿那算啥？那人没和你谈上艺术，那是她没个福分，你管她在那里等你等得眼里都出血哩？！"庄之蝶就笑了，说："她要骂就去骂吧，反正是老熟人的，骂着亲打着爱，下次见了她，让她咬我一块儿肉去！"柳月听得糊糊涂涂，说："为别人的事费那么多口舌！"庄之蝶说："不说了。唐宛儿，听说你也病了？"唐宛儿说："心疼。"眼里就亮光光的。庄之蝶说："噢。现在还疼吗？"唐宛儿说："现在好了哩！"庄之蝶说："好了还要注意的，柳月，你去老太太屋里的抽屉里取一瓶维生素 E 来给你宛儿姐。"柳月说："宛儿姐有个病你这么在心上，昨儿晚我害头疼，却不见一个人问我一声！"庄之蝶说："你才说鬼话，你呼呼噜噜睡了一夜，你是哪儿病了？人家有病你也眼红，赶明日让你真大病一次！"唐宛儿说："人家柳月睡觉，你成夜听她鼾声？！"柳月就嫣然一笑出了门。柳月刚一出门，庄之蝶和唐宛儿几乎同时头附近去，舌头如蛇信子一般伸出来就舔着了；舔着了，又分开；分开了，唐宛儿又扑近来，将庄之蝶抱紧，那口就狠命地吸，眼泪却哗哗往下流。庄之蝶紧张得往出拔舌头，一时拔不出，拿手掐了唐宛儿胳膊。两人才闪开，柳月拿了药就进来了。唐宛儿就势坐在灯影里的沙发上，说鞋里有了沙子，去脱鞋时擦了眼泪，然后收了药瓶，说："庄老师，你只是给我药吃！"柳月说："这没良心的！这药又不苦的。"唐宛儿说："再不苦也是药，是药三分毒的。"柳月说："老师要写东西，咱不打扰了。"硬拉了唐宛儿出来。

庄之蝶写好了信，寻思唐宛儿多久不见了，晚上来了偏又是这么多人，也没个说话的机会。想约她改日再来，特支开柳月，她却抓紧了时间亲吻，使得一张嘴不能二用，就匆匆写了个字条，寻空隙要塞给她。然后把写好的信件拿来让钟唯贤看了，再让周敏收好。又喝了几杯茶，炉子上的水就开了，柳月叫嚷着下麻食呀，庄之蝶便留三人一块儿吃。钟主编谢了，说该告辞了，他眼睛不好，太晚了回去骑车子不方便，立起要去。周敏也要去，唐宛儿只得说了要庄之蝶好好养伤的一番话后跟着出门。牛月清却叫了她，说他们在那儿东西一定不多，这里有些绿豆，带些回去熬稀饭吃。唐宛儿不要，牛月清硬拉着要她拿，说绿豆败火的，大热天里吃着好，两人推推让让地亲热着。庄之蝶就送钟唯贤和周敏去院门口，回头看唐宛儿，唐宛儿还在和牛月清、柳月说话，心想就是等她出来，牛月清和柳月必是一块儿送的，也没个机会塞约会条子了。但是，当钟唯贤和周敏在那里开自行车时，庄之蝶灵机一动，手在口袋将纸片搓成细棍儿，瞧见唐宛儿的那辆红色小车子，就塞到锁子眼里了。

过了一会儿，唐宛儿果然和牛月清、柳月出来，庄之蝶在院门口与钟唯贤说话，就叫牛月清过来和钟告别。牛月清去了院门口，唐宛儿就去开自行车，才拿了钥匙塞锁眼，猛地发现那锁眼有个纸棍儿，当下明白了什么，急拔了出来，先在口袋里展平了，然后弯腰一边开锁一边就着院门照过来的灯光看了。但见上边写着："后日中午来。"一把在手心握了团儿，满脸喜悦地推车过来。院门口，三人一一和主人家握手，轮到唐宛儿与庄之蝶握，唐宛儿手心的纸团就让庄之蝶感觉到，且一根指头挠了他的手心，两人对视笑了一下。

这一切，牛月清没有察觉，柳月却在灯暗影里看了个明白。

赵京五和洪江为扩大书屋四处奔波，走动了四大恶少的老二和老四，便办理了隔壁房子的转卖手续、营业执照。事情都有了眉目，一连数日又忙着与工商局、税务局、水电局、环卫局、公安局、所在街道办事处的人拉关系，交朋友。西京饭庄里吃过了一次烤鸭，又去德来顺酒家吃了牛的驴的狗的三鞭汤，就成夜与其搓麻将，故意赢得少，输得多。如此一来二去的，差不多就混熟了，哥儿弟儿胡称呼。筹集开办的款项由洪江负责，那批全庸武侠小说连本带利共获得十二万，抱了账单先拿了八万元交给牛月清，让还给汪希眠老婆；牛月清又将四万元回交了他，叮嘱与赵京五商量着去安排画廊的事。洪江就说了，外边还有一万四千元的账，可都是外县的零售点的人在拖欠着，怕是一时难以收回。因为各处欠款数目不大，若亲自去追索，其车费食宿费花下来差不多与索得的钱相抵，故只能以信去催，也要做好不了了之的心理准备。牛月清由他说着也不知细底，只是骂了几声人心不古、世风日下的话来，就抽出几张百元面额的票子付了洪江的一月工资。洪江却说付得太多了，硬退四五十元不要。其实，这一万四千元早已是一手交钱一手才能拉书的，洪江暗中将这笔款交给一个远门的亲戚在城东门口王家巷里开办了一家废品收购店，专做鬼市上的买卖。

城东门口的城墙根里，是西京有名的鬼市，晚上日黑之后和早晨天亮之前，全市的破烂交易就在这里进行。有趣的是，叫作鬼市，这市儿上也还真有点鬼气：城东门口一带地势低洼，城门外的护城河又是整个护城河水最深最阔草木最繁的一段，历来早晚有雾，那路灯也昏黄暗淡，交易的人也都不大高声，衣衫破旧，蓬首垢面，行动匆匆，路灯遂将他们的影子映照在满是阴苔的城墙上，忽大忽小，阴森森的吓人。早先这样的鬼市，为那些收捡破烂者的集会，许多人家自行车缺了一个脚踏轮、一条链子，煤火炉少一个炉瓦、钩子，或几枚水泥钉，要修整的破窗扇，一截水管，龙头，椅子，床头坏了需要重新安装腿儿柱儿的旧木料，三合板，刷房子的涂料滚子，装取暖筒子的拐头，自制沙发的弹簧、麻袋片……凡是日常生活急需的，国营、个体商店没有，或比国营、个体商店便宜的东西，都来这里寻买。但是，随着鬼市越开越大，来光顾这里的就不仅是那些衣衫破烂的乡下进城拾破烂的，或那些永远穿四个兜儿留着分头背头或平头的教师、机关职员，而渐渐有了身穿宽衣宽裤或窄衣窄裤或宽衣窄裤或窄衣宽裤的人。他们为这里增加了色彩亮度，语言中也带来了许多谁也听不懂的黑话。他们也摆了地摊，这一摊有了碧眼血口的女人，那一摊也有了凸胸撅臀的娘儿。时兴的男女不断地变幻着形象，这一天是穿了筷子头粗细的足有四指高的后跟的皮鞋，明日却拖鞋里是光着的染了猩红指甲的白胖脚丫子；那男人前半晌还是黄发披肩，后半晌却晃了贼亮的光头，时常在那里互相夸耀身上的从头到脚每一件名牌的衣饰。鬼市的老卖主和老买主，以为有这些人加入他们的行列，倒有了提高在这个城市里的地位的价值，倍感荣耀。但不久，便发现这些人皆闲痞泼赖，是小偷，是扒贼，便宜出售的是崭新的自行车、架子车、三轮车，出售的是他们见也未见过的钢筋、水泥、铝锭、铜棒，和各种钳、扳手、电缆、铁丝，甚至敲碎了的但依旧还有"城建"字样的地下管道出口的铁盖。于是，在离鬼市不远的很窄小的王家巷里就出现了几家破烂收购店。洪江雇人新开的店铺虽开张不久，但生意极好，将收购来的东西转手卖给国营废品站或直接卖给一些街道小厂和郊区外县的乡镇企业，已赚得可观的利润。这事当然牛月清不知道，庄之蝶也不知道，连书店雇用的三个女服务员也不知道。筹备扩大书店开设画廊，这需一笔大款，牛月清交付的四万元哪里够得。再加上书店以往的积蓄，还差了许多。他就生出主意来，要成立个画廊董事会，明着是画廊开张后可以在画廊门口长年做每个董事的企业广告，又答应每年可以赠送每个董事两张名家字画，企业有什么活动也保证召集一批名家前去助兴，义务作画写字；实质上却是要一些企业赞助，干脆说是向人家讨钱。就和赵京五商量了，自个儿去找到 101 农药厂的黄厂长。

黄厂长并不认识洪江，洪江详细自我介绍，又说了 101 厂的产品如何声誉大，质量好，如何是见了黄厂长就感觉到了黄厂长有现代企业家的气度和风采。黄厂长感冒了，一颗清涕在鼻孔欲掉未掉，却说："你是来拉赞助吗？得多少钱？"洪江说："来拉赞助的人多吗？"黄厂长说："多得像蝗虫！他们哪儿就知道了我有钱，拐弯抹角地都来伸手？！"洪江就笑了："这一是你产品声誉好，二是庄之蝶给你写的文章影响大么！可你千万要提高警惕，别让捉了咱大头哩！我来找你，一是闻其大名，未见真人，来开开眼界认个朋友，二是代表了庄之蝶，想以新开办的画廊再为贵厂做些宣传的。"说完了就拿出一份写着董事会性质、职权和加入董事会的条件的章程。黄厂长乐着，如小学生朗读课文一般，一个字一个字念出了声："会员需交五千元以上，括号，含五千元，括号。如果能交纳一万元，就考虑为副董事长；副董事长名额不限，董事长由著名作家庄之蝶担任。"黄厂长念完了，仰起头来，嘴张着，半天没出声。正在院子里做作业的黄家小儿拿了书本来问爹："爹，这是个什么字？"黄厂长看了，说："一个'海'字都不认识？！我教你三遍，你得给我记住！"小儿说："嗯。"黄厂长就教道："海，海，海洋的洋！"小儿就学着念唱道："海，海，海洋的洋！"洪江说："是海洋的海，不是海洋的洋。"黄厂长就把小儿训走了，说："去去去，滚到一边去，课堂上不好好听教师讲，回来把我也搞乱了！"却对洪江说："就是这么个章程？"洪江说："与文化名人坐一条凳子上，这是何等身份，咱当企业家难道就一直是农民企业家？为什么不将'农民'两个字给它去掉？！"黄厂长就嘿嘿嘿地笑了，说："进屋坐吧！"让洪江进屋了，拿好烟好茶招待，却详细询问庄之蝶近日搬家了吗？他岳父住院病好了吗？庄之蝶下巴上的那颗痣说是要用激光去掉的不知去了还是没去？洪江就笑了："黄厂长，你别说这些要考我的话，你这一手还真厉害。若来的是骗子，必是随了你的话去说，那狼外婆就露了尾巴！你瞧瞧这个，看是不是和你墙上挂的庄之蝶书法条幅上的印章儿一样？"就拿出一枚鸡血石印章来。黄厂长看了，又在纸上按了一下，和条幅上的不差丝毫。洪江说："这印章是庄之蝶让书店拿着，原本他要搞个签名售书，后因开人大会，又伤了脚，才让拿了印章按在卖出的书的扉页上，书倒比以先售快了许多。今日原本老师要来的，但脚伤未好走不动的，我才拿了这印章作为凭证，让你见印章如见了他本人。"黄厂长说："我哪里就不信你了？！我也不细看这印章了，要是不信你了，我能信一枚印章算什么，公安局不是常破获一些私刻公章的人吗？"却又问道："庄先生脚怎么伤了，伤得重吗？"洪江说："好多天了不见好的。市长也关照了，亲自打电话给医学院附属医院的教授去配药，但也不见明显效果的。"黄厂长说："偏方气死名医的，早要给我说，这伤或许早好了！我认识一个人，家有许多秘方偏方，专治跌打损伤，一剂膏药也就好的。"洪江说："这正好，咱这就请了那医生去治病，你也就放心我是真是假了！"当下，两人搭车去了那医生家，又和医生坐了一辆出租车到双仁府来。

医生揭了庄之蝶腿上的纱布，拿手按了一下脚脖边的肉，肉便陷下一个小坑，很久才慢慢消失。黄厂长气愤地说："这算是什么医学院的教授；教授教授，是白吃社会主义的野兽嘛！你等着，宋医生给你贴了膏药，明日一早你就上城墙头上跑步跳高去吧！"那医生说："老黄，别叫我医生长医生短，我可不是医生哩！"黄厂长说："你也是死不求人，端了金碗却要要饭，在那个中学里干什么屁事？一天落不下三元钱，真不如辞了职去办个私人诊所吃香喝辣！你好好为庄先生治伤，治好了，庄先生是名人，还不帮你办个行医执照？！"庄之蝶便问怎么还不是个医生？黄厂长才说了他一直未领到行医执照，现还在一所中学当伙食管理员，只是私下给人配药。庄之蝶倒也激动了，说："你有这出奇手段，真是应该好好发挥特长的。当然办行医执照要卫生局批准发放，卫生局我没什么过密的人，倒认得尚贤路街道办事处的王主任，他的堂哥在卫生局当局长的。"黄厂长说："宋医生，这你听到了吧？什么叫名人？名人就不一样嘛！咱们趁热打铁，今日就让庄先生领了你我去找那个王主任，先与卫生局接上头。师傅领进门，修行在个人，以后就不再麻烦庄先生，你直接去缠他局长！"宋医生听了，也是喜出望外，却说："这行吗？今日怎么让庄先生去？"庄之蝶见黄厂长这么顺杆往上爬地提出去办事处找人，心下有几分不悦，但见宋医生一脸为难神色，倒觉得此人老实。想现在的医院，一般是西医见病只是推，中医见病又只会吹。姓宋的见脚伤，没有说他能治得好也没有说治不好，庄之蝶就明白此人有信心治的。之所以有这样的医术却没有个行医执照，恐怕也是他不善于交际的缘故吧？就答应可以去一趟的。宋医生就站起来说要上厕所，庄之蝶说家里有厕所，是坐式马桶的，比巷口公厕蹲着舒服。宋医生说："正是我嫌那马桶不习惯的。"柳月就领他出了院门，指点了方向让他去了。好长时间，宋医生没有回来，黄厂长就说了101药厂生产状况，千声万声地感谢庄之蝶写了那篇文章。洪江自然提出画廊董事会的事，庄之蝶还是说这事你和赵京五商量着办吧！黄厂长就要说什么，洪江忙说："黄厂长，瞧你一身的汗，你去擦擦脸吧！"黄厂长撩起衣襟闻了闻，似有些不好意思，说："我这胖人不耐夏嘛！"去了水池上擦脸擦脖。洪江就过去小声说："你不要当着庄老师面提董事会的事。你也听到了，他让我全权代表了他办这件事哩！他现在有病，心里烦，当面再说了，他该怨我连这点事也办不了！"黄厂长说："那你给我一份章程吧。这一月手头紧，下个月我带了钱去找你再说。"洪江就给了他一张章程，又给了自己的名片。这时候，宋医生总算回来了，手里却提了偌大的一个塑料袋子，里边装着两条红塔山香烟、两瓶红西凤白酒、一包蓼花糖、一包麻片。吓得庄之蝶急呼："以为你去厕所，谁知你去花这钱？你来治我的病了还给我买这东西，这叫我怎么收？！"宋医生红了脸，说："第一次见到你，空手怪难看的，何况你答应去见王主任。光冲能说这一句话，哪是这点礼品能打发的？"黄厂长说："这你要收下的，等诊所能开张了，宋医生是有钱的主儿！"庄之蝶说："那好吧，现在咱们就去，把这些礼品给那主任提上。"宋医生硬不，双方争执了半日，庄之蝶留下了一条烟。宋医生就出去叫了出租车，黄厂长和洪江搀扶了庄之蝶出得巷口，四人搭车去了尚贤路。一到街道办事处主任办公室，王主任幸好在，正与人谈话哩，就先让他们在一旁坐了喝水。

和王主任谈话的是位戴着白框眼镜的女人，坐在那里，双脚绞着放在椅下，两手死死抓着放在膝盖上的小皮包儿，说："王主任，我十分感谢你对我的关怀和信任，能把这个任务交给我，我好激动呀！昨日夜里三点钟还是睡不着的，我姐姐还以为我那个了。"王主任就说："以为你哪个？"女人说："这怎么说呢？她总是关心我的婚事，以为我有男朋友了！"王主任说："听你们厂长说你一直没谈恋爱的，现在是有了？"女人说："我毕业那天就发了誓，不干个事业出来我不结婚。王主任，正因为这样，我十分看重这次机会。昨晚三点爬起来，想了许多种方案，是依照中国大唐建筑还是明清建筑？我想吸收一些西方现代建筑风格，能不能既像一种城市的雕塑，又是一种公共实用场所呢？"王主任说："这你不要急，你一定会出色地完成这个任务的。讨论人选时，我一提到了你，别人还不同意，我始终坚持哇！现在看来我的眼光是不错的么！人是选对了的么！可我要提醒你，你的婚姻问题却要解决的，这么漂亮的人至今没个对象，这实在令人难以置信。是你的眼光太高了吧？"女人说："我已经给你说过了，我是不干出个名堂不找的。"王主任就皱皱眉，伸手在桌后墙上挂着的一个沙袋上狠狠打了一拳。沙袋边竟还挂有一双拳击手套。女人似乎有些吃惊，扶了一下眼镜，说："主任是拳击爱好者？"王主任说："我这是出出闷气罢了。你说你不干出个名堂不找对象，我理解你。现在不顺心的事多哩，五年前我就是这里的主任；五年了还是这里的主任。你说我不烦吗？可烦了打人去？杀人去？你能打了谁杀了谁？！在家守个黄脸婆子，你一高声说话她就没完没了地唠叨了，我只得买了这拳击手套，只有打这沙袋出气！"庄之蝶听了，心里腾腾腾地跳，倒能体谅这王主任的苦楚，一时下意识地顿了顿头。黄厂长就叫开了："这是好主意，我那老婆是不吃亏的，你打她一下，她得还你两下。男人家当然是让了她了，可你打得轻了治不服她，打得重了又怕失踏了她。我就也买这个去！"走过去竟取了手套，也真的在沙袋上打了几下。女人瞧王主任和客人说起拳击，为难了一下，站起来。王主任说："你别走，等会儿我还要给你说话的。"女人说："我到厕所去一下，厕所在哪儿？"王主任说："这条巷没有。办事处后院有个后门，过了后门就是隔壁那尚礼路，靠左边是厕所。你到了后门口，那里苍蝇就多了，你跟着苍蝇走就是了。"女人给庄之蝶他们笑笑走出去，又走回来，取了桌上的小皮包。王主任又说："到了后门口，看见有一堆破砖了，你得拿一块儿去厕所垫脚，那里脏水多哩！"

女人一走，洪江悄声对庄之蝶说："这女人一看就是个有钱的娘儿！"庄之蝶说："不见得。那小皮包别瞧着高档，里面只装手纸。"洪江说："她那么漂亮的，还愁寻不到个腰缠万贯的？"王主任便听见了，说："漂亮吧？够漂亮了！蜡烛厂三百多人，就数她出众。你瞧那脸，白里透红的，像剥了皮的鸡蛋在胭脂盒里滚过了一样儿的！"庄之蝶说："她好像不是工人，你们在搞什么建筑设计？"王主任说："作家眼睛毒！她是学建筑设计的中专生，毕业分配时却分不出去，省市设计院正牌大学生都闲着，哪里还能进去？只好分配到蜡烛厂。现在全市有四十八条街巷没有一个公共厕所。人代会开了以后，市长提出要为市民办几件好事，修厕所就是其中之一。我是把这条巷的厕所设计任务交给了她的。大作家，多时不见你了，又写了什么？几时写写我们这些街道办事处嘛！"庄之蝶说："那好呀，只要你当主任的愿意，我几时真的就来了解情况了！今日来却是有件事求你的。"就说了宋医生的情况，拜托他给其堂兄说说情。王主任说："有你大作家一句话，这我能说个不字？宋医生，那咱算认识了！你改日来吧，把情况写出材料，我领你去见我堂兄。"宋医生鸡啄米般地点着头。这当儿，女人就回到了门口，在那里使劲儿跺脚。王主任就说："我让你带一块儿砖的，你没有带吗？"女人说："我带了，可那里人排了队，排得久了我嫌砖太沉就丢了。多亏是高跟鞋，若是平底的，不知湿成什么样了！"王主任说："这阵儿人还少的，要是晚上放完电视或是早上起床后，那排队人才多的。好多是丈夫给妻子排队，妻子给丈夫排队，旁人看见了还以为男女一个厕所哩！更有趣的是过路人又常常以为什么涨价了，开始抢购哩，不管三七二十一也排上了！"众人都笑起来。女人说："你们办事处还有这么个后门儿，居民却要绕多长的路？上了一次厕所，我越发觉得我接受的任务是多么重要！王主任，还有一件事忘了请示你，就是公厕的地址问题。今早我去这条巷看了看，北头是家饭店，厕所是不能放在对面的；南头是一家商店，但那里还有一个公用水龙头，厕所总不能和饮食用水在一块儿。唯一合适的是中段那里，可那里有家理发店，店老板听说建公厕，叫喊他家靠这小店吃饭的，谁要占他家地方，他就和谁拼命呀！"王主任说："他有几个小命？"女人就不言语了。庄之蝶看着女人怪学生气的，便觉得十分可人，问道："听口音你原籍不是西京人？"女人说："我是安徽人。"王主任说："阿兰，这是我的老朋友庄之蝶，是个写书的作家！"女人立即锐叫了一声，但又为自己的失态害羞得满脸通红，说："你一进来，我就觉得这人怎么好面熟的，但一时又记不得在哪儿见过？王主任这么一说，我恍然大悟，我是在电视上见过你的！"庄之蝶笑了笑，把话题避开，说："安徽人，安徽什么地方？"阿兰说："宿州。庄老师去过？"庄之蝶说："说到宿州，我倒想起了一个人，不知你知道不知道？一个五十年代的大学生，后来错划了右派，听说很能干，又很漂亮，现在只知道寡身在宿州，却不晓得是宿州的哪个单位？"洪江说："你是不是说和钟主编相好的那个女同学？"庄之蝶说："你也知道？"洪江说："我听周敏说过这老头的怪癖，那么大年纪了还要风流，一封封地去信，剃头担子一头热着害相思！"庄之蝶说："你不了解实际情况别说老头的坏话！"就又问阿兰："你知道不？听说过没有？"阿兰想了想，轻轻把头摇了。庄之蝶说："你几时离开宿州？"阿兰说："离开七八年了。每年回去也待不了多少日子。因为不是一辈人，知道的就少了。"庄之蝶说："宿州还有你家的人吗？"阿兰说："我姊妹三个，二姐和我在西京，大姐在宿州邮电局。你要打问这个人，我让我大姐打问好了。"庄之蝶说："不必打问，或许这人压根儿不在宿州，是别人误说了，或许此人早已不在人世上，但如果你肯帮我，我倒有事求你的。"阿兰说："什么事？能给庄老师办理，我也荣幸的。"庄之蝶便把他的名片递一张给阿兰。阿兰说她没有名片交换的，他们厂门房有电话，但那门房不给工人传；有事让给她二姐家打公用电话，这一年她们厂宿舍拆迁，她是住在二姐家的。就在一张纸上详细写了她二姐的住址、姓名、电话号码。庄之蝶谢了，就说："到时候我来找你。"王主任见庄之蝶和阿兰说得太多了，显得不耐烦了，拿拳头击了一下沙袋。庄之蝶领会了，就对宋医生他们说："就这样吧，王主任肯帮忙，你改日再来让主任领了去见局长。今日主任事忙，咱们就不打扰了。"众人便站起来。王主任说："不多坐啦？那有空来呀！如果什么时候牌桌上三缺一，你打个电话来，我也随叫随到的！"送客人到门口，阿兰却从手提包里取出一个日记本来要庄之蝶签名。庄之蝶说："签这有什么用？"但还是签了。喜得阿兰送庄之蝶出门，自个儿先双脚从台阶上往下蹦，一蹦却窝在了那里。众人忙叫着："脚崴了？！"脚没崴着，一只鞋的后跟却掉在那里，阿兰已羞得一脸通红。王主任说："你瞧瞧，你瞧瞧，这是干的什么事嘛！"阿兰说："我太丢人了！这鞋才买了不长时间呀，这么不禁穿的？！"站起来，一脚高一脚低走不成路。王主任要去街口鞋店买一双新的来，阿兰忙说："这使不得，使不得的！掉了就掉了吧，我姐夫能修了鞋的。"就捡了一页砖砸起另一只鞋的后跟，一砸也砸了下来，两个后跟便装进了手提包里。看着庄之蝶他们，说声"再见"，脸上羞红还不退。

出租车先送庄之蝶回到家。这一夜过去，脚伤虽然踩实还有些疼，但真的就不用拐杖能走了。一家人好生高兴。老太太念叨是符的作用。又到第二天夜里，柳月正睡得迷迷糊糊的，听着老太太在说："符镇了恶鬼，你倒轻狂了，这里还有保姆的，让人家黄花闺女笑话？"柳月以为来了人，睁眼看时，窗外的月光半明半暗，正是半夜三更，就说："伯母你又犯糊涂了？"老太太在那棺材床上坐起来，说："你醒了，才醒的还是早就醒了？"就又责备起什么人来，并拿了怀中的小鞋掷过去，很响地笑了一声。老太太有个习惯，睡觉总要把那双鞋脱了抱在怀里，说："抱了鞋睡，魂儿不失的。人一睡觉就像是死了的，但这种死不是真死，魂出了身却在头上转圈儿。梦就是魂儿，若不抱了鞋，梦就不做了，不做梦就没了魂，人真的就要死了。"柳月不信她这话，却也不敢动她的鞋。常常晚上看电视，看一会儿，老太太就睡着了，怀里依然是抱了那双鞋。柳月不能喊她，只拿手在她眼前晃晃，瞧着她没反应，就连人带鞋抱她去棺材床上睡。有时老太太并没瞌睡，柳月用手在她眼前晃了，她说："我没睡着的！记着，我要睡，鞋就在怀里的。"现在见老太太把鞋掷过去，忙问怎么啦？老太太说："你老伯来了，他刚才站在墙那边，我把他打着了！"柳月一身冷汗，忙点了灯，墙边并没人，只有下午她挂衣服钉了个木橛儿还在墙上。老太太走过去摸了又摸那木橛。说这是你老伯的东西，怎么就变了木橛橛？骂道："这老东西哪儿来的这精神头儿？！"拔了木橛扔到窗外，喃喃道："让狗叼去，就不害人了！"

天亮，庄之蝶自个儿去院门口吃了牛奶，又兀自听了一会儿周敏在城墙头上吹动的埙音。因为不自由了老长的日子，今日脚能走路，也高兴了去城墙根，周敏却已经离开那里，于是看到了初起的太阳腐蚀了那一片砖墙，红光光的十分好看。走回来，问柳月："来过人吗？"柳月说："没人的。"又问："也没电话吗？"柳月说："也没电话。"就喃喃道："她怎地没来？"柳月生了心眼儿，想起那一日他与唐宛儿的举动，就寻思是不是他们约了时间今日要来，便试探了说："老师是说唐宛儿吗？"庄之蝶说："你怎么知道？周敏去找秘书长，不知情况如何，周敏不来，也不打发唐宛儿来说一声。"柳月在心下说：果然等唐宛儿。口里说："我想唐宛儿是会来的。"又坐了一会儿，还是没人来，庄之蝶先回书房写一封长信去了。

到了十点十五分，唐宛儿终是来了，在门口轻唤了一声"柳月"，笑得白生生一口碎牙。柳月正在洗衣服，弄得两手肥皂泡沫，抬头看了，又是一个盘了纂儿的发型，穿一件宽大的紫色连衣长裙，心里就说："他们真是在偷情了！"充满了妒意，偏笑着说："宛儿姐姐有什么事，走得这么急的，一脖子的汗水！大姐不在，庄老师在书房里，你快去吧。"唐宛儿说："师母不在呀？我以为师母在家才来聊聊天的。"柳月说："大姐患过中耳炎，耳朵笨了，和她说话得大声，知己的悄悄话儿也不能说，聊天就费劲哩！"便拿眼看唐宛儿隆得高耸的胸部，偏上去手一抓那地方，问："哟，这衣服颜色好漂亮哟，在哪儿买的？"说是拉着看衣服，手已抓住了衣里的奶头，疼得唐宛儿拿拳头就来打，两人正闹着，庄之蝶从书房出来，与唐宛儿问候了，就坐下没盐没醋说了一堆闲话。庄之蝶说："今日就在我家吃饭吧，你师母总唠叨你在那边没什么可做的，要叫了你过来吃吃。"唐宛儿说："我不吃的，我那边什么都有的。"庄之蝶说："不会让你付钱的。柳月，你去街上割些肉，买些韭黄，中午包饺子吃吧！"柳月说："我也思谋着该去菜场了！"就拿了篮子出门走了。

柳月刚一拉门，唐宛儿就扑在了庄之蝶的怀里，眼睛就潮起来。庄之蝶说："你又要哭了，不敢哭的。"妇人说："我好想你，总盼不到三天时间！"两人搂抱了狂吻，妇人的手就到了庄之蝶的腿下去。庄之蝶却用嘴努了努那边的卧室，妇人意会，就分开来。庄之蝶在老太太的卧室门缝往里瞧，见老太太又睡着了，轻轻把门拉闭，先去了书房，妇人也随后蹑脚儿进来，无声关了门，就又作一处状，极快地将衣服脱了。庄之蝶说："你没穿乳罩也没穿裤头？"妇人说："这叫你抓紧时间嘛！"庄之蝶就一下子把妇人按在皮椅上，掀起双腿，便在下边亲起来……（此处作者有删节）妇人越是扭动，越惹得庄之蝶火起，满舌满口地只顾吸，一时却又觉得自己的脊背痒，让妇人去挠，妇人说："是一只蚊子叮哩，大白天还有蚊子？！"手就在那里搔起来，还在说："你叮的什么？你你你叮的什什什么么哟哟……"突然手不搔了，眼珠翻白，浑身发僵，庄之蝶感觉又有一股热乎乎的水儿流出来……（此处作者有删节）庄之蝶站起来看着她笑，妇人问："什么味儿？"庄之蝶说："你尝尝。"嘴又对了妇人嘴，蹬了腿挺直身子，不想哎哟一声人竟倒在了唐宛儿身上。妇人问："怎么啦？"庄之蝶说："伤脚疼了一下。"妇人便说："你不敢用力的。"庄之蝶说："没事。"又要重来。妇人就说："那让我出些力好了。"站起来让庄之蝶坐了椅子……（此处作者有删节）庄之蝶忙说："不敢叫的，老太太在那边！"妇人说："我不管！"还是叫，庄之蝶便拿手帕塞在她口里，妇人咬了……（此处作者有删节）庄之蝶说："快穿了，柳月怕要回来了！"妇人方穿了，梳头擦汗，问口红还红不红？口红当然没有了，全让庄之蝶吃了。庄之蝶便拿了唇膏给她涂。末了，一揭裙子，竟要在妇人腿根写字，妇人也不理他，任他写了，只在上边拿了镜子用粉饼抹脸。待庄之蝶写毕，妇人低头去看了，见上边果真写了字，念出了声：无忧堂。便说道："这是书斋名嘛！"庄之蝶说："那我几时用毛笔写了，贴到你的房子去！"妇人说："人真怪，长个头脑生烦恼，又长了这东西解消烦恼！你吃饱了吗？"庄之蝶说："你呢？"妇人说："我饱了，吃饱一次，回去就可以耐得一星期的。"庄之蝶说："我也是。要不是你，我真不知道怎么过了！"妇人说："那你为啥不快些娶了我？"庄之蝶听了，就勾下了脑袋，一脸痛苦状。妇人说："不说这了，说了又是心烦。就是将来不结婚，我也满足了，我这一辈子终是被你爱过的，爱人和被人爱就是幸福吧？！"庄之蝶说："是这样，可我还要给你说：你等着我，一定等着我！"就重新到厅室，又说了一会儿话，柳月就回来了，去忙着剁馅儿包饺子。唐宛儿看了表，就说："哎呀，不早了，我该回去了，还要给周敏做饭的，他一连三天去找秘书长，总是找不到人，今日说不找到人他就寻到秘书长家，坐在那门口死等呀！"说着真的要去。庄之蝶说："真要走，我也不留你了。你不是要看书吗，你忘了拿书了。"就和妇人到书房去。柳月在厨房想，别拿走了她正在看的一本书，就放下剁馅儿的刀过来看，却见书房的门半掩了，门帘吊着，那帘下是相对的两对脚，高跟鞋的一对竟踩在平底鞋面上，忙蹩身又走回厨房。后听得唐宛儿说："柳月，我走了。"看着唐宛儿出去走了，也未相送。

庄之蝶送唐宛儿回来，就来厨房帮着扫择下的菜叶儿，问柳月肉是什么价儿的。柳月不答，只拿了刀咚咚咚地剁肉馅。庄之蝶说句"你小心剁了手"，猜她知道了什么，心想她即使知道了也不会声张的，便未计较，一时觉得身子累，回卧室去睡了。

柳月剁好了馅儿，心想自己对主人有心，主人曾对自己说了那么多亲热的话，心却在唐宛儿身上，便觉得丧气。但又一想，主人能与唐宛儿好，也就能与自己好的，便也觉得是不是自己把自己看得重了，想得太多了，拒绝过他，才使唐宛儿那女人先抢了一步？倒只把气出在唐宛儿一边，心下骂道："不要脸的，干了好事还记得给周敏做饭？！"等过来要对庄之蝶说什么，却见庄之蝶去睡了，就又猜想他们在她买菜时于书房干了什么？若有什么证据，真要告诉夫人呀！就去书房看了看，看不出个名堂，却发现了桌上的三页稿纸，上边竟是一封情书，题头是"亲爱的阿贤"，落款是"爱你的梅子"。就哼哼冷笑了：还约定了来往信件呀！这一封未寄走人就来了，是又拿出让他看的吧？研究了一会儿他们暗中使用的名字的含义，但没有研究出个究竟，就把信一页一页放在地上，弄成被风吹着的样子，反手来把书房的门拉闭严了。

牛月清下班回来，让柳月叫庄之蝶吃饭，柳月说："大姐，老师怕是在书房又写得忘了时间，你去叫吧。"牛月清去了书房，没人，就嚷道怎么不关窗子，稿纸满地都是！捡起来看时，就走不动了，坐在那里一直看完。柳月偏走进来说："大姐，要吃饭了，你怎地也坐在这里用功？你脸色不好？！"牛月清说："柳月，你今日收到哪儿来的信了？"柳月说："没收信的。是唐宛儿姐姐来过。有什么事吗？"牛月清说："没事，我问问罢了。"倒把那信装了口袋，自个儿去吃饭。柳月去卧室喊了庄之蝶，又喊了老太太来吃饭，庄之蝶出来见牛月清已在吃，就说："娘还没吃，你倒先吃了？"牛月清说："娘还吃什么，说不定她将来得讨饭去！"庄之蝶说："你在外边不顺心了，别拿我们做出气筒。"牛月清说："我拿谁出气？我还有出气的人？"庄之蝶见她越说越不像话，便也脸上沉下来，说："神经病！"牛月清听了，就把碗咚地往桌上搁，反身进了卧室呜呜哭起来。老太太出来问柳月："你惹她了？"柳月说："我哪里惹她！"老太太就骂道："没人惹你，你哭什么！你还有什么糟心的事？这个家庭谁不说好，说来说去，不就是没个儿女吗？没个儿女，你干表姐是满口满应了，要给咱生养一个的，说不准儿也是已怀上了的，有了芽儿还怕长不大吗！娃娃是见风长的！你现在就要在外边造影响，说你是怀上了，到时候调个包儿谁知道？！"庄之蝶说："娘，别说这些了！"老太太说："不是为孩子的事？那她哭什么？！这家里吃的有吃的，穿的有穿的，啥家具没有，啥名分儿没有，出门在外连我老婆子人都另眼看待的！之蝶是对你不好？你年轻轻的，他就请了保姆来，你菜也不买，衣也不洗，饭也不做，你还有什么要哭的？！"牛月清听了，在卧室说："对我好嘛，好得很！我辛辛苦苦为这个家，哪一样不护了人家，谁知道一腔热火暖了人家的身子暖不了人家的心！"庄之蝶说："你这是怎么啦，尽胡说八道！"牛月清说："我胡说八道？！怎么啦你心里明白！"老太太说："我心里明白，你是身在福中不知福！你待之蝶好，之蝶能不知道！他只是言语短些，不会给你要甜嘴儿！"牛月清说："他话给别人说尽了，在家里当然言语短！"老太太说："你别作孽，我拿眼儿看着的，之蝶一天好不辛苦，整天来人要接待，人一走就趴在那里写，写着还不是为你挣钱争名儿吗？脚伤成那样，是别人早躺下了，但他在书房一待就一个晌午的。"牛月清说："写嘛，当然写哩！他哪里累？越写越精神的！"就放声大哭。气得庄之蝶吃不下饭，倒在沙发上去睡了。柳月端了饭碗去卧室拉牛月清，牛月清不吃；又来拉庄之蝶，庄之蝶想这一定是柳月透了什么风儿，就凶狠狠说："不吃，气都气饱了，你一个吃去！"噎得柳月也坐回到老太太卧室里垂泪。

如此一个下午一个晚上，全家老少无话。天明起来，庄之蝶想起到阿兰那儿去，便到书房取那封信，却怎么也寻不到。出来问柳月，柳月说她不知道，牛月清披头散发从卧室出来，冷笑着说："一夜想好了吧？"庄之蝶说："想什么，想了一夜的气！"牛月清说："当然恨我的，阿贤哥！"柳月说："阿贤，阿贤是谁呀？"牛月清说："你老师有许多自己起的笔名你不知道？除了笔名还有人给你老师起名哩，阿贤，瞧多甜的？！"柳月就说："庄老师，你怎么还有这么个名字？"庄之蝶听了，方明白写的那封信在夫人手里，知道了她为什么起事了，心倒放下来，但随之借题发挥，就说："你看到那信了？"牛月清说："你要秘密联系，你就得操点心保存好。你知道我拿了信，那我问你，你这个同学是哪一位？什么时候接上头的？你给她的四五封信上都说了些什么？有了一个景雪荫，已经闹得满城风雨，没想还有一个'梅子'，'梅子'是谁？！"庄之蝶说："你小声些好不好，让四邻八舍都听见吗？"牛月清说："就要让人知道，名人在外被人当神一样敬的，谁知是男盗女娼！"柳月说："大姐，报刊上都写着你们是美满婚姻，深厚的爱情，你别误解了老师！"牛月清说："哼，深厚爱情，爱情使我成了瞎子！"庄之蝶一直等她发完了火，方一字一句说："你现在听着！阿贤不是我的笔名，也不是别人给我的爱称，阿贤是杂志社钟唯贤的小名。梅子是谁？梅子是钟主编大学相好的女同学。"就如此这般说了钟唯贤的经历遭遇和现在的情况，又说了在王主任那儿如何见着阿兰等等，末了道："钟主编为文章的风波，实在是待咱不浅，我也是同情他，理解他，才突然萌生了何不为他晚年精神上给点安慰的念头，就以梅子的口吻变了字体写了信寄给老钟，但信总不能在西京发，是要让阿兰寄给她大姐，由她大姐再发回西京。事情就是这样，你若不信，你去问问周敏就知道了。"牛月清和柳月听了，一时呆住，却又有些像听神话故事似的。柳月说："大姐，这么说老师在替人拉皮条了！"牛月清说："这我当然要问周敏的，即便是为了钟主编，你却能写得那么甜甜蜜蜜，你一定是有过这种心情，才写得这样呢？"庄之蝶说："我是作家嘛，这点心理都没有当什么作家？"牛月清便把信给了庄之蝶，说："没事倒好，那你心虚什么？我生了气，你瞧你脸色都变了，也不理我。现在说的到底是真是假我也说不准，就是假的，你能说圆泛，哄过我就是。女人家心小，经不住你三句哄话的。"庄之蝶说："这信你怎么就看见了？"牛月清说："柳月让我去书房的，信就一页一页在地上。"庄之蝶说："信我用镇尺压着，就是有风也吹不到地上去的。"柳月便得意了："是我看到了，怕他犯错误，故意放在地上让大姐看到的。"牛月清说："柳月做得对，以后有什么事你就告诉我！"庄之蝶就生气了，说："你要当特务的？"柳月至此，倒后悔自己逞能，说了不该说的话，便要求让她去阿兰那儿送了信去。牛月清却说她上班时顺路去好了。

整个上午，庄之蝶就生柳月的气，不给她好脸色。柳月接电话，嫌柳月声音生硬，柳月说："你说上午电话一律不接嘛。"庄之蝶说："那你也得先问问是谁，有什么事？一律拿了听筒说'不在'，你给人家发脾气吗？！"有人敲门，柳月放人进来，是三个业余作者来请教庄之蝶的，尽问："老师，你给我们说说小说怎么写呀？"庄之蝶说："这怎么说？你们写多了就会了。"来人说："老师保守，你一定有诀窍的！"庄之蝶说："真的没有。"来人只是不信。如此一个小时过去，来人才快快而去。人一去，庄之蝶就又训柳月为什么不说我不在家，让这些人耽搁时间？柳月说："我哪里知道这是些闲人？"委屈得在厨房抹眼泪。过了半日，门又敲响，开门是周敏，柳月说："老师不在！"庄之蝶在书房听见了，却说："在哩，到书房来！"周敏就怪柳月骗他，又是气得柳月流了一鼻子泪水。

周敏一进书房就给庄之蝶诉苦，把那封信退了过来，说他连跑了三天，三天找不到秘书长。今早去他家，才打听人在蓝鸟宾馆开什么会。他又去了蓝鸟宾馆，会议果然在那里开着，秘书长是坐在会场主席台上，他不敢去让人叫，守在门口，等秘书长总要小便大便吧。一直等了两个小时，秘书长果然出来去厕所了，他也跟了到厕所。秘书长大便，他也假装大便，蹲在秘书长旁边的坑上了，他不知该怎么说话，支吾了半天说："你是秘书长吧？"秘书长说："嗯。"他说："秘书长，我见过你的。"秘书长说："噢。"他又说："秘书长你见过老虎吗？"秘书长说："没见过。"他说："我也没见过。"秘书长就揩屁股，站起来系裤带要走了。他说："秘书长，我有话要给你说说。"秘书长说："你是谁？我不认识。"他说："你认不得我，我这儿有一封信，你看了就知道了。"秘书长一手还在下边抓了抓裤裆儿，一手接信看了，就退还他，说："作家近日干啥了？"他说："写作呗。"秘书长说："写作就好。作家就是写作着好。"他说："庄老师除了写作就写作。"秘书长说："人都这么说，我以为真是这样，没想他也关心政治嘛！"他说："他是作家，不懂得政治那一套的。"秘书长说："是吗？他不是连夜跑报社发表文章吗？你是他的朋友，你给他说，别让人当了枪使，有三十年河东，也有三十年河西。别人可以，不行就走了，他可是长住的西京户喽！"这样，两人走出来，秘书长只字未提所托之事。他问："那给管文化的副省长……"秘书长说："这不是让我犯走后门的错误吗？"

庄之蝶听了，如当头挨一闷棒，当下就把那信撕了，骂道："他妈的，什么领导！我哪里能不去报社？！去了得罪了人大主任，竟没料想网这么大的，就也犯到他那儿了？我怎么搞政治了？我要搞政治了，老子也不吃他这一套！三十年河东三十年河西，他人大主任怎么就不在其位了？他秘书长是这条线上的，主子倒了，有本事对市长干去，把脏水泼给我算什么角色？我不想做官，我当我的作家，靠我的文章吃饭，他有能耐折了我的笔去！"气冲上来，将桌上的烟灰缸猛地一推，烟灰缸在玻璃面上滑动快，溜脱下来，偏巧砸在书架下一只花瓶上，花瓶哗地碎了一地。那边老太太闻声过来，以为周敏和庄之蝶吵架，就斥责起来。周敏不好说明，默声儿出来。柳月就忙去拾花瓶碎瓷片儿，说："你别生那么大的气，伯母老人家还以为是周敏的错，他都在厅室里哭哩！"庄之蝶说："不关你的事，你多什么嘴！"柳月刚一出门，身后门哐地就关上了。

周敏在客厅里哭了一阵，想了想，又过来安慰庄之蝶，门却关了，就说："庄老师，你开开门，咱们再商量着怎么办？"庄之蝶说："我咽不了这口气，他秘书长算什么东西，我给市长写份材料！"周敏说："那你给副省长写封信，我再找去。"庄之蝶说："不找，谁也不找！让他们往下批指示！你怕什么，我损失的比你多！"周敏不敢多言，待了一会儿，垂头丧气地走了。

晚上牛月清回来，见老太太在她的卧室里烧香，柳月在客厅里落泪，庄之蝶在书房里放着哀乐磁带，又关着门叫不出来，便问柳月出了什么事？柳月说了原委，牛月清又过来敲门，门开了，倒数落说这样的大事为什么她一点也不知道！作家就作家，市长让去报社咱就去了！政治家搞政治家的阴谋诡计，咱图了什么？！又怨恨这事怎么对方就知道，是市长出卖了咱，还是黄德复出卖的？末了骂秘书长是猪是狗，挨枪挨炮子的。又感叹世事的可怕，一不小心就不知把谁得罪了，咱是担着鸡蛋笼子上大街，人不怕咱挤，就怕人挤了咱！骂着骂着又骂景雪荫不是好女人，怪庄之蝶在外排说着和景雪荫相好是想荣耀，现在好了，吃不了兜着走了！庄之蝶一拍沙发吼道："你不要说了好不好，你烦死人了！你这是劝我，还是我上吊你就递条绳来？！"吓得牛月清住了口，在厨房和柳月做麻辣拉面。她知道丈夫最爱吃拉面。

北城门里的细柳巷，近些年也是出了个作家的，此人年龄不大，长相老成，在一家工厂的配电室里当着工人。原本是配电室隔日值次夜班，三天里就能一天在家歇息，有宽裕的时间干些小本生意的，但他只热衷于写作。虽然是有着十多个笔名，且每个笔名都请人用蓝田玉石刻了印章，因作品发表得少，西京城里却知道他的人不多，只细柳巷人人晓得。细柳巷的人每经过他家窗下，见他坐在里边写文章，一边咳嗽一边吸劣质的纸烟，就嘲笑他，说作家原本是坐家。数年前他曾去拜访过庄之蝶，庄之蝶也推荐他认识市报的编辑，发表了两篇微型小说，自此十天半月便到庄之蝶那里去请教，或问安，或聊天，但从此久时不再有作品发表，也便不好意思去耽搁庄之蝶的时间了。近一二年里有书商找他写些可读性强的有点色情暴力的故事，他也写了两篇，完全是为了赚那几百元钱，感觉作践了自己人格，内心有愧，就更没了脸面再去见庄之蝶。他有个乡下的亲戚来城里寻活干，先是晚上借宿在他家，见天露明骑了三轮车去城南吉祥村的蔬菜批发市场买得一车鲜菜，再拉进城来转巷走街零售，倒也每日落得三十元钱。亲戚见他写作清苦，劝着让也去贩菜，他竟看不到眼里。这亲戚钱挣得多了，也是认识了一帮同伙，日后搬到北环路租赁了一间平房住下，白日出去贩菜，夜里同一帮伙计打牌喝酒，竟也有了钱把乡下的老婆娃娃接了来城玩耍，只眼热得作家的老婆日日骂他没出息。一日，那亲戚收拾得光头整脸来家，又逢着老婆骂他，就说起北环路有一家单位开办着蒸馍铺，一直由外人承包的，前几日承包人辞了不干，现正空缺着，他愿干不愿？亲戚说："若是愿意，我让我老婆帮你，算是咱两家合伙。我盘算了，这是门好生意，先前人家每日蒸一千五百斤面粉，咱不多蒸，以八百到一千斤计算，一月下来也是各分得千元净利的。"他说："蒸就蒸吧，在家她也嘟囔得我写作不成。可我从来没蒸过馍的！"亲戚说："营业执照是齐全的，这生意又不与更多的部门去拉关系，咱只蒸馍，吃馍的来买，卖完了就没事了。你隔天夜里去值班，你值你的班，你不会蒸馍，有我老婆和我哩，你只坐镇就是了。"于是他抱了一床被褥住到北环路那店里去，去工厂值班也从那里直接去，值完班再又回到北环路，一去十天再没沾家来。

他老婆见他生心回头，在家满心喜欢指望他从此弃文经商，能过上正常人家的日月。但是，第十一天里，他却蹬着三轮车回来了，三轮车上放着一捆被褥，还有四麻袋的蒸馍，说："赔了！"老婆问："怎么赔了？别人做生意一做一个成的，咱就赔了？"他说："命里是干啥的就是干啥，我要写文章你不让写，这十天出的苦力不说，五百元就换下这一堆蒸馍了！"原来他到北环路后，才知道亲戚租赁的房子是在一所车马店的大院里。马厩旁的一排破旧的平房住满了乡下来的炭客菜客，蒸馍坊就在车马店斜街对面。开张的第一天，他们蒸了八百斤面粉，因为碱使得过重，馍呈黄色，又发不开，来贩馍的小贩不买，附近周围的居民也不买。当天又蒸第二锅，和下五百斤面粉，馍却依然不白，而且瓷硬。同样的面粉，又斤量充足，为什么别的蒸馍店蒸出的又白又暄？请教了一位师傅，才知道蒸馍里边学问深厚，要在面粉里掺一定的发酵粉、洗衣粉、化肥，而且要用硫磺熏，但师傅却绝口不授怎样掺发酵粉、洗衣粉和化肥，硫磺又如何熏，熏多长时间。虽然他偷偷去别的馍铺观察了人家的做法，回来再蒸第三锅时，亲戚的老婆却叫苦，一千三百斤面粉的馍必须处理出去，若四天里卖不掉，这一个月也是赚不回来本，更何况谁敢保证第三锅就能蒸好？几个人四处推销，推销不出去，每日只有车马店的炭客和菜客来吃，哪又能吃了许多？他提议两毛钱一斤处理给一家猪场，亲戚的老婆就舍不得，眼泪长流地说："要是这样，我不干了，咱分了这馍我背回乡下晒干慢慢吃好了！"结果他五百元扔出去，赚得四麻袋蒸馍拿回来。老婆自然一顿好骂，但骂是骂了，又得想办法解决蒸馍，说："这馍味道还好，只是样子不中看，卖给猪场实在可惜，咱一家三口吃又吃到何年何月？不如送些亲戚朋友家去也落个人情的好。你当作家，平日交往的恩师兄长的多，比如市报社的庞先生，还有那个庄之蝶的……"他说："什么值钱东西，我给庄之蝶老师送去？"这么说了，却想起了阮知非，知道阮知非的乐团新近修建集体宿舍，何不便宜些卖给那里的民工灶上？便去找阮知非联系。没想集体宿舍刚刚竣工，民工已经撤走了。阮知非却同情了他，拨电话给许多熟人，问其职工大灶有没有可能购买？这就把电话拨到了正在上班的牛月清。牛月清在家见庄之蝶心绪烦躁，上了班还愁着如何使丈夫开心的法儿，接到阮知非电话，也确实为庄之蝶这位学生悲哀，说："多少人在做文学梦，好端端的日子不成了日子！你让他下午来单位找我吧，我们机关灶上肯定不会要的，但我可以全部把那些馍买下，怎么处理你不必告诉他，就说是我们机关灶上收买的。"阮知非说："你要这么贤惠善良，我就无地自容了！"牛月清说："你不必的，他毕竟只认识你，他却是庄之蝶的学生嘛！"阮知非说："之蝶又在写什么？修行一样待在家里只是写，写多少才是个够呢？你也不放他出来到我这儿看看歌舞，我还有事求着他哩！"牛月清立即说："真的，你来家叫了他去看看歌舞，他近日心烦，在家里也是看啥都不顺眼，你们兄弟一搭去看看歌舞，或许就把烦闷岔开了。"

阮知非受了牛月清之托，也是有事要求着庄之蝶，当日午饭前就用车接了庄之蝶出来去唐华饭店吃饭，然后一同回到阮知非住家楼的第一层一间办公室来。这是座三层的中型楼，阮知非的乐团租住了多年。二层三层是安排了乐团人员住宿；一层打通了三个房间做排演室；剩下几间做了办公室和临时的客房。在办公室里，阮知非和庄之蝶喝了几杯巴山云雾仙毫茶，阮知非就问下午是否有兴趣去东郊一家大厂礼堂看歌舞，说这家大厂的一件产品在京获得了银奖，省上为其开庆功会，他们乐团去助兴演出呀。庄之蝶问演什么节目，是不是还是上次他看过的那些？阮知非说节目差不离儿，只是一些演员换了。庄之蝶便打消去看演出的念头。阮知非便拍掌叫道："我盼着你不去的话哩！下午我随团去工厂，你就待在这儿，好酒给你供上，好烟让你吸着，你得给我写个论文！"便说了他原在的剧团现在评职称，他虽留职停薪出来搞了歌舞，但搞歌舞却无法正经评职称，他还得在原单位评。庄之蝶就说："像你这样了，还要那职称干屁用？！"阮知非说："钱也要，职称也要的。职称也是个名分儿嘛！现在这社会，权能转换成钱，名分儿也能转换成钱的。像你庄之蝶，有了大名，报刊上文章就容易发表，发表了不就是有了稿费吗？"庄之蝶说："我的名分是我写文章写出来的。你在戏曲剧团是评什么职称？"阮知非说："我管过服装，光是服装如何消除汗渍，这一点，写成论文就可以评个高职的！你知道吗，演员在台上出了汗，演完戏后服装不能洗，一般的方法是在上边喷上酒将其晾干，但晾干后常常还留渍痕，服装又起皱，但我的诀窍是：喷了酒就叠着入箱再不去管，让酒慢慢挥发干净汗渍。"庄之蝶就笑了："就这个诀窍还要写论文？我写不了的！"阮知非愣在那里，半天才说："诀窍诀窍其实说明白了就那么一点点的，但是一窍不通少挣几百，据我所知现在全国搞服装保管的就是没人能懂得这一手的啊！"庄之蝶说："那是你申请专利的事。"阮知非说："如果管理服装方面评不成，那我就评表演吧！"庄之蝶说："你演过什么？"阮知非说："没演过，但我有绝活儿，是家传的绝活，我爹生前教了我，只是后来剧团不分我角色罢了。比如耍扇子，那扇子不是为了扇凉，而是有着特殊的用场。它由道具而为程式，又由程式演变为一门艺术技巧的。"庄之蝶说："你是不是要说武扇肚，文扇胸，僧扇袖，道扇领，老年之人扇胡须，盲目之人扇眼睛，教书先生扇坐凳，花脸张臂与肩平。"阮知非叫道："你也懂得？"庄之蝶说："这就是你的绝活？"阮知非说："你就是懂得耍扇子，你也懂了耍水发？什么是梗，什么是扬，什么是带，什么是闪，什么是盘，什么是旋，什么是冲？"庄之蝶说："我不懂。"阮知非说："你肯定不懂！更不懂耍獠牙！别说你不懂，现在西京秦腔界里谁懂？为什么不演《钟馗嫁妹》《淤泥河》《判阴曹》，没人能掌握了耍獠牙的功嘛！"庄之蝶别说懂得耍獠牙，听也是第一次听，就问："那你会的？"阮知非说："当然是会的。你就帮我写如何耍獠牙的一篇论文，怎么样？"庄之蝶说："我见也没有见过，怎么个写法？即使你没能在舞台上表演过，你给我耍上一遍，我只记录下来，或许这份材料真给你评职称起作用呢。"阮知非说獠牙得用猪的牙，他哪儿找去？却噢噢地拍着脑门，接着跑回三楼他的住屋去拿来一沓发黄的纸，说："好了，好了，这里写着獠牙的表演类型的。"庄之蝶看时，果然上面有文字有笔画的图。阮知非说："这是我爹当年写的，他生前秘不示人，只留给我的，你何不把它改写一下，就算是我的论文呢？你一定得帮我这个忙，现在你就在这儿睡一觉，下午劳驾你写了，晚上我请你去喝蛇胆酒！"庄之蝶笑道："忙我可以帮你，可你这个阮知非也是在西京城里人模狗样的人物，原来是这样日鬼捣棒槌？！"阮知非也笑了："你写文章一心想千古留名的，我没你那野心，我是活鬼闹世事，成了就成，不成拉倒，要穿穿皮袄，不穿就赤净身子！"

　　下午，阮知非果然领了一帮红男绿女出去演出了，庄之蝶一觉睡起，改写开那耍獠牙的材料。原本是心不在焉要岔开烦恼，细读了那几张旧文字后，倒觉得十分有趣，知道了耍獠牙主要运用的部位一是舌，二是唇，三是面颊。需要掌握一拔、二调、三控。放牙又分为双牙里棱并和双牙中棱并，其类型有绕舌齿、指目齿、单错齿、平插齿、双贴齿、羊角齿、象牙齿、双钩齿、倒燕翅齿、双飞燕齿。待把一切改写毕，阮知非还未回来，便独自出得那楼，穿过一条窄巷，往不远处一个菜市上闲转去了。

　　菜市上是人扎堆儿的地方，甚嚣尘上。庄之蝶兀自卖了一阵闲眼，就见一个炭客在墙的一角想着法儿将焦炭支棱着空隙，慢慢地将架子车拉到一个面食店门口，高声地与和面的店主讨价还价。店主要过秤，炭客要坚持以整车出售；店主就过去提了车把使劲儿一摇，一车炭顿时平实成半车。店主坏了炭客的假儿，双方就吵起来，吵之不尽又打之。结果白面粉撒了炭客的黑脸，黑炭灰抹了店主的白脸，黑脸白脸都流红血。庄之蝶看得没意思，一时倒觉得身上有了凉，抬头望天，原来天上的太阳被云遮住，且那云汹涌翻卷，越来越黑，极像要落雨的样子。庄之蝶往回走去，风就起了，菜市上的许多人也四处走散，巷口十字路上更是混乱。庄之蝶就见路口一家卖肉的摊子边，一个妇女弯腰在挑拣一副猪心肺。妇女的个头不低，身材十分苗条，穿一件墨绿套裙，那弯下的臀部显得极圆，而怕风吹掀了裙子，裙边就夹在双腿之间，一双穿着高跟鞋的腿，细瘦如鹤。庄之蝶心下想：一般丑女人身弯下去臀部只显出个角形状，有这等好看的臀必是俊美妇人，但常有背影看着美妙的，脸却生得遗憾，不知这女人又是如何？走过去了，回头那么一望，竟是汪希眠的老婆，就噗地笑了。汪希眠老婆听见笑声，也仰了头来，立即就叫道："是之蝶呀，你怎么也在这儿？是你早看见我了吗？"庄之蝶说："我正在心里说，这是谁家的女人，这么漂亮的，却要买猪肺来吃，那丈夫真是混账王八蛋子了！没想我骂的是希眠兄？！"汪希眠老婆就笑了："我是给猫的，哪里就要人去吃！多时不见你了，刚才见孟烬的娘，她说你脚伤了，我还思谋明日过去看你，你竟满世界跑的，原来传话不准。"庄之蝶说："脚是伤了的，现在好了。孟烬是谁？他娘怎么知道我脚伤了？"女人说："孟烬是孟云房的儿子呀！可能是孟烬听他爹说了，回去又说给他娘的。"庄之蝶说："你怎么到她那儿去了？那娘儿还好？"女人说："这一句两句说不清的。"就收了肉贩包扎好的猪心肺，付款了，回头来说："到我家去吧，希眠又去广州了，家里只有老太太和保姆，我给你包了馄饨来吃，我还要你瞧瞧我那只猫哩！"庄之蝶说："我在阮知非这儿给他写个东西，他出外还没回来，要去也得告他一声。"说话间，天上咔嚓嚓一个炸雷，两人都吓了一跳。女人说："这天要下雨了，旱了一个夏天，也该要雨的。"菜市上人就乱如群蜂，择路混行。风更是大，迷得女人眯了眼，低头唾着吹进口里的尘土。庄之蝶就说："雨快来了，不妨咱到知非那儿先待会儿吧。"话刚说完，吧吧嗒嗒就一阵铜钱大的雨点砸下来。两人赶忙顺了窄巷就走，雨就织了线地密，猫腰紧跑。女人跑不快，庄之蝶急了，伸手就拉，女人身子竟极轻分量，几乎被他拎着一般。一进那楼道办公室里，都成了落汤鸡一般。

两人在屋里坐了，外边的雷声更紧，倏忽天也暗下来，随之窗外白光闪亮，白得十分生硬，瞬间更黑得如泼了墨。又一个炸雷就响了，这炸雷似乎在屋外的院子里，窗子和门明显地都在摇晃了一下，便听见窗外的院墙头有什么东西掉下去。庄之蝶想拉开电灯，又怕室外的线路导了雷电进来，就把桌上的半截蜡烛点了，对女人说："害怕不？"女人说："有你在这儿还怕什么？龙要来抓，把咱俩都抓去！"女人说着，拿了毛巾揉搓头发上的水。那裙子全湿了，湿了的裙衣贴在身上，薄亮如纸，把一具起起伏伏的躯体告诉给了庄之蝶。女人在庄之蝶看着她的时候，手就把湿贴的衣裙扯一扯，脸上羞怯怯地红，后来挪身坐在灯影里。庄之蝶便把话题往别的事上引，问道："你说你去孟烬他娘那儿了，她日月过得怎样？我是几年也没见到她了。"女人说："女人没男人是没脚的蟹，孟烬又大了，死淘气，活脱脱是一个小孟云房！前几日我在街上见着她，人憔悴得不行，一说话就抹眼泪儿。我就问，你这么些年了怎么还是不找个人？她又哭，说四十岁的寡妇到哪儿去找男人，年轻的不可能，年纪大的要么就太大，要么又是带个娃娃的，一个孟烬都管不了的，再来一个，心里不和，亲不得的骂不得，和孟烬越发惹是生非。我答应帮她物色一个，偏巧回去打听了一下，我那邻居有个亲戚，是工程师的，老婆前年死了，孩子都工作了在外地，岂不是一个合适的？今日就去给她提说了。"庄之蝶说："你这么好心！她是鼻梁儿塌些，初次见了觉得容貌差些，不知那工程师是重人样儿还是重过日子？"女人说："这也说不准。工程师见我时我也这么说，他说比你差点我就念佛了。"庄之蝶就笑了："她要有你一半，孟云房也不离婚了！"女人说："你只会作践我！我在年轻时候或许还可以，现在老得什么了，又常年害病，瘦成一把干筋了。"庄之蝶说："哪里？我在家里常拿你比说着给月清，月清还说：人家汪希眠有钱，不知给老婆买着吃什么青春不老果儿！"女人那么无声地笑了一下，眼泪却流下来。庄之蝶一下子慌了，说："我说的可没一个假字。你瘦是瘦些，我想你不要总想着自己是一锅烧不开的水，医生的话要听的，但也不能全信了，医生常说空气里有多少多少细菌，那么人就都不张开嘴吗？"女人说："汪希眠是给我买了这样补药那样补药的，可我知道我的病根儿在哪儿！"女人吸着鼻子，眼睛又红起来。有眼泪就噙在那里。庄之蝶不敢再问下去，取毛巾让她擦眼泪，故作了戏谑的口吻说："希眠又去广州办他的画展了？他是疯了怎的，拳打了北方还要脚踢南方？！"女人说："哪里是办画展，谈一笔画的生意去了。你不知道，他这几年也是得了一种病的。"庄之蝶说："他得什么病？他就是那黑瘦人，可精神头儿有时比我还大哩！"女人说："是真有病，是乙肝，但病毒并没损坏了肝，属乙肝病毒携带者。"庄之蝶说："哎呀，这事外界谁都不知道的！"女人说："他不让告诉给任何人，只是偷偷吃药，可这病得上身一天两天不能好的。说句让你笑话的话，几个年头了，他没和我接过吻，一月两月了有那么一次事儿，还是要戴了避孕套的。"庄之蝶就在心里想，汪希眠是真患了乙肝还是故意没病装病？若是真的，外边传说他与别的女人如何如何，那岂不是害了别的女人也要加重自己病吗？而家里的老婆正是如狼似虎的年纪，几年里不能亲吻，行房又戴了那塑料套儿，这老婆人都说是享不尽的福，却也有这一段苦愁？女人说："我对他说，你既然有病，就在家待着好生养病，可他还是一年有半年在外边，见月把钱寄回来。钱现在是多了，可钱可以买到房屋就能买到家吗？能买到药物就能买到健康吗？能买到美食就能买到食欲吗？能买到娱乐就能买到愉快吗？能买到床就能买到睡眠吗？"女人说过了，扭头看着窗外，窗外已是彻底地黑下来，雷还在一串串地响，风雨交加。她突然坐直了身子，说："之蝶，我不该给你说这些的，说这些也不是在这个地方。我本想多去你家聊聊，几次走到半路又返回去，何必去干扰别人的平静日子？今日遇着你，想要你去我家坐坐，看看我那只猫，我现在只是活猫哩！没想这一场雨倒让我们在这里说了这么多话。话说到了这个份儿上，我倒还要完成我一个夙愿哩。"庄之蝶忙问："什么夙愿？这些年我也去你们家少，想起来也对不起你，以后有什么要我办的事，我会尽力去办的。"女人就说："这你可是心里话？"庄之蝶说："我要说假，今晚这雷把我劈了！"女人说："你别这样，雷要劈了你，我也就不想活了。这事说出来，也惹你发笑的：在年轻的时候，西京城里办过一次文学讲座，你在台上作报告，我在台下当听众。那是我第一次见你，不知怎么就产生了一个念头：我要嫁人就非他不嫁！后来就认识了你，想着法儿与你接触，但我当面说不出口，我托我的朋友曾给景雪荫说了我的心思，让她转告你，可景雪荫却冷笑了，说：她倒想得美，说到我这儿？！我朋友把景雪荫的话传给我，我好疑惑，不久就听到原来你是和景雪荫相好，我就懊恼不迭。但后来，得知你和景雪荫没有成，成的是牛月清，我哭了一场。哭过了还去你家看过一次，看到牛月清人有人样，德有德行，这心就全灰了，才和汪希眠结的婚。如今咱们年龄都大了，今晚又说了这么多话，我就把这段心事告诉你，我并不需要你再说什么，我只图我总算完成了一件事，心里不揪着罢了。"庄之蝶如木如石地呆在那里，惊得一句话也说不出来。他详细地回忆了与这女人初识到现在的年年月月，有无限的悔恨、遗憾和感慨。他看着面前的女人，嘴唇颤抖着，但女人却说："我不要你说，我不要的！"他一腔子的千言万语遂化作一声长长的浩叹了。

两人就这么坐着一时无语，楼道里有了喧哗声，接着听见阮知非在喊："之蝶，你还在吗？你够朋友！"一推门，汪希眠老婆就站起来，说："之蝶够朋友，你也够朋友嘛！让人家给自己办事，人也不陪，饭也不管，一走了事！请个人看门，怕也得付工钱吧？"阮知非说："刚才还念叨之蝶够朋友，现在我倒不这么认为了。要不是你在这儿，他能这么老实地待着？"庄之蝶就拿毛巾帮他擦头上雨水，说傍晚时在菜市上碰了她，又逢着下雨就过来说说话儿，这阵谁都没有吃饭的。阮知非就直告罪，说演出完，工厂又宴请了吃饭。原本要走的，人家偏要拉他一块儿吃，那面子抹不过，只好留下了。就喊楼上的一个演员，让快去提饭盒到街上饭店买些吃的来。

吃了饭，阮知非看了改写成的论文，自然是喜欢得了得，从家里取了酒三人要喝。汪希眠老婆说她该回去的，庄之蝶也说要走，阮知非说等雨住了他叫两辆出租车亲自去送。酒喝过多半瓶，三人脸面都浮着汗油，红堂堂的，雨却没有住，反倒雷声轰隆，更是频繁。阮知非说："这么大的雨，为什么偏要回去？这办公室可以睡一个，隔壁房间没人，也是干净床铺，可以睡一人。"庄之蝶说："我是可以，就看汪嫂。"汪希眠老婆说："希眠不在家，我是独来独往惯了，只是放心不下我那猫。"阮知非说："这好办，我给两边家里打电话。牛月清是让我拉之蝶出来的，我不怕她骂了我勾动了之蝶在外边拈花惹草的。汪嫂那边我让伯母把猫经管好就是了。"汪希眠老婆说："你告诉说一定夜里要喂猫一顿的，冰箱里有一尾鱼，让切成块儿喂一半。"阮知非说："哎呀，你把猫当汪希眠养哩！"说毕，上楼去家里打电话了。

三人一边说话，又喝了那半瓶酒，已是夜阑时分，阮知非头沉重起来，说声"早些休息吧"，去开了隔壁房间，问谁睡这里？庄之蝶去看了被褥，说这边比那边的干净，嫂子睡在这里。阮知非就告诉了厕所在哪里，水房在哪里，一一啰嗦过了，摇摇晃晃上了楼。楼道里一时寂静无人，庄之蝶去水房打了水，也给汪希眠老婆打了水过去，说："你洗了睡吧，今晚天凉，能睡个好觉的。明日早上我来敲门，咱去老孙家酒楼吃羊肉泡馍的。"过来关了门在水盆里擦洗了身子睡了。庄之蝶好酒量，虽然一瓶酒有一半让他喝了，但并未头重脚轻，反倒异常兴奋。睡在床上听了一阵雨声，就作想汪希眠老婆。对于汪希眠老婆，十数年里他一直好感，但不敢对人家有过多想法，只道是内心深处的一个秘密的单相思。听了她刚才话，原来她对自己也是一副衷肠！咀嚼了女人说的让他不要再说什么，翻过身去便竭力不去想她，但不去想，偏要想！焉能不想？竟把这女人与牛月清比较，与唐宛儿比较，与柳月比较。三比较两比较，身上憋得难受，下边就直挺挺地竖起来。他并未拉灯点烛，只穿衣下床，在房间里踱了一会儿，开门站在楼道。楼道里漆黑空洞，心里惶惶，又去厕所小便，没有什么要解，走回来了就去敲那已经关严了的门。汪希眠老婆在里边问："谁？"庄之蝶说："是我。"黑暗里闭了眼睛，身子伏在门上。女人说："有什么事吗？等一下。"门上边的糊了报纸的玻璃小窗亮了，听见她走过来拉开了门闩，却并未开了门扇，然后说："你进来呀。"庄之蝶推门进去，女人却已披衣坐在床上，下半个身子盖着毛巾被。女人说："你是不是也听见楼上谁家的猫在叫，怕我想起我那猫的？"庄之蝶说："我，我……"把门关了，走过去站在了女人的身边，手脚却一时无措。女人明白了事体，低声地说："之蝶，你？"庄之蝶终于一俯身，抱住了女人的头，喃喃道："我睡不着的……我……"就将一张水津津的口噙了女人两片薄嘴唇。女人在刹那间伸手也抱住了他，身子那么扭动在空中，毛巾被就拥在了一边，裸露了只穿着一件窄小的粉红色的裤头的身子，样子像一条美人鱼。庄之蝶一下子就连鞋上了床去，女人却瞬间里冷下来，用手挡了，说："之蝶，这不行的，这样不好，你要对不住牛月清，我也对不住希眠。"庄之蝶还要动作，女人已裹了毛巾被，眼里是一种恳求。庄之蝶就僵住身子不动了。女人为庄之蝶整好衣服，让他重新在床头坐好，说："我以前爱过你，往后恐怕也难以不爱你，但我们不要这样。这样对你对我都没有好处。如果你也爱我，等我们都老了，也不是我成心要诅咒，假若希眠死在我头里，月清也死在你前头，那咱们再做一场夫妻；假若你我都死在他们头里，那也就是命了。命果真这样，你我违不过它，也就不必拗来。否则你和汪希眠都是名人，况且你我也从此一夜夫妻百日恩，又各自要与各自的人生活下去，那就更没个安生日子过了。"女人说着，苦笑了笑，替庄之蝶抹下了欲掉的眼泪，从胸衣里掏出一个线儿系着的铜钱儿，说："你刚才也看见这枚铜钱了吧？我戴的是金戒指、金耳环、金手镯，我却没有戴金项链，我不是没有金项链，而是我舍不得这铜钱儿。这是我那次去你们家看牛月清，顺手从你的窗台拿的铜钱儿。我想我已得不到你，却要把你的东西戴在身上。这事汪希眠至今不知道，今日全给你说了，我再把它送你。这不是完璧归赵，是它十几年戴在我身上，它浸蚀了我的汗，我的油，我的体味儿，完全成了我的命魂儿，送了你也让你知道我是怎样一个女人。"女人把铜钱取下来给了庄之蝶，庄之蝶将系儿挂在了脖颈，铜钱却含在了口里，眼泪婆娑地要走出去。已经走到门口了，又停下，回头看着女人，女人手按在了肚腹，脸上在苦笑。庄之蝶说："你哪儿不舒服？"女人说："肚子疼，我这是老毛病了，一激动胃就痉挛的，你睡去吧。"庄之蝶要想说：我给你揉揉。但他没有说出口。手在怀里解着什么，抽出了孟云房给他的那神功保健药袋儿，说："你戴上这个吧。"女人微笑着给他点点头，接受了药袋，看着他开门走了出去。

　　有雷雨的这个夜晚，双仁府这边的院子里，牛月清、柳月和老太太各自早早地睡下了。不知什么时候，嘎的一声炸雷，柳月惊醒过来，总想象那雷是天上的一个火球，旋转着就落在房顶上，一定是把房顶的琉璃屋脊全击碎了。在陕北的老家，她是见过龙抓人的。那也就是这样的打雷天，忽听村人喊：东头郝二娘被龙抓了！跑去看时，白脸长身的郝二娘在门前槐树下倒着，槐树被拦腰劈了，上半截跌在水塘里还冒着烟。郝二娘却只是个三尺来长的黑炭柴头，唯脚上的一只鞋还完好，鞋是凡力士白鞋，才刚刚用白泥粉涂过。柳月见今晚的雷声声不离房顶的上空，就疑心这又是龙要抓自己吗？就又揭了蒙在头上的单子，拿眼看窗口，是不是有火红的一个球似的东西撞窗而入，或是蛇一样的白光就从外边直来到她的身边。她叫了："伯母，伯母，你今晚睡得这么死的，我要吓死了！"老太太却没有吭声，再叫了一声，还是没有吭声。柳月恍惚里觉得龙把老太太抓走了，一时间就全迷糊。觉得这一夜龙全来到了西京城里，在同一时间里抓走了汪希眠的老婆，抓走了孟云房的老婆，抓走了景雪荫，在抓走唐宛儿的时候，那女人正在浴盆里洗屁股，那下身就先烂了，满浴盆的血水……柳月哇的一声就锐叫起来。

这锐叫在子夜里十分恐怖。牛月清就跑出卧室把客厅的电灯拉亮，见柳月赤裸裸地已爬到了厅里，直着眼儿对她说："龙抓人的，大姐，龙要抓了人的，伯母已经不见了！"牛月清就去了那边卧室，果然老太太棺材床上空着，又到了厨房、厕所、书房，仍没个踪影。牛月清说："看看娘的鞋在不在？"鞋不在。两人就疯了一般开了屋门往院子来。院子里还下着雨，闪电里老太太却跪在那里的一块儿石头上双手合十地祈祷哩。柳月还是赤身，一下子过去抱了那个跪着姿势的老太太，进屋放到床上。牛月清撵回来忙把干衣服让娘换，也拿了单子披在柳月的身上，说："娘，黑漆半夜你往外跑什么，打雷闪电的要想着雷击吗？"老太太说："天上闹事哩，我怕他们闹急了，闹到城里来的。"柳月没好气地说："天上闹事，天上闹什么事？"老太太说："一群魔鬼和一群魔鬼打仗哩，打得好凶哟！满城的人都在看，缺德的只是看热闹，没人去祷告的。"柳月说："现在街上有什么人？是鬼看的？！"老太太却说："是鬼，满城的鬼倒比满城的人多！这人死了变鬼，鬼却总不死，一个挤一个地扎堆儿。"柳月听了，脸色又煞白。牛月清说："不要接她的话，让她越说越害怕的。娘，睡你的去，啥事没有！"老太太就咕咕嘟嘟不服气，脱了湿衣躺下去，却仍要怀里抱了那湿鞋。牛月清让柳月也去睡，说："柳月你也跟老太太学得神经了。老太太不在了，你就起来寻寻，她不在厕所就到院子去，她能到哪儿？你失声呐喊龙抓人了，你是高中生，雷击了人也是静电导引的原因，怎么是龙抓了人了！"柳月脸上有了血色，心里虽然还骇怕着，却也不好意思地说："不知怎么，我觉得是龙抓人的，抓了好多人的。"牛月清说："你怕是做梦吧？醒过来一看没见了老太太，就胡叫喊。"柳月说："我也说不清了。"

后半夜雷声渐渐息了。但老太太再没有睡着，柳月才迷瞪了真要进梦境，就被她用拐杖伸过来捅醒了，说："柳月，有人敲门哩。"柳月支了耳朵，说："没有。这个时候谁来？"老太太说："真的敲门哩！"柳月起来去开大门，门外没人，回来说："没人的。"睡了一会儿，老太太又喊柳月："你听，谁又在敲？"柳月起来又开门去看，连风儿也没有，回来也不理老太太睡下了。约摸到了四点光景，老太太就又坐起来了，问："谁？谁？"便再叫柳月，柳月装着发鼾声，老太太就用手捏柳月鼻子，说："你睡得这么死，有人敲门的！"柳月一骨碌坐起来说："你没瞌睡也不让我瞌睡吗？谁敲门，鬼敲门！"说完自己倒害怕了，蒙了单子又躺下，连头都蒙住了。老太太说："这哪儿是保姆，是小姐嘛，有人敲门也懒得开！"柳月却不爱听这话，气咻咻去开了门，门外还是空的，就不再回卧室，只睡在客厅沙发上。

天亮了，牛月清起来见柳月睡在沙发上，脸面憔悴，眼圈发黑，先是吃了一惊。柳月说了原委，牛月清说："我娘那毛病怕又犯了，你庄老师今日回来，他爱听她说那些人鬼不分的话，让他今晚和老太太睡去，你过来和我睡。"

半清晨，庄之蝶进的门，问牛月清人呢，柳月说去机关单位了。庄之蝶说今日礼拜天怎么也去上班？柳月说是帮人处理剩馍的。将牛月清告知她的那个学生如何蒸馍，如何无法推销，又如何牛月清明着是单位灶上买了馍，暗中送了那学生一笔钱，现在又去联系把这四麻袋馍运到糨糊厂去的事一一说了，庄之蝶说了句："她又做善事。"自去向老太太问安。老太太自然对庄之蝶唠叨昨日夜里事，庄之蝶来了兴趣，详细过问，又告诉柳月他要写一组魔幻主义小说呀！柳月并不懂什么是魔幻主义小说，只去泡了一杯茶送到书房去。庄之蝶才写了三页稿纸，听见老太太在喊柳月，说谁敲门了，柳月就要去开门，老太太却说："不要开的。昨儿夜里敲门，我真以为是谁个熟人来了。你说开了门没人，这一定是天上那些魔鬼来了。这些东西尽敲咱家的门干什么？不要开的，死不要开的！"竟自己过去把她卧室的窗子关了，拉上了窗帘；又过来关了牛月清的卧室门，又让柳月把厨房的窗子也关严。柳月要做饭，关了窗子热，不去关，两人就斗起口舌。柳月又拗不过她，跑来书房给庄之蝶说。庄之蝶说："娘，大热天的不透气，热死人啦！"老太太悄声说："那东西敲不开门，不会隔窗进来？热，有多热？"手指蘸了唾沫就点了庄之蝶汗衫下的奶头，又要往柳月身上点，柳月压着自己的衣角，脸先红了半边。庄之蝶说："大白天的，什么也不用怕，咱们一块儿去，看谁在敲门，若是妖魔鬼怪，我一剑砍了！"摘下墙上一把健身剑来。

三人到大门口，庄之蝶拉开门，门外空空静静。老太太定睛看了看，却盯住门扇叫道："你瞧瞧，真的是些牛鬼蛇神！"柳月问："哪里是？哪里是？"老太太说："这是一头牛，这是一条蛇，蛇是两条尾的。这是什么？我怎么从没见过这样的怪东西，有两个犄角，八条腿的。这是一个人，牙这么长。这又是一个人，猪身子人头的……"庄之蝶什么也看不见，不觉就想起那次合影照片来，心下也有些发冷。但老太太说："这么显还看不见吗？这一定是它们来敲门时把影子印留在门上的。柳月，你也看不见吗？看不见这些影印儿，也看不出这门扇比前日厚起来了吗？影印子一层一层的，门扇当然就厚了！"

庄之蝶摇着头，知道老太太在犯病了，也就想那照片八成是照相机或暗房冲洗时哪儿出了毛病。柳月一直看着庄之蝶的脸，见他摇头，心里也松下来，说："伯母，是门扇厚了！"背过了脸哧哧地笑。庄之蝶也说："厚了。娘，你安心去你屋里吧，有我和柳月在，百无禁忌！"就重新回书房写那小说。

这么一整天，老太太却总不安心，隔一会儿就到书房对庄之蝶说门又敲响啦，过一会儿又说怎么敢开窗子？庄之蝶也心烦了，等牛月清回来，说他在家里什么也是干不成的。牛月清便来数落娘，娘又和她吵，逼着去寺里大和尚那儿讨一帖符来。庄之蝶便给孟云房打电话，孟云房拿了符贴在门扇上，却说符不是从孕璜寺智祥大师那儿来的，是慧明画的，并说："明日清虚庵慧明监院升座，她要我邀一帮文艺界的朋友去热闹的，你去不去？"庄之蝶说："慧明当监院了？"孟云房说："这小尼姑说要干什么也真能干什么，她要不在佛门在政界，说不定会是个副市长的材料。"庄之蝶就看着孟云房笑："我倒担心她有一天要还了俗的。"孟云房说："这你从何谈起？"庄之蝶还是笑，笑而不答，却压低了声音说："那房间的钥匙给我，我去写写东西。"孟云房说："那地方真好，谁也不打扰的，钥匙我还配了一把，这一把你就常拿上好了。"庄之蝶就对柳月说："我跟你孟老师出去有个事，晚上要回来就回来了，没回来就在他那儿。明日清虚庵监院升座，我们去应邀参加庆典仪式，你告诉你大姐，这仪式市上领导也去的，我不去不妥。"

出了院门，孟云房问："你怎么晚上也不回去？"庄之蝶说："这你甭管！"孟云房说："月清晚上要给我打电话要人怎么办？"庄之蝶说："你就说咱商量一篇文章的。给市长写的那篇写好了？"孟云房说："写好了，我送了市长让他提提意见的。"庄之蝶说："发表了市长不会不知道的，你倒提前去买好了！"两人分了手，庄之蝶径直往唐宛儿家来。

妇人在家正收拾行李，冷不丁见庄之蝶大步走进门来，知道脚伤完全好了，拍手叫好，说："脚一好就到我这儿来的吧？"庄之蝶上去先亲了个嘴儿，说："我不先来你这儿到哪里去？"妇人忙冲了咖啡让他喝着，却探头往门外街上瞅。庄之蝶说："快坐下说说话儿，你瞅什么？"妇人说："周敏上街去买牙膏，怎么还不回来，好让他去十字路口烧鸡店买了烧鸡来你吃。"庄之蝶说："我不吃烧鸡，吃口条哩！"妇人就乜斜了眼儿说："你坏，就不让你吃！"却悄声道："今日不行的，他快要回来的。他去买牙膏，说杂志社要他连夜去咸阳推销这期杂志。上边指示要销毁，杂志社早已批发了百分之八十，还剩了些，分头让人带到外地，要不杂志社就赔钱了。"庄之蝶说："那几时回来？"妇人说："明日中午就回来的。我说你怎不趁机在咸阳多玩一玩，他说这是钟主编叮咛的，待得时间多了，厅里人知道了不好。"庄之蝶说："这真是天意，你晚上到清虚庵前左边的那座楼上来，五层十三号房间，我在那儿等你。"妇人说："那是谁的家？"庄之蝶说："咱去了就是咱的家。"站起来就走。妇人看他走了，忙也冲洗了咖啡杯，胡乱地收拾了大提兜，就在柜子里翻寻她的新裙子了。

这天晚间，柳月一边吃饭，一边对夫人说："大姐，庄老师真的又不回来了？"夫人说："让他这几天跑着去，孟云房是大诌，哪一次只要去他家，你庄老师都不得回来。"柳月说："晚上睡人家那儿，孟老师的房子宽展吗？"夫人说："不管他。"就叹了叹气，再说道："今年咱家是倒了霉了，什么烦心的事都来。再过一星期，下个星期三就是你庄老师的生日，原本这个家只给老太太过生日，从没给他过过，今年我倒有心给他过，以好日子冲一冲，说不定霉气就会去的。"柳月见夫人已拿定了主意，就顺了话说："事情也是怪，杂志社一个心思要给庄老师宣传，周敏也是为了知恩报恩，一篇文章偏就惹出个景雪荫闹事！这事未了，他竟平地里伤了脚，骑摩托车都没出过事的，好好地走平路却就伤了？伤了脚旁人一天两天就好的，他却瘸跛了这许多日。又刚刚是好些，秘书长也来欺负人，这不都是些怪事吗？老太太犯病那是老病儿，可庄老师脾气也变了，全没了我初来时的和蔼劲儿了。"夫人说："他脾气不好也是心烦，这你要理解他。他是作家，性情儿起伏大，又敏感，四十来岁的人了脾气像娃娃一样的，十多年的夫妻我也惯了，亏他一不抽大烟土，二不在外搞女人，咱在家就得容了男人家的一些毛病。那日咱姐妹为了那信屈了他，他发那么大火，他越发火我心里也越踏实的。给他这样的人当妻，就要是他的妻，也是他的母。"柳月在心里说："这大姐好贤惠，但却有点愚了。人常说男人家干风流事，满世界都知道的，只有一个人不知道，这个人就是他老婆。"就笑了笑，说："大姐是当了妻又当了母的，但给庄老师当了妻，还必须要得是他的女，他的妓！"夫人说："你这才胡说，老婆就是老婆，怎么是妓？你庄老师是什么人？我又是什么人？说这样的话让外人听着，倒招人贱看哩！"柳月吐了吐舌头，说："我什么也不知道，真是胡说哩！"夫人说："不是你什么不知道，是你知道得太多，不该你知道的你也要知道。你这小狐子，将来谁娶了你就一年半载让你折腾死了！"吃罢饭，夫人让柳月取了笔纸，她说着，柳月记着，一一开出所邀请来吃生日宴席的人名单。柳月写完，又核对了一遍，无非是汪希眠家，龚靖元家，阮知非家，孟云房家，周敏家，赵京五，洪江，干表姐家，文联的老魏副主席，美协的小丁，舞协的王来红，作协的张正海，杂志社的钟唯贤、李洪文、苟大海，已经两席多了。柳月问："这两席人的，是去饭店包席还是在家自己来做？自己做我可不敢做菜的。"夫人说："在家气氛好，做当然不用你动手，我那干姐夫是厨师，红案子由他办，老孟干白案子，你只管和我这几日通知人、采买东西罢了。"当下两人在电话簿上查了家有电话的电话号码，另写在一页纸上，分配柳月到前一天了集中打电话邀请；没电话的她骑车上门去约。就又计算着要采买的食品、烟酒、菜蔬，以及要新买的一些餐具和煤火炉。

这当儿，院门首有悠长的"破烂哟，承包破烂——喽！"柳月说："大姐，收破烂的来了，把后窗根那些空酒瓶、废报纸卖了吧，改日来客，也显得干净。"夫人点头，两人拿了废旧出来，院门口已亮了路灯，那老头仰躺在架子车的草垫上吸烟，吸一口吹一口，自得其乐。牛月清说："这么晚了，你老还收破烂？"老头并不看，吹了一个烟圈说："这么晚了，有破烂嘛！"柳月就咔咔笑。牛月清说："瓜女子，笑个什么？"柳月说："咱是一肚子烦恼，你瞧他倒乐哉！早听说他会谣儿，让他说一段儿！"就对老头说："喂，你来一段谣儿，这废旧就便宜卖你。"老头还是不看，忽地喷一口烟，直溜溜冲上路灯杆上的灯泡儿，绕开来像是一层云，几只蚊子就忽隐忽现。老头说："你睡沙发床睡的是草垫子，我睡草垫子睡的是沙发床。两只仙鹤在云游哩。"柳月觉得古怪，呀呀直叫。牛月清说："柳月，说话稳重些。"便对老头说："你老人家辛苦，今晚也不知歇在哪里？"老头说："风歇在哪儿我歇在哪儿。"牛月清又问："这么晚了，你吃过了吗？"老头说："你吃了也是我吃了。"牛月清说："柳月，快回去拿了两个馍来。"柳月不愿意，但还是去了。老头不谢也不拦，跳下车称了废旧，一分钱一分钱数着付款。牛月清不要，老头还是数。牛月清说："老人家，人都说你能说谣儿，我有一事要求你的。"老头就停止数钱，痴在那里不动。牛月清见他听着，便大略谈了丈夫是搞文化宣传的，市上人大会改选，也是为了别人，把一篇文章在报上发了，人大主任因此未能当选上，结果丈夫却遭人暗整，如此如此，这般这般，说了一遍，希望老头能编个谣儿街上说出，也给丈夫出出气儿。老头没有言语。柳月拿了馍出来，老头一手交那一堆分币，一手收馍。牛月清还是不收那钱。一堆分币就放在地上，老头拉车却走了。牛月清叹一口气，后悔白给他说了半天，才要转身进院，却听得老头在灯光昏暗的巷子那头一字一板念唱起来了。牛月清听了听，说："他念唱的是些什么，并不是我要他编的内容。"柳月却说这谣儿好哩，回来等夫人先睡了，自个儿去书房竟把老头说的谣儿记下来。果然以后这段谣儿就在西京文化圈里颇为流行。柳月当时记的是：

　　房子。谷子。票子。妻子。儿子。孙子。庄子。老子。孔子。活了这一辈子。留下一把胡子。

　　柳月记录了谣词，脱得衣服来和夫人睡一个床上。牛月清并没有睡实确，手摸了柳月的身子，觉得光滑而富有弹性，便说："柳月，你一身好肉。"柳月经她这一摩挲，也麻酥酥发痒，两人又说了一些话儿。后来说："睡吧。"就都睡了。昨天夜里的一场雷雨，热气杀了下去，也是柳月前一夜未能睡好，已是疲倦之极，这一觉就睡得很香。但是，似乎在梦里，也似乎并不是梦吧，她却迷迷糊糊听见了有一种声响，这声响十分奇怪，长声地呻吟，短声地哼唧，而绝没有什么痛苦的味儿，且后来声响忽紧忽缓，忽高忽低，有时急促如马蹄过街、雨行沙滩，有时悠然像老牛犁动水田、小猫舔吃糨糊。不知怎么，在这声响中自己竟浑身酥软，先是觉得两条胳膊没有了，再是两只腿也没有了，最后什么也没有，只是心在激烈跳动，一直往上飞，往上飞，飞到一朵白生生的云上了，却嗡地一头栽下来就醒了。醒了浑身乏困，一头一身大汗，奇怪刚才是那么舒服？！倏忽觉得下边有些凉，用手去探，竟湿漉漉一片，就赶忙用单子来擦，同时也听见了夫人在床上也哼哼不已。她叫道："大姐，大姐，你做噩梦了吗？"牛月清就醒了，在月光映得并不黑暗的夜色里睁大了眼，茫然地躺了一会儿，突然一脸羞愧，说："没的，柳月，你没有睡着？"柳月说："睡着了，我好像听到一种响声，好奇怪的，听了倒像过电似的。"牛月清说："我也似乎听到的。"就都疑惑不解。牛月清说："多半是做梦。"柳月说："多半是做梦吧，梦做到一块儿了。"牛月清又问："柳月，你醒来早，听见我刚才在梦中说胡话了吗？"柳月说："你只是哼哼，我怕你在噩梦里大受惊，才叫了你的。"牛月清说："没事的，哪里就是噩梦了，你睡吧！"却爬起来上厕所去了。柳月也想去厕所，去了，见夫人换了内裤泡在水盆里，柳月立即明白夫人和自己一样了。

清虚庵始建于唐朝，相传那时殿堂广大，尼僧众多，香火旺盛倒胜过孕璜寺的。到了明成化年间，关中地震，倒坍了一半屋舍，自此一蹶不振，再有修缮也只在剩余的一半地盘上。"文化大革命"动乱年月，更是惨不忍睹，屋舍被周围的工厂抢占了大半，三十多个尼僧一尽散失，直到了宗教恢复正常，四处搜寻当年的尼僧，才知死亡的死亡，还俗的还俗，唯有五个虾腰鸡皮的老尼还散居在西京三个郊县五个村子。动员了抖抖索索重返庵来，一进山门，见佛像毁塌，殿舍崩漏，满地荒草，几十只野鸽子扑扑棱棱从那供桌下飞出，一层鸽粪就撒在身上，五个师姐师妹抱头痛哭。有道是不看僧面看佛面，她们自感佛心未泯，大难不死也必是佛的旨意要她们来守护这座庵的，遂剃了已灰白的枯发，穿了那黛色斜襟僧服，虽无甚多善男信女布施贡献，但靠得市民族事务委员会的一点拨款，总算是清虚庵早晚又响了幽幽的钟声。数年过去，即使复修了大雄殿，彩塑了观音菩萨，翻盖了东西禅房客舍，却无力修建大雄殿后的圣母殿，庵的前院左边右边，侵占地盘的工厂和市民依然未搬出去，使庵院成了一个倒放的葫芦状。而这些老尼更是衰迈了，且没一个能识文断句，终日只会烧香磕头，所背诵当年背诵过的经卷，已遗节忘章不能完全，被孕璜寺、卧龙寺、棣花寺的僧人取笑。当佛教协会从终南山千佛寺调下几个年轻尼姑补充到庵里来的时候，也就是慧明佛学院毕业挂单在孕璜寺的日子。慧明到了孕璜寺，见这是和尚尼姑共存的大寺，真人高僧自是不少，就谋算一日要去清虚庵。只因初来乍到，不知那边底细，佛协征询她的意见，意欲她去，她只是回绝。但却开始张罗清虚庵的事情，帮忙起草收复占地、申请拨款的报告，只到一切摆布顺当，且有了相当影响，她便要求去了那边。在清虚庵，慧明并不立即任当家人，先是尊那老尼出头她做助手，偏故意让老尼出丑，显出窝囊无能来，自己便不久博得众尼姑信任，拥戴她取代老尼。慧明从此施展浑身解数，上蹿下跳，广泛社交，竟也争取大批专款，极快速度修建了圣母殿，彩绘了廊房。因那些侵占户一时难以搬迁，她翻阅了西京府志，竟查得记载清虚庵的文字中有一句"相传杨玉环曾在这里出家"，便如获至宝，复印了十多份分别寄至省市民委、佛协；又托孟云房写了一份报告，大谈杨玉环出家过的寺院于宗教史上是如何重要的古迹，且振兴西京，发展文化旅游，这里修复了旧貌会怎样成为旅游热点。于是惊动了市长，召开民委、佛协和侵占清虚庵地盘的工厂、单位和房管局等部门会议，要求腾出占地，愈快愈好。结果除了那一幢五层居民大楼无法搬迁外，占地全部收回。慧明功绩昭著，就又修了山门，虽不是往昔木雕石刻的牌楼，却也不亚于孕璜寺的气派。庵里众尼欢呼，佛教系统上下佩服，这慧明自然顺风扬花，上下活动，争得了监院身份，要选定黄道吉日来升座了。

庄之蝶与唐宛儿一夜狂欢，起来已是八点，两人全都面目浮肿，相互按摩了一气，匆匆去吃了回民坊里的肉丸胡辣汤，一块儿扮作才赶来的样子，直到清虚庵山门外的栅栏下坐了说话。栅栏里是崭新的山门；山门檐前挂了红绸横额："清虚庵监院升座典礼"。檐下宽大台阶上安了桌子，白桌布包了，放着红布裹扎的麦克风。两边各有两排五行十个硬座直背椅子。高大的门柱上是一副对联：佛理如云，云在山头，登上山头云更远；教义似月，月在水中，拨开水面月更深。台阶下的土场上已拥了许多人，有着青袍的和尚，也有束发的道士，更多的是一些来客和派出所维持秩序的人。栅栏外停了一片小车，庄之蝶看了看号，有一辆车号竟是市长的专车，倒惊叹慧明真有能耐。而来往行人已得知今日庵里过事，只是没有请帖和出入证不得入内，齐趴在栅栏上往里张望。各种卖吃食、卖香表蜡烛的小贩就摆摊儿在巷道那边一声声叫卖。庄之蝶瞧了人窝里并不见孟云房，也不知他还请了什么人，就去了卖冰糖葫芦小贩前要买一串来吃。唐宛儿说那不卫生，要吃镜儿糕。镜儿糕是多年不曾上过市，两人走近去，卖主是一个老汉，正高高坐在糕灶前。灶是包装了一个三轮车却看不出是三轮车，上边搭了凉棚，如是固定摊点。凉棚上有一横板，墨笔写着"镜糕张"。两边的小木杆上，一边是：原米原汁原手艺；一边是：老户老人老字号。庄之蝶说："好！"老汉早揭了镜片儿大的笼子，用竹棍插了两个糕。庄之蝶说："只要一个，我不吃的。"老汉说："噢，不是恋人和情人？请原谅。那就你妻一个吃了。"唐宛儿看了一下庄之蝶，两人一笑。庄之蝶问道："镜糕还有什么讲法？"老汉说："镜糕镜糕，不仅大小如镜，还有个圆满之意。唐朝时这糕是歌妓楼上专用食品，旧社会也是在剧院门口、游乐场外卖的。现在不讲究这了，可它像抽签一样，凡是一对男女来吃，只买一个，那女的必是妻子、同志、熟人；俩人买两个，不是恋人就是情人。没有不准的。"庄之蝶又问："这就错了，圆满应该是妻子，夫妻两个才称圆满的。"老汉说："一点没错。古人说过，妻不如妾，妾不如妓，妓不如偷。现在的夫妻十个有九个是凑合着过日子的。说笑了，说笑了。"两人走开来，唐宛儿说："你为什么就不买一个吃吃，看样子咱们不长久吗？"庄之蝶说："那老汉贫嘴说笑揽生意的，怎么信他？要依他说，买一个的是夫妻，那就预兆咱们要做了夫妻！"说得唐宛儿高兴起来。就听见有人叫道："好呀，你们两个在这儿轧马路呀！"唐宛儿吓了一跳，回头看也不看，就往路旁走，似乎是陌生的路人。庄之蝶回头见是孟云房，说："你怎么现在才来？刚才在十字路口碰上了唐宛儿，我说快去叫周敏来，今日你孟老师请咱去看监院升座的。她说周敏不在，她也不来的。我就把她强留下。"就喊："唐宛儿，唐宛儿，你问问你孟老师邀请你了没有？"唐宛儿立即会意，笑着说："我不信的，孟老师会邀请了我？"孟云房说："邀请的。我要哄你，让我这么大年岁的人是狗哩！"不一会儿，杂志社的李洪文、苟大海，作协搞书评的戴尚田，都骑车来了，众人互作介绍问候了，就由孟云房领着去栅栏入口，给守门的派出所人说了几句话，全都进了去。孟云房对这里熟悉，一边走一边讲说，那山门外的两根旗杆如何是宋时物件，这山门是直对了城墙朱雀门的，又如何的好风水。过了山门，是一个很大的场地，中间蓄一水池，池上有假山，山上有喷水。有许多人就拿了分币在水面上放，嚷道能放住的就吉利。唐宛儿先挤进去瞧热闹，放了几枚，枚枚都落下池底，气得还在口袋里掏分币，分币没有了。扭身看看池后又是旗杆，却只一根，上悬黄幡，幡两边飘两根彩带一直拖地，庄之蝶站在那里在读，就过去要庄之蝶给她些分币。庄之蝶正眼看着黄幡，双手又擦火柴点烟，让唐宛儿在他裤子兜儿掏，唐宛儿掏着几枚分币了，手却不出来，隔兜子握住了一根肉。庄之蝶忙说："你贼胆大！这是佛地！"唐宛儿偏又握了握，竟硬起来，说："你正经，你起来干啥？！"笑着把分币拿走了。孟云房过来说："那没甚读的，是我拟的词儿。"拉了庄之蝶又往后边走去。唐宛儿在水池里终于放住了一枚分币，却没有一个熟人在旁边喝彩，噘了嘴儿也走开来，却兴奋了两边廊房下的各类塑像，认得是菩萨，却说不出是何种菩萨，个个面如满月，飞眉秀眼，甚是好看。孟云房就喊："唐宛儿是看那菩萨长得好，还是要和菩萨比着谁美？"唐宛儿就恼了脸，跑过来，却又噗地笑了。孟云房就说："恼了脸还像个菩萨，这一笑太媚，就不像了！"唐宛儿说："孟老师什么地方也胡说，对佛不恭的。"孟云房说："佛教的事我比你知得多。古时大法师就说了，佛是什么，是死橛子！"说话间，庄之蝶只探头往那一排经堂和僧舍里看，李洪文就问："那里是尼姑睡的地方吗？是一个人睡，还是打对儿睡？"孟云房说："你管人家怎么睡！快先到后院接待处登个记。"李洪文又问庄之蝶："尼姑合铺儿睡，有没有同性恋？"庄之蝶没言语，前面正过来一个尼姑，穿得一身灰布长衫，光了头，却眉目清秀。李洪文就吐吐舌头，直叹尼姑剃了头好漂亮的。庄之蝶说："过会儿见到监院，你怕要叫出声儿的！"到了登记处，那里拥了一堆人，一张桌子后坐了一个老尼姑，面前放着笔墨和宣纸册页。孟云房就去介绍了庄之蝶，只惊得老尼和旁边几个和尚都念起阿弥陀佛，便见慧明从旁边小圆门里迎出来，李洪文果然叫了一声。庄之蝶就手伸出来握手，慧明也行了佛礼，迎进小圆门里。原来又是一个极干净的小院，北边有两间厅房，便在厅房里让坐了，立即有人捧了茶来。慧明说："庄先生能来，实在是山门有幸，我真怕请不动你的。"庄之蝶说："清虚庵这么大的事，我怎能不来呢？恭贺你了！"慧明便说："你见见省市领导吧，他们也来了！"庄之蝶探问领导来的是谁，但慧明已拉了他走到西边套间里。套间里是一圈黑色直式坐椅，椅上套有杏黄坐垫，中间是黑漆茶几，上嵌了蓝田山水纹玉石板，香烟零乱，茶水狼藉。慧明便说："各位领导，我介绍一下，这位是著名作家庄之蝶！"众领导就说："都知道的。"——伸手来握。庄之蝶认得是省民委主任、民政局长，还有黄德复，还有一个就是市委的那个秘书长。庄之蝶与前边的握过手了，走到黄德复面前，只问："市长没来吗？"黄德复说："市长去开个重要会，让我代表他来的。"庄之蝶说："我刚才看见车号还以为是市长来了，今日这阵势大，把你们请来这么多的。"黄德复说："这算清虚庵第一个大事嘛！"旁边的秘书长说："作家近期有什么大作？"庄之蝶假装没听见，只对黄德复说："身体还好吧？"黄德复也说："你怎么样，脚好了？听说是一个野大夫治的？"庄之蝶说："治得不错，两张膏药就没事了！"偏回过头来，那秘书长又欠了身伸手来握，庄之蝶却仍装着没看见，又给黄德复说了一句什么，回坐在椅上端杯吃茶，眼角余光里瞧见秘书长还站在那里，手一时收不回去，却慢慢弯了指头，对旁边人说："今日是星期三，明日是星期四，后天是星期五了嘛……"

这时候，孟云房在门口招手，庄之蝶出来，孟云房说："慧明今日忙，说她顾不得一一招呼，让我替她照看好你和大家，还给了六张餐票，要大家典礼完在这里用餐。庵里虽是素菜，却极有特点，你不妨吃吃。"庄之蝶说："今日人多，乱哄哄的，吃什么呀，不如出去后吃浆水面去，大热天也败火。"孟云房说："那好。我让他们去看那些恭贺的字画了，现在快到了典礼时间，咱去看不看？你是要上台和领导们坐一起的。"庄之蝶说："那个秘书长也来了，我刚才没有理他，如果要坐台上，再见他不理就说不过去。典礼怎么个举行法？"孟云房说："先在山门口开个简单会，无非是吹号放鞭炮，由法门寺来的祥云大法师宣读慧明为清虚庵监院，再是领导讲话，各寺院代表讲话，各宗教别系的代表讲话，然后才进行佛教上的一套监院升座仪式。"庄之蝶说："开会就不去了，举行仪式时看看。"孟云房说："那我对他们说去，自由活动，最后在山门口集合。你先去圣母殿那儿等着，我领你去看一个东西，保管你爱的。"

庄之蝶先去了圣母殿看了塑像，那殿前有一个大环锅，里边全是香灰。环锅前是一个焊成的四米长的铁架，铁架上每隔四寸钻有一小孔。成群的男女在那里烧香点烛，烛插满了小孔，嫩红的蜡油淋得到处都是。庄之蝶觉得空气呛人，就出来看见殿东西两边各有小亭，先去东边亭里看了。亭中竖一石碑，上书了杨玉环入宫之前怎样在此出家，唐玄宗又如何到这庵里拜佛烧香的云云。知道尽是孟云房的杜撰之辞，笑了笑，又走过来看西边亭里是什么。孟云房就来了，还有唐宛儿，妇人一脸热汗，颜色愈发娇艳，说她把每个殿都看了，问尼姑庵里怎么那么多和尚，而且还有乐队，乐队一律是和尚、尼姑，和尚尼姑还会乐器吗？孟云房说："庵里是十三个尼姑，过这么大的事，人数哪里够，都是从别的寺里请来的。那乐队是我请的阮知非的乐团演奏员，为了庄严，穿的是佛家衣裳。若按你的想法，尼姑庵里这么多和尚，不是'寺'都是'事'了！"庄之蝶说："老孟，那亭子里的碑文是不是你的大作？你简直是说谎嘛！唐玄宗来烧过香你有什么证据？"孟云房说："你又有什么证据说唐玄宗没有来烧过香？"就拉庄之蝶到了西边亭中，说："你看看这个，这可是货真价实的，庵里曾出过一个绝代大美人的正经尼姑哩！"庄之蝶看时，是一块儿并不大的碑，就读起来，碑文是：

大燕圣武观女尼马凌虚墓志铭

刑部侍郎李史鱼撰　　布衣刘太和书

黄冠之淑女曰凌虚，姓马氏，渭南人也。鲜肤秀质，有独立之姿；环意蕙心，体至柔之性。光彩可鉴，芬芳若兰。至于七盘长袖之能，三日遗音之妙，挥弦而鹤舞，吹竹而龙吟。度曲虽本师资，余妍特禀于天与。吴妹心魄，韩娥色沮。岂唯专美东夏，驰声南国而已。与物推移，冥心逝止。厌世斯举，乃策名于仙官；悦己可容，亦托身于君子。天宝十三祀，鬻于开元庵。圣武月正初，归我独孤氏独孤公。贞玉回扣，青松自孤。溯敏如神，机鉴洞物。事或未惬，三年徒窥。心有所可，一顾而重。笑语晏晏，琴瑟友之。未盈一旬，不疾而殁。君子曰："华而不实，痛矣夫！"春秋廿有三。父光谦，歙州休宁县尉。积善之庆，钟于淑人。见托菲词，纪兹丽色。其铭曰：

帷此淑人兮，秾华如春。岂与兹殊色兮，而夺兹芳辰。为巫山之云兮，为洛水之神兮。余不知其所之，将欲问诸苍旻。

圣武元年正月廿二日建

庄之蝶读毕，不禁叫道："这真是美文！描绘的这位马氏令人神往。当年我去洛水岸边，看见那河就想起《洛神赋》，不能自已，临风而泣；今日此碑，倒好像我是见过她的，人宛然就在眼前。可怜她这般玉容花貌，命途多舛，让人伤情！"唐宛儿见庄之蝶一时感情冲动，双目微红，心里就有了那么一番滋味，当下嗔笑道："庄老师这段话像莎士比亚的诗一样的！可惜庄老师不能与她同一时代，要不她该是我的师母了！"庄之蝶便还痴痴地说："娶得娶不得，但我肯定是要会会她的。"竟去买了一炷香来，在那碑前插了。唐宛儿更是有了妒意，说道："庄老师真是情种之人，马氏有灵，也不亏生时做人，死后为鬼了。但天下好女人实在太多，古时有，现在有，将来还有。只是庄老师不能生于古时，也不能寿于将来。即使现在的女子，也美人如云，老师倒不知该爱哪一个了！"说得庄之蝶脸红起来，方知自己一时陷于情思之中，话说得多了。这时节听得前边乐声大作，圣母殿前的香客游人一齐往前跑去，便有女子锐声喊："娘快呀，监院升座了！"三人就往前去，不知慧明先是从僧堂里怎样出的场，但见一肥头大耳和尚身穿了大红袈裟，手持了玉板，口中唱喏不已走到前边；随后是一个尼姑捧了佛像，一个尼姑敲了木鱼，又是四个小尼分作两排手持了莲花吊灯；慧明就在其后，身披金箔袈裟，足登深面起跟皂履，一脸庄重，更显得明目皓齿，粉腮玉颈，冉冉而行，如仙飘然；再后又是八个和尚奏乐和四个尼姑随从，一队儿辉煌灿烂往圣母殿走来。李洪文正在围观的人群里，跑动着看那慧明。唐宛儿就附了庄之蝶耳边，说："你看那慧明是不是马氏？"庄之蝶说："或许就是，清虚庵真是个好地方。"唐宛儿就说："那我将来也来这里的。"庄之蝶暗中捅了一下她，说："你能在这里待住？！"

升座仪队一进圣母殿，围观者潮水般围在殿门口，庄之蝶他们挤不进去，只听得乐声更响，唱喏不绝。孟云房说："我去找人说说，咱们进去看。"才去门口交涉，人群却闪出一条道来。原来仪队是参拜了圣母，正式升座还在大雄殿，仪队就先绕东西两亭去烧香跪拜了，又去前边廊房拜列位菩萨，就往大殿去。这时有人已领了一群领导先入了大雄殿，在两边墙角坐了观赏。孟云房拉庄之蝶也加入领导之列，庄之蝶不去，迟疑间仪队也进了大殿，门口又是人头攒动，什么也看不见了。庄之蝶说："算了，进去看了也看不明白。"孟云房说："那往哪里去？坐也没个坐的。"庄之蝶说："不如去咱那单元房间坐了吃酒去。"孟云房拍手道："好主意！"就四处寻了李洪文、苟大海、戴尚田，出了山门，绕了几绕，从一条小巷进去，直到了五楼十三号房间。

孟云房是在路上便给众人说了房间的情况，还在思谋要给起个什么名儿的。开了门后，却见厅室的正面墙上，庄之蝶已悬挂了玻璃镜框里边装着两个大字：求缺。便随机应变，大声叫道："这里就是我们的沙龙，我们称它是'求缺屋'！"众人听了，连声称好，说"求缺"既雅又有深意。李洪文就说："有这么个好地方，以后杂志社请了作者来改稿子就可以借用了。"庄之蝶说："这可不行，我们有我们的活动。将来七天十天聚会一次，也是谢绝外人的。今日大家跑得累了，才领了来，千万不要声张，免得人人知道了又没有个清静去处了。"就将在楼下买的一瓶酒、两包花生米打开，要求众人不分宾主，坐列无序，随意而来。孟云房说："来这儿是可以带吃食，但来了却一定要谈文学艺术，今日一边喝酒一边谈着，现在开始吧。"苟大海说："谈文学艺术又不是谈生意，说开始就开始？还是一边吃喝一边乱聊，聊着聊着主题就转换了。"便把酒瓶启开,没有酒盅,以瓶盖为盅,转流着喝了一遍。唐宛儿却没有在沙发上坐,坐在那张床上,说:"我不喝的。"孟云房说:"你怎么不喝,来彩儿啦?"唐宛儿说:"鬼!我不是作家、编辑,我谈不了文学艺术。"手就去整理床上的枕头,忽发现了一根长发,吓了一跳,忙用手捏了。孟云房说:"你谈不了文学艺术,你就是艺术,让我们谈你。"唐宛儿说:"你开口就能闻见臭的,我不叫你老师!"庄之蝶说:"那这样吧,咱每个人都来说故事,说完了,大家评议,认为有水平的就不喝酒,认为不行的就罚三盅!"孟云房说:"我知道你,又是想听我们谈了你就可以有创作素材了!"苟大海说:"这又怎么的,蒲松龄就是开了个聊斋。"孟云房说:"蒲松龄还没之蝶手快,他那小说的三分之一题材都是我提供的,倒不给我付稿酬!但我今日还是要再说一个的,却明码标价,之蝶,你付不付?"庄之蝶说:"一会儿喝完酒,去吃浆水面,我包了!"孟云房就说:"这是个真事:德功门那一块儿低洼地你们知道吗?那里是河南籍人居住的地方。解放前黄河泛滥,河南人逃难到西京就在那里搭窝棚住下了,一住再不走,越来人越多,这就是德功门那个区为什么叫河南特区。现在他们的窝棚是不多了,也盖了一些平房,但因为地方小,却是一家一间,左边是窗右边是门,故事就发生了。这一天,新搬来了夫妻两个,这女的长得能一指头弹出水儿来,那男的就爱她不够。晚上爱过几次,白天还要爱一次,声响传出来,隔壁人就害心慌。注意,这隔壁住的是个光棍。第二天晚上,他们自然又爱了,爱了后,女的要尿,女人喜欢这个时候尿。"唐宛儿说:"你讲的时候口里放着卫生球。"孟云房说:"好,那就插个雅的故事。说是一家医院收了个阑尾炎病人,手术前需要刮净下边的毛的,先是由一个老护士去刮,正刮着,电话铃响了,要的偏巧是老护士,老护士就让一个年轻的小护士去刮。后来就刮完了,一小一老两个护士在池子里洗手,老护士就说:现在社会上小伙子们时髦文身,可那病人怪,竟在那么个地方上也文了'一流'两个字!小护士却说:哪里是文了两个字,是七个字的:一江春水向东流!"众人一时倒没听明白,唐宛儿过来直拿拳头打孟云房。戴尚田还在糊涂,说:"那是怎么回事,一个看是两个字,一个就看成七个字?"孟云房说:"真笨!唐宛儿一听就知道了。若是你我,永远看都是两个字,唐宛儿要是去,那立即就是七个字了！"众人恍然大悟，哗地就笑了。庄之蝶说："接了前边的说。"孟云房说："插叙的这个故事当然不收钱的。那女人出去尿了就往回走，因为天黑，房子都一模一样，女的迷迷瞪瞪推门就进来了，进来了就直直去床上睡下。但是坏了，她走到了右边那光棍房里去了。光棍睡不稳，刚才听到女的在外边尿，就躁得不行，突然见女的到了他的床上，知道她走错了，心想：送上门的好东西儿，吃了白吃，不吃白不吃！二话不说就抱紧了干起来。女的说：你好厉害，才干毕了又行了？！光棍还是不言语，气儿出得像老牛一样。女的一听，这出气声怎么不对？伸手摸摸那头，头上没头发，哎呀一声，翻下床就走。这回走进的是自己的房子。男的问，你尿长江了吗？这么久的！女的哽咽了，说她对不起丈夫，如此这般说了。这男的怒从肝起，就冲出门来，不想竟走到左边房里来了。噢，我忘了交代，夏天睡觉为了通风，都是不关了门的。这房里住的是个老头，男的不容分说拉起老头一顿好打！完了。"李洪文便问："完了？那最后呢？"孟云房说："那当然闹起来，官司让派出所去判了。这一片居民为此反映到市长那里，说再不解决这里居民住房困难，那丢西京人的事就还要多呀！这不，现在不是到处改造低洼区吗？！"众人说："这故事有意思，你可以不喝酒了。"李洪文说："老孟说啥都离不开性，我说个唐宛儿能听的。我是老西京户，七姑八姨的亲戚多啦。现在社会上兴各种网，有山头网、集团网、同学网、乡党网、秘书网，什么网都顶用的，就这亲戚网屁事不中，而且趋势是农村包围城市。城里的大小领导干部都是从乡下奋斗了上来的，老西京户却几乎没人在哪个单位负个责儿的。我家十八户亲戚共有儿女三十六个，一半倒去了外县调不回城，剩下的又尽是底层人士，孩子入个托儿所也没个后门能靠了他们。可逢年过节，还得去送他们的礼。今年春节，我买了一盒点心。老婆说，亲戚这么多，一盒给谁送？我说我有办法。大年初一早晨，我把这盒点心送了我舅；下午我大姨让孩子就给我送了一盒点心；我又去送了二姨。如此人送来我再去送人，一个大年里走马灯似的，吃不好，睡不好。走亲戚是交代差事，放下点心就走。到了初八已上班了，晚上我的'一挑子'来了送我点心，他是最后一个亲戚，点心放下不等我回来就走了。我回家一看，这点心盒这么熟悉的，上边是有个三元三角五的数字的，那是我买时记下的价钱，他竟又送回来了！有意思吧,这可是报告文学。"众人说:"有点意思,也没意思,你得喝酒了!"李洪文把酒喝了,说:"这还没意思?好,我认了,瞧你们怎么说!"轮到戴尚田,戴尚田说:"我不会说的,我喝酒吧。"庄之蝶说:"你搞书评,看问题自比我们高的,你得说一段。"戴尚田说:"我单位没房,我老婆在银行,我住房是她的家属。这楼房太高,要爬十层,我常常是上气不接下气爬到十层上了,一摸钥匙,才发现车子忘了上锁,而钥匙还在自行车锁孔儿。补充一下,我家门钥匙是和自行车钥匙拴在一起的。"大家还在听着,他却不说了,问:"说呀!"他说:"完了。"唐宛儿说:"这不行的,你再来一个!"戴尚田就说:"我常想,西京城里这么多人,可我经常打交道的不外乎四五个。在家里我是父母的儿子,是老婆的丈夫,是儿子的父亲;在外是你们的朋友,是单位的职工。那么,在这个世界上什么是真正属于我的呢?真正的属于我的只是我的名字。可是,名字是我的,我从来没叫过我的名字,都是别人在叫。"孟云房说:"你喝酒吧,这哪儿是故事?"庄之蝶说:"他说得我心里也酸酸的,不能惩他。大海,到你了。"苟大海说:"我这不算故事,也不敢证实真实性,是听说的。现在市面上假冒商品多,我只说领导不受其害的,但上一礼拜天,我姐姐给我说,西京市一位老领导宴请几个老战友,为了显示威风,他没在家请客,到一家高级宾馆摆酒席。要喝茅台,宾馆经理就取出茅台来,一尝,是假的,又取了一瓶,一尝还是假的。连取了三瓶都是假的,经理脸上不是了颜色。这位老领导就说了:你这高级宾馆是怎么搞的?让秘书去他家取酒去。秘书到他家拿了一瓶茅台,打开每人一杯,不仅是假的,根本装的不是酒,是自来水。"孟云房说:"这一定是谁贿赂他的,送这么好的酒,谁送得起?可不送又办不了事。赵京五说他就这么干过。大海说的这事人人都知道,也想得来。今日这酒却是真的,你得喝了。"苟大海红着脸说:"我声明不是故事,只给大家提供个写作细节的。"把酒还是喝了。李洪文也说:"我刚才说的大家不满意,但总有闪光的内涵。我还得声明,我已经在一篇文章中用过了,之蝶你就不要用,你用了,名气大,是你抄袭了我的,读者反倒会说是我抄袭了你。"庄之蝶说:"我还真没看上呢。我说一个,刚才在清虚庵我去上厕所,一进去,人那么多,蹲坑全占了,旁边还有等候的。有一个蹲坑的就给我笑,我想,这是谁呀,也是文学爱好者?或者听过我的报告？在书上看过我的照片？就走过去，那人却没有理。原来他是拉大便使劲儿，一用劲脸上就好像是笑了。"大家哄地笑了一片，唐宛儿说："你这是在骂我们了，让我们一笑，我们就都是在大便了！可你也在作践你自己哩，一个大作家说这笑话？！"庄之蝶说："自我作践着好。世上这事儿是，要想别人不难堪，也想自己不尴尬，最好的办法就是自我作践，一声乐就完了。以前照相时，为了让照相人笑，总是要让说'茄'，往后照相，不如就说'努屎'！这细节怎么样，这是专利，谁也不许用啊！"孟云房说："那不行，今日讲的，谁都可以用。沙龙嘛，就是要互通信息，启发灵感，促进创作嘛！"唐宛儿就说："我现在知道怎么当作家了！原来文章就是这么你用我的、我用你的，一个玻璃缸的水养一群鱼，你吐了我吃，我吐了你吃，这水成了臭水，鱼也成了臭鱼！"一句话说得大家都闷不做声起来。孟云房笑了笑，说："唐宛儿厉害，把我们这些人身上的作家皮一下子全剥了！所以我主张想办法突破，原本要叫慧明来这里讲讲禅的，她现在忙，以后再说。如果大家有兴趣，我可以讲讲气功方面的知识，那《邵子神数》……"庄之蝶说："老孟，别讲你那神数，唐宛儿不是作家编辑，但她的感觉比咱们在座的都好，她又是局外人，看咱们比咱们自己看得清，你让她多说说。"唐宛儿说："我还那么有能耐？"孟云房说："你是要说的。你说了，咱该吃饭了哩。"唐宛儿就说："要听素的还是要听荤的？"李洪文说："你还这么多？听荤的！"唐宛儿看看大家，噗地笑了，说："一说讲荤的，瞧你们多来精气神儿！可惜我讲不了荤的。我是从小地方来的，大城市知道不多，却听了一段词儿，我唱唱怎么样？"庄之蝶说："好！"唐宛儿就唱了：

八百里秦川尘土飞扬。三千万人民乱吼秦腔。捞一碗长面喜气洋洋。没调辣子嘟嘟囔囔。

唱毕，众人齐鼓掌，说："这就是陕西人，更是西京人画像嘛！唐宛儿，你哪儿听到的？！"庄之蝶就端了酒盅说："今日最有意思的不是咱们这些文人，倒让唐宛儿高咱一着，词儿好，唱得也好。我提议不惩她酒，还要奖她三盅，然后谁还要喝，把酒带上，我请大家去吃浆水面！"大伙儿就站起，要唐宛儿喝，唐宛儿满面春风，笑个不止，喝了一盅，却说下来二盅喝不了的，庄老师你代喝一盅，咱们碰个响儿吧。庄之蝶就端了酒瓶与她的盅儿碰了一下，唐宛儿先仰脖喝了，脸更艳若桃花。

牛月清跑了几趟副食商场，大包小包的东西塞满了冰柜，算算日期还早，再不敢买那水产的鱼虾，往街上为庄之蝶买那红衬衣红衬裤。女人心细，先去南大街百货大楼上选了半日，选不中，又往城隍庙商场来。城隍庙是宋时的建筑，庙门还在，进去却改造成一条愈走愈凹下去的小街道。街道两边相对着又向里斜着是小巷，巷的门面对门面，活脱脱呈现着一个偌大的像化了汁水只剩下脉络网的柳叶儿。这些门面里，一个店铺专售一样货品，全是些针头线脑、扣子系带、小脚鞋、毡礼帽、麻将、痰盂、便盆等乱七八糟的小么杂碎。近年里又开设了六条巷，都是出售市民有旧风俗用品的店铺，如寒食节给亡灵上供的蜡烛、焚烧的草纸，婚事闹洞房要挂红果的三尺红丝绳，婴儿的裹被，死了人孝子贤孙头扎的孝巾，中年人生日逢凶化吉的红衣红裤红腰带，四月八日东城区过会蒸枣糕用的竹笼，烙饼按花纹用的木模，老太太穿的小脚雨鞋，带玻璃泡儿的黑绒发罩，西城区腊月节要用木炭火烘煨稠酒的空心细腰大肚铁皮壶。牛月清在那店铺里挑红衣红裤，又问有没有纯棉布做的，有没有在背心处印有"卍"字的。然后就嫌这件针脚太粗，那件合缝不牢，亏得售货员软脾气儿，倒是她看着满柜台都是翻抖开的衣裤，说句："我是挑皇帝登基的龙袍哩！"自己也把自己逗笑了。

出了巷子，到了小街，不想迎面撞着龚靖元。龚靖元胖得肚子腆起来，一见面就嗬嗬地笑，说："妹子你咋这么年轻？身子还是姑娘家的身子，叫人怎么不恨我那兄弟！你要快些难看哩，这样我心里才平衡啊！"就啪啪地用手拍自己肚皮，叫苦走不到人前去。牛月清也拿手去拍了那肚皮，说人到这个年岁有个小肚子才有魅力的，乐得龚靖元直叫那我就不悲观了！两人寒暄说笑，龚靖元就看见了她拿的红衣红裤，又作践还要俏啊，穿这么艳的衣服？牛月清说："碰上了就好，也用不着给你去上门通知。你兄弟星期三生日，要你过来热闹的。"龚靖元说："吓！这是好事儿，到时候我带副麻将去，哥儿兄弟玩上一天一夜的！你没叫了那阮老板，让他来时带几个戏子娃吗？要闹就闹大些，要不要我领个厨师，不管哪个宾馆我一句话保准去的！"牛月清说："什么也不用领，来了什么也不要拿，只带一张嘴就是，若行旧规矩，我就要恼了！要玩麻将你就携上，我家可没有一副好的。"龚靖元说："你猜我来干啥的，就是买副好麻将的。"两人又说了一阵笑话，分了手。牛月清回来天就擦黑，柳月把饭菜已摆上桌，桌边坐着干表姐夫，沙发边放了带来的一袋洋芋、两个南瓜、一手帕新摘的鲜金针菜，他还没有吃饭，专等着庄之蝶和牛月清的。招呼过了，牛月清说："之蝶出外浪了几天了，现在不回来，晚饭必是又在外边吃了，不等他了！"话刚说毕，庄之蝶就推门进来。干表姐夫说："城里也是说曹操，曹操就到！"庄之蝶也一脸热情，问："好长时间不见你来了！听说你是承包了窑场了，发了吧？"干表姐夫说："挣钱不出力，出力不挣钱，烧一夜砖抵不住一个标点符号的。可就这，一天也忙得鬼吹火！接到妹子口信，说要办事，我对你表姐说了，就是挖出了金窖也不挖了，一定得去的！就带了些菜来了。"庄之蝶倒莫名其妙，说："我也不开公司，不盖房子，有什么事的，是你妹子想见你们了，让你们来逛逛的。"干表姐夫说："这你就不如月清朴实了，你是怕我们乡里人来吃饭吗？你瞒我，我还是来的，那一日我家数口，还有老姑的一干子老亲世故都来呀！"庄之蝶见他说得认真，就问牛月清："咱办什么事？"牛月清偏笑而不语。柳月说："你只在外逛，家里什么事操过心，连自己生日都忘了！"庄之蝶抖了那红衣红裤，脸上沉下来，说："七十八十了？给娘都没过生日，我过的什么？"就对干表姐夫说："别听月清说的，没事找事。你吃饭吧，我是在外边吃了的。"就走到书房去。

干表姐夫原本还要在饭桌上给庄之蝶说话的，见庄之蝶脸面不好，便给牛月清低声说起来。原来干表姐拿了那让生儿子的药回去吃了，遵嘱必须在一月之内怀上胎的，但她偏感冒了三天，感冒才好了，窑上的一批欠款别人要不回来，又需他出外索账，他一去又是半月，回来怀孕期就过了，能否再向那街坊的老婆婆讨服药来吃。牛月清听了，心里有些生气，想这一服药要数百元的，你那欠款又能是多少，应人事小，误人事大，怎么能这般地不经心？！但事到如今，又是亲戚，依靠的又是人家，难听的话说不出口，就说："我再去求求那老婆婆去，这药可不是轻易敢糟踏了的，光那沉香我就花了五百元哩。"干表姐夫说："下个月我打死都不到哪儿去，一口酒也不喝了。"牛月清又压低了声音说："这事你们可要保密，谁也不能说的，孩子怀上了，就给我来说一声，我买了滋养品去看她。你什么都要禁言，不要让她干重活，不敢吵嘴怄气，到时间了，我在城里医院找熟人说好，用车去接她就是了。"干表姐夫点了头说："这是自然。"牛月清又说："重吃药的事不要对之蝶提说。"就去了书房，对庄之蝶说："你不吃饭，陪干表姐夫喝些酒吧，我去街上给干表姐买双凉鞋的，立时就回来。"庄之蝶拿了酒出来。出来到客厅了脸上才笑。

牛月清出门急急去了一趟王婆婆家，掏了五百元钱又讨得了一服药，再去鞋店给干表姐买了一双凉鞋回来，干表姐夫和庄之蝶已喝了半瓶酒不喝了。牛月清把鞋和药装在一个塑料包里了，对干表姐夫说："鞋在里边，路上拿好。"拿眼睛示意，干表姐夫明白意思，说："我经心着的。"便告辞要回去。庄之蝶见干表姐夫这么快就走，也觉得不必给亲戚难看，后悔刚才说话硬了，要送他到巷口。等客走远，心里总是对牛月清的私自安排不满，顺路去西门外的城河公园听了一会儿那里的自乐班唱的秦腔戏文。回来时一辆出租车从巷口拐出来，似乎觉得车里坐的是龚靖元的儿子，进门就问牛月清："是不是龚靖元的儿子来过？"牛月清说："来过。都说那小子抽大烟土，果然脸像土布袋摔了一般。他说他爹突然有事明日一早去兰州，要他先送了礼来。让喝水他也不喝，鼻流涎水的，怕是烟瘾又要犯了，不知要去哪里吸去。唉，这小子前世是什么变的，要来败老龚的家当呀！"庄之蝶看时，桌上一盒大寿糕和一个包装精美的写着"豪华锦缎被面"的纸袋儿，就说："你给龚靖元也通知了？"牛月清："下午我在街上撞见他，随便说的，人家拿来了，你能不收？"庄之蝶说："我已经说了不过的，你还收人家什么礼？你那么逞能，不给我说一声就通知这个邀请那个，我是当了皇帝还是得了儿子啦！景雪荫闹成那个阵势，我还不嫌丢人，现在乌烟瘴气地在家待客，让更多人捂了嘴用屁眼儿笑我吗？你通知谁了，你去回退；你若不回退，我那日就不在家！"一席话说得牛月清痴在那里。

老太太就从卧室出来，说："我本来不管你们的事，可话说得那么不中入耳？！我刚才就有一肚子气的，一家人盼你回来吃饭，盼回来了，瞧你对你干表姐夫的言语，你是给我的亲戚伤脸吗？月清给你张罗过生日，要说有意见的是我。你多今早儿来还笑话我女儿不孝的，我劝了他，说我老了就活儿女的，这个家还不是靠女婿，一个女婿半个儿，之蝶要当一个儿两个儿用的。我不说你们什么，你倒嫌招了亲戚来乌烟瘴气的，你是嫌弃我的穷亲世故了？这门庭里也是出过名人的，如果西京城里没有自来水，水局也是衙门一样的威风的！"庄之蝶赶紧扶了老太太去卧室，让柳月沏了一杯橘子粉汤来，说："娘，你说到哪里去了，我是嫌月清自作主张，全不理解我的烦处。"牛月清听了，在客厅说："你烦，我是你老婆，我能不也是烦？正是觉得今年晦气事多才想着过生日冲一冲，热脸换了冷沟子！你开口直戳戳往人心里捅刀子，这些我忍了，习惯了，可你当着干表姐夫的面让我下不了台，我在亲戚伙里还有什么体面？你在外有说有笑的，回到家来就吊下个脸，这半年越发是换了个人似的，你是心上不来我了还是怎的？人都说我在家享福哩，可谁知道我当的不是你的老婆，是保姆，是奴才！"柳月在厨房刷锅，听到这里，说："大姐，保姆就是保姆，可不是奴才的，大姐平日是把我当奴才看的？"牛月清说："这不干你事！"柳月说："骂人没好口，我不计较。可这事你就少说几句好了。你是好心，庄老师也说得有道理，要过生日冲一冲，叫几个相好的朋友来聊聊，喝顿酒也就罢了。你却贪大求红火，甬说地方小，大热天的人受罪，张扬出去，以为庄老师要怎么啦！"庄之蝶说："你听听，柳月都比你见识高！"牛月清气正没处泄，听了柳月的话，又受庄之蝶这么一揶揄，也上了火："我不如柳月嘛，柳月是怕做饭了，家里没一个人吃饭柳月就高兴了！"柳月说："我一上午跑了三个菜市，我是嫌脚小跑大了吗？我是保姆，命里就是给人做饭的，我哪儿是怕做饭了？"平日柳月是顺从着牛月清的，待她这般说了，牛月清倒觉得自己宠惯得她这么大，这般和她说话，气更不打一处来，就说道："那你就是两面派，商量的时候你怎么说的，这阵人家不同意，你就翻了脸儿向着他，他是你老师，是名人嘛！人常说，丈夫一旦把老婆不当人了，满天下的人都会来把你不当个人待的，这话真是对的！柳月你见识高，你说这事咋办呀？你说呀！你说呀！"噎得柳月就哭起来。庄之蝶一直坐在那里，气得脸色发青，见着柳月哭起来，一是觉得她毕竟是外人，二也有心要气牛月清，就一拍桌子说道："柳月，你哭什么，要折腾让她折腾，到那一日你跟我去文联大院那边，你只给你我做饭吃！"牛月清说："好啊，你能挣钱雇保姆么，你们要怎么就怎么去，这是合伙在整我么！丈夫丈夫不敢说，保姆保姆不敢说，我活的是什么份儿？我羞了我的先人嘛！"也放声哭起来。庄之蝶一时火更凶，正要发作，老太太颤颤巍巍又走出来，柳月忙去扶她，她推了柳月，手指着庄之蝶，嘴却哆嗦着说不出来。庄之蝶转身拉开门走出去，夜里歇到文联大院的房子去了。

庄之蝶在那边不回来，这边牛月清也不过去，两人较上劲儿，生日却是不再过了。柳月自那日吵闹，与牛月清有隙，心里倒多少生出幸灾之意，要看她的笑话，故每日十分讲究起收拾。逢有一帮文学爱好者来访，不卑不亢，也能自如应酬。末了，将要办之事，如重要来信、各报刊编辑部约稿函、有关社会活动的请柬，一一整理了，对牛月清说："大姐，这些得及时交给庄老师的，你送过去呀还是让我去送？"牛月清心里惊讶：她倒有这份心性，能耐真要比我还强？！就说："我不见他！"柳月就去了文联大院这边。庄之蝶见柳月来了，自然高兴。又见得各类函件整理得清清楚楚，身上的衣着穿着得这么艳，妆化得这么好，拉了她的手就说许多话，还要她做了饭再过去。这样，柳月自此两边跑动。牛月清虽是生庄之蝶的气，但庄之蝶毕竟是丈夫，见柳月如此穿梭，不说让去的话，也不说不要去。倒是常买些好吃的来，不做声儿放在篮子里，柳月就提了过去。

这期间唐宛儿来文联大院了几次，连门房的韦老婆子也记得了一个眼睛媚媚的爱笑的女人，问过庄之蝶那女的是不是个演员？庄之蝶就不再约她到这边多来，只去"求缺屋"。这一日落了一阵儿白雨，太阳又照出红来，空气潮潮的越发闷热。庄之蝶在"求缺屋"里等唐宛儿。左等不来，右等不来，拿了前几日两人为在这里观赏市容而买的望远镜看对面楼上的动静。那楼是一家刺绣厂的女工宿舍，一帮眼睛和牙齿都极好的年轻女子，八人一个宿舍，怕是下班才回来，都端了水盆擦洗。庄之蝶举镜看了看，女孩子都是穿了短裤，上衣也脱了，只是个乳罩，为着一件什么事儿，三个人搅成一团儿嬉闹。正看得有兴，那窗口就挂出一张报纸，上边用墨笔写了三个大字："没意思！"庄之蝶也脸上愧起来，忙走回房间来，把窗帘也放下了。这当儿才发现门道的一边有一个小小字条，捡起看了，竟是唐宛儿一早就塞进来的，而自己开门时未发现。字条上写道："告诉你一个好消息，周敏说，管文化的那个副省长下台了，宣传部长在那份声明拟文上批了'由厅里决定'，杂志社才坚持要所拟的这份声明刊登。景雪荫不同意，钟唯贤就说：不同意，咱也不刊登了！所以现在第二期杂志上就没刊登。"下边又一行是："我今日不能来了，周敏的一个朋友从潼关来了，为我们传递老家的情况，我和周敏得做饭招待人家，我是借了买菜的空儿来给你打招呼的，你原谅我。"庄之蝶长出了一口气，管文化的副省长倒了，真倒的是时候。牛月清要过生日来冲晦气，过生日就能冲了晦气？如今不过，好事不也就来了吗?！只遗憾唐宛儿不能来，要不与她在这里要好好吃些酒的，就不觉作想了吃了酒后他们要做些什么事情来的，想入非非，身下勃动，于是剥了衣服，竟自个儿动作起来……（此处作者有删节）一时神魂癫迷，出了许多秽物出来，用那字条儿来擦，却发现字条儿背面又是一句话："再告诉你个不好消息，听周敏说，孟老师的一只眼睛瞎了。"登时吓了一跳，整好衣服，洗了脸面，急急往孟云房家来。

孟云房果然是一只眼睛瞎了。但瞎得十分出奇，表面上一切都好好的，他也感到不疼不痒，就是没有了视力。孟云房并不悲观，还笑着说："昨日早晨起来发现的，去医院看医生了，什么也查不出来。之蝶呀，以后做什么骗我的事可得小心，我现在是一目了然了！"庄之蝶还是为他伤心，劝他一家医院看了不行，多跑几家看看嘛。孟云房说："孙思邈在世也医不了的，你知道这是为什么吗？我近日研究《邵子神数》有进展了！你来试试。"就从桌下取出一个皮箱，皮箱里是高高三摞线装书籍，说："你是五一年夏七月二十三的下午八时的生辰年月吧，你等着，等计算出一组数字来，你动手去查吧。"庄之蝶被他弄得莫名其妙，看着他列出三个四位数字，照他吩咐的查法去翻阅那线装书籍，果然查出三首诗句来。

179

之一：

剪碎鹅毛遇朔风，雪里梅花竹更清，

　　　　生辰正闰夏七月，二十三日身降生。
　　之二：
　　　　鸿雁迷群泪纷纷，手足宫中寿不均，
　　　　兄弟三人分造化，内中一人命归阴。
　　之三：
　　　　父命属猪定仙游，乾坤爻相有相争，
　　　　二亲宫中先丧父，母亲相同寿退令。

　　庄之蝶一一看了，只惊得目瞪口呆，叫道："天下还有这等奇书！我的什么情况都写在上边了。"孟云房一合书籍说："我以前给你说，你总是不信。这书在《易经》数典中是最神奇的一部，它失传了几百年了，许多算卦高手都是听说过没有见过的。据智祥大师说，西京皇城图书馆是有过一部的，当年康有为来西京，到处要看稀世文物，临走偷了几件东西，皇城图书馆和孕璜寺只发现被他偷了一枚砚台和一册经本，就上书陕西督军。督军下令派人去追索，快马直追到潼关才追上，硬着脸面索要回来，这事当时惊动了全国。但后来竟又发现少了一书，一查书目，才知是多少人觅寻不到的《邵子神数》，便知是康老夫子盗走了。康有为死后，谁也不知此书下落。大前年台湾有一高人，自称有一套《神数》，却只有《神数》没有《神数》查解法，曾到大陆走访了十三个省市，也是空手而归。现在我倒是有了！"庄之蝶说："说得这么玄乎，怎不见你咋呼过？"孟云房说："你别以为我是咋咋呼呼的，那也要看什么事情。我告诉你，你得严加保密，这书是北郊一个六十二岁的老者的。老者闭口不提书的来历，听说他是满族，是正红旗的后人，这书必是从皇室什么地方弄出来的。老者对此书几十年秘不示人，也是没有查解之法，苦苦研究了十八年不可知。后来从智祥大师那儿认识了我，几经接触，才透出口气让我来查解。我现在刚能入得一步，弄懂了将生辰年月如何转变为四位数，所查出的也只能是你生于何年何月，你父母十二生肖为甚，兄弟几人，妻娶何氏。后边还有生前为何所变，死后又变何物，在生之时哪年有灾哪年有福，何日发财何日破损，官居几品名重几级，但我却全然不懂查解之法。此书开首就讲'天机泄露，则瞑目哑言'。我是入了此一步，这眼就瞎了。"一席话说得庄之蝶倒害怕起来,说:"那就不要看这等书。"孟云房说:"怎么不看?不解此书人目明亮,人目却只看到现实世界;解了此书人目瞑盲,却能看到未来世界,这哪头重哪头轻?!所以眼瞎之后,我去医院查不出原因,心里倒是高兴,知道我是真正解开了一点天书,回来越发地精神,日夜研究,只可惜再无进展。"庄之蝶到了这时,便也说道:"你既然乐于此道了,那给我再查查,看我的妻室如何?"

孟云房就又计算半日,列出一个四位数来,一查,上面竟是写道:

> 庭前枯木凤来仪,禄马当求未见真。
> 好将短事求长事,闻听旁人说是非。

庄之蝶问道:"这是什么意思?看来是月清,又好像不是月清?"孟云房说:"这我也说不上来的。"庄之蝶又问:"你查过咱所认识的这些人吗?"孟云房说:"你瞧瞧这个。"从一本书里取出一张纸来,交给了庄之蝶。庄之蝶却展读不懂。

孟云房说:"这是我给我老婆查的,一点没错,她命里是要嫁两回的。别的人我倒不知生辰年月。"庄之蝶说:"那我说出三个人的。一个是唐宛儿,五七年三月三日亥时生人。一个是柳月,六三年十二月十八卯时生人。一个是汪希眠老婆,五〇年腊月初八酉时生人。"孟云房一一查了,奇怪的是每人只能合出一个四位数来,且不是了七言律词的格式。

唐宛儿的是:

> 湖海意悠悠,烟波下钓钩。事了物未了,阴图物未图。

柳月的是:

> 喜喜喜,终防否,获得骊龙颈下珠,忽然失却,还在水里。

汪希眠老婆的是:

心戚戚，口啾啾，一番思虑一番忧，说了休时又不休。

　　庄之蝶说："怎么上边全没有写到她们的婚姻之事？"孟云房说："婚姻怕只是在别的四位数里查到的，但依她们的生辰年月，我只能查出这些。"庄之蝶遗憾了半日，却又想：这倒好，如果都让我知道了，也是可怕之事。如果一切都是命运决定，牛月清若将来不属于我，那我与她如此这般还罢了；若将来与我白头到老，这就怎么了结双方？若唐宛儿能最后嫁我，这倒也罢了；若还是嫁了别人，我岂不明知两头落空还能与她再一个心思吗？还有柳月，还有汪希眠老婆，甚至以后还会遇到什么人呢？……按《邵子神数》上看来，人的一生，其实在你一出生之时一切都安排好了，那么我所取得的成就，所有的声名，以及与身边这些女人的瓜瓜葛葛都是命该如此，也就没了多少刺激。想到这里，庄之蝶倒后悔不该查了这部书的，就说："不查出也好，你永远都不要查所熟悉的人，今日这事也谁都不必告诉。"孟云房说："应该是这样。要不你也知道得太多了，也是眼睛不瞎就哑言的。你不比我，你现在正是日在中天，好好活你的快活是了！"庄之蝶只是摇头："我还活得快活？！"

　　约摸过了一个时辰，夏捷黑水汗流回来，问候了庄之蝶，就一屁股仄卧在了沙发上，叫喊累坏了，让孟云房点一支香烟给她吸。孟云房点了给她，庄之蝶说："你也吸开烟了？"夏捷说："你们男人家能享受的我也要享受享受！云房，今日吃什么，饭做好了吗？"孟云房说："之蝶来了，我们要说话的，哪儿有空做了饭？你给我们下些面条吧。"夏捷说："你在家凉房子里坐了一上午，倒叫我去做饭，我不去！"孟云房说："不去也好，我去街上买些凉面皮子来吃。"拿盒儿出门去了。孟云房一走出门后，夏捷就对庄之蝶说："你一定认为我在家太霸道了吧？我近日在家故意甚事也不干的。你不知道他现在一天到黑只是钻在那《邵子神数》里，人也神神经经起来，我说他，他根本不听。先是把智祥和尚当神敬，后又是说慧明那尼姑如何了不得，现在认识了一个北郊死老头子，又崇拜得不得了，他是一个时期没个崇拜对象就不能活了！"庄之蝶就笑了，说："现在不去那神魔保健品厂去当顾问了吧？"夏捷说："早都不当了！你瞧瞧那床下，扔了一堆神功保元袋的。他当时写那些产品介绍，说保元袋里有麝香、有冰片、有虎鞭，我就说了，一家保健品厂一天生产那么多袋子，你是哪儿得来的虎鞭，一只虎一条鞭，能装几个袋子？你是在床下养着老虎还是上东北长白山捕的，你不怕公安局来查你滥杀国家稀有动物的罪吗？！"庄之蝶就哈哈大笑起来。孟云房端了凉面皮子进来问笑什么的这么开心？夏捷对庄之蝶说："不告诉他，笑可笑之人！"孟云房也不再追究，三人开始吃饭。

吃罢饭，孟云房却要和庄之蝶出去，恼得夏捷不理。出了门孟云房就活跃起来，却要求庄之蝶用摩托车带他去一趟北郊的小杨庄，说是那位老者就住在那里。又说这老者如何神奇，好些年四处云游，寻访各地易林真人，从人家那儿打探有关懂得《邵子神数》查解之法，而他之所以能入了门儿，也是老者听了一位摸骨老太太的一句口诀才回来告诉他的。庄之蝶也有心要看看这老者是什么人物，带了孟云房一路风刮一般向城北驶来。

小杨庄村子并不大，庄口一幢小楼，楼上凉台上正站着了一对年轻男女。女的正携了小儿吃奶，男的说："你吃不吃，你不吃爹吃呀！"果然就去很响地咂了一口。女的就说："你爹不要脸！"便逗着孩子说儿歌。说的是："二十三，祭灶官。二十四，扫房子。二十五，磨豆腐。二十六，蒸馒头。二十七，杀公鸡。二十八，贴窗花。二十九，封粮口。三十熰蹄儿，初一脚蹬儿。"庄之蝶就瓷眼儿往上看。孟云房说："这是老者的儿子儿媳。小两口逗趣儿，你卖什么眼儿？"庄之蝶说："我是听那儿歌的。那后边的词儿多好！三十怎么是熰蹄儿，初一却脚蹬儿？"孟云房说："年三十是烧了热水洗脚剪指甲换新鞋呀；初一早晨小孩要给大人磕头，磕头时脚是要蹬的呀！"庄之蝶说："好，好！这女的一口河南腔说这词儿，蛮押韵中听嘛！"孟云房就向凉台上问："你爹呢？"那男的说："在哩！"孟云房就领庄之蝶进了院子，径直往楼下北边的一间屋去，果然一老头就在那里独自吃茶哩。庄之蝶进去，老者并没有站起，只是欠身让了座，将一只满是茶垢的杯子递过来，悄声地就和孟云房说开来。庄之蝶看看房子，房子竟没一页窗户，黑咕隆咚，散发一种臭味。一张床上、桌上，到处是线装古本。孟云房说："这是我一个堂弟，不妨事的，您老大声说好了！"老者又看了庄之蝶一眼，说："你抽烟。"在身上找起来，找不出来，拧身伸手在床上的一堆乱被中摸，摸出一包来扔给了庄之蝶，声音还是不大地说："我去了渭北三次，那人就是不拿出书来让我看。第四次去，他说看是不能看的，看是和买去了一样的。我就说，我可以买，你说个价吧。那人说，我现在需要盖房子，得二十万。我说这么多钱我可拿不出的，给你四万吧。他说四万太少。与我讨价还价，我加了五千。我也只能拿出这么多。前日下午又去，他却变了卦，我就没有回来，再谈了一夜，我说你又没个神数书的，存下这二十三句口诀有什么用场？他说，是呀，你又没有这二十三句口诀，有那部书还不如有一本《辞源》《辞海》！他说得也是。我就说等查解出来，我复印一套书送你。第二天早上，他同意了，我给了他四万五千元，他拿出一个小册子，却失声痛哭，说自己是不孝之子，把祖上留下的这宝贝给人了，哭得直不起腰来。"老者就取出一个樟木小匣，从中取出只有四页的小手抄册子，却附在孟云房耳边叽咕。孟云房说："没事的，我还得坐他摩托车回去的。等一有进展，我立即就来。"老者说："你不要来，我明日下午或许就去你那里了。"

两人告辞出村，孟云房说："之蝶，你觉得老者怎样？"庄之蝶说："我不喜欢这号人，太诡。"孟云房说："他防你的。我没说出你的名来，他冷淡你了。"庄之蝶说："这下你得双目失明了！"孟云房说："也说不上这口诀是真是假，我能不能转化了口诀？要是眼睛真的全瞎了，夏捷怕就要离我而去的。"庄之蝶说："你不是给她查了，她只改嫁一次吗？"孟云房说："就是不走，也会恶声败气待我。你到时候可多来看我。"庄之蝶说："没问题的，她真要那样，我送你去清虚庵，慧明不是待你挺好吗？"孟云房说："她升了监院就不比先前了。为了庵的拨款，我给她介绍了黄德复，她现在有事就直接去找姓黄的，见了我只对我念阿弥陀佛，正经是个佛门人了。"庄之蝶笑道："人家当然是佛门人，我只怕你破了她的佛身。"孟云房倒嘿嘿地笑着不语。瞧着孟云房那么个神气儿笑着，庄之蝶心里倒有些不舒服起来，眼前浮现了几次穿着金箔袈裟的慧明形象，摩托车险些骑到路边的水渠里。到了北城门外，前边是横亘的铁道，庄之蝶突然问："这里不是道北吗？"孟云房说："是道北。"庄之蝶说："尚俭路在哪儿？"孟云房说："进了北城门往东走不远就是。"庄之蝶说："太好了，我领你去见见一个女的。"孟云房说："你还在这里蓄着一个女人呀！"庄之蝶说："快闭了臭嘴！"如此这般说了钟唯贤的事，又说了阿兰留的地址，路过这里何不去问问阿兰把那信发了没有，打听到宿州的情况如何，说得孟云房连声念叨庄之蝶心好。就到了尚俭路寻了那条叫着普济巷去。

没有想到，尚俭路以西正是河南籍人居住区。刚一进普济巷，就如进了一座大楼内的过道，两边或高或低差不多都是一间两间的开面。做饭的炉子，盛净水的瓷瓮，装垃圾的筐子，一律放在门口的窗台下，来往行人就不得不左顾右盼，小心着撞了这个碰了那个。三个人是不能搭肩牵手地走过的，迎面来了人，还要仄身靠边，对方的口鼻热气就喷过来，能闻出烟味或蒜味。庄之蝶和孟云房停了摩托车在巷口，正愁没个地方存放，又担心丢失，巷口坐着的几个抹花花牌的老太太就说："就放在那里，没事的。西京城里就是能抬蹄割了掌，贼也不会来这里！"孟云房说："这就怪了，莫非这巷里住了公安局长？"老太太说："甭说住局长，科长也不会住这巷子的！巷子这么窄，门对门窗对窗的，贼怎么个藏身的？巷这头我们抹牌，巷那头也是支了桌麻将，贼进来了，又哪里出得去？"庄之蝶就说："一条巷一家人的，这就好。你老人家知道不知道有个阿兰的姐姐住在这里，是个安徽人的。"老太太说："安徽人？这里哪有安徽人？"另一个老太太说："穆家仁的媳妇不是安徽人吗？"这老太太就说："你怎不说是河南人的媳妇呢？穆家仁的媳妇怎不认识！她是有个妹妹也来住好久了，那可是这巷子里两朵花的。你们哪儿的？是亲戚？同学？"孟云房说："同事。"老太太说："二十七号。记住，二十七号呀，二十七号和二十九号门挨门的，别走到二十九号去。这个时候，人家二十九号新夫妇睡觉的，别推门讨个没趣。"两人就笑着往里走，听见老太太还在说："穆家的门风怪哩，代代男人憨木头坯子，屋里人却一辈比一辈的俊俏！"查着门牌走过去，热得两人如进了火坑。一个女人就赤了上身，有五十多岁吧，头发胡乱地拢在头上，额上出了痱子，又敷着厚厚的白粉，两个已经瘪了的布袋奶吊在胸前，于一家拉严了窗帘的窗前喊："阿贵，阿贵，阿贵你是死了？！"屋里半天不语，有女声说："阿，阿，阿贵，贵，不，在，在，在哟，哟——哟！"庄之蝶先是不解这声音怎么啦，那女人骂道："噢，阿贵不在？阿贵能不在？！我说大热天的窗帘拉得那么严，你们不怕肚皮出痱子？你们忙吧，我走啦，一会儿完了事让阿贵借我一缸浆，我要做'漏鱼'啦！"庄之蝶也就知道那声音的内涵了，偷着笑了一下。一直走到巷中间，二十七号门口蹲着一个男人洗衣服，庄之蝶问："这是二十七号吧？"那男人说："二十七号。"又问："阿兰是不是住在这里？"男人抬头还看着他们，屋里有声传出来："谁呀，阿兰是住在这里！"男人就把盆子挪了挪，放他们进去。一进去，迎面一个大床上坐着一个穿睡衣的女人，正抱了脚剪指甲。脚娇小秀美，十个指甲涂着红，抬了头来，却不是阿兰。孟云房掏了名片递过去，介绍说："这一位是作家庄之蝶，他认识阿兰。"女人出溜儿下了床来，眼幽幽地看着庄之蝶就叫道："哎呀，这是什么日子呀，这么大的人物到这里来了！"一边抓床上的一件衫子往身上套，一边说："怎么还不坐下？家仁，你看这是谁来了，你还瓷在那里不倒了水来！这是我丈夫。"穆家仁回头笑着，脸很黑，牙却白，一手肥皂沫。女人就说："你瞧我这男人，他只知道在家里洗呀，涮呀，没出息的，让你们见笑了！"穆家仁脸就黑红，窘得更是一头水，讷讷道："我不洗，你又不洗的！"女人说："瞧你说的，你要是有庄先生这份本事，我天天供了你去写作，屋里一个草渣渣也不让你动！"庄之蝶就圆场："我那么金贵的？在家还不是常做饭洗衣的！"女人说："哪能这样，这你夫人就不对了，她累是累些，可身累累不着人，心累才累死人哩！"穆家仁把茶沏上了，还是笑笑就坐在一边去。女人拿了扇子给庄之蝶和孟云房扇，说房子小，没个电扇。男人是建筑队的绘图员，在那桌上画图；孩子要在那缝纫机板上做作业，一开电扇，满屋的东西就都要飞起来，所以她也便没买的。庄之蝶不好意思让她扇，拿过扇子自个儿摇动。女人说："找阿兰呀，我是阿兰的二姐，叫阿灿的，阿兰那日回来对我说过见了你，我还不信，那么大的人物就让你见了？阿兰后来回来就拿了你的信，说是你夫人交给她的，让我发给我大姐，我这才信了。我却不懂，怎么又让我大姐把信邮回西京？"庄之蝶说了原委，问："宿州那边不知有没有消息？"阿灿说："大姐来了信，说有个叫薛瑞梅的女人，先是在第一中学教书，当了几十年右派，平反后三年里就早死了。"庄之蝶听了，不觉伤心起来，想钟唯贤精神支柱全在这薛瑞梅身上，他要知道人已死了，老头将要一下子全垮下来的。就说：

186

"云房，这事你千万不要说出去；阿灿你也不要说，说者无意，却不知什么时候就传到钟主编耳里，那就要了老头的命了！现在看来，我得继续代薛瑞梅给钟唯贤写信，你帮我邮给你大姐，让她再换个信封，就写上她家地址再邮回西京。要不，钟主编还是给老地址去信，前几封没退回来怕是丢了，若再有一次两次退回来，他就要疑心哩。"阿灿说："你这般善心肠，我还推辞什么？你要写了信，你有空拿来，或者我去你家取。"庄之蝶说："哪能让你跑动，我那儿离阿兰单位近些，我交给她好了。"阿灿说："那也好，只是阿兰近日不常去厂里，她不是在设计公厕吗，整日跑跑磕磕的。"庄之蝶说："设计还没完？"阿灿说："谁知道呀！一个公厕么，她精心得好像让她设计人民大会堂似的！这几日回来，说那王主任三天两头叫她去，但方案就是定不下来，愁得她回来饭也少吃了，爬上楼就去睡。"庄之蝶这才注意到墙角有一个梯子，从梯子爬上去是一个楼，阿兰是住在楼上的。便说："这楼上怕还凉些。"阿灿说："凉什么呀，楼上才热的！本来有窗子可以对流，可巷对面也是一个小楼，上面住着两个光棍，阿兰就只好关了窗子。人在上边直不起腰，光线又暗，我每日熬绿豆汤让她喝。我说你快嫁个人，嫁个有办法的，就不在我这儿受罪了！她只说她现在这个样子，一嫁人就什么也干不成了就完了。唉，这我年轻时心比她更盛，现在百事不成，还不是活着？！"

这当儿，巷道有人用三轮车拉炭块，门口的洗衣盆把路挡了，叫着挪盆子喽，穆家仁赶忙出去挪了盆子，又把盛污水的桶提了进来，三轮车才过去，桶再提出去。穆家仁没事，也没话，就又在盆里搓洗起来，阿灿便让他出去买些熟食来，要让客人在这儿喝酒。庄之蝶赶忙谢绝，阿灿却恼了："嫌我们管不起一顿酒吗？嫌不卫生？"还双手按了庄之蝶的肩要他实实在在坐下，随手掸掉了庄之蝶后领上的一点尘土。

酒就在阿灿家喝了，无外乎有一些猪肝、肚丝、猪耳朵、竹笋和蘑菇，阿灿又烧了一条并不大的鱼。鱼在门外的炉子上煎时，香气就弥漫了半个巷，对门的房子里有孩子就嚷道要吃鱼。庄之蝶从门里看去，对门窗里是一个老太太在擀面条，也是赤了上身，两个奶却松皮吊下来几乎到了裤腰处，而背上却同时背着两个孩子。老太太说："吃什么鱼，没长眼睛瞧见阿灿姨家来客人吗？吃奶！"便白面手把奶包儿啪啪往肩后摔去，孩子竟手抓了吸吮起来。阿灿便盛了一碗米饭，夹了几块鱼走过去，回来悄声说："你们一定要笑话老太太那个样子了，听说她年轻时可美得不行，光那两个奶子馋过多少男人，有两个就犯了错误了。现在老了，也不讲究了，也是这地方太热，再好的衣服也穿不住的。"

喝过酒，四人又说了一阵话，穆家仁洗刷了锅碗就要上班去，庄之蝶和孟云房也要走，穆家仁按住说："你们急什么，我是上夜班，不去不行的。你们谈你们的，晚上在这儿吃我们河南人的浆面条。"庄之蝶说："哪能吃个不停，以后来就不让吃了。"阿灿说："我知道的，你是嫌男人不在家避嫌吧？心里干净，男男女女睡一个床上也没个啥！"说得庄之蝶和孟云房脸脖赤红，只好待下。穆家仁走了，阿灿问你们怎么来的，车子放在哪里？知道了骑的是摩托车，就让孟云房去推过来，免得老太太们回家去了没人照看。孟云房一出去，阿灿明亮亮的眼睛就看着庄之蝶，说："你说实话，是真的要走，还是不好意思的话？"庄之蝶就嘿嘿嘿地笑，说："你待人好实诚，虽初次认识却觉得关系很熟了，很近乎的。"阿灿说："真话说了中听。你不知道，你能来我多高兴，要不嫌弃了，你就多待会儿，我去隔壁先借包瓜子儿来嗑。"说完就走出去。孟云房回来，庄之蝶说："你觉得阿灿怎么样？"孟云房说："天生丽质，性格也好。"庄之蝶说："我倒少见过这种女人，她长得比阿兰大方，更比一般女子少了脂粉气。女人没脂粉气，如士没有刀客气、僧没有香火气一样可贵可亲！"孟云房说："你又喜欢她了？"这时阿灿进了门，一人一把抓了瓜子儿让嗑了，说："阿兰很晚才回来的，你何不就在这里再给钟主编写一封信，明日我就拿到邮局给我大姐寄了。钟主编那么个处境，多一封信就能多活一个年头的。"孟云房说："阿灿也有这份体会。"阿灿说："将心比心嘛！只是我年轻轻的，倒没个写信处，也没个信写来。"孟云房说："像阿灿这么好人才好气质的，哪有没写了信来的？"阿灿说："人都这么说的，可正是这脸面和气质害了我！年轻时心比天高，成人了命比纸薄，落了个比我高的人遇不上，死猫烂狗的又抖丢不离。哪里像你们？"孟云房说："都一样的，庄先生信倒不少，都是求写作窍道的，没见他说过有女的找他。"阿灿说："恐怕是庄夫人漂亮，女孩儿们自己掂量了，就不敢去了。"孟云房说："夫人倒还一表人才。"阿灿就笑道："这就好了！"孟云房说："好了什么？"阿灿说："你要说庄夫人人才不好，我倒丧气了！你想想，别的女人见了庄先生，保准都有一份好感，说是为了啥，怕是谁也说不清；若听说庄夫人丑了，她就觉得庄先生标准太低，要爱上他也觉没劲儿的。"孟云房说："你这想法倒怪，一般爱上一个男子，盼不得那男子的老婆丑，才有攻破的希望的。"庄之蝶就直摆手，说扯到哪里去了？！却看着阿灿说："阿灿真可惜是这巷子的。"阿灿说："也没什么可惜的，这世上多是甲女配丁男么！人常说金子埋在土里终究也是金子，当然不是我就是什么金子，可即就是块金子，把你埋在土里了你是金子又有什么用？铁不值钱，铁却做了锅能做饭，铁真的倒比金子有了价值的！我现在宽心的是我还有个好儿子，儿子一表的人才，脑瓜儿也聪明。"孟云房说："儿子呢？"阿灿说："上初中了，晚上回来晚，学校加课的。我希望全在他身上了，我必须叫他将来读大学了再读博士生，然后到国外闯事业去！"庄之蝶心里不是个滋味，说："你这么年轻的，正是活人的时候，若一门心思在孩子身上就……"阿灿笑了一下，笑得很硬，低头在桌面上看了一下，看着桌面一层灰，拿抹布去抹了，说："你说得对着呢，可你不懂……"又笑了一下，说："我曾经给阿兰说我过去在新疆饿过肚子，阿兰说她也饿过。可阿兰是一次出差到山里去，走了一天的路没吃一口饭，而我是怎么饿肚子呢？我是真正吃了上顿还不知道下顿吃什么，家里穷得没了一把米！都是饿过肚子，那情况不一样哩！"庄之蝶说："我懂的……"孟云房一旁听着，心里似乎明白了什么，又不明白，只觉得他们能谈在一起，就说他用摩托车去城里办个事的，让庄之蝶在这儿写信等着，两个小时后回来的。不容分说，出去开了"木兰"就走了。

孟云房一走，庄之蝶多少又有些不自然了。阿灿说："你现在就可安心写信了？"庄之蝶说："写的。"阿灿取了纸和笔，把桌上乱七八糟的东西一下子拥到一边，让庄之蝶坐了，她说她不影响，坐在那里看会儿书的。庄之蝶一时入不了境界去，连开了几个头，撕了，阿灿就说太阳晒吧，过来拉了窗帘，又怕他热，在后边给他摇扇。庄之蝶忙说不用的，寻着了感觉写下去。一写下去竟带了深情，如痴如醉。阿灿在床头看了一会儿书，拿眼就静静地看庄之蝶在那里写信的样子。不知过了多久，庄之蝶写完了，回过头来，见阿灿呆呆地看着他发愣。他看着她了，她竟也没有觉察。就说："写完了。"阿灿冷不丁一怔，知道自己走了神儿，脸倒羞红，忙说："完了？这么快就完了？"庄之蝶在这一瞬，心想，这么半天了还没见她羞过的。阿灿就走近来，说："你能给我念念吗？"庄之蝶说："怎么不能念的！你听听，有没有你们做女人的味，我真担心钟主编看出是假的。"就念起来，整整三页，庄之蝶念完了，猛地发现在面前有一只白白嫩嫩的洁净的手，五指修长，却十分丰润，小拇指和无名指紧紧压着桌面，中指和食指却翘着，颤颤地抖动。才知道阿灿什么时候就极近地站在自己身边，一手扶了桌上，一手在他的身后轻摇了蒲扇儿。他抬起头来，头上空正是阿灿俯视着的脸，双目迷离，两腮醉红。庄之蝶说："你觉得怎么样？"阿灿说："我恍惚觉得这是给我写的。"庄之蝶一时冲动，哑了声叫了一句："阿灿！"阿灿说："嗯。"身子就摇晃着。庄之蝶握笔的手伸过去，在拿笔的手扶在阿灿的腰际时，身子同时往起站，于站起未站起的地方，俯下来了一张嘴接住了上来的一张嘴，那笔头就将墨水印染了一点黑在阿灿的白衫上。两人抱在了一起，把一张藤椅也撞翻了。庄之蝶说："阿灿，这是我写得最好的一封信，我是带了对你的好感之情来写的。"阿灿说："真的？你真的喜欢我？"庄之蝶又一次抱紧了她热吻，他不想多说，也不需要说，他以自己的力量以自己的狂热来表示他对她的同情和喜欢。阿灿在他的怀里，说："你不知怎么看我了，认做我是坏女人了。我不是，我真的不是！你能喜欢我，我太不敢相信了，我想，我即使和你干了那种事也是美丽的，我要美丽一次的！"她让庄之蝶坐好，又一次说她是好女人，是好女人，她当年学习很好，但她家成分高，她从安徽去新疆支边的，在那里好赖找了穆家仁，前几年一块儿又调到西京的。她现在日月过得很糟很累，是个小人物，可她心性还是清高。她是不难看的，有一副好身架，脸子还算白嫩，可她除了丈夫从未让任何人死眼儿看过她，欣赏她。庄之蝶说："阿灿，我信你的，你不要说了。"阿灿说："我要说的，我全说给你，我只想在你面前做个玻璃人，你要喜欢我，我就要让你看我，欣赏我，我要吓着你了！"竟把衫子脱去，把睡衣脱去，把乳罩、裤头脱去，连脚上的拖鞋也踢掉了，赤条条地站在了庄之蝶的面前。庄之蝶并没有细细地在那里品赏，他抱住了她，不知怎么眼里流出了泪来。阿灿伸了手来擦眼泪，说：

"你真的被我吓着了？！"庄之蝶没有说话，待阿灿在床上直直地睡下了，他也把自己的身子交给了阿灿。阿灿轻声叫起来："你真的喜欢，你真的喜欢我么？"……（此处作者有删节）阿灿把他拉下去，他只闻到了一股奇异的香。阿灿说："我是香的，穆家仁这么说过，我的儿子也这么说，你闻闻下边，那才香哩！"庄之蝶趴下去，果然一股热腾腾的香气，就觉得自己是在云雾里一般。（此处作者有删节）阿灿咬了牙子喊疼，庄之蝶就不敢，真怕伤了她。阿灿说："你怎么觉得好，你只管你的好。生儿子时，医生说我的骨盆比一般人的窄，还怕生不下孩子的。"庄之蝶又慢慢地试探着。她摇摇头，就只是笑。说说话话的，待庄之蝶说他要排呀，阿灿让他排在外边。（此处作者有删节）阿灿说："让你排在外边，是因为我是没带环的，我怕怀孕的。"说着，又双手搂了他去，紧紧抱了睡在一起，突然脸上抽搐，泪流满面。庄之蝶赶忙就要爬起来，说："阿灿，你后悔了吗？是我不好，我不该这样的。"阿灿却又扑起来搂了他躺下，说："我不后悔，我哪里就后悔了？我太激动，我要谢你的，真的我该怎么感谢你呢？！你让我满足了，不光是身体满足，我整个心灵也满足了。你是不知道我多么悲观、灰心，我只说我这一辈子就这样完了，而你这么喜欢我，我不求你什么，不求要你钱，不求你办事，有你这么一个名人能喜欢我，我活着的自信心就又产生了！我真羡慕你的夫人，她能得到你，她一定干什么事情都干得成功，干得辉煌，我嫉妒她，太嫉妒她了！但你相信，我不敢去代替她，也不去那么想。我和你这样，你放心，我不会给你添任何麻烦和负担的！"

庄之蝶从没有听到过女人给他说这样的话，他爬起来，擦干了她的眼泪，说："阿灿，我并不好，你这么说着倒让我羞愧！"就坐在那里，木木呆呆起来。阿灿却说："我不要你这样，我不要你这样！"再一次把他抱住，头倚在了怀里。两人静静地坐了会儿，阿灿轻声问："你想抽支烟吗？"手就去床头的烟盒里抽出一支，叼在嘴里点着了，取出来塞在庄之蝶唇上。庄之蝶却取下了，说："你让我能再闻闻你的香吗，让你的香遮遮我身上臭气！"阿灿温顺如猫地睡平了，庄之蝶就跪着，从头到脚又吻着闻了一遍。他告诉了阿灿"求缺屋"的地址，他希望他们还能见面，阿灿满眼泪光地答应着。

　　西京大雁塔下有个名字古怪的村子，叫爻堡，人人却都能打鼓。相传，爻堡人的祖先是秦王军中的一名鼓师，后落居在此了，鼓师的后代为纪念祖先的功德，也是要团结了家族，就一直以鼓相传，排演"秦王破阵"的鼓乐。世代的风俗里，二月二是龙抬头的日子，在爻堡却是他们的鼓节，总要打了一面杏黄旌旗，由村中老者举旗为号，数百人列队击鼓去城里大街上威风。那时街上店铺图吉祥，鼓队所到之处，便将三尺三寸红绫缚于带旗人的头上，千支头万支头的鞭炮放得天摇地动。到了这些年，形势衍变，爻堡人仍是击打鼓乐，却以鼓乐为生。城南郊区的农民经营企业，一有新开发的产品要宣传，突破了多少万元要报喜，就请爻堡人的鼓乐。因此上，城墙圈内的市民不光在二月二满街跑着瞧鼓乐队，平日一听得鼓响，就知道那又是城郊农民发了业了，有了钱了，来城里张扬显夸的，就潮水般地涌了去看。

　　这一日是星期天，鼓乐又在街上击响，声势比往昔又大了许多。牛月清和柳月先是在家里缠毛线团儿，鼓点子就惹得心里慌。双手框着毛线束儿的柳月不时地走神儿，牛月清骂句"猴沟子你坐不稳！"却收了毛线，要柳月去拿了她的高跟鞋来，说要看咱都看去。两人就收拾了一下头脸，来到街上。街上人山人海的只是走不过去。柳月就牵了牛月清的手，跃过了行人道栏，只从自行车道里避着车子往前走。牛月清挣脱柳月的牵扯，嫌不雅观，却又喊："柳月，你走那么快，是急得上轿吗？"牛月清只说庄之蝶赌气住了文联大院那边，一两日即回来的，没想到许多天日不见踪影，自个儿心就有些软了，却也要长一口做夫人的志气，硬撑着也不去的。这样在家待得烦闷，也寻思丈夫往日嫌其不注意收拾，就买了几件新衣，把平日穿的并不旧的衣裳全给了柳月，今日看鼓乐出来穿了一双尖头高跟皮鞋，走不到一会儿，已憋得脚疼，只恨柳月走得快。柳月返回来，只好放慢脚步，说："这鼓乐队我可没见过，陕北乡里逢年过节闹社火，但鼓也没敲得这么紧的，把人心都敲得跳快了！"牛月清说："街上看鼓乐是要看的，但不仅是看鼓乐，还要看看鼓乐的人才有意思呢！"柳月这才注意街上的人物怎么这般多，都穿戴这般鲜艳。便立即发现了有许多人瞅着自己看，悄声说："大姐，你好漂亮，人都看你的。"牛月清说："看我什么，老太婆了谁还看的，是看你哩！"

柳月虽穿的是夫人送她的旧衣，但柳月是衣服架子，人又年轻，穿着并不显旧，更比新做了的衣服合体。听了夫人的话，知道街上人在看着她，偏高扬了头脸，不左顾右盼，只拿眼角余光扫视两旁动静，将那一副胸脯挺得起起的。牛月清说："柳月，不要挺得那么起！"柳月就哧哧地笑。好容易挤到钟楼下，鼓乐队从东大街就开过来，围观的人更多。两人跳上了一家宾馆门前的喷泉石台上，便见三辆三轮车并排驶着，一个巨大的标语牌就横放在那三轮车上，牌上金粉写了"101农药厂厂长黄鸿宝向全市人民致意！"三辆三轮车后，是一辆三轮车上站着一个黑胖汉子，笑容可掬，频频向两边人群挥手。再后又是四路三轮车纵队。两边的车上是钹手，持着黄铜黄系儿的响钹；中间两排车上各架一面大鼓，红色鼓圈，焦黑泡钉，而所有人都是右肩斜着到左胯，挂了黄边红绸绶带，上写"101农药厂报喜队"。阳光底下，两边的铜钹在手中猛拍三下，呼的一声双手高举，将钹一分，齐刷刷一道金光闪耀，那击鼓人就里敲三下，边敲三下，在空中绾了花子，一槌却在空中停了，一槌落下，如此数百人动作一律，鼓钹交错有致，早博得街上两边看客齐声喊好，掌声不绝。牛月清看了半会儿，突然说道："瞧那黑丑汉子，像毛主席检阅部队的，现在有钱，什么格儿都可以来了！那人我是认识的，到咱家去过的。"柳月说："我说怎么眼熟的？我记起来了，他这般威风，到咱家对庄老师却龟孙子似的！"突然叫起来，"哎，哎——"牛月清说："胡叫什么，尖声乍语的像个什么！"柳月说："那不是唐宛儿吗？"牛月清看时，人窝里正是唐宛儿和夏捷，两个人容貌美艳，服饰时兴，显得非常出众。听见叫声，唐宛儿的一颗头转轴似的扭着四周看，终于看到了这边，就叫道："柳月，你和师母也看热闹了，庄老师没来？"两人就挤过来，跳上石台，拉手攀肩，嘻嘻哈哈不停。这边原本花团锦簇，笑得又甜，早惹得众人都拿眼光来瞅，便有一帮闲汉在那里冲了她们笑。四人忙避了眼。听见一个人说："小顺，小顺，你没听见吗，你魂儿走了吗？"一个说："瞧，四个炸弹！"柳月听着了，悄声问夏捷："炸弹是什么？"夏捷说："就是说你能把他震昏！"柳月就捅了唐宛儿的腰，说："你才是炸弹的。今日打扮得这么娇，让谁看的？美死你！"动手偏拔了她头上一个发卡，别在了牛月清的头上。牛月清取下来，看是一枚大理象牙带坠儿的发卡，说："宛儿，周敏也给你买了这卡子？"唐宛儿脸先红了，"嗯"了一声。牛月清说："你戴上好看的，你庄老师前年去大理开会，也买了一枚给我，太大太白艳，我怎么用得出来！还一直放在箱里，我只说大理有这货，西京也有卖的！？"就重新卡在唐宛儿头上。唐宛儿就用脚踢了一下柳月。柳月从石台跳下去，没站稳跌在地上，把那灰白萝卜裤沾了土，就使劲儿抖着，重新上来。唐宛儿说："你好大方，遗下那么多好东西也不捡了？！"柳月就往地上看，说："什么东西，没有啊？"唐宛儿说："一裤子的眼睛珠子，让你全抖了！"三人愣了一下，就都笑起来。牛月清说："宛儿这骚精想得怪！今日要说让人看得最多的怕只有你宛儿！"

这时候，鼓乐突然停歇，产品介绍单就雪片似的在那边人头上飞，森林般的手都举起来在空中抓，柳月便跑过去抢了。就见得鼓乐队的人都突然戴上了面具，有的是蚜虫，有的是簸箕虫，有的是飞蛾，有的是苍蝇，奇形怪状，形容可惧，一齐唱起来：

　　我们是害虫，我们是害虫。101——！把我们杀死！把我们杀死！杀死！杀死！

唱毕了，鼓乐就又大作。如此唱了击鼓，击鼓了又唱，街上人一片欢呼，尽往前去拥挤，一时秩序大乱。就听见有妇人在破口大骂了："哪个死不要脸的把我的钱包偷了！小偷，小偷，你以为乡里人都有钱吗？'101'有钱，我哪儿有钱，就那些进城要用的五十元你倒看上了？城里人，你偷我的钱不得好死！"有人就喊："是小偷偷了，你骂城里人？"那妇人就又骂道："城里的小偷，你偷我的钱买好吃好喝，你老婆吃了不生儿，狗子吃了不下崽！"有人就说："这好了，你给计划生育了！西京城里贼多，谁叫你不把钱装好？"妇人说："我哪里没装好？我在人窝里，几个小伙子就身前身后挤，直在我胸上摛，我只说小伙娃娃家没见过那东西，摛呀你摛去，我是三个崽的人了，那也不是金奶银奶！谁知这挨枪子的挨砍刀的不是要摛我的奶是在偷我的钱！"街上人一片哄笑，妇人说："我气糊涂了，我说了些什么呀？"身子就在人窝里缩下去，人群又如浪潮一般。夏捷就对唐宛儿说："这你要吸取教训哩，今日又是没戴胸罩呀？"唐宛儿说："夏天我嫌热的！"柳月就跑近来，说："大姐，这上边有庄老师写的文章。"唐宛儿一把抓过了产品介绍书，说："让我看看，庄老师的文章怎么样？"就念起来。牛月清说："别念了。把你庄老师的名字刊在这儿，多丢人的！姓黄的一定是又没打招呼！"这么一说，旁边就有人指着喊喊啾啾起来。牛月清隐约听得一个男的对旁边人说："瞧见了吗，那就是一帮作家的夫人。"几个声音问："哪个？哪个？"男的说："中间那个穿绿旗袍的，是庄之蝶的夫人。"牛月清心里咯噔一下，心想：这人必定是认得我的，我却怎不认得他；他要是认得我，按往常儿也必是过来与我打招呼的，却不过来招呼，只在那里说长说短，这是什么意思？知道了我和庄之蝶闹了矛盾，在取笑了我？！当下就对三人说："咱们走吧，这里人多眼杂的。"四人就走下石台，向南大街走去。夏捷说："既然不看了，这里离我家不远，去我那儿打牌去！"牛月清说："我和柳月得回去了，逛了半天的。"夏捷说："正是因了你，我才说这话的。平日你那么辛苦，总是忙得走不出来，今日有逛街的闲情，怎就不去我那儿？宛儿，柳月，你们两个架了她，抬也要抬去的！"牛月清就笑了说："好，不过日子了，豁出去浪一个白天！"四人就风过水皮一样拐了几条巷，到孟云房家来。

四人进屋洗脸擦汗，唐宛儿就又用夏捷的化妆品描眉搽红。然后支了桌子，掷骰子定方位，坐下码起麻将来。牛月清说："云房呢？孕璜寺里又练气功去了？"夏捷说："鬼知道！现在没黑没明研究邵雍哩。一只眼睛瞎了，还要再瞎一只的。"孟云房一目失明大家都知道了的，就说笑要全瞎了谁看你夏捷这花不棱登的模样呀！夏捷说出一句："瞎了双眼，我引野男人来，他眼不见了心不烦！"说得大家都哑了口，不知怎么接应。牛月清就听得门外有叫卖鲜奶的，说："柳月，这声像是刘嫂，你出去看看，是不是她？"

柳月出得门来，门口正是牵了奶牛的刘嫂。就说："刘嫂，这个时候了你怎么还卖奶？"刘嫂说："这不是柳月吗，你怎么在这儿？今日去北大街送了奶，回来路就堵了，怎么也走不过来的。"柳月说："把牛快在那里拴了，你进来吧，我家大姐也在这里码牌的。"不容分说，把牛拴了那棵紫槐树上，拉刘嫂进来。牛月清、唐宛儿、夏捷便招呼让坐，刘嫂说："我这模样，怎么到你们这儿坐了！"牛月清说："这是我们的一个朋友家，没干系的。平日总是吃你卖的牛奶，今日既然这么迟了，也不急着就回去，在这儿玩吧，中午饭咱都在她这儿吃，不怕吃穷了她的！"就硬按她坐了牌桌。刘嫂平日在村里也是好码个牌的，如今见这些城里夫人要她玩，也巴不得乐乐，更觉得体面。但不知她们玩多大的价儿，按了按贴身口袋里卖奶的零钱，只怕输了精光白跑一趟城，更是怕欠账惹人家笑话，就不来。牛月清看出她的意思，便说："数儿不大，五角一元的，你来替我打好了，赢了归你，输了算我的！"唐宛儿说："师母有钱，今日咱就赢她的！"刘嫂只好坐了，说："那我只替你打，我手臭的，打一圈你来。"柳月见牛月清立在旁边，就说："大姐，你来打吧，我得赶文联大院那边给庄老师做饭去。"唐宛儿故作糊涂说："庄老师近日住在文联大院那边？"牛月清没回答她，只对柳月说："甭管他，他整日在外说回来就回来，说不回来就不回来，他以为咱就不会？！"唐宛儿就问柳月："他们闹矛盾了，不在一块儿住的？"柳月低声说："哪里！"不再理睬。唐宛儿鬼机灵，不知庄之蝶两口到底怎样，见柳月这样，有些恼，却不显在脸上，一边码牌，一边心里嘀咕庄之蝶两口到底是怎么样了，就把一张不该打出的牌也打出去了，乐得柳月吃了夹张，捡了那牌用嘴梆梆地亲。唐宛儿说："我真是个好饲养员！"就站起来说要去厕所放放毒的，让牛月清替她码牌。出去到大门口，看见奶牛像一尊石头一样卧在那里，只有尾巴活着，左右摇赶了苍蝇、牛虻。就暗中打卦道：庄之蝶一再说要我等他，他真是寻机闹了矛盾还是平时的口舌唠叨？若是为我，这牛就哞一声的；若不是为我，这牛就是不动。看了一会儿，牛双耳耸起，打起一个响鼻，却是没叫。唐宛儿也说不准是为了她还是不为了她，怏怏转身回来，在门口，却突然尖锐锐叫道："哎呀，庄老师，你怎么也来啦？这真是山不转路转，竟在这里都碰着上啦！"

屋里听说庄之蝶来了，牛月清忙推了牌说："不要说我在这儿！"闪身进了卧室，放下帘子。唐宛儿早看见牛月清的动静，明白他们真是有了生分，就越发得了意，一边笑着给那三人摆手，一边说："庄老师你这儿坐。师母也在这儿的，师母呢？"众人见她这样，也都跟着要恶作剧，说："师母知道老师来了，在那里'女为知己者容'哩！"就憋住笑。唐宛儿也强忍了，说："你怎么要走呀？你一听说师母在这里就要走？！"便自己踏了步走到院里，又重重地摔了一下门。便听得牛月清在屋里骂道："让走吧，都不要拦，让他走吧，他不愿见我，就永远不要见我罢了！"那骂声中却带了哭腔。众人就哈哈大笑，夏捷和柳月跑进去拉了牛月清出来说："都是唐宛儿作的怪，哪儿就来了庄之蝶？！宛儿，你还不快些给师母磕个头儿道歉！"唐宛儿好一阵开心，摇头晃脑走进来，却真的跪在牛月清面前。牛月清又气又笑，一把拧了唐宛儿嘴，骂道："你这骚精货，真该是街上唱的'我们是害虫'，用'101'把你杀死！"

要了四圈牌，孟云房却回来了，领了一个小孩，正是前房老婆生的儿子孟烬。孟云房让孟烬来一一问候众婶娘，孟烬眼并不看各位，嘴里只道了"牛婶娘好""唐婶娘好"，就钻到孟云房书房去翻书动笔。夏捷脸上不好看起来，却没有说什么。孟云房就高兴地去厨房做饭，声明谁也不得走的。刘嫂过意不去，用五个缸子出去挤了牛奶要给大家一人一杯。牛月清说她不喝生奶的，让给孟烬，孟烬一口气尽喝了。牛月清说："这孩子都这般大了，活脱脱一个小孟云房。"夏捷低声说："为这事我和云房没少怄气！当年结婚时我就约法了三章，第一条就是孩子判给了你前妻，你要照看他可以，但不能让到这个家来。他那时答应得好好的，可现在却常把孟烬领回来。我说了他，他嘴上说以后不了，但我一出门，又是领了来好吃好喝，今日他以为我又不在家的，这不，就又领了来了！"牛月清说："那毕竟是云房的儿子，领来就领来吧，一个孩子又能吃了多少？"夏捷说："我倒是不嫌孩子能吃了多少，只是我与前夫离了婚，我那孩子判了跟我，云房原本对我那孩子嘴爱心不爱的，若又领了这一个回来，他只待孟烬亲爱，冷落了我，更要让我那孩子显得可怜了。"牛月清一时不知怎么说了好，劝道："你把水端平就是，云房那边，我去说他。现在既然是一家人，两边的孩子都是咱的孩子，万不得偏这个向那个的！"唐宛儿见她们说得亲密，也坐了过来，两人就岔了话，论起天气来。

吃饭时，柳月还在牵挂着庄之蝶，说："庄老师不知这顿饭吃些什么？"孟云房说："他呀，吃好的去了。中午我在街上碰上他了，他说去杂志社的，到那儿不是他请人家，就是人家请他。"吃罢饭，刘嫂说她肚子饱了，牛肚子还是空的，她得赶快回去，就走了。孟云房陪众人又玩了四圈牌方散。

刘嫂牵牛往回走，才后悔不该在那里待这么长时间，又吃了人家的饭。一是奶牛没有吃料，再是超生的那个小儿还在家里，虽是婆婆在照管着，但她的奶却憋得难受。当下看看周围也没个僻静地方，前胸的衣服已湿了一大片，就寻着一个公共厕所，进去挤了一通奶水。牛慢慢地跟着主人走，先还是摇头摆尾，后来就勾下了头，脑壳儿里作想起许多事情来。刚才主人在那家里码牌吃饭，它是一直卧在门外树下的。街上看鼓乐的人从钟楼那儿散了，车辆人群就像水一样从这条街巷漫过，它是看清了所有过往人的脚的，看清了穿在脚上的各种各样的鞋的。但它不明白，脚是为了行走的，但做了那样的有高跟的、又尖瘦的鞋子为了什么呢？那有何种的美呢？牛族的脚才是美的；熊族的脚才是美的；鹤族的脚才是美的。人常常羡慕和赞叹了熊脚的雄壮之美和鹤脚的健拔之美，可人哪里明白这些美并不是为美而美，只是为了生存的需要！它这么想着，就又要悲哀人的美的标准实在是导致了一种退化。他们并不赤脚在沙地上或荆棘丛里奔跑，他们却十有八九患有鸡眼，难道有一日都要扶了墙根踽踽而行吗？更可恶的是车，是楼上的电梯。什么都现代化了，瞧瞧呀，吃的穿的戴的，可一只蚊子就咬得人一个整夜不能睡着；吃一碗未煮烂的面就闹肚子；街上的小吃摊上，碗筷消了毒再消了毒；下雨打伞；刮风包纱巾；夏天用空调；冬天烧暖气。人是不如一棵草耐活了嘛！早晚刷牙，把牙刷得酸不能吃，甜不能吃，热不能吃，冷不能吃，还用牙签？！更可笑的偏还有一批现代艺术家，在街头上搞雕塑，作壁画，那算什么呢？大自然把一切都呈现着，那每日里的云，画家能泼出那么丰富的水墨吗？那雨淋过的墙皮，连那厕所里粪池中的颜色、那颜色组合了的形象，几个现代艺术家能表现得有它离奇吗？城河沿上学武术的算什么玩意儿！武术是多好的名称儿，却让人只演成了一种花架子！人每晚都看电视，什么奥林匹克运动会，那里边的人是人类的运动精英吧，百米赛跑能跑过一只普通的羚羊？西京半坡氏人，这是人的老祖先，才是真正的人。他们或许没有这些运动员跑得快，但运动员能有半坡人的搏击能力吗？人一整个儿地退化了，个头再没有了秦兵俑的个头高，腰也没有了秦兵俑的腰粗。可现在还要苗条，街上还是要出售束腰裤、束腰带，而且减肥霜呀、减肥茶呀的。人退化得只剩下个机灵的脑袋，正是这脑袋使人越来越退化。牛终于醒悟城市到底是什么了，是退化了的人太不适应了自然宇宙，怕风怕晒怕冷怕热而集合起来的地方。如果把一个人放在辽阔的草原上，放在丛山峻岭，那人就不如一只兔子，甚至一个七星瓢虫！牛想到这里，丧气地把头垂得更低，它就听见旁边的行人在说："瞧这老牛，好蠢笨的样子啊！"它没有生气，只是噗噗地喷响鼻，牛是在笑人的：咳，他们哪里还懂得大智若愚呢？！行人见牛并没有发火，就走近来，用树枝捅捅它的屁股，甚至还拍了它的耳朵，说："它不敢动的。"它就睁了眼，站住不动。这不动，倒吓得戏弄它的人都哗地闪开，说："那大嫂，你管好你的牛啊！"牛在这个时候，真恨不得在某一个夜里，闯入这个城市的每一个人家去，强奸了所有的女人，让人种强起来野起来！这种冲动，它是有过一次的。那是一日在街上听一个老头打开了收音机，收音机中正播放《西游记》，《西游记》讲的是一个和尚和孙悟空、猪八戒、沙悟净、白龙马去打了妖怪取佛经。它相信现在的人是不懂古人写书的含义，只会听热闹。它就在那时想喊：不是师徒四人，那是在告诉说合四为一才能征服自然，才能取得真经的！可现在，人已经没有了佛心，又丢弃了那猴气、猪气、马气，人还能干什么呢？！

庄之蝶这日闲得无事，整理抄写好了那一组魔幻小说寄给了报社，就往《西京杂志》编辑部去了，他不知道钟唯贤收到安徽宿州的信有什么情况，唯恐识出破绽。一推编辑部办公室门，杂志社的所有人员正合并了三张桌子在吃自助西餐。李洪文一见就说："这就叫人不请天请。今日杂志社庆贺胜利，说是不请了你这个编外的当事人，可你飘然而至，只好我们少吃点儿了！"周敏早搬了椅子让他坐下。钟唯贤说："大家说贺一贺的，要吃饭。吃饭就吃饭吧，偏要吃西餐，还要在这大楼上，就去西京饭店买了这些东西。你来了，这也正活该了有难同当，有福同享，都举起杯来，和作家碰一杯吧！"庄之蝶第一个喝了，说："是我连累了各位，各位又齐心努力才有了今天，我在此感谢了！"周敏说："要说连累，是我连累了杂志社，又连累了庄老师，我向各位老师赔礼道歉！"李洪文说："谁也不要道歉，谁也不用感谢，要感谢得谢那位管文化的副省长！"大家就又举杯相庆。吃罢饭，李洪文要收集那些一次性塑料餐盒，用一根铁丝拴了挂在窗外。钟唯贤说这不好，太刺眼的。李洪文说就是让景雪荫和武坤刺眼，我们没放鞭炮抖标语就算宽宏的了。庄之蝶坐在钟唯贤身边，悄声问："现在不登声明，那边有什么反应？"钟唯贤说："她在厅长那里又哭又闹，武坤也给领导施加压力，说她在丈夫面前说不清道不白，先前景是家里的掌柜，现在有了短握在丈夫手里，那丈夫就横，苦得景几次要轻生。这些谁信的！鬼信哩！李洪文说，前日下午，他亲眼看见景和丈夫亲亲热热逛商场的。"庄之蝶说："李洪文的话靠得住？"钟唯贤说："就是他说得有假，景雪荫也不至于要轻生，这女人不是自杀的人，全是武坤在那里搅和，要以景来攻我的。景只是解不开！"庄之蝶就不再说什么。苟大海进来抱了一叠报刊信件，钟唯贤忙问："有我的信吗？"苟大海说："没有。"钟唯贤说："没有？"坐下来又说："让我看看，报纸中间夹了没有？"找了半天，还是没他的。苟大海就从口袋里拿了一封信说："老钟，我知道你必要问信的，这你得请客，不请客我就当场拆了念呀？"钟唯贤红了脸说："小苟，这不行吧，上一次我请了客，又要叫我出水。这以后再有信，我得养活多少人了？"说得怪可怜的，突然一把抓了去，连忙装进口袋里了。庄之蝶问："什么信这么重要的？"钟唯贤笑笑说："他们和老头子开心，一个朋友的来信。"李洪文就说："之蝶你过来谈谈你什么时候给我们交稿的事，钟主编要上厕所的。"大家又笑。庄之蝶不解，说："才吃了就去厕所，进出口公司离得这么近！"李洪文说："人家要看信呀！上次信一来就去厕所了，一去那么长，我以为老头一个屁憋得过去了，去看时，那厕所挡板关得死死的，他在里边哭哩！"说得钟唯贤无地自容，就把庄之蝶拉到走廊头去。

庄之蝶和钟唯贤站在那里说了一会儿话，见钟唯贤既不让他去他的小屋里坐，话又言不由衷，时不时手在口袋里掏，知道他急着要看信，就告辞走了。走过走廊拐弯处见有厕所，也进去蹲坑，便见挡板门上密密麻麻画满了图画和文字。这些图画和文字几乎和他走遍全国各地的厕所见到的内容和形式差不多，但终于发现一句话：国家一级文物保护点——钟唯贤阅信流泪处。

庄之蝶想笑，又觉得心里发酸，提了裤子就匆匆下楼回去。

回到文联大院，柳月并没有来做饭，庄之蝶就又给钟唯贤写了一信。写完信，忽然作想，这信是假的，但钟唯贤却是那么珍视，老头子一大把年纪了，还念念不忘旧日恋人，而我呢？以前对景雪荫那么好，但现在却闹得如仇人一样！不免倒恨起周敏来了。遂又想，刚才杂志社吃西餐相庆，自己也是兴奋异常，但景雪荫今日心情如何，处境又是怎样呢？武坤说她要轻生，轻生是不可能，但家庭不和却是必然的啊！就生了一份怜悯，提笔要给景雪荫去一封信了。信写到了一半，又撕了，抬头重新写成了景和她的丈夫。解释此文他真是没有审阅，否则决不会让发表的；说明作者是没有经验的人，但也绝没陷害诽谤之意，这一点望能相信，也望能原谅。最后反复强调以前她所给予他的关心和帮助，他将是终生不能忘却的，既然现在风波已起，给她的家庭带来不和，他再一次抱歉，而他能做到的，也是他要保证的是在什么地方什么场合都可以说他与景雪荫没有恋爱关系的。信写完之后，他的心才稍稍有些平静，在那里点燃了一支烟，将柳月从双仁府那边带过来的录放机打开，听起哀乐来。挨到玻璃窗上一片红光，天已经是傍晚了，庄之蝶揣了两封信来到街上，心里想得好好的明日一早去找阿兰，让把给钟唯贤的信转寄安徽，但在出去给景雪荫发信时，庄之蝶竟糊涂起来，两封信一齐塞进了邮筒。塞进去了，却待在那里后悔。多年前与景雪荫太纯洁了，自己太卑怯胆小了，如果那时像现在，今天又会是怎样呢？庄之蝶狠狠打了自己一拳，却又疑惑自己是那时对呢，还是现在对呢？！就一阵心里发呕，啊啊地想吐。旁边几个经过的人就掩了口鼻，庄之蝶一抬头，却又见不远处立着一个戴了市容卫生监督员袖章的人，正拿眼看他，而且已经掏出了罚款票来。气得他只得去那一个下水道口，但却啊啊地吐不出一口来了。

回到家来，昏头晕脑的，庄之蝶站在门口敲时，才意识到这边的家里牛月清并不在里边。默默将门开了，茫然地站在客厅，顿时觉得孤单寂寞。为了钟唯贤他可以写信，为了景雪荫的家庭他可以去证明，而自己面临的家庭矛盾，他却无法了结，也不知道如何了结。

这时候，门却被敲响了，庄之蝶以为是柳月来了，没想到来的竟是唐宛儿。唐宛儿说："你这么可怜的，白日师母和柳月在孟老师家吃喝玩乐了一天，你倒一个人孤零零待在这儿？"庄之蝶说："我有音乐的。"把哀乐又放开来。唐宛儿说："你怎么听这音乐？这多不吉利的！"庄之蝶说："只有这音乐能安妥人的心。"手牵了妇人坐在了床沿上，看着她无声一笑，遂把头垂下来。妇人说："你和她闹矛盾了？"庄之蝶没有做声，妇人却眼泪流下来，伏在他的胸前哭了。这一哭，倒使庄之蝶心更乱起来，用手去给妇人擦眼泪，然后抓了她的手摩挲，摩挲着如洗一块儿橡皮，两人皆寂静无声。妇人一只手就挣脱下来，从身后的提包里一件一件往外掏东西：一瓶维 C 果汁，一纸包煎饼，煎饼里夹好了大葱和面酱，三个西红柿，两根黄瓜，都洗得干干净净，装在小塑料袋里。她轻声地说："天已经这么黑了，你一定没有吃饭。"庄之蝶吃起来，妇人就一眼一眼看着。庄之蝶抬头看她的时候，她就吟吟地给他笑，想要说些什么，却不知说些什么，后来就说："夏捷今日说了一个笑话，好逗人的。说一个乡里人到北大街，四处找不到厕所，瞧见一个没人的墙根，就极快地拉了大便，刚提裤子，警察就过来了。他忙将头上的草帽取下来把大便盖了，并拿手按住。警察问：'你干什么？'乡里人说：'逮雀儿。'警察就要揭草帽。乡里人说：'不敢揭的。待我去那家店里买个鸟笼来！'就逃之夭夭，而警察却一直那么小心地按着草帽。有意思吧？"庄之蝶笑了一下，说："有意思。可我吃东西你却说大便。"唐宛儿就叫道："哎哟，你瞧我……"倒拿拳头自己打自己头，然后笑着去厨房拿手巾。她那修长的双腿，登了高跟鞋，走一字儿步伐。手巾取来了，庄之蝶一边擦着嘴一边说："宛儿，平日倒没注意，你走路姿势这么美的！"妇人说："你看出来啦？我这左脚原有一点外撇，我最近有意在修正，走一字儿步伐。"庄之蝶说："你再走着让我看看。"妇人转过身去，走了几下，却回头一个媚笑，拉开厕所门进去了。庄之蝶听着那哗哗的撒尿声，如石涧春水，就走过去，一把把门儿拉开了，妇人白花花的臀部正坐在便桶上。妇人说："你出去，这里味儿不好。"庄之蝶偏不走，突然间把她从便桶上就那么坐着的姿势抱出来了，妇人说："今日不行的，有那个了。"果然裤头里夹着卫生巾。庄之蝶却说："我不，我要你的，宛儿，我需要你！"妇人也便顺从他了。他们在床上铺上了厚厚的纸……（此处作者有删节）血水喷溅出来，如一个扇形印在纸上，有一股儿顺了瓷白的腿面鲜红地往下蠕动，如一条蚯蚓。妇人说："你只要高兴，我给你流水儿，给你流血。"庄之蝶避开她的目光，把妇人的头窝在怀里，说："宛儿，我现在是坏了，我真的是坏了！"妇人钻出脑袋来，吃惊地看着他，闻见了一股浓浓的烟味和酒气，看见了他下巴上一根剃须刀没剃掉的胡须，伸手拔下来，说："你在想起她了吗？你把我当她吗？"庄之蝶没有做声，急促里稍微停顿了一下，妇人是感觉到了。但庄之蝶想到的不仅是牛月清，也想到的是景雪荫。这瞬间里他无法说清为什么就想到她们，为什么要对唐宛儿这样？经她这么说了，他竟更是发疯般地将她翻过身来，让双手撑在床上，不看她的脸，不看她的眼睛，愣头闷脑地从后边去……（此处作者有删节）血水就吧嗒吧嗒滴在地上的纸上，如一片梅瓣。也不知道了这是在怨恨着身下的这个女人，还是在痛恨自己和另外的两个女人，直到精泄，倒在了那里。倒在那里了，深沉低缓的哀乐还在继续地流泻。

　　两人消耗了精力，就都没有爬起来，像水泡过的土坯一样，都稀软得爬不起来，谁也不多说一句话，躺着闭上眼睛。唐宛儿不觉竟瞌睡了。不知过了多久，睁开眼来，庄之蝶还仰面躺着，却抽烟哩。目光往下看去，他那一根东西却没有了，忽地坐起来，说："你那……？"庄之蝶平静地说："我把它割了。"唐宛儿吓了一跳，分开那腿来看，原是庄之蝶把东西向后夹去，就又气又笑，说："你吓死我了！你好坏！"庄之蝶那么笑了一下，说他要准备写作品了，他是差不多已经构思了很久，要写一部很长的小说。他抓着她的肩说："宛儿，我要告诉你一件事，这你要理解我的。人人都有难念的经，可我的经比谁都难念，我得去写作了，写作或许能解脱我。写长作品需要时间，需要安静，我得躲开热闹，躲开所有人，也要躲开你。我想到外地去，待在城里，我什么也干不成了，再下去我就全完了！"唐宛儿说："你终于这么说了，这是我盼望的，你说我激发了你的创造力，但你这段时间却很少写东西。我也想是不是我太贪了，影响了你的安静？可我没毅力，总想来见你，见了又……"庄之蝶说："这不是你的事，宛儿，正因为有了你，我才更要好好把这部作品写出来，真是还要你支持我，要给我鼓劲！这事我不想告诉任何人，我去了后，会给你来信的，我如果来信让你去一趟，你能去吗？"唐宛儿说："我会的，只要你需要我。"庄之蝶又一次吻了她，当发现那肋骨处有一块儿癣，就又用舌头去舔。唐宛儿不让，他说："这我会舔好的，你瞧，才舔过三次它差不多要好了的。"唐宛儿就安静下来，让他舔着，样子如一只狗。

但是，当庄之蝶打电话联系了几个郊县的朋友，朋友们竟一个也不在家。郊县去不成，就决定了去城西南外的郊区找黄厂长，黄厂长曾经对他说过家里有的是空房子，要搞写作最清静不过了，而且老婆什么事也没干的，就在家里做饭，能擀得一手好面条。庄之蝶便留了一个"出外写作"的便条在家，骑了摩托车去了。中午到的黄庄，黄鸿宝家果然是新盖的一座小洋楼，外面全用瓷片嵌贴，但院门楼似是老式的砖石建筑，瓦脊中间安有一面圆镜，飞翘的砖雕檐角挂一对红灯笼，铁条铁泡钉武装的桐木门上的横挡板上写着"耕读人家"四字。门半开半掩，门扇上有人弯弯扭扭地用粉笔画着字，庄之蝶近前看了，一边是"绝顶聪明"，一边是"聪明绝顶"，不知是什么意思。从门缝看去，院子很大，正面就是楼的堂门，大而高，如单位会议室的那种。楼一共三层，每层五个窗子，前有晒台，晒台栏板却涂染着春夏秋冬四季花草山水。楼呈拐把形，在连着楼门左的院墙里是一排一层平面房，房顶有高的烟囱，该是厨房的。从院门口到楼堂门口一道石子砌成的甬道，上空横一道铁丝，没有挂洗浆的衣物。庄之蝶咳嗽了一声，没有反应，就叫道："黄厂长在家吗？"仍是没人搭腔。一推院门，突然一声巨响，一条黄色的东西蹿出来，直带着一阵金属响。看时，台阶上的一条如狼之狗，其缰绳就拴在那道铁丝上，虽然因了缰绳的限制，恶物未能扑到庄之蝶身上，但已在半尺之遥处声巨如豹了！庄之蝶吓了一跳，急往院门口退缩。厨房里便走出一个妇人来，双目红肿，望着来客也痴呆了，问："你找谁的？"庄之蝶说："找黄厂长，这是黄厂长的家？"庄之蝶看着妇人，妇人忙在手心唾了唾沫，抹平着头上的乱发，但头发稀少，已经露着发红的头皮，他立即知道这是黄鸿宝的老婆。黄鸿宝是一个歇顶的头，无独有偶，这也是个没发的女人。那院门扇上的对联莫非是好事者的恶作剧，他说："我是城里的庄之蝶，你是黄厂长的夫人吗？你不知道我，黄厂长与我熟！"女人说："我怎么不知道你？你是给 101 写了文章的作家！进屋啊！"但狗咬得不行。女人就骂狗，骂狗如骂人一样难听。然后过去双腿一夹，狗头就夹在腿缝，笑着让庄之蝶进屋。庄之蝶当然往楼的堂门走去，女人说："在这边，我们住在这边。"先跑去推开厨房门。这平房是三间，中间有一短墙，这边安了三个锅灶，那边是一面土炕，旁边有沙发、躺椅、电视一类的东西。庄之蝶坐下来吸烟，女人便去烧水，拉动着风箱连声作响，屋里立时烟雾起来。庄之蝶问："你们没有用煤气呀？"女人说："买的有，我嫌那危险的，烧柴火倒赶焰，不拉风箱老觉得咱不是屋里做饭的。"庄之蝶笑了，说："这楼房租出去了？"女人说："哪里？没人住呀！"庄之蝶说："那你们怎么住在这儿？"女人说："楼上那房子住不惯的，睡炕比睡沙发床好，腰不疼的。老黄整夜吸烟，要吐痰，那地毯不如这砖地方便。"开水端上来，并不是开水，碗底里卧了四颗荷包蛋。庄之蝶一边吃着一边说起黄厂长以前的邀请，谈他今次来的目的。女人说："好得很！你就在这儿写文章，你好好把我写写，你要给我做个主的。你不来，我寻思还要去找你的！"庄之蝶笑笑，知道她并不懂写文章的事，就问黄厂长在厂里吗，什么时候能回来？女人说："你来了他能不回来？！过会儿我让人寻他去！"就问庄之蝶困不困，困了上楼歇一觉去。两人就去开楼堂门。进门去是一个通楼的大厅，有一张特大的桌子，四周是沙发。左边有个楼梯，每一个扶手上都画了竹兰。上得二楼、三楼，每个房间里都是地毯，床却有新做的床顶架，做工粗糙，但雕刻了鱼虫花鸟，涂染得红红绿绿，沙发床垫就放在木板木框床面上，又特意露着床木边，边沿用黄金色铝皮镶了。墙上有镜子，镜面画有龙凤图案，镜下吊两条絮带儿。有鞋刷子，有抓痒的竹手。而地上、床上、桌上蒙着一指厚的尘灰。女人噗噗拍着床被，骂着村口新修了冶炼厂，烟囱是火葬场的烧尸炉一样，给村人带灾了，黑灰这样飞下去，新嫁过来的媳妇都要尿三年黑水的。庄之蝶口里说："你们真发财了，市长也住不了这么宽敞！"心里却笑：这真是地主老财的摆设嘛！女人拉了他坐在床沿，说她真高兴的，以前听老黄说过你要来的，说你爱吃玉米面搅团，天神，那是农民都不吃的东西了你还吃？你这城里人咋这么没福的，鱿鱼海参吃着嫌太香吗？庄之蝶对她解释，又解释不清，只是笑。女人问："你文章怎么写？你要写一定把我写上，让人人都知道我才是他的老婆！"庄之蝶说："你当然是他的老婆嘛！"女人却立时脸苦皱下来，显得十分难看。庄之蝶吓了一跳，再看时，她两股眼泪就吧嗒下来说："我帮他把'101'弄出来了，发了财了，他却不爱我了。我不嫌丢人，我全对你说了。他用得上了把我搂在怀里，用不上了掀到崖里。当年他那个穷样，放在地上，谁见了拾片破瓦盖上就走；是我嫁了他，给他生了娃。是他命里没能守住第二个娃娃，倒怪我把娃烫死了。你评评理儿，我在灶下烧火，筒子锅烧了水的，柴火没有了我去院里抱柴火，回来没见娃了，一看锅，娃在锅里！娃是在连锅炕上玩着不小心跌到锅里去的，你说这能怪我吗？现在他嫌我牙是黑黑的，个子是墩墩。我娘生我就是这样，当年你怎地不嫌？如今晚上和我睡觉，他总是拿一本电影画报，一边在我身上，一边看着那些画报上的骚娘儿。我说了，女人都一样儿的，那东西还不就是死猪的眼窝一样吗？他说，男人×女人是×脸的，你瞧你那个恶心样？！我们就打起来。这一打，他从此不回来了，他要和我离婚。你说这婚能离吗？他不让我好过，我也不让他好过，除非我死了！我不死，看那些不要脸的小卖×货谁敢进来？就这一层楼，软和和的沙发床，那小卖×货就是睡不到上头来嘛！"庄之蝶听得头皮麻起来，他立即知道在这里写作是不行了，女人的面擀得再好，搅团做得再香，他会一个字也写不出。便站起来，说："黄厂长怎么会这样呢？我今日来看看，改日就住到这里专门写你吧。"出门下楼，就在院子里发动摩托车。女人说："哎呀，你怎么和我一样的急性子，说走就走呀？！"庄之蝶推车到村口路上了，还听见女人正和一个人在院门口大声说："看见吗？那就是写书的作家，他要来写我的，要为咱妇女出气的。哎哟，你不要进去，那上边是作家留的脚印儿！"

一口气骑车赶到城南门口，心里直骂这么大个西京城没个供他安静的地方。一进了城门洞，身子却软下来，不知是回文联大院还是回双仁府那边，或者是去唐宛儿家，立在那里呆了半晌。后来竟停了摩托，一个人登上了城墙头，百无聊赖地散心了。庄之蝶在这个时候，真希望能碰着周敏，如果周敏带了埙来吹动，他一定要让教他，也绝对相信自己极快地就能吹出一支曲来的。可是，现在的城墙上空旷无人，连一只鸟儿也不落，那一页一页四四方方大块的砖与砖接缝处，青草衍生，整个望去，犹如铺就的绿格白色地毯。靠着那女墙边走，外城墙根的树林子里，荒草窝里，一对一对相拥相偎了恋爱的人，这些男女只注意着身边来往的同类，却全然不顾在他们头顶之上还有一双眼睛。庄之蝶看着他们，就如在动物园里看那些各种野兽，他竟缓步走过去，希望眼睛能看到一处清洁的景物，这么走着，竟走到了城墙的拐角处，看着满空的飞鸟在空中盘旋着，忽然如吸将去一般消失在那一片野芦苇中。庄之蝶稍有些宽慰，要看看这些鸟到底歇栖在野芦苇丛的什么地方，这一片无人打扰的净草里是怎样包容了这些城市的飞鸟？但就在这时候，他发现了一个人在那里坐着，先以为是块石头，后来看清是人。倒想，还有与自己一样寻清静的人呢！就不禁为之感动，要与他打一声招呼了。他定睛看了那人一眼，那人却正在那里手淫，两条腿平伸着，后来就仰倒在野芦苇丛里，口里"啊噢，啊噢"地叫，栖着的鸟就地飞起，如龙卷风一样地刮去。庄之蝶一时手脚无措，竟窘在那里，等醒过神儿来，掉头就跑。跑着却后悔自己怎么还在那里站了那么长时间！就腹中翻腾，呕吐不已，扶了那漫坡下了城墙，又哇哇吐出一摊黄水。吐过了，眼前乌黑，却又想，是不是自己眼看花了，或许出现了幻觉，那野苇丛里原是长年积着水的，会不会自己看到的是墙根头上自己的倒影呢？便见悠长的城墙根的空巷里那个拉架子车的老头高一声低一声地吆喝了"破烂——承包破烂——喽！"走过来。而且又在唱念了一段谣儿，其词是：

喝上酒了一瓶两瓶不醉。打着麻将三天四天不困。跳起舞来五步六步都会。搞起女人七个八个敢睡。

钟唯贤去邮局发了一封长长的信，回来坐在办公室，于日历牌上用红笔圈了当天的日期，又注上一个粗壮的叹号。才泡茶抿了一口，厅长派人将一份材料送了来，一看脸就煞白了。立即给庄之蝶家挂电话，柳月接了。柳月以为是孟云房，说："什么事你给我说，我是秘书！"钟唯贤在电话那边纳闷："秘书？"柳月听出不是孟云房，就慌了，忙把夫人叫来。牛月清说："是钟主编呀，之蝶不在，有什么事吗？"拿眼就瞪柳月，柳月直吐舌头。却见牛月清脸霎时变了，急切地说："你让他带来吧！"放下电话，就瘫坐在旁边的沙发上。柳月问："什么事的？"牛月清说："你现在去文联大院，快把你庄老师找来！"柳月说："这些天总不见他人影，谁能捉住几时出去，几时回来。今早我去，人又不在，只有个便条，说是'出外写作'，鬼晓得去哪儿写作了？"牛月清说："他能到哪儿去？你再去那里看看，若还是没人，在门房问问韦老婆子，看是否给她留有话。若还没有，就去问你孟老师，然后去书店那儿问问洪江。"柳月说："好呀，这得把半个城跑遍的？！"牛月清说："现在不是尖言巧语的时候！你去吧，要是走累了，就坐出租车，我在家等周敏的。"掏了三十元给了柳月，柳月换衣时，却从衣架上牛月清的外套口袋掏了月票，背起自己的小皮包出门去了。

柳月将三十元拿了，去商店买下了一双长筒丝袜，又添了些自己的钱买了一双高跟白色牛皮凉鞋，再买了一副墨镜。还剩下有三元钱，倒进冷饮店叫了一盘五色冰淇淋，就脱了脚上旧鞋，换了新鞋，穿了长丝袜，把墨镜戴了，在那里吃起来。想：什么紧天火炮的事，让我满世界跑。我说了还嫌我说，我不说，这三十元怕也不给的！旁边桌上的一个青年一直在瞧她，她戴了墨镜，也大胆了，拿眼睛看他，翘起一双小脚就不住地摇晃。青年就笑笑，露一嘴红红的牙龈，竟用食指作小钩状招引。她害怕了，站起来就走。没想那青年也尾随而来，她忙闪进一家商店，只说甩掉了，刚出店门，那人却在店门口站着，说："小姐，打洞。"柳月早听说过街上有着暗娼的，与嫖客的接头暗号就是"打洞"，吓得后脊梁一层冷汗，但强装了从容，说："是广东来的吗？哎哟，先生牙上怎么一片韭菜叶儿？！"说得那人一脸羞红，对着商店的橱窗玻璃去看牙齿，柳月却跳上了一辆停站的公共车，刚一上去，车门就关了。她靠在车窗口，瞧见那人回头寻她，她冲着丢去一个媚笑，右手伸出了大拇指指自己，再伸了小拇指指那人，呸地一口就唾在小拇指上了。

到了文联大院，家里还是没人，问门房韦老婆子，也说不清。心想是不是在家里还留有信什么的，反身再回来到处寻找仍是一无所得，却在浴室的水龙头上，看到了挂着的一枚铜钱，拿起来看了看，觉得可爱，解了那系儿，就装在兜里。出来搭公共车就去孟云房家，孟云房穿了个大裤衩，要她在家等着，骑车出去说找找。他是去了"求缺屋"，那里也没人。回来柳月问："你跑哪儿去了，这么长时间？"孟云房不能告诉她地址，胡乱地支吾一通，柳月只有把最后的希望寄托在书店了。搭了个车去了书店，瞧瞧旁边房子在装修，知道是那个画廊吧，就问赵京五在不在？工人说赵京五采买器材去了，以为她是赵京五的女朋友，涎着脸儿偏要问这样问那样。柳月说声："讨厌！"跑出来又到书店，没见着洪江，径直从门外一个木梯上到书店的楼上去，她知道那上边有洪江的住屋和两间库房的。楼上静悄悄的，只有一只猫在那里偷吃一碗糨糊，柳月一脚踢开了那间小屋，洪江正和一个女子在床沿上干着好事，柳月叫道："好呀，大天白日的你日捣得美哟！"直吓得洪江提了裤子，拉一条单子盖了女子，一手关门，一手捂了她的嘴。柳月觉得晦气，这事偏让她撞见！打开洪江的手，一坐坐在那沙发上，随手拿一张报来展了在面前，一边看一边说："卑鄙！卑鄙！"洪江说："好姐姐，这事你千万不要给老师和师母说，我求求你了！"柳月说："这会儿嘴这么甜的哟，谁个是你姐姐？！甭说给老师、师母说，我的事还没完的，在乡下遇着这事，男女就得扯二尺红绸送的，否则就一身晦气，况且我还是姑娘！"洪江就拉了抽屉，拿出一沓钱送她。柳月说："这是堵我嘴吗？"洪江说："好姐姐，你要不拿，我就不放心了，我知道你一个月没几个钱的，以后有事你就寻我吧，我说话绝对算数的。"柳月说："这个我不要，你要怕我不收不放心，你明日把它存到银行了，把折子交我就是。庄老师来过这里吗？"洪江说："我明日就把折子给你的。你问庄老师吗，他没有来过的。"柳月又问："你知道他近日去哪里写作吗？"洪江说："我不知道的。"柳月就要走，却过去一把拉开了床单，说："让我瞧瞧是哪一位？"床单下趴着一堆白生生的细肉，柳月认不得，却记住了那腮边的一颗大而黑的痣。

牛月清在家等柳月，更等周敏。周敏没有来，妇人却来了。原来钟唯贤把周敏叫去，让看了那些材料，让很快复印一份送给庄之蝶。周敏看时，几乎目瞪口呆。这是景雪荫送给厅里的一份通知书，声明鉴于厅里未能坚决执行宣传部长的指示，而刊物又拒绝登载严正声明，她只得诉诸法律来解决。现已将起诉书呈区法院，区法院认为被告之一是庄之蝶，又是人大代表，他们无权受理而转送市中级法院。被告人为作者周敏，提供材料者庄之蝶，提供发表阵地者《西京杂志》编辑部的主编钟唯贤，复审李洪文，初审苟大海。

起诉书没有送厅里，却复印了一份庄之蝶最新写给景雪荫夫妇的信件，且将其中成段成段的话用红笔勾出。周敏没有说一句话，离开杂志社也没有直接去双仁府那边找庄之蝶，而进了一家啤酒店吃了四十串烤羊肉，喝了四瓶啤酒，跟跟跄跄地回家来。唐宛儿上午去商店仔细挑了一瓶指甲油，回来又小心地修了指甲，正往指甲上染那指甲油，瞧见周敏进了院门倚在门扇上笑，觉得蹊跷，说："你醉了，醉了？"周敏就从门扇上溜下去，哇地喷了一堆秽物，院子里的鸡就跑过来啄食，鸡遂也摇摇晃晃卧在那里不动了。唐宛儿生气地把他往回抱，抱不动，提了双手往回拖，他却抓住梨树在那里骂："他把我出卖了，为了一个女人，他要牺牲我了！卑鄙，丑恶，不是汉子！"唐宛儿问："你说什么，谁为了女人出卖了你？"周敏说："是咱们的老师，你崇拜的人嘛！"唐宛儿心腾腾跳起来，立即啐一口骂道："你说什么，他怎么出卖了你？你还说女人！我是怎么到这里来的？我是没有法律保障就该是你的！"周敏瓷着眼，脑壳儿却晕起来，他听不清妇人在说什么，只见她染着口红的嘴在开合，染着十个红指甲的手在舞动，就瘫在那里醉过去了。

　　唐宛儿站在那里，看着这个男人的狼狈模样，心里一阵恶心。她不明白自己当时怎么就看中了他，能死死活活地跟了他出来？她在心里说："这一天是来了，终于是来了！"她是曾几次想对周敏提出要离开他，几次话到口边又咽回去，但她总担心会有一天他是要发现了她与庄之蝶的事，惶惶不安，有些害怕。现在他知道了，她竟感到了一阵轻松，于是在那里看了看天上的太阳，太阳火毒毒地烧着，就蹲下来对着昏睡的他说："咱们的缘分是尽了，你睡吧，睡起来了我会把一切都说给你。你能怪我什么呢？原本我就不是属于你的。"却发现周敏口袋里有一卷纸，抽出来，不禁啊的一声就跑进屋去了。唐宛儿在屋里把材料看过了三遍，才知道周敏并未发现了他们的事，他是因为景雪荫的起诉，是因为庄之蝶的那封给景雪荫夫妇的信吗？唐宛儿首先想的是：他怎么到这一步还与景雪荫割不断情思，他口口声声说没有谈过恋爱，哪里又有这么深的感情呢？他与我什么事都干了，什么话都说了，难道心里还有姓景的？姓景的是怎样的一个女人，使他如此痴迷？！唐宛儿把材料装起来，终于再次抱周敏在沙发上躺下了，就急急地去文联大院找庄之蝶。她不知道他出外写东西走了没有，但是，走到半路，这妇人却决意不去找他了，她多少对他有了怨恨，她要借牛月清的手去绝了庄之蝶与景雪荫的断藕仍还连着的丝。

牛月清看了材料，说："钟主编来了电话，说是让周敏很快把材料送来的，我都快急死了！他人呢？"唐宛儿想起周敏醉后的骂声，才知道周敏是仇恨了庄之蝶，成心不把材料及时拿来的，倒觉得自己差点也误了大事，而庆幸起自己的行为了。她说："周敏看材料真恨死了姓景的，姓景的起诉是要送庄老师进监狱吗？他伤心地在家里哭，说他没脸面来见老师！"牛月清心下感动，说："哭什么，起诉又不是就判了咱罪了？！"正说着，柳月进了门，牛月清和唐宛儿瞧她的打扮，先是吃了一惊，牛月清就沉了脸："什么时候了，你倒有心思打扮，人呢？"柳月说："没有找着。"牛月清说："你是去找人了，还是出去买东西逛街了？"柳月说："我哪里有钱买东西？在街上遇着我那小老乡，她在一家旅馆当招待，每月几百元的，见我穿得寒酸，送一双鞋子、一条袜子和这眼镜。"牛月清说："你怎么穿得寒酸了？和那些小旅馆的招待比什么，她们每日在火车站拉客，白天是招待，谁知道晚上干什么？"柳月不敢多嘴，脱了高跟鞋，在那里搓脚，那胳膊上的玉镯儿就一晃一晃的。唐宛儿看见了，识得那原是自己的，现在牛月清没有戴，柳月倒戴上了，心下又生些许妒意，过来搂了柳月说："柳月你也有这么一个菊花玉镯啊，咱们不愧是做姐妹的，你一个我一个，样子也像！"伸了胳膊来比试。柳月见了，也是惊奇，喜欢起来，从唐宛儿的胳膊上卸了玉镯儿来看，说："你也是单个吗？能配一对才好哩！"牛月清听了，不愿意当她们俩说破这玉镯的事，一边翻看材料一边："宛儿你把这些材料全看了？"唐宛儿说："看了，庄老师真不该给姓景的写了那信。他是好心，却没有好报，让人家做了证据，这在法庭上有口也不能辩的。"牛月清说："男人家就是这样，你越待他好，他反倒不热乎了你，得不到的都是好的。现在怎么着，他以为包糖纸的都是糖哩，那是炮弹嘛！"柳月说："谁不这样，吃了五谷想六味，家花不如野花香嘛！"唐宛儿兀自脸上泛红，说："庄老师可不是这样的，师母这朵家花的香气闻都闻不够的，哪儿还有鼻子去闻野花？！"牛月清说："话说到哪儿去了，让外人听到了，多粗俗的！"说着，就不再留唐宛儿，要让柳月同她现在就搬过文联大院那边去住，专等着庄之蝶回来。柳月这时把材料粗略看了，心里也不免紧张，暗暗谴责自己不该在街上逗留那么久，对牛月清的埋怨也理解了，说："大姐，我这当保姆的再无足轻重，也毕竟是这个家里的人，这么要紧的事也不该瞒了我！"牛月清说："哪里瞒你？让你去找人时只是我心急，来不及对你细说，现在不是让你看了材料吗？"柳月说："那你现在真要住过去？你抗了这些日子，到底还是你低头，以后庄老师脾气更大，更要在咱姐妹身上撒气了！"牛月清说："谁叫我是他的老婆呢，出了这么大的事，我还硬什么。他去坐牢，还不是我去送饭？我就是这命嘛！有福不能同享，有难却同当，哪一次闹矛盾不是我以失败告终？！"

三人同出了院门，唐宛儿往南，牛月清和柳月往北，牛月清却把唐宛儿又叫住了，说："宛儿，周敏没有来，我估摸他多少要生你庄老师的气的。你让他甭在意，要体谅老师，他是有他的难处。这个时候一定要齐心合力。要么，你庄老师倒了，周敏也就倒了，有你老师在，就有周敏一碗饭吃。"牛月清说毕就要柳月进屋去取了一瓶酒来让唐宛儿带回去给周敏喝。唐宛儿忙把柳月拉住，对牛月清说："这个我知道。周敏那里敢有不恭的地方，我也不依的哩！带什么酒？"两人说得知己，差不多都要眼里潮湿起来，拉拉手，才分开走了。

看着唐宛儿出了巷南头不见了，牛月清还在瞅着看，柳月说："咱走吧。"牛月清说："走。"却又说："柳月，你觉得唐宛儿好不？"柳月说："你说呢？"牛月清说："她心倒好哩。"柳月说："你说好那就好。"赶到文联大院的房子，庄之蝶却已经在房里洗过了，穿了睡衣翻床倒被地寻着什么。原来庄之蝶回家冲澡时才发觉挂在胸前贴心处的那枚铜钱不见了，他想，串铜钱的绳是尼龙质的不会断，又是项链一般套在脖颈，要丢只能是洗澡时放在什么地方了。但是，浴室里没有，卧房里没有，庄之蝶急得出了一头一身的汗。这时见牛月清和柳月进来，他便不再寻找，只默然无声地泡了一杯茶坐在那里独喝。牛月清并不理会他的冷淡，叮嘱柳月去做长面条了，自己就去各个房间收拾被褥，擦抹桌凳，喷洒了花露水，又点燃了一炷檀香，屋里顿时明净香馨起来。然后竟换了一身软缎旗袍，脸上涂了胭脂，搽了口红，坐在庄之蝶身边了，从口袋里掏出一包"三五"牌香烟递过去，说："好大的脾气，我和柳月就是讨饭的，你拿鼻子也得吭一声吧？"庄之蝶疑惑地看着夫人，说：

"你今日是怎么啦？"牛月清说："是我怎么啦，还是你怎么啦？！别吊着个脸，去跟我和柳月到厨房忙活吧。"夫妇到了厨房，柳月只是对着庄之蝶笑。牛月清去客厅，庄之蝶悄声问："她今日是怎么啦？"柳月说："井掉到水桶里了呀，你赢了嘛，你是名人谁能抗过了你？！"庄之蝶拧了一下柳月的嘴，骂道："你甭能，将来嫁个男人整日扇你板子，你就知道我的好了！"柳月说："看谁扇谁的！"庄之蝶就看见了柳月穿着一件黑色超短窄裙，肉色长筒丝袜直衬得一双腿优美无比，说："柳月穿了这袜子好漂亮的。"柳月说："柳月可怜死了，买了这双袜子差点没叫大姐怄死了我！"庄之蝶说："你哭什么穷，前日我给你那些钱呢？"柳月说："那有多少，我攒着冬天买件鸭绒大衣的。"庄之蝶就又捅了一下她的腰，骂道："你越发鬼了！"柳月哎哟一声就叫起来。牛月清在客厅收拾饭桌，高声问："哎哟什么？"柳月便把刀在案上拍响，说："切面又把指甲切了！"牛月清说："你毛手毛脚什么，别把指甲煮在锅里去！"

　　饭桌上，庄之蝶吃了三碗，满头如蒸笼一般冒气。牛月清说："你吃好了，我现在给你看一件东西。柳月，给你老师把烟拿来，让抽着了烟慢慢看。"庄之蝶一边抽烟一边看材料，就坐在那里不动了。好久好久，却冷笑一声，将材料当抹布擦了桌上的汤汁浆水，说："柳月，你大姐今日妆化得不错，眉头下那儿如果搽少许胭脂就更不错吧。"这使牛月清和柳月都吃惊了，这么大的事情，忙活了这么半天，他看了竟平淡如水？！牛月清说："这就好，你不发火就好。但你也不要当了儿戏。现在既然你没事，我可要给你说两件事，你爱听不爱听，我觉得我当老婆的一定要说。一是，你为什么要给景雪荫写这样的信？这除了说明你对她旧情不断，再就说明你办了一件蠢事！但你对她就是有千宗情万宗情也不能在这个时候写这样的信，景雪荫是我这样的软心人吗？你待她那么好，她又怎样待的你——复印了作为上法庭的证据，这倒也罢了，听钟唯贤讲，她把此信复印了几十份，给省市领导，给妇联，给人大常委会，给所有文艺团体都寄了！外人会怎么取笑你呢？据我所知，景雪荫到处散布是你当年对她有了意思，她却压根儿没有看上你，你是自作多情。现在此信一公布于众，不又是证据吗？这话我不愿多说，说多了又该是我在吃醋了。别人如何嘲笑我，我可以当耳边风，但你得想想，你能不能对得起你的老婆？二是，你是名人，你树大招风也可以挡风。周敏就不同了，他是一只蚂蚁，谁都可以把他捏死的。虽说他是捅了娄子，但咱心里要明白他并不是成心要捅娄子，若不是景雪荫，若不是你平日给人只图口头上痛快而乱聊胡说，这文章只会纯粹宣传了你，吹捧了你。你既然为他解决了工作，若如今顾了景雪荫而不顾了周敏，他会将以前的八分恩让这一分恨抵销，外界的人又会怎样看你？另外，对于周敏，他是怎样的一种人，你心里也要有数。这种人原是社会闲人，虽说现在一心要改邪归正，旧习气不敢说就不又露出来？他是已经对你恨了，今日钟唯贤来电话让他把材料极快送你，他没有送来，后来还是唐宛儿送来的，也不知他在家说了什么。这样大的事为什么不肯见你，这你得有个头脑！"

夫人的话说得有条有理，庄之蝶一一在耳听了，却还是坐了不动，闷了半天，说了一句："我是要写长篇的，不让我写，那就不写了。"

这天晚上，电话召来了孟云房，并由孟云房通知了周敏、洪江和赵京五来到家里。他们研究了对策，提出仅靠杂志社的人是不行了，只能在市中级法院下功夫，做到让不受理此案为好。赵京五说他认识法院的一个法官叫白玉珠的，不知此案经不经他手，就是不经，他也会从中通融的。庄之蝶就立即让赵京五和周敏连夜去白玉珠家见人，不管早迟，必须来这里报告情况。牛月清便收拾了一大包礼品让提了。周敏说："这个费用由我出。"牛月清说："这点小事计较什么，保不定以后花钱的地方多哩，有你出的。"赵京五、周敏一走，庄之蝶说："脸上都高兴些，什么大不了的事，咱们打麻将等他们吧。"庄之蝶、孟云房、牛月清、洪江就围桌打起来。柳月在旁取烟供茶，拿眼睛就直看洪江。洪江说："柳月，我那衣服在那儿挂着，你掏上边的口袋，给我拿些零钱来吧。"柳月去衣架掏上衣口袋，就掏出一个小小的存折，打开看了，上边户头写着自己名字，下边新填金额是三百元，便装进了自己口袋里，说："洪江呀，就这些钱呀？！"洪江说："还少呀？不少哩！"牛月清说："有多少？"柳月说："十二元的。"洪江对着柳月眨眨眼，就笑着说："我善于白手夺刀的！"柳月过来一边看他出牌一边说："白手夺刀？我看你必输无疑。人常说情场上得意，牌场上失意，你赢鬼去！"孟云房就说：
"八万，和不和？洪江又害哪个女子了？"说得洪江脖脸红透，把不该打出
的一张三饼竟也打了出去。柳月骂他牌出得臭，拿手拍了那一颗头，说："洪
江当书店经理，人物整齐，行头又好，多少姑娘心不动的，还能不得意？！"
孟云房说："柳月，不敢把洪江的港式发型弄乱了。男人头，女人脚，只能
看不能摸的。我还以为你拿住他什么了？！要叫我说，洪江倒难找下个好女
子。世事就很怪，漂亮小伙子反倒找不下漂亮女子。洪江那媳妇我看就不如
咱柳月；而柳月将来反倒找不下个漂亮小伙，这就叫跛子骑骏马！"气得柳
月拿了拳头砸孟云房，说："五官不正的人心也不正！"牛月清就发恨声，指
责柳月话说出格了。孟云房说："这都是我平日宠惯得这小丫头没大没小的
了！"牛月清说："云房，你讲究整日算卦预测的，你算一算京五他们去的结
果如何？"孟云房说："算卦得我那一套家伙，这里倒没个万年历书，我换算
不来那日月时辰的。"柳月说："我这里有枚铜钱的，你摇一摇。"说着从口
袋里掏了钥匙，钥匙串儿上果然一枚光亮亮的铜钱。庄之蝶见了，眼睛就发
直，说："柳月，让我看看。"柳月却不给。牛月清就打出一张牌来，直催庄
之蝶吃还是不吃？庄之蝶眼看着柳月，手却从牌摆的尾部去抓牌，孟云房就
把他的手打了一下，说："在哪儿抓牌？上厕所别上到女厕所去！"庄之蝶安
静下来看牌，孟云房："那一枚铜钱得摇多少次的？是这样吧，月清你报一
个三位数，要脱口而出，我以'诸葛马前课'算算。"牛月清说："三七九。"
孟云房左手掐动了，说："'小吉'，嗯，还不错的。"牛月清脸上活泛了，说：
"只要不错，那你们就瞧着我怎么和牌呀，牌是打精神气儿的。怎么着，扣
了！坐起庄了！"孟云房气得说："你坐吧，坐个母猪庄。"开始洗牌，院子
里有猫在叫唤，声声凄厉，洪江就问家里养了猫了？猫发情期间千万别沾了
那些杂种，他是有一只纯波斯猫的，赶明日他把波斯猫领过来。牛月清说：
"哪儿养了猫？我不喜欢猫呀狗呀的，这是隔壁养的猫，讨厌得很，过一段
时间就招引一群野猫来叫唤。"庄之蝶便叫道："哎呀，下午我揭了凉台上的
咸菜瓮盖儿让晒晒太阳的，倒忘了夜里要盖盖的！"就跑到凉台上去，遂又
在凉台上喊柳月："你来帮我把瓮挪一挪，别让猫抓了菜去。"柳月就来到凉
台。庄之蝶却闭了凉台门，悄声说："你哪儿拿的铜钱？"柳月说："我在浴

室里发现的，觉得好玩，拴在钥匙串儿上的。"庄之蝶说："那是我的，快给了我！"柳月说："你的？铜钱上还有个系儿的，我怎么没见你以前在脖子上戴过？"庄之蝶说："我戴了好些日子的，日夜不离身的，你哪里知道？"柳月说："一个大男人家戴一个铜钱，我还是第一次见的。瞧你那急样儿，莫非这些日子，我们在双仁府那边，什么女人送了你的情物？"庄之蝶说："你别胡说！"把柳月双手捉了，去她口袋里掏，掏出来了，柳月偏又来抢，庄之蝶把铜钱就含在了口里，一脸的得意。这边三人洗了牌又垒好摆儿，迟迟不见庄之蝶过来，孟云房就粗声说："挪个菜瓮就这么艰难？之蝶你还打牌不打？"庄之蝶立即从凉台上回来，铜钱已经在口袋装了，说："云房，今年咸菜做得好，你要喜欢吃，一会儿给你带一塑料袋儿。"

到了子夜时，赵京五和周敏回来了，说是找到了白玉珠，白玉珠没有接手这个案子，但他已经知道本院收到了这一份起诉书，整个法院内部议论纷纷，自然是有说东的，也有说西的。起诉书原本是呈交给刑事庭的，因够不上刑事案件转入了民事庭。民事庭接手此案的庭长和审判员司马恭都是他的朋友，他是能沟通他们不要立案的。这白玉珠态度极好，主张先不必找庭长，而主要找司马恭，当即就领了他们去见了那姓司马的。司马审判员不冷不热，他们就说了庄之蝶老师原本晚上来拜见他的，因走到了半路上害肚子疼，来不了了，让他们代表了来拜见，并送了一本书作个纪念的。这本书是周敏多了个心眼，在夜市书摊上买的，并由周敏模仿了老师的笔体签的名。他们从司马恭家出来后，又去了白玉珠家，白玉珠说庄老师这么大的名气，早想结识只是没机会，能有这事而交个朋友他很高兴，就谈了庄老师的书如何好看，他的儿子更是喜欢读，儿子是军人，在师部搞通讯报导，还写散文随笔一类文章，也算个小作家的，还望庄先生以后多教导。说到这儿，牛月清就说："别的要求咱不行，这一点咱是能办到的，那孩子写了东西，你们都可以帮他发表的。"赵京五就掏出四篇文章来，说："正是这样，白玉珠取了儿子四篇文章，说儿子的部队有个规定，在省市报刊上发五篇文章出来可以立三等功一次，在全国性报刊上发三篇文章可以立二等功一次。儿子写得很多，给他也寄了四篇，让他想法儿在西京的什么报纸上发发，他正愁着不认识人的。我们就把稿子全带回来了，拍腔子给人家说了大话。"庄之蝶说：

"那好嘛，你们给想想办法发表吧。"赵京五说："我们有屁办法，这还不是要你出面吗？"庄之蝶笑着说："你放在那里我明日看看。还有什么要求？"赵京五说："白玉珠说了，司马恭是个怪脾性的人，平日不苟言笑，不吃烟，不喝酒，也不搓麻将，他是完全可以把此人说通，但工作比一般人要难一些。不过司马恭有一个嗜好，就是特别喜欢书画，家里有许多收藏，你们有条件的，能不能弄一幅什么好的字儿画儿送他呢？他这么说了，我也应允了，咱不妨什么时候去找龚靖元的儿子，把毛泽东的那幅字搞了来给他，这事十有八九就成功了。"如此这般又商量了半天，最后决定让周敏这几天多跑白玉珠家联络感情；庄之蝶看稿子，想办法尽快发表出那四篇文章；赵京五和庄之蝶再及时去找龚靖元的儿子小乙弄来毛泽东的书法手卷，一弄到手，庄之蝶亲自出马去见一次司马恭，如果能把白玉珠和司马恭叫出来吃一顿饭最好，这事由周敏去与白玉珠交涉。方案既定，庄之蝶说："咱这么策划于密室，看看桌子下安没安窃听器？！"众人就笑了。孟云房说："搞政变可能就是这样吧！？"庄之蝶说："中央政治局会议恐怕也是这样，几个人在谁家这么商量了，一项国策就定下来。我看过一篇文章，说是毛泽东当年常召了周恩来、刘少奇在家商谈国是，一谈谈到半夜，就吃一碗龙须面的。柳月，你现在也给我们一人做一碗龙须面来吃吃。"柳月应声去了厨房，不一会儿果然端上来七碗，大家吃过方一一回去。

庄之蝶一觉睡到第二天中午才起来，看了那四篇文章，却大骂狗屁文章，光错别字就让他看得头疼，揉作一团就扔到便桶里去。牛月清忙去便桶捡，纸已经被尿弄脏，让柳月快拿了去凉台上晾，庄之蝶一笤帚把凉台上的稿纸扫到楼下去了。牛月清瞧着庄之蝶发疯的样子，吓得哭腔都出来，说："那又不是你的文章，只要发表出来，你管他水平高低？"庄之蝶说："这文章鬼去发表的？"牛月清说："那你不想赢官司了？"庄之蝶坐在那里直出长气。末了，还是找了两篇自己的未发表的散文说："我找省报文艺部去，换了他的名先发吧。我这当的什么作家，什么作家嘛！"踉跄出门，把门扇摔得山响。

三天后，两篇文章发表了。周敏买了报纸送给了白玉珠，白玉珠高兴万分，又问那两篇什么时候发表？周敏回来说了，庄之蝶大发雷霆，骂道："发了两篇还不行吗？不发了，坚决不发了，官司就是赢了，我也是输了！"周敏不敢言传。牛月清多说了几句，又挨了一顿骂，自然也没有回嘴，回过头来又安慰周敏。自己又跑去找孟云房，央求孟云房给庄之蝶劝说。再还是日夜担心这事要气伤丈夫的。数宗委屈、熬煎、害怕，苦得她背过人处哭了几场。

柳月自然是在这边做了饭，一日两次又得过双仁府那边给老太太做饭。老太太的旧毛病又犯了，不断地唠叨着说门越来越厚，印在门上的那些影子，每晚每晚都在活着，她要庄之蝶过来帮她烧掉这些东西。柳月推说庄老师太忙，抽不开身，她就和柳月吵，说庄之蝶是她的女婿，柳月你倒管住了他，你是他的老婆吗？气得柳月饭也做得不好，恨她老而不死，几次想哄她服安眠片安静睡一天两天，但又怕服出乱子来。老太太竟亲自拄了拐杖去了文联大院，硬把庄之蝶叫了过来。两人从街上往双仁府这边走，当时街上人并不多的，老太太却说人挤得走不动，指点着说那三人太瘦了，睡在那里肋骨一条一条看得清楚。庄之蝶朝她手指的地方看，那地方什么也没有，就说："娘是看见鬼了！"老太太说："我也分不来人是鬼，可能是鬼吧。"又边说边用拐杖拨动，真好像在人窝里挤着似的。庄之蝶就想，老太太说的或许有可能，人如果死了都变成鬼，那从古到今，世上的鬼不是最多的吗？回到双仁府家里，老太太就让庄之蝶拿刀剥门上的影痕。庄之蝶没办法剥，老太太就说："你站在这儿，你是名人，火气大的，谁都怕你的，你给我壮胆了我剥！"拿刀就在门上刻，刻一会儿，说揭下一页，刻一会儿说又揭下了一页，一共揭了十二次，手做了抱状到厨房，划了火柴来烧，问听见了吗，烧得噼噼啪啪油流皮爆地响哩。忽然惊叫有一双人脚跑了，这脚是她用刀从一条牛腿上砍下的，牛是长了人脚的，砍下来却跑了，便在房子里撵着赶，终于撵出了房门，方一头大汗，上床安然入睡。这天夜里，庄之蝶怎么也睡不着，恍惚间似乎觉得满屋里有人脚在走，走着各种花步，那脚印就密密麻麻在地板上、四壁上、天花板上，组合一幅图案。又似乎他是顺了这图案从外层往里层走，脚印儿竟变化莫测，走到里层了无论如何却再走不出来。不觉惊醒，已出得一身大汗。拉灯看地上墙上，并没有什么脚印。想：是自己听老太太的话而做梦吧？却再不能睡去，拉灯守坐在老太太卧室门口吸烟，看着老太太怀抱了那一双小脚鞋睡得正香。而幽幽的埙声却传来，如鬼哭狼嚎。

庄之蝶在双仁府那边住过几天，牛月清不敢过来叫他，和孟云房商量。孟云房的意思是让他陪老太太就住在那儿吧，至于那两篇文章由他来写，由他找报纸发表了事。等庄之蝶缓过气来，还指望他去找小乙弄书画的。牛月清就每日在家等待周敏，了解随时发生的情况，又得招呼一日来一次的赵京五和洪江。更令人头痛的是周敏把白玉珠叫来过一次，白玉珠此后常常吃饭时间或夜里十点了来闲聊天，甚至领了一大帮爱读书的和崇拜作家的男女来聊。牛月清则一一笑脸相陪，沏茶敬烟。等人一走，就张嘴打哈欠，累得一丝力气也没有了。柳月一边打扫地板，说这些人烟头不往烟灰缸里扔，偏要扔到屋角；说他们吐痰，吐了痰又要用鞋底蹭蹭；说来个人沏杯新茶，往往喝一口两口，又来了人又得重沏，茶叶都浪费了；说厕所马桶沿上有撒的尿。

周敏明显地人瘦了许多，胡子也数日不刮，白净的脸面像了个刺猬，不断地诉苦说白玉珠问了几遍关于字画的事了，牛月清也就催孟云房和赵京五劝说庄之蝶快去找小乙。庄之蝶没了办法，一个夜里和赵京五去了麦苋街二十九号，幸好小乙在家。龚靖元就这么一个儿子，父子关系却不好，龚靖元掏钱买了一个单元楼房让小乙单独住在麦苋街，为的是眼不见心不烦的。庄之蝶和赵京五进了门，小乙自然不敢慢怠，取烟沏茶，说叔你怎么来找我了，我屋里脏乱，你寻干净地方坐吧。说着拿一张报纸盖在了床下一个便盆上。屋里确实乱如狗窝，散发着尿臊味，庄之蝶就过去把窗子打开，在床沿上落身坐下。小乙先是坐在藤椅上与他们说话，歪脚倒头的，几次想坐得端正，不觉一分钟就又蜷一堆窝在那里，又是张嘴流眼泪，说："叔你喝茶，我上厕所去。"上了厕所老半天不出来。庄之蝶和赵京五就闻到一股香气，见花架上那盆蔫了叶子的花草也精神了起来。两人对视了一下，没有言传。小乙从厕所出来，判若了两人，眼睛里幽幽有光。庄之蝶说："小乙，你又吸大烟了？你拿些大烟来让叔瞧瞧，叔还没见过这玩意儿。"小乙说："叔也知道了？叔也不是外人，我拿了你看。"拿出来的是一小疙瘩黑泥一样的东西，说这烟膏他是放一丸在香烟里吸的，他这儿没有白面儿了，白面儿好。便让庄之蝶和赵京五抽，两人说不抽的，留给你吧。小乙就说："叔你是写文章的人，你能不能给什么部门反映反映。"庄之蝶说："什么事？或许我能说上话的。"小乙说："现在社会上假冒商品太多，坑害消费者利益，这白面儿作假的就多啦，许多人抽了浑身起疮疔，头发都落光了。"庄之蝶说："你写个东西，我送公安局让他们查去。"小乙就笑了，说："叔还给我开玩笑的。"庄之蝶说："小乙，叔给你说一句话，这话或许你也听得多了，你什么吃不得喝不得，偏要抽这玩意儿？你爹给我说过你，他为你头疼，周围人另眼看你，这又花钱又伤身子，主要是伤身子，你年轻轻的，还要找媳妇不？"小乙说："叔你说我不生气，我知道叔是为我好的。可叔你哪里知道抽烟的妙处？抽过了，你想啥就有啥，想啥就来啥。说实话，我恨我爹，我爹那么多钱，他可以一夜打麻将输二千三千，他就是不给我多余的子儿。我恨小丽，小丽是和我谈了五年的恋爱，她都和我睡过了，说走她就走了？！我恨我单位那领导，他到处散布我的坏话，为了那份工作，他得过我爹十幅字的，他竟能把我就开除了？！我知道越抽越戒不了烟瘾，可我那些抱负，那些理想，也只能在抽了烟后才能实现啊。叔你不要劝我了，你有你的活法，我有我的活法。你怕是和我爹一样的，说起来声名在外，天摇地动的，可你们倒还没我活得自在的。有一点叔你相信，我不会成为社会害虫的，我不去街上偷人，我不去真的抢劫，真的强奸妇女，也不去真的杀人，我不妨碍任何人。我是我爹的儿子，他再烦我，但我毕竟是他儿子，我爹的字画够我今辈子抽的。"赵京五就说："这是当然的，小乙有福就福在这里。小乙，我知道你手里有你爹的字画作品，也听说汉中有人还给了你一件毛泽东的书法长卷，有这事吗？"小乙说："赵哥你行，我什么事你都知道，你对我爹说过了？"赵京五说："咱哥儿们，我几时出卖过你，给你提供大烟的小柳叶和王胖子人家老早就不想给你供烟了，怕你爹知道了告他们，是不是我去劝说的？"小乙说："赵哥是坚钢朋友。毛泽东的那幅字写得好哩，一看就有帝王之气，这东西是在我手里。"赵京五说："这就好了！话明着说，我和你庄叔今日来，是想见识见识那幅字的。你庄叔是作家，什么字都不稀罕，只是要写一篇关于毛泽东诗词书法方面的文章，就想能得到一件实物。他给我说了，我说这好办的，小乙那里有一幅，小乙是义气人，他留那干啥，会送了你的。"庄之蝶说："我哪能白要？小乙到我家去，看上什么玩物儿你去拿一件吧。"赵京五又说："毛泽东的字当然不是省长的字，但话说回来，那又不是文物，即便算是革命文物，你能卖吗？国家一见就要上缴的，一分钱也不付的。"小乙就嘿嘿地笑。赵京五说："小乙你笑什么？"小乙说："庄叔和赵哥不是外人，我也真话说了，你们要我爹什么字画，我都可以给你们，这幅字，我是不能的。有人来买过，出过五千元的价儿，我没出手，我也爱毛主席的，毛主席人死了，但他还是神，神的东西在家也辟邪吧！"赵京五就看庄之蝶，庄之蝶摇摇头。赵京五说："那好，你这么说，我们也不难为你了，那你总不能让你庄叔就这么走了？你这里有你爹的字，随便取几幅吧。"小乙就从柜子里抱了一卷出来，抽了三个有轴儿的，说："我就靠这抽烟的，你不知道，我爹卡得严哩，为弄这批东西我费了劲的。"赵京五把三幅字轴用报纸包了，夹在了胳膊下，说："赵哥亏了你吗！我会给小柳叶说的，你去买烟，让她软些价儿。"就和庄之蝶走出来。

庄之蝶和赵京五一走，龚小乙就从柜里取了一个长条木匣来，打开看了看毛泽东的那幅字，重新包好，装在匣子锁了放到柜子的最下边。心想，赵京五把庄之蝶领来也谋这件字，就说明这真是件宝贝了，那么，万不得已不能出手。如今烟价一日高出一日，到了将来实在没钱了再换烟抽吧。一想到烟，瘾就又发作了，将那唯一的一包白面儿在锡纸上倒了，用火柴在下边烧，再拿一个纸筒儿吁地一口长吸到肚里，就开了一瓶高橙饮料赶忙喝下压住，不让一丝一缕的烟气从气管漏出来，然后就点上了一支万宝路香烟，躺在那里一口一口地吸，立即就坠入另一个境界，似看见了小丽从门外进来了。他说："小丽，你来了？你这么些日子都到哪儿去了，我只说你永远不来见我了？！"小丽说："我好想你，好想好想的，你就不来接我嘛！"小丽在给他撒娇。小丽撒起娇来就在他身上蹭，那双奶子拥在他的脸上，手也在下边搋了，还说这是香肠，我想吃香肠的。小乙他就把衣服脱了，也给小丽脱。小丽会享受，她自己不脱，偏要他脱。小丽的衣服很多，脱了一件又一件，脱了一件还有一件，脱到最后脱出个小巧的身子来，他们就想着法儿做各种杂技动作。他说小丽你坐过船吗？小丽没坐过，他就把一口袋黄豆倒在床板

221

上，摊成匀匀一层，将一张木板放在黄豆上，他和小丽就趴上面玩起来，木板晃来晃去。但小丽却下床走了，开始变脸，变得像一只恶狗。小乙他就发怒了，说："你不和我做爱，你是和那个姓朱的来吗？那姓朱的有什么比我好的？"小丽却说："是的，你一出门我就和小朱干，他比你强，他是超人，妙不可言！"小乙他就抄了刀说我要杀你！小丽说你杀吧。他一刀过去就把她杀了。小丽倒在他面前，雪白的身子在蠕动，一股血就分了岔，像树丫一样从那奶头上往下流，流过大腿。流过大腿时似乎流不动，血水聚很高的楞沿儿，他就用刀尖划了一下，划出个白道儿，引着血水便唰地流下去了。小乙他就又拿刀在小丽心口剜，剜出一颗心来，他说小丽你心原是石头做的这般硬？！小丽就叫了一声彻底死了。他小乙看着那已经死了的小丽的身子还有一处在动，就觉得美艳无比，尤其那一声叫，刺激得他无比快意地长笑了。

　　庄之蝶带了三幅字回家展开看了，果然是龚靖元书法中的精品，倒不忍心全送那司马恭，遂抽下两幅让赵京五收留了将来布置画廊。怎么去见司马恭，庄之蝶却有些为难，说他从没有这么样求人的，显得太是下作。赵京五说这你得去，韩信当年还钻人裤裆的，身在屋檐下怎能不低了头？庄之蝶就要让孟云房陪他，孟云房能说话，以免在那里冷场。临去的那日晚上，赵京五去叫孟云房，孟云房不在家，夏捷说不是为官司的事去白玉珠那儿了吗？原来白玉珠的母亲害腰病，孟云房就陪同着宋医生给白玉珠的母亲治病去了。赵京五回来说了，两人就往白玉珠家来，果然孟云房和宋医生在那里。宋医生为老太太按摩了腰，正在灯下开药膏处方，一见庄之蝶，就问腿伤如何，庄之蝶赶忙感谢了，脚在地上跺着说药膏真好，五天里什么痛感也没有的。白玉珠虽是去过文联大院五次，但还没真正见过庄之蝶，热情招呼，就拍腔子说官司的事有他便没事的。庄之蝶也说了几句感激话，拿出龚靖元的一幅字让他看，问送这样的字行不行？司马恭会不会接受？如果接受了不说，不接受了又怎么办？孟云房说："这有什么不敢接受的，不是冰箱电视大件东西，不是现款钞票，文人送字画是文人的本行，雅事哩！你送着不丢人，他收着不尴尬，他也可以公开对人说这是谁送的。既不落受贿名，反觉荣耀哩！你要还不自在，我陪你去。"庄之蝶说："我来就是要你一块儿去的。"白玉珠就说："你们先坐了，我去他家看看，如果他家有客人，你们就不先过去。如果人在，我也先去唠唠话，瞧瞧他情绪怎样。若正为别的事心烦，这去就不保险了；若情绪好，什么话都可说的。"孟云房说："对对，我们在这儿等你。"白玉珠出了门，庄之蝶就问起宋医生现在有了行医执照了吗，最近见过王主任没有？宋医生说："我一直想去找你，只怕你早知道那事了，就没去打扰你。"庄之蝶问："什么事的？"宋医生就去了厨房洗手，示意庄之蝶过去说话。到厨房掩了门，宋医生说："你真的不知道他的事吗？那个设计员你还记得？"庄之蝶说："记得。好久日子没时间去找她的。"宋医生说："她疯了。"惊得庄之蝶差点叫出声，忙问："疯了？她怎么能疯了？！你是听人说的，还是亲眼所见？"宋医生说："她人我没见到，可这事没假。为办执照，我去了王主任那儿三次，他总是说忙，改日一定去的，并约了我的日子。那天我去了，刚坐下要说话，进来一个女的，那女的说她是阿兰的姐姐，说阿兰疯了，羞丑不知道顾了，她是来向王主任问问阿兰是怎么疯的？王主任听说阿兰疯了，也在说：'她疯了？她一疯这设计工程怎么办？'阿兰姐姐就掏出一件衣服放在桌上，问王主任这是怎么回事？我看清了，是一个小裤衩，女人穿的裤衩。裤衩却破了，分明是用剪刀铰开的。王主任就对我说：'你看，今日又有事了，你先回去吧，三天后来找我。'"宋医生说着头伸到水龙头下，张口喝了水，咕咕嘟嘟漱了一会儿，吐出来，说："三天后我去了，王主任没在，问旁边房子的人，说王主任住院了。我想人家住了院就得再买些礼去探视一下才好。便问得了什么病，住在哪个医院？房子里的人就哈哈笑，我才知道了事情原委。事情是这样的：王主任是借让阿兰设计公厕，不停地招阿兰来谈方案，阿兰那女子也是设计心切，便识不破王主任的坏心。那一天阿兰去了，王主任说方案定下来了，要庆贺的，拿了酒让阿兰喝。阿兰是喝了，喝醉了，王主任就把她放倒在桌上，剥了人家衣服，因为急，裤衩也用剪刀铰开，把阿兰糟蹋了。阿兰醒来就闹，王主任就说你要嚷，我就说咱们是通奸的，我没有去你家，是你自动来我这儿的。阿兰忍了，回去越想越气，给她姐姐说了。她姐姐也是气得要死，又骂阿兰搞什么设计，这么大的人了没个心眼。阿兰越发想不通，就疯了。那日见到她姐姐，她姐姐就是来找王主任的，王主任是跪了求她姐姐。她姐姐是有心人，一是要报复王主任，故意软了话，说要饶他；二是王主任贼胆太大，竟看她姐姐比阿兰长得还要好，既然阿兰姐姐话软了，还对他笑，说过你找我妇人也就罢了，你找黄花闺女，还让我妹妹找人家不找的话，他就上来抱阿兰姐姐。阿兰姐姐竟应允了他，喜得王主任姐呀姐呀地叫，当下提出他要离婚，盼望阿兰姐姐嫁他。阿兰姐姐第二天就寻到了王主任家，对着王主任的老婆说：'我爱老王，老王也爱我，我们相好三年了，你能不能成全我们？'说完就坐在床上，自个儿倒了一杯水喝起来。她真厉害，气势和风度竟将王主任的老婆镇住了，一句话也说不出来。阿兰姐姐就站起来，说，你记住，我叫阿灿，阿灿才有资格配做这个房子的主人的！说罢就大步走了。这老婆一见她走了，在家大哭起来，跑到办事处找王主任，可主任正主持会，冲进去揪了他的耳朵出来，满院子叫喊王主任流氓，在外蓄小老婆，让小老婆到家去欺负她了。两口子就在院子里打起来。当晚王主任就去找阿灿，阿灿直笑，说：'你不亲亲我吗？'王主任扑过去就亲，阿灿一口把他舌头咬下来一截。王主任才知道阿灿一切都是在报复，捂着嘴跑了。庄先生，庄先生，你这是怎么啦，你有心脏病吗？"宋医生自管自说下去，抬头看庄之蝶，庄之蝶脸色蜡黄，闭了眼睛，身子靠在墙上慢慢往下溜，就慌了，急忙叫赵京五和孟云房。两人过来，吓了一跳，把庄之蝶放平在地上就按摩胸口。庄之蝶睁开眼来，说："没事的。"慢慢坐起来。赵京五倒了开水让喝，孟云房说："宋医生，你在说什么了，刚才还好好的，怎么一下子成了这样？！"宋医生说："我给他说件闲事的，他突然就顺墙往下溜。"庄之蝶说："不关宋医生的事，这些天怕是累了，有些虚脱吧。"众人见他喝了开水，脸上渐渐红润开来，都松了一口气，说或许有心脏病，过几天一定得去医院查查。

过了一会儿，白玉珠回来，说是院里领导在司马家里，看样子还得等一阵儿，等领导走了再过去。庄之蝶说："老白，既然是这样，闲聊没个长短，夜也不早了，我们改日再拜见司马审判员吧！"赵京五又说了刚才庄之蝶犯病的事，白玉珠想了想说："那也行的，你一定是心急病的，不要急嘛，我说有我嘛，我连这点事都给你办不了，我不是白在法院工作了？！"一直送他们出来，和庄之蝶握手告别时还亲热地抱了一下，说下次来先给他打个电话，他还要准备个照相机，要和大作家合个影荣耀荣耀的。

庄之蝶回到家里，赵京五说了犯病的事，吓得牛月清和柳月眼泪都流下来，说从来没有犯过心脏病呀，就冲糖水让喝，烧姜汤让喝，问想吃什么。庄之蝶说："我想睡。"就睡下了。客人走后，牛月清轻轻脱衣睡在丈夫的身边，庄之蝶却醒过来，牛月清问觉得怎么样，庄之蝶说没啥事的。牛月清说："没事了我就放了心。"身子就偎在丈夫怀里，说："你好心硬的，要不是出了这场紧事，你怕还是不理不睬我的！瞧你也瘦多了，这犯病儿怕也是心上吃力惹下的。你男人家心胸要大的，天大的事也都有个过去的时候，你说呢？"庄之蝶就把胳膊从夫人的脖子下伸过去搂了她。牛月清身子面条似的软软贴紧，却感觉到有什么东西垫着，手一摸，摸到那枚铜钱，说："这哪儿的铜钱，稀罕得戴在身上？"庄之蝶支吾了，说："戴着好吗？"牛月清说："男人家戴这个算什么样儿，一定是谁送你的，这段时间不管你了，哪一个不要脸的骚货就给你骚情了？"庄之蝶说："别自己捏个鬼儿又让鬼吓住！那日阮知非叫我去他家，他说一个气功师给他一枚铜钱上发了功，戴上可以辟邪健身，就送了我的。"牛月清说："阮知非的话十句九句谎的，送你一枚铜钱儿倒说得那么玄乎，为啥戴上了还犯心脏病？"庄之蝶立即把话岔开，就把阿兰和阿灿的事说给了她。牛月清当然咒骂了一通那个王主任，却也怪阿灿那样去处理何必呢！女人毕竟是女人，她为了报复，也不该真的与王主任搂抱了亲嘴的。庄之蝶说："你不懂。"牛月清没有回嘴，心里却想：他这么病了，原来是为了那姐妹俩儿，萍水相逢的人，即使同情也不至于到这个份儿上！便说："我不懂，你就懂她，你是怎么懂她的？"庄之蝶却轻轻打起鼾声，假装睡着过去了。

一连三天，西京降起了大雨，这雨如白色的麻绳，一股一股密密麻麻从天上甩下来。三天里正晌午光线都是暗的，每个四合院，居民楼院，水都是一脚脖子深，从水眼道流不及，就翻了大门槛往外流。自来水龙头却没水了。消息传来，原是西城门外一段路塌陷，水管断裂，柳月就提了盆子去凉台口接雨水，盆子一伸出去水就满了，取回来却只有半盆，如对了瀑布接水一样。庄之蝶有许多事心急着要去办，出不了门，背上倒不痛不痒地生出一溜七个疮来。牛月清害怕是什么毒东西，庄之蝶说没事，可能是下雨潮气所致，就涂了些清凉油。牛月清就操心起双仁府那边的老娘和老娘住的平房，拨电话，电话线又断了，要柳月和她一块儿过去。柳月哪里肯让夫人去淋这么大的雨，就说她一个人去。这当日，哑了几天的门房韦老婆子的播音器突然响起来，照例是噗噗噗吹了三下，牛月清就说："这大的雨天，难道还有来访人吗？"话未落，韦老婆子的声音就透过雨声在院子里回响："庄之蝶下来接客！庄之蝶下来接客！"牛月清脸就变了色，庄之蝶问你怎么啦？牛月清说："现在是一有急事，我这心就慌了！"柳月说："我反正要下去的，我去看看是谁？若不是重要事，我就打发了；若是紧事，我让他进门到家里来。"便穿了雨衣，蹬了雨鞋跑下去。大门口里湿汤汤地立着一个人，却是那拉车收破烂的老头。柳月并没理会，对韦老婆子说："没人呀，谁个找庄老师的？"韦老婆子拿嘴努努老头。柳月就奇怪了，过去问："是你找庄老师？"老头说："我找庄之蝶，不找庄老师，我没有老师。"柳月就笑了："什么事，你给我说！"老头看看柳月，说："你给过我两个馒头的。"柳月说："你好记性，我不用你谢的。"老头说："我没谢你，骂你的，那天夜里我积食了，肚子胀得一夜没睡好！"柳月说："这么说，冒这么大的雨你是来骂我的？"不再理他，兀自往街上去。老头说："你走得好，你老师背上还要生疮的！"柳月就站住了，觉得惊奇：他怎么知道老师背上生了疮的？就说："哎，你说什么？"老头说："双仁府的牛家老太太让我顺路捎话，说她老伴回家几回了，没做几顿好饭菜的，女婿女儿一个都不来，老伴用鞭子抽女婿哩！"柳月说："她哪里有老伴，死了八辈子了！老太太又是犯了病的，我这才要过去，大爷你还要往哪儿去？"老头说："我往哪儿去，大雨天街上没人了，我到省府市府去了我就是省长市长，我坐在交通指挥台上我就是警察，我进了饭馆里我就是发了财的人！你要去双仁府，你坐了车，我路上就是司机，到了双仁府，我就是你爷的。"柳月说："你话这么多的！那我就上车呀，我真不好意思，让你这么大年岁的人拉了我。"老头说："那你拉了我，我就是坐小车的官人！"柳月说："我哪里能拉了车？"老头就把车拉上街小跑起来，说："你头晕不晕？"柳月说："不晕！"老头说："那你是坐车的命，不当官也是官太太。"

柳月乐得直笑。但一笑，雨就灌了一口，忙把雨衣裹紧身子，看着老头茅草般的头发一绺一绺全贴在脸上，衣服湿淋淋的了，清清楚楚显出瘦骨嶙峋的脊梁。柳月又不忍心了，要把雨衣让给他。老头说："姑娘你这命就薄了！"柳月说："怎么又薄了？"老头说："那你怎么要把雨衣给我？我在西京城里跑了这几年，人人都把我当疯子，不把我当疯子的只有睡在城门洞的那些人。"柳月就不言语了，心里一时乱糟糟的。街巷的积水更深，简直是一条条河，沿途那些地下水道通口的盖子全揭了，为的是尽快让水流走，但有的通口却往外冒水，积水就几乎到了人的膝盖。老头就绕了路的一边拉车，一边给柳月指点，哪一堵围墙是塌了，哪一根电线杆下的地面泡软了，杆子倒斜断了线。柳月就又看见有几辆汽车窝在几个下陷的坑里；而平路上一辆卡车和一辆面包车相撞了也瘫在那里，这卡车样子是要超车的，但没有超过，一头却碰在面包车的前半截，两车瘫在那里组合了一个"入"字。老头就呵呵地笑。柳月说："你笑什么？"老头说："你瞧瞧那卡车干什么了？世上万物都有灵性的，这卡车是看见了面包车就忍不住骚情，强行去要亲嘴吧，这不，祸就闯下了！嗬，你看着那东西好，那你只能看着。手抓火炭儿，火炭能不烫了手？！"柳月再看时，越看越像是那么回事儿，也就笑；笑过了，心里却有些不舒服。老头猴子一样不正经拉着车走，一会儿从水面上捡起一只塑料破盆儿，一会儿又捞起一只皮鞋，反手丢上车来，说这皮鞋是新的，一定是水进了谁家房子而从门下漂出来的，可惜是单只，怎么没有漂出个彩电和一捆人民币呢？柳月就又笑，想这老头自己说他不是疯子，也是离疯子不远的。突然老头就大声吆喝起来了："破烂——承包破烂——喽！"柳月在车上说："我在你的车上，我是破烂啦？！"老头说："不喊喊我嗓子疼的。"柳月就说："你要嗓子疼，你怎不给我唱念着谣儿？"老头第一次回过头来，哗哗的雨里，他一脸皱纹地笑，笑得天真动人，说："你也爱听？"柳月说："爱听的。"老头就飞快地拉着车跑起来，没胶皮的铁轱辘在水里比旱路上轻快，搅得两边水白花花飞溅，柳月于是听到了有趣的谣儿：

　　中央首长空中行。省市领导两头停。县上的，帆布篷。乡镇
的，"壹三零"。农民坐的是"东方红"。市民骑的是自摇铃。

老头又回过头来，说："姑娘，你叫什么名字？"柳月说："柳月。"

柳月乘的是水中龙。

柳月就叫道："我不让你编派我名字，我不愿意嘛！"老头还是继续着反复唱，街两边避雨的人就听到了，立即也学会了。柳月便听见身后那些人都在狼一样地吼着嗓子唱叫起来，最后一句仍也是"柳月乘的是水中龙"。柳月就生了气，从车子上往下跳，一跳跌坐在水里，老头却没有听见，也没有感觉，竟还拉了车子飞也似的在雨中跑。

柳月一到双仁府这边，满街巷里，都乱哄哄的是人，老的少的差不多都用了塑料布、雨衣、薄膜纸包着大小包袱和家用电器，往屋檐下跑。许多警察在那里大声吆喝，一些人就被车拉走；一些人却死活也不上车；更有一群人急急往老太太住的院里跑，叫嚷着快打电话，打急呼电话！柳月第一个念头就是老太太出事了！不顾一切地往家跑，家里果然站满了人，而老太太却在门口的藤椅上盘手盘脚坐着的。柳月一下子抱了她，说："大娘，你没事吧？"老太太说："我没事的，昨日一天你大伯一直陪了我的，他今日又来，你们都不过来，他就发火了，他说他用鞭子抽打了女婿，他手重的，我倒担心他把你老师打坏了！"柳月说："哪有这等事，庄老师背上只是出了些疮的。"老太太说："那不是鞭打的又是什么？我年轻的时候，水局里有个赶马车的刘大瑜，挣了钱上不敬老，下不娶妻，整日赶车回来就去闯勾栏，入局子。那年夏天打雷，他背上一片乌青，那就是被雷批了文的！你庄老师让鞭打了，他还是不过来，等着要雷文吗？"柳月说："庄老师事情多得走不开，才让我冒雨过来的。"老太太说："你大伯就说女婿不会过来的，果然他不过来！你大伯只能欺负了我，要我给他做花椒叶煎饼。天泼大雨，老东西逼我去院里那花椒树上摘叶子，那面墙就倒了。你说怪不怪，那墙不往这边倒，偏就倒过去，把顺子那驼子娘砸死了。你大伯怎地说，他说，为啥墙没倒过来，那是一个女鬼在推墙的，看见了他，他给人家笑笑，女鬼就把墙推向那边。这老不正经的！"老太太说着，还气呼呼地喘气。旁边几个人也听了一句半句，问："墙不是淋倒的？是人推的？"柳月说："鬼推的，我这大娘阴间阳间不分，你哪里就信了？你要信，你问她，我那大伯死了几十年了，你问她现在人在哪儿？"老太太瘪了嘴骂柳月和她总是反动，是反动派，说："我说你大伯，你在那边还花呀？！他和我吵，吵得好凶。他们一伙进来要用电话，你大伯说闻不惯生人味，头疼，才走了的。"旁边人就笑了，知道果然是个神经老太太。打电话的打了半天，电话总算是通了，向众人喊："市长马上带一批人就来救灾了，市长说还要带电视台记者，报社记者，还有咱庄作家的。"一群人欢叫着就拥出门去。老太太说："这么大的雨，市长还叫你老师来，要他去抽水？你大伯打他也打不过来，市长一叫就叫来了，市长是官，你大伯就不是官？你大伯在城隍爷手下是个头目的！"柳月说："市长怕是让他来写文章的。"老太太说："那你出去瞧着，他要来了，就叫他回来给你大伯烧些纸呀！"柳月没吭声，换了一身干净衣服，打了伞也出去瞧热闹了。

院子的左墙角果然塌了一面墙，墙是连着隔壁的顺子家，墙后真的是个大茅坑，茅坑里落了许多砖石，粪水溢流，而茅坑边是一堆扒开的砖石。柳月往日只知道这一片也是个低洼区，只有庄家的屋院垫了基础，高高突出，但没想到院墙过去就可以清楚看到整个低洼区的民房了。这里的建筑没有规律，所有房子随地赋形，家家门口都砌有高高的砖土门槛，以防雨天水在沟巷里盛不了流进屋去。那横七竖八的沟巷就一律倾斜，流水最后在低洼区的中心形成一个大涝池。以前是有一台抽水机把涝池的水再抽出来引入低洼外的地下水道流走，现在三天三夜的雨下得猛烈而持久，涝池的水抽不及，水就倒流开来，涌进了几乎一半的人家。柳月跳过了院墙豁口，顺子的娘还没有盛殓了去火葬场，身盖着一张白色床单停在家里。家里虽然没进水，小院里的水却快要齐平台阶，顺子的媳妇和顺子的胖儿子，头缠了白纱条在尸床前摆设的灵桌下烧纸，哭已经是哭过了，因为来帮忙救灾的人多，便再没哭。顺子一边用手在小院门口筑一个泥坎儿，一边用盆子向外舀着水泼，一边给新来探望的熟人在说："下雨了，我也没去街上摆烟摊，颠倒了头在床上睡，一个夏天的乏劲都来了，越睡越是睡不够，就被哐的一声惊醒了。想，这又是什么倒了？出来看看，那边茅坑的墙倒了。这几日谁家不倒个墙、塌个屋檐角的，倒就倒吧，天晴了再说。我就又去睡。睡却睡不着，想我娘怎地不见？我娘在对面那间小屋住着，她腰驼了，耳朵却灵，每有动静都是她要出来，不是喊我就是喊我儿子，说谁家又怎么啦，快去看看呀！院墙倒得这么大声响，怎不见她叫喊？我就叫我儿子去看他奶在不在，儿子去了说不在，我还以为我娘去沟巷里看水了。又睡了一会儿，尿憋，起来到茅坑去，站在那儿，却发现了我娘的那只小脚鞋在茅坑漂着。我心里就慌了，弯腰去搬那倒下的几块砖石，我娘的一只手就出来了。我娘是在上茅坑时，被那墙倒下来活活窝死在那里的。这鬼市长，他整天花了钱造文化街、书画街，有那些钱怎不就盖了楼房让俺们去住？！让雨下吧，再往大里下吧，把这一片子房子全泡塌了，人都砸死了，市长他就该来了吧！"旁边人就赶忙说："快不要这么说，你没看电视吗，这几天市长像龟孙似的到处忙着救灾哩！听说西城门北边那片低洼地房倒了三百间，人死了十二个了。刚才已打了电话，市长立马就要来了，你可千万别说这话！市长心盛盛地来救灾，肯定要下决心拨款拨物给这一片居民。市长也是人嘛，你话说得难听了，他不生气？生了气该拨一百万救灾费也可能只给五十万。"顺子点了头，双手接过了一个邻居跑去买来的童男童女泥塑，眼泪流着进屋摆在了他娘灵桌的两旁，跪在那里老牛一般地放了哭声。

柳月不忍心见人哭丧，忙踏了泥水往别处去。听见远处有车响，有人声，顺了一个窄巷一脚高一脚低走过去，裤子又成了两筒泥水，就看见有人肩上扛了摄像机在拍摄。一堆人的，有抬了三台抽水机往那边跑的，有扛了塑料布捆的，有医生，有担架。柳月便看见庄之蝶了。柳月走过去，扯了他的后襟，说："庄老师你真的来了？"庄之蝶说："市长打电话要我来现场看看，我怎地不来？！老太太没事吧？"柳月说："甚事也没有，她只让你去给大伯烧纸，说大伯今天回来。"庄之蝶说："我怎么走得开？这儿忙活完了，可能还要到西城门北边那片低洼区去的。"柳月就回身走了，却又返回来，悄声问："哪个是市长？"庄之蝶指了指已走入巷头一群人中的那个高个。柳月说："当市长倒还这么辛苦！"庄之蝶说："你以为的，市长也不是好当的！"柳月却瘪了嘴，说："咱是看见贼娃子挨打哩，却没看见贼娃子怎么吃哩！"庄之蝶瞪了她一眼就撵那群人去了。

这一晚上，雨开始住了，庄之蝶没有回来。电视上的专题节目是市长向全市人民作关于抢险救灾的报告。他说这个城市是太古老了，新的市政建设欠账太多，在已经改造了四个低洼区后，今年市政府还要下狠心筹集财力物力，改造西城门北段和双仁府一带的低洼区。而庄之蝶就住在一家宾馆里，由宣传部组织了几位报社的记者和庄之蝶连夜撰写这次抢险救灾的纪实报导。他们由灾后的沉思，今年低洼区改造的规划，洋洋洒洒共写出数万字，于第三日中午全文发表在市报上。离开宾馆时，黄德复代表市长来摆了一桌酒席慰问大家；席面很丰盛，但大家因疲劳过度胃口不佳，菜剩了一半。黄德复说："庄作家你家养了猫吗？用塑料袋包了这几条鱼带回去，也不浪费呀！"一句话倒使庄之蝶想起了汪希眠的老婆，便把那吃剩的几条鱼装了袋子，出得宾馆，便径直到菊花园街汪希眠家去了。

汪希眠是买了一处旧院落而自修的一座小楼。楼前一株大柳，荫铺半院。又在楼的四旁栽了爬壁藤，藤叶密罩，整个楼就像是一个绿草垛子。庄之蝶先在那院门框上按了门铃，半天没人来开，一推门，门才是掩着的。深入了，院子里还是没有人，也不见保姆和老太太出来。宽大的石阶上生满了绿苔，一片落叶，叶柄儿缠在那绿苔里，不知怎么着了风，咝咝儿发着颤音。庄之蝶觉得一场雨后使这院落不是清静，而是有些阴冷瑟瑟了。正疑惑着人呢，一只猫就悄然从楼庭里跑出来，三步之远蹲下，拿很亮的眼睛看他，然后尾巴摇摇，又朝楼厅去了。庄之蝶知道这就是女主人的那个宠物了，跟了猫进去，猫在厅里却不停又往墙边的转梯上爬，爬上去几层，回过头来再看他，他就也上了楼梯。如此上到二楼，他瞧着楼梯口的那间房子里，汪希眠老婆病恹恹歪在床头，正给着他一个无声的笑。庄之蝶忙放下塑料袋儿，走过去问："你病了吗？"女人说："身子不舒服，不能到楼下去，可脚步还在院子我就听出是你来了！从哪儿来的，怎么就知道我病了？"庄之蝶说："我还不知道你是病了，哪儿的病？看过医生了吗？"女人说："前日清早起来，觉得背上疼，让保姆来看了，说是出了几个疮疔的，我并不在意。不想昨儿夜就疼得厉害，整个脊背都成了硬的！今早保姆带我去医院，医生说是化了脓的，开了刀敷了药，疼是不疼了，但却没有了一丝儿力气。"庄之蝶说："让我瞧瞧，到底怎么样了？"女人说："不用看了，原本光光的脊背长了那烂伤，怪难看的。"说着，欠身让庄之蝶坐在了床沿上。庄之蝶说："希眠又是没在家？老太太和保姆也不见的，你是吃过了？"女人说："他还在广州没回来，老太太和保姆恐怕去邮局给他拍电报了，你自己倒水喝吧。"庄之蝶说不渴的，说："这也是怪事，我背上也是出了疮疖的，但却不痛不痒，你的倒这般厉害？"女人明显地吃了一惊说："是吗？哪有这么巧的事？你怕是安慰我故意要开心的。"庄之蝶就解了上衣让她看，女人果然看见他背上有七颗疮疖，形状如七斗星勺的。女人当下也发了愣，闷在那里出神儿，等到庄之蝶转过身来扣衣服扣儿，她说："之蝶，你还戴着那铜钱的？"庄之蝶说："戴着的。"妇人突然眼帘垂下，扑扑簌簌掉下一串泪珠来。庄之蝶心里一时翻腾，不知该说些什么好，也不知该做些什么好。他看见了一件绣花薄被的角下露出了女人的一只小脚，白白软软地那么斜放着，伸手拉了拉被角盖住了，手却仍在那里颤动。女人就擦了眼泪，又一个无声的苦笑，说："你给我带来了什么吗？"庄之蝶赶忙把手伸回来了，说："我从宾馆来的，有几条吃剩的鱼，给猫带的。"女人说："你真有心，还记着我的猫！它这两天还真没吃到鱼的。剩鱼也好，你快拿了让它去解解馋吧！"庄之蝶把那塑料袋打开，却没个盘儿放了让猫吃，记起口袋里装着那登载了纪实报导的报纸，就取一张摊在地板上，鱼一放上去，猫就喵的一声欢叫了。

庄之蝶陪了汪希眠老婆又说了半晌话，老太太和保姆还没有回来，他就告辞了要走。汪希眠老婆不能送他，抱了猫说："你该认下他是谁哩！"猫竟知趣地叫声："喵！"她就又说："代表我去送他吧！"猫就跳下怀往楼下走，庄之蝶却把猫抱起来了，说："不用送的，好好陪着你的主人，啊！"眼看着妇人，嘴却在猫的脑袋上吻了一下，吻得很响。

回到家来，庄之蝶筋疲力尽。牛月清接他如接驾，一边看那报上的纪实报导，一边让他去卧室睡觉。他已经睡下了，牛月清却记起了一宗事，进来说："白玉珠刚才是第二次来电话了，说不敢再耽误了时间，最迟也要今晚上去司马恭家的。现在好好睡一觉，晚上去好了。"庄之蝶睡下并没有睡着，脑子里还想着汪希眠老婆的清冷日子，替她心里发酸。却又转想，自己和这女人虽然清清白白，却有一种说不清的情感系着，连背上生疮疖都几乎是同一时间同一个位置，这到底是一种什么样儿的缘分儿？这么想着，情绪也兴奋起来，就穿衣下床，一边问牛月清看了报上的文章感觉怎么样，一边让柳月烧了开水，说要叫孟云房、赵京五来喝喝茶的。便从口袋拿出一包极精致的盒子说："你来瞧瞧这是什么茶，君山毛尖！市长送的。"先自己在杯子里冲了。牛月清看时，那叶子在杯里一半着水，一半浮出，都是细长的未开绽的芽尖，竟一律竖着，如缩小的一片森林。待叶子一支支竖着又沉下去，杯面上就一层一层漾白中泛绿的雾气，一股幽香就在满屋子里暗浮了。牛月清说："我真没见过这等好茶的。"庄之蝶说："去打电话叫孟云房、赵京五，还有周敏两口子，都让品品。"柳月说："我看过一本书，说霍去病在河西走廊作战时，皇帝奖赏了他一坛酒，他把酒倒在一个泉里让全军士兵来喝，那地方后来就叫酒泉。市长送了你一包茶，你叫这个来那个来，真还不如把茶叶放到自来水公司的水塔里去，让全城都知道市长的恩典了！"庄之蝶说："你这是笑我受宠若惊了？这你别嫉妒，市长就是送我一包茶叶不送你哩！"柳月说："那你别小瞧我！"牛月清说："叫人来喝茶就叫他们来喝吧，不必喊动唐宛儿了，女人家能品出个什么好赖？！要我来尝，好茶叶闻着香，喝到口里只是涩和苦。"庄之蝶说："你是关中人，喝茶只是解渴，也或许关中道上水有盐碱，放些茶是要遮水味罢了。南方的水好，喝茶倒讲究品了。唐宛儿虽是潼关人，原籍却在陕南，她能品出味儿的。上次我在阿灿家，她那茶叶是江苏阳羡茶场买来的，味道真是美，喝了就连叶子也吃了，临走还抓了一撮在口里干嚼，几天口里都有香气的。"柳月说："你那么逊眼的，吃茶叶渣？"庄之蝶说："这你陕北人就更外行了，你看的书不少了，你说为什么古书上常写了'吃茶'？那就是古人把茶叶捣碎了冲了糊状吃，或是撒在饭里吃的。你平日只是牛饮！"柳月说："我们都是牛，只有像你这样的高级人才叫吃茶的，可我看呀，阿灿那么懂吃茶，却干出那种事来？！"庄之蝶问："你也认识阿灿？她干出什么事来？"柳月说："她昨儿下午来的，我真担心大院里人知道她是阿灿了，会怎么说咱家的！"庄之蝶就问牛月清："阿灿昨日来过？她来说什么了吗？"牛月清说："柳月这张臭嘴，也学得和孟云房一样，该说的说，不该说的也说！阿灿是来过的，你给我说阿灿长得多好多好的，就是那么个青眼眶女人呀？她说她妹妹疯了，医院里是说治不了，建议送精神病院去，她让你去看看她的妹妹，她要今日就去送哩。"庄之蝶就问："她还说什么了？"牛月清说："还能说什么？就给我说她和王主任的事，她也真是，竟然还纸包了那姓王的一疙瘩舌头肉，差不多要干臭了！她说她与丈夫离了婚……"庄之蝶就叫道："离了婚？离什么婚呀，这阿灿！你怎么不去看看她妹妹，你怎么安慰她了？为什么不就留下她在咱家多待呢？"牛月清说："我把她撵走了。"庄之蝶说："什么？你撵她走了的？！"牛月清说："现在外边谁不知道西京城里有一个咬男人舌头的女人？那王主任是色狼，能被咬了舌头就少不了是两人搂过亲嘴，能搂了亲嘴谁知道还干了什么？听说又有一种说法了，是说她们姐妹俩争一个王主任，妹妹争不过姐姐而疯了，姐姐和王主任通奸时要人家高数额钱，人家不给，一气才咬了舌头的。这号女人，连她丈夫都嫌恶心把婚离了，她要你去看她妹妹，你能去？咱家来人多，留她多待，碰上多事人出去到处张扬，咱名声就好听了？"庄之蝶脸色铁青，胸部一起一伏，说："不要说啦！你一贯是慈肠善心的出了名，你这次做得好！你撵走她是用扫帚把撵走的吗？你怎么不用了菜刀？她是坏女人，不杀了她，怎么显得出你的高贵？"牛月清见庄之蝶说出这等话来，就一肚子委屈了，说："我把她撵了，你就这么恨我？我高贵不高贵我干了丢你人的事了？我这是为了谁？我是狠毒女人吗？多少年门口的要饭人哪一个我没端了吃喝？家里没有，我也要上街买了蒸馍给的！可我就是眼里容不得这种不正经的女人！我这家里就不许那号人进来脏了地面！"庄之蝶冷笑了一声，站起来去书房拿了那幅龚靖元的字出来，偏咳嗽着就吐一口痰在地板上，说："都脏了，都是脏的，只有你是干净的，你就干净着吧！"拉了门走出去，门竟连闭也不闭。牛月清在客厅里说："柳月，这你都看见了，我在他眼里横竖都不是了！我越是百般迎合他，他越是烦我，你说这到底是啥原因？他处处为别人着想，唯恐伤了这个，屈了那个，却全然不顾我呀，你说我这名人老婆就这么难当？！"就呜呜痛哭起来。

　　庄之蝶下楼骑了"木兰"就在大街上疯一般地跑，雨后的小巷和商店门口还积着泥水，大街的中间人车碾踏却早干了，腾一层尘土。他想象不出昨日还是泥水汪汪的，阿灿是怎样寻到他家的，一心一意盼望能见到他，能让他去看看可怜的阿兰，又给牛月清诉说自己的苦楚，牛月清却撵了她，她是怎样个破碎的心下了楼的？是怎样哭着回去对疯了的妹妹讲的？脑子里就一片混乱，恨牛月清，恨姓王的贼，恨留下他写文章的市长、宣传部长和那个黄德复。"木兰"一直骑到了尚俭路，他才清醒阿灿已与丈夫离婚了，是不会住在那窄小的房子里。今日去送阿兰到精神病院，多半还是在病院里没回来吧！就掉头又往城南的精神病院驶去。果然，在郊外通往病院的那条两边长满荒草的泥泞小路上，庄之蝶恰好碰上了返回的阿灿。他先是并没有注意，只看见路边一个人低头走过来，"木兰"驶过时，溅起的泥水洒了那人一衣，他扭头要道歉，才发现是阿灿。他叫了一声："阿灿！"车子在三米外的路上刹住。阿灿抬头看着他，木木地看了半天，突然哇哇哭着扑过来，扑在他怀里了。她那身上的泥水沾了他一身，她的鼻涕和眼泪就湿了他的衣襟。他说："阿灿，阿灿，我不在家，我真的不在家，刚才才听说你去找我了。"用手去为阿灿揩眼泪，阿灿后退一步，不哭了，却掏了一面镜子照着把零乱头发拢好，搓了搓脸面，说："我的事你知道了吗？"庄之蝶说："知道了。"阿灿眼泪又流下来。庄之蝶就把"木兰"掉头，让她坐上来，说去看看阿兰。阿灿却说不用了，那地方不是正常人多待的，她待了半天差不多也快神经了；再说阿兰才去，医生也不会再让出来的。庄之蝶无言地仰头看着高空，心里说不出的难受，就又把车掉了头，说："阿灿，我领你去一个地方说说话吧。"阿灿说："你不嫌我？"庄之蝶说："嫌你就不来的。"阿灿就坐上了摩托车的后座，车子开动起来了，她才说："你不来，我今日还是要去你家的。你夫人就是骂我打我，我也要见你一面的！你把我带到什么地方去？你要带我去一个没外人的地方，我只要和你在一起，我有话要对你说的！"现在是庄之蝶泪流满面了，迎面的劲风呼呼猛刮，吹干了流下来的泪，而新的泪水又流下来。他没有回头，也没用手去揩，他感觉是脸上已有了泪水冲刷出的坑渠儿，就像井台上井绳磨出的坑渠儿一样深了。

两人到了"求缺屋"，庄之蝶详细询问了事情的经过，就埋怨不应该在阿兰发疯后对王主任采取那种方式的报复。阿灿告诉他，她原本也没想到要这样行动，她是先去找主管街道办事处的区政府的，但区政府却说现在是什么时代了，组织上还能为这类事情上纲上线？何况这事没有旁人证明，单听一个当事人这么说，那另一个当事人又会那样说，组织上该如何来下结论呢？区政府又说，这王主任是区里能干的街道办事处主任，抓工作有力，更突出的是发展了许多集体企业和个体经营，正是因为效益好，他才积极为本区域修建公厕。如今来告领导人的很多，不是说贪污受贿，就是说有男女关系。以前查过几宗，最后呢，处理谁了？要改革开放，过去的道德观念、价值观念都发生了变化，许多过去认为是绝对不允许干的事现在却正是要肯定或算不了什么，这其中就有了许多诬告，鉴于这种教训，作为上级领导要善于全面掌握情况，该纠正处理的当然纠正处理，该保护的也要保护。区政府甚至还说，至于王主任和阿兰的事到底是怎么回事，组织上可以了解，但值得怀疑的是阿兰是不是王主任的情人呢？如今兴情人的风尚，因为阿兰年纪是不小了，是该有头脑的人，这事又是在王主任的办公室，不是在阿兰的房子呀！她阿灿是听区政府这么说了，心里黑灰，觉得上告是没有希望的，才气愤之中自己来处理。但要报复这条恶棍，怎么报复？她是女人，女人也只有以女人的可怜的办法。庄之蝶想到自己正卷入的那场官司之中的苦衷，将心比心，深深地为阿灿叹息了。但他仍是埋怨阿灿没有及时来找他，便说："既然事情已成这样，咱想想下一步该怎么办着好。那姓王的虽然会坏些声誉，却不一定就能影响了他继续当官，这个街道办事处待不成，也可能调到另一个街道办事处去还是个主任的。据说他现在反倒散布谣言诋毁你和阿兰，使你们蒙受冤枉，你应该往市上告。这是我带来的龚靖元的一幅字，必要时就送给有关人，我也去找找市长，市长我毕竟还是能说上话的。"阿灿说："算了，我没那个劲头了。我作为一个平头女子，在这个城市里没有保护好妹妹，但我也尽了我全部力气。如今落到一个坏女人的地步，尤其在你家受到夫人的贱看，我的自信更没了。我是累了，实在是太累了。我还能怎样呢，就是把那姓王的罢了官，抓了牢，还能把我和阿兰的损失补回来吗？反正我已经把气出了。与穆家仁离婚，是我提出来的，他是个没多大能耐的人，好的一点是人老实。生活在一起我老早也没有多少热情，如今出了这事，我也不愿影响了他。我现在到处说是他提出离婚的，为的是让他在人面前能长长做男人的志气。今日见到你，这我没敢想的，可你却能来找我，天神保佑竟又在路上碰着，这我多么感谢你！我现在只有一个要求，我求你不要笑话我，你如果还愿意，我想一丝不挂地和你睡一觉，坦坦然然睡一觉，你能让我给你生个孩子吗？"庄之蝶把女人抱起来。两双眼睛看着，两双眼睛都流下泪，两人就抱在了一起，各自都在使着力气地抱，那口液和眼泪也便在吻时往下咽，喉咙里呃儿呃儿地发着响。这时候，阿灿挣脱开了，笑着说："咱们都不要哭了，都不哭！欢欢乐乐在一起吧。你等等我，我要再美丽一次给你的！"就走到浴室去，在水龙头下冲凉水澡，刷牙，梳头，然后就坐在镜子面前，从提兜里取了眉笔认真描眉，搽脂抹粉。庄之蝶进来要看，她不让，竟把门也拉闭了。过了好久好久，她赤条条走出来，容光焕发，美艳惊人。庄之蝶过来就要抱她，她说："你让我给你跳个舞，我在单位业余文艺比赛中获得过第三名的。"就扬臂抬脚，翩翩而舞，竭力展示她那白白嫩嫩的丰满圆润的身体的每一个部位，然后突然蝴蝶一样扑过来……（*此处作者有删节*）在很长很长的时间里，两人都燃烧起了人的另一种激情，他们忘却了一切痛苦和烦恼，体验着所有古典书籍中描写的那些语言，并把那语言说出来，然后放肆着响动，感觉里这不是在床上，不是在楼房里。是一颗原子弹将他们送上了高空，在云层之上粉碎；是在华山日出之巅，望着了峡谷的茫茫云海中出现的佛光而纵身跳下去了，跳下去了。所有曾在录像带中看到的外国人的动作，所有曾在《素女经》中读过的古代人的动作，甚至学着那些狼虫虎豹、猪狗牛羊的动作，都试过了，做过了，还别出花样地制造着新的形式，两人几乎同时达到了高潮，在剧烈的呼叫中，阿灿说："你射吧，你射在里边吧，我要孩子，我要你的孩子！"如黄河之水倾泻，如万户泉水涌冒。他们死一般地摆在那里是沙滩上的两条鱼了。这么静静地躺着，如躺过数百年，让日落时的晚霞从窗外照进来，慢慢滑落过一道玉梁又一道玉梁，后来两人相视一笑。阿灿说："你说这孩子该是怎样个孩子呢？"庄之蝶说："一定漂亮如你。"阿灿说："我要他像你！"两人就又抱在一起……（*此处作者有删节*）庄之蝶笑着说："香！"阿灿用手捏掉了他嘴唇上的一根毛。又在自己的唇上涂上口红，吻他的一个部位；再涂一次口红，吻他一个部位。庄之蝶已满身红圈，好似挂了一身的勋章和太阳。

　　当他们就要分手的时候，已经是夜幕沉沉。阿灿说："我最后一次感谢你！"庄之蝶说："最后一次？"阿灿说："最后一次。我再不来找你，你也

237

不要想我以后怎么生活，你答应我，彻底忘掉我！我不能让人知道你认识我，我要保你的清白！"庄之蝶说："这不可能，我去找你，你就是处境什么样儿，我不管的，我是要找你的！"阿灿笑笑，说："你瞧瞧那窗外，天那么黑的了。"庄之蝶扭头看去，窗外确漆黑如墨，遥远的地方，一颗星星在闪动着。他说："那星星是在终南山那边吧？"回过头来，阿灿脸上是一道血痕，她的手上拿着头上的发卡，发卡上染红了血。庄之蝶惊得就去看那伤痕，阿灿却抓了桌上一瓶墨水倒在手里，就势捂住了半个脸，那露着的半个脸却仍在笑着，说："伤口好了，或许有疤，若是不留疤，这墨水就渗在里边再褪不掉的。我已经美丽过了，我要我丑起来。你就不用来见我了；你就是来，我也不见你，不理你！"庄之蝶瘫坐在地上，眼睁睁看着她去打开门。门打开，一只脚已经跨出了门槛，庄之蝶抬起身要去拉她，阿灿却把他按住了，只是说道："你不要起来，你就看着我走吧。你如果还要给钟主编写信，原谅我不给你转了。我大姐那边我会去信告诉她，你就直接按原地址寄她好了。我带了你的孩子走了；孩子是你的，你有一天能见到你的孩子的。你哭什么？你难道不让我高高兴兴地走吗？"就转过身去，一个台阶一个台阶地下，下一个台阶响一个噔声。庄之蝶听到了七十八个噔声。

庄之蝶恍恍惚惚回到家里，已经是夜里十一点。牛月清没在家，柳月埋怨他，说好的晚上去司马恭家，孟云房和赵京五都来了，就是等他等不回来，牛月清只好代表他和他们去了，临走时又发现没有了龚靖元的那幅字，才想起他中午出去时拿了一卷东西的，只好让赵京五又去画廊那边重新取了原存的那幅字。柳月说："你是到哪里去了嘛？"庄之蝶说："我找了阿灿。"柳月有些气愤了："阿灿有这官司重要？！"庄之蝶冷冷地说："当然重要。"说完，进了卧室，却又回来，手里拿了一条毛毯，到书房的长沙发上睡下了。

孟云房、赵京五和牛月清去了司马恭家，司马恭态度温和，茶是沏了，烟是取了，也展了龚靖元的字批点了一番，却说："景雪荫起诉一事，老白给我说过几次。起诉书我看了，景雪荫夫妇也来找我谈过，那女人不仅仅是个有风采的，而且是能量很大的角色儿。我也看出她对庄之蝶内心深处还有一份情意。听口气多半是在丈夫面前说不清楚，再是高干子女，一向顺当，从没受过什么委屈。而且事情闹开来，杂志社和作者，包括庄之蝶一直未能向人家赔软话，没有台阶下，所以事情越来越升温，弄到了不能互相谅解、不能调和的地步。最好的办法当然是能让她撤诉，现在看来困难。我也曾想冷处理，不说立案，也不说不立案，搁置在那里一个时间，或许她冷静下来了也有撤诉的可能。但是她见天去找庭长，找院长，质问怎么迟迟不立案？今日下午院长就来通知立案，这案便已经立了。"牛月清听了，早吓得如五雷轰顶，话也说不出来。孟云房就问："这事没有退一步的可能了吗？"司马恭说："这是不可能的，除非你们让院长改变主意。但是，身为院长，他也不可能把立了案的决定又推翻掉的。"牛月清一股气就顶在心口，眼泪嗒嗒地掉下来，赶忙用手擦了，鼻子却发酸，不停地吸动着。孟云房就说："你那鼻炎还没有好吗？我这里有纸。"牛月清立即知自己失态，说："我有纸的。"去厕所里又流了一股眼泪，擦了，平静了一下情绪出来。司马恭从糖盒取了一颗糖给牛月清，牛月清笑笑，接受了，却捏在手里，说："你说吧，司马同志。"司马恭说："立了案也不一定证明起诉人会赢，官司谁胜谁负，要法庭作全面调查后，依据法律条文才判定结果的。庄之蝶没来，你们可告诉他，让他做好心理准备来打官司，一等起诉书副本转给他，他得好好起草一个答辩书。事情就这么办吧，我也不好留你们，案子接到手，我也要避免与当事双方在家里接触。龚靖元的字你们也就带上吧。"说罢就要转身回卧室看电视，对孩子说："你去送送叔叔阿姨吧！"三人只得起身出门，在楼道里匆匆商量了一会儿，就又赶来白玉珠家。白玉珠问了情况，叫苦不迭："你们这几日都干啥去了？那么大的雨，我两次都在法院门口遇见一个女人拦了院长说话，我问那是谁，有人告诉说那就是景雪荫。可你们迟迟不来！今日庄先生也是应该来的呀，法律面前人人平等，可不管名人不名人的，如果官司打输了，这不也要损害名人的声誉吗？"牛月清便说："老白批评得对，这事都怪我们。也是遭了水灾，市长硬拉了之蝶去写文章，迟迟不能回来，今日晚上又是市长召去了的。他怎么能不来的？改日他一定要来看看你和司马审判员。刚才司马审判员态度还好，怎么说出话来倒使我心里好没了个底儿。"白玉珠说："他具体接管这个案子，话也只能说到那个份上，不可能现在就对一方有明确表态，万一说出，对方反映上去，这还了得？我说一句不该说的话，法律是有法典的，但执行还是人来执行的。"牛月清就说："老白呀，咱们也都是朋友了，这事就全要靠你！立案就立案，判案却只有你能与司马审判员说上话的。"白玉珠说："这个你让庄先生放心，不管事情结果如何，我白玉珠要尽我的力量的。"牛月清说："那怎么能说不管结果如何呢，这我心里又是没底的深渊了！"白玉珠就闷了半日，说："这样吧，我现在做几碟凉菜，过去叫司马恭来家吃酒，他当然知道我与你们的关系。若是他不肯过来，这他必是看了起诉书后觉得事情难办，这就指望不大了；他若肯来，这事就有三分指望。来了以后，我给他龚靖元的字，他若不收，这事就又没了指望，他是怕收了礼将来判你们输就不好意思；若是收了，这事就又有了六分指望。收了字，酒就喝得有了几成，我必然要问关于这宗案子，他若闭口不说，这事就又难了，他不敢对我说了大话，证明他心中没谱或是有了倾向；若是愿意说，就是要征求我的看法，这就有八分到九分的指望了。"牛月清连连叫好。孟云房说："哎呀老白，你这是一肚子《水浒》嘛！那一套话真像王婆说的！"白玉珠说："我爱读的还是《三国演义》。"牛月清就让赵京五快去街上夜市置办几样凉菜和酒来，白玉珠说家里有的。牛月清还是掏了钱，让赵京五去了。不一会儿，抱回来三瓶五粮液，一包调好的牛肚丝，一包口条，七个酱猪蹄，五颗变蛋，一只五香烧鸡。白玉珠就让他们回避去楼下，他这里以开合窗子为信号。一次开窗子是司马恭来了；再合窗子是收了字了；开第二次窗子是说明谈开案子了，如果第二次合窗，他们就可以放心回家了。

三人便下楼蹲在马路对面的墙根处，开始一眼一眼瞅着白家那扇窗口。果然，先是那窗子被打开了，三人对视一笑，然后就急切切盼合窗，但窗子迟迟不合，马路上的人已很少，远处那条巷口是个夜市，听见有人在吵架，吵着吵着就打起来。孟云房扭头看了一会儿，觉得没意思，蹲在墙根，说："京五，你年轻，脖子不酸的，你好生盯着那窗子，我闭个眼养养神儿。"就脱了一只鞋垫在屁股下，那只光脚搭在另一个脚上，一套头就呼呼噜噜开了。约摸过了二十分钟，窗口前人影一闪，窗扇就合上了，赵京五摇着孟云房说："孟老师，司马恭是把字收了！"孟云房没言传。牛月清说："他也累了，你让他睡吧。京五，你也打个盹吧。"赵京五说："我不困的，孟老师是一只眼，睁了一天，两只眼的困让一只眼受着，他是该合合眼儿的。"孟云房却说："京五你放狗屁！"赵京五说："你原来没睡着的？"孟云房说："我才真正是睁一只眼闭一只眼的！你们听见什么声响了？"赵京五和牛月清就说："夜市上已不打架了。"孟云房说："你们再听听，好像是周敏又在城墙头上吹他的埙哩。"两人静耳听了，果然隐隐约约有埙声。牛月清说："周敏心里也苦，夜夜都去那里吹的，可他偏吹那什么埙，声音哀不兮兮的，越吹反倒越霉气的！"孟云房说："这小伙不是个安生人，他心性高，运气不好。我看过他的相了，他鼻梁上有个痣的，鼻梁上有痣的人一生孤单，要成事就成了不得的大事，不成事就一塌糊涂。"牛月清说："我也觉得是，他拐了唐宛儿跑出来，那一家人就毁了。一到西京却又出了这事，咱不敢说他有什么坏心，可偏就搅得天昏地暗。不说他了，酒喝到这个时候，是不是老白自己先喝醉了忘了提案子的事？"赵京五说："那白玉珠不敢的。应人事小，误人事大，庄老师不是一般人，况且他喝的还是咱的酒！孟老师，你能看周敏的相，你也给我看看。"孟云房说："我不给你看的，但我只说一点，你近日下便火结！"赵京五说："这你怎么知道的？！"牛月清说："云房还真能的？"孟云房说："那当然了！这用的是'奇门'法，你瞧瞧你坐的方位，咱三人都是随便坐在这儿的，你偏偏坐的是路灯杆下，这路灯泡儿是圆的，那像不像你长的东西？可这灯罩儿被哪个孩子丢石子打碎了一半，就象征了你那地方出问题的。我还可以告诉你，左边那个房子里必定住着个光棍！为什么？他家门前那棵槐树光秃秃的没枝没叶只是个桩儿，我刚才一来就这么感觉了，不信你去问问？"赵京五站起来说："那家灯亮着，我去说借个火儿看看去。"刚要走，却叫道："窗子开了！"牛月清喜欢地说："这老白行的，过后咱得好好补谢补谢人家哩！"就又说："京五，别去了，你问人家是个光棍了，你孟老师就越发得意的；要是没说准，你孟老师的一张老脸又没趣的。你和你孟老师去那夜市上吃烤鱼去！"把四十元塞给了赵京五，直推着他们去了。四十分钟后，牛月清来到了夜市上，对着卖醪糟的摊主说："来三碗，每碗卧三个鸡蛋的！"孟云房和赵京五就明白她的意思了，一人过来吃了一碗。

　　回到家里，已经是夜里两点。柳月在厅室的沙发上看书，头却往前一倾一倾地打迷怔儿。牛月清夺了书在她头上一拍，说："你梦见谁啦？"柳月笑着就去倒茶水，牛月清却脱了高跟鞋，嚷道快取了刀片来她要削脚心的鸡眼，就扳起脚来，小心翼翼地拿刀片剜。柳月说："这么大个硬甲哟！"要了刀片帮着来剜。牛月清说："这都是穿高跟鞋穿的！男人家只知道女人穿了高跟鞋漂亮，哪里又知道女人受的什么罪？铮儿铮儿的钻心地疼哩！"柳月终于剜下来一片，一个大片，但却没血流出来，牛月清说没事的，穿了拖鞋在地上踩踩，便悄声问："他回来了没？"柳月说："回来了，他一个睡到书房去了。"牛月清就不免伤心叹气，说："不理他！我也懒得去理他，让他上法庭被告席上逞他的威风去吧！"便进屋去睡，把屋门也从里边反锁了。

　　第二日，庄之蝶起来梳洗，知道夫人已经上班去了，问柳月昨夜回来说了什么，柳月说没说什么的。庄之蝶又拨电话问孟云房，然后在书房坐了喝闷酒。下午三点左右，邮递员就送来了法院的通知，附了一份起诉书副本在里边，要求准备答辩书，等候法庭传讯调查和开庭辩论。庄之蝶看了三页起诉书，字迹是景雪荫的，行文的语调却明显是别人的，知道果真有人是在她的背后出谋划策，煽风点火，就骂娘了三声。再往后看，被起诉的是五个人：首位周敏，其次他庄之蝶，后边依次为钟唯贤、李洪文、苟大海。虽然自己是被告二号，但罪状用词最多，又极尽挖苦，把他描绘成了声名颇大而灵魂龌龊，是忘恩负义、出卖友情、以编造自己的风流韵事不惜损伤他人的一个卑劣男人。庄之蝶兀自脸色烫烧，知道景雪荫已经完全撕破那过去的丝丝缕缕友情了，自己在她的心目中已一文不值，倒也不免一番委屈，一番伤了自尊心，蓬蓬勃勃生出一大片火气来。他把半瓶酒咕嘟嘟灌进肚里，摇摇晃晃出门去了。他去周敏家找周敏，周敏已经收到了法院的通知，也是在家喝酒，两人坐下继续喝。周敏就说杂志社接到起诉书副本，分析说这是武坤的代笔，武坤善于写这种声色俱厉的文章，说有人看见姓景的和武坤好得干了什么什么事了，而那丈夫却信赖他……庄之蝶就把酒杯摔了，大声喊："不要说她！不要说她！"人就醉在地上。这一醉直到中午还不醒，唐宛儿就给牛月清打电话，牛月清回答："我可管不了他！"话未说完就放了电话。唐宛儿倒生了气，心里说：你不管了，那也别说我是灌醉了他在家里。回家来和周敏抬了庄之蝶在床上，周敏又要去杂志社注意随时的动向，就让唐宛儿在家守着，小心庄之蝶醉中从床上跌下来。

周敏一走，唐宛儿关了院门，回来见庄之蝶还长醉不醒，且满头满脸汗水，就解开他那件白衫儿的扣子让敞着，自己拿了一本《红楼梦》坐在床边来读。读着读着，她就读不下去，觉得这种环境非常地美妙——他在床上匀匀地发着鼾声，我在这里静静地读书，窗外的小风吹得梨树枝吱儿吱儿响，那一只老鼠在顶棚下的挡板上出现了，睁着明溜溜的眼睛看他们了许久，就随着那电灯绳儿往下溜，溜到床头被子上了，一闪儿，不见了。唐宛儿立即坠入了一种境界去，认作床上的真正是自己的男人了；男人的睡去，完全是在听着她读《红楼梦》时不知不觉睡去的。于是她说：你真坏，让我读得口干舌燥，你倒睡着了？！就放下书，趴过去把他的嘴唇吻了；他还不醒，倒要恶作剧一番，竟拿了一支毛笔来，就在那肥肥的肚皮上作起画来。唐宛儿将庄之蝶的一双乳画做了眼睛，将那肚脐画做了一张口，那口向上翘角儿，就是一个笑的面孔对着她了。她说：你笑什么？不让你笑我的！就又在那双眼下画了一串珠泪，那面孔就似哭又笑，似笑又哭起来。这么画完，庄之蝶还是没醒。她说：你还不醒吗？你假睡着的！但庄之蝶真的没有醒，唐宛儿这时候就却盼他一醉长年不醒，便趴近去解他的裤带，竟把那一根东西掏出来玩耍……（此处作者有删节）不觉自己下边热烘烘起来，起身看那坐过的小凳子上，出现了一个湿湿的圆圈，就不顾了一切……（此处作者有删节）她两条腿在地上蹭来蹭去，连鞋也蹭脱了。正得意忘了形状，脑门上梆地挨了一击，她猛地就爬起来，脸色顿时煞白。回头看时，身后并没有人，再转过来，庄之蝶挤着眼睛给她笑，唐宛儿立即双手去捂了他的眼睛，却也脏脚脏腿地上了床，压下去套上来。庄之蝶说："你这不要脸的！"唐宛儿说："我不要你说，我要你醉！"用嘴又堵了他的嘴，庄之蝶一下子翻上来狼一样地折腾了，一边用力一边在拧，在咬，在啃，说："我是醉着，我还醉着！"……窗外的光线越来越暗了，庄之蝶瘫在那里，长长地吁了一口气，又吁了一口气，说："天黑了，宛儿。"唐宛儿说："是黑了，天怎么这样短的！"庄之蝶说："你是在酒里下了迷魂药了，宛儿？我从来是喝不醉的，我得回家去，现在腿软得怎么回去？"唐宛儿说："不回去就不回去了，天已黑了，你就睡在这儿，睡在哪里都是睡在夜里的。"庄之蝶说："你说什么？

你再说一遍的。"唐宛儿说："睡在哪里都是睡在夜里的。"庄之蝶说："这话说得好的，光这一句话，宛儿你可以做诗人的。"唐宛儿跳过了庄之蝶的头去取壁橱里的一件裤衩穿了，一边整裙拢发，一边说："是吗？那你是作家我是诗人，今夜里周敏回来了咱们好好聊一夜，还一定需要回去和你老婆亲热不可？"庄之蝶说："回去我也是睡我的书房，我没有爱情了，没有了爱情的人就像这天一样的黑。"唐宛儿就说："那我给你光亮！"伸手去拉电灯绳儿，咔咔了两声，灯却不亮，就骂道："又是停电了！西京城里三天两头停电，我要是市长就撤了电业局长的职！没电了，我给你划火柴！"嚓地划了一根，两人都在幽光里笑了，随之就灭；又划一根，倏忽又灭了。唐宛儿还要划，庄之蝶说："说你是诗人，你越发把自身都变成诗了！算了，别浪费火柴了，周敏呢？周敏上班去了？"唐宛儿说："上班去了，他每日晚上要去吹埙的，今日这么晚了不见回来，怕是杂志社又有什么事？你穿吧，我给做拌汤来吃。"庄之蝶说："饭不吃的，等他回来，看见家里电灯不亮你我黑漆漆在房里，他就要起疑心的。"唐宛儿说："你这时走，说不定刚出门就碰上他回来，他才要疑心的。这样吧，你穿了衣服再醉睡，我把门全锁了到街上去，就说锁了你一下午的。等他回来了我再回来。"庄之蝶骂了一声女人比男人鬼，却从口袋掏出一卷钞票说："你要去街上就到商店给你买一套时装吧，大商场十二点前关不了门的。我总想给你买的，但又怕不合体，你自己去吧。"唐宛儿不要，庄之蝶不悦地"嗯"了一声，唐宛儿把钱收了，出来锁了院门往街上去。

这一夜里，庄之蝶真的没有回家去睡。直到周敏回来开了院门，叫醒了他，唐宛儿才带着一套时装回来，狠受了周敏一顿责斥，唐宛儿就说她亲自做饭来向庄老师赔个不是。点了烛吃过饭，周敏留庄之蝶不要走，又去叫了孟云房，四个人就在一起玩麻将。唐宛儿说："你们这些文人一整儿都堕落了，原说晚上来好好谈文学的事，却又打开麻将！"孟云房说："玩麻将怎么就堕落了？胡适那夫子就说过：读书可以忘掉打麻将，打麻将可以忘掉读书。依我看，读书、打麻将都可以忘掉烦恼。可之蝶和周敏是读书写文章惹出了一肚子烦恼，不打麻将又靠什么忘掉烦恼？！"这么一打就打了个通宵。天明孟云房又把庄之蝶叫到他家去散心。庄之蝶在孟云房家待了三天，一块儿去一家宾馆参加了画家们的一次集会。宾馆的经理山珍海味招待大家吃了，又叫了几个通俗歌手来唱歌作乐。庄之蝶就想，这些画家活得这般潇洒！古人有携妓游山玩水，恐怕和这情形一样了。孟云房就在他耳边说："你瞧见那个歌手吗？长得甜吧，笑起来两齿之间舌尖颤动好有性感的，咱'求缺屋'要举办什么活动，也叫了这几个歌手去凑凑兴。"庄之蝶说："你眼睛不好，应该多闭目养神儿。"孟云房气得手在桌下拧了庄之蝶的腿。歌手们捏腔弄调唱过曲子，一人得了二十元酬金走了，经理就支了案桌，摆上文房四宝，拱手说道："各位都是名家高手，能来小店，机会难得。本人也是一心爱字画，能否赏脸留些墨宝呢？"庄之蝶就低声问一个画家："不是说饭店提供方便画家集会清谈吗，怎地又作画？"那画家说："说起来画家比你们作家要受欢迎，可喂了鸡食为的是要鸡下蛋，画家其实倒比作家贱哩！"就见画家们依次去画；画好了又各自从口袋掏出印章来盖印。庄之蝶就悄声又说："你们不愿意，倒都早早带了印章出来？"那画家说："只要有人来请吃饭，就知道有什么事了，哪能不带了印章？"庄之蝶就坐在一边笑。刚笑过，经理就来请他也能赐赏。庄之蝶说他不会画的；经理说我不让你画，你一手好文章，毛笔字也好，何不在他们的画上题个序跋什么的？庄之蝶只得在每一幅上题词写诗。他没带印章，按一个指印，众人就说："这更是真的，伪造也伪造不成了！"

与画家们厮混了几次，庄之蝶又和赵京五到一些文物古董藏家家里看古董；去秦腔剧院听戏文，捧角儿；去小吃街上吃小吃；去孕璜寺观赏智祥大师教气功。不觉十多天过去，法院来了传讯单，限定了第一次开庭时间。庄之蝶算算日期，已不到半月，才收了心回家去等着。周敏和钟唯贤也来过几次，商量答辩的内容，又请了五个律师。请每一个律师都要庄之蝶出面，人家是冲庄之蝶来的，觉得官司或输或赢，为名人打官司也是自己律师生涯中一件可荣耀的事，庄之蝶只得笑脸相迎，好话相叙。但是，在统一口径问题上，矛盾就出来了。律师们先是分析景雪荫起诉的目的，认为按一般情况一个女人能与名人有瓜瓜葛葛的事原本是该荣幸的了，而景雪荫这么闹是不是以此要增加她的知名度？庄之蝶便否认了，说景雪荫不会是这样的女人。律师们就认为如果排除这种可能，要打赢这宗官司唯一办法是坚定有过恋爱关系的事实，就指责庄之蝶写了那封极愚蠢的信，要他首先在法庭上声明此信当时是为了息事宁人而隐瞒了事实真相，既然现在以法律手段解决风波，就得重申有过恋爱的经历。庄之蝶听过，知道这都是周敏的观点影响了律师，而以这种思维逻辑深究下去，周敏就可以把责任推卸得干干净净，法庭上必是认定文章的材料由他提供无疑。更使庄之蝶为难的是，没有的事如何红口白牙当着景雪荫说出，即便是违心说出，这等事情也属个人隐私，在双方都有了家庭的今日自己到处张扬，让别人来写，岂不也正是侵犯了景雪荫的名誉权？而且文章中所写的许多事情，若法庭追问发生的时间，那又是和牛月清恋爱期间甚至婚后与景雪荫的往来，那么，景雪荫的丈夫就永远不会与景雪荫干休，牛月清心里也会吃了苍蝇一样再也难以干净了！庄之蝶便坚决不同意这种答辩思维，坚持原来的意见。周敏冷笑了，说："庄老师总是心善，要做东郭先生的。"庄之蝶不爱听了这样的话，就说："你要是这么干，什么事我也便不管了，我可以在法庭上讲明文章中的事都有一定的影子，但并不是现在随意渲染了的情节。文章不是我写的，我也没有事先读过，我更没有专门对你谈过，甚至那时连你的面也没见过。我要申辩的只能是我不应作为被告，如果我申辩驳回，法庭判我有罪，我去坐牢好了！"两人伤了和气，脸面都变了。孟云房连忙从中调解，说都冷静考虑，改日再谈，就拉了庄之蝶出来，说："什么大不了的事，红脖子涨脸！官司就是输了，又会把你怎么样？你是靠你的作品出名的，作品不倒，声名能坏到哪儿？要我说，只是可惜多年交识的女相好没了！你是不爱女人的人，若要喜欢，十个八个我给你拉皮条好了！这些天跑了许多热闹处，你也该知道了别人过得多快活，你也不快活快活？今日我领你去一个你准没去过的地方，给你开开眼界！"庄之蝶说："哪里我没去过？只有火车站周围的小旅馆里没去会过那些暗娼罢了？！"孟云房说："一个官司把你打灵醒了？你真的想去会会？！"庄之蝶说："你那一张臭嘴，说起来天下的事没有你不知道的，你能行，你给我叫一个来？！"两人到了孟云房家，孟云房让夏捷去叫了唐宛儿一块儿到牛月清那儿玩牌去，夏捷说："我正愁着在家烦哩。可我有话在先，我一走，你却不能把孟烬领回来！"夏捷换了衣服，装了一卷钱票就走了。庄之蝶说："夏捷不让孟烬进这个门？"孟云房说："为这事我们没少吵过架。孩子是我的孩子，天下哪有老子不爱自己儿子的？何况孟烬聪明过人，聪明的孩子势必又调皮，他母亲又管不住，怕万一在外边学坏了，来让我多管教他。可孟烬一进这个家门，夏捷就指桑骂槐，拿难看脸给我瞧！"孟云房说起来气咻咻的，趴在水龙头下喝了一气儿凉水，说："不说了，让你来散心的，倒给你说烦心事！你在这儿睡一觉，我出去找洪江谈个事，门不要关啊。"

庄之蝶迷迷糊糊正睡过一觉，就听见有人在敲门，以为是孟云房回来了，说："门没关的，你进来嘛。"进来的竟是一个满脸厚粉的女人，眼睛极小，眉毛却画得老粗，在四顾了房间后，问："这里有个姓孟的吗？"庄之蝶疑惑："你是谁？哪儿来的？"女人说："你就是？"就笑了，眼睛乜斜起来，一闪一闪地进了门就坐在他的床沿。庄之蝶赶忙要起来穿衣，女的按了按他，自己开始脱衣，说："你真有福，自己也不跑路，在家等着，我还以为是个瘸子跛子！"衣服就脱光了，小腹上还戴了个魔力牌保元袋儿。庄之蝶意识到是怎么回事了，骂天杀的孟云房真的从火车站那儿弄来了个暗娼！他瞧了这女的，身条儿一般，但屁股丰腴，那一条三角裤头极小极窄，后边甚至是一条线儿夹在肉缝里看不见的，而前边的中间却绣着一朵粉红莲花。女的并没有脱了那裤头，说："你怎么不抱了我上去？说的是一个小时，到了时间，你完没完我可是就完了的。"说着一揭被儿坐进来，在被窝里脱裤头。庄之蝶一时也不知怎么个处理，便说了："你那裤头上绣这么红的莲花，让我瞧瞧。"也揭了被子。女的已脱了赤光，却把双腿紧紧夹住。庄之蝶想：这种女的也知道害羞的。倒生出邪劲儿来，要掰那双腿，掰开了，她说："你不要看，快来吧！"庄之蝶还是看了，一看却傻了眼，女的那里生满了许多小疮疗，几乎有一处已经溃烂，立即猜想这是患有那种性病的吗？心里顿觉恐惧，就把她掀下床去，让她把衣服穿了，拿三十元扔过去，说："好了，你还有生意的，你去吧。"女的却无声地掉泪，拾起了三十元，看了看，又把三十元放在了床沿，说："钱已经有人给了。我原本路上想好还要向你再要钱的，来见了你，你是我遇到的最动心的人，我心里说今日我才不一个小时就走的，我和你玩两小时三小时钱也不要的。谁知你看不上我，还要付我钱，我不要的。"说完穿好衣就走出去了。

庄之蝶再也睡不着，倒觉得这女的可怜了。不一会儿孟云房进来，说：

"就这么快的，那女的怎么哭哭啼啼的？"庄之蝶骂道："孟云房，你这个大嫖客，你怎么真的就能叫了一个来见我？"孟云房笑着说："解解你的烦嘛！我是没那个劲头了，也没多余钱，烦恼也没你多。你瞧瞧，那个王主任有拳击手套、沙袋，我也有了一套，这就够了，现在人有了钱，谁不去玩玩女人的，这类街头上碰着的娟姐儿不让你投入感情，不影响家庭，交钱取乐，不留后患，你倒来骂我？！"庄之蝶说："你也没看看她成什么样了？烂成那么一片，你要我得性病吗？！"孟云房连呼可惜四十元了，随后哈哈大笑，说庄之蝶没那份命。偏偏一次，一次就遇上个烂货！庄之蝶说："你让她把我的觉耽搁了，心也弄乱了，你就得再陪我。你说有一个我没去过的地方，现在我要去看看。"孟云房说："哪儿有你没去的地方？去火车站旁边的小旅馆吧，你又不去；去中南海吧，我又没那个本事！"却突然叫道："当子，你知道不？！"庄之蝶说："什么当子？"孟云房说："我说你没去过，真的没去过！咱们就去玩玩吧。"

孟云房并不骑自行车，坐了庄之蝶的"木兰"，指点着路，一直往城北角去。那里是一个偌大的民间交易场所，主要的营生是家养动物珍禽，花鸟虫鱼，包括器皿盛具、饲养辅品之类。赶场的男女老幼及闲人游皮趋之若鹜，挎包携篮，户限为穿，使几百米长的场地上人声鼎沸，熙熙攘攘，好一个热闹繁华。庄之蝶大叫："这就是当子呀？！"孟云房说："别叫喊出来让人下眼瞧了，你好好看吧。这里当子俚尚诡诈，扑朔迷离，却是分类划档，约定俗成的。三教九流，地痞青蛇，贩夫走卒，倒家神客，什么角色儿都有。"两人就走了进去。果然商贾掮客及小贩摊主呼朋引类，恪守地盘，射界之内，你打鼓我吹号，绝少瓜葛。他们先进的鱼市，每个摊前横列了硕大的玻璃缸，缸尽为金边镶条，配着气泡装置，彩灯倏忽闪烁，水草交映生辉，肢体飘逸的热带游鱼细鳞披银，时沉时浮。庄之蝶看了几家，喜欢地说："这鱼倒快活，它不烦恼哩！"孟云房说："买不买？买一缸回去，你人也会变成鱼的。"庄之蝶笑了笑，说："人在烦嚣中清静，在清静中烦嚣。在这儿看鱼羡鱼乐，待买几尾回去，看着人不如鱼，又没个分心卖眼处，那才嫉妒得更烦的。"从鱼市过来，便是那蟋蟀市。庄之蝶家里是有着上辈人留下的几个蟋蟀罐儿的，他也曾在城墙根捉过几只玩过的，但从未见过还有这么多讲究的瓦罐。拣一个蟹青色的罐儿在手里看了，罐围抠花刻线，嵌有"金头大王""无敌将军"字样，迭声叫绝。卖主笑脸相迎，直问"来一个吧"。两人只笑而不语，卖主就平了脸面，拨了手道："二位让了地方，不要误了生意招人嫌弃。"遂又拱手作揖问候新来的两位汉子，且捧了一罐，口唤："天赐神蛩！"那两位果然俯了身去，揭顶观貌，喜皮开颜。问其价码，卖主卸下草帽，两只手便伸了下去。那黑脸汉子瞠目结舌。卖主就说："你再看看货色嘛！"把虎贲枭将不偏不倚拨入碗大斗盒。庄之蝶和孟云房也头歪过去，一时众人屏声敛气，霎时"笃"声顿起，两下钳咬在一起，退进攻守颇循章法。一只狡黠非常，佯败诈降，却暗度陈仓，奇袭敌后。看得庄之蝶一尽儿呆了。孟云房扯了他衣襟说："你倒迷这玩意儿？"庄之蝶说："你知我刚才想什么了？"孟云房说："想什么？莫不是可惜那女人是生了烂疮……"庄之蝶说："我想人的起源不是类人猿，而是蟋蟀变的，或许那蟋蟀是人的鬼之鬼。"孟云房说："那你没问问那条胜虫是几品衔的？"两人又逛了狗市，庄之蝶倒看上一只长毛狮儿狗的。这狗儿豹头媚目，仪态万方，一见他们倒坐了身子直用两只前爪合了作揖。庄之蝶不禁说了一句："瞧这眉眼几分像唐宛儿的。"孟云房笑说："你喜欢唐宛儿的，怎不买了送她？但若要我说，男不养猫，女不养狗的，不如到花市去看看，买一盆美人蕉送她。她家怎么连一盆花也没有？"庄之蝶说："别提花的事，让我又害头痛了！咱以前那么好的一盆异花都没保护得住，还买什么美人蕉不美人蕉的？况且我也问过她怎么家里不栽些花，她说她凡是栽花，花都活不长，是花嫉妒她，她也嫉妒花的。"孟云房说："这小骚精就爱说这类话显夸自己？女子都有这毛病，夏捷常对我说某某对她有意思的，某某又给她献殷勤了，全是在向我暗示：你不爱我可有人爱呀！我就说，那好嘛，谁要再给你针眼大一个窟窿，你就透他个碗大的风进去！她就气得抹眼泪水儿。"庄之蝶笑了笑，却转了头四处张望，问："这里有没有鸽子市？"孟云房说："你要养鸽子？"庄之蝶说："飞禽里边我就爱怜个鸽子，倒想买一只送唐宛儿。"孟云房笑了："我知道了，这一定是她的意思。"庄之蝶说："怎么是她的意思？"孟云房说："她家没有电话，你们要用鸽子传递消息的。"庄之蝶说："就你才有这鬼点子！"孟云房就领了庄之蝶去了最南头的鸽子市上，挑选了好多只，捏脖颈，捋羽翅，观色泽，辨脚环。孟云房说:"你这是为她买鸽子的,还是给你选妃子的?!"终选中一只,欢天喜地回来。夜里就还睡在孟云房家,没回文联大院去。

唐宛儿得知了周敏和庄之蝶意见闹翻,心里恨着周敏却又不能恶声败气地骂他,只是劝说周敏不必为此事伤了和气,就是庄老师不顾及了你,使你不能再在杂志社待下去,饭碗丢了,这饭碗也是人家先头给的,再说人家树大根深能与景雪荫抗衡,若惹得他生分开了,这官司是赢官司也必要输的。说得周敏心气安静,没有一句可反驳的,却只是拿出埙来低低地吹。周敏是打开一个笔记本,一边看着上边,一边吹的,吹出奇奇怪怪的音调,唐宛儿听不懂。等周敏吹累了,出去街上溜达了,唐宛儿翻了笔记本来看,笔记本上并没有曲谱,而是一首周敏所作的诗:

> 我走遍东西,寻访了所有的人。我寻遍了每一个地方,可是到处不能安顿我的灵魂。我得到了一个新的女人,女人却是曾和别人结过婚。虽然栖居在崭新的房子里,房子里仍然是旧家什。从一个破烂的县城迁到了繁华的都市,我遇到的全是些老头们,听到的全是在讲"老古今"。母亲,你新生了我这个儿子,你儿子的头脑里什么时候生出新的思维?

唐宛儿这才知道周敏是看着这诗而胡乱地吹他的埙,不免也替他浩叹一声,落下一颗大的泪珠来。但她不满了诗中的"我得到了一个新的女人,女人却是曾和别人结过婚"的话,心想:你现在竟嫌弃了我是结过婚的,难道我结过婚的事你先前不知道吗?我为你把那一个安稳的日月丢了,你却一直心里对我这个看法?!越想便越生气,要等着周敏回来论说个明白。这么气咻咻在窗前坐了,却又想:罢了,罢了,我既然已从心上没了他,何必和他置气论理,若我们闹翻,他要破罐子破摔,就也全不顾了这场官司,说不定在法庭上要胡乱说一通,岂不把庄之蝶就坏了?想到这里,这妇人便把那笔记本藏了起来,要等着某一日时机成熟,或是他周敏发觉了她与庄之蝶的事，两人最后闹分裂了，拿出笔记本来就是她反击的一个口实的。于是，就偏又将那面放置在床头柜上的铜镜子镜鼻上拴了头绳儿，高高悬挂在客厅的正墙上。但是，为了目下安稳住周敏，她就去找了孟云房来说道理。孟云房答应得很爽快，且抱了鸽子来，也就对周敏说："庄之蝶哪里是生气了，他讲那番话还不是为了把官司打赢？他平白无故卷进这场官司，是别人早站出来要告你的了。现在人家和你站在一起，把一个好端端的情人也成了仇敌，你还生什么气？你瞧瞧，他哪里是你这小心眼，他还买了鸽子来送你们。"唐宛儿抱了鸽子，就把鸽子贴在脸上。鸽子的白羽正好和那脸色相配，衬得她的一双眼睛越发黑幽，鸽子的一只红嘴越发艳红。妇人说："孟老师，你说我白还是鸽子白？"孟云房说："你知道我是一只眼，我能看了什么？改日你庄老师来了让他瞧瞧，他眼毒哩！"妇人脸就微醉，却说："孟老师，你刚才说的，景雪荫真是庄老师的情人？"周敏就说："你好啰嗦，问那么多干啥？！"

妇人得了鸽子，明白是庄之蝶专为她买的，又得知在当子里给谁也没再买什么，就心花怒放，没人时想许多好事，自此更每日立于穿衣镜前打扮自己，打扮打扮了，自己就冲自己一个媚笑，轻声唤道：庄哥，我给你笑哩！便不能自控，用手满足一番。周敏这期间也向她要求过，她总是推托身子不舒服，等到实在没法推托，只催促周敏往快些，然后用水反复去洗。周敏说："你越来越没性欲了？"妇人说："年纪大了嘛。"周敏说："三十如狼四十如虎哩，你才多大年纪？"妇人笑笑，却说："我倒有个建议给你说的。你和庄老师有了那场不愉快，咱是不是请了他过来吃吃茶饭，人心都是肉长的，你低个头主动些，庄老师就不会计较你了。"一句话说得周敏又陷入官司的愁苦中，支支吾吾没有说好，也没有说不好，坐到院中扇扇乘凉去了。

这一日，钟唯贤要周敏联系庄之蝶见面说一些事，周敏就说在他家相会见面吧。约好了时间，早早回来对唐宛儿讲了，唐宛儿喜得说她要好好准备酒菜的。可这妇人想来想去，却不知做了什么吃着好，就晚上拿了手电出了门。周敏问干什么去，她只说：回来了你就知道！她一走走到了城河沿的树林子里，打手电捉那从树根土里拱出来往树上爬的知了幼虫。原来知了在树上交配，产下卵来掉在树下土里，长成后就于晚上爬出来到树根部，开始生出翅膀，然后裂脱皮壳而飞出蝉来。就在还未长出翅膀之时捉了来炒吃，营养丰富，味道又极鲜美。周敏等到半夜，才见唐宛儿回来，发散袜破，两脚脏泥，却捉得了一塑料袋儿鲜物儿，倒气得说："你真会成精！"唐宛儿只是笑，说她在城河沿上遇上一个男人，男人总是尾随她，她已经准备好了，一等他过来，她就把口袋里的钱全给人家呀，但又过来了一群人，那男人才走了。周敏说："他哪里要你的钱？！"唐宛儿说："那他要我什么，要得去吗？！"就在盆中倒了盐水，把知了幼虫一个一个浸进去让吐腥泥。周敏在床上说："你蹭蹭磨磨地不睡吗？"唐宛儿说："你先睡吧！"周敏却还在说："宛儿，宛儿。"唐宛儿知道他的意思，偏不再理，直等着周敏起了鼾声，方轻手轻脚上了床去。

翌日，庄之蝶和钟唯贤按时赴约，周敏就提了酒，要一边说话一边喝。钟唯贤说："喝酒也没有菜呀？"妇人笑吟吟端了一碟油炸得焦黄的知了幼虫，吓得庄之蝶就捂了口鼻。妇人见他这样，心里叫屈，说："庄老师看不上吃？"庄之蝶说："这东西怎么吃？"妇人说："这东西好哩，我娘家那儿的人一见这就流口水了。我是昨日晚专门去城河沿树林子捉回来的。"庄之蝶说："你们陕南人天上飞的除了飞机不吃啥都吃，地上走的除了草鞋不吃啥都吃的。"妇人说："你尝尝嘛！"便用三个指头捏了一只要庄之蝶吃，庄之蝶吃了，真的一口奇香，越嚼越有味。妇人也就笑了，只把捏过知了幼虫的三个指头在自己口里吮吮油味儿，冲庄之蝶一笑，说："现在知道好了吧？你总是长面条子、玉米面搅团，我会培养了你成个美食家的！"钟唯贤便笑了，说："'培养'这词儿好！可我还没听到过哪个女人要培养男人的话哩！好像在一本书上看过，说女人是一架钢琴，好的男人能弹奏出优美的音乐，不好的男人弹出来的只是噪音。"妇人说："这倒是对的。我也看过一本书上说，男人是马，女人是骑马的人，马的瞎好全靠骑马的人来调哩！"周敏说："得了得了，钟主编是什么人，你别鲁班门前抢大斧！"妇人却更得能了，说："钟主编不给我发工资，我做不了你那谦谦后生！"又是说笑了一通，钟唯贤就问庄之蝶认不认识省职称评定工作办公室的领导，庄之蝶说："认是认得的，关系并不熟。"钟唯贤说："只要认识，你说话他们也会听的。这就要拜托你一件事了。这次职评办下达给我们全厅的业务部门两个高职名额，可除了《西京杂志》编辑部外，还有一个《西京剧坛》编辑部，那么多的编辑，狼多肉少，这不是制造知识分子之间的矛盾吗？我要不是打了右派，我现在还要给谁说什么话！可就是那些年没有任编辑，平反后当了一段杂志负责人，又让人刷了，几年里没了事干。如今虽是主编，新上任第一期偏出了这场风波，厅里就不给我们杂志社拨一个名额。我去找他们，他们推说名额少，我才想让你去职评办说说情况，是否能给厅里多一个名额呢？我这么大年岁的，身体又不好，还能活几天的，要不要个高职也无所谓。可国家给知识分子这个待遇的，我有资格，这些人偏偏以职称压我，我这就要赌气儿争取的！你说呢？"庄之蝶说："这完全应该，他们认为你不够任高职的资格，为什么办这么大的杂志又让你当主编？我这几日就去职评办反映情况，力争让他们多拨一个名额下来，这个名额就戴帽下达。"钟唯贤说："这倒不必，只要多一个名额，毕竟就好评些。如果排除他们的偏见，评委们评议时认为业务上我不够水平，那我一句怨言都没有。"庄之蝶说："如果你不够水平了，文化厅怕再没一个有水平的人了。"钟唯贤说："你这么爽快地答应我，我真感动，我还怕你笑话我在职称上走后门的。"庄之蝶说："你之所以遇到这些难处，还不是为了我带的灾吗？"钟唯贤说："说到这，我倒要给你和周敏说个情况，你们心里有数罢了。法院通知让写答辩词，那李洪文翻脸儿就变了，苟大海是初审，他是复审，他现在口气软得很，说这官司肯定要输的，就推卸开责任，说苟大海在审稿单的初审栏里写了此文如何如何好，他看了以后觉得有涉及个人隐私的事，就让我终审。说我在终审栏里肯定了此文内容翔实，文笔优美，应发头条。实际情况呢，是苟大海写了初审意见，他写了复审意见，我写了终审意见，我们的观点都是一样的。但他说审稿单他保存着，拿出来，复审栏竟然没写意见。我和苟大海就怀疑他是伪造了审稿单，苟大海当时要拿去让公安机关鉴定，我挡了，说，他要推卸责任就推吧，其实他是复审，就是官司输了，他能承担多少责任？关键在我终审身上，我是杂志的法人嘛。"周敏说："怪不得昨天李洪文在厅里见了景雪荫，还笑嘻嘻地上去搭讪的。"庄之蝶说："打官司还不至于是干地下革命么，好朋友就翻了脸？真是有个事了才能认清个人的！"周敏听了，脸却也红了一阵，喊妇人再擀了面条来吃。钟唯贤就从口袋里掏出他的答辩书让庄之蝶过目，扭了头悄声对周敏说："周敏，你在城里哪儿还能寻下出租的房子吗？"周敏说："你不是有房子吗？"钟唯贤说："不是我住。我邀请了一个老同学来西京玩的，几十年没见面了，咱得热情吧，想找一间房子住上十天八天的。"周敏说："那怎么让住出租房？在宾馆包个房间得了！"钟唯贤说："你说话腰不疼，我哪有多少钱？！"庄之蝶这边看着答辩书，耳里听他们说话，心里就咯噔开了：莫不是要给安徽那女的找房子？宿州阿灿的大姐转来了钟唯贤三封信，信上都在盼望女的能来，来了要完成两人的夙愿，相爱了数十年，何不真正过几天夫妻的生活呢？他在信上这么说着，说得很大胆，说完了就又问女的他这样是不是不好，是不是他流氓了？庄之蝶就在复信中回答他，说她也这么想的，早就这么想的，只是担心去了没个安全地方，这事可千万不能透个风儿出去，年轻人在一块儿别人知道了还说得过去，年老人在一起偷情，传出去就没有几个能理解的了，她要等那边一切安排妥了，她就来的。庄之蝶想到这里，就说："老钟，房子我可以帮你解决，不知你这同学几时来的？"钟唯贤说："具体什么时候倒说不准，不妨官司打过了，高职拿到手了，再请人来。房子你先帮我加紧找，但我叮咛你，这事你知周敏知，千万不能透出一丝风去的！"庄之蝶心下叫苦了，知道自己最近的复信是要捅娄子了，便琢磨这两日得再写一信，就说上楼时腿摔折了，一时来不成的。心里这般琢磨，就不敢多看钟唯贤，也不再提官司的事，见唐宛儿端了长条子面来，只嚷道长条子面做得好。庄之蝶吃得快，先放下碗了，钟唯贤说："之蝶，你嚷道长条子面做得好，你怎么就不吃了？"庄之蝶说："我中午饭吃得迟，肚子不甚饥的。我不陪你，你消停吃吧。"钟唯贤说："我吃我吃，我真的有好几年没吃到手擀面了，真香呢！"碗里的热气往上腾，头上的热气也往上腾，钟唯贤就把眼镜卸下来，又是吃了一碗，才把一副假牙拿出来在一杯净水里泡了，说："周敏有福，天天能吃这么好的面！"

吃毕饭分手要走，周敏和唐宛儿送到门口，唐宛儿怀里却抱了那只白鸽子，说："庄老师，真感谢你送了我们这只鸽子，它好乖哩，白天跟我说话，晚上跟我睡觉。"钟唯贤说："你这女子倒像小孩一样天真，鸽子怎样和你说话了？"唐宛儿说："我对它说话它就一动不动地看我，它能听懂我的话哩！"就又对庄之蝶说："你还不回家去吗？你已经好多天没回去了。那日去你家打牌，师母提起你就伤心。你今日回去，把这鸽子带过去，你们在那儿养几天，也让它认认你们，过些日子你放开，它能认得我这儿的。"庄之蝶想：孟云房说我买鸽子当电话使呀，她竟也这么想的呢！就喜欢地说："好的。"抱了鸽子，拿回家让柳月养着。

　　柳月养了鸽子，每日庄之蝶都要买些谷子来喂，几天后在鸽子脚环上别了一封短信，约唐宛儿去"求缺屋"。妇人果然安全收阅了信，准时去"求缺屋"里，自然欢愉了一回，也就越发爱怜鸽子。从此一段时间，周敏若不在家，就让鸽子捎信来让他去。这庄之蝶也胆儿壮大，竟也敢约妇人到他家。那妇人看了条儿，遂又写了条子让鸽子先回去，自己就在家着意收拾打扮起来。活该要事情暴露，等鸽子再飞来时，柳月偏巧在凉台上晾衣服，觉得奇怪：鸽子才放回去的，怎么又飞了？就看见鸽脚环上有个小小纸条，抱住取了一看，上面写道："我早想去你家的，在你家里玩着我会有女主人的感觉。"认得是唐宛儿的笔迹，心里就想：早看出他们关系超出一般，没想已好到这个份儿上，不知以前他们已捣鼓了多少回，只瞒得夫人不知道，我也眼睛瞎了！就不做声把纸条重新放好，悄声回到厨房，对庄之蝶喊："庄老师，鸽子在那儿叫哩！"庄之蝶过去抱了鸽子，又在凉台上放飞了，走来厨房说："哪里有鸽子，鸽子不是放飞走了吗？柳月呀，今日你大姐去双仁府那边了，她干表姐一家来看老太太的，那里人多，你大姐做饭忙不过来，你也过去帮她吧。我这里你不用管，你孟老师刚才电话来说，北京来了个约稿编辑在古都宾馆住着，要我和他去看看人家，饭就在宾馆吃了。"柳月在心里说：你这话以前对我说，我都被你骗信了，今日还要想骗我吗？口里就应道："那好嘛！你这么大男人像个小孩，就喜欢在外边吃，吃别人的东西！可也别太贪，吃得没个够数，饭菜是人家的，肚子却是自个儿的，要注意身子骨哩！"便开门走了。

　　柳月其实没有走远，在街上闲逛了一会儿，心里乱糟糟的不是味道，估摸唐宛儿已经去了家，就走回来，也不叫门，到了隔壁人家，推说出门忘了带钥匙，要借人家的凉台翻过去开门。这楼房的凉台是连接的，中间只隔一个水泥挡墙，以前几次忘带钥匙，就是这么翻凉台进的屋。当下蹑脚蹑手过来，悄声潜入自己睡的房间，又光了脚贴墙走到庄之蝶的卧室门口，那卧室门没有关，留有一个缝儿，还未近去，就听见里边低声浪笑……（此处作者有删节）庄之蝶说："把衣服穿上吧，那柳月丢三落四的，说不定半路就又折回来拿什么东西！"柳月就在心里发恨：你讨好人家，倒嚼我的舌根子，我什么时候丢三落四了？便听唐宛儿说："我不嘛，我还要的。"柳月估摸，他们是干过了，不知庄之蝶拿了夫人什么好东西送她，她竟还嫌不够！伸头从门缝往里看时，竟是唐宛儿赤条条睡在床沿，双手抓了庄之蝶的东西……庄之蝶就说："我不来了，你总说我求你的，我今日要你得求着我。"唐宛儿说："我也不求你的，只让你给我再摸摸就行。"庄之蝶就头俯下去，一边在那奶子上吸吮，一手在唐宛儿下边去，唐宛儿滚动起来，要他上去，他笑着偏不。就口里一声儿乱叫不已，说："我求你了，是我求你了，你让我流多少水儿出来才肯呢？"柳月看见她那腿中间已水亮亮一片，一时自己眼花心慌，一股东西也憋得难受，呼地流了下来，要走开，又迈不开脚，眼里还在看着，庄之蝶就上去了……（此处作者有删节）唐宛儿一声惊叫，头就在那里摇着，双手痉挛一般抓着床单，床单便抓成一团。柳月也感觉自己喝醉了酒，身子软倒下来，把门撞开了。这边一响动，那边霎时间都惊住了。待看清是柳月，庄之蝶忙抓了单子盖了唐宛儿，也盖了自己，只是说："你怎么进来的？你怎么就进来了？！"柳月翻起来就往出跑。庄之蝶叫着"柳月，柳月"，就急得寻裤子，偏是寻不着，口里说："这下坏了，她是要给月清说的。"唐宛儿却把他拿着的一件衫子夺下，说："她哪里就能说了？！"竟把赤裸裸的庄之蝶往出推，一边推，一边努嘴儿。庄之蝶就撺出来，见柳月已靠在她房间的床背上，呼哧呼哧喘气。庄之蝶说："柳月，你要说出去吗？"柳月说："我不说的。"庄之蝶一下子抱住她，使劲儿地去剥她的衣服。柳月先是不让，但剥下衫子了，就不动弹了，任着把裤子褪开，庄之蝶看见她那裤衩里也是湿漉漉了一片，说："我只说柳月不懂的，柳月却也是熟透了的柿蛋！"两人就压在床沿上……（此处作者有删节）庄之蝶说："柳月，你怎地不见红，你不是处女，和哪个有过了？"柳月说："我没有，我没有。"身子已无法控制，扭动如蛇。唐宛儿始终在门口看着，见两人终于分开，过去抱了柳月说："柳月，咱们现在是亲亲的姊妹了。"柳月说："我哪能敢给你做亲姊妹，今日我若不撞着，谁会理我的？他理了我，也不是要封了我的口！"
倒觉得后悔万分，以前庄之蝶对她好感过，她还那么故意清高，寻思着要真
正赢得他的，没想如今却这般成了他们的牺牲品，就眼泪流下来。庄之蝶
说："柳月是稀人才，我哪里没爱着，又哪日不是在护了你？可你平日好厉害
的，我真怕你是你大姐叮咛了要监视我的。"柳月说："大姐肯信了我？她也
常常防了我的。你们闹矛盾，她气没处出，哪日又不是把我当撒气筒？！"庄
之蝶说："你不要管她，以后有什么过失的事儿，你就全推在我身上。噢！"
唐宛儿也说："柳月你是来当保姆的，又不是买的家奴，实在不行了，重寻
个家儿去，剩下大姐一个人了，看她还有什么脾气？！"庄之蝶说："你别出
馊主意，柳月走什么？以后有机会，我是会安排好柳月的。"柳月就更伤心，
嘤嘤哭起来。庄之蝶和唐宛儿见她一时哭得劝不住，就过来穿衣服。唐宛儿
说："今日这事好晦气的，偏让她撞见了。"庄之蝶："这也好，往后也不
必提心吊胆的。"唐宛儿说："我知道你心思，又爱上更年轻的了！我刚才是
看着你的，要封她的口也用不着和她干那个，你是主人家，吓唬一下，她哪
里就敢胡言乱语？你偏真枪真刀地来了！就是要干那个，你应付一下也就罢
了，竟是那么个热腾劲儿！她是比我鲜嫩，你怕以后就不需要我了！"庄之
蝶说："你瞧你这女人，成也是你，不成也是你！"唐宛儿便说："可我提醒
你，她是个灾星的。你们干着，我看着了，她是没长阴毛的。人常说没毛的
女人是白虎煞星，男人有一道毛从前胸直到后背了这叫青龙，青龙遇白虎是
带福，若不是青龙却要遇了白虎就会带灾。今日你与她干了，说不定就有灾
祸出来的，你得好自为之。"直说得庄之蝶心也悚然起来，送她走了，自个
儿冲了一杯红糖开水到书房去喝了。

　　庄之蝶却并未听从唐宛儿的话，与柳月有了第一次，也便有了二次三
次了。特意察看，这尤物果真是白虎，但丰隆鲜美，开之艳若桃花，闭之白
璧无瑕，也就不顾了带灾惹祸的事情。柳月得宠，也渐渐钱多起来，峥嵘显
露，眼里看轻起了夫人，牛月清数说她已不驯服，正说正对，反说反对，只
怄得做主妇的发了脾气，又没了脾气。一日牛月清上班走时叮咛买一斤猪

肉、二斤韭菜作馅儿包饺子，饺子里也不要包了钱币测运。柳月口说"好的"，偏买了斤半羊肉、二斤茴香作馅儿包了，也包了一枚二分面值的小币。吃饭了，牛月清问怎么是羊肉，她嫌羊肉有膻味的，吃了就反胃。柳月硬说羊肉好吃，没有膻味，还当着她的面一口吃一个，咬都不咬。两厢就顶撞起来，牛月清又没有占多少上风，便生了气不吃了睡去。柳月却偏偏以鸽子传信，召了唐宛儿来，当着牛月清的面说让唐宛儿来为大姐开心解闷儿的。唐宛儿与牛月清未说上几句，她倒端了一碗饺子来说："宛儿姐，大姐不吃，总不能倒了糟踏吧，你要不怕我在里边放了毒药，你吃了！"唐宛儿便端了碗吃起来，说并没个膻味的，咬了一口，便硌了牙，一开嘴唇，一枚钱币就叮叮咚咚掉在瓷碗里。柳月就在唐宛儿身上胡揉搓道："你真个福大命壮，我多吃了一碗也吃不出来，你吃第一口就咬着了！"揉搓中手就到唐宛儿那地方狠狠地拧了一把。瞧着两人嬉闹无度，牛月清有气也说不出来，自此倒添了一种病了，时不时打嗝儿，觉得气短。更要紧的是老觉得自己不干净，常用肥皂洗手，洗了还用小刷子来来回回刷每个皱纹和指甲缝儿，一洗刷就一半个小时。

　　柳月也常常往外边跑，似乎有些待不住，一买菜出去没有不趁空儿去逛逛大街，或是去录像厅看录像，去游艺室玩电子游戏。庄之蝶也有些不满，曾经说："柳月，你好像变了个人了！"柳月说："那当然的，有你的东西在身上，柳月哪就是纯柳月了？！"牛月清看不惯的是她出去了，回来必是多一件衣服，头上必是梳了另一种发型的，便问又去哪儿了？柳月总是理由很圆泛。牛月清就说："柳月，这月也不见你给老家寄钱，只是花销着穿戴！你爹你娘把你抓养大了，你进了城，心里倒不来回报他们了？"柳月说："老家用钱没个多少的，我出来这么多时间，他们也没一个来看看我，倒指望我在这里挖了金窖给他们！我一月能有几个钱的？"噎得牛月清便不再问。一日牛月清下班回来，见家里有许多女孩儿坐着吃酒，一个个油头粉面，晃腿扭腰，见女主人回来，吓得吐了舌头，一哄就散去了。牛月清问柳月："这都是些什么人？"柳月说："都是我的小同乡，你瞧见了吧，她们都是发了财了哩！老早就嚷嚷要来看看作家的，来了看家里什么都稀罕，我瞧着她们高兴，也是不要显得咱小气儿的，就留她们喝了一瓶酒的。"牛月清说："这里是旅游点吗？招那些不三不四的人来，谁知道她们在小旅馆里是干什么的，我们家可不是暗娼窝子！"柳月说："你凭什么说人家是暗娼？她们是暗娼了，我也就是暗娼了？！"牛月清见她顶撞起来，越发生气，说："跟啥人学啥人，自交识了她们，你是越来越变了，你拿镜子瞧瞧你这打扮，你瞧瞧你是什么样？"柳月说："不用照镜子，我尿泡尿已照过了，我是暗娼，我就是暗娼，这个家是比小旅馆还小旅馆的暗娼窝子！"牛月清说："你说什么！你在咒这个家的？！"柳月说："我敢咒？咒了我挣什么拉皮条的钱！"便把手中的茶杯狠劲在茶几上一推，没想茶杯竟滑了前去，茶杯没有摔，撞得茶壶却掉在地上碎了。牛月清跳起来："好呀，你摔打东西了！这个家还不是你的家，你还没权利摔打的！"柳月说："我赔你，赔你茶壶，喝的那瓶酒也赔了你！"呜呜地哭着到她的房间去了。

庄之蝶这日又以女人的口吻给钟唯贤写了一信，说了因腿伤近期不能去西京的事体，信发走后就到职评办找有关人士谈了一个上午。职评办坚持不能多拨指标，说这是会议决定，随便更改会引起更多的麻烦，现在只能给文化厅打个招呼，让他们合理公正地评定。职评办的人倒还认真，当即也便把电话拨通了厅长。庄之蝶一直是坐在旁边的，一句句听着人家通完了电话，还嫌没有直接提说钟唯贤的名字。职评办的人说，这怎么能提说具体人呢？作为上级部门，干涉下边具体人事是不明智的，有时弄不好反倒事与愿违了。庄之蝶闷闷地回来，还没来得及在牛月清和柳月身上撒气哩，却才上了楼梯就听到家里吵嘴斗舌，家门外的楼道上站了许多人在偷偷地听。见他从楼下上来，忙无声地作鸟兽散，便已气得一肚子火起。进门去先吼了一声，镇住了吵闹，黑着脸问牛月清怎么回事？牛月清知道庄之蝶火儿来了，倒不尖声硬气，就把柳月招一群小旅馆的人来家吃喝玩乐之事叙说了一遍，说道："咱住的是机关宿舍楼，满楼的知识分子人家，把社会上的不明不白的人招来扇三喝四地吃酒呀，跳舞呀，唱呀的，别人会怎么看了咱家？我说了几句，她倒比我凶，把茶壶也摔打了！"庄之蝶就进了柳月房间去质问。柳月与庄之蝶有了那些事，也是自仗了得宠，仰起头来争辩，唾沫星子飞溅在庄之蝶的脸上。庄之蝶原本只要说几句，一场事就让过去，却见柳月这样，必会让牛月清看出她怎么这般强硬，哪里还像是主人家和保姆的关系？也是想要把这迹象掩盖，偏巧牛月清也过来站在门口说："你瞧见了，对你是这样，那对我更成什么样了？哪里还是保姆，是咱的老娘嘛！"庄之蝶就一个巴掌扇在那张嫩脸上。柳月愣了一下，虎睁了眼睛看着庄之蝶，终明白自己的地位身份，一下子就瘫下去，拿头在地上磕碰，磕碰得额头出了血。见柳月性子这么烈，牛月清和庄之蝶就不言语了，拿了创可贴去包扎额头。柳月不让，哭叫着要从门里出去。庄之蝶严厉地说："你要在大院叫嚷吗？我告诉你，你要这么流着血出去，你就再不要到这个家来！"柳月没有去出门，反倒进了浴室间里的水池子上去洗衣，水龙头开到最大限度，水流得哗哗哗地响。

庄之蝶就给孟云房拨电话，托他去唐宛儿家，让唐宛儿急快到他家这边来。唐宛儿打扮得花枝招展地过来，才知道这边吵了架。先惊吓了，得知了原因，心下倒生了许多快意，就去拍叫浴室门，把柳月拉出来到柳月的房间说宽心话儿。庄之蝶又把唐宛儿喊到书房，商量着要唐宛儿把柳月接到她家去消气。唐宛儿低声说："她是该打的，可你不能打她的额，打了她的屁股黑伤红伤的就没人看见的。"庄之蝶说："我哪里打了她的额，那是她磕碰的。"唐宛儿一笑，用脚把椅子推得在地上哐吱一响，响声中她就在庄之蝶脸上吻得梆的一下。唐宛儿遂走出来和牛月清告辞，硬拉了柳月去她家。牛月清气得还在卧室床沿上坐了不起来。庄之蝶送她们到门口，掏了十元钱让她们坐出租车。唐宛儿不要，却指指他的脸抿嘴儿一笑，和柳月下了楼。庄之蝶不明白她笑了什么，到浴室来洗脸清醒，一照镜子，左腮上却有一个隐隐的红圆圈儿，忙用水洗了。洗完了脸，一时却觉得房子里空静，回头看着浴盆里洗好的几件衣服，心里倒泛上一丝酸楚，兀自把衣服晾晒到凉台去了。过来对牛月清冷了脸儿说："这下你满足了吧？你多能行，给男人带来这么大的福分？！"牛月清说："这怪我了？她已经让那些小同乡勾引得坏了，再这样下去，她不是当了暗娼才怪的！"庄之蝶说："你别话说得这么难听！她以前怎么样？到咱家就坏了，还不是你惯的！"牛月清说："她哪儿知个好歹！对她好了，她倒以为自己了不起，爬高上低，拉屎还要在我鼻梁上蹭屁股来！"这话是骂柳月，气又撒在庄之蝶身上，就又说："你要平日把我正眼看了，她也不会对我这个样儿的。自家的男人都看不起了，少不得猪儿狗儿的也要来欺负！"庄之蝶说："好了好了。"气得到书房把门关了。

柳月在唐宛儿家待了一天，庄之蝶让牛月清过去看看，牛月清不去，柳月却自个儿回来了。回来了没有多少话，便去厨房做饭。牛月清见她这样，也不再吊脸，全当没发生了事似的。但柳月每顿饭虽然还同主人夫妇在一个桌上吃喝，吃毕了，头不抬地说："下一顿吃什么？"庄之蝶说："随便。"柳月就说："随便是什么样的一种饭，我不会做！"庄之蝶于是说："豆腐烩面吧！"下一顿果然就是豆腐烩面。这么吃了几顿，牛月清就每天上班前，在纸上写了下顿饭的单子，压在桌子上。柳月明明看见了，在牛月清换鞋要上班走时，仍大声朝着书房问："下顿吃什么饭？"庄之蝶说："你大姐不是写了单儿在桌上吗？"柳月就拿了单子，又说："米饭炒鸡块！庄老师，我文化浅，是炖鸡块还是炒鸡块，火字旁加屯和夬是不是一样了？"庄之蝶在书房说："你在作家家里连炖字都不会？"柳月说："不会写嘛！要么我怎么是个保姆？！"气得牛月清一把抓了纸条，来拧柳月的嘴，柳月噗地就笑了。庄之蝶出来看着，说："好了好了，你们姐妹和好了！"牛月清就又气又笑了说："柳月呀，我看你真的不是保姆！"柳月也笑了说："我这人贱哩，你给我个好脸色我就跟你来了，我哪里是保姆？！"牛月清说："往后做饭再问你老师不问我，看我扯了你的嘴！"才出门下楼，却又在楼下喊："柳月，柳月，你给我抓一把瓜子儿来！"柳月抓了瓜子儿下去，牛月清一边走一边嗑着去了。柳月上来也坐在客厅里嗑了一堆，过来瞧瞧书房，问："你又写啥了，窗子不会开点吗？烟雾怕要把你罩得没影儿了！"庄之蝶说："别打搅我，我写答辩书的。"柳月无聊，到她房间拿针线钉褂子上的扣儿，扣子没钉完，就倒在那里睡着了。

庄之蝶写了个把钟头，写得烦躁。给杂志社拨电话要周敏，周敏接了，就让他把省职评办的谈话情况转告钟主编，一定给钟说，他庄之蝶还要亲自去文化厅找领导谈谈的。放下电话，觉得口寡，来厨房找什么吃，见案上一盘梅李，拿一颗吃了，让柳月也来吃。喊了一声，柳月没应，过来卧室见柳月仰面在床上睡着了。柳月解开的褂子上，一只钉好的扣子线并没有断，线头还连着针，乳罩下的一片肚皮细腻嫩白。庄之蝶笑了一下，却忍禁不住，轻轻解了乳罩，也把那裙带解开，静静地欣赏一具玉体……庄之蝶怕弄醒了她，便拿了梅李在上边轻摩，没想那缝儿竟张开来，半噙了梅李，样子十分好看。庄之蝶无声地笑笑赶忙悄然退出，又去书房里写那答辩。写着写着，不觉把这事就忘了。

约摸十点左右，有人敲门，庄之蝶去开了。进来的是黄厂长，黑水汗流地在说："哎呀，我担心你不在的；你还在，这太好了！我给你定做了三个博古架，让人用三轮车已拉到楼下了。你待着不要动，我这就给你搬上来！"庄之蝶说："你怎么给我做博古架？费这心干什么呀！我和柳月都下来帮着拿。"黄厂长已下到楼梯中间，说："怎么能让你下来？让柳月帮着就行。"

柳月在刚才敲门时就迷迷糊糊醒了，后听见庄之蝶去开门，也就又闭了眼睡，这阵听着让她去抬什么东西，翻身往出跑，已经到门口了，才发觉衣服未扣，乳罩和裙子也掉下来，同时下边憋得胀胀地痛，低头一看，噢地就叫起来。庄之蝶猛地才记起刚才的事，忙关了门走过来，柳月偏也不取了梅李，说："老师就是坏！"庄之蝶佯装不知，说："老师怎么啦？"接着说："哟，柳月，你那儿怎么啦，是咸泡梅李罐头吗？"柳月说："就是的，糖水泡梅李，你吃不？"庄之蝶竟过去，把她压住，要取了梅李，梅李却陷了进去。掰开取了出来，就要放进口去咬，柳月说："不干净的。"庄之蝶说："柳月身上没有不干净的地方。"兀自咬了一口，柳月就把那一半夺过也吃了，两人嘻嘻地笑。柳月却说："你在戏弄我哩，做这恶作剧，是唐宛儿你敢吗？"庄之蝶说："我让你吃梅李，你睡着了，样子很可爱，就逗你乐乐。"柳月说："你哪里还爱我？我在你心里还不是个保姆！我和她吵嘴，她给我凶，你回来不说她，倒扇我一个巴掌，我爹我娘也没扇过我的！"庄之蝶赶忙说："我不打你一下，她能下台吗？也是你做了那些事不好，我回来了你又张狂起来，不打着，让她看出来不知又要怎么对你的！你倒忌恨了我？！"柳月说："那你怎么一声也不吭她？"庄之蝶说："她毕竟是这里主妇。当了你的面没理她，你去了唐宛儿家，你又知道我怎样吵的她？虽没打她，这心却更远了；打了你，心离你更近的。"柳月就说："柳月傻，你又哄柳月哩！"黄厂长就在门上又敲，柳月忙穿了衣服，两人出来开门，帮着黄厂长和一个人把博古架往家里搬。黄厂长已热得一件衫子全然汗湿，说："柳月呀，宰相府里的丫环比县官大，你在作家这儿当保姆也是个作家，庄先生不必来帮我，你也不来，我好赖还是个市优秀农民企业家哩！"柳月说："你没看见我眼里迷了东西，只流酸水吗？"便出去下楼帮抬第二个架子了。

架子全部搬上来，柳月就钻进浴室去洗手，用手巾擦下身，一边擦一边唱，好久不出来。黄厂长说："柳月，好中听的嗓子，出来让我们听听的。"柳月却不唱了。洗毕出来沏了茶，又拿了案上那盘梅李招待黄厂长。黄厂长说他吃不得酸，见酸牙疼哩。柳月说："瞧你那口福？！你不吃了庄老师吃，庄老师就爱吃这个！"拣一枚给了庄之蝶，便自个儿用抹布擦博古架上的灰尘土，指画着这架子怎么个摆放法。黄厂长就说："庄先生，这架子你还满意吧？像你这么有贡献的人，家里怎么能没个博古架儿，那么多的古董全放在书架上！我是早就给你定做好了的，就是没个空儿来城里，今日用卡车拉了我那女人去医院，才一并运了来的。"庄之蝶就问："到医院去？你老婆怎么啦？那次我去看她身体蛮好的嘛！"黄厂长说："你那次怎么就不住下？你要在那里写了一本书，我就要把那房子永远当文物保存下来，将来办个展览馆的。我的老婆你是见了，各样都拿不到人前去，就是个嘴功。好那张嘴！多亏是肉长的，若是瓦片儿，早烂成碎渣渣了的！女人家，尤其乡里女人，眼窝浅得很，她不理解我的事业，不理解我的理想，不是个知音！人这一生，没有一个知音老婆，你懒得什么话也不想说的，她却还与我闹，闹得鸡犬不宁，就把农药喝了，喝了那一大缸子的，我有啥办法！就得往医院送呀！"庄之蝶惊慌起来："喝了农药，黄厂长，你这真是捅下大烂子，把天戳个窟窿了！那你不在医院，还来给我送架子？"黄厂长说："一到医院送进抢救室，医生说，两个人闹意见喝的药，抢救时男的最好不要在旁边，以免她看见了又生气，就难与医生配合了。我想也是，留下一个女人在那儿支应着，我就来你家了。她要死，就死吧，又不是我拿绳子勒死了她。能送她到医院，我也是尽了一场夫妻的责任了。"柳月听了，倒不擦博古架，拿眼睛一直瞪着黄厂长。黄厂长说："柳月你怎么老瞪我？"柳月说："谁瞪你了，我就是这大眼睛！"黄厂长说："柳月这一对眼睛就是大得好看，像两颗鸡蛋！"柳月说："脸还白哩，白的是白面哩！"庄之蝶见她恶狠狠的，就说："柳月，快给我收拾几样东西，我和黄厂长去医院看看老嫂子，上次去，她好热心肠地待承我哩。"黄厂长说："你也去看？那也好的，让医院里人也瞧瞧我交的是什么朋友！"庄之蝶没有说话，提了柳月装好的礼物包儿就走。黄厂长说："还拿什么东西？说不准儿连空气都没她吸的了！"庄之蝶低声喝道："你怎么这样说话！"两人就走了。

一到医院门口，那老婆却坐在一家凉粉摊上吃凉粉，黄厂长惊得瞠目结舌："你好好的？还吃凉粉啦？"老婆一碗凉粉照面摔过来，黄厂长闪身躲了，凉粉连碗碎在地上，骂道："你盼我死哩吗？老娘才没死的！老娘不吃着咋，剩下万贯家产给那 × 上长花的人吗？！"黄厂长给庄之蝶说："她是瞧你也来了就张狂了，真是土地爷不能当神，婆娘家不能当人！"说毕急去急诊室问怎么回事，老婆就拉了庄之蝶坐下，嚷道再给她碗凉粉，给庄先生一碗凉粉。庄之蝶硬不吃，问道："这么快就治好了，医生是洗肠了？才洗了肠可不敢吃东西的！"老婆说："哪里洗肠？！我只说我要死了昏昏沉沉，可一睡到病床上，觉得没事的，真的就没事了，只害肚饥。"庄之蝶说："我知道了，你在吓黄厂长，喝的不是农药。"老婆说："医生也这样训我，说喝的不是农药你就不让送医院么，送到这里若不是你这阵坐起来说没事，我们就得洗肠，说不定开了刀！我哪里是在吓他，我真的要死，他竟敢把破女人引了在家里睡觉，睡过了又怕人家和别人睡，就用刀子剃人家的毛，还说：把毛剃了，你就是找别人，别人一看是剃过的他就不会和你再好的。正剃着我撞见了，他不要脸地说：我要请她做我的私人秘书的，你来比比，你能写？你能算？你有她这一身白津津的肉？我一气就把一茶缸农药喝了！"庄之蝶说："这是何苦呢，你死了还不是白死吗？这也奇了，喝了那么多的农药倒没事，真是天生你该是做他的老婆！"老婆说："我也不知道这怎么啦？是不是我这胃和别人不一样？医生也怀疑我这肠胃功能的，就让陪我的那人去家拿了那农药缸子，先化验化验农药的成分。缸子已经去化验了。"

过了一会儿，黄厂长出来，一副垂头丧气的样子。庄之蝶问怎么啦？黄厂长不言语，只督催陪同的那人开了车把老婆拉回去。老婆不走，他过去一把抱了，硬塞进卡车里，车就开走了。庄之蝶看得莫名其妙，黄厂长拉他去到一个角落，突然流了眼泪，说："庄先生，现在我倒真的要求求你了！"就跪下来。庄之蝶忙往起拉，拉不起，黄厂长说："你不帮我，我就不起来。"庄之蝶说："你这是干什么吗，有话说你的话，能帮的怎不帮你。这么大个人跪着像什么样子？！"黄厂长就站了起来，说："你说话一定要算数，要不，死的不是我那老婆，死的该是我了！"庄之蝶说："到底是什么事呀？"黄厂长说："我去急诊室问我老婆怎么一下子就没事了？一个医生就说，她喝的是什么农药？我说我就是黄鸿宝，她喝的就是'101'，农药厂的101号农药。我把名片也递他了一张，他看了看，又问这农药销量如何？我说销量大得很！他说，好，好，却领我到一个大办公室去，那是院长的办公室，院长正写什么，一见我就说：'经过化验，你老婆喝的农药里根本没有毒性。我们给市里有关部门反映这件事，宣传得那么厉害的"101"农药原来是假农药，不能让农民再上当受害了。'庄先生，我哪里知道'101'是假的，配料的时候，我还真以为它是有毒性的，要不，我自己的老婆自杀就不会喝这东西的，我也不会紧张地送她到医院的！现在出了这事，反映到市上，我就完了，'101'也完了！这你一定要救我，你是不是再写一篇文章，说说我这农药的作用，让我再赚一些钱了，我就不干了，你写千把字也行，只要在报上发发作个宣传，我给你一万元。我不食言，一万元！"颠三倒四说了半天，庄之蝶是听明白了。庄之蝶先是哭不得笑不得，后来却心慌了：如果证实是假农药，那他以前所写的那篇文章算什么？领导会怎么看？社会上又该怎么唾骂？庄之蝶一掌就把他又推倒在地上，骂道："你活该！你只图挣你的钱么，发你的家么，你还怕什么市长？怕什么王法？你什么做不了假，偏弄假农药，你这要误多少事，多少人？农民买药杀害虫哩，原来你才是害虫！大害虫！"庄之蝶骂得凶，骂得难听，黄厂长竟一声不吭，只让他骂。骂毕了，庄之蝶也累起来，说："现在骂你有什么用，怪我眼瞎了认识你。这样吧，文章我是不会写的了，你赶快去市上找领导说明情况，该检讨的就检讨，也别当什么优秀企业家不企业家的，能保住药厂不被查封就烧了高香啦！"黄厂长说："你这么说，我一定去办的，优秀企业家称号我不要了，可我老婆喝药这事传出去，药厂即便不被查封，谁还来买'101'呢，'101'没了用户，那我还办什么厂？还赚什么钱？连积攒的大批存药也是废水儿了！你说这咋办呀吗？！"庄之蝶说："你问我，我问谁去？！"黄厂长说："可我是你的董事会成员呀，庄先生！"庄之蝶说："你是我的什么成员？给你写了一篇文章，倒真是让你溺死鬼拉住脚了？！"黄厂长说："我是出了四千元入的画廊董事会呀！

265

这你让洪江来办的事，你这阵也不认啦？"庄之蝶心里又骂洪江，说："哼，洪江！你骗别人，没想还有洪江骗你呀？你去告他洪江去嘛，拿这块砖倒来垫我的脖子!？"黄厂长说："我哪儿有这个意思？我人在难处，只是讨你个主意的。"说着就呜呜地哭起来。庄之蝶便不言传了，勾了头只是吸烟，突然就哼地笑了一声。黄厂长说："你有主意啦？"庄之蝶说："这事是你老婆惹出的事，你就让她跑出去宣传去。"黄厂长说："还让她宣传？我这次不和她离了婚，我姓黄的就是十七十八的姑姑子生下的！"庄之蝶说："你要那样，咱俩就不必谈了。"黄厂长疑惑不解，说："你的意思是……"庄之蝶说："既然外界知道了你老婆自杀没死，你不妨借题发挥，也这么个宣传，宣传得面越广越好。你一边在外这么宣传着一边在药中再加些什么成分，宣布你老婆喝的不是'101'，是新生产的'102'或'202'什么号的药，这种药是专门为世上的家庭生产的。现在的家庭百分之九十是凑合哩，尤其这些年发了财的人，在外蓄小老婆，嫖娼找妓，就是没有钱的，哪个又多少没有找个情人呢？外遇人人有，不露是高手，可即使是高手，这日子能过得平静？人常说要一天不安宁就去待客；要一年不安宁就去盖房；要一生不安宁就去找情人的。这样，夫妻一方势必要闹，这药就有用场了，喝了能镇吓住对方，喝下人又不死，这社会上的需求量会少吗？"黄厂长终于从迷雾中走出，眉开眼笑，说："庄先生真是有知识的人！这你第二次救了我，可怎么个宣传呢？如果把'102'号用途公开了，男女老幼都知道是故意吓人的药，谁还买？"庄之蝶说："这就看你怎么推销了！你要秘密推销，给男的说了，就不能给女的说；给女的说了，就不能给男的说。要亲自去单位推销，哪里有多少是夫妻同一个单位？且哪个单位都有个民间的'怕老婆协会'，你不会找去？"黄厂长握住了庄之蝶的手，硬要请着吃饭去，庄之蝶不去，黄厂长就叫了出租车，扔给司机一卷钱，把庄之蝶送回了家。

夜里，庄之蝶在书房写答辩书，到了十一点，照例要在书房的沙发上睡，毯子却白天收拾时柳月放回了卧室，怕牛月清睡时把门关了，就过来取。牛月清已经脱了裤子，灯下坐在被窝翻一本画报，见他又拿毯子，说："你还要睡到书房？"庄之蝶说："我要加班写答辩。写晚了不打扰你。"牛月清说："哼，不打扰我，是我把你赶睡到沙发上了？！"庄之蝶说："我没这样说。你怎么还不睡？"牛月清说："你还管我睡不睡？我是有男人还是没男人，夜夜这么守空房的。"庄之蝶说："谁不是和你一样？"牛月清说："你能写么！谁知道你写什么？我有什么能和你一样？"庄之蝶说："我已经给你说过了，写答辩书。"牛月清说："那你回忆着当年你和景雪荫的事，精神上能受活嘛！"庄之蝶说："你甭胡说，我拿来你看。"过去取了未完成的答辩书，牛月清看了几页，说："你睡去吧。"庄之蝶怀里一直抱了那毯子，就丢在了一边，说："我为啥不能在这里睡？我就睡床上！"牛月清没理，也没反对，任他一件一件脱衣服钻进来，拿指头戳男人的额头，说："我真恨死你，想永世不理你！我就是多么难看，多么不吸引你了，你要离婚你就明说，别拿了这软刀子杀我！"庄之蝶说："不要说这些，睡觉就是睡觉，你不会说些让人高兴的事吗？"就爬上去……（此处作者有删节）牛月清摆着头，说："甭亲我，一口的烟臭！"庄之蝶就不动了。牛月清说："你是不是在应酬我？"庄之蝶说："你就会败人的情绪！"牛月清不言语了，但嘴还是紧闭，接着就说疼，脸上皱着，庄之蝶就伸手拉了电灯绳儿。牛月清说："你把灯拉灭干啥？以前我让拉灯你不让，说看着有刺激，现在却拉灯，是我没刺激了？"庄之蝶没做声把电灯又拉开。才感觉有了好时，牛月清突然说："你洗了吗？你不洗就上来了？！"庄之蝶爬起来去浴室擦洗，重新过来，却怎么也不中用。庄之蝶要牛月清换个姿势，牛月清说哪儿学得这花样？庄之蝶只得原样进行，可百般努力，还是不行。牛月清就说一句："算了！"一脸的苦愁。庄之蝶这时倒有些遗憾，觉得过意不去，嘟囔着："我不行了。怎么就不行了？"牛月清说："这好多年了，你什么时候行过？勉勉强强哄我个不饥不饱的。凭你这个样，还弹嫌我这样不好了那样不是，谋算着别的女人。别的女人可没我宽容你，早一脚踹你下床去了！"庄之蝶不做语，只出气，把身子转过去。牛月清却扳了他过来说："你甭就这么睡去，我还有些话要给你说的。"庄之蝶说："什么话？"牛月清说："你觉得柳月怎样？"庄之蝶不明白她的意思，不敢贸然接话，只说："你说呢？"牛月清说："咱这家请不成保姆的，请一个来，开头却不错，百说百依，慢慢就不行了。你瞧她一天像公主一样打扮，又爱上街去逛，饭也不好好做了，动不动还跟我上劲儿，是不是该让她走了？"庄之蝶说："你要辞她？"牛月清说："倒不是辞，辞了外边人还说咱怎么啦，才请了不久就辞了！我想给她找个人家的，前几日干表姐来看娘，我说起柳月，干表姐说，把柳月给我儿子做个媳妇呀！这话倒提醒了我。这几日我想，柳月是比干表姐那儿子大三岁，女大三，赛金砖，这也是合适的年龄。一个陕北山里人，能嫁到郊区也是跌到了福窝，我估计她也盼不得的。外人也会说咱关心柳月，能为一个保姆解决了后半生的事。"庄之蝶听了牛月清的话，心里踏实下来，便说："你别张罗，她到郊区去干啥？凭她这模样，城里也能寻个家儿的。再说与你那干表姐儿子定婚，那儿子小毛猴猴的，我都看不上眼的，而且乡里一订了婚就急着要结婚，她一走，咱一时到哪儿再去找像她这样模样的又干净又勤快的保姆去？请一个丑八怪，木头人，我丢不起人的，那你就什么都干吧！"牛月清说："你是舍不得这个保姆哩，还是舍不得她那一张脸？今日又买了件牛仔裤，你瞧她把上衣塞装在裤子里，走路挺胸撅臀，是故意显派那细腰和肉屁股哩！"庄之蝶听她说着，下边就勃起了，爬上来就进，牛月清说："一说到柳月，你倒来了劲儿？！"也让进去，就不言语了。庄之蝶就又让她变个姿势，她不肯；让她狂一点，她说："我又不是荡妇！"庄之蝶一下子从上边翻下来，说："我这是奸尸嘛！"两人皆没了声音和响动。过了一会儿，牛月清靠近来却在动他说："你来吧。"庄之蝶再没有动，牛月清打嗝儿的毛病就又犯了。

　　转眼间，开庭日期将近，被告的各人将答辩词交换看了，再与律师一起研究了答辩中对方可能突然提出的问题，一一又作了应付的准备。直到了开庭的前一天，钟唯贤还是让周敏带来了他的四次修改后的答辩书，让庄之蝶过目。庄之蝶就让捎一瓶镇静药过去，要老头什么都不再想，吃两片好好去睡。周敏说老头有的是安眠药，一年多来，总说他睡眠不好，全靠安眠药片哩！这几天脸色不好，上一次楼虚汗淋漓，要歇几次的。牛月清就走过来说："周敏，明日收拾精神些，把胡子也刮了，气势上先把对方镇住才是。"周敏说："你给庄老师穿什么？"牛月清说："他有件新西服，没新领带，下午我让柳月去买来一条大红色的。"庄之蝶说："得了，去受诺贝尔奖呀？"牛月清说："你权当去受奖！让姓景的瞧瞧，当年没嫁了你是一个遗憾！我明日去，柳月和唐宛儿都说要去陪听。我还通知了汪希眠老婆和夏捷，我们都去，把最好的衣裳穿上，一是给你们壮胆儿，二是让法官也看看，庄之蝶的老婆、朋友都是天仙一般的美人，哪一个也比过了她姓景的，她不要自作多情，以为她就是一朵花，你与她好过就贱看了你！"庄之蝶就烦了，挥手让周敏去歇了，让牛月清也睡去，就拨通孟云房电话，说要孟云房来给卜一卦的。

孟云房来后，两人就关在书房里叽叽咕咕说话，牛月清和柳月等着他们出来问结果，等到十一点三十分了，还不出来，就说："咱睡吧！"分头睡去。孟云房在书房看表到了十二点整，阴阳二气相交之时，燃了一炷香，让庄之蝶屏息静气，将一撮蓍草双手合掌地握了一会儿，就一堆一堆分离着计算出六个爻来，组成一个地水师之坤卦，遂念念有词地写来画去。庄之蝶看时，上面写道：

丙寅、丙申、丁酉、庚子时

六神

· · 父母酉金——应	· · 子孙酉金——世	青龙
· · 兄弟亥水——	· · 妻财亥水——	玄武
· · 官鬼丑土——	· · 兄弟丑土——	白虎
· · 妻财午火——世	· · 官鬼卯木——应	腾蛇
⊙ 官鬼辰土——动	· · 父母巳火——	勾陈
· · 子孙寅木——	· · 兄弟未土——	朱雀

孟云房说："这卦真有些蹊跷。"庄之蝶问："好还是不好？"孟云房说："好是好着的。地水师卦以'一阳绕于五阴，有大将帅帅之象'，因此有相争之患，被告这方虽你是第二被告，但却需你出面执旗。五爻君位，兄弟亥水居之，又为妻财，故有耗财之虑。这当然了，打官司必是耗财耗神的事。二爻官鬼，应是多灾之意。这是说你这一段多灾难呢，还是灾仍在继续，让我再看看。为文章之事引起官司，文章为火，阳气过盛。多是还要费力的。坤卦为阴，为小人，为女人，为西南，四柱又劫枭相生，恐西南方向还有忧心

的事未息。"庄之蝶说："这么说明日这开庭还麻烦的？"孟云房说："坤是伸的意思，也有顺的会意，正如同母马，喜欢逆风奔驰，却又性情柔顺，只要安详地执着于正道，就会吉祥。这么看，明日开庭，虽不能完全消除灾祸，但只要坚持纯正又能通权达变，就能一切顺通而获胜的。"说罢，记起了什么，就在口袋里掏。掏出一个手帕，手帕打开，里边是一小片红的血纸，要庄之蝶装在贴身口袋。庄之蝶不解，问是什么，他才说西京市民里有个讲究，遇事时身上装有处女经血纸片就会辟邪的，他特意为庄之蝶准备的。庄之蝶说："我不要的，你又去害了哪一个女人？你能得到这血纸，哪儿又能还是处女的经血？"孟云房说："这你把我冤枉了！现在没结婚的姑娘谁也不敢保证就是处女，但这血却是处女的。实给你说，昨日我去清虚庵找慧明，她出去打水，我发现床下有一团血纸，知是她在家正换经期垫纸，见我来了，来不及去扔掉，而扔在床下的，当时就想到了你快要上法庭，偷偷撕了一片拿来的。别的女人纯不纯不敢保证，慧明却纯洁率更大些吧，我虽怀疑她和黄德复好，但也不至于就让黄德复坏了她的佛身？何况慧明是温香紧箍津一类的女人，她这血纸只有好的气息没坏的气息。"庄之蝶说："温香紧箍津？这词儿作得好。"孟云房说："女人分类多了，有硬格楞噌脆类的，有粉白细嫩润类的，有黄胖虚肿泡类的，有黑瘦墩粗臭类的。唐宛儿是粉白细嫩润，若果她是处女，这血纸是她的就好了。"庄之蝶顺手便把那血纸装在口袋里。孟云房又说："你没上过法庭，看电影上的法庭挺瘆人的，其实地方法庭简单得多，民事庭更简单。一个小房间里，前边三个桌子，中间坐了庭长和审判员，两边桌上坐了书记员；下来是竖着的桌子，坐律师；然后房里摆两排木条椅，被告这边坐了，原告那边坐了，像一般开会，并没什么可怕的。你明白放心去，我在家用意念给你发气功。"庄之蝶说："我想告诉你，我不想去。我找你来，主要是让你代我去。"孟云房说："让我代理？那怎么行？法庭上代理要通过法庭同意，还要填代理书的。"庄之蝶说："这些白天我打电话问过司马审判员了，他先是为难，后来还是同意了，说明日一早让我写个代理书交代理人带去也可。说老实话，我不想与景雪荫在那个地方见面。这事我谁也没告诉，我怕他们都来逼我。你今晚不必回去，咱俩就在这里支床合铺，你也可把我的答辩书熟悉熟悉。"孟云房说："你今辈子把我瞅上了，我上世一定是欠了你什么了。"突然叫道:"哎呀,我现在才明白那一卦的一些含义了,卦上说有大将帅帅之象,这大将并不是你而是我了!"庄之蝶说:"这么说,这是你的命所定,那我就不落你人情喽!"

翌日,天麻麻亮,庄之蝶起来叮咛了孟云房几句,就一人悄然出门。街上的人还少,打扫卫生的老太太们扫得路面尘土飞扬。有健身跑步的老年人一边跑着,一边手端了小收音机听新闻。庄之蝶从未起过这么早,也不知要往哪里去,穿过一条小街,小街原是专门制造锦旗的,平日街上不过车,一道一道铁丝拉着,挂满着各色锦旗,是城里特有的一处胜景。庄之蝶一是好久未去了那里,二是信步到这街口了,随便去看看,也有心动:若官司打赢,让周敏以私人名义可给法院送一面的。庄之蝶进了街里,却未见到一面锦旗挂着,而所有人家店牌都换了"广告制作部""名片制作室",已经起来的街民纷纷在各自的地面和领空上悬挂各类广告标样。庄之蝶感到奇怪,便问一汉子:"这街上怎么没有制作锦旗的啦?"汉子说:"你没听过《跟着感觉走》的歌吗?那些年共产党的会多,有会就必颁发锦旗的,我们这一街人就靠做锦旗吃饭;现在共产党务实搞经济,锦旗生意萧条了,可到处开展广告战,人人出门都讲究名片,没想这么一变,我们生意倒比先前好了十多倍的!"庄之蝶噢噢不已,就又拐进另一个街巷去。刚走了十来步,拉着奶牛的刘嫂迎面过来,庄之蝶就在那里吮喝了生鲜牛奶,却不让刘嫂牵牛,自个儿牵了走。刘嫂说:"你怎么能牵了牛的,让人看见不笑你也该骂我这人没高没低没贵没贱的了!"庄之蝶说:"我今日没事的,你让我牵着好,我是吃了这牛一年天气的奶水了,我该牵牵的。"

奶牛听了庄之蝶这么说,心里倒是十分感动。但是,它没有打出个响鼻来,连耳朵和尾巴也没有动一动,只走得很慢,四条腿如灌了铅一般沉重。它听见主人和庄之蝶说话,主人说:"这牛近日有些怪了,吃得不多,奶也下来得少,每每牵了进那城门洞,它就要撑了蹄子不肯走的,好像要上屠场!"庄之蝶说:"是有什么病了吗?不能光让它下奶卖钱就不顾了它病的。"主人说:"是该看看医生的。"牛听到这儿,眼泪倒要流下来了,它确实是病了，身子乏力，不思饮食，尤其每日进城，不知怎么一进城门洞就烦躁起来，就要想起在终南山地的日子。是啊，已经离开牛的族类很久很久了，它不知道它们现在做什么，那清晨起着蓝雾的山头上的梢林和河畔的水草丛里的空气是多么新鲜啊！鸟叫得多脆！水流得多清！它们不是在那里啃草，长长的舌头伸出去，那么一卷，如镰刀一样一撮嫩草就在口里了吗？然后集中了站在一个漫坡上，尽情地扭动身子，比试着各自的骨架和肌肉，打着喷嚏，发着哞叫，那长长的哞声就传到远处的崖壁上，再撞回来，满山满谷都在震响了吗？于是，从一大片青草地上跑过，蚂蚱在四处飞溅，脊背上却站着一只绿嘴小鸟，同伙们抵开仗来它也不飞走吗？还有斜了尾巴拉下盆子大一堆粪来，那粪在地上不成形，像甩下的一把稀泥，柔和的太阳下热气在腾腾地冒，山地的主人就该骂了，他们还是骂难听的话吗？难听得就像他们骂自己的老婆、骂自己的儿子时那样难听吗？牛每每想到这些，才知道过去的一切全不珍惜，现在知道珍惜了，却已经过去了。它又想，当它被选中要到这个城市来，同族里的公母老幼是那样地以羡慕的眼光看它，它们围了它兜圈子撒欢，用软和舌头舔它的头，舔它的尾；它那时当然是得意的。直到现在，它们也不知在满天繁星的夜里从田野走回栏圈的路上还在如何议论它，嫉妒它，在耕作或推磨的休息时间里又是怎样地想象城市的繁华美妙吧！可是，它们哪里知道它在这里的孤独、寂寞和无名状的浮躁呢？它吃的是好料，看的是新景，新的主人也不让它耕作和驮运。但城市的空气使它窒息，这混合着烟味硫磺味脂粉味的气息，让它常常胸口发堵发呕。坚硬的水泥地面没有了潮润的新垦地的绵软，它的蹄脚已开始溃烂了。它所担心的事果然发生，力气日渐消退，性格日渐改变，它甚至怀疑肠胃起了变化。没有好的胃口，没有好的情绪，哪儿还有多少奶呢？它是恨不得每日挤下成吨的奶来，甚至想象那水龙头拧开的不是水而是它的奶，让这个城市的人都喝了变成牛，或者至少有牛的力量。但这不可能，不但它不能改变这个城市的人、这个城市的人的气氛，环境反而使它慢慢就不是牛了！试想，它在这里常常想回到山地去，如果某一日真的回去了，牛的族类将认不出它还是一个牛了，它也极可能不再适应山地的生活吧？唉唉，想到这里，这牛后悔到这个城市来了，到这个城市来并不是它的荣幸和福分，而简直是一种悲惨的遭遇和残酷的惩罚了。它几次想半夜里偷偷逃离，但新主人爱它，把它拴在她屋里，它逃离不了。当然也觉得不告诉她个原委逃离去了对不起她。可惜它不会说人话，如果会说，它要说："让我纯粹去吃草吧，去喝生水吧！我宁愿在山地里饿死，或者宁愿让那可怕的牛虻叮死，我不愿再在这里，这城市不是牛能待的！"所以，它一夜一夜地做梦，梦见了那高山流水，梦见了黑黝黝的树林子，梦见了那大片的草地和新垦的泥土，甚至梦到它在逃离，它是在一只金钱豹来侵害城市人的时候，它和金钱豹作血肉之搏最后双双力气全耗尽地死去，而报答了新主人和庄之蝶对它的友好之情后，灵魂欣然从这里逃离。可夜梦醒来，它只有一颗泪珠挂在眼角，默默地叹息：我是要病了，真的要病了！

牛这么想着，就又没有了一丝儿劲，就卧下来，口边涌着白沫，舌尖上吊下涎线。庄之蝶拉它不起来，就这儿摸摸那儿撮撮，说："牛真是有病了。今日不要卖奶了吧，拉它去城墙根啃草歇着吧！"刘嫂看着它，长长地叹息，就说："庄先生你去忙吧。牛是要病了呢！等它歇一会儿起来，我牵它去城墙根啃草去。"庄之蝶又一次拍拍它的屁股，才走了。

庄之蝶又不知道该往哪里去了。他早早出门，为的是不愿让牛月清和柳月知道他不去出庭而又嘟囔，但毫无目的在街头走，双腿就发酸发僵。想昨日晚上牛月清说过也通知了汪希眠的老婆去旁听，她的背部疮疗是好了吗？在法庭上没有见到他又会问些什么话呢？他点燃了一支香烟来吸，瞧见了已经拥集在街的斜对面的那片场子上的许多人，他们的脸色和服装一眼看去便是乡下来的。有的手里拿了锯子；有的提一把粉墙的刷子；有的蹴在那里，面前摆着大小不一的油漆过的木牌儿，缩头弓腰地在那里吸烟，吐痰，小声说话。庄之蝶不晓得这些人一大早在这里干什么，才要走过去，三四个人却跑过来，说："先生有什么活吗？价钱可以议的。"庄之蝶蓦然明白了这是一个自发性的劳务市场，急忙摆手他没有什么活儿要请他们的，竟冒出一句："我是去找阮知非的。"掉了头便走，果然是往阮知非的歌舞厅方向走去。走过约一站路程，却突然奇怪自己怎么会说去找阮知非呢？这么个样儿去听歌舞，自己听不进去，又要影响了别人，还是往书店看看经营得怎样，画廊筹建得怎样吧！但后来又打消了念头，就往"求缺屋"走去，想睡上一觉。庄之蝶就这么往"求缺屋"走来。路过了清虚庵山门口，一个小尼抱了笤帚在那里扫地，不觉却心动了，搭了讪道："小师父，你这是给老爷画胡子吗？"小尼姑抬起头来，脸唰地红了，说："大门口的街面，哪里能扫得干净呢？"却又回身重扫第二遍。小尼姑长得粗糙，但害羞和诚实的样儿使庄之蝶觉得可爱了，就说："我随便说说，你倒认真起来了！慧明师父在庵里吗？"小尼姑说："你找她呀？她在禅房里作课的。这么早的你就来找她的！"庄之蝶笑笑就走进山门，却不知慧明是在哪一个禅房里作课的。绕过水池，在大雄殿里瞧过没有，到圣母殿里瞧过也没有，却幽幽地听见了木鱼声。立定静听，似乎是从马凌虚墓碑亭后传来的。趋声走去，那亭后竟是一片疏竹。竹林之间砖铺了一条小路，路的两旁栽种了一种什么花草，通体发红，却无叶，独独开一朵如菊的花瓣。晨雾并没有消退，路面上似乎有丝丝缕缕在浮动，那无叶红花就血一样闪烁隐现。庄之蝶轻脚挪动了数步，瞥见不远处有一所小屋，竹帘下垂，慧明就盘脚搭手侧坐于莲花垫上，一边有节奏地敲着木鱼，一边念诵着什么。房子里光线幽幽，隐约看见了那一张桌、一把椅、一盏灯、一卷经。庄之蝶呆呆地看了一会儿，觉得意境清妙。如果某一日在那莲花垫旁又有一个蒲团，坐上去的是一个青衣削发的庄之蝶，与这等女子对坐一室，谈玄说道，在这嚣烦的城市里该是多么好的境界！便一时不能自禁，遂想起口袋里还装着那张血纸，又发了许久的呆。想入非非，遂也就想了许多后果：如果那样，西京城里的文艺界如何惊讶？政界如何惊讶？他们会说这是变得堕落的文人终于良心忏悔而来赎自己的罪恶呢，还是说醉心于声色的庄之蝶企图又要扰乱漂亮的慧明？庄之蝶站在那里，不敢弄出一点声响，让淡淡的雾气上了脚面，不觉又看了慧明一眼，慢慢退开去。一边心里暗自仇恨自己的声名。声名是他奋斗了十多年寒窗苦功而求得，声名又给了他这么多身不由己的烦恼，自己已是一个伪得不能再伪、丑得不能再丑的小人了。庄之蝶最后只有在马凌虚的墓碑亭下，手抚了碑文，泪水潸然而下。

再没有去"求缺屋"，拽脚回到文联大院的家里，牛月清和柳月没有回来。法庭上的情况如何，消息不可得知，默默坐在电话机旁，直等得墙上的摆钟敲过十二下，电话铃响了。是柳月的电话，庄之蝶双手抱了话筒，说："柳月你来电话了？来电话了！"柳月说："庄老师你好？"庄之蝶："我好的，柳月，情况怎么样？"柳月说："一切都好，对方只有景雪荫一个人说得还有水平，那男的只会胡搅蛮缠，让法官制止了三次。嘻嘻，我知道她当年为什么要与你好了！"庄之蝶说："后来呢，后来呢？"柳月说："上午辩论就完了，下午继续开庭。孟老师现在去商店买胶布去了，他说下午辩论他要以胶布贴了左半个嘴，用右半个嘴来与对方辩论好了。"庄之蝶说："别让他胡闹！"柳月说："这我管得上人家？就让他去羞辱对方吧！你又不忍心啦？我以为是什么倾国倾城的颜色，一般嘛，你口倒这么粗的！"庄之蝶说："你懂得什么？！"那边不言语了，停了一会儿说："我们就不回去了，得请了律师在街上吃饭。你听着吗？我知道你在家等着，就拨电话给你了。冰柜里有龙须面，你能自己给自己煮了吃吗？"庄之蝶放下电话，却没有去厨房煮龙须面，取了酒一个人独自喝起来。

下午，庄之蝶去画廊找着了赵京五，吩咐赵京五，到白玉珠家，一等法庭辩论全部结束，就催促白玉珠去打问司马恭对辩论的倾向，这点很重要的，答辩中不管各自说得如何有理，关键要看审判员的态度。赵京五当然答应，却说不必那么急的，下午的辩论不会很快就完毕，估计休庭也得到了天黑，他五点后去白玉珠家是来得及的。于是要让庄之蝶看他培养的盆花。画廊装饰已完成多半，赵京五的办公休息室在门面的后院一间房里，那门前台阶上、窗台上摆满了各式各样的花草，正是开放时节，各呈其艳，一片灿烂。庄之蝶看过了，不免倒想起自己曾养过的那盆异花，顺口说句："花好是好，却没有什么名贵之物。"赵京五说："我哪里能像你就能遇上异花？可你有你务花的标准，我有我务花的见解。我全不要名贵的，一是价钱高，二是难伺候，观赏起来并不就都赏心悦目，只是图个虚名。我是要求花开得好看就行。在我理解，花朵是什么，花朵就是草木的生殖器。人的生殖器是长在最暗处，所以才有偷偷摸摸的事发生。而草木却要顶在头上，草木活着目的就是追求性交，它们全部精力长起来就是要求显示自己的生殖器，然后赢得蜜蜂来采，而别的草木为了求得这美丽的爱情，也只有把自己的生殖器养得更美丽，再吸引蜜蜂带了一身蕊粉来的。"庄之蝶说："京五呀，你哪儿来的这怪见解？你不结婚，原来就是有这么多生殖器包围着？！"赵京五就笑着拉庄之蝶在屋里坐了。小小的屋子里，临窗的桌上又是高低三排花盆，有碗大的大理花，也有指甲般大的小晶翠；连那床头床尾，四面墙根也全是花盆；但屋中间的一个做工十分精致的小方桌上却放置了一个玉色瓷盆，里边供养了一丛青绿的水仙。赵京五告诉说原来老屋拆除后，整个家具都存在他母亲那儿，他只带了这个小方桌和明代的大玉色瓷盆的。庄之蝶说："房子里这么多的花，放在最显眼地方的这水仙却是什么生殖器也没有呀？！"赵京五说："花是草木的生殖器，我只认做它们是各种各样的女性。这水仙现在没有开花，开了花也并不鲜艳，那么你就该笑我为什么最宠这位女子？在东方的传统里，水仙常是作为冰清玉洁的贞女形象，可是西方的希腊神话中，水仙却是一个美男子。这位美男子寡欲少情，不爱任何少女。一次他到泉边饮水，看到自己美丽的影子，顿生爱慕之心，但当他扑进水里去拥抱自己的影子时，掉进去淹死，灵与肉分离，顷刻化为这水仙的。"庄之蝶也是第一次听说水仙为男人所变幻，说："那你是以水仙自喻了？"赵京五说："是的，我虽然长得不像古书上讲的有潘安之貌，可西京文化界里我自感还是一表人才的。我栽了这么多花草，看着它们，理解着世上的凡女子，而我更爱这水仙，哀叹它的灵与肉的分离。"庄之蝶说："我明白了，京五，你是不是准备要结婚了？"赵京五说："水仙是一掬清水、几颗石头便知足矣。我是想结婚的，可世上这么多花草般的女人，哪一个又能是我的呢？老师到底是感觉极好的人，知道了我的心思，我就不妨给老师说：你能把柳月赏给我吗？"庄之蝶听了，心里暗暗惊道：早看出他对柳月喜欢，没想他真有那心思！就轻轻地笑了，说："怎么能说要我赏你呢！柳月虽是我家保姆，但柳月是独立的人，我怎能决定了她的事？"赵京五忙抓了庄之蝶的手说道："我只求老师做媒！柳月她是没城市户口也没工作的，这我全不在乎，我喜欢她伶俐漂亮，又在老师家受这么久熏陶，我会真心爱她，好好待她的。我虽百事不成，是文化界一个闲人，可我们结婚后我可以让她幸福的！"庄之蝶说："这个媒我可以当，但你不必着急，等我讨讨她的口气。我看问题也是不大的。她到我家后，看了许多书，接触了许多人，越来越像个大家闺秀了。京五呀，你把她介绍到我们家来，原来是让我给你培养人才啊！"赵京五也高兴起来，给庄之蝶取酒来敬，说："要么我怎么称你是老师呢？"

　　两人又说了一阵关于画廊的事，庄之蝶看看天色不早，催赵京五去白玉珠家去了，自己就走回来。牛月清和柳月却已经在家洗起澡了。见庄之蝶进门，都急忙忙穿了衣服从浴室出来。庄之蝶问："下午答辩怎么这样快的？"牛月清说："才开庭一个小时，钟主编就病了，法庭只好休庭，说大致情况也弄清了，下来他们再做各方面的取证调查，如有必要第二次开庭答辩，随时等候传讯。"庄之蝶就问："钟主编病了？什么病？怎么早不病迟不病，病倒在法庭上，别人还以为答辩不过对方而吓病了！"牛月清说："事情不会引起审判员做那种猜想。因为钟主编站起来答辩，他是写了十三页详细的答辩书，他只是对着答辩书在念，有条有理，滴水不漏的。景雪荫坐在那儿，满头满脸都是汗水。那审判员也不停地点头哩。也就在这时候，突然扑通一声，我抬头看时，钟主编不见了，他是倒在地上的。大家都惊叫起来，过去扶他，他就一脸青灰色，眼睛紧闭，人已昏迷过去了。司马审判员赶忙着人往医院送，辩论也就休了庭。我们全赶到医院去，他人是醒过来了，医生现在正在为他做检查，还不知发病的原因呢！"庄之蝶先以为是一般性的头疼或肚子疼，没想到病突发得那么厉害，心里也着急起来。牛月清说："看那病情，醒过来后的问题还不大。周敏就说，今日早上钟主编来法院前情绪就极不好，和文化厅的领导还在办公室吵了一架，好像就是为职称的事。去法院路上，周敏说他还在安慰老头，老头只是唉声叹气，说什么都不顺心，职称该评的没评上，人腿不该断的却断了。我问周敏，钟主编说这话是什么意思。周敏说谁断了腿他也不知道了。"庄之蝶知道断腿的话是什么意思，想把原委说知牛月清，开了口却又没有说，只破口骂省职评办，骂文化厅领导。牛月清就说："你也给我好好安静下来。今日你没去，我一肚子气，待钟主编这一病气也消了。没去出庭也好，若是去了，面对了景雪荫少不得要受刺激的。钟主编病倒的那样子也让我看得害怕了。我现在只盼着咱这一方都不要生气，气能伤了身子，真要再病倒几个，甭说姓景的高兴，外界人知道了也要捂了嘴巴拿屁眼儿来笑了！"

　　吃晚饭时，赵京五来了，进门拿了一件好大的布狗玩具。柳月一开门，他就把布狗架在柳月的脖子上，喜得柳月抱了那玩物滚在沙发上搂呀亲呀的。庄之蝶看了，说："给柳月这么大个礼品，六七十元钱吧？"赵京五不好意思了，说："我一高兴就把它买了！"庄之蝶说："你甭高兴，不给我买东西，你也是白高兴！"赵京五说："就看你高兴不高兴？！司马审判员说了，听了今天的辩论，景雪荫没多少道理的。现在的问题只有一条，这方说文章中的女性形象是集中、概括、归纳了诸多女性的经历而成的；那方说纪实作品是不能这么来写的，这纯乎一种狡辩。到底纪实性作品能不能集中概括和归纳，他们是门外汉，懂得不多，还要向一些文化界专家学者了解。"庄之蝶说："事情担心的也就在这里。严格讲，纪实性文章是不能当小说来写，集中概括和归纳是小说的做法。"赵京五说："那这怎么办？肉都夹到口边了又掉了？！"庄之蝶冷笑了一下，半天不再吭声。牛月清就使眼色给赵京五，赵京五就跟她走到厨房了。牛月清说赵京五："你说这些干啥？他心里正烦的，你让他又发熬煎了？！"庄之蝶却叫道："京五你过来。"赵京五过来说："今天不谈这事了，一天到黑让这事搞得我头也痛了，改日再说吧，车到山前必有路的。柳月，你给这狗子起个名儿。"柳月说："叫个狗小五。"庄之蝶说："戏闹什么？你没瞧着有正经事吗？"就对赵京五说："咱们现在要走到法庭前边。可以先找省市在西京的那些作家、批评家和大学中文系的教授写出论证意见交给法庭，直接影响审判员。这几天你和洪江什么也不要干，去找李洪文、苟大海，你们分头找找作家、学者、教授，不管用什么办法，就打我的旗号，让他们写出纪实性作品允许概括、归纳的意见来。我开一个名单，这里边有的人按咱的意见写没问题；有的不好硬缠人家，只要能写个大概意思的话也可；如果死不愿写的，只求他们也不要给景雪荫那一方写什么论证就行了。"当下开了一份名单，赵京五拿着去了。庄之蝶也让柳月去送了赵京五，自个儿对牛月清说："这个官司要没有我，这一方就是上百人的阵势也屁不顶的！"牛月清说："你行你行，在家里这么英雄，出了门却不敢上法庭哩！不说啦，都歇着，我也是浑身没有四两力气了！"

柳月送赵京五到大院门口，赵京五说："柳月，前边那个巷口有卖辣子涮羊血块的，我请你客去。"柳月说："大热天的吃那一身汗。"赵京五说："那去吃冰淇淋。"柳月说："你今日怎么啦，这么大方的？我不吃的，为了谢你这句话，我送你到大门外去。"两人就出了院门。赵京五却不走，站在灯影

暗处说："柳月，你过来。"柳月说："到那黑影地里干啥，怪害怕的。"却也
走了过去。赵京五却悄悄说："你瞧那边。"柳月随手看去，才看见十米之遥
的墙根暗处，有两个人搂抱得紧紧的，就低了头来味味地笑。赵京五说："爱
情是不怕黑不怕鬼的，咱靠近去听他们说些什么？"柳月就拿手来戳赵京五
的脸，骂道："你也学坏了，有本事你也去街上拉一个去，偷听人家算什么，
下流坏子！"没想赵京五哎哟一声捂了脸，柳月说："戳哪儿了？戳到眼里了
吗？"近来掰了手指往脸上瞅；赵京五忽地就搂了柳月，在那嫩脸上咬了一
口，撒脚就跑。恰好一辆出租车从街那边开过来，灯光正打照了柳月；柳月
惊得四肢分开贴在墙上，等车灯闪过，清醒过来了，已不见了赵京五踪影，
心里倒觉得好笑：这小白脸赵京五只说是个风流鬼，原来傻帽，亲了一口就
兔子一般跑了！觉得腮帮上还疼疼的，一边用手揉一边走过来，却见那车竟
在院门口停了，车上跳下来的是周敏，对着她说："柳月，你在那儿干什么？
刚才车灯一照，我就看见你了！"柳月登时吓住了，说："你看见我了？我干
什么了？！"周敏说："你一个人在墙根发呆，我还以为和师母又吵架了在那
儿哭哩！没事吧？"柳月就笑了："她再和我吵，我就到你们家再不回来了！
我哪儿能哭，像你一个大男人家在法庭上哭鼻子抹眼泪的！你是从医院来的
吗？钟老头怎么样？"周敏说："到家说吧，庄老师在吗？"

　　两人进了家。庄之蝶和牛月清已经睡下了。柳月就敲卧室门，说周敏来
了，牛月清穿了睡衣出来，周敏却直接到卧室去给庄之蝶说话，一句未了，
庄之蝶从床上爬下来，衣服还未穿好，哭声就起来了。原来医院为钟唯贤查
病，竟认为是患了肝癌，而且已经到了晚期。庄之蝶捏了双拳叫道："这都是
把老头气成的！气成的！"就要去文化厅找领导谈。牛月清和柳月拉住他，
说这么晚了，文化厅的人早回了家，你找谁去？庄之蝶吼道："钟老头病成
那样，他都能出庭，他是昏迷在法庭上的，他要是当下死在那里，就是想给
他争取什么也没法争取的！下班了，我找到厅长家里去，他们就这样作践一
个老知识分子？一个职称重要，还是一个人重要？！"牛月清就丢了手，让他
去了。周敏却担心晚期肝癌存活是很短的，钟唯贤恐怕奈何不到第二次开庭
了；如果他不在，杂志社那边的力量就算完了。牛月清听他这么说，就生了
气，说："千万不要把这话说出来！现在你还指盼钟主编第二次出庭吗？就是

官司全输了，只要老头的诊断有误，是一场虚惊就好！"周敏也自知失言，连说："我不是这个意思，我是说咱正打官司，钟主编却又恰病成这样……"牛月清也怕自己的责备分了周敏的心，也说："赵京五刚才从审判员那里回来，官司问题是不大的。"就如此这般把庄之蝶安排的补救措施叙说了一遍。周敏情绪也缓过来，倒主动提出他现在还要到医院去伺候钟主编的。牛月清就说她也要去，叮咛柳月在家，若庄之蝶回来，一定做一碗拌汤什么的让他吃下，就和周敏匆匆下了楼。

庄之蝶连夜找到厅长家，和厅长拍了桌子争辩，样子如要打架。厅长从未见过庄之蝶脾气发作了是这么个凶劲，百般解释，却推卸责任，只提出连夜去医院看望钟唯贤，保证解决一切医疗费用，包括所有陪护人员的工资补贴。庄之蝶说，不解决实质性的问题去看什么？让病人看见你们更受刺激而加速死亡吗？唬得厅长就和庄之蝶一块儿去另四个副厅长的家，终使五人于夜里四点研究怎么办，最后形成决议：同意杂志社钟唯贤申报编审职称，把他的申报材料报经省职评办，由上边审核批准。事情到了这一步，庄之蝶方一一同他们握手，感谢他们，也求他们原谅他的冲动。赶回家来，差不多天麻麻亮了。

这一天的中午，文化厅的所有中层以上的领导提着大包小包的营养滋补品去医院看望钟唯贤。牛月清从医院拨电话给庄之蝶，说钟唯贤的情绪很好，吃了一碗饺子，能下床走了。庄之蝶一放下电话就喊柳月，柳月刚过来他就抱了她又是笑又是吻，柳月说："我一身汗的。"就端了一盆水去卧室洗了，然后赤身躺在床上。但是庄之蝶却并没有到卧室来，开了屋门而去了职评办说明情况，希望他们在接到申报材料后，能作为一个特例，尽快给予评定审批。然后就从职评办给医院打电话找牛月清，让牛月清扶了钟唯贤来直接听电话。他在电话上说："老钟，现在你就好好养病吧！"钟唯贤在那边说："之蝶，这让我怎么感谢你呢？在这个城市里，什么事都难办，只有死了人才能解决的。"庄之蝶说："咱哪里要等到死？你这一病，事情不也就解决了？！"钟唯贤说："我还幸运，我还幸运！之蝶，刚才他们给我拿了一个研究上报的决议，这一个决议要顶几百服药的！"庄之蝶说："职评办很快就要评审下来的，高职的红本本过几天我就给你拿到手，你的什么病都要好了！"

钟唯贤在那边说："红本本，红本本，我就值这么个红本本吗？之蝶，你说我要的就是这个红本本吗？！"电话里钟唯贤声调激愤，最后是一阵哭泣。庄之蝶这边也早已是泣不成声了。

这一夜，庄之蝶睡了个好觉。柳月几次只穿了裤头到卧室走动，他迷迷糊糊知道些，又沉沉睡去，甚至柳月用了发梢拂他的眼睫毛，他说："我要睡觉。"翻过身又睡去。不知到什么时候，柳月又使劲儿推他，甚至把他的被子揭开来，打了他一下，他生气地骂道："讨厌！"柳月却说："你瞧瞧天，都什么时候了！电话响得嘟嘟嘟，大姐在电话里声都变了，你还不去接？"庄之蝶清醒过来，果然见太阳已照在窗扇上，忙过去接了电话，脸也未洗，口也未漱，就骑摩托车往医院去了。

钟唯贤躺在病床上，人一下子瘦下去，又没戴了近视镜，样子可怕得几乎不能认了。他是早晨五点钟吐了血，足足有半痰盂。医生赶忙抢救，埋怨护理的牛月清、周敏、苟大海，说病人自昏迷醒来后一直稳定的，怎么住了院反吐血？吐血可不是好兆头，胃静脉曲张，易导致出血，出血若不止就完了。牛月清就说钟主编昨日高兴得很，又吃饺子又下床走的，他们只说老钟创造奇迹呀的，谁知会这样？医生问什么事刺激了他这么激动的，周敏就说了职称的事；医生便训斥，为什么要这时候告诉他，好人一激动都常有犯各种病的，这么重的病人怎么能激动呢？！钟唯贤在一番抢救后，血是止了，又清醒过来，只是把钥匙交了周敏，要周敏去杂志社他的宿舍，把床上的一个枕匣拿来。枕匣拿来了，钟唯贤就抱着哭。大家都不明白老头这又是怎么啦，又不敢把枕匣拿掉。牛月清说："老钟，你是枕惯了硬东西，不习惯那软枕头吗？"钟唯贤摇了摇头。周敏说："怕是钟主编的积蓄全装在枕匣里。"就说："你把枕匣让我保管，万无一失的。"钟唯贤还是不给。到了九点钟，他说他要见庄之蝶的："之蝶怎么不来看我？你们把之蝶给我找来嘛！"庄之蝶到了病房时，牛月清先把他挡住在一旁悄声说知了这一切，又叮咛道："不能再说职称的事，医生说再不敢让他激动，若再吐血人就没救了。他现在抱着枕匣不放，是不是那里存放了他的现款和存折？他和他老婆关系不好了半辈子，是不想把这些交给她？但人到了这一步，不能不给他老婆说了，他若枕匣不让我们保管起来，他老婆来了还能不夺了去？但我又想，他要真不行了，咱们保管了他的钱干啥呀？！"庄之蝶说："我见了他再说。"就进去拉了钟唯贤的手，说："老钟，我来了。"钟唯贤睁了睁眼睛，突然笑了，说："你不来，我是不能死的。"庄之蝶眼泪就流下来，说："你不要这么想，什么也不要想，你会出现奇迹的，老钟，会出现奇迹的！"钟唯贤听了，点了点头，说："我也这么想的。本来我是早就该死了的人，我是创造了奇迹的！"说着说着一颗老泪就流下来，在那皱纹极深的脸上翻着一道道肉梁，最后不成滴地掉下来，而消失了的是道亮亮的线痕，如旱蜗牛爬过了一般。又说："之蝶，但我这次不行了，我感觉我要死了，你说我死得其所吗？"庄之蝶说："你这一生坎坷多难，却也充实，甭说创造了多少社会价值，单你本身的生命就有着辉煌的价值，你是真正活得纯洁和高尚的人，你胜过我们任何人，所以你才出现奇迹！"钟唯贤说："我不如你。"力气就累起来，歇了半天，说："可我总算将有个红本本的，也更有了这个枕匣！现在我遗憾的是没能和你把官司打出个结果，让人取笑我了。"庄之蝶说："谁敢取笑你？只为你震惊骇怕哩！"庄之蝶见他脸上颜色越来越不好，呼吸也紧促起来，知道是不行了的人了。强忍了眼泪问道："老钟，你还有什么事要我办吗？"李洪文就近说："老钟，你要坚持住，你家里我已拍了电报去，估计今早能收到的。过一会儿，厅里领导也要来，还有许多作者都打来电话问情况，说要来看你的。"钟唯贤说："不让来，谁也不让来！"摆摆手又让所有的人都出去，只要庄之蝶在他身边。众人莫名其妙，只好退出房门。钟唯贤把怀中的枕匣交给了庄之蝶，说："之蝶，人总是要死的。我并不怕死。我只是伤心让一个人苦了。她说好要来的。但她腿断了。等她来了可能我已经死了。那么，你把这个枕匣交给她，再给她一册打官司的那期杂志。这就是，我的财富，我全部财富。这个人是谁，你不要问。到时候，她——寻了来——你就——知——道了。"庄之蝶接过枕匣，枕匣很重，他感到了他是欺骗了老头，他想在老头要死去的时候告诉了一切吧，但他不忍心说出来，他自己宁肯今生永久带着欺骗了老头、浪费了老头感情的内疚而折磨自己，也不愿在老头临死前知道真相后以什么都绝望了的空虚走到另一个世界去。庄之蝶给钟唯贤点着头，再次点着头，眼看着老头子身子剧烈地一抽动，手在胸前一挥，口紧闭，突然噗的一声，一汪鲜红的血浆喷出来了。那血喷得特别有力，血点十分均匀,像一朵礼花一样在空中散开。一部分就印在了雪白的墙上;一部分又洒下来,落在他自己的头上、脸上、身上。庄之蝶没有呼叫,也没有痛哭,他静静地看着钟唯贤一阵艰难的痉挛后,终于绽出了一个笑,笑慢慢地在脸上凝固了。

庄之蝶抱着枕匣走出房间,房间外的人拥上来问:"他怎么样?"庄之蝶说:"他死了。"一直抱着枕匣往过道外走,走到了楼房外,站在那里。楼外的太阳火辣辣的,刺得他的眼睛眨了几眨,没有眨开。

众人都拥进房去,医生护士也跑来了,他们默默地看着这一切,护士开始拔钟唯贤鼻子里的吸管,把床单的两边拾起来往一块儿绾结,绾了一个大大的结。两个护士就推了一辆平板车进来,将裹了白床单的钟唯贤抬上了车。护士说:"谁是家属?"没人回答。护士又问了一下:"谁是家属?"牛月清木木地靠在墙上,突然说:"啊,什么事?"护士说:"这床单就属于他的了。你去住院部那儿交五元钱吧。"平板车就往楼外推,车轮子不好,歪歪斜斜的,吱儿吱儿响。庄之蝶回过头来,阳光激射的楼道口,平板车推出来,像是炉膛里拉出来的钢锭,或者是神话中的水晶宫里运出的一车水晶,那白床单的这头一颗圆圆的东西,在平板车推下三级低低的台阶时,一下子滚到车板那边,一下子又滚到车板这边,似布袋里装着的西瓜。

钟唯贤的后事安排完全由文化厅操办,庄之蝶他们毕竟是外单位人,只是由周敏传递消息,注视着哪一处安排不妥,方去向厅里建议。钟唯贤的老婆领着那个痴傻的儿子,去医院的太平间揭了床单看了一下,于太平间外的土场子上烧了一刀麻纸,又让儿子摔了装着面条和纸灰的孝子盆,就开始与厅里领导谈判,要求组织上补助五千元,要求招其儿子参加工作。谈判进行了三天三夜,谈判的结果如何,庄之蝶没有去理,周敏也不过问。而李洪文却告诉了那老婆说钟唯贤临死前把一个枕匣交给庄之蝶了,这老女人就来追问庄之蝶要枕匣。庄之蝶只好当了她的面打开枕匣,却把那一沓沓信拿在手里,说:"你看看,这都是编辑部业务来信,老钟让我替他作处理的,没一分钱呀!"老女人说:"公家的信这么稀罕地放在枕匣里,人都死呀还不忘处理公家的事？他那心里就没有我娘儿，他那钱都花到哪儿去了？一个子儿也不留下？！"便把信让庄之蝶拿去，抱走了空枕匣。庄之蝶一连几天不再闪面，当听说悼词写好后，他来文化厅找着领导，要了悼词逐句逐字地修改。领导劝他不要感情用事，庄之蝶说，那我就召集上百名文化界的人让大家讨论讨论吧。并起草了讣告，派周敏去报社发消息。报社的回复是报是党报，凡发讣告的只能是有一定级别的领导干部。庄之蝶又连夜写了一篇悼念短文，以散文的形式在第三版的副刊上发表了。当天，来文化厅送花圈的不下百人。文化厅领导同意了庄之蝶修改后的悼词，并安排两天后上午去火葬场举行遗体告别仪式。庄之蝶一个晚上在拟写会场两边的挽联，拟好就害头痛，痛得要炸裂一般。孟云房、赵京五、苟大海、周敏都来看他，他说："遗体告别那日，能通知到的都通知让去，人越多越好。你让我好好睡睡，我是没休息好。这里拟了一副挽联，也不讲究平仄对仗了，你们看看意思表达出来没有？修改好了，扯十多丈白纱，无论如何找到龚靖元，让他用墨直接写上去。先在文化厅大院挂上一天，再挂到会场去！"众人看那挽联，竟是一副长联：

> 莫叹福浅，泥污莲方艳，树有包容鸟知暖，冬梅红已绽
> 别笑命短，夜残萤才乱，月无芒角星避暗，秋蝉声渐软

孟云房、赵京五、周敏分头去了，牛月清就去街上买黑纱，准备给这帮与钟唯贤关系好的朋友每人一个，参加告别仪式时戴。等回来，庄之蝶并没有睡着，唐宛儿就坐在床边，柳月在厨房里烧姜汤。她一进门，唐宛儿低头把眼泪擦了，说："师母，你也歇着，可别都把身子搞坏了。这次没有这帮朋友，钟主编不知后事怎么个草草就处理了的，瞧他那老婆，人死了哭了两声，倒还只是诉她的委屈，这算是什么夫妻！"牛月清说："这你哪里知道，他们关系一直不好的。"唐宛儿说："像她那个样儿，鬼和她好哩！"就不自觉伸了手将庄之蝶身下的被角往里掖了掖。牛月清看见了，眼睛瓷了一下，走过去把掖好的被角却拉开，重新压实；唐宛儿立即意识自己那个了，身子不自然起来，从床沿上挪身到床边的椅子上，说："我在潼关看过死了人唱孝

歌的，那孝歌说：'人活在世上有什么好，说一声死了就死了，亲戚朋友都不知道。'我当时倒不大体会到那悲凉。钟主编一死，我却一想到那孝歌就流眼泪。"牛月清说："钟主编死时朋友们不是都在吗？"唐宛儿说："那算什么朋友的，他有他心上的人的。"牛月清说："心上人，心上什么人？"庄之蝶说："宛儿说的是安徽宿州的女同学。"牛月清说："宛儿，你也知道这事？"庄之蝶说："是我说给她的。"牛月清瞪了庄之蝶一眼，说："这事你千叮咛万叮咛不让我给人说，你却全说出去了？！宛儿，钟主编那枕匣里人都以为是钱，其实全是你庄老师以女同学的名义写给他的情书！这事可得保密，说出去了，一是对钟主编不好，二是对你庄老师也不好。"唐宛儿说："人都死了，说了怕什么？真相公开，外人只能感叹钟主编和庄老师的人好，做的是真正爱情的事！"牛月清说："要说起来，咱只能是理解钟主编。真的抖搂出去，社会上就能有几个像咱一样理解了他？他毕竟是有家室的人，说爱情，两个人过了一辈子了，都有那个痴傻儿子的，怎地能说没爱情？"唐宛儿说："那是两码事哩！晚上我睡在床上想，钟主编说他可怜也可怜，说不可怜也不可怜的。一头的白发，满心的红花，人活得也够潇洒了。只可惜那个情人是个虚的……"牛月清说："是个实的，她还能敢来？"唐宛儿说："怎么不敢来？要是我，知道钟主编那份感情，我来抱了他的尸首好好哭一场的！"牛月清说："你？谁能和你比？！"说罢了，又觉不妥，说："我见不得说情人长情人短的，情人还不是娼妇、妓女？宛儿，这样的话不要再说，你给我说了还罢了，给外人说了不知又惹什么是非？！柳月！姜汤还没烧好吗？"唐宛儿被抢白了一番，脸面没处搁去，站起来说："我去厨房看看。"就到厨房去。牛月清看着庄之蝶说："那枕匣里的信你怎么处理呀？同老钟一块儿火化了吧！"庄之蝶说："女的写给老钟的是六封，老钟写给女的是十四封，一共二十封，每封都差不多五至八千字。我想将来好好写一个长序，一块儿交哪家出版社印一册书的。"牛月清说："明明是你写的，倒口口声声那女的，你造个假的也自己都认假成真了！你要出版，少不得社会有流言蜚语，景雪荫的风波还不是教训？这会我也不与你说，老钟一死，你也是悲伤得糊涂了！"庄之蝶说："你懂什么？"不耐烦起来。牛月清说："我不懂，我什么都不懂，我也害怕你倒懂得太过分了！"唐宛儿端了姜汤过来，听见两人言语不柔和，就在卧室门口咳嗽一声，听着他们都不言语了，才走进去。

遗体告别的那日，庄之蝶头还是有些痛，吃了一片止痛片去了。送葬的人特别多，花圈从灵堂大厅里一直摆到外边的场子上。仪式完毕，送钟唯贤进火化炉，庄之蝶要亲自去，几个人把他劝住。有一个懂些按摩的人就在灵堂外的台阶上给他捏头。李洪文跑来说："火化炉前排队的特别长，看样子明日还轮不到烧的，人家让把遗体先停放到冷库去。"庄之蝶说："这怎么行？乡下死了人讲究入土为安，城里就是入炉为安。今日来了这么多人，最后却火化不了，这太刺激大家感情。再说你也知道你们文化厅情况，一时火化不了，后边谁来具体在这儿经管？"李洪文说："我也这么想的，给人家反复说，人家就是一句话：排队去！你是名人，你能不能去说说？"这当儿，孟云房从焚尸炉那儿跑出来说："事情好办了！"庄之蝶问怎么给人家说通的，孟云房说："我进去看见那门口贴了一个红字条，上面写着'优待知识分子'，嗨，现在政府提倡尊重知识、尊重人才，这火葬场还行，也优待知识分子了！"李洪文说他怎么没注意那红字条儿，孟云房真是独具慧眼。三人就走去交涉，说钟唯贤是高级知识分子，现在就可以提前入炉了吧？那管理员说："知识分子？怎么证明是知识分子？"庄之蝶说："他是《西京杂志》的主编。"那人说："有证件吗？"庄之蝶说："什么证件，来火葬人还把证件带上？我们做证明也不行吗？"李洪文就说："这就是庄之蝶！"那人说："庄之蝶是干啥的？中国人十一亿，我记不了那么多名字。什么单位？"李洪文说："你连庄之蝶都不知道呀，单位是作协。"那人说："做鞋的？鞋店里怕没有知识分子吧！我们这里只认高级职称证，什么教授呀，总工程师呀的。"庄之蝶说："我做什么鞋不用管啦，这死人却是有高级职称的，记住，是编审，不是什么张婶王婶！"那人说："你火倒比我大？！拿证来！"三个人都傻眼了，庄之蝶让李洪文去找厅长来，厅长来了说他是厅长，死者真的是编审，高级知识分子，只是还没有发下证来人就死了，他可以证明，并要留下名字、电话以供调查。那人就让写证明条。写了，却说没有职评办的公章，如今西京就这一个火葬场，死人太多又来不及火化，有人就冒充是领导干部的，冒充知识分子的。说："我烧这样的人多了，骗不过的，知道职评办的公章是什么样儿！"没办法，李洪文和苟大海就搭了厅长的小车速去了职评办盖公章。约摸一小时后，两人高兴返来，老远处手扬了一个小红本本，说："职称办的人一听情况，破例发了证了！"庄之蝶便过去把证件让那人看了。那人没有说话，就把钟唯贤的尸体推到炉前，用一个长长的铁钩扒着装进一个炉箱里。庄之蝶咬牙切齿地看着，突然把那手中的小红本本扔进了炉膛里，转身就往外走。一直走到灵堂大厅的外边，一脚踩去，发动了"木兰"，跟谁也未打招呼，疯一般骑上去驶走了。

半个月里，庄之蝶任何人也懒得去见，唐宛儿从她家几次让鸽子带了信来，约他过去，他接了鸽子取下字条，并不写一个字地放鸽子又回去。在家待着，来人又太多，每日早起去门口吮喝了牛奶，就骑"木兰"去那些低洼改造区闲逛。他也不知道自己要来这儿干什么，整晌整晌在推土机推倒残墙断壁的轰鸣声中，看那一群上了年纪蹲在土堆上唠叨的人。这些人唠叨着这片低洼区的过去是怎样的有着几家妓院。有叫鸭子坑的，鸭子坑的妓女便宜，比不得迎春楼上妓女能歌善舞，身价昂贵。鸭子坑来的都是赶车的马夫、终南山下来的炭客、渭北的那些赶毛驴贩运火纸、瓷器和棉花、烟草的脚户，一个晚上最便宜的是管那娘儿们一碗馄饨就行了，可以放那么一炮，还可以整夜让她抱了脚暖。他们唠叨，哪一处原是住着一个弹棉花的，整日背了弓子，用一个棒槌在败絮上嗡儿嗡儿地弹。人穷得冬天买不起个帽子，包的是他老婆的花头巾，耳朵梢子都冻干，却乐哉得很。一边打弓弦，一边双脚还按了弓弦的节拍跳动。真是破锅配了烂勺，那老婆原在关中西部塬上来的戏班子里敲板儿，人称敲猪皮的，嫁了来猪皮是不敲了，但男人的棉花弓弦一响，她就咿咿呀呀唱《梁山伯与祝英台》："蹴下尿尿写文章，立着尿尿狗浇墙。"他们唠叨，哪一处是陆家辣面店的，店很小，因出售的是纯一色的耀州辣子，名气就大。陆老头是个驼背，生养的女儿却水色，就被一个军官收去做了小了，这陆老头从此也阔起来，不卖辣子面，每日清早是熬了茶蹴在巷头品味哩。但军官的小老婆不知怎么回娘家却吊死在那院后的香椿树上，陆老头没了脸面，卖了房子搬到别处去住。这房子后来连住过三户人家，却都不出两年，老婆就上吊了。庄之蝶听了，也不近去问这些往事的根根梢梢，也不问这一片低洼地还有过什么出奇的人和出奇的事，却想，这些人怎么说起这些那么有兴趣？不改造这片地方的时候他们或许都在骂着不改造，现在改造开了却似乎又舍不得了的？后来就瞧见他们那里围了打麻将，一边搓牌，一边用手在头上拍打，在脸上拍打，叫嚷怎么啦，这么痒的，人老了皮肤倒娇贵，明日得去买挠手了。庄之蝶觉得好笑，却也觉得自己身上也痒起来，并没有蚊子的，却痒得比蚊子叮着还痒，火辣辣地发疼，就回来了。第二天，又去街上，街上的人明显少起来，且差不多是用纱巾裹了头面，如北京城的人到了三月防风沙一样，立着笑看了一阵，自己却又是浑身奇痒，撩了袖子，见胳膊上已起了一片一片的红疙瘩。静下来认真地看，胳膊上也就有了两个白麦麸一样的东西落着，几乎像是头屑，但那地方就痒痛了，只见头屑的颜色竟由白变红，由平面而立体，才看清是一种什么虫子。一边抓着痒，一边跑回家，牛月清已经在家了，于门口挡住他，要他把衣服脱了，只穿个裤衩进门，进了门又让脱了裤衩就放到盆中去用消毒水泡，说："你跑什么呀，你是让魔虫把你吸干吗？"庄之蝶问这是怎么回事，牛月清说："不得了了，西京要闹灾了。不知哪儿飞来这么多怪虫子，西门北段那一片树叶也全让虫子叮成网了，虫飞得害怕死人哩！到处都在说这不是好预兆。上海流行了甲肝，人死得一层一层的，西京怕是怪虫比甲肝还厉害，要死一半人了！"柳月是出去买菜时，身上被叮了五处，回来换了衣服去消毒，赤身裸体地在卧室照着镜子涂清凉油，涂满了却用手擦眼睛，清凉油就酸得双眼流泪水儿，换了衣服说："真是这样吗？我身上被咬了五片疙瘩的。"庄之蝶说："虫子也知道柳月肉嫩哟！"牛月清说："咬着你好，你图漂亮嘛，偏要穿那超短裙亮白萝卜腿嘛！"柳月不爱听，转身到她的卧室去了。牛月清说："你瞧瞧，屁也不敢嘣一下！"庄之蝶说："你那样说话谁爱听的？"就对柳月喊道："柳月，你用肥皂擦擦那疙瘩就不痒了！今天是几号了，让我记记这现象，西京城是有那么多神功袋魔力罩的，倒又出了这魔怪虫儿！"牛月清说："你多会为人哟，你越是这样越要显派我不是人吗？"庄之蝶只是笑笑，便进了他的书房去。到了晚上，一家人默不作声看电视，电视上出现了市卫生局长向市民讲话，说的正是有关飞虫的事。原来这是改造低洼区推倒了那些古旧房子，墙缝中已经饿干了的臭虫就随风飘得四处都是；这些干虫并没有死的，落在人畜身上见血就活了。让市民不必惊慌，也不要听信任何谣言，市卫生局已出动几十支消毒队去低洼区消毒，虫害会很快制止的。柳月就长长出了一口气，说："噢，原来是臭虫咬人哩，咬得人心疼的！"牛月清说："柳月你说啥？"柳月说："我说臭虫一咬，人心里怪泼烦的。"牛月清没言传，却皱皱鼻子说："什么东西这么臭的？"柳月说："是不是庄老师又没洗脚？"牛月清说："不是脚臭，臭虫专门咬臭东西，你庄老师脚没被咬嘛！"庄之蝶哧地笑了，说道："一大一小两个鬼东西，斗小心眼上哪里来的这么天才？！"牛月清和柳月倒忍不住笑了。牛月清说："我哪里比得了柳月！"柳月说："甭谦虚么，我还得向你学哩。"牛月清说："你个没大没小的，整日你跟我斗花嘴儿！"柳月说："不斗花嘴哪儿就热闹了？要是换个别人，想要我跟她斗花嘴我还懒得斗哩！"牛月清就高兴了，搂了柳月说："你真是我的冤家！"这时电话就响起来，柳月要去接，一边说："我哪里是你的冤家，你的冤家是庄老师。你名字是一个月字，我名字也是一个月的，天上只能有一个月，现在倒两个，咱就是对头哩！"接了电话，原来是老太太从双仁府那边打过来的。牛月清听说是娘的电话，就说："柳月，你问问老太太被臭虫咬了没有？"柳月就这般问了，老太太在电话中说："我怎么能让臭虫咬的？早几日我就知道飞的是臭虫，你大伯来说，臭虫要咬城里人呀！你们知道不，为啥有臭虫？你大伯说了，城里几十年没臭虫的，那是鬼在管着的，鬼护着城里的人。成片成片的房子要拆，这房子是谁盖的？是老先人鬼盖的。如今说拆就拆了，没一家的后人祭过先人，先人饿了肚子还能照管了后人吗？那臭虫不咬了人怎的？一个臭虫附一个鬼魂儿，谁不祭先人就吃谁的血！你大姐被咬了吧。你老师也被咬了？那是你大伯咬哩，他生日你们一个也不来烧纸！"柳月说："大娘你又犯病了！鬼那么多的，那这是人城还是鬼城？你给我抓一个鬼来看看！"老太太说："白日我抓不住的，他们在天上那么高我怎么抓，你给我飞机吗？天阴下雨，黑漆半夜里，到处都是的。世上的人是一层一层轮流着，你大姐的爷爷你们都没见过，我过门的时候见了他，就是你大伯那样子，只是多把胡子。你大伯老了的时候，你老爷爷的那些朋友来还以为你大伯是你老爷爷的，直喊得胜得胜！得胜是你老爷爷的小名。你大姐现在又哪一处不像你大伯，是缩小了的你大伯。人就这么一个模子往下按，老的是少的放了大的，少的是老的缩了小的，只有死了各是各的鬼，鬼能不多？你给你大姐说，她要见你大伯，让她今日回这边来，我夜里让你大伯来和她说话儿。"柳月说："我不听了，我不听了，我让我大姐和你说！"牛月清过来接了听筒，说："娘，你又说什么呀？我们明日过来看你，你好好睡吧。"老太太在那边发了恨声："你就跟我这样说话吗？我给你说，你们要过来就过来，不过来就甭过来。你干表姐来了，她是有啦，一坐下就想吐唾沫，你也不来看看吗？还有，她说你应允了把柳月嫁给她儿子，怎么再不见提说了，她是来专门要讨个准话儿的！"牛月清听了，又是高兴又是紧张，高兴的事是干表姐已经有了身孕，紧张的却是柳月的婚事，就说："明日我过来再说。"放下听筒，叫庄之蝶到卧室里说话。

庄之蝶问："娘的病又犯了？"牛月清说："就是那老糊涂的旧样儿。"说罢却嘿嘿地笑。庄之蝶说："什么喜事儿，用得着这么笑儿？"牛月清说："干表姐来了，她有啦！"庄之蝶说："她又来了？她有了什么啦？"牛月清说："你写起小说来天下没有你不懂得的，生活中却是大傻蛋！"就附在庄之蝶耳边叽咕了一阵。庄之蝶说："真的就有了？我有言在先，我是不愿意的。"牛月清说："你不愿意咋？我能不知道自己有更好吗？可你有本事你给咱来一个嘛？！事情到了这一步，只有我说的，没有你说的！"庄之蝶气得就往外走。牛月清拉住又说："还有一事，这得你拿个主意，就是干表姐问柳月的婚事，那边逼着要一句准话儿。"庄之蝶说："你明日过去给娘说，别让她从中掺和。柳月不要嫁那儿子；前些日子赵京五给柳月提亲来的，他一心看中了柳月，让我做媒哩！嫁给赵京五不比那儿子强？！"牛月清说："赵京五？赵京五眼头高，哪里就看上柳月？你给柳月说了？"庄之蝶说："没说呢，等个适合时候试探问她，这你不要先问。"牛月清说："我不问的，我吃得多了？你舍不得她，又看不上干表姐的儿子，你愿意把她嫁给谁就嫁给谁去，只要高门楼的人能看上，她当了后宫娘娘的，与我甚事？这个家我说话顶什么用，保姆的地位都比我高哩！"

第二天，牛月清去了双仁府那边，庄之蝶在家，听见扑扑腾腾一阵响，知道是鸽子飞来了，就去凉台上接。柳月笑着抢先接了，一见那字条就说："好不要脸！好不要脸！"庄之蝶过去看字条，字条上什么也没有写，用糨糊粘了三根短短的毛，旁边一个红圆圈，就装了糊涂，说："这是什么，怎么就不要脸了？"柳月说："你骗我不晓得吗？这红圆圈是涂了唇膏后用嘴按的；这是什么毛，卷着卷儿，这不要脸的真不用写字了，上边的下边的全给你寄来，让你去的嘛！"庄之蝶悄声说："你怎么认出这是那东西上的毛了？"柳月说："你别以为我没有，女子没毛贵如金！"庄之蝶说："我可没听过贵如金，白板是白虎星克人哩！"柳月就恼起来，转身就走。庄之蝶却一把搂了到房里，要解她的裤子。柳月还是恼着脸，把裤带抓住就不放，说："我是白虎星，把你克了谁去 × 唐宛儿的？"庄之蝶说："已经是晦气这么多了，我也不怕克的！"柳月说："你要来我就来了？我去找你，瞧你没睡着也装着睡的！我现在没那个兴头，你别动手动脚地强迫。那一次让你占了便宜，坏了我女儿身，你却想几时来就几时来，我还是闺女，将来还嫁人不嫁人？！"庄之蝶见她真的生气起来，也就把牛月清要嫁她给郊区的干表姐的儿子，赵京五又如何来求婚，他又怎样说服牛月清，准备给她和赵京五做媒的事一一说了，问柳月的主意。柳月听了，却嘤嘤啼哭起来。庄之蝶一时不知所措，说："你怎么哭了？你是嫌没及时给你说吗？"柳月说："我只哭我自己太可怜，太命苦，太自不量力，也太幼稚了！"说罢回到她的卧室呆呆一个人垂泪了。庄之蝶闷了半会儿，想她这恶狠狠的话后的意思，终于醒悟柳月原是一心在他身上，企望得有一日她能取代了牛月清吗？这么想着，倒觉得柳月太鬼，太有心计，就多少有些反感，也不再去劝说柳月，只在客厅里坐了擦皮鞋。但是，柳月却从她的卧室出来，倚在墙上，说："庄老师。"庄之蝶头没抬，擦他的皮鞋。柳月又叫了一声："庄老师！"庄之蝶说："庄之蝶已不配做你的老师了，庄之蝶是个坏人，老奸巨猾，欺负了幼稚的柳月。"柳月就笑了，说："我这话说错了吗？难道不是我幼稚吗，我一个姑娘家能和你在一起，我有我的想法就不应该吗？我现在才明白，我毕竟是乡下来的一个保姆，我除了长相还差不多外，我还有什么？我没有的了，我想入非非就是太幼稚了！但我并不后悔和你在一起，你也不要把我想得太坏，你只要需要我，我愿意和你在一起，以后就是嫁了谁，我这一生也有个回忆头！现在我只求你实话告诉我，赵京五真的给你这么说了？他是说心里话，还是只要占我的便宜？"庄之蝶被柳月这么一顿诉说，心里倒有些难受。他放下了皮鞋，过来拉了柳月，突然拦腰端平了她，说："柳月，你要原谅我，真的原谅我。我要给你说，赵京五确是不错的人，他年轻，人英俊，又很聪明能干，多方面都比我强的。他向我央求做你们的媒人是真心的。如果你不满意，我就回绝了他，我再给你慢慢物色更合适的。"柳月的双手就伸上来勾住了庄之蝶的脖子，仰了脸面亲起那一张嘴来。两人作闹玩耍，嘣儿一声，一枚扣子挣掉了落在地上。柳月努力了身子去捡，庄之蝶偏不让捡，柳月的上半身已伏了地上，下半身还被箍着，笑得颤声吟吟。庄之蝶就觉得手里滑滑的，放下了人，展手看时，柳月已羞了脸趴在地上不动。事毕，柳月说："这事我再也不敢干了，将来赵京五知道了他会怎么贱看我的！"庄之蝶说："他哪里想得来的。你大姐回来了问起我，就说我到报社开一个写作会去了。"柳月说："你还要到她那儿去？"庄之蝶说："她叫了几次我都没去，再不去，她在那边不知急成什么样儿了！"柳月心里不免又泛上醋意说："你去吧，在你心里我只能是她一个脚指头了。可你给她说，今日却是先有了我才有她的！"

庄之蝶走后，柳月坐在那儿想了许多心事：赵京五原来对她这般上心，但自己倒只觉得他待她好，没想到那个份儿上去。庄之蝶虽是爱她，但更是心思在唐宛儿身上，即就是将来和牛月清闹得越发糟起来离了婚，重新结婚的也是唐宛儿，不会轮到自己。何况这么下去，自己哪里比得了唐宛儿，她是有男人的，一切有个遮掩，自己还是未嫁人，到头来要嫁个安稳家儿就难了。如今赵京五肯要她，虽他比不得庄之蝶，却要比起唐宛儿的那个周敏来，要户口是城市户口，要钱也有钱，更有一表人才哩！柳月这般思想，一时自感身价儿也就高涨起来，一颗心儿就作想了赵京五来。又怕是庄之蝶哄了她，就大起胆子给赵京五拨电话。电话里她先是隐约透露庄之蝶的意思，赵京五在那边连声叫好，一张薄纸捅开，千句万句表达他对柳月的爱慕，直说得柳月也浑身燥热，一边在电话里说尽柔情。那边一个爱的，这边一个爱的，柳月的手就伸下去，不觉已是淫声颤语呢喃不清。

此叫声正好被开了门进来的牛月清听到，问："柳月和谁说话？"柳月吓得一身冷汗，放下电话过来说："一个女孩子来电话问赵京五在不在咱家？我问你是谁，她说是赵京五本家堂妹，一口一个她京五哥哥的，我就说你那京五哥哥不在这里的，把电话放了！这个赵京五，他怎么把咱家的电话号码告诉他堂妹?!"牛月清听了,心里疑惑不定。

　　转眼中秋节临近。往年佳节期间,西京城里的大名人惯例要走动聚合,三家男人都携了妻小今日去了他家,明日又是三家男人携了妻小去了你家,琴棋书画,吃酒赏月,很是要热闹几天。今年的八月初九,阮知非就来了红帖儿,邀请庄之蝶夫妇节日里都到他那里相聚,他是从新疆弄来了许多哈密瓜和马奶子葡萄,品尝过了,要雇车送大家夜里去逛大雁塔灯会,说大雁塔新设了一个专供游人题词的墙壁,一是能看看世上那些有发表欲却没发表阵地的人的歪诗臭词而取乐,再是把他们的大名也题上去,镇一镇那寺里的一班蠢面和尚。帖子里又夹了一份礼品,是一张美元的放大照片,美元中的华盛顿的像却在暗房洗印时换成阮知非的头像。庄之蝶看了,笑了一声骂道:"阮知非真是钻到钱眼儿了!他骂别人在大雁塔题词是歪诗臭词,他怕也只会写'到此一游'罢了!"就对牛月清吩咐,今年过节他哪儿也不想去,明日一一给人家回个电话,就说他已出远门了。到了十四日,庄之蝶在家坐了,却不免有些冷落,觉得推辞了阮知非的邀请似乎不妥,便开了礼单儿让柳月去街上买了东西一一给他们送上门去。柳月说:"大姐已通知了人家说你出门在外不得回来,现在送礼去,人家倒要见怪你人在西京却不赏脸儿了!"庄之蝶说:"哪里以我的名义,就说是你大姐的意思。"柳月把那礼单儿看了,阮知非是一斤龙井茶叶,两瓶剑南春酒;龚靖元是一罐绍兴酒,三斤腊汁羊肉,一条三五香烟;汪希眠是一瓶雀巢咖啡,一瓶咖啡伴侣,一包口香糖,一盒永芳系列化妆品。柳月说:"都是吃喝,偏给汪希眠的有化妆品!"拿眼儿就乜了庄之蝶笑。庄之蝶说:"男人就不用化妆品了?你少见多怪!"柳月说:"对了,我少见多怪,汪希眠那麻子脸是该用粉填填。我只是说老师操心的事太多了!"庄之蝶说:"你这小心眼,我什么没给你买了?送了就回来,你也买一刀麻纸,今晚上要给钟唯贤烧烧。"说过了,心里就酸酸的,并且由钟唯贤便想到了阿兰,由阿兰又想到了阿灿,如果能有一份礼品……不觉就叹了一声,垂头去书房里看书。看了一会儿,周敏、李洪文、苟大海却领了五个律师来家。原来法庭又分别传讯了景雪荫和周敏,司马恭审判员没有透露是否还要第二次开庭辩论的消息，周敏心里却不踏实，便约了众人来和庄之蝶商量应付二次开庭的方案。第一次开庭有几个问题并没有辩论，对方又提出了许多质问。如何能针尖对了麦芒，大家你一言我一语又扯了个没完没了，柳月就回来了。柳月一一问候了众人，提壶又给各位茶碗里续了水，就倚在卧室门口给庄之蝶招手。庄之蝶正看着那些文艺界人士提供的关于纪实性文章写法规定的论证书，走过去悄声问："什么事？都送到了吗？"柳月退身到卧室，说："都送到了。有个人还回赠了礼品。"就从口袋里掏出一条粉黄纱头巾，一个小小的旱烟斗儿，说："这纱巾是说送大姐的，这旱烟斗儿要送你。我不明白你是吃纸烟的从不吃旱烟斗儿，却偏要送这个？"庄之蝶说："是吗？"把烟斗叼在了口里那么不停地吸，倒一时口液满嘴，水汪汪的。庄之蝶说："咋不吸的，明日你去买些烟丝儿回来，我以后就用这烟斗儿吸烟呀！"柳月说："我现在明白了，我真傻的！"庄之蝶说："明白什么了？"柳月说："你用烟斗吸烟了，烟斗嘴儿就老在亲你嘴儿！"庄之蝶说："哎呀柳月，我家请的不是保姆，是招进来了个狐狸精嘛！那纱巾你就不要给你大姐了，留下你入冬了用吧。"说罢要走，柳月说："哎哎，你怎么还不问我这礼儿是谁个回赠的？"庄之蝶只是笑笑，就出去又和律师说话了。

至晚，牛月清回来，要留着大家吃饭，和柳月出去从饭馆买了一大盆水饺。大家一边吃又是一边谈，总算商定完毕。分手时，牛月清就将新买的月饼一人包一份送了大家，庄之蝶就提议一块儿去给钟唯贤烧烧纸吧，又都出了门，在街口焚烧了才散去。周敏却把手里的月饼袋儿还给牛月清，说："师母，你能买了多少月饼，全分给大家了。我家里买着的，这些就留下吧。"牛月清说："别人都拿了你怎地不拿？一点意思嘛，几个月饼真的就能顶了几顿饭？"庄之蝶说："中秋节了，没有召大伙来团圆团圆，你师母送了你客什么气？"柳月就把月饼袋儿让周敏拿好了，说："庄老师说了，你还不拿？你不吃了，还有宛儿姐的！"周敏就提了袋儿方走了。看着周敏走远，牛月清说："刚才周敏给我说了，钟主编一死，李洪文越发怕责任全落在他头上，杂志社那边就没个主事儿的了。若再第二次开庭，得让你一定要出庭的！"庄之蝶说："到时候再说吧！"就低头回家了去。

一连数日，庄之蝶却没有再准备新的答辩书，只是窝在家里看书，一边看书，一边又放着那哀乐。中秋节冷冷清清地度过，牛月清和柳月也觉得没劲儿，百般怂恿了一块儿去兴庆宫公园看了一次菊展，又电话约了孟云房来聊天。孟云房过来待了一天，牛月清和柳月就去双仁府那边了。孟云房就提议：官司看样子不是一日两日即可结案的，如此这么惶惶也不是长法，他来组织一次"求缺屋"的文艺沙龙，要庄之蝶主讲，怎么样？庄之蝶只推托没劲，钟唯贤一死，使他把什么都灰了心了。孟云房劝庄之蝶，别人可以这么说，但你不能这样说的，到了你这名分儿上，若要消极就可惜了。庄之蝶捧着脑袋说他是比别人强一些，强一些的也只是个名分儿，他现在已经过的是另一种的生活，就这么过下去吧。在西京城里能弄到"求缺屋"那样的房子是不容易，召大伙来说天道地他是可以参加的，但要他主讲什么，他是没什么可讲的。孟云房说只要你场场来参加也好的。果然就请了几位好玄学的人来说气功。众人都觉得来人神经兮兮，却又有几分困惑，以为这些人之所以能发气看病，预测未来，都是狂癫状态下的一种别于正常人的思维吧，也只任其阔谈，也觉得有趣。一日，又是请到一位"真人"来，自称是天山派的，先谦虚道他的功力浅薄，其师是一百二十五岁高龄的人，却能御风而起，遁地长行。接着便言称其师曾遥观西京，说这古都之地，应是荟萃天下最多异人，但阴气太重，层层包围，看不清里边细底，便让他来探个虚实的。来了结识所有江湖道上人物，甚至孕璜寺智祥法师，倒感叹真正高人如其师者，并还未能出山。众人见他口气很大，就让他谈谈对于未来世界的看法。此人便海阔天空，滔滔不绝，什么天地怎样起源，日月如何形成；达尔文的生物进化；老庄的自然契同；埃及金字塔的困惑；云贵岩画之谜；月圆月亏对大海潮汐的影响，潮汐变化又对女人经水的反应；杞人忧天，天确实是曾经塌过；毛泽东练气功，所以天安门上手一挥，几百万红卫兵哭成一片。众人听了，虽觉荒诞无稽，又觉得他能自圆其说，且不断冒出许多现代科技名词，更不知了他的深浅。那人却劈头问道："哲学家是什么？你们文学家又是什么？"竟无人做声，那人一笑说道："其实简单，哲学家就是先知先觉，上帝派下来管芸芸众生的牧羊人。你们搞文学的，充其量也就是一批牧羊犬了！"听客里就有人说道："大师知道这么多，与平日我们见到的一些人只会胡吹冒撂、神神鬼鬼的不同！"那人说："不要叫我大师，我只是我师父的徒弟。恨就可恨社会上一些所谓的气功界人，其实搞些魔术，使点把戏蒙人罢了。有没有气功？是有的。但气功说穿了只是这个行当里的低级水平。小学生插一支钢笔，中学生插两支钢笔，可是能说知识越高要插的钢笔就越多吗？做了你们作家的就不插钢笔。而口袋里偏要插三支四支钢笔的是什么？是修理钢笔的！中国的传统东西是世界上最优秀的东西，遗憾的是继承传统的人中间有最讨厌的毛病就是吹牛。常言说咋里咋唬门前过，不言不语动实货。真正的高手真人，是大智若愚的。现在的西京城里，有那么多神功袋、魔功带；电视广告上一介绍什么新药，不是对男人能强肾壮阳，就是对女人能解除难言之隐；那公园里、城河沿上，一些人搞什么头撞石碑，掌开砖瓦，这就能挽救了人的问题？雕虫小技，大丈夫不为矣！"众人就拿眼睛看孟云房，孟云房已是满脸羞惭，就说："你讲得好，但毕竟太高太远，我们是凡胎俗人，只想知道西京将会怎样？"那人不言语了，似乎从刚才的大境界里一时自拔不出，默了半会儿，说："这我功夫太浅。"众人嘘了一声，倒遗憾了。那人却说："但我可以接收太空人的真言，试一试吧。"便耸肩抖胸，放松全身，脱鞋松带，盘脚垂首，十指捏了一个莲花状手印，口里一阵阿拉伯数字的顺序混乱的吟念，足足十多分钟，睁了眼睛说："西京水要枯竭。有这迹象吗？"孟云房说："是这样的，原来有八水绕西京之说，现在只剩下四水。西郊那片工厂常因水的问题停产，城内西北处居民区，一个夏天水上不了楼，家家住现代洋房却买水瓮，夜半三更才来几分钟水的。"那人眉目生动，说："这就是了。"又让众人面向北坐，说不能向南，城南是终南山，山中自有高手真人，面向他们，气场遭干扰。然后又是接收太空人语，说了一声众人骇怕之言：西京城数年后将会沉陷！庄之蝶先是认真听他说着，见他越来越妄言忘形，便坐得难受起来，推说去上厕所，出来见坐在另一间房门口的两个女孩咪咪轻笑，便走到那空房里，说："你两个傻丫头笑什么？"一个说："那大师正在念咒语着，小红却放了一个屁，她又怕有了响声，硬憋着慢慢要放，声就细细儿闪着出，我们忍不住跑过来就笑了。"另一个就一脸赤红，用手捂这个的嘴，嚷道："翠玲你胡说胡说！"庄之蝶便说："小红这你不对了，这不是个屁大一个事儿吗？！"两个女孩越发笑得咪咪，庄之蝶不笑，偏一本正经只管朝窗外看。窗外已是夜色阑珊了。这两个女孩笑过了也趴到窗口来，说："庄老师真幽默。我们认得你的，只是不敢接近，今日来想听听你讲艺术的，那大师却唱了独角。"庄之蝶说："听我讲艺术？你们本身就是艺术品嘛！"身倚了窗口往外看夜景。远处的大街小巷，灯火通明，人声浮动，而右前方一大片却漆黑如墨，万籁寂然。女孩儿问那是什么地方？庄之蝶说是清虚庵，清虚庵夜里没香客，也就没了灯火的，那十多个尼姑怕已经早早睡下了。突然小红叫道："那是什么？"庄之蝶看时，那黑乎乎的一片暗里闪了一下红，熄灭了，又闪了一下红。庄之蝶也不知那是什么，女孩儿就害怕了，说是鬼火！众人闻声过来，就让那真人也看。真人看了，问这是什么地方？孟云房说是一座寺院，那闪红处似乎是寺院后的一片竹林里吧，可竹林里是白日也没人进去的。说着再未有红点闪动。真人说："今日我在这里说得太多，却不知不远处竟是寺院。这寺院必是古老，那下边埋有法家遗骨，有反应了。"孟云房就说寺院是古老了，唐时建筑的，却不知埋过些什么法家，只是复修时挖出个叫马凌虚的尼姑的碑石，是不是她的魂灵有应？那人忙又捏了几个手印，说那个地方可能还要有红点闪动的，他不能久待，就告辞走了。

众人重新在房里坐了闲聊，庄之蝶仍和小红、翠玲在窗口张望，果然那红点又闪动，翠玲便说那真人话是真的，骇怕了要掩了窗的。偏这时那红光又闪了一下，更有一个大的红团从另一处飘然前移，一直与红点一起了，便有尖锐之声从一处喊："捉多少了？下那么大功夫？！"就见那大的红团又飘然移走，有脆的女人笑声。庄之蝶说："什么法家魂灵，那是尼姑在捉什么虫儿的！"众人没有笑，面面相觑，就怀疑那真人的许多话的可靠性了。孟云房说："听听他那么说一通，对咱们也有启发思维的作用嘛。"庄之蝶说："那你下一次准备再请什么人给我们这些牧羊犬们作报告呀？"众人方哄地笑了。当下各自散去，庄之蝶和孟云房就睡在房里。要躺下了，庄之蝶说："谈这类事情，慧明必定也有一套一套的，你以前不是让她来谈心吗，怎么后来一句不提说她了？"孟云房说："我去找了几次，几次政协主席的那儿子在那里和她吃茶，待我也不冷不热的了。我问她怎么认识四大恶少的老二了？她说别那么难听说人家，你要认识老大老三老四的话，我可以给你介绍的。四大恶少咱认识着干什么？！"庄之蝶就笑道："你吃醋了？这也好，我还担心你去那儿多了，西京多了一个女强人，少了一个真僧尼的。"孟云房拉了灯，一夜再无语。

二十二日，洪江抱了账本来找牛月清结算前一段经营收入。算来算去，虽然没有亏损，但盈利并不多的。洪江说了许多待联系的项目，估计下一月会好些，就拿出一卷淡黄色的印有浅绿小花的杭绸、两瓶郎酒、一包燕窝、一条日本七星香烟放在桌上，笑嘻嘻地说："师母，中秋节我因去咸阳了几日，没能过来拜望你们，今日来给补上。东西并不多的，我想那月饼点心罐头一类你这儿不缺，送那么些也没甚意思，这包燕窝还是稀罕的，是贵州的一个书商朋友年初来西京，我帮他去弄了一个书号，他感激不过送了我的。我也吃不起这鲜物儿，给庄老师补补身子吧。"牛月清说："你这是怎么啦，开这个书店，你庄老师是甩手掌柜的，我又不懂多少，哪一件不是你辛苦的！我们没谢你，你倒逢年过节却要送了东西来？好兄好弟的，这就见外了！"洪江说："话可不能这么说，我虽做生意比你们强，可没有你们我干什么去，还不是要摆了烤羊肉串儿的小摊子？这些礼品也不仅是我的心意，还有一个人的。"牛月清问："谁？旁人更要不得这样！你也知道，你庄老师是文人，能写个文章另外还能办什么？结识的老孟他们，来了自个儿翻箱倒柜寻着吃，这样倒显亲近。如果是外人，必是要求他办事的，他能给别人办什么事？办不了还要埋怨我的。"洪江说："什么事也不办的，倒是请你们去吃饭。"牛月清就拿过杭绸看时，杭绸上有一个烫了金字的帖子，翻开了，上面写着："我们经国家婚姻法允许，结为夫妇，百年交好。为感谢多年厚爱和关怀，敬请本月二十八日上午十时光临婚礼。"邀请人栏下，写着：洪江，刘晓卡。牛月清目瞪口呆，叫道："洪江，这是怎么回事，你不是有老婆有娃吗？什么时候离的婚？这刘晓卡是谁？突然就结婚了！"洪江笑着说："这事是太突然，一是没敢为我的事打扰老师、师母，几次我来话到口边，见官司打得紧，你们心躁气浮的，又把话咽了。你也知道，我和原来的老婆吵吵闹闹从没安宁过，实在过不到一块儿，两人说分手吧，就分手了。我只说离了婚再也不找了，过独身呀，可几个朋友说，你整日忙生意，跑前跑后，生活没个规律，若不成个家，几年里身体肯定要垮，性情也会变态。再者，外人不知道还会说是你生理上有毛病，才使原来的老婆要和你离婚的。因此他们提说书店咱招聘的那个女子。我思来想去，那就结了吧，好赖她也在咱书店，互相照应着也好，就匆匆忙忙登了记。好处是晓卡是她家独生女儿，又有房子，咱就全靠了人家。中秋节我们去咸阳她外婆家，晓卡的舅舅在四川工作，正好带了这两瓶酒给我们，晓卡就一定说要把酒敬了师母的。你喝不得烈酒，可这酒倒是要喝的。"牛月清说："刘晓卡？书店里三个姑娘，我倒搞不清哪一个？"柳月在一旁听了，只是嘻嘻笑，插嘴道："我知道，是那削肩的、瘦瘦的那个！"就拿指头羞洪江的脸。洪江笑着说："柳月尽胡猜，是那个腿特别长的高个儿。"柳月叫道："又换了？！"牛月清说："柳月你不知道也就甭胡说的，招聘的那几个姑娘，个个都漂亮得我也分不开的。事情既然这样了，我和你庄老师向你恭喜哩！只是这么一前一后两宗大事，你倒捂得这么严，我就要怪你了！"洪江说："要不，红帖儿第一个就写给了你们！到那日你们可一定要来的。柳月也来，来了做个陪娘吧！"柳月撇了嘴说："我才不当陪娘，也不去的。我这丑样儿，你成心让我去以丑衬了你那个美人儿？"洪江就说柳月才待了几个月，说话越发有水平，赶明日出去，怕也会写了书的。三人说了一会儿，洪江走了，临走又一再叮咛那日要去，老师、师母若不来，宴席就不开，死等了的。

洪江一走，牛月清问柳月："你老师哪儿去了？"柳月说孟云房叫去喝酒了。牛月清收拾了礼品，就独坐了，思谋二十八日，真要去吃宴席，该准备些什么贺礼。下午，庄之蝶喝得昏昏沉沉回来，在厕所里抠了半天喉咙，吐出许多污秽，牛月清让他睡了，没提说洪江的事。晚上庄之蝶睡起去书房看书，她进去把门关了，才一一说了洪江结婚事体。庄之蝶也好不惊讶，说："那个长腿女子，我恐怕也是见过一两次的。当时他说要招聘店员，咱也没在意，后来赵京五对我说他招得比招模特儿还严格，身高多少，体重多少，皮肤怎样，还要符合标准的三围。"牛月清说："什么三围？"庄之蝶说："就是胸围、腰围、臀围。那时他就有心给自己找意中人的！"牛月清说："洪江那黄皮肿脸的，要离就离，要结倒能结。那女子怎么就看上了他？！"庄之蝶说："现在年轻人换家庭班子容易得很哩！你只是老脑筋，哪里理解！"牛月清说："那原先的老婆人是俗气，可也老实。一夜夫妻百日恩的，说不行就不行了？这我就是想不通！这事咱管不上，咱也不管，可现在我担心的是这么一来，书店不是要开成他们夫妻店？！"庄之蝶说："你总不能把刘晓卡辞了？你以后多去那里看看，让把账目一笔一笔弄清。这意思不要显露出来，人家或许一片真心待咱，显露了反惹不好。这场婚姻不论看法如何，你备一份礼送去，礼也不要太薄的。"牛月清就拿了一张纸说："咱列个单儿。"庄之蝶就不耐烦了："这些事也跟我商量？"牛月清嘴唇动了动，咽了一口唾沫走出去了。

牛月清第二天上街买了被面和一套咖啡壶具，晚上回双仁府那边老太太处睡，翻寻存放在那儿的一只电熨斗。电熨斗是庄之蝶一次去一家工厂讲课时赠得的，一直没用，牛月清想一并送了礼。但老太太知道了这事，说要送尿盆的，尿盆最重要，老一辈人谁结婚娘家不陪送了尿盆的；现在人是少了规矩，娘家人不陪，亲戚朋友也不送。牛月清就想，真是送个搪瓷痰盂做尿盆，那岂不出奇制胜？人也常说，谁和谁能尿到一个壶的，这尿盆上辈人为啥讲究，怕也取其夫妻百年好合的意思吧。但她知道现在痰盂在商场里没货的，前几日单位有人跑了全市商场没买到，后来还是在西城门内的鬼市上买的。于是隔了一天的清早，就去了鬼市，问了几个摊主，说货没有了，你去洪江收购店看有没有？牛月清听了，倒生疑惑，怎么有个洪江收购店？世上有人名叫洪江的，店名也有叫洪江的？就问："这店名好怪，怎么起这个字号儿？"那人说："哪里是字号，是叫洪江的开的店，人叫顺了，就这么叫开来的。"牛月清问："那个洪江，是干什么的？"那人说："开了个书店吧，听说发财了，又来开收购店，更是发海了！你是查户口的吗？"牛月清赶忙走了，再问了别人洪江店在哪儿开的，有人指点了，果然在前边一条巷中间。店门是开了，里边有一个老头在坐着。牛月清上去问："这是洪江收购店吗？"老头说："以前是，现在不是。"牛月清说："那是怎么回事？"老头说："怎么回事，饥不择食，穷不择妻，温饱了思淫。人家有钱了，看上鲜的嫩的了就离起婚。他老婆哪里肯离，他就给了五万元，又送了这个店。现在兴掏钱离婚的。"牛月清脑子里就乱哄哄起来，赶忙回家对庄之蝶说了。庄之蝶道："他能一直瞒了咱们，必是离婚时有纠缠的。"牛月清说："我不是这意思。你不觉得这里边有事吗？以前他穷成那样，从没听说过他还有个收购店，怎么能办起个收购店？这一离婚，给了原先老婆这个店，还有五万元，他这是哪儿的钱？"庄之蝶说："你不是一月十天地就要过目一次账面吗？"牛月清说："别人办书店都发了，咱不是亏就是平平。我是疑心过，可我一个妇道人家哪里有经验，你又过问过几次？！"庄之蝶说："这没证据，你怎么说他？"牛月清说："那就咱养猪他吃肉了！？"庄之蝶说："我还有画廊的。画廊和书店合为一体，生意就好了。"牛月清叫道："你是让赵京五出来监管了他？"庄之蝶说："你不是又要一心把柳月嫁给你干表姐的儿子吗？"牛月清突然眉开眼笑起来："哎呀，你还这么鬼的！你是早就看出毛病来了！"庄之蝶说："你以为你行哩？！"说得牛月清一脸羞愧。

二十八日，牛月清代表庄之蝶去参加洪江婚礼，礼品十分丰盛。洪江夫妇好不高兴，特将礼品放在最显眼的地方。宴席上第一个给牛月清敬酒，又当着众人面高声说，庄老师今日有紧急会议不能抽身，师母既然是双重身份，就要替庄老师再受敬一杯。牛月清便喝得面红耳热。庄之蝶却并未去开什么会议，他找了赵京五催促画廊筹建的事，得知画廊基本上装修完毕，只是字画作品少，一时还不能开张。庄之蝶提出去看看那些仿制名人字画的人，赵京五说："你还是不去为好，实话给你说了，这批活还是汪希眠在干哩，他让我谁也不告诉，包括你在内，怕的是有个疏忽说溜了嘴，说者无意，听者有心，事情就坏了。"庄之蝶听了，说："你不说，我十有六七也猜出是他！西京城里的画家我差不多都认识，能仿制赝品的除了他，也再没一个两个。前一阵听说广州香港那边石鲁的假画很多，石鲁的家属到处查访，已经风言风语说到了他，他也不缩缩手脚？"赵京五说："这我知道，石鲁那批假画原本是给咱们画廊的，说好画廊售出咱拿四成，他得六成。可旅行社的一个余导游却不知怎么和他谈的，竟把那批画全拿了去广州出手。这些假名人字画靠国内市场是不行的，主要是骗海外人。外宾来了，他们哪儿知道在哪儿卖字画，全凭导游引团。为这次教训，我已去旅行社新交了几个哥儿们了，答应咱的画廊开张，就领外宾来买画，咱只给他们吃些回扣罢了。汪希眠现在手下有三个学生，专协助了他为咱画廊仿一批古画，譬如郑板桥的风竹呀，齐白石的虾呀，黄宾虹的山水呀。石鲁的画不敢多弄的，但石鲁的画眼下抢手，少也要弄出个二三幅的。前几日我去看了，汪希眠已仿制了石鲁早期的一张《牧牛图》，还有一幅石鲁病后的《梅石图》。真了不起的，昨儿夜里我拿了《梅石图》去让石鲁的女儿看，她也没看出假来，还问哪儿得来的？我说是从一个小酒馆的师傅那儿买的。她说：我爹病了以后，常常这些人让他去喝酒；喝了酒，老爷子没钱，提笔就给人家画一张的。"赵京五说完，哈哈大笑。庄之蝶也笑着说："汪希眠不让我知道，可他哪里却知道这画廊是我在办的？！其实他那老婆与你师母亲得如姐妹，汪希眠干什么事她不给我说？"就掏出旱烟斗儿来装了烟吸。赵京五瞧见烟斗，说："哪儿得的，这烟斗年代不新，还是个古董货哩！"庄之蝶笑而不答，只说："龚靖元的那幅毛泽东的字怎么样？还是不行吗？"赵京五说："我正要对你说这宗事的。等那件作品弄到手了，咱画廊就可以开张，到时候开个新闻发布会，画廊不愁生意不好的。龚小乙那边，我已治住了。"庄之蝶说："怎么个治住了？"赵京五说："他是烟瘾不发，什么都精明能算计；烟瘾发了，你让他叫爷也十声八声叫的。上次我对他说我能让柳叶子压了价供他的大烟，当然了，我就也可以让柳叶子提了价供他大烟，或者金山银山的拿来都不供他大烟的！我已经给柳叶子说了，不管怎样，十天里不能供给他一包烟的，除非他把那幅字拿来。"庄之蝶说："这柳叶子是什么人？和贩烟土的人打交道你可要小心，这是要犯法的。"赵京五说："这我知道。我一不吸，二不参与分钱。柳叶子是我小学的同学，她和她丈夫干了几年贩烟的黑道儿了，龚小乙也只有她这一个买烟土的渠道。"庄之蝶说："做那黑道生意的唯钱是命，她哪里就肯听了你的去逼龚小乙？"赵京五说："我一说你就明白了。去年她把一批烟壳儿子卖给东羊市街一家姓马的，姓马的开的重庆火锅饭店，汤里就放着烟壳儿，顾客盈门，都说马家火锅香，已馋得许多人每日都去吃一次，不吃心就发慌。有人怀疑那汤中有烟壳儿，暗中观察，果然有，就报告了派出所，派出所封了火锅店，追问烟壳儿哪里来的？姓马的供出了柳叶子，柳叶子在派出所谎说是前年她爹患胃癌，乡里医生给开了一包烟壳儿让熬汤喝，她爹去世了，烟壳儿没用完，她觉得丢了可惜，卖给姓马的。派出所怎么能相信？那所长是我一个哥儿们，我便去说情，事情就按柳叶子说的那样作了结论，把她才放回来。你想想，柳叶子哪里能不听我的？你今日没事，咱去柳叶子家去看看，兴许那幅字已经放在她那儿了。"

两人搭了出租车到了一个四合院门口，庄之蝶却不想去了，说他还是不认识柳叶子为好。赵京五想了想，就让他去巷口小酒店等着，自个儿去了。没想柳叶子夫妇都在，一见他就悄声说："龚小乙正在楼上过瘾哩，他今日把那字拿来了，怕我还是不供烟，说过了瘾，又能买到一批烟了才一手拿烟一手给字的。你不要惊动他，到小房喝茶吧。"赵京五却不放心，蹑手蹑脚从楼梯上到二楼，隔门缝往里看了，龚小乙是睡在床上，人已瘦得如柴，身边真的放着那卷字轴儿，便笑着下来喝茶去了。

龚小乙在家烟瘾发了几天，一日三趟往柳叶子这儿跑；柳叶子就是不供烟，须要了那幅字不可。龚小乙就强忍着难受返回，回去了又立坐不宁再跑来求；求了不行，再回去；又再来，又再回去，如此五次。他觉得浑身疼痛起来，拿头在墙上撞，把胳膊在床板上摔，一撮一撮往下抒头发，末了只得拿了那幅字来到柳叶子家，一扑进门就倒在地上，满口白沫要给柳叶子磕头。柳叶子见他拿了那幅字，展开看了，见是毛泽东的书法，龙飞凤舞，气象万千，大有一代领袖人物的气派，倒心想赵京五怪不得这么垂涎三尺一心要得到这字的！就卖给了龚小乙烟土，龚小乙得了宝贝，便上楼先去解瘾，说死抱了字幅不放，要过了瘾后再卖给他一批烟了才交字幅的。

龚小乙上了二楼，急急吸了烟，放平在了床上。想着这么多天那个狼狈样也着实有些后悔。当初自己是爹的宝贝儿子，一表人才，聪明伶俐，常跟了爹出去，谁个不夸爹的字好爹的儿好。有多少人提出要和爹做儿女亲家，有多少漂亮的女子一见到自己就那么媚笑，他那时是谁也不看在眼里的。可如今要工作没工作，爹嫌弃，亲戚朋友贱看，连塌鼻子的柳叶子也勒克他。就在他刚才来时，柳叶子正和她男人在屋里干事，看见他了，竟也不避。他是鼻涕涎水地跪地乞求，她倒一边提了裤子，一边把一条巾布从腿中掏出来和他说话，她全然是把他不当了人了嘛！龚小乙愤慨在没烟的时候世界对他是如此刻薄狠毒，他只有在吸了烟后的麻醉中去觅寻自己的幸福，去报复这个世界了。这么想着，眼前果然就出现一片灿烂，龚小乙又是过去的龚小乙了，年轻英俊，神气勃勃。他便有了一个绝妙的念头：让墙上那挂钟的时针和分针突然停止，让时间突然停止，让他生出翅膀巡看这个城市的每一户人家在同一个时候里都在干什么？果然，挂钟的时针和分针都咔的一声停住了，那一直在房子里飞来飞去的一只苍蝇也停止在空中。他就有翅膀从胳膊下生出，开始从城墙西门口一家一家往过看，直到东门口。又从北门口一家一家往南看到南门口。他看清了，在这同一瞬间里，几乎所有人家的床上，都赤裸裸地有男女在交媾，动作千姿百态。龚小乙就走进去，他收拾那些肮脏的精液，竟汇集了三个大洗澡盆；洗澡盆也盛不了，他装在水车里，就是每日清晨街上的洒水车，然后从井字形的大街上一路走一路喷洒。他闻见了一股极浓的腥臭味，他说："我把你们的孩子都消灭了！"再后来，龚小乙集中了所有男人，割掉了他们的生殖器；割下一条就扔进城河里，城河里差不多要填满了，推倒了城墙把它们埋掉。他还要当了这些男人们的面开始奸污所有的女人，他让她们大声叫喊，让她们的男人们难受号哭。他要这样，要这样才觉得开心。最后他就穿上了一双巨大的草鞋，在广袤的八百里秦川上奔跑，奔跑过了那一座一座足以令西京人骄傲的如山丘一样的帝王坟茔，看见了乾陵。父亲曾经说过，乾陵是武则天特意建造了一个女人仰躺在平原上的形状。现在，那不是坟墓，分明是丰满美丽高贵的武则天活活地仰面躺在那里，他就过去将她强奸了！是的，他强奸了她，满天风起云彩飞扬，回过头来则发现平原上那一个个山丘般的帝王陵墓都平陷下去，方明白那陵墓中的帝王死了而生殖器没死，没死还长着，所以陵墓才这么高的；而此时看着他占有了一切，征服了武则天，就全蔫下去了，绝望而死了！龚小乙是多么痛快，他已经是这个城市的市长，这个城市的市民都是没有了交媾能力的男人和被他占有的女人，所有的钱都是他的，所有的财物都是他的，所有的大烟都是他的……

　　赵京五在楼下的小房里喝过了三壶浓茶，龚小乙迟迟不能下来。柳叶子陪着他嗑瓜子儿说话，她那丈夫却在院门口喊："喂，疯老头子，收不收废纸？我家厕所有一堆用过的手纸，你去拿了，不收你钱的！"便听见一个苍哑的声音念唱道：

腰里别的 BP 机。手里拿的是步话机。馆子里吃烧鸡。宾馆里
打野鸡。

柳叶子的丈夫就呵呵地笑，说："说得好，说得好！"柳叶子骂道："胖
子，你又和那收破烂的老头拌什么嘴儿？"那丈夫却不理，还在门口朝外
说："你还收旧女人不收？如果你收旧女人了，我敢说这个街上没有一个男人
不想把老婆去旧换了新的！"柳叶子就扑出去，拧了丈夫的耳朵往回扯，骂
道："你还要换老婆？能换的话我第一个先换了你这癞猪！"赵京五没有过去
拦挡，只悠悠地听门外远处的吆喝声："破烂——承包破烂——喽！"

主人家吵吵闹闹了一阵，柳叶子进来了，说："龚小乙还没下来？"赵京
五说："你去看看。"柳叶子就站在院子里朝楼上喊："龚小乙，龚小乙，你该
受活够了吧?！"龚小乙从幻境中惊醒，从楼上下来，走下来还未彻底摆脱那
另一个世界里的英雄气概，说道："吵吵什么，你是欠操吗？"柳叶子骂道：
"你说什么？"一个巴掌扇过去，龚小乙清醒了。那一个巴掌实在太重，龚
小乙麻秆一样的腿没有站稳，跌坐在台阶上，柳叶子伸手去夺了字轴儿。龚
小乙说："柳叶子姐姐，咱说好的，不卖给我十二包，这字你不能拿的！"
柳叶子笑了，交给他了小小的十二个纸包儿，收了一卷钱。龚小乙说："庄
之蝶和我家世交，他要拿东西交换这字，我也没给的，这我可等于白白给
你了，柳叶子姐姐！"柳叶子说："你走吧，你走吧！"推出去，就把院门
关了。

庄之蝶得到了毛泽东手书的《长恨歌》长卷，便去找各家报社、电视台
及书画界文学界的一帮朋友熟人，说是他和旁人要合办一个画廊而举办新闻
发布会的，希望能给予支持。众人先以为仅仅是个画廊，虽然庄之蝶开办画
廊是件新鲜事，但要在报纸上电视上做大量宣传就有些为难了，因为画廊书
店一类的事情社会上太多，没有理由单为他的画廊大张旗鼓。庄之蝶自然提
出他有一幅毛泽东的书法真迹。众人就说这便好了，有新闻价值。于是来看

看，叹为观止，有的便已拟好文稿，只等新闻发布会召开，就立即见报。因为是私人召开新闻发布会，预算了招待的费用不少，牛月清就召了赵京五和洪江筹备资金。洪江拿了账本，七算八算只能拿出所存的三千元积存，叫苦书店难经营的。牛月清就说正因为难经营才开办这个画廊的，现在咱们画廊书店合一，以后经营主要就靠画廊了，要洪江给赵京五做好帮手。洪江明白，以后这里一切将不会由自己再做主了，心里不悦，却没有理由说得出口，也就说："京五比我神通广大，那太好了，以后你说怎么办，我就怎么跑。我是坐不住的人，跑腿儿做先锋可以，坐镇当帅没材料的。"牛月清说："京五，洪江这么佩服你，你也得处处尊重洪江意见，有事多商量着。"三人出门走时，故意让赵京五先出去了，把一节布塞在洪江怀里，悄声说："这是我托人从上海买来的新产品，让晓卡做一件西式上装吧。装好，别让京五看见了，反而要生分了他。"

因为画廊的事，庄之蝶已是许多天日没去见唐宛儿，这妇人在家就急得如热锅上的蚂蚁一般。一段日子来，她感觉到身体有些异样，饮食大减，眼皮发胀，动不动就有一股酸水泛上来，心里就疑惑，去医院里果然诊断是怀了孕了。先是从潼关到西京后，周敏嫌没个安稳的家，是坚决了不要孩子的，每次房事都用避孕套的，所以一直安全无事。自和庄之蝶来往，两人都觉得那塑料套儿碍事，于是都是她吃些避孕药片，但总不能常把药片带在身上，偶然的机会在一起了，贪图欢愉，哪里还顾了许多，庆幸数次没有怀上，越发大了胆儿，以后便不再吃药。如今身子有了反应，吓得妇人怕露了马脚，只等周敏上班去了，就一口一口在家里吐酸水儿，吐得满地都是。急着把这事要告诉庄之蝶，盼这个男人给自己拿个主意，壮壮胆儿，也可将自己的苦楚让他知道。但白鸽子捎去两次字条儿，庄之蝶却并没有来。妇人的心事就多起来，估摸是庄之蝶故意不来了呢，还是有了什么事儿缠身？又不敢贸然去他家走动，不免哭了几场，有些心寒。却又想，这孩子无论如何是出不得世的，即使庄之蝶一心还爱了她，等着他来了，也还是要去医院堕胎的；又不知几时能来，何必自己多受这份惊怕和折磨，不自个儿去处理了呢？有了这个主意，倒觉得自己很勇敢的。能怀了孩子就可以为庄之蝶证明他是行的，又不娇娇滴滴地给他添麻烦，庄之蝶越发会拿她和牛月清相比，更喜欢了她的！于是这一日早晨，周敏一走，妇人独自去了医院堕胎。血肉模糊地流了一摊，旁边等候也做流产的一个女子先吓得哭起来，唐宛儿倒十分地瞧不起，待医生说："你丈夫呢，他怎么不来陪护了你？"她说了声："在外边哩，他叫的小车在外边等哩！"走出病房，一时有些凄惨。在休息室坐了一会儿，心静下来，却感到从未有过的轻松，兀自笑了一下，自语道："我唐宛儿能吃得下砖头，也就能屙出个瓦片！"起身往家走。走过了孟云房家住的那条巷口，身子并不感到难受，只是口渴，就想去孟家喝口水儿，也好打问打问庄之蝶的行踪。一踏进门，孟云房并不在，夏捷正噘了嘴在屋里生闷气儿，见了唐宛儿便说："才要去拉你到哪儿散了心的，你却来了，真是个狐狸精儿！"唐宛儿说："是狐狸精的，你这边一放骚臭屁儿，我就能闻着了呢！嘴噘得那么高，是生谁的气了？"夏捷说："还能生谁的气？"唐宛儿说："又嫌孟老师去庄老师那儿闲聊了？！这么大的人，还像个没见过男人似的，一时一刻要拴在裤带上吗？"夏捷说："庄之蝶这些天忙活他的画廊，人家哪有闲空儿和他聊？要是光聊天倒也罢了，一个新疆来的三脚野猫角色，他倒当神敬着，三天两头请来吃喝，竟把孟烬也招来拜师父……我才一顿骂着轰出去了！甭说他了，这一说我气儿又不打一处来！宛儿你怎么啦，脸色寡白寡白的？"唐宛儿听她说庄之蝶这些天是忙活着画廊的事，心里倒宽松下来，就说："我脸色不好吗？这几日晚上总睡不好的，刚才来时又走得急了，只害口渴。有红糖吗？给我冲一杯糖水来喝！"夏捷起身倒了水，说："晚上睡不好？你和周敏一夜少张狂几回嘛！热天里倒喝红糖水儿！"唐宛儿说："我这胃寒，医生说多喝红糖水着好。"喝罢了一杯，唐宛儿浑身出了些汗，更是觉得有了许多精神头儿，说了一会儿话，夏捷就提议去街上溜达。唐宛儿原本喝了水要回去睡一觉的，却又被夏捷强扭着，也就走出来。

两人说说笑笑走出城南门口，唐宛儿便觉得下身隐隐有些疼，就倚了那城河桥头上，说："夏姐，咱歇会儿吧。"拿眼往城河沿的公园里看。天高云淡，阳光灿烂，桥下的城河里水流活活，那水草边就浮着一团一团黏糊糊的青蛙卵，有的已经孵化了，鼓涌着无数的小尾巴蝌蚪。唐宛儿不觉就笑了。夏捷问笑什么，唐宛儿不愿说那蝌蚪，却说："你瞧那股风！"一股风是从河面上起身，爬上岸去，就在公园铁栅栏里的一棵树下张狂，不肯走，不停地打旋儿。原本是不经意儿说着风，风打旋的那棵树却使两人都感兴趣了。这是一棵紫穗槐的。粗粗的树干上分着两股，在分开的地方却嵌夹着一块儿长条石，十分地有意思。夏捷说："这树的两股原是分得并不开吧，园艺工拿块石头夹在那儿，树越长越大，石头就嵌在里边了？"唐宛儿说："你看这树像个什么？"夏捷说："像个'丫'字。"唐宛儿说："你再看看。"夏捷说："那就是倒立着的'人'字。"唐宛儿又说："是个什么人？"夏捷说："'人'字就是'人'字，还能看出个什么人来？"唐宛儿说："你瞧瞧那个石头嘛。"夏捷就恍然大悟，骂道："你这个小骚×，竟能想到那儿去！"就过来要拧唐宛儿。两个人嘻嘻哈哈在桥头栏杆上挽扭一堆，惹得过往路人都往这边看。夏捷说："咱别闹了，人都朝这儿看哩！"唐宛儿说："管他哩，看也白看！"夏捷就低声说："宛儿，你老实给说，周敏一天能爱你几次？你是害男人的人精，你没瞧瞧周敏都瘦得像是药渣了！"唐宛儿说："这你倒冤了我，我们一月二十天地不到一块儿，那样的事差不多就常忘了哩。"夏捷说："那你哄鬼去！甭说周敏爱你，我敢说哪个男人见了你都要走不动的！"唐宛儿笑说："那我真成了狐狸精了？"夏捷说："说狐狸精我倒想起昨夜的事了。昨儿夜里我在家读《聊斋志异》，满书写的狐呀鬼呀的，就害怕了。你孟老师说：'狐狸精我不怕的，三更半夜了我就盼有个狐狸精吱地推了窗进来。'我就骂他你想得美，凭你那一身臭肉屹蚤都不来咬你的！睡下了也想，蒲松龄是胡写哩，世上哪儿就有狐狸成精，要说人见人爱的女人，我这辈子也就见着你这一人了！"唐宛儿听了，便说："我读《聊斋志异》，却总感觉蒲松龄是个情种，他一生中必是有许多个情人，他爱他的情人，又苦于不能长长久久做夫妻，才害天大的相思把情人假托于狐狸变的。"夏捷说："你怎么有这体会？是你又爱上了什么人，还是什么人又在爱你了？"唐宛儿脑子里就全是庄之蝶了，她把眼睛勾得弯弯的如月牙儿，脸上浮一层笑，蓦地腮边飞红，却说："我只是瞎猜想，哪儿就有了情人？夏姐儿，这世上的事好怪的，怎么有男人就有了女人……你和孟老师在一块儿感觉怎样？"夏捷说："事后都后悔的，觉得没甚意思，可三天五天了，却又想……"唐宛儿说："那你们可以当领导！"夏捷说："当领导？"唐宛儿说："现在机关单位当领导的，哪一个不常犯错误？犯了错误给上边作个检讨，检讨过了，又犯同样的错误。就这么犯了错误作检讨，检讨了又犯错误，这官就继续当了下去！"说罢两人又笑个不止。夏捷说："人就是这饮食男女嘛！"唐宛儿说："其实人就是受上帝捉弄哩，你就是知道了也没个办法。"夏捷说："这话咋讲的？"唐宛儿说："我常常想，上帝太会愚弄人了。它要让人活下去，活下去就得吃饭；吃饭是多受罪的事，你得耕种粮食，有了粮食得磨，得做，吃的时候要嚼要咽要消化要屙尿，这是多繁重的事！可它给人生出一种食欲，这食欲让你自觉自愿去干这一切了。就拿男女在一块儿的事说，它原本的目的是让遗传后代，但没有生出个性欲给你，谁去干那辛苦的工作呢？而就在你欢娱受活的时候，你就得去完成生孩子的任务了！如果人能将计就计，既能欢娱了又不为它服务那就好了！"夏捷说："你这鬼脑子整日想些什么呀？！"拿手就来搔唐宛儿的胳肢窝。唐宛儿笑喘得不行，挣脱了跑过桥头，夏捷偏要来追，两人一前一后跑进公园的铁栅栏门去，唐宛儿就趴在那一片青草地了。夏捷一下子扑过去按住，唐宛儿没有动。夏捷便提她的腿，竟把一只鞋脱下来，说："看你还跑不跑？！"唐宛儿回过头来叫了一声"夏姐！"嘴唇惨白，满脸汗水，眼睛翻着白儿昏过去了。

当夏捷雇了一辆三轮车把唐宛儿送往医院的路上，唐宛儿醒过来了，却坚决不去医院。说她早年患有昏厥病的，这几天劳累怕是又犯了，回家歇一歇就没事儿的。夏捷用手摸摸她的额，额上汗已不凉，也见脸色有些红润，便不再往医院送，多付了五元钱给车夫，就一直把唐宛儿送回家来。屋里冷冷清清的，唐宛儿进门先上床躺了。夏捷说："宛儿你现在感觉好些吗？"唐宛儿说："好得多了，多谢了夏姐。"夏捷说："你今日给我收了魂了！要是有个三长两短，我也真是不活了！"唐宛儿说："那咱姐妹儿就去做风流鬼吧！"夏捷说："这阵子你还说趣！你想吃什么，我给你做去。"唐宛儿软软地笑，说："什么也不想吃的，只想睡觉，睡一觉起来什么都好了，你回去吧！"夏捷说："这周敏也不在家了，他是上班去了？我去给他单位拨个电话吧！"唐宛儿说："你回去的路上给他拨个电话吧，你先给庄老师家拨，可能周敏在他那儿的。"夏捷就又给冲了一杯红糖水放在床边，拉上门就去街上拨电话了。

电话拨通了庄之蝶，庄之蝶得知唐宛儿突然病了，骑了"木兰"急急就赶过来。周敏还没有从杂志社回来。唐宛儿一见面呜呜地哭起来。庄之蝶一边替她擦了眼泪，一边问病情，待妇人说了原委，只惊得跌坐了床沿上半天不起来，然后就拿了拳头砸自己脑门。唐宛儿见他这样，心里自是高兴，却说："你是恨我吗？我对不起你，我把你的孩子糟踏了！"庄之蝶一下子抱了她的头，轻声说："宛儿，不是你对不起我，是我对不起你！这种罪过应该让我受，你却一个人独自去承担了，你真是个好女人！可你才做了手术，却怎么不爱惜身子，倒要陪夏捷去劳累？！"唐宛儿说："我感觉我能行的，再说我能让夏捷知道这事吗？画廊的事怎么样？"庄之蝶说："你怎么知道我忙画廊的事？我好久不得过来，你却也不让鸽子捎了信去。"唐宛儿说："我哪里没捎信去？整日整夜盼了你来，一直没个踪影了，我才自做了主张。"庄之蝶骂了一句柳月，说他一点也不知道的，就揭了被子看那伤处，然后就重新掖好，出门去街上买了一大堆营养滋补品，一直陪着等到周敏回来才回去。

自此一星期里，庄之蝶隔一天去看望唐宛儿一次，少不得要买些鸡和鱼的。柳月每次待他回来，就沏一杯桂圆精饮料给他，他说："柳月会体贴人了？！"柳月说："给你当保姆还能眼里没水？你又出了力了嘛！"庄之蝶就笑着说："我现在不敢出门了，一出门你就认为到唐宛儿那里去了！我哪里也不去了，你去替我办事吧，找着赵京五，让他请了宋大夫到清虚庵去。"柳月说："清虚庵的慧明病了？上礼拜天我在炭市街市场买鱼，回来就看见慧明了，她和黄秘书坐的一辆小车停在路边，她没看见我，我也装着没看见她。哼，做了尼姑也是要涂口红吗？我就瞧不起她那个样儿，要美就不要去当尼姑，当了尼姑却认识这个结识那个的，我看她是故意显夸自己。不当尼姑，满城的漂亮女子谁知道几个名儿姓儿的；做了尼姑，人人却知道城里有个慧明的白脸大奶子尼姑！她怎么病了，佛也不保佑了她？"庄之蝶说："瞧瞧，担石灰的见不得卖面的，人家漂亮了你气不过！"柳月说："我气过谁了？"庄之蝶才要提说唐宛儿让鸽子捎信的，话到口边却咽了，他在家并未对牛月清和柳月提说过唐宛儿病了的事。柳月却还气不顺地，说："与我的屁事！以前孟臭嘴往那儿跑了，现在眼瞎了不跑了，你就跑得勤快！"庄之蝶说："你越说越得意了！我也是在路上见着黄秘书，他告诉说慧明腰疼得直不起来，我才让赵京五去请宋大夫的，你要不去就算了。"柳月说："你说了话我能不去？今日午饭我回来迟了，你和大姐去街上吃吧。"庄之蝶说："说句话能用多少时间？你要把魂丢了，回来我告知你大姐的！"柳月说："好么，那我就让大姐撒一把毒谷子把白鸽子毒死去！"说罢就笑着出门跑了。

柳月有了赵京五，一来一往的事就多起来。牛月清看在眼里，嘴上没说，心里多少气不过。暗话警告了柳月几次，柳月佯装听不懂，脸上只是傻傻地笑，照样该怎么办还是怎么办。一心二用了，饭菜就早一顿迟一顿的，换洗的衣服也是三五天攒在一块儿才洗。就在唐宛儿昏倒的第二天晌午，赵京五来找庄之蝶，庄之蝶和牛月清都不在家。赵京五就大了胆子纠着要和柳月亲嘴，柳月半推半就和他亲了，赵京五得寸进尺手又在她身上胡撮乱摸。柳月说句："你赵京五贼胆也长大了？！"就解了裙带，竟把裤衩也褪了下来。赵京五原是没奢望到这一步，见柳月如此，也就干起来，但毕竟没有经验，又是惊惊慌慌，才一见花就流水蔫了。柳月又气又笑，将弄得肮脏了的裤衩惩赵京五去洗。赵京五洗了，千叮咛万叮咛不敢把这事说出去，柳月便说："说出去让人笑话你的可怜？"赵京五说："不是我不行，一是我太激动，二是在庄老师家里人怪紧张的，等咱们结婚了你再瞧我的本事吧！"说过了，又提醒道："你以后在这里尽量少提说我，庄老师敏感得很，你话多了万一失了口，他就猜出咱们有这事了，那他不知会怎么看了我的。"柳月说："哎呀，这么怕你庄老师，你庄老师也是人嘛，他什么不干的？"赵京五听她话中有话，就说："庄老师干什么了？"柳月竟说了庄之蝶和唐宛儿的事，赵京五听了倒吃了一惊，却严肃了脸面吩咐柳月再不要向外说这事，说："庄老师在外边威信很高，一帮朋友学生也全靠了他的，这事让外人知道了，他倒了声名儿，大家也跟着就完了，咱们做他学生的要懂得怎样树立他的威望，要有权威意识哩！"说得柳月点头称是，却又说："可我一个姑娘家光了身子给你，落得个花开了没结果，这我要不依你哩！你嫌这儿不方便，明日我去你那儿。"赵京五说："孟老师说过，女人家干这事越干胆子越大，我还不信的。"就挤着眼儿羞柳月。柳月说："已经有了今天，我还羞什么，何况将来还不是你的人？"赵京五就说："我那儿才不安全哩。那这样吧，明日我向庄老师要了'求缺屋'的钥匙,我领你去那儿玩玩。"柳月说:"什么'求缺屋',我怎么没听说过?"赵京五就如此这般地说了,柳月噢噢叫道:"还有这么个好去处?！我说唐宛儿常让鸽子捎了信来,庄老师就过那边去了,想周敏老不在家,原来他们还有一个秘密幽会的地方!"果然第二天赵京五来向庄之蝶要过"求缺屋"的钥匙,借口有个朋友来晚上没处睡的,拿了钥匙竟也私配了一把,就偷偷地把柳月引去了一次。

一日中午,牛月清下班回到家来,庄之蝶不在,柳月不在。等了一会儿,见柳月哼哼唧唧唱着上了楼,待她一开门,就嚷:"你们都到哪儿去了,屋里狗大个人影儿都没有?"柳月是在街上见了赵京五,说话过头了,忙买了包子回来的,就说:"我去买了包子,回来烧个鸡汤啊！"牛月清说:"多省事,买了包子吃!那你上午干啥去了?"柳月说:"上午全在家呀!"牛月清说:"鬼话,我给家挂电话怎么没人接?"气得坐在一边喘息,又问:"你庄老师呢?"柳月说:"我不知道的。"牛月清说:"不要吃了,天大的事急着要见他的,你给老孟家打电话,看是不是在他那儿?"柳月拨通电话,没有。牛月清就又给杂志社拨电话,给双仁府老太太那里拨电话,给汪希眠,给阮知非,给报社,凡是常去的地方都拨了电话,都是没有去那儿。柳月见她真的着急就说:"会不会在周敏家?"牛月清骑车就去了,周敏才从印刷厂送杂志校样回来,正在家煮方便面,说没有来呀!问唐宛儿呢?周敏说他回来也没见人的,她爱逛街,是不是上街了?牛月清骑车回来,又饥又气,又给柳月发火,柳月说:"我哪儿知道他到哪儿去,能找的地方你都去了,除了'求缺屋',再没个地方的。"说毕了,却后悔了。牛月清却问:"'求缺屋'这是什么地方?"柳月说:"我好像听庄老师说过一次那地方,我也不知道那是单位还是住家户?我去找找吧。"牛月清说:"要找我去找,紧天火爆的事,再没时间耽搁了,你说在什么地方?"柳月只好说了地址,牛月清骑车就赶了去。

这一中午,庄之蝶正好与唐宛儿在"求缺屋"。唐宛儿身子虽然得到了恢复,但下边还多少有点血,两人相约了去"求缺屋",庄之蝶让唐宛儿把堕胎的前前后后详尽说给他听,听得又是热泪满面。唐宛儿却要庄之蝶指天为咒说"我爱你",庄之蝶咒过了,又还说了要娶唐宛儿的话。唐宛儿却问几时娶呀？还是将来吗？将来是三年五年，十年八年，人都以为庄之蝶娶了个什么天仙儿，来看了原来是个老太婆？！庄之蝶陷入一种为难，又痛苦地长吁短叹了。唐宛儿就笑了，说庄之蝶真可怜，搔着他胳肢窝儿要他笑。庄之蝶脸上还是苦皱着，唐宛儿又说你不必这样，瞧你难过的样儿，我心里也扎乎乎地疼哩，迟迟早早我等你就是了。你就是不爱了我，你总是以前真心爱过。即使天有心作合，你我结为夫妻，以你这心性，你还会寻找比我更好的人。到那时我不恨你，也不拦你的。庄之蝶说："这我成什么人了？你唐宛儿不会让我失去兴趣的，你也会不允许我再去找了别人的。"唐宛儿噗噗就笑了，说她有时想起来觉得对不起师母，却又觉得她更不应该失掉庄之蝶，她说不清她是个好女人还是个坏女人，但她是女人。如果庄之蝶哪一日真的不再爱她了，她就堕落呀，她就去和任何男人睡觉，疯子也行，傻子也行，强盗小偷都行！庄之蝶愣了，也变了脸，唬道："你胡说，不准说这样的话！"唐宛儿却流下了泪，说她不说了，再也不说了，还问庄之蝶生气了吗？庄之蝶拍了她的屁股，拍得啪啪响，说他当然生气的，你们这女人真不知一颗心是怎么长的？唐宛儿就把他搂在怀里吻。三吻两吻的两人就不知不觉合成一体……待到看时，那垫在身下的枕头上已有一处红来，两人才皆后悔，因为医生吩咐过手术后一个月里不能同房的。庄之蝶问唐宛儿这阵儿身子感觉怎么样？唐宛儿说没事的，只是把枕头弄脏了，看着那一处红，竟用钢笔就在红的周围画，画成了一片枫叶。庄之蝶就笑了，说："好！'霜叶红于二月花'；待会儿下去吃饭，买了针和丝线你再绣了，谁也看不出来，倒赞赏这枕头也成艺术品了。"两人又玩乐了一回，眼看过了饭辰，准备上街吃饭和买针线。刚一下到楼口，与牛月清正好碰个照面，两人脸都吓白了。庄之蝶忙对着惊慌失措的唐宛儿说："宛儿，你看你大姐怎么也来这儿了？"牛月清说："我满世界老鼠窟窿都寻过了，你们才在这儿！宛儿你脸色不好？"庄之蝶说："咋能好的，她要我帮她找一份临时工干干，我说找环卫局杨科长吧，就领她到杨科长家。没想那杨科长倒摆架子，待理不理的，我们起身就走了。哼，我还没受过这种窝囊气的！"牛月清说："寻那临时工能挣几个钱的？你好好在家待了，让周敏多写几篇文章也就是了。现在是阎王好见，小鬼难缠，找一个科长不如直接去寻了他局长！"唐宛儿就说："大姐说话容

313

易，周敏靠写文章挣钱，那我这嘴早就要吊起来了；如果他有庄老师那支笔，我也安安心心在家伺候了他，也不像大姐这样还要去上班？"牛月清说："那这样吧，洪江再要编书，我让洪江把周敏也拉进去！"庄之蝶就问牛月清："你别先把话说死，到时候洪江不愿意了，你又给周敏怎么说？这么急地到处寻我有事儿？"牛月清说："可不有急事！"唐宛儿就说："是我耽搁了你们，真不好意思，那我就先走了。"说完就走。牛月清说："上午我正上班，龚小乙找着我了，他一见面就哭，倒把我吓了一跳，他怎么更变得人不人鬼不鬼了！我问有什么事，他说他要找你，是他爹犯了事，还是为了老毛病让关进去了，捎出来的话是让他找人说情，争取罚款了结。可他娘回天津姥姥家了，他一是找不上人，二是即就是罚款他手里也没个钱的，就来求你了。"庄之蝶听了，说："莫不是他买大烟又没了钱，来骗我们的？前几日我见过他，并没有听说他爹出事嘛！"牛月清说："我开头也是这么想的，要叫他说实话。他拿了老龚捎出来的字条，那字我能认得，是老龚写的。"庄之蝶说："老龚为这毛病去局子也不是两次三次了，哪一次不是抓进去写些字又出来？没事的，除非他的手让人剁了！"牛月清说："我何尝也不是这么说他。龚小乙就说这次是国家公安部的一个领导来西京检查工作，收到好几封说老龚赌博成性又屡抓屡放的告状信，这位领导发了火，前一日才批评了公安局，没想第二日老龚他们又在这位领导下榻的宾馆里赌，就抓了进去，说要从严从重处理的。"庄之蝶知道问题严重了，口里只是骂龚靖元屁眼儿大把心遗了！牛月清就说："老龚一身毛病，可毕竟与咱交情不浅的；龚小乙寻到咱门下，咱不管也抹不下脸面啊！你看能认识谁，给人家说说，顶用不顶用，咱把路跑到，把力出足，咱落得心里清静了，也免得外界说咱绝情寡义的。"庄之蝶皱了眉闷了许久，说："饭还没吃吧，咱去吃了饭再说。"

　　两人去面馆吃了一碗刀削面，庄之蝶让夫人回去，自己就去找赵京五说了这事。赵京五颇为难，说："公安局那边我认识人倒有，怕并不起多大作用。咳，他也该好好吃次亏才好哩！"庄之蝶说："我琢磨了，这事无论如何咱要帮的。你先去找龚小乙，把情况再问清，就说这事难度很大，可能得判三年五年的，让他紧张些。"赵京五说："他怕早慌得没神了，还吓他干啥？"庄之蝶说："我有个打算，等我去找了你孟老师后，再给你说吧。"赵京五便急急去了。

　　庄之蝶找着孟云房又如此这般说了一通，孟云房说："那找谁去？你和市长熟，给市长谈谈不就得了？"庄之蝶说："这可不能找市长，影响太大，市长会拒绝的。你不是说在慧明那儿见了几次四大恶少的老二吗？"孟云房说："你是让我托慧明要老二去说情？这我不见慧明！"庄之蝶说："这你可得一定去，权当是帮我的。要老二去说情，并不要求立即放人，只望能罚款，老二肯定能办到的。"孟云房好不情愿地去了，回来说慧明同意去求老二，让等个电话的。两人就在孟云房家吃饭，下午慧明果然来了电话，说公安局同意罚款，但要重罚，是六万元的。庄之蝶长吁了一口气，同孟云房又到赵京五处。赵京五从龚小乙那儿才回来，三人说了罚款的事，庄之蝶就让赵京五三日内一定筹齐六万元。赵京五说："你是要借给龚小乙？那可是肉包子打了狗，一借难还。或许他得了这么多钱，不去公安局交罚款，全要抽了大烟的。"庄之蝶说："赵京五你都是好脑壳儿，怎么这事不开窍？龚小乙是败家子，我哪里能借他这么多钱？咱为开脱这么大的事，争取到罚款费了多大的神，也是对得起龚靖元的。既然龚小乙烟瘾那么大，最后还不是要把他爹的字全偷出去换了烟抽，倒不如咱收买龚靖元的字。"赵京五和孟云房听了，拍手叫道："这真是好办法，既救了龚靖元，又不让他的字外流。说不定将来龚靖元家存的字画没有了，龚小乙也就把烟戒了。"庄之蝶说："那这事就靠你赵京五去和龚小乙交涉了！"

　　赵京五便去和龚小乙谈了一个晚上，感动得龚小乙热泪肆流。说到六万元，龚小乙当场要向赵京五借，赵京五说他有钱早结了婚了。于是说他认识一个画商，求画商能买龚靖元的字，画商先是同意只买两幅，他赵京五说了，你就权当在救老龚，买够六万元吧。画商勉强同意，只是要求他一下子买这么多就得减价的。龚小乙问："那他出什么价？"赵京五伸伸指头，龚小乙惊道："这只是我爹的字平日卖出的一半价呀！他要这么买，不是在抢我吗？不卖他的，我自个儿卖去！"赵京五说："罚款的日期只有四天，四天里你就是能卖，又能卖出多少？等你卖完了，你爹就该判了刑了！"龚小乙觉得也是，只好领赵京五去他爹的家，把家存的几乎五分之四的作品都搜寻出来。赵京五也就发觉龚靖元家还存有一些名古字画，就说："小乙呀，你还得拿几幅这类东西。我是不要的，你庄叔也是不要的，我们日夜跑动是应该的，可公安局那边的人，那老二，还有慧明师父共七个人，通融这事时，都说帮忙可以，龚靖元是名书法家，总得给我们些字画儿吧。我考虑一点不给说不过去，要防着他们又不能误了大事，但他们狮子大张口却不行的。每人就给一幅吧。"龚小乙挠着头，闷了半天了，还是拿了七幅给了赵京五。又要给庄之蝶和赵京五一人一幅的，赵京五说："这我们拿什么？要是别人，就是给十幅八件，不要说你庄叔不会费这个神，我也不管哩！可谁让咱们都是老的少的双重交情呢？！明日我和你庄叔还要请些人去西京饭庄吃一顿的，花多花少，你一个子儿都不要管！"龚小乙又是感激涕零，说他永不忘庄叔和赵哥的恩情，等他爹回来了，让他爹再专门去登门道谢。就一直送赵京五到街上，反身又去家里趁机拿了一些名古字画和他爹的字，方回他的住处去。

有了龚靖元的一批字画，画廊新闻发布会提前举行，报纸、广播、电视相继报导。画廊开张营业的那日，人们就争相去观看毛泽东的书法长卷。以前伟人在世的时候，只见过他的书法印刷本，如今眼睁睁看着碗口大的一百四十八个字的真迹，莫不大饱眼福。为毛泽东的字而来，来了竟又发现展销着琳琅满目的古今名人字画，于是小小的并不在繁华之地的画廊声名大噪，惹得许多外地人，甚至洋人也都去了。

牛月清得知弄到龚靖元的多半的珍藏作品，心里终是觉得忐忑，在家说了一次，庄之蝶要她快闭嘴。开张的当日卖出了几幅字画，赵京五把钱如数拿来，庄之蝶一尽儿丢给牛月清，说："这是两全其美的事，只要龚靖元人出来，两只手还在，他的钱就流水一样进的。再说这一来，倒要绝了他们父子一身恶习，感谢也感谢不及的。别人还没说个什么，你倒这般忧心忡忡，传出去还真以为咱是怎么啦！"牛月清也就不再言语。这日就听得龚靖元被释放回来，准备着拿了水礼去探望的，不想到了傍晚，消息传来，却是龚靖元死了。牛月清慌不及地到画廊来找庄之蝶，庄之蝶正在那一些的字画下角贴字条，全写着"一万一千元已售""五千元已售""三千五百元已售"。原来为了更好地推销，故将这些未售品标出已售的样子激发买主的购买欲。唐宛儿也在那里忙活，帮着布置一个新设的民间美术工艺品橱柜，里边有剪纸、牛皮影、枕顶、袜垫，也有那个已经用红绿丝线绣制得艳美的红枫枕头套儿。这妇人经不得众人夸奖，更是逗了聪明劲儿说街上流行文化衫，那衫儿上无非是写些逗人趣的一句两句话的，如果将一件衫儿全以豆大的字抄写了古书，样子才是雅致，必是有人肯买的。众人正说说笑笑地热闹，见牛月清突然进来说是龚靖元死了，都吓得魂飞魄散，又忙给汪希眠和阮知非拨电话问了，两人也说是听到了风声，但不知究竟如何？庄之蝶就丢下众人不管，拉了牛月清忙回到家去，思谋吃过饭了到龚家去。即便死亡之说是讹传，龚靖元从牢里出来也该去看看的。

正吃饭间，龚小乙就差人来报丧了，牛月清忍不住先哭了一声，就一脚高一脚低往街上去扯黑纱。庄之蝶通知赵京五买了花圈、一刀麻纸、两把烧香、四根大蜡烛来。赵京五一一办了跑来，牛月清也从街上回来，买的不是黑纱，却是三丈毛料。赵京五说："你怎么买这么好的料子，你是让亡人带到阴间去穿吗？"牛月清说："龚靖元一死，就苦了龚大嫂子和小乙了，送了黑纱能做什么，送些正经布料倒可以为他母子做一件两件衣服穿。人死了不能还阳，顾的还是活着的人。只可怜老龚活着时，他家的好日子过惯了，老龚一死就是死了财神爷，人从穷到富好过，从富到穷就难过了，不知往后那娘儿俩要受了什么艰辛了？！"说着眼泪就又流下来。庄之蝶说："你师母这样做也对。报丧的人我也问了，老龚死前是神经错乱，把家里什么都毁了，龚大嫂子去天津还没有回来，龚小乙又是那个样儿，家里怕是要啥没啥地恓惶了。"就对赵京五又说："我倒记起一宗事来，你去柳叶子家买三包烟土给龚小乙带上。他多一死，样样还得他出头露面，想必家里也没了烟了，没烟了他怎么料理？"赵京五又去买了三包烟土，三人赶到龚靖元家时，已经天黑多时了。

这是一所保存得很完整的旧式四合院。四间堂屋，两边各是厦房。院子并不大，堂屋檐与东西厦房山墙的空当处，皆有一棵椿树，差不多有桶口粗细。当院是假山花架，院门房两边各有一小房儿，一为厕所，一为冬日烧土暖气的烧炉。庄之蝶和牛月清、赵京五直接进去到堂屋，堂屋里亮着灯，却没有人。四间屋里两明两暗，东边是龚靖元的书房，西边是夫妇卧室，中间是会客的地方。当庭并合了两张土漆黑方桌，上边嵌着蓝田玉石板面，四边是八个圆鼓形墩凳。堂门的两旁是两面老式的双链锁梅透花格窗，中堂上悬挂了八面红木浮雕的人像，分别是王羲之、王献之、颜真卿、欧阳询、柳公权、张旭、米芾、于右任。东西隔墙上各裱装了龚靖元的书法条幅，一边是"受活人生"，一边是"和"。赵京五说："这哪是死了人！没有灵堂也没有哭声嘛？"才见一个头缠孝巾的人从厦房出来，说了声"来人了！"就朝他们喊："在这儿的！"庄之蝶才知灵堂是设在了东边的厦房里。三人出了堂屋下来，东厦房里小三间开面，室中有一屏风。屏风里为另一个睡处，屏风外支了偌大的案板，为龚靖元平日写字之处。现在字画案板稍移动了方位做了灵床，身盖的不是被子单子，只是宣纸。庄之蝶过去揭了龚靖元脸上的纸，但见龚靖元头发杂乱，一脸黑青，眼睛和嘴都似乎错位，样子十分可怕。牛月清一捂脸哭起来，说："人停在这里怎么盖的宣纸？那被子呢？单子呢？"守灵的是几个龚家亲戚的子女，说被子单子都太脏了，不如盖了这宣纸为好。牛月清就又哭，一边哭一边去拉平着龚靖元的衣襟，识得那脚上穿的还是那次在城隍庙遇着时穿的那双旧鞋，就哭得趴在了灵床沿上。庄之蝶用手拍龚靖元的脸，也掉下泪来，说："龚哥，你怎么就死了！怎么就死了！"心口堵得受不了，张嘴哇地失了声来哭。守灵的孩子忙过来拉了他们在一旁坐了，倒一杯茶让喝着。

原来龚靖元回到家后，听了龚小乙叙说，好是感激庄之蝶，倒后悔自己平日恃才傲物又热衷于赌场，很少去庄之蝶那儿走动。更是见龚小乙这次如此孝敬，心里甚为高兴，就从床下的一个皮箱里取出十万元的钱捆儿，抽出一沓给龚小乙，让龚小乙出外去买四瓶茅台、十条红塔山烟、三包毛线和绸缎一类东西，要去庄之蝶家面谢。龚小乙一见这么多钱，就傻呆了，说道："爹这么多钱藏在那里，却害得我四处筹借那六万元！"龚靖元说："钱多少能填满你那烟洞吗？我不存着些钱，万一有个事拿什么救急？你娘不在，才苦了你遭这次饥荒！你还行，我只说你这个样子谁肯理睬，没想倒也能借来钱的。你说说，都借的是谁家钱，明日就给人家还了。"龚小乙说："我哪里能借了这多的钱？公安局罚款的期限是四天，火烧了脚后跟的，幸好有一个画商买了你那壁橱里的字，才保得你安全出来。"龚靖元听了，如五雷轰顶，急忙去开壁橱，见自己平日认为该保存的得意之作十分之九已经没有，又翻那些多年里搜寻收集的名古字画也仅剩下几件，当下掀跌了桌子，破口大骂："好狗日的逆子，这全卖完了嘛，就卖了六万元？你这个呆头傻×，你这是在救我吗？你这是在杀我啊！我让你救我干啥？我就是在牢里蹲三年五载不出来，我也不让你就这么毁了我！你怎么不把这一院房子卖了？不把你娘也卖了？！"龚小乙说："爹你生什么气？平日你把钱藏得那么严，要十元八元你像割身上肉似的，我哪里知道家里有钱？那些字画卖了，卖多卖少谁还顾得，只要你人出来，你是有手艺么，你不会再写就得了！"龚靖元过去一脚踢龚小乙在门外，叫道："你懂得你娘的脚！要写就能写的？我是印刷机器？"只管骂贼坯子、狗日的不绝口，吓得龚小乙翻起身跑了。龚靖元骂了一中午，骂累了，倒在床上，想自己英武半辈，倒有这么一个败家儿子，烟抽得三分人样七分鬼相，又是个没头脑的，才出了这么一场事就把家财荡成这样；以后下去，还不知这家会成个什么样儿？又想自己几次被抓进去，多为三天，少则一天，知道的人毕竟是少数。但这次风声大，人人怕都要唾骂自己是个大赌鬼的。就抱了那十万元发呆，恨全是钱来得容易，钱又害了自己和儿子，一时悲凉至极，万念俱灰，生出死的念头。拿了麻绳拴在屋梁，挽了环儿，人已经上了凳子，却又恨是谁帮败家的儿子找的画商？这画商又是谁？骂道：天杀的贼头你是欺我龚靖元没个钱吗？我今日死了，我也要让你们瞧瞧我是有钱的！便跳下凳子，把一百元面值的整整十万元一张一张用糨糊贴在卧室的四壁。贴好了嘿嘿地笑，却觉得这是为了什么，这样不是更让人耻笑吗？家有这么多钱，却是老子进了牢，儿子六万元卖尽了家当？！遂把墨汁向四壁泼去，又拿了冬日扒煤的铁耙子发了疯地去扒去砸，直把四壁贴着的钱币扒得连墙皮也成了碎片碎粉。丢了耙子，却坐在地上老牛一般地哭，说，完了，这下全完了，我龚靖元是真正穷光蛋。又在地上摔打自己的双手，拿牙咬，把手指上的三枚金戒指也咬下来，竟一枚一枚吞下去……

庄之蝶喝了一杯茶，这当儿院门口有人走动，想起身避开，进来的却是汪希眠和阮知非，身后还有几个人，抬着定做的一个果子盒进来了。这果子盒十分讲究，下边是用涂了颜料的猪头肉片摆成了金山银岭，上边是各种面塑的人物，有过海八仙，有竹林七贤，金陵十二美钗，少林十八棍僧，制作精巧，形象逼真。庄之蝶问候汪希眠和阮知非后，说："我也才来，正估摸你们是要来的，咱就一块儿给龚哥奠酒吧！"三人将果子盒摆在灵桌上，燃了香，点了大蜡，半跪了，在桌前一个瓦盆里烧纸，然后一人拿一个酒盅，三磕六拜，叫声："龚哥！"把酒浇在烧着的纸火里。完毕，阮知非站起来说："天这么黑了，院子里也不拉了电灯，黑灯瞎火的又不见你们哭，冷冷清清哪儿像死人？小乙呢？小乙到哪儿去了？也不守灵，来了人也不闪面？！"那几个亲戚的儿女哭了几声又不哭了，有的忙跑到院子把西厦子房里的电灯拉出来挂在门口，就有一个去堂屋卧室里喊小乙，半天没出来，出来了说："小乙哥犯病了！"几个人就去了卧室。卧室里一片狼藉，四壁破烂不堪，还能看出一些钱币的一残角碎边，龚小乙窝在床上口吐白沫，四肢痉挛，浑身抖得如筛糠。阮知非过来扇一个耳光骂道："你怎么就不去死？你死了把害才除了！"龚小乙没有言传，只拿眼睛看着庄之蝶。庄之蝶忙说："好了，好了，怕是烟瘾又犯了，你打他骂他，他也没知觉的。咱到下边去坐吧，把一些后事合计合计，靠小乙也顶不了事的。"众人就到厦房坐了，只有赵京五还在那里陪龚小乙。赵京五见人走了掏出三小包烟土给他，说："这是你庄叔买了给你的，预防你办丧中要犯病，果然就犯了。"龚小乙说句"还是庄叔待我好"，就点了火吸下去，顿时人来了精神，说："赵哥，你先下去，让我躺一会儿。"赵京五晓得他的毛病，说："又要去报复呀？"龚小乙说："我谁也不报复了，我把全城人都杀过多少回了，让我好好享受一下，我只要菩萨、要圣母、要神仙们唱的曲子。"赵京五说："你别享受了，现在来了你爹几位朋友吊丧，你是孝子不招呼，他们已经发火了，还欠揍吗？这些长辈一生气都走了，你娘又不在，你就把你爹一直放在那儿让臭着流水儿？"一把扯了龚小乙走到厦房来。

320　　　在厦房里，庄之蝶、汪希眠、阮知非安排了那些亲戚的儿女，让联系火葬场的，去找送尸体去火葬场的车辆的，去买寿衣的，买骨灰盒的。问给龚小乙娘拍了电报没有？回说拍过了，明日一早坐飞机回来。就又安排到时候谁去接，接回来谁来招呼着以防伤心过度而出现意外。龚小乙只在一旁听着，末了给每一个叔磕了个头，说："这都得花钱，钱从哪儿来？我明日把那两个玉石面的方桌卖了吧。"阮知非骂道："你还要卖？你让你爹死了还不安闲吗？你娘回来了，我们和她商量，你好生跪在那里给你爹烧些纸去！"三人遂找了笔墨，说要布置布置灵堂，龚靖元生前是书法名家，灵堂上除了遗像什么也没有，让人瞧着寒心。庄之蝶就写了"龚靖元先生千古"贴在遗像上方，两边又写了对联，一边是"生死一小乙"，一边是"存亡四兄弟"。又写了一联，贴在院门框上，一边是"能吃能喝能赚能花快活来"，一边是"能写能画能出能入潇洒去"。阮知非说："这一联写得好，明明白白的是龚哥的一生，谁见了敢作践龚哥的一个屁来？！只是那灵堂上的一联却是太斯文，让我看不懂的。"汪希眠说："那还看不懂吗？上联是龚哥生了龚小乙又死在龚小乙手里，这是恨骂龚小乙的。下联是西京城里谁不知咱兄弟四人，如今龚哥一死，四人成三，活着的又兔死狐悲，这是抒咱们的悲哀的。之蝶，是不是这个意思？"庄之蝶说："怎么理解都可以吧。"着人把花圈摆在门口，又拉了一道铁丝，将黑纱、布料一类祭物挂在上边。院落里多少有了办丧的气氛。阮知非又着人去找哀乐磁带，用录音机反复放了，说："咱和龚哥毕竟好过一场，生前在一起常去宾馆会集，那还不全仗他的关系？哪一次喝酒，凡是有他在场又不是他来请客？他这一死，不说别的咱也少了几分口福。他是热闹了一世的人，却生下龚小乙这不成器的东西，落得如此下场。现在人又都势利，龚哥活着时求字的人踏破了这门槛，人一倒头狗也不来了！亏得还有咱兄弟几个，咱再不妨在花圈上挽幛上多写些文字，一是寄托咱们的哀思，二是在外人眼里为龚哥再挣得最后一次名望，三也让龚大嫂子从天津回来不产生人走茶凉的悲哀。"庄之蝶说这是必要的，就摊了纸，让汪希眠来写。汪希眠说："我本来肚里没词，一到这里更是一句话也想不出来。往常到龚哥这儿来，都是一起写字作画的，以后就再没有那场面了。我就给龚哥再画上一幅吧！"提笔将墨在口中抿了抿，久久地呆在那里不动，蓦地笔落在纸面，龙飞凤舞，一丛兰草就活生生在了那里。阮知非抚掌叫了一声："好！"却说："这兰草叶茂花繁正是龚哥的神气，龚哥一生才华横溢，无拘无束，虽有人对他微词，但西京城一街两行的门牌哪一个不是他写的？大小官员家里谁又没挂了他的字？可画兰草的从没见过还画兰草根的，你却

321

画的一团毛根，又是无土无盆？！"汪希眠说："龚哥生前何等英豪，最后两手空空，想起来真是不寒而栗，所以我画了无土无盆。"说完题写了"哭我龚哥，悠然而去"，落款了"汪希眠敬挽"，又从口袋掏出一枚印章按了。轮到阮知非，阮知非说："我这字臭，但我不让之蝶代笔，只是这词儿拟不来，还得求你之蝶了。"庄之蝶说："你按你心里想的写吧。"阮知非说："那我出来一联，不管它对仗不对仗的。"就写下："龚哥你死了，字价必然是上涨一比三；知非找谁呀，麻将牌桌上从此三缺一。"掷笔竟一时冲动，悲不能支，说声"我先回去了"，径直出门，一路哽咽而去。

　　庄之蝶拿了笔来，手却突突地抖，几次下笔，又停了下来，取了一支香烟来吸。烟才点着，又抓了笔，汗却从额头渗出来。汪希眠说："之蝶你身子不舒服？"庄之蝶说："我心里好生混乱，总觉得龚哥没有死，就立在身边看着来写的。"汪希眠说："他生前喜欢看你写字的，一边赞你的文思敏捷，一边却要批点某个字的间架结构，以后也难得有这么个朋友了。"庄之蝶听了，不觉心里一阵翻滚，眼睛一闭，几颗泪珠下来，就势着墨在那纸上的泪湿处写了，也是一联。上联是："生比你迟，死比我早，西京自古不留客，风哭你哭我生死无界。"下联是："兄在阴间，弟在阳世，哪里黄土都埋人，雨笑兄笑弟阴阳难分。"写完，已泪流不止，又去灵前跪了，端了一杯水酒去奠，身子一歪就晕了过去。牛月清一声叫喊，忙扶了掐人中，灌开水，方苏醒过来。众人见他缓过了气，全为他的悲痛感动。汪希眠说："人死了都别再难过，龚哥若有灵，知你这么心里有他，也该九泉含笑了。"就让快送回家休息，这里的一切由他照料。牛月清和赵京五一言未发，知道庄之蝶心中苦楚，也不便说出，自去街上雇了出租车来，一路服侍着回去。

　　回到家里，庄之蝶直睡了三天不起，茶饭也吃得极少。牛月清自不敢多说，只劝他再不要去龚家。庄之蝶也就没再去见返回的龚小乙他娘，直到龚靖元火化也没去。牛月清却每日买了许多奠品过去，帮着龚靖元老婆处理杂务，几天几夜，眼圈都发了黑。

　　过了十天，慢慢缓过劲来，庄之蝶突然觉得已是许多天没有吃到新鲜牛奶。问柳月，柳月也说没有见到刘嫂的。一日，庄之蝶闷着无聊，约了唐宛儿去郊外游玩，不觉竟到了一座村子。庄之蝶说："哎呀，这不是猫洼村吗！刘嫂家就住在村南头，多日没有喝到鲜牛奶，莫不是她病了，去看望看望吧。喝了那么长时间牛奶，若说吃啥变啥，我差不多也会变了牛的。"妇人说："你就是有牛的东西哩！"庄之蝶挽了袖子，说："你是说我胳膊上汗毛长吗，还是指脚气拗？"妇人说："你有牛犄角哩！"庄之蝶不解，妇人却说她讲一个民间故事吧。于是讲：从前，有母女俩开店，几年间就暴发了。原是这店里有条黑规定，但凡过路商贩来住宿，夜里母女俩都要陪睡的。如果商贩最后支持不住了，天明空手走人；如果母女俩吃不消的，商贩愿住十天半月也不收饭钱床铺钱。结果没有哪个商贩不放下行李货物等空手羞愧而去的。这就有一汉子愤愤不平，挑了货担投宿此店。这汉子自恃身强力壮，偏要为男人争一口勇气，但心底毕竟生怯，临去时以防万一，还暗撅了一个牛犄角。这一夜到四更天，汉子果然也力有不支，便黑暗中拿牛犄角捅去，母女俩就败了。汉子当然心虚，哪里敢继续吃住？天不明就一逃了之。第二天早上母女收拾床铺，一揭枕头，枕头下骨碌碌滚出个牛犄角来。母女并不知这是牛犄角，做娘的就对女儿说："吓！怪不得咱娘儿俩吃败仗的，你瞧瞧，不知那东西怎么长的，光蜕下的壳就这么大呀！"庄之蝶听了，乐得直笑，一边用土块儿掷妇人，一边骂："你在哪儿听的这黄段子？就是牛犄角你也是不怕的！"却突然蹲下来，让妇人给他掏掏耳屎。妇人说："耳朵怎么啦？"庄之蝶说："你一说那故事，我就不行，走也走不成了。掏掏耳朵，注意力在耳朵上一集中才能蔫的。"妇人说："我才不管的，硬死着你去！"一路先跑进村子里去。

待两人寻到刘嫂家，刘嫂正在门道处安着的布机上织布，天也太热，穿着个背心，裤腰四周还夹了许多核桃树叶。哎呀一声，忙不迭下来，只是叫嚷："天神，你们怎么来啦！他大姐怎么也不来乡里散散心的！多日没去城里，直想死我了，刚才就脚心痒痒的；脚心痒见亲人的，我寻思这是谁要来呀，不是我娘我舅的，倒是你们！"庄之蝶说："你只是想我们，可我们走得乏乏的却不让坐，也不让喝口水的。"刘嫂噢噢叫着就拍脑门子，拉进屋坐了，就烧开水，就煮荷包蛋。端上来，妇人不吃，说吃不下的，只喝水；刘嫂让不过，在另一个碗里夹了，端出去锐声叫小儿子吃。庄之蝶却把自个儿碗里的两颗拨在妇人碗里，说："你要吃的，你看这像不像那两件东西，你怎不吃？"妇人低声说："这里可别骚情，人家把你当伟人看的！"刘嫂反身进来，看着他们吃了喝了，又说了许多热煎的话。庄之蝶问："好些日子咋不见了你？没牛奶喝，这身子都瘦了。"刘嫂说："今早我还托去城里卖菜的隔壁吴三，说要走过你家那儿了，就捎个话儿过去，告诉你牛是病了。"庄之蝶说："牛病了？！"刘嫂说："已经许多天不吃不喝的，前三日我还拉着它溜达溜达，昨日卧下就立不起了身。可怜这牛给我家挣了这么长时间的钱，我真害怕它有个一差二错的！让一个牛医看了，人家说看不来得了什么病，或许过几日会好。好什么呢？还是不吃不喝。孩子他爹去前堡子请焦跛子了，焦跛子是名兽医。"庄之蝶就往牛棚去，只见奶牛瘦得成了一副大骨头架子，不禁心里一阵难过。奶牛也认识了来者是谁，耷着耳朵要站起来，动了动，没能站起，眼睛看着庄之蝶和妇人，竟流下一股水来。妇人说："可怜见的，真和人一样伤心落泪！瞧瞧这奶囊，身子瘦了，只显得奶囊大。"三人蹲过去，挥手赶起那蚊子和苍蝇。

说话间，院门环响，两个人就走进来。刘嫂的男人庄之蝶见过一面的，身上背了一个皮箱，后边相跟着是一个跛子，便知道是兽医了。相互寒暄了数句，跛子就蹲在牛身边看了半天，然后翻牛的眼皮，掰牛的嘴，掀了尾巴看牛的屁股，再是贴耳在牛肚子上各处听，末了敲牛背，敲得嘭嘭响，脸上却笑了。刘嫂说："它是有救？"跛子说："这牛买来时多少钱？"刘嫂说："四百五十三元，从终南山里买来的。这牛和咱真有缘分，来了就下奶，脾气又乖，是家里一口人一样的。"跛子又问："卖奶有多长时间啦？"刘嫂说："一年多天气。可怜见的，跟我走街串巷……"跛子说："那我得恭喜你了，不要说这卖了一年的奶已捞回了买牛的钱，这将来上百斤牛肉，一张牛皮，它还要再给你几千元钱的。它是得了肝病，知道吗？人得肝病牛也得肝病，可牛的肝病是牛有了牛黄，牛黄可是值钱的东西！别人想方设法在牛身上培育牛黄，你家这是银子空中来，你愁个什么？"刘嫂说："你这说哪里话，我不稀罕那牛黄不牛黄的，我心那么狠，为了得牛黄就眼睁睁看着它死？它也是我们家一口人的。你就开了药方，让它吃了药好好休息。"跛子说："你这样的人我还是第一遭见的，心好是心好，可我告诉你，要治好我是治不了的，恐怕也没人能治得好。听我的话，明日让人杀了还能剥些肉来，若杀得迟，命救不下来，一身肉也熬干了！"刘嫂就转身去屋里哽哽咽咽哭起来了。刘嫂的男人叫给跛子做饭，她不理，还是哭。男人就有些气躁了，骂道："是你男人死了，你哭得这么伤心？！"骂过了，看看庄之蝶和妇人，倒有些不好意思，说："我这婆娘天地不醒的。你们坐呀，让她过一会儿给咱们做饭吃。"庄之蝶说："刘嫂养这牛时间长了，总是心上过不去的，甭说她，我是吃过牛奶的，听了也好难过。"屋子里就一阵水和盆响，男人说："你在和面吗？那就做些摆汤面。"过了一会儿，刘嫂端着一个盆儿出来了，盆里却是绿豆糊糊汤，放在了牛的嘴边让牛吃。跛子就脸色难看说："我就不多待了，前村还有人叫我去看牛的。你付了出诊费吧，牛是保不住了，我也不向你多要，随便给十元八元的。"男人留他没留下，把钱付了，送跛子出了门。庄之蝶和妇人见刘嫂难过，也就要走，告辞了走到院门口，听见奶牛哞地叫了一声。

出来，庄之蝶直摇头，说："这一个时期不知怎么啦，尽是些灾灾难难的事，把人心搞得一尽儿灰了！"妇人说："你后来还和柳月在一起没？"庄之蝶说："说正经事儿你也要往那上边扯？"妇人说："你们在一搭了当然就灾灾难难的要来了；你要再下去，说不定不是你就是我有个三长两短的！"庄之蝶骂句胡扯淡，心里却咯咯噔噔起来，暗暗计算时间，倒也有些害怕了，就说："我哪里还和她来过，她现在和赵京五恋爱的，那赵京五咋甚事没有？"妇人说："那是时间没到的。"两人上到环城路，庄之蝶要挡一辆出租车来坐，妇人说走着说话好，庄之蝶不知怎么突然间想起阿兰来，问她愿不愿意去精神病院看看阿兰的？阿兰和阿灿的故事，庄之蝶老早给妇人说过，只是隐瞒了与阿灿的私事。这阵提出去看阿兰，妇人倒不高兴，说："你是不是常想阿兰，后悔和阿兰没及时相好？我和你在一起，你也能想到她，真是吃不到的都是香的，香的吃多了就烦了！"庄之蝶说："这条路往东去是可以通往精神病院的，所以我想到她，你就生出这么多醋来；她要不是个疯子，不知你又该怎样啦？"妇人说："我该怎样啦？满足你，去病院。让我也瞧瞧阿兰是怎么个美人儿，只怕你去看她反倒更伤害她的心，她是一个人在栅栏门里，你却是挎一个佳人在栅栏门外。"庄之蝶听她这般说，便也犹豫了，说："这样我就不去了。她是疯子，恐怕也认不得我是谁的。"妇人就说："可是你不愿意呀?!"眼睛眯着，眯眯地笑。庄之蝶掐了一根草去拂她，她跳跃着走到路边一个坎下，说要尿的。一片半人高的蒿草里，人在草里走着，头发在草梢飘着，忽隐忽现，扑朔迷离，情景十分地好。庄之蝶说："往下蹲，路上过车，甭让车上人看见你那屁股了！"妇人说："他看见了个白石头！"就轻轻哼一支曲儿。

妇人还从来没有唱过民歌，唱了几句，庄之蝶就想起柳月曾经唱陕北民歌的那一幕，就说："宛儿还能唱嘛！"妇人说："我什么不会？"庄之蝶说："这是什么歌子？"妇人说："陕南花鼓。"庄之蝶就高兴了，说："你再唱唱，好中听哩！"妇人也就看着尿水冲毁了一窝蚁穴，一边轻声唱道：

> 口唇皮皮想你哩，实实难对人说哩。
>
> 头发梢梢想你哩，红头绳绳难挣哩。
>
> 眼睛仁仁想你哩，看着别人当你哩。
>
> 舌头尖尖想你哩，油盐酱醋难尝哩。

庄之蝶在路边听着，又担心怕过路人也听到了往这边看，前后左右扭着脖子瞭哨。先是一只野兔从路的这边蹿向路的那边，迅疾若一只影子，后又见前边千米左右站了四五个人，忙压声儿说："好了，别唱了。"却见那些人并没走过来的意思，明白那里是个停车站的，就放心地取一支香烟来吸。偏这当儿一辆公共车开了停在那里，车上就下来一个人朝这边走，就忙焦急问妇人好了没有。再看那来人，不觉大吃一惊，竟是阿灿。庄之蝶叫了一声，阿灿是听见了，抬头看了看，迎面的太阳光似乎照得她看不清，手遮了额看一下，猛地呆住，遂转身却往回跑。上车的人已经上了车，车门已关，她就使劲儿敲车门，大声叫喊；车门开了，便一个侧身冲挤上去。庄之蝶刚刚跑到车门下，门呼地关了，阿灿的上衣后襟就夹在车门缝里，车开走了。庄之蝶扬着手叫道："阿灿！阿灿——！你为什么不见我？你为什么不见我？你是住在哪儿的啊——?!"就撵着车跑，跑过来又到了刚才站着的地方，车已经走远了，一扑沓坐在草地上。

妇人在草丛中小解，无数的蚂蚱就往身上蹦，赶也赶不走，妇人就好玩了这些飞虫，捉一只用头发缚了腿，再捉一只再缚了，竟缚住了四只。提着来要给庄之蝶看，就发现了这一幕，当下放了蚂蚱出来，见庄之蝶伤心落泪，也不敢戏言，问："那是阿灿？"庄之蝶点点头。妇人说："今日真是怪事，说阿兰，阿灿就来了！她怎么见了你就跑？"庄之蝶说："她说过不再见我，她真的不见我了。她一定是去病院看了阿兰回来的，就住在附近，看见我又不让我知道她住哪儿，才又上了车的。"妇人说："这阿灿肯定是爱过你的。女人就是这样，爱上谁了要么像扑灯蛾一样没死没活扑上去，被火烧成灰烬也在所不惜；要么就狠了心远离，避而不见。你俩好过，是不是？"庄之蝶没有正面回答，看着妇人却说："宛儿，你真实地说说，我是个坏人吗？"妇人没防着他这么说，倒一时噎住，说："你不是坏人。"庄之蝶说："你骗我，你在骗我！你以为这样说我就相信吗？"他使劲儿地揪草，身周围的草全断了茎。又说："我是傻了，我问你能问出个真话吗？你不会把真话说给我的。"妇人倒憋得脸红起来，说："你真的不是坏人，世上的坏人你还没有见过。你要是坏人了，我更是坏人。我背叛丈夫，遗弃孩子，跟了周敏私奔出来，现在又和你在一起，你要是坏人，也是我让你坏了。"妇人突然激动起来，两眼泪水。庄之蝶则呆住了，他原是说说散去自己内心的苦楚的，妇人却这般说，越发觉得他是害了几个女人，便伸手去拉她，她缩了身子，两个人就都相对着跪在那里哭了。

终于返回唐宛儿家来，周敏没有在，桌子上空空放着那只埙，埙的黑陶罐口里插了一支小野黄菊。庄之蝶瓷呆呆看了一会儿，没有敢动。妇人热水让两人烫脚，叫嚷庄之蝶的脚指甲太长了，说："她也不给你剪剪？"取了剪刀来修。庄之蝶不让，但还是修剪了，帮他穿好鞋，却将自己的一双小脚放在庄之蝶怀里，说："我倒让你给我揉揉，我为你穿了一天的高跟鞋了，好酸疼的！"庄之蝶就揉着，妇人哧哧地笑，乜了眼说："我不行了。"庄之蝶说："不敢的，到下班时间了。"妇人说："他每天回来都是天黑。你今日心绪不好，要松弛只有我哩。你要怎么着你就怎么着，只要你能高兴。"说着把头上挽髻的卡子拔了，乌云般的长发就扑噜噜披散下来。院门外偏有了车子响，妇人立即把散发拢后扎了一个马尾巴状，双脚抽下来去穿皮鞋，口里叫道："谁呀，谁呀？"跑去开院门。庄之蝶将床边的一双丝袜忙收好挂在墙上的铁丝上，也走出来，周敏已经在问候他了："庄老师来啦？我准备吃了饭还要去你那儿。宛儿你做什么好饭了？"妇人说："我去买菜，十字路口碰着庄老师，叫了一起刚进门。庄老师，你吃什么呀，摊鸡蛋饼熬黑米稀饭怎样？"周敏放下车子，说："你就去做吧。庄老师，听说你病了，身子好些了吧？"庄之蝶说："也没什么病，只是龚靖元一死，心里不好过的，睡了几天。"周敏说："这事大家都在议论，说你对龚靖元感情那么深的！"庄之蝶说："是这么说的？"周敏说："可不就这么说！一样都是名人，你是那样一个形象，人人尊敬，龚靖元却是那样的。"庄之蝶说："不说这个了。你说要去我那儿，是又得了什么风声？这么长时间法院那边没有再开庭，又没个动静，处理个案子这般长久的，哪年哪月才是个头，是鬼都拖得不耐烦了。可白玉珠却跑得勤，不时来找我办个这样，办个那样。"周敏说："我何尝不是三天去见一下司马恭的，大件的东西倒没送，去一次也得二三十元的水礼！今日下午我又去了，他总算佛口开了，说不需要再开庭了，事情已经搞明白了，咱们送去的那些作家、教授的论证很及时也很重要，他们审判庭的意见要结案哩！"庄之蝶忙问："透没透如何个结法？"周敏说："他说了个大概意思，是文章有失误之处，但不属于侵害名誉权，又鉴于原单位已经给了作者处理，建议法庭召集双方经过最后调解，达成谅解消除误会，重归于好。这么说，这官司就是咱们胜了！但司马恭说，景雪荫得知他们这个意思后，反复寻院长，也寻到市政法委书记，院长就要求重写结案报告。司马恭还算哥儿们，也生了气，依旧上报原来的结论。院长说，那就上审议委员会吧。现在的问题是全院委员会六个人，有三个委员倾向咱，院长和另外两个委员倾向景雪荫。虽说一半对一半，可院长在那边，若院长首先表态，这边的委员话就不好说，或许变了态度。即使不变态度，有一个人弃权不发言，那就是三比二了。"周敏说过了，见庄之蝶仰在沙发上双目闭着，就停下话，说："庄老师你听清了吗？"庄之蝶说："你说你的。"周敏说："情况就这些。"庄之蝶眼睛还是闭着，问："那你的意见？"周敏说："这是到关键关键的时刻了。委员会是十天后召开，因为院长去北京开一个会，十天后回来的。我想，在这十天里，你是不是找市长谈谈，让他给政法委书记和院长做些工作？"庄之蝶说："这话我怎么给市长说？市长不是像你孟老师那样的朋友，啥话都可以直接来。以前倒是求他办过事，但都不是原则性的，他才去给有关部门暗示暗示。这事让市长怎么去说？人家是领导，要考虑的是在不损害他的地位、威信的情况下才能办事啊，周敏！"周敏泄了气，说："那……"庄之蝶要说什么，却没有再说，两人就都不言语了。妇人听屋里没了声，进来看时，知道话不投机，忙先把煎好的三张软饼拿来让吃。庄之蝶吃了一张，推说吃好了要走，周敏再留也没留下，就说："那你慢走。"还一直送到巷子头。

　　庄之蝶还没有到家，周敏就去巷口公用电话亭给牛月清拨了电话，说了他和庄老师的谈话，还是让师母多劝劝老师。庄之蝶一进门，牛月清就问起官司的事，力主去找市长，说抹下脸皮也得去找的，官司打到这一步，要赢的事却要输，这口气就更难咽了。庄之蝶发了脾气，骂周敏心太奸，已经把什么道理都给他讲了，自己还没到家，电话就来了。牛月清又正说反说，庄之蝶勉强同意去找，倒又骂自己无能，就这么被人裹着往前走哩！

　　第二日庄之蝶去找市长，市长不在，回来一脸的高兴。牛月清说："人没找着，你倒高兴？瞌睡总得从眼皮过！"庄之蝶说："你别这么逼我！"牛月清说："我知道求人难堪，但只有八九天时间了，你再找不着人怎么办？"庄之蝶说："那我明日再去吧。我是作家！我还是什么作家，我也不要这张脸了！明日我就在他家死等！可我把话说清，为了找市长，有的事我要怎么办，你却不要阻止的！"二次去了，便没有去市长家，径直找了黄德复，只打问市长儿子的情况。市长的儿子叫大正，患过小儿麻痹症，一条腿萎缩了，虽然勉强能走，但身子摇晃如醉汉，现三十岁了，在残疾人基金会工作，一直未能婚娶。黄德复说："病情倒没什么发展，只是婚姻之事仍让市长夫妇操心，找了几个女的，大正却看不中，他是想要个漂亮的，可漂亮的女孩子谁又肯嫁给他呢？所以脾气越来越古怪，动不动在家里发火，市长奈他也不得。"庄之蝶说："世上真是没十全十美的事。儿子的婚姻不解决，甭说市长，逢着谁也是过得不安。以先反对市长的人就背地里嘲笑过市长后人残废，若连个媳妇也找不下，不知又该怎样臊市长的体面了！我倒一直留心这事，终算物色到了一个，年龄可以，高中毕业生，人也精明能干，尤其是模样好，大正不用问，绝对会看中的，只是不知市长和夫人意见如何呢？"黄德复说："是有这么好个姑娘吗？只要大正看中，市长他们绝没不同意的。夫人已托我几次了，可我总碰不着合适的。你快说，这姑娘在哪儿？叫什么名字？在何处上班？"庄之蝶说："说出来，你恐怕也见过。我老婆说她一次在街上碰见了你，那次和我老婆相厮的那个姑娘你还有印象吗？"黄德复说："是不是双眼皮儿，右边眉里有颗痣，长腿，穿一双高跟白皮凉鞋，一笑右边有颗小虎牙？"庄之蝶听了，心里倒暗暗吃惊，便说："她就是我家的保姆叫柳月的。柳月什么都好，只是现在还不是西京户口。"黄德复说："哎呀，那是多标致的人才，打了灯笼也难寻的！女人就是这样，天生了丽质就是最大的财富，农村户口算什么，解决城市户口，寻个工作，还不容易吗？"当下就同庄之蝶一块儿去科委办公楼上见了市长夫人。夫人听了，热情得直握了庄之蝶的手说："这我先谢你的操心了！为了这孩子的事，我今年头发都白了许多。你给人家姑娘谈过了吗，我倒担心人家姑娘看不上大正的。以前就是这样，大正看上的，人家看不上；人家看上的，大正又看不上。你要对姑娘说时，一定不要隐瞒，大正是什么就说什么。"庄之蝶听了，心里倒没底起来，却立即说："我给她转弯抹角提说过，她只是脸红，没有说行，也没有说不行，看样子问题倒不大的。柳月模样好，心也善良，但有头脑，又不是小鼻小眼角色，几时方便，让他们见见面得了。"夫人说："还挑什么方便日子？晚上你要没事，领了她就到这儿；或者你忙，就让她自个儿来。各自他们心里明白。见面大人也就不用直说，打开窗子说亮话，让他们说去。能成就好，不能也交个朋友嘛。但不管怎样，我却要谢你的！"庄之蝶也便应承了晚上见面。

330　　回到家里，牛月清和柳月正说话儿，问见到市长没？庄之蝶说："要坐牢我去坐牢，饭也不让你送的，你恐慌什么呀？！"就让柳月到他书房来。柳月笑着说："大姐不给送饭，我去送饭。"一进书房，庄之蝶竟把门关了。柳月忙摆手，悄悄说："你好大胆，她在哩！"庄之蝶说："我要给你说个事的。你啊时见的赵京五？你给我说实话！"柳月脸通红，说："好多天没见的。赵京五给你说什么了？"庄之蝶没回答，又问："你和赵京五那个了？"柳月说："你要问这个，我就出去呀！"庄之蝶正经了脸面说道："我的意思是你真对赵京五有感情了？"柳月说："你今日在外是喝了酒了！赵京五是你做的媒，我对他有没有感情，你难道还要再给我做个媒的？"庄之蝶说："就是。"柳月倒愣了。庄之蝶说："我考虑了，赵京五是不错，但在社会上走得多，见识广，人也机巧能变，尤其长得英俊的男人后边排的女孩子多，我只担心将来待你不好，这就把你害了。我虽不是你父母或者亲戚，但你在我家当保姆，我就得有一份责任。我如今碰着一个人，论长相是比赵京五差些，但社会地位、经济条件绝对十个赵京五也比不得的，且立即就可以解决城市户口，寻下一份工作。说白吧，就是市长的儿子！"柳月眼睛立即亮了，说："市长的儿子？"但又摇了头，说："你在哄我的。"庄之蝶说："我怎么哄你，这么大的事哄你？"柳月说："你要不哄我，市长的儿子怎么能娶了我？今辈子能在你家当保姆，能和你那么一场，我这已经是烧了高香了，好事情还能让我一人都占了？！"庄之蝶说："奇迹就在这里。你人聪明，漂亮，这就是你最大的价值。我给你实说了，就是长相上差一点，这你得考虑好。如果同意，赵京五那边你不要管，我会给他说的。"柳月说："怎么个差法？"庄之蝶说："腿有些毛病，小时候患过小儿麻痹，但绝不是瘫子，也用不着拄拐杖儿，人脑子够数。一心想嫁他的人特多，但市长夫人全没看中。她见过你的，十分喜欢你。"柳月说："这就是了，原来是个残疾，你是来我这儿推销废品的！"庄之蝶说："你是聪明人，我也不多说，你坐在这儿拿主意，我可要看书呀。一会儿你回答我。"就去取了一本书，坐在那里看起来。柳月长长地出口气，闭了眼睛靠在沙发上。庄之蝶斜目看去，那一双睫毛扑闪下来的眼里溢出了两颗亮晶晶的泪水，他心里终有些发酸了，合上书站起来，说："好了，柳月，权当我没说这些话，你去和你大姐说说别的去吧。"柳月却一下子扑过来，坐在他的怀里，泪眼婆娑地说："你说，这行吗？"庄之蝶为她擦眼泪，说："柳月，这要你拿主意的。"柳月又问一句："我要你说，你说。"庄之蝶抬起头来，看着书架，终于点了点头。柳月说："那好吧。"从怀里溜下来，站在那儿说："我相信我的命运会好的。我有这个感觉，真的，我一到这个城里，我就有这种感觉。你就给人家说，柳月同意的。"庄之蝶开了门出去，牛月清说："鬼鬼祟祟地说什么？"庄之蝶说："说什么，你知道吗？出了大事啦！"吓得牛月清问："什么大事？"庄之蝶低声说："希特勒死了！"自己先笑了。气得牛月清："贫嘴，这就是你几个月来对我第一个笑脸吗？"庄之蝶立即不笑了，说："我有个事要给你谈谈。"柳月正走出来，听了，扭身却到她的卧室去，把门也插了。庄之蝶说："我介绍柳月和市长的儿子订婚，你有什么看法？"牛月清叫道："你是倒卖人口的贩子？你把她许给了赵京五，又要许市长的儿子？！"庄之蝶说："我有言在先，为了找市长，我干什么你就别横加干涉！"牛月清声软下来，说："你现在心狠了，把柳月嫁给市长的儿子，官司或许能赢了；但你想没想，赵京五那边怎么交代？洪江咱不敢信了，现在就凭这个赵京五的。"庄之蝶说："没瞅下个出水处怎么就敢入水？"说罢就钻到房里睡去了。

牛月清在客厅里坐了半晌，掂量来掂量去，觉得庄之蝶怎么就能想到这一步？他原本优柔寡断之人，如今处事却干练了，心中不免有些忐忑不安。可这事是自己催督他去找市长时干出来的，也不能再说他什么，于是又尽量想好处：表面上好像是为了巴结市长，亏待了忠心耿耿的赵京五；但是亏待了一人，却要保住更多人的利益的。牛月清就叫出柳月来问："柳月，你是要嫁给那个大正？"柳月说："嫁就嫁吧。他是个残疾人，可我想这也是我的命，即使和赵京五结婚，也可能赵京五要出什么事故，不是缺腿就要少胳膊的。"牛月清听了，便觉得柳月比自己想得还开通，也高兴了，说："瞧你把话说到哪儿去了！大正我是见过的，也不是你想象的那么严重。可话说回来，大正就是没了胳膊和腿，比起有十条腿十个胳膊的人还强十倍的！你将来到那边去了，住的也不是现在住的，吃的也不是现在吃的，千人眼热，万人羡慕的，但别也从此就忘了我们。"柳月说："那可不的，我当然就认不得你了，我让公安局的人来抓了你们，或者赶出城去，因为我不能让你们总感到我曾是你家的小保姆！"说完就哈哈大笑。牛月清见她笑，也笑了。

到了晚上，柳月对着镜子化妆，牛月清帮她抹腮红，庄之蝶在一旁看着，总嫌眉骨那儿搽得红少，又反复了几次。换衣服时，柳月鲜衣不多，牛月清的又都显得太素，庄之蝶就骑了"木兰"去找唐宛儿。唐宛儿和周敏听是把柳月要嫁与市长的儿子，各是各的喜欢。唐宛儿拿了几身衣服，坐了摩托车和庄之蝶过来，路上却说："柳月命倒好哩，一下子要做人上人了。今日穿我的衣服，赶明日人家不知穿什么绫罗绸缎，丢了垃圾筒里的咱去捡也争不到手的。看来，你到底离她心近，只想着她的出路，我是死是活，可怜见儿的有谁管呢？"说着带了哭腔。庄之蝶说："我让你嫁给那个残疾你去不去？你不要看着别人的米汤碗里清一张皮儿就嫉妒饭稠！你是要样样都占住的人，要有情，要有钱，要能玩又要人长得好，更要人……"妇人说："更要人什么？"庄之蝶说："你知道。赶明日我要发现比我强的人了，我一定让你们好，我一口气儿也不叹的！"妇人就拿双拳在他背上擂着说："我谁也不要，我就要你，我只要你快些娶我！"

柳月在浴室的镜前盘发髻，她只穿了裤衩和胸罩，浴室门大开着。庄之蝶和唐宛儿一进大门，柳月呀呀地乱叫忙把浴室门掩了。唐宛儿带了一沓衣服进了浴室，说："你让他看他也是不敢看的，他想要市长剜了他的双眼吗？"两人就在里边嘻嘻哈哈。一会儿出来，唐宛儿说："师母你们快来瞧瞧，我这衣服怕不是给我做的，压根儿就是为柳月的，一样的衣服她穿了就高贵了，那大公子见了，不知喜得怎么个手舞足蹈的！"柳月脸上却不自然起来，牛月清忙拿眼瞪唐宛儿，唐宛儿背过身去窃笑。牛月清说："赶明日嫁过去，柳月的照片要上杂志封面的。校有校花，院有院花，西京城里要选城花，除了柳月还有谁？"柳月说："要说城花，是人家宛儿姐，人家当年在潼关就是县花！"唐宛儿说："我呀，走个后门是兴许还可以。"庄之蝶连使眼儿，便对柳月交代怎么着去，去了如何观察对方。若是看中，过几日选个日子双方吃顿饭就算订婚。至于结婚的事儿，就由你和大正自个儿去定。当下和柳月要走，唐宛儿也要回去，相厮了就一块儿出门。牛月清在门口了，仍给柳月叮咛要不卑不亢，大大方方，说："权当我们是你的娘家，成与不成，不能让那大正小瞧了咱！"庄之蝶说："好了，好了，这些柳月倒比你强的！"

出了大院，唐宛儿却一定也要送柳月，三人到了市府门外，庄之蝶说两个小时后他仍在这里接她，柳月挥挥手就进去了。庄之蝶对唐宛儿说："柳月去谈恋爱了，咱也谈去。你去过含元门外那片树林子？那里边天一黑尽是一对一对的。年轻时倒没享受过在野外恋爱的滋味，现在过了年龄了，却不妨去补补课。"唐宛儿说："太好了！没想到你还有这份心思，你比年轻人还年轻了，你知道这是谁给你的？"

含元门外的树林子很大，果然里边尽是一对一对少男少女，他们相距都不远，但互不干涉，各行其乐，交头接耳，拥偎嬉闹。庄之蝶和妇人往里走，先总是不自在，寻不着个僻背处，凡经过那些男女面前，兀自先把头低了。妇人说："你往哪儿走呀，咱年龄过了，真的这地方就没有咱的份儿了？"双手就勾了庄之蝶的脖子，趁势拉坐在一棵丁香树下的石头上。庄之蝶说："这丁香好香的。"眼睛仍在左右逡视，妇人扳了他的头，要他看她，两人就搂抱起来。一时坠入境界，庄之蝶倒把妇人端坐了怀里，将那一双高跟皮鞋脱下挂在了丁香树枝上，摆弄得她如猫儿狗儿一般。妇人说："别人看哩！"庄之蝶说："我不管的。"妇人说："这阵胆就大了？"庄之蝶说："我这才理解树林子里人最多，又都最放肆，原来林子这么好，夜色这么好，这么好的时光谈情说爱，人就成聋子瞎子了！"妇人说："你说，柳月这阵和那残疾干啥哩？"庄之蝶说："你说呢？"妇人说："怕是也那个了！那残疾患的是小儿麻痹，那个地方是不是也麻痹？那才好哩，让她嫁过去白日吃人参燕窝，晚上哭个泪蜡烛！"庄之蝶说："不敢咒人，柳月待你也不错哩。"妇人说："说说你就心疼了？我早说过她是白虎星。怎么着，赵京五来灾了吧？市长的公子命里要娶柳月，所以早早就麻痹了。"庄之蝶还是不让她说这个，妇人就生气了，说："你是处处护了她的，我明白你的心思，你是瞧她长得好，自己不可能一夫多妻的，又不想让别人占了她，偏要给个残疾人，给了人家了心里又难过是不是？"庄之蝶被她抢白，心里毛乱，不让她说。越不让说，这妇人越是要说。庄之蝶一丢，将她跌在了草地上。妇人说："好了好了，我不说了。"却又说："我那衣服我平日都舍不得穿的，今日倒让她穿了，你是等她走了，以后我穿了那衣服，你就要把我当了她了。"庄之蝶说："你说这些，又是要我给你添置新衣服了？她穿着合适你就送她，我给你重买就是了。"妇人说："我才不给了她的。那件套裙还是你给我买的，我怎舍得送她？昨日我去北大街商场，那里有一件皮大衣，样子好帅的，冬天里你得给我买的。"庄之蝶说："那不容易吗，只要你穿着好。赵京五去广州推销一批字画去了，走时我已让他给你买一条纯金项链的。我想他一定也会给柳月买了时装，等回来柳月不与他好了，他买的衣服没了用场，我就买过来都给了你。周敏有什么发觉吗？"妇人说："他只觉得你对我好，但他没多说什么，他有什么证据？我害怕时间长了他会看出来的，你不知道我一夜一夜梦里都是你，担心在梦里叫出你的名字来，你不能最后闪了我啊。"庄之蝶说："我闪不了你的，但你也要体谅我的难处……无论如何，你要等着我的。"妇人说："我怎么又说这话了，让你又生气了吗？"庄之蝶摇了摇头，说："在家里你得克制点自己的情绪，别让周敏看出破绽。"妇人说："看出来也好，早看出来我早和他结束！"庄之蝶说："这可不敢！"妇人说："这有什么不敢的？"庄之蝶说："我心里很乱很苦的，宛儿，自认识了你，我就想着要与你结婚，但事情实在不是那么容易，我不是年轻人，不是一般人……我之所以一直劝你先不要和周敏分手，就是因为我不是一时三刻就能离了婚的，你得给我时间，得让我战胜环境，也得战胜我自己，而你有周敏也可让他照看你的生活，可我心里又是多么难受，你我本来应该在一块儿的，都不得不寄存在别人那里。"妇人说："我更是这样呀，我是女人，他要和我干那事，十次是拒绝了九次，那一次还总得服从他吧？我像木头人，没有欲望，没有热情，只央求他快些。这苦楚你是体会不到的。咱们奋斗吧，奋斗到那一天吧！若不能生活在一起，你我的心身就永没个安静的时候了。"庄之蝶紧抱了妇人，两人再没有说话，浑身颤抖着，使得那丁香树也哗哗哗地摇着响，惹得不远的一对男女往这边看。两人分开了，说："回去吧。"站起来往回走，一时倒后悔今晚不该到这里来。妇人说："咱快活些吧。"庄之蝶说："快活些。"说完了，却还是寻不着快活的话题。走回到市府门口，已经是两个半小时了，柳月却并没有在那里等候。妇人说："是不是她出来早，瞧着没见咱们，自己先回了？"庄之蝶说："再等一会儿。"等了又一个小时，柳月还是没有出现，两人都站困了，到马路对面的一家商店门前台阶上坐了，一眼一眼盯着远处的市府大门。约摸又过了半小时，大门口的灯光处，柳月往出走来。庄之蝶要喊，妇人说："不要喊，让我瞧瞧她的走路样子，我就会看出谈成了还是没谈成的。"柳月走到门口却站住了，因为身后有一辆小车开来；车也停下了，司机走下来绕过车的这边拉开了车门，柳月便钻了进去，车随之嘟的一声开出来顺大街驶远了。妇人破口大骂："她这才在谈着恋爱，她就真的拿了市长儿媳妇的派头了？说好的你在这儿等着，她竟看也不看就坐小车走了？！"庄之蝶没有言传。两人那么站了一会儿，庄之蝶说："我送你回去。"送妇人到了家门口，独自再往文联大院走去。

　　庄之蝶把柳月坐车而回的事说知牛月清，牛月清很有些生气，但也未指责柳月。三日后，在阿房宫酒店里吃了订婚宴席，市长夫人按老规矩送给了柳月一大堆礼品：一条项链，一盒进口化妆品，一袭睡衣，一双高跟红皮鞋，一双高跟白皮鞋，一双软底旅游鞋，一个小电吹风机，一领皮大衣，一套秋裙，三件衬衣，一身西装。柳月从没有过这么多好东西，要把那双高跟红皮鞋送牛月清，牛月清不要，也便买了一双丝光袜子让做大姐的收下，自个儿每日浓妆艳抹，焕然一新，动不动就钻进房间照镜子，冲着镜子作各种笑。人一尽儿换了行头，思维感觉也变了，买菜大手大脚，买得多回来吃不了，一坏就又倒了。家里来了人，也不管来人是什么身份什么地位，沏了茶，就穿了那黑色绣花睡袍坐在厅里，时不时也插话，一边批点评说，一边吃苹果，嘴翘翘着，刀子切一块儿，扎了深送口里。牛月清就有些看不惯，说："柳月，你嘴疼呀？"柳月说："我怕把口红吃没了。"牛月清长出一口气，让她去厨房烧开水；她一进去，牛月清就把厨房门拉闭了。柳月知道夫人不让她和客人说话，从厨房出来脸吊了老长，故意从客人面前嘟嘟囔囔地发牢骚着走去卧室。牛月清耐了性子，直到家里没有人了，就问说："柳月，是你那日晚上独个坐了车回来，让你庄老师空坐在马路上等吗？"柳月一边用电吹风机吹理头发，一边说："市长有专车，大正让司机非送我不行，我就坐上了。我要是不坐，人家倒笑话我，也给你们丢人的。"牛月清说："那你出了大门，也得给你庄老师打个招呼呀。他辛辛苦苦送了你去，你在那边吃水果呀，喝咖啡呀，你庄老师就一直等在马路上，吃什么了？喝什么了？等你到半夜，你坐了小车屁股一冒烟就走？！"柳月说："这是庄老师给你诉的苦？我出来哪里就见他了，他还这么给你翻非！那么长时间他能在马路上等我？鬼知道他们干啥去了？！"牛月清说："他们？他总不会把你孟老师也叫了去马路上吃酒闲聊？"柳月瞧她总是不信，就更气了，说："还有谁？唐宛儿她出了咱院门并没回去，厮跟了一块儿去的。我进了市府大门，他们就在马路上，还需要什么吃喝吗？"牛月清说："柳月你说话不要图舌头快，你庄老师朋友多，男男女女的多了，你现在虽然气壮了，说这样的话，你庄老师听了会痛心的。再说宛儿待你不薄，那晚上不是拿了那么多衣服让你挑选了穿……"柳月就笑道："大姐是弥勒佛，大肚能容难容之事，你要不信就权当我没说。反正大姐对我有意见，我想我也在这里不会待得多久了。"牛月清听了，心里就琢磨柳月的话来。回想以前夫妻虽三天两头吵闹一次，吵闹过了也就没事了，白日还是一个锅吃饭，夜里还是一个枕上睡觉，房事也五天六天了来一次的。自从认识了唐宛儿，这情况真是慢慢变了，吵闹好像比以前是少，近来甚至连吵闹也不吵闹了，一月二十天的两人却不到一块儿的。牛月清这么想着，又思谋会不会是柳月胡说的。庄之蝶在家懒得说话，爱往外跑，恐怕也是灾灾难难的事情多，惹得他没个心绪罢了？就说："柳月，我是不起事的人，你能到我家做保姆，也是前世缘分。我哪一处没有把你当妹妹看待，我怎么就嫌弃你了，我盼不得你永远就待在这里。可这是不可能的事，不久你就是市长家里的人了，这也是我和你庄老师想方设法为你做的好事。我们不指望你来报答，但你人还没走，也要沉住得气，否则让人看着，我们不说，外人就会议论的。"柳月说："大姐话说到这里，我也就说了，我这是哪里沉不住气了？如果我不是保姆，是城里一般家庭的姑娘，你是不是也这样着说话？我现在只是穿得好了些，化了些妆，这与城里任何姑娘有什么不一样的呢？你眼里老觉得我是乡下来的，是个保姆，我和一般城里姑娘平等了，就看不过眼去！我当然感激你们，愿意一辈子待在你们家，我去跟那个残疾人，坐下了孙猴啃梨，睡下了两腿不齐，立起了金鸡独立，走路了老牛绊蹄，我是攀了高枝儿上了吗？！我只是要过的让人不要看我是乡下来的保姆的生活！"柳月说罢，倒委屈起来，到她卧室里抹眼泪水儿。

原本是牛月清要教训柳月的，柳月却把牛月清数说了一堆不是。她脸上一阵红一阵白的，还想辩白，却扑索扑索心口，不再说了什么。第二日吃饭，庄之蝶草草吃了两碗就又进书房去，牛月清想起柳月说他和唐宛儿在马路上的事，肚里立时觉得饱了，筷子在碗里拨过来搅过去，就是不想扒到嘴

337

里去。她说："吃完饭，你也不坐在一块儿说说话的？"庄之蝶说："饭前饭后，我情绪是最躁的时候，你们最好不要打搅我。"牛月清说："咱这个家也只是饭前饭后有个说话的空儿，你要不是我的男人，我当然不会求你说一个字的！"庄之蝶听她的口气带着气儿，就不走了，说："这话是对，我的老婆让街上过路人缠着说话，我还骂他是臭流氓的！那说吧，今日天气晴朗，风向偏西，最高温度三十四度，最低温度……"一甩手还是到书房去了。牛月清闭了嘴，鼻子里长长地出气，一推碗筷偏跟进来，就坐在他的对面，突兀兀地说："你实话实说，你和唐宛儿好？！"庄之蝶冷不防经她一说，当下愣住，遂喷了一口烟去，盯着夫人说："好！"牛月清本是心里疑疑惑惑庄之蝶与唐宛儿的事，又尽量往好处去想，希望她问了他，他就一口否认，甚至发誓起咒，暴跳如雷，她也就全然消释那团疑雾了。可庄之蝶偏偏平静如水，正经八百地说了"好"！牛月清就受不了！脸顿时铁青，说道："算你老实。你说你们好到什么份儿上？那天送柳月去见大正，你能一个人一直坐在马路边上吗？！黑漆半夜地回来那么晚，还说柳月坐了车不叫你！你和唐宛儿到底到哪儿去了？干啥去了？嗯？！"庄之蝶见她这般说，知道事情终于要发生了，他刚才平平静静说了"好"字，有心要看看她的态度，现在却后悔起来了！就叫道："柳月，柳月，你怎么给你大姐说的，你让她寻我的事？！"牛月清说："你不要叫柳月，什么事我都知道，我只要你说！"庄之蝶说："干啥去了，唐宛儿和我把柳月送到市府门口，她就回去了。你说我们干啥去了？"牛月清一时倒没了话。庄之蝶说："你要不知道，我给你说，我们去马路上当着来来往往的行人睡觉了！和她又去了她家，当着周敏的面睡觉了！"牛月清说："声说得那么高是吵架吗？"庄之蝶声更高了，说："你就是来吵架嘛！你让柳月来说嘛！"牛月清说："你能行的，那我就相信你的话是了。可我得告诉你，为你的生活、身体、事业、前途，我是啥苦啥累都能吃得受得，但我不能容忍你在外边胡搞！你和景雪荫当年感情友好，我从没说过你吧，要不她这次翻脸不认了你，要诋毁你，我也是不管的，因为以前的景雪荫毕竟还是正经人，你和她往来，对你的事业也有益处，我不是那种吃醋的人吧？可现在社会风气坏了，到处都是贪图钱财、地位、权势和只管自己享乐的坏女人，我就不允许你让她们勾引了！"说毕开门出去，又坐在客厅吃饭。

338

事情以为已经过去，没想牛月清去上班了，静坐在办公室里脑子里还是摆脱不了柳月说的那句话："你是弥勒佛，大肚能容难容之事。"就品出这话里毕竟还有话。联想平日里唐宛儿来她家，莫不乔装打扮，一双桃花眼水汪汪地万般多情，那是最能勾动男人心魂的。庄之蝶虽然老实胆怯，但写作之人生性敏感，内心细腻丰富，他不会不有许多想法。若唐宛儿不主动惹他，他或许只是有份贼心没份贼胆的，但唐宛儿却不是安分雌儿，能从潼关和周敏私奔出来，哪里又保得了不给庄之蝶骚情？若她有丁点表示，男人的贼心就生了贼胆，要做出见不得人的事体来！牛月清于是搜寻着往日的记忆，想那日能当着我的面为庄之蝶掖被角，这不是一般客人所能做到的，没有亲近的关系，那动作即使要做起来也没那么自然的。还有那次两人怎么就去了清虚庵旁边的楼上，被她撞见了，唐宛儿脸色那般难看，说是为找人寻临时工作的，怎么从未听说过她还要找事干，后来也再不提说？心下狐疑了，便给杂志社拨了电话找周敏。周敏接了，牛月清问柳月去相见大正的那个晚上，唐宛儿回来没事吧？周敏说那夜唐宛儿回来快十二点了，我还以为师母要留了她住在了你们家的。牛月清说："是十二点吗？"周敏说："是十二点。师母你问这，有什么事吗？"牛月清忙说："没事的，我担心天黑了没人送她，这多日不见，还以为出什么事了！"

周敏放下电话，心里也觉得奇怪：牛月清就为这事打电话给他吗？她这么强调唐宛儿那夜回来的时间，是唐宛儿没有送柳月？可唐宛儿夜里回来说她和庄老师一块儿去陪柳月的呀！那么师母这么问又是什么意思？忧心忡忡回来，见唐宛儿正趴在床上往一份挂历上数什么。探身看了，那几张挂历下的日期，有的被红笔画了圆圈，有的被画了三角，有的旁边还批有叹号。说："你在做什么记号？"原来妇人每次与庄之蝶相会，回来都要在日历上有所记载，没事时就数着，一边计算着次数，一边作所有细节的回味。猛地被周敏问起，吓得一个哆嗦，胳膊上也顿时生一层鸡皮疙瘩来，将挂历在墙上挂好了，说："做什么记号？我计算咱家一斤菜油吃了几天，哪天买了肉，一月能买几次的。你这么不声不吭地溜进来，我还以为是坏人的！"周敏见她说得头头是道，也没往心上去，就说："真要是个坏人突然进来，你会怎么的？"妇人说："你说会怎么的，我就和他睡觉啊！你今日怎么啦，阴阳怪气的，好像我在家养汉偷汉了？！"训得周敏倒理屈起来，忙笑笑，一场事才了了。

而牛月清回去，这一夜却和庄之蝶吵闹开来，说庄之蝶一定是和唐宛儿相好了，好得不是熟人朋友了，要不为什么骗她说唐宛儿早早回去的？庄之蝶再三劝解，牛月清只是不行，立逼着要他交代与唐宛儿怎么好起来的，好到了什么个程度，亲嘴了还是做爱了？在哪儿做的爱？怎样做的爱？庄之蝶到了这一步，只是闭口不吭。越是不吭气儿，牛月清越气，庄之蝶恼得从客厅坐到书房，她撵到书房；庄之蝶又从书房去卧室，她又跟到卧室。庄之蝶合着衣服蒙了毛巾被睡去，牛月清也睡下去，还是在追问。然后就喋喋不休地数说她在这个家里的辛苦；说结婚以来，庄之蝶太亏了她了，逢年过节，星期天假日没陪过她去上街，没陪过她看一场电影，买煤买面没动手过，做饭洗衣没动手过，她照看了他的吃的穿的，还得照看应酬家里来往客人，她是把单位的工作不当了一回事，是把自己的亲娘冷落在一边，只说一切来适应自己的男人了，可男人却心在别人身上！她说："你还是用不吭声来应付我吗？你以为这么不吭声就过去了？以前你这么待我，我饶过了你一次又一次，这次可不行了！你得说出个一二三来，你说呀！你得给我说个明白！"但庄之蝶却窝在毛巾被里睡着了，且轻轻地发出鼾声。牛月清一下子扯了毛巾被，抓了庄之蝶的衣领使劲儿摇，骂道："你瞌睡了？你竟然瞌睡了？你就这么不把我当人，我给你当的是什么老婆，是猫儿狗儿你也不会不理不睬就瞌睡了？！"庄之蝶忽地坐起来用力一抖，甩开了牛月清，下了床又去了书房。牛月清就呜呜地哭起来了。柳月在那边屋里听了，知道事情全是为自己惹起，却也有心想看看河畔里涨水，但听得牛月清放声哭开来，心里也有了紧张，就过来劝解。柳月一劝解，牛月清知道柳月是听见了他们吵架的内容，又觉得在柳月面前丢了脸面，便全不顾了，扑下床又到书房里，一把夺了庄之蝶正看着的一本画册扔到了地上。庄之蝶说："柳月你瞧瞧，她多贤惠，能摔了东西了！"柳月偏说："庄老师，你把桌上的笔拿过，你就凭那支笔吃饭哩，大姐在气头上，小心把笔让她摔坏了！"牛月清听了，竟然去抓了笔狠狠砸在门上，说："我就这么贤惠能摔东西了，我摔了让你看看我的贤惠！"又开始骂柳月："柳月，你给我到你房子去，有你搅和什么？！"柳月说："我搅和什么了？我没搅和的，你真有气了，你骂骂我么，我是保姆，我不怪你的。"更气得牛月清回到卧室放声大哭。

一夜不安生过去，三人起来眼睛都肿肿的。柳月做好了饭，端了给两人吃，庄之蝶呼呼噜噜吃了，牛月清不吃。庄之蝶说："吃吧，吃饱了和我置气才有劲儿的。"柳月说："庄老师，该你说话的时候你不说，不该说话的你却这么多的灵醒话！"庄之蝶说："都是你柳月作怪，是你给你大姐说我和唐宛儿怎么啦？"眼睛一睐。柳月就说："你们能怎么啦？！我说你和唐宛儿在市府门口等我的，那又有什么！你就说说你们在等我时说些什么呀不就得了？！"庄之蝶说："随便说的话我能记得？以后有经验了，得出门买个录音机带在身上。"牛月清一句一句听，却仍不言语。庄之蝶说："吃吧，吃了饭你和柳月到市长家去，正事还是要办的。你就给市长夫人提说官司的事，再让市长去找找政法委书记和院长，这事紧前不紧后的，就是市长去说这个情，那也得三两天的。没日子了，不敢耽搁了！"牛月清终于开了口，说："让我去给市长夫人说，这阵又需要上我了？"庄之蝶说："女人家对女人家好说话嘛。"牛月清说："我不说！你爱景雪荫么，你爱女人么，你还怕她告状？桃色官司，多中听的名字！你不是也常说，宁在花下死，做鬼也风流吗？法院判你杀了头，那才多风流，我去说什么？自己的男人和别的女人艳事露了马脚，我倒去灭绝风声，我这女人就这么不值钱，不识体面？"庄之蝶见她再这么说，又是一声不吭了，待她气喘咻咻起来，问："说完了没有？"牛月清说："你有理由你说么！"庄之蝶说："你不去找市长说话，我也不去！你说我和唐宛儿好，我就是和唐宛儿好，好到啥程度，你愿意怎么去想象你只管去想象；你也再给周敏打个电话，也可和周敏一块儿去调查！"说完，就走出了门。走出门了，又反身回来，拿了桌上那包香烟。

于是，牛月清上午没有去上班，趴在屋里哭得伤心悲恸，脚手都是发凉。柳月先是去劝，落得一片训斥，索性坐到书房呆呆地隔窗去看窗外马路上的行人车辆。而拉着铁轱辘架子车的老头却一个多小时地在马路边上吆喝："破烂——破烂喽——承包破烂——喽！"吆喝得心烦。隔壁单元的人就火爆爆地开了后窗叫道："收破烂的！收破烂的！"老头仰起头来，说："在这儿，有破烂吗？"那人说："我操你妈的！"老头不恼，拉了架子车一边走一边却又念唱了一段谣儿：

　　一等作家政界靠，跟上官员做幕僚。二等作家跳了槽，帮着企业编广告。三等作家入黑道，翻印淫书换钞票。四等作家写文稿，饿着肚子耍清高。五等作家你潦倒了，×擦沟子自己去把自己×。

　　下午里，牛月清和柳月仍是去了市长家。市长忙着哩，要开会。市长夫人和大正热情接待她们，就提出了结婚的事，说一个月后的今日，柳月到这里将不再是客人；而你家夫人再来时，柳月却要做招待大媒人的主人了。牛月清听了，脸上自然是一团笑。市长夫人又说，柳月的父母不在城里，你们对柳月那么好，就是柳月的娘家人，到结婚那日，娘家人按风俗要陪嫁妆的，迎亲的车辆还要上你们家接新娘的。牛月清心里犯嘀咕，嘴里却笑着说这当然的这当然的。市长夫人就乐了，说："这真的当然了？！你们做了大媒，还要你们出水，那不让人把我们家笑掉了牙？嫁妆不要你们花一分钱的，事先大正着人会把嫁妆先抬过去，那一日再体面地抬过来。"牛月清就喜欢地叫道："哎呀，大正就是不事先抬嫁妆过来，我们也不能让柳月空手甩着过门呀！既然你们想得这么周到，要给我们个大脸面，我和之蝶盼不得永远做柳月的娘家！"两个女人就以亲家的关系说起话来，完全是女人所操心的事，如做哪些家具，家具做什么式样，涂如何的颜色，招待哪些亲戚朋友，在哪儿请客，请什么价格的席面，谁做陪娘，谁做司仪，谁来证婚，啰啰唆唆直说了一个下午。末了，牛月清才把这日来最主要的目的不经意地说出。她详细地叙说着官司的起根发苗，满面痛苦地唠叨官司以来所蒙受的折磨，就反复强调实实在在走投无路了才来求救于市长的。牛月清说这话的时候，不看市长夫人的脸，节奏极快，说过了又觉得语无伦次，又重新说。心里叽咕，我豁出这老脸了，我不能看她的表情，她若面有难色，我就说不下去了；等我一股脑把话说完了，她若回个模棱两可的话，我这就立即告辞走了。她终于说完，脸色通红，又说道："哎呀，你瞧瞧我给你说些什么呀，老庄叮咛我千万不要在你们面前提说这事，我怎么就说了？这事是太丢人了，

342

外边沸沸扬扬议论老庄，他整日在家烦得坐立不安，这给你说了，你们怕也该耻笑他了！"市长夫人却笑了，说："这有什么丢人的？打官司是正常的事么！老庄这些文人好面子，有这宗事也不见他来给大正他爹提说？！"牛月清说："他呀，只会写文章，出了门木头石头一样的！前几日几个人还对我说，作家天上地上没有不知的，你和庄老师在一起，生活一定丰富极了！咳，他那写书全是编的，其实生活中啥也不懂，家里日子才叫枯燥哩。你问问他，除了编写故事，他还会什么？甭说和市长比，比个科长也不及哩！一俊遮了百丑嘛！"市长夫人说："可我就是不会编，你也不会编嘛！一个市长能选得出来，一个作家可不是能选出来的，他是咱的市宝哩！"牛月清说："哟哟，你把他还说得那么高的！可那景雪荫就是告了他嘛。要成心把他搞臭嘛！"市长夫人说："这我告诉你，一个人别人是打不倒的，除非他自己。西京城里不能没有个庄之蝶，谁要打倒庄之蝶，市长也不会答应的。"就一边用抹布揩桌上的茶水渍，一边说："这事我给大正他爹说。"牛月清心里清亮了，却真担心她会忘掉，就又说了市长不帮忙就可能出现的严重后果。市长夫人就说："我记得着的。柳月呀，你到冰柜里给你大姐冲一杯柠檬冷饮。"柳月端了冷饮，过来说："大姐，你今日可把庄老师作践够了。人家是大作家，你倒把人家说得一钱不值了！"市长夫人说："你大姐哪里是作践你庄老师，她哪一句不是在夸说？"牛月清笑着说："我老早就说了的，下一辈子再托生女人，死也不嫁个作家了！"市长夫人说："好呀，只要你现在露这个风儿，你看西京城里有多少人要抢他了！"牛月清说："谁会要了他？只有我这傻女人了当年嫁了他，这会儿谁要我给了谁去，我兴得念佛哩！"柳月就说："是吗？是吗？"牛月清就拿眼睛瞪她。

吃饭的时候，牛月清坚持不肯留下吃饭，又使了眼色让柳月帮她说话，柳月也只好说大姐是担心庄老师在家一个人的，她们要赶回去给他做饭哩。牛月清说："不回去给他做饭，他只得去街上吃。街上的饭馆碗筷不干净，吃下了病可不得了的！"市长夫人说："你管他哩，有了病了，我给你找个科长过活去。你不是说嫁他还不如嫁个科长吗？"牛月清就笑了。市长夫人说："早听说你是贤妻良母，果然是这样，那我就不留了。大正，来送送你们的大媒人吧！"大正却在内屋里叫柳月，柳月问什么事，只是站着不动，牛月清就推了她进去，自个儿只和市长夫人在走廊里又说衣服，说饭菜。说了一会儿，柳月还迟迟没有出来，出来了，市长夫人说："柳月，你怎么啦，嘴唇发白？"柳月说："没什么呀！"大正就一步三摇也出来，脸色红赤赤的，说："娘，娘。"市长夫人突然就拿拳头敲自己脑门，对牛月清说："老了，老了，咱都老得没个样子了！"

走到街上，天已经黑下来，牛月清要柳月和她一块儿去夜市上吃饭，柳月说："那不回去了，庄老师呢？"牛月清说："不管他！他把我不放在心上，我也不在心里来回他了！"买了两碗馄饨，又买了四个肉馅饼。柳月说："我吃一个馅饼就够了，你能吃多少？"牛月清说："吃不完了，不会带回去下顿吃？"柳月心下会意，就说："我真贱，怎么就问多余的话。"牛月清一筷子敲在柳月头上。回到家里，客厅里一片黑，唯有书房亮着灯。牛月清去厨房看了，冰锅冷灶，知道庄之蝶并没有做饭。柳月却到了书房，对着已经在沙发上盖了被子躺着的庄之蝶说："你猜我们到哪儿去了？我们要办的事都办了！"庄之蝶说："真的？"柳月说："大姐嘴上说不去，但要办的事还是办的。"牛月清在客厅里说："柳月，柳月！你嘴那么长？你给他说什么，让他取笑我这没出息的女人吗？哪儿还有酵母片儿，你找了给我吃几片。你也吃吃，今晚肉吃得太多了，夜里不好消化的。"柳月就笑着说："你还没吃吧，给你带了两个肉馅饼的。"庄之蝶说："我吃过了。"牛月清就又喊："柳月，你在那儿骚什么情呀，你怎么还不去睡觉？！"柳月说："睡呀睡呀！"听见牛月清已进了卧室，就对庄之蝶说："今晚你又要睡这里？她中午哭得好伤心的，下午却还出去办事，你得去慰劳慰劳，暖暖她心哩！"就走出去回自己房里睡了。

庄之蝶想了想，抱了被子过去。牛月清已经灭了灯，他在黑暗中脱了衣服，后来又去浴室洗了下身，就摸上床来。牛月清把被子卷了一个筒儿裹了身子，他硬钻进去，竟伏了上去。牛月清没有反抗，也没有迎接，他就默着声儿做动作……（**此处作者有删节**）庄之蝶极力想热情些，故意要做着急促的样子，便拿嘴去嚅她的舌头，牛月清牙齿却咬着，且将头滚过来摆过去。庄之蝶噗地一笑，说："给你说个故事吧。有个急性子人吃饭，菜盘里是菠菜烩鹌鹑蛋儿，他用筷子一夹，鹌鹑蛋滚到一边；再一夹，鹌鹑蛋又滚到那一边。夹了五六筷子夹不上，他急性子就犯了，把鹌鹑蛋一拨拨到地上，上去一脚就踩烂了！"牛月清噗地也笑了，说："那你一脚也踩死我嘛！"庄之蝶说："好了，没事了，夫妻吵架睡这么一觉就云开雾散了！"牛月清说："你想清了，良心发现了？"庄之蝶没有言语。牛月清又说："你今晚要是不来，我真就对你彻底失望了！你来了就好，我可以放你一马，不说过去的事了。但我得吸取教训，要防着你了。你必须与唐宛儿断绝一切来往，你要到她家去，我跟你一块儿去，没我允许，她也不准来咱家。"庄之蝶还是没吭声，只是在动着。牛月清说："你现在倒这么有能耐，我不行的，你得说说故事我听。"就把庄之蝶掀下来。庄之蝶在黑暗里呆了一会儿，他没有好的故事讲，就拉灯起来说看看录像吧。牛月清说："是那些黄带？"庄之蝶已经把录像放开了，立即画面上出现了乱七八糟的场面。牛月清说："这哪儿是人？是一群畜生嘛！"庄之蝶说："好多高级知识分子家里都有这种带子，专门是供夫妇上床前看的，这样能调节出一种氛围来的，你觉得怎么样，可以了吗？"牛月清说："关了关了，这是糟踏人哩嘛！"庄之蝶只好关了，重新上床。（**此处作者有删节**）牛月清说："你和唐宛儿也是这样吗？"庄之蝶就又不吭声了。牛月清还在问，他说："不要说这些了，要玩就说些玩的话！"牛月清半天再没出声，突然说："不行，不行的。我不能想到你们的事，一想到我就觉得恶心！"庄之蝶停在那里，后来就翻下来，不做声地流眼泪。

一日，牛月清一早在凉台上晾衣，鸽子就落在窗台上咕咕地叫，牛月清平日也是喜欢这个小精灵，见白毛红嘴儿叫得甜，当下放着衣盆就去捉了，在掌上逗弄一回，却发现了鸽子的脚环上有一张折叠的小纸片儿，随便取了来看，上边写着："我要你！"三个字又被涂口红的嘴按了个圆圈。牛月清立时怔住，想想这必是唐宛儿寄来的约会条，便把鸽子用绳子拴了，坐在客厅里专等柳月买油回来。

柳月进门，夫人把门就插了，厅中放了一个小圆坐凳，从卧室取了一把皮条儿做成的打灰尘的摔子，让柳月在小圆坐凳上坐。柳月说："我去厨房放油。今日街上人好多哎，我挤不过来就呐喊油来了，油来了！人窝里倒闪出一条缝儿来。"夫人说："我让你坐！"柳月就笑了："大姐这是怎么啦？我偏不坐的！"夫人唰地一摔子打过来，散开的皮条儿抽在柳月身上。柳月哎哟一声，脸都变了，叫道："你打我?!"夫人说："我就把你打了！我是这个家的主妇，你是这个家的保姆，你勾结外边坏女人害家欺主，我怎能不打？就是市长来了，他也不敢挡我的！你说，那卖×的唐宛儿来了多少次？你是怎样铺床暖被、盯人放哨的？"柳月以为夫人还是在吃醋，就说道："庄老师与唐宛儿有那事没那事，我怎么知道？上次我对你那么说说，只是气头上的话，你倒当了真，已经是家里鸡犬不宁了，今日你又不问青红皂白，竟拿了皮条撺子打我！保姆再卑贱也是个人哩，你下手这般狠，是要灭绝我吗？即使你不把我放在眼里，不把当农民的我爹我娘放在眼里，可我现在是市长家的人了，你凭哪一条法哪一条律打我?!"夫人将那绳缚了腿儿的鸽子提来，把纸片儿丢在柳月脚下，骂道："我凭的就是这些打你！你平日家待着，鸽子由你饲养，信由你收，坏事哪一次能少得了你？我不打你，我谢你？敬你?!"骂一句，打一撺子，再骂一句，再打一撺子，柳月胳膊上、腿上就起了一道道红印。柳月在心里叫苦：她什么都知道了！心虚起来，嘴上就不硬气，伸手抓了撺子说："他们好，与我什么干系？"夫人说："怎么个好法，你今日得一宗一宗给我说实话。你要不说，我打了你，也要向大正母子把这事说了。人家要愿意娶你，你到市府里去干那淫事；若是人家不娶了，你脱了这一身上下的衣服回你的陕北圪崂去！"柳月就哭着说了庄之蝶和唐宛儿如何来家做爱，又如何去唐宛儿家幽会，说鸽子怎样传信，信上有过口红的嘴印也有过阴毛。她为了取悦夫人，减轻自己过错，把有的说有，把没有的也说成有。夫人先前只是心中怀疑，生出许多想象，但想象毕竟是自己的想象，听了柳月这番招供，眼前就是一堆堆细细微微的图画，倒觉得不如不知道着好，而知道了又无力承受，便一时血液急流皮肉发颤，天旋地转开了，叫道："天呀，我是瞎子，我是聋子，事情都弄到这个程度，我竟一点不知！"她圆睁了双眼，摊着双手，牙花嗒嗒嗒地响，对着柳月问："我现在有什么？你说，柳月，我现在是穷光蛋了，一无所有！"柳月从凳子上溜下去，跪在夫人面前，说："大姐，这事我本要对你说的，可我是保姆，我哪里敢对你说？我说了你那时又怎么肯信了我？我帮了他们，为他们提供了方便，我对不起你，你打吧，你把我打死吧！"夫人丢了撺子却把柳月抱住，放了声地悲哭。她哭着求柳月恨她，她本是要吓唬柳月的，可柳月没说实话才打起来的，她说："柳月，我受不了，我却把你打了，你谅解你可怜的大姐，你能谅解吗？"柳月说："我谅解。"也就哭了。

哭过一场，牛月清慢慢平静下来，擦了眼泪，又给柳月擦泪。柳月说："大姐，我陪了你，咱去找那淫妇撕了她的×脸！"夫人摇着头说："她算什么东西！弃夫抛子跟别的男人私奔，私奔了又勾引另外男人，一个见男人没了命的下贱货，我去打她倒脏了我的手！咱们若去寻她，风声出去，人人都知道你庄老师和她怎样怎样，你庄老师坏了声名，倒让她有了光彩。世上有多少崇拜你庄老师的，见一面都不容易，却是她和名人睡觉了？！再说，你不久就和大正结婚，咱家出这样的事，又怎么有脸见亲家市长？你庄老师虽是伤透了我的心，他不要了自己的前途事业、功名声誉，我却还要尽力挽救他。在家里不闹我忍了这口气，若在外闹开，只能使他更不顾了一切，越发偏要和那淫妇在一起，那他也就全完了。他苦苦巴巴混到出人头地这一步也是不容易的啊！现在我也不求他什么，只要他改邪归正，不再与淫妇往来也就行了。所以，你在外万不得露出一句口风，你不要管我怎么吵他，闹他，你不要多嘴，权当不知这事儿。可你要是还顾及你这个大姐，我要给你说，在家里咱姐妹儿心里却要知道他的毛病，只是严加防备，你明白我的意思吗？"柳月第一次发觉夫人还有这般心劲，倒可怜起做了主妇还这么难的，当下点了头。夫人也就如此这般又吩咐了一番，打发了柳月洗脸梳头、涂脂抹粉后出去。

柳月是到了唐宛儿家来。唐宛儿正坐卧不安地在门口张望，瞧见柳月来了，接进门去，问："你是从家里来的吗？看到鸽子信了吗？庄老师不在？"柳月说："老师在的，那大姐今日去了双仁府那边，老师要让你过去说话。"唐宛儿心下高兴，从糖盒里取了糖果要柳月吃，柳月不吃，硬剥了一颗塞在她口里，说："这糖甜的，慢慢品能甜到心里哩！庄老师在，那让鸽子带个信回来就是了，还劳动了你跑一趟！"柳月说："我要到德胜巷杨家面酱店买面酱的，离这儿不远，就捎了话过来的。"说毕，就走了。唐宛儿也精心妆扮了一番，骑车往文联大院来。

唐宛儿那一夜和庄之蝶分手回来，周敏正在家里和一个叫老虎的人喝酒。老虎是周敏在清虚庵当民工时认识的一家企业集团的职员，以后来家过

347

几次，唐宛儿也勉强能认得的，当下招呼了一声就拿了凳儿在一边听他们说话。老虎一脸横肉，两片嘴唇却薄，极善言语，唐宛儿就听出是在怂恿周敏为一个发了财的老板写一本书的，说这老板钱已经挣得不知道该怎花销了，一心想出出雅名儿，要寻一个人为他写一本书。书写成后，一切出版印刷自己管，只求署上他的名，就可以付两万元的酬金。周敏先是为难，言称一本书不是容易写出的，写了却署别人名字总觉得太屈了。老虎就说，你又不是名作家，凭你写了就能出版吗？就是能出版，那又能得几个稿费？你和唐宛儿过的是什么日子？不乘机挣些钱来吃风屙屁呀？！再说这书稿不求你写得多好，字数凑够二十万就行了，费了你多少劲？好多人寻到我门上我都没应允，专给你办场好事你倒卖起清高了！？周敏忙解释说不是这个意思，他是乐意接受这个差事的，只是眼前一场官司缠了身。老虎就问什么官司，周敏一一说了，又道出目前的窘境。唐宛儿听他说了庄之蝶要去托市长说情的话，就说："周敏，你别喝多了胡说！庄之蝶哪会去走市长的后门？这不是作践庄老师，也要连累市长吗？"周敏说："男人家说话你不要插嘴！"唐宛儿气得一拧身子进卧室去睡了。睡在床上，拿耳朵还在听他们说官司。就听见老虎说："我也是一个律师的，虽说是业余的，但我帮人打了五场官司还没一场是输的。你们这官司算什么屁官司，还劳驾去找市长？他庄之蝶不敢在法庭上说他和那女的谈过恋爱、睡过觉了，还可以有另一个办法能打赢嘛！"周敏就问："什么法儿？"老虎说："姓景的不是说文章中写的是她吗？你们不是又分辩说写的不是她吗？如果再让一个女的也到法院去告，就说文章中写的是自己，这样就热闹了，就搅得一塌糊涂了，法庭便认为谁也没有证据来证明写的就是姓景的，官司也就不了了之。"唐宛儿听了，倒觉得老虎胡搅蛮缠，但这胡搅蛮缠也真算个法儿。等到老虎走了，周敏上得床来，两人就说起这事，唐宛儿就说了一句："为了这官司，我可以去做那个女人！"周敏说："这就好了，我正愁到哪儿去找这个女子呢，想来想去竟没想到你来！"唐宛儿却说："我试探试探你的，你倒真要让我去了？为了你的利益，你就忍心让我去和庄之蝶相好？"周敏说："这是玩个花招，又不是真的要你怎样嘛。"唐宛儿说："要是真的又怎么样？！"周敏只是笑笑，还在念叨这个主意好，后来酒力发作就睡着了。这个时候，唐宛儿却有些后悔，不该自荐了去做那个女子，虽说是为了庄之蝶，但庄之蝶能不能同意这个方案，自己没有与他商量就说了出来，周敏真要这样办起来，庄之蝶又会怎样看待自己呢？一夜思虑过去，第二日第三日就等庄之蝶来了说与他，但庄之蝶没有来，而周敏已着手准备，逼着她在家读那篇文章，了解案情，一等庄之蝶去找了市长没有结果，就开始实施这一阴谋的。今日一早，实在等不及庄之蝶了，才让鸽子捎了信过去。

唐宛儿来到文联大院的家属楼上，轻轻敲门，开门的竟是夫人，脸上的笑就僵了。牛月清眼光先避了一下，遂对着唐宛儿说："哎呀，是宛儿来啦，我也是才回来的。今日做了些好吃的，我还给你庄老师说，宛儿好久不见来了，请过来吃顿饭吧，不想你就来了！"唐宛儿忙说："师母做什么好吃的，还记得我？我不来不这么说吧，但我偏是有口福！"牛月清说："你口大，口大吃四方的。"唐宛儿说："男人口大吃四方，女人口大吃谷糠哩！"牛月清说："你吃不了谷糠，你是蝗虫能吃过了界的庄稼哩！"唐宛儿觉得不对，才要问庄老师没有在家，柳月和庄之蝶就进了门口。庄之蝶见了唐宛儿，说："你来了！"唐宛儿说："你是出去了？"庄之蝶说："老孟约了我去吃茶的，柳月就去叫我了，说是家里要做好吃的，还要请客，我还以为是什么客，原来是你！"唐宛儿就问："你早上一直没在家？"心里就慌了，为什么柳月去说是庄之蝶叫她来的，难道鸽子的信被夫人发觉了？当下预感了不对，便对着厨房的牛月清说："师母呀，多谢你的好意的，说我有口福，其实是吃豆腐的穷嘴。周敏早上上班时，说他中午要带杂志社几个人去家吃饭，我就等不及你的好东西熟了，得回去呢！"牛月清从厨房出来，说："这不行！你庄老师也回来了，你们可以说说话儿，饭马上就好的。今日这饭不吃可不准你走，管他周敏不周敏的！"说着，倒过去把大门反锁了，钥匙装在自己口袋。庄之蝶就说："瞧你师母实心要待你的，那就在这儿吃吧。"两人也没敢去书房或卧室，坐在客厅的沙发上大声说些别的话，只拿眼睛交流，皆疑惑不解。至后也无声笑笑，意思在说：也是咱太过敏了，或许主妇真是一番好意。就自自然然开始说笑。唐宛儿眼里就万般内容，庄之蝶眼里在说没什么事呀！至后两人再无声笑笑，以为是柳月作什么怪儿。唐宛儿心里宽松下来，眉儿眼儿的又活了，说她昨儿晚做了个梦，梦见好大的雪，大热天的竟能梦见雪，不知是好是坏，要庄之蝶圆圆梦。庄之蝶说："圆梦要寻你孟老师，你说个字我给你测一下。"唐宛儿不知说什么字好，忽见窗外的铁丝上挂有一串辣椒，就说个"串"字。庄之蝶说："串字？无心为串，有心为患。"唐宛儿脸色就不好了。庄之蝶说："我是瞎测的，梦着雪可能是你关心官司的事，白日骂景雪荫，夜里才梦了雪字。"唐宛儿方转忧为喜，就问起去找市长的结果。才要摆说那老虎所说的主意，牛月清和柳月就收拾桌子准备开饭了。桌上是放了四个碟儿，四双筷子，碟子里倒了酱油醋。牛月清便把一个沙锅端上来，沙锅盖了盖儿，还噝噝地冒热气，放好了，说："都上桌吧！"四个人分头坐了。庄之蝶说："今日夫人亲自下厨房了！就这一个菜的？我取了酒来！"牛月清说："菜多了反倒记不住哪样好。酒也不必喝，喝酒冲菜味的！"庄之蝶说："沙锅里是什么稀罕物？！"伸手要去揭盖。牛月清说："我来我来！"把沙锅盖揭了，半锅汤水里，囫囵囵一个没毛的鸽子！庄之蝶和妇人都大吃一惊，瓷在那里了！牛月清说："怎么样，稀罕物吧？！我把那只鸽子杀了。这鸽子是聪明东西，人吃了脑子灵的，肉又细，尝尝我做得可口不？"就开始用刀子去分鸽子。撕下了一双翅膀放在唐宛儿的碟子里，说："宛儿吃这翅膀，吃翅膀的人会飞，一飞就飞到高枝上！"撕下了一双腿放在庄之蝶的碟子中，说："这俩腿给你，瞧多丰满的大腿！哎呀，瞧瞧我，怎么把脚环没有取下来？"然后给柳月夹了鸽子背，自个儿却把鸽子头夹在碟里，说："头没肉的，但听说鸽子的眼珠吃了不近视，我这一双眼近视好久了，我尝尝这眼珠儿！"用手去抠了小小两颗白色泡泡东西在嘴里嚼，还说："好吃好吃。"庄之蝶和唐宛儿满头满脸的汗，只是不动筷子。牛月清就说："怎么不吃呀，是我做得不香吗？"唐宛儿只好抿了一口汤，却呕得喉咙一阵响，要吐，站起来泪水汪汪地说："师母，我求你把门开了，让我出去吐吧，嗯？"牛月清把钥匙丢在地上，唐宛儿弯身去拾了，门一开随楼梯就走。庄之蝶也无声地站起来，站了半会儿，去进了书房把自己关在里边了。

350

　　并没有用得着老虎的阴谋诡计，市中级人民法院的判决书便发下来了，判决的内容完全是司马恭的结案意见。消息极快地传开，庄之蝶家的电话又

疯狂地鸣响了几日。宾客盈门，柳月煮不完的水，沏不完的茶，每晌要扫了
许多瓜子皮儿倒到垃圾箱。一日，楼下又是一阵轰天震地的鞭炮声，进来的
是汪希眠夫妇、阮知非、周敏、孟云房、夏捷、洪江和洪江的那个小媳妇，
呼呼啦啦拥了一房子。喜得牛月清一一去握手叫喊："嗨，都来了！我知道
你们会来的，可怎么就把这些朋友全聚在一块儿，是谁组织着吗？"阮知非
说："谁组织的，天组织的！老妹子，我可不握手，我太高兴了，我要行拥抱
礼的！"众人就叫道："好，就看你老妹子敢不敢！"牛月清说："敢，怎地不
敢？"阮知非真的就过来张了双臂拥抱了牛月清，众人一片地哄笑。庄之蝶
在书房的沙发上刚刚睡着，连日里接待祝贺的人不绝，已经弄得精疲力竭，
清早起来又去拜访了一回白玉珠和司马恭，回来就躺下了。这阵走出来，笑
着让大伙一一落座，柳月早送各人一杯龙井清茶。庄之蝶就对牛月清说："今
日你给大家吃什么饭？"牛月清说："吃饭的事你甭管，有我和柳月的。你
去买酒吧，一瓶五粮液，十瓶椰汁饮料，一箱啤酒吧。"柳月见这夫人和庄
之蝶在人面前显得亲热和谐，也有些吃惊，应声要去，周敏说他去。牛月清
说："周敏有力气，让周敏帮你。周敏，宛儿呢？你怎么不让她来？"周敏
说："她近日身体不好，一吃饭就吐，只喊浑身没劲，肚子也胀，我倒害怕她
是患了肝炎的。今日她来不了，我就代表她了！"牛月清说："怎么就病了，
她是应来的，她来了更热闹的。唉，年轻轻的，可不敢是患了肝炎，你应给
她看医生的，你这小伙可不敢有半点差池，如花似玉的人，你把她就不放在
心上？"周敏说："师母这么关心她的！她不来也好。"压低了声音说："今日
汪希眠老婆也来了，宛儿和她不卯。"就下楼去了。牛月清返过身来，瞧见
庄之蝶在为众人削苹果，就夺了刀子说："你好生坐了，让我来。"一一削好
了递给各人吃着，就悄声问庄之蝶："赵京五怎么没来？"庄之蝶说："我也寻
思的，不知道为什么。"牛月清说："不会为柳月的事吧？"庄之蝶说："我找
他谈了两次，他当然只恨柳月势利。"孟云房说："你们两口有什么亲密话晚
上上床说吧，客人来了这么多，丢下不管，倒头挨头地啾啾！"牛月清就笑
着说："老孟你那臭嘴里要生蛆了！我问他赵京五怎么没来，这小子不知干什
么去了？洪江，你回去见了他，就说我骂他了，他架子大，是不是还要我拿
八抬大轿抬了才来！"洪江正给刘晓卡指点墙上的字画，回过头说："我把这

话一定捎到，差差他的。他可能有紧事的，要不，哪能不来！"

　　说话间，周敏和柳月提了酒回来，牛月清就张罗摆桌子，从冰箱取了这几天准备着来人吃的各种凉菜，又开了几听鱼肉、驴肉、狗肉罐头，摆了十二盘，让大家先喝酒，她和柳月再炒些热菜。众人就举了酒杯。阮知非说："今日难得朋友聚在一起，大家就举杯为官司的胜利干了！"众声呐喊，一饮而尽。周敏就赶忙又给每人酒杯中添满，自己举杯又一一相请，说："我也谢谢大家，一场中日战争总算熬过来了！"夏捷说："周敏你这下高兴了，今日你到你庄老师这儿来，有能耐把景雪荫也邀一邀，那才解气的。"周敏说："我昨日下午在单位上厕所，听见有人哭的，哭声是女人的声，还想不来谁在墙那边的厕所里？出来就在走廊里等着看，那姓景的出来了，出来了戴的是墨镜。我那时真想给她个手帕擦擦眼泪，但我把她饶了！"洪江说："你把她饶了？你也是孬头！现在知道这件事的都传开了，说姓景的当年和庄老师好成什么样了，她竟还告状？是庄老师在法庭上提供了他们干了那事的时间、地点，把姓景的当场镇住，所以她现在输了！"庄之蝶说："这就是谣言了，我连法庭去也没去的，怎么能说那种话？！今生打了一次官司，今生也有了一个深刻体会，就是今生再也不打官司了！"洪江说："如果是谣言，就让谣言传去吧。要依了我看，这件事也是庄老师人生光彩的一笔，别的人想要女人和自己粘缠还粘缠不上，想要闹出个天摇地动的风波来也闹不起的！"孟云房说："你庄老师唯一遗憾的是华而不实，要是我，哼！"夏捷说："要是你咋的？"孟云房看看女人，端了杯子说："我把这椰汁喝了！"就咕咕嘟嘟喝了一杯。大家哈哈大笑，骂孟云房没彩儿，是怕老婆的软头；又笑骂夏捷能管男人。牛月清说："夏捷对着哩，老婆就要管着男人，要不针眼大的窟窿就要透出拳大的风！"孟云房说："就是，有夏捷管着，我现在还是个童男子身子！"庄之蝶就尴尬地笑，拿了烟斗来吸，不免说了一句："那你是唐僧么，可就因为唐僧是一身童男子肉，去西天取经才那么多妖精想吃他他才那么多难的。"汪希眠老婆就抿嘴儿笑。孟云房说："大画家，今日怎不见你说话，夫人在场就学乖了？"汪希眠老婆说："他笨嘴拙舌的，倒还怨怪我了？！"孟云房伸手去从庄之蝶嘴里夺了烟斗要吸，汪希眠老婆说："云房你不讲卫生，烟斗和牙刷一样是专用的！"孟云房把烟斗又给了庄之

352

蝶，说："咳，你们这女人就讲究个卫生！你说汪希眠笨嘴拙舌？那日在喜来登舞场，我怎么看见他和你说得那么热乎，那嘴只是给你长的？"汪希眠老婆说："什么喜来登，我可从来没去过。"孟云房说："哎呀，我怎么说这些，打嘴打嘴！"汪希眠就说："云房你别当战争贩子，你要编派我，我可要说你了！"夏捷说："你说他好了，我不吃醋的。男人家找情人，女人家也会找嘛！"阮知非说："看样子你也找过，怎么没听说过？"夏捷说："之蝶吃了一堑，我也要长一智嘛！"阮知非拍手道："好，好，为你这句话干杯！"众人又哇了一声，喝了一杯。牛月清说："不要说情人长情人短的，我就见不得说这词儿，总觉得情人就是有妓女的味儿！"众人便失了兴趣，一时竟不知说些什么好。汪希眠便说："把酒倒满，我提议一下，一场官司赢了，咱是来向之蝶祝贺的，就都和之蝶碰杯恭喜吧！"阮知非却不端杯子，用筷子夹菜要吃，说："早上要少喝不要多喝，因为上午有工作；中午要多喝不要少喝，因为下午要开常委会；晚上要少喝不要多喝，因为回家要见老婆。"大家哄地又笑了。汪希眠说："你这是听街上那收破烂的老头说的，你开什么常委会？今日又不是星期六，见什么老婆？柳月，把酒给他倒满！"阮知非忙说："我喝的，喝的！一口都得喝干啊。感情深，闷一闷；感情浅，舔一舔！"第一个和庄之蝶碰了杯，将酒倒进口去。汪希眠说："咱不学他的野蛮装卸法。"众人一一和庄之蝶碰杯，吱儿吱儿品喝下去。牛月清端了热菜出来，孟云房就给她一个杯子也让碰杯。周敏碰了一下，又端了一杯说代表唐宛儿也碰一下，牛月清就说这杯酒你让柳月跟老师碰吧，柳月便端了碰了一个响。庄之蝶见众人皆杯干酒尽，连声谢着，把杯子举在空中，却抖得喝不下去，猛地倒进口中，眼泪就唰唰地淌下来。他这一淌泪，酒桌上全哑了。周敏过去扶了庄之蝶，问："酒辣着心了？！"庄之蝶越发嘴唇抽搐，大声吸鼻，哽咽不能成声。牛月清赶忙说："他这是太激动了，他这人就是这样，太伤心的事能落泪，太高兴的事也落泪。官司打了这么长时间，其中曲曲折折的事太多，总算官司毕了，又见你们都来了，就犯激动了。"就对庄之蝶说："你是不是到卧室去歇歇，缓缓情绪再来喝？"庄之蝶就说："我去歇一会儿，实在对不起的，你们尽情喝吧。"回到卧室去。汪希眠老婆却跟进来，低声说："之蝶你心里哪不舒服？"庄之蝶苦笑了一下，摇着头。汪希眠老婆说："这你瞒得过我？官司打赢了，你脸上不该是这气色，刚才我一进门就瞧着你不对的。"庄之蝶说："你不要问啦，你去喝酒吧，你让我缓一缓就好了。"这老婆才要坐在床沿上再说话，见牛月清进来了，就说："之蝶明显地瘦多了，这就全靠你操心他了。龚靖元一死，大家一下子觉得人活着全不如一棵草的，越发要看重身体啊！"牛月清说："人人见我都是这么说，这真成了我的压力。庄之蝶现在是大家的，在我这儿只是保管着。他要是身体不好，我这保管员也就没办法给大家交代了。可他哪里听我的？自己明明知道自己身体不行，却干起什么来都任性放纵，人不消瘦才怪哩！"汪希眠老婆说："他们这些人都是这样。"庄之蝶低头不语，又在烟斗里装了烟吸。牛月清就把烟斗夺了放在床柜上，说："你瞧瞧，正说着他又抽烟，我一再说烟少抽些，可他就是不听，现在竟抽起烟斗了！"孟云房在客厅里喊："月清，你怎么也去了？你们当主人的怕酒少，就巧法儿都先退席？！"牛月清就说："来了，来了，今日非叫你喝够不可！"拉着汪希眠老婆就出去了。

又喝了一通，楼下就又是一阵噼噼啪啪的鞭炮响，接着是杂乱脚步声。牛月清说："这又是谁来了？柳月，快去接接。"柳月开门出去，很快却回来，说："大姐，是……"牛月清说："谁的？"柳月说："是……你知道的。"说完倒转身进自己卧室去了。牛月清说："来的都是客，你慌什么？"抬头看时，一个冰箱就抬进来，后边的人更多，抬进来的是电视机、洗衣机、音响、空调机、烘烤箱、四床被子、两个枕头、气压水瓶、脸盆、镜子、刷牙缸和牙刷、牙膏、毛巾、一只瓷碗、一双筷子。抬东西的人一放下物什，瞧着屋子里坐不下，就走到门外楼道里，最后进来了大正。牛月清一下子惊叫起来："哎呀，是大正呀！事先怎不打个电话的，我们好在院门口接着！"大正说："我娘让把这些嫁妆先送过来，还有两个大组合柜子，长短沙发，因为搬起来费事，直接已放在新房里了。今日这么多客？！"牛月清就喊："之蝶，之蝶，你快出来，看谁来了！"庄之蝶出来，也惊喜不已，忙让大正坐了，又招呼楼道的人也都进来。大正说："不用了，让他们回吧。"那些人就袖着手下楼走了。庄之蝶还是捧上散发了香烟，回来对酒桌上的人说："你们都不认识吗？这就是大正。咱们市长的大公子，也是柳月的未来女婿！"大正扶了沙发背后站起来，开始笑，掏一包烟，拦腰撕了，一一敬了众人，还在笑。众人却发呆了。已经耳闻柳月与市长的儿子订婚，没有不热羡了柳月的好命；如今见了这般人物，心里便各人是各人的谱，站起来把烟接住了。然后就请其入座，说幸运相识，说恭喜订了柳月这个美姑娘，说市长的功绩，让一定转达对市长的问候，还掏了名片递上。大正一一看了名片，说道："都是西京城里的名人嘛！"孟云房说："什么名人不名人，咱都喝酒吧，我正愁没个和我划拳的，新郎官咱们来几下！"牛月清说："你喝椰汁也醉了不成？人家还没结婚，什么新郎官！大家都端了杯让大正代着，来敬敬市长。大正，你端起，放开喝，在我这儿随便些！"又喊柳月："柳月！柳月呢？你这么没出息的，这阵倒没见你人了！"柳月从卧室出来，已是换了一身新衣，又化了妆，却羞羞答答的样子，说："你们喝么，我不会喝的。"牛月清说："那也得碰得喝一杯的。"孟云房说："我说柳月不见了，才是化妆，女为亲爱者容！"大家都笑，大正就先端了杯伸过来要和柳月碰，柳月碰了一下，赶紧又跑到厨房去。孟云房说："柳月这就小家子气了！今日大正搬来这么多嫁妆。那日结婚，彩车来接，一街两行的人都要看花眼了。柳月呀，到时候就要亲自来送帖子。你说说，要我们送些什么礼，不要都送成了一个样儿，你说还缺什么？"柳月在厨房说："缺个银行。"孟云房说："哎呀，那我就不敢去了。只指望将来我和你夏姐要饭了，还得去求你的，这么说那是靠不住了？"大正就说："谢谢各位厚爱，结婚那日，当然柳月亲自送帖子，大家一定去给我们热闹热闹啊！我这里先敬了大家一杯！"汪希眠说："这杯喝了，就不敢喝了。我们喝的时间长了，你和孟云房喝吧。"大正说："这孟老师喝的是饮料，他会灌醉了我的！"洪江说："孟老师你们划拳，你输了我替你喝。"孟云房就和大正划开来。这边一划着热闹，几个女人就坐着没事。先是汪希眠老婆去和柳月说话；后来夏捷去看嫁妆，洪江的小媳妇也去看了，一边用手摸，一边啧啧称赞，估摸着这些嫁妆的价钱儿。夏捷说："市长是有权有地位，论钱还真比不了你们做生意的人，瞧你这套裙子，得二三百吧？"小媳妇说："一千二的，这是名牌啊！"夏捷说："吓，这么贵的！今日来的不是名写就是名画、名演、名吹，还有名穿！那你们真比市长强哩。"小媳妇说："钱是比市长多，但市长家的钱含金量大哩！"两人又去柳月和汪希眠老婆那儿，叽叽喳喳论说柳月福分大。柳月拉她们到自己卧室，关了门说："你们笑话我了。他那么个人样儿，谁肯嫁了他，只有我这当保姆的。"汪希眠老婆说："小妹子不要这么说，市长家是什么好条件，再说大正是不错的。"柳月说："好姐姐，你是啥场面都见过的人，你说大正是不错吗？"汪希眠老婆说："那对眉毛多浓的，人也老实。"夏捷说："除了腿，身体蛮好的嘛！"洪江的小媳妇也说："好。"柳月却眼泪流下来，说："我听得懂你们的话，他只是个浓眉毛，老实人。腿都残了还谈身体好不好？我倒恨他，早不送嫁妆，晚不送嫁妆，偏偏今日来送！"说着又流泪。几个女人又劝："图不了这头图那头的，再说，这也不是一般女孩儿能享得的福！"就听见孟云房在客厅喊："柳月，柳月，你女婿不行了，你来代他喝酒！"柳月说："他是没脑子的，今日来做客，怎么就能喝得没个控制？孟老师也成心出他洋相，偏要灌醉他！"就是不出去。外边的就乱糟糟地嚷着还要大正喝。不一会儿，周敏和洪江就架了烂泥一般的大正进来，要他睡在柳月的床上。抬上床的时候，大正的鞋脱下来，一只脚端端正正，一只脚却歪着，五个指头撮了一撮。柳月拉被子盖了，还只在哭。

众人见柳月哭，以为是嫌把大正灌醉了。阮知非却也酒到八成，说大正没彩，怎么喝这么一点就醉了，就自吹自擂他年轻时喝酒是多疯的，曾和龚靖元一杯对一杯喝了四斤，那是喝凉水一样的。一说到龚靖元，他又伤心起来，呼哧呼哧地哭，几个女人悄悄去说了柳月的话，大家都觉得没了意思。汪希眠就对阮知非说："你哭什么呀，你真会紧处加楔！天不早了，该回去了，你要哭，到柳月那儿放声哭去，别在这儿败兴。"就对庄之蝶说："之蝶，我们要回去了，大正来可能还有话和你们说的。"庄之蝶和牛月清还在留，众人皆说："客气什么！"就一哄散去。庄之蝶就一直送各位到大院门口，末了对周敏说："宛儿是病了？"周敏说："不要紧的，我让她改日来看你们。"庄之蝶说："病了让她好好歇着。我听你给师母说她的病，就寻思可能是消化不好，这里有一瓶药，你带给她。"就把一个封闭得很好的药盒儿给了周敏。

356

唐宛儿打开了药盒儿，药盒里是一只小小的药瓶，拧开瓶盖，瓶子里没有药，有一块儿揉皱了的纸，上边写着：保重。妇人哇地就哭了。自那一日满脸羞愧地从文联大院的那一个家门出来，妇人深深地感觉了自己受到的侮辱。她知道吹一只气球吹得越大就越有爆炸的危险，但气球一旦吹起来却无法遏止要往大着吹的欲望和兴奋。她无法不爱着庄之蝶，或许牛月清愈是待她好，她在爱着庄之蝶的时候愈会感到一种内疚和不安，正是这种内疚和不安，她竭力避免见到牛月清，也已经不大去那个家里幽会。她也明白庄之蝶为什么数次问她他自己是不是坏人，虽然她对庄之蝶说过："你觉得太难了，咱们就只做朋友，不再干那事了吧。"虽然她这样说是一种试探，虽然庄之蝶并没有直接回答她，而两人每次见面，自然而然甚至是不知不觉里又干了那种事。但是，牛月清却狠心地把鸽子杀了，杀了又炖成肉汤让她和庄之蝶来吃，她对于那个家庭主妇的内疚之情一下子割断了。如果我伤害过你，那么你也伤害了我，一对一，我们谁也不欠着谁的了，我们如从未见面的陌路人了。唐宛儿这么一路想着，到家的时候，她便是一身轻松，甚至突然间变得勤快，打扫房子，洗涤衣物，在这个晚上她对着周敏说："你不快些来睡吗？"周敏是在吹埙回来写那一本不署名的书。周敏说："来的，来的。"就收拾稿纸，然后去温了水洗了下身，高高兴兴上到床来，她却呼儿呼儿已经瞌睡过去了。这一睡，她就连睡了三天没能起来。她是做了一个极其恐怖的梦，醒过来睡衣全然湿透，但她记不清梦里的情节，她就深深地感到自己的孤单和寂寞，痛苦得像一条在热炉上烤着的鱼。三天后，她摇摇晃晃起来，一个人从床边坐着又去沙发上坐，沙发上坐久了又去床上坐。她好像是听到了鸽子的咕咕噜噜的叫声，踮着脚跑出来，倚在院中的梨树上望天。天很高，天上有很白很白的云，那是云不是鸽子，泪水就潸然而下。在这么个同住着她和庄之蝶的城里，地上没有了相通的路，空中的路也断了？！满院是些落叶，枝头上的还一片一片往下落。秋意袭来，蝉声渐软，昨日夜里的一场风，使丰丰盈盈的梨树就这般消瘦了！唐宛儿于是感觉自己的臀在减肥，腮在陷塌，这岁月这时光也一尽儿消瘦得只剩下这风的一声叹息，在拍打着那门上的竹帘儿了。当周敏下班回来，再要去城墙头上吹埙，她不让他去，她让他就在梨树下吹。她说她不反对吹埙了，她也喜欢了这埙的声音。周敏奇怪地看着她，说："我说过的，这埙声好听的，你总说难听，现在品出味儿来了？"就幽幽地吹，一边吹着一边挤眉弄眼讨她的好。她歪在门槛上听，却突然有一个感觉来到心上，这感觉引她到城南门外的桥头，到桥头不远处的那一棵倒立着的人字形的树下去。她相信她的感觉，孟云房也曾经在以前看了她的手纹说她是预感型的手。她现在心里只有一个念头：没有去他那里的路了，如果想去，就在那棵树下期待。于是她站起来去化妆，去换衣服，去穿那一双高跟皮鞋。周敏问："你要出门，到哪儿去？"唐宛儿说："我出去买卫生巾去，我来那个了。"她说来那个了，她真的来那个了，她找了纸垫在裤衩里，就匆匆走出门。周敏说："这么晚了，我陪你去。"唐宛儿说："城里有狼有豹子吗，我要你陪？你好生写那本书吧！"唐宛儿穿过了马路，穿过了马路上依然熙熙攘攘的人群和车辆，来到了城南门外的石桥头上。但庄之蝶没有在那里。她等到夜里十二点了，庄之蝶也没有在那里出现。直到夜已深沉，桥头上再没有行人，她等来的只是下身流着月经的红水，而且在换纸的时候，弄得一手的血。她突发了奇想，竟把那血涂得满掌，就按在了桥头栏杆上，按在了那棵树身上，按在了树丫中的石头上。石头上的那个手印非常完整，能看出其中的纹路。孟云房说过，每个人的手印就是每个人的生命图的，庄之蝶，你如果来这里了，你就能认得这是我的生命图，我已经在这里期待过你了！

唐宛儿一连几天去那棵树下，但庄之蝶依旧没有在那里出现。唐宛儿就猜想庄之蝶一定是处境艰难，身不由己，走不出来了！当庄之蝶终于在药盒里捎来了消息，这妇人痛痛快快哭了一大场后，就铁了心发誓：我一定要见到他，即便是今生的最后一次，我也要见他最后一面！

柳月的婚礼定在了九月十二。前一天，牛月清和柳月准备着接待迎亲人来时的水酒饭菜，大正娘提说这太破费了牛月清，要送了酒菜过来；牛月清坚决不依，虽然柳月不是自己的女儿或妹妹，但既然市长家也承认她是亲家，亲家出嫁妆已送了过来，外人不知细底的，还真的以为庄之蝶和牛月清给陪的，这已经是给了多大的体面了！酒当然是最好的茅台酒，菜也是鸡鸭鱼肉之类。准备好了，牛月清让柳月好好在家洗个澡，她又拖着酸疼的腿去了市长家。她是放心不下明日具体的细枝末节，唯恐有个差错，要和大正娘再一宗一宗复查一遍的。牛月清一走，柳月就在浴室放水洗澡，庄之蝶先是在厅室里听着浴室中的哗哗水响，想了很多事情，后来就默然回坐到书房，在那里拼命地吸烟。

突然，门被推开，柳月披着一件大红的睡袍进来了。柳月的头发还未干，用一块儿白色的小手帕在脑后拢着。洗过澡的面部光洁红润，眉毛却已画了，还有眼影，艳红的唇膏抹得嘴唇很厚，很圆，如一颗杏子。柳月是格外地漂亮了，庄之蝶在心里说，尤其在热水澡后，在明日将要做新娘的这最后一个晚上。庄之蝶看着她笑了一下，垂了头却去吸烟，他是憋了一口长气，纸烟上的红点迅速往下移动，长长的灰烬却平端着，没有掉下去。柳月说："庄老师，你又在发闷了？"庄之蝶没有吭声，苦闷使他觉得说出来毫无价值和意义了。柳月说："我明日儿就要走了，你不向我表示最后一次祝福吗？"庄之蝶说："祝你幸福。"柳月说："你真的认为我就幸福了？"庄之蝶点点头，说："我认为是幸福的，你会得到幸福的。"柳月却冷笑了："谢谢你，老师，这幸福也是你给我的。"庄之蝶抬起头来吃惊地看着柳月；柳月也看着他。庄之蝶一声叹息，头又垂下去了。柳月说："我到你这儿时间不长，但也不短。我认识了你这位老师，读了许多书，经见了许多事，也闻够了这书房浓浓的烟味。我要走了，我真舍不得，你让我再在这儿坐坐，看看这个你说极像我的唐仕女塑像，行吗？"庄之蝶说："明天你才走的，今晚这里还是你的家，你坐吧，这个唐仕女我明日就可以送给你的。"柳月说："这么说，你是要永远不让我陪你在书房了？"庄之蝶听了这话，倒发愣了，说："柳月，我不是这个意思，其实我没有想要送你这仕女塑像，我要送你一件别的东西的。"柳月说："别的什么东西，现在能看看吗？"庄之蝶便从抽斗里拿出一个精美的匣子给了柳月。柳月打开，却是一面团花铭带纹古铜镜，镶有凸起的窄棱，棱外有铭带纹一周，其铭为三十二字："炼形神冶，莹质良工，如珠出昲，似月停空，当眉写翠，对脸传红，倚窗绣幌，俱含影中。"当下叫道："这么好的一面古铜镜，你能舍得？"庄之蝶说："是我舍不得的东西我才送你哩。"柳月说："唐宛儿家墙上悬挂了一面古铜镜，大小花纹同这面相近，只是铭不同。我问过她：你怎么有这么个镜？她说，是呀，我就有了！没想现在我也就有了！"庄之蝶说："唐宛儿的那个镜也是我送的。"柳月怔住了，

359

说："也是你送的？你既然送过了她，这该是一对镜的，你却送了我了？"庄之蝶说："我不能再见到唐宛儿了，看到这镜不免就想到那镜……不说她了，柳月。"柳月却一撩睡袍坐在沙发前的皮椅上，说："庄老师，我知道你在恨我，为唐宛儿的事恨我。我承认是我把一切都告诉了大姐，一是因为大姐在打我，她下死劲地打我，二是她首先发现了鸽子带来的信。但是，她看到了信只是怀疑，她就是把我打死我不说，事情也不会弄成现在的样子，而我就说了，说了很多。我给你说，我之所以能这样，我也是嫉妒唐宛儿，嫉妒她同我一样的人，同样在这个城里没有户口，甚至她是和周敏私奔出来，还不如我，可她却赢得你那么爱她，我就在你身边，却……"

庄之蝶说："柳月，不要说这些了，不是她赢得了我爱她，而是我太不好了，你不觉得我在毁了她吗？现在不就毁了吗？！"柳月说："如果你那样说，你又怎么不是毁了我？你把我嫁给市长的儿子，你以为我真的喜欢那大正吗？你说心里话，你明明白白也知道我不会爱着大正的，但你把我就嫁给他，我也就闭着眼睛要嫁给他！是你把我、把唐宛儿都创造成了一个新人，使我们产生了新生活的勇气和自信，但你最后却又把我们毁灭了！而你在毁灭我们的过程中，你也毁灭了你，毁灭了你的形象和声誉，毁灭了大姐和这个家！"庄之蝶听了，猛地醒悟了自己长久以来苦闷的根蒂。这是一个太聪明太厉害的女子，他却没有在这么长的日子里发现她的见地，而今她要走了，就再不是他家的保姆和一个自己所喜爱的女人了，她说出这么样的话来，给他留下作念。难道这柳月就像一支烛，一盏灯，在即将要灭的时候偏放更亮的光芒，而放了更亮的光芒后就熄灭了吗？庄之蝶再一次抬起头来，看着说过了那番话后还在激动的柳月，他轻声唤道："柳月！"柳月就扑过来，搂抱了他，他也搂抱她，然后各自都流了泪。庄之蝶说："柳月，你说得对，是我创造了一切也毁灭了一切。但是，一切都不能挽救了，我可能也难以自拔。你还年轻，你嫁过去，好好重新活你的人吧，啊？！"柳月一股泪水流下来，嗒嗒地滴在庄之蝶的手臂上，说："庄老师，我害怕和大正在一处了我也会难以自拔的，那么往后会怎样呢？我害怕，我真的害怕哩。那我求你，明日我就是他的人了，你在最后的一个晚上能让我像唐宛儿一样吗？"她说着，眼睛就闭上了，一只手把睡袍的带子拉脱，睡袍分开了，像一颗大的活的荔枝剥开了红的壳皮，里边是一堆玉一般的白嫩果肉。庄之蝶默默地看着，把桌上的台灯移过来拿在手里照着看着……（此处作者有删节）柳月叫了一声，那沙发就一下一下往门口拥动，最后顶住了房门，咚的一声，把两人都闪了一下，柳月的头窝在那里。庄之蝶停下来要扶正她，她说："我不要停的，我不要停的！"双腿竟蹬了房门，房门就发出哐哐的响动，身子撞落了挂在墙上的一张条幅，哗哗啦啦掉下来盖住他们。柳月说："字画烂了。"庄之蝶也说："字画烂了。"但他们并没有了手去取字画……（此处作者有删节）柳月离开烟雾腾腾的书房时，说："我真高兴，老师，明日这个时候，我的身子在那个残疾人的床上，我的心却要在这个书房了！"庄之蝶说："不要这样，柳月，你应该恨我的。"柳月说："这你不要管我，我不要你管的！"把门拉开出去了。庄之蝶一直听她走过的脚步声，一直听她开门的吱呀声，然后一头栽倒在沙发上。

　　翌日清早，牛月清老早起来打扫了屋里屋外，又去厨房烧好了粥，才去喊柳月起床。柳月起来，就不好意思了，忙去把庄之蝶也喊醒，三人一桌吃了饭。饭后柳月坐在客厅里梳头，画眉，插花，戴项链和耳环，一定要让了牛月清和庄之蝶就坐在旁边当顾问，从头上到脚下直收拾了两个小时，铺天盖地的鞭炮就响起来了。牛月清就立即要柳月脱了鞋，坐在卧床上去，而自个儿把房门大敞。这是一支几十人的迎亲队伍，开来的小车是二十二辆，文联大院里放不下，一字儿又摆在大门口外的马路上。得了红包的韦老婆子跑前颠后，给每一个接亲的人笑着，又严厉地防范着街上闲人进入大院。胸佩了红花的大正，被人搀扶着恭恭敬敬地要向庄之蝶和牛月清行磕头礼，他的麻痹的右腿已经往后撇去要趴下去，庄之蝶把他挡了，只要求鞠个躬就是。大正便深深一躬，又去卧室为柳月穿鞋，再将其抱下来，把一朵与他胸前同样艳红的花朵别在她的胸前。柳月静静地看着他，当大正别好了花，捏了她的手向唇边去吻的时候，她撇撇嘴，对门口观看的庄之蝶和牛月清说道："他还在学西方那一套呢！"羞得大正耳脖赤红。然后来人坐下吃烟吃荤吃酒，欣赏墙上的字画，去书房门口瞧里边塞满的书。摆钟敲过十下，说一声"上路！"趴在楼门洞上的窗台上的人就将三万头的鞭炮吊下来点燃，声音巨大，震耳欲聋。大正牵了柳月双双往下走，三个照相机和一台摄影机就镁光闪动，大正一笑，禁不住发出一个嘎儿之声，柳月就拿白眼窝他。大正一脸庄重了，又竭力要保持着身子的平衡，但不免开步之后左右摇晃，不停地便撞着了柳月，后来就不是他在牵着柳月，而是柳月在死死抓着他的手，那手臂就硬如杠杆，把整个身子稳定着。楼门洞上的鞭炮还在轰响，红色的屑皮如蝴蝶一样翻飞，柳月害怕有一个断线的炮仗掉下来落在自己头上，一个跌子就跑过门洞口。因为猛地丢了手，险些使大正跌倒，一直跟在旁边的牛月清就喊："柳月！柳月！"柳月只好回过头来等着。楼下的院子里站满了人，柳月这回是挽了大正的胳膊，尽量地靠近，不使大正摇晃。牛月清说："好！好！"指挥了四个人把剪好的五彩纸儿往他们头上撒，一对新人立时满头满身金闪银耀。接亲而来的几十人依次往车上搬嫁妆，长长的队列从大院顺序走出，马路上围观的人就潮水般地涌过来。人们在对着新郎新娘评头论足，说新娘比新郎高出了一头，说新娘必定是一个新的家庭的掌权人，说新郎不久将来就得戴上一顶绿帽子了。有人就说新郎是市长的儿子，市长的儿子脾气一定是暴躁的，他是能在气势上和威严上绝对征服了新娘的。于是又有人说，要揍这美人儿？那他必须要等美人抱他到床上了才能揍她的。这些议论柳月自然听在耳朵里，急急就钻了那辆车里去。

婚礼是在西京饭店的大餐厅中举行的。庄之蝶和牛月清所乘坐的车刚在饭店门口停下，就看见偌大一群人已拥了大正和柳月进了餐厅大门。鞭炮不绝，鼓乐大作，正疑惑人这么多的，有人就过来说："你二位今日可得坐上席的，市长他们已经在那里了。"两人入得厅去，但见一片彩灯，光怪陆离，人皆鲜艳，喜笑颜开。穿着旗袍的服务员穿梭往来，正往每一张桌上放了花篮，摆了水果、糕点、瓜子、香烟、茶水、饮料。人乱哄哄的，也不知是哪路宾客。大正和柳月已经在进门时接受了两个儿童献上的花束，被人安排着从铺着的一条约两米宽二十米长的红绸上缓缓向厅的那一头走。那一头搭就了一个稍高的平台，红毯铺就，盆花拥簇，前有麦克风设备，后有四张上席主桌。司仪黄德复，让新人转过身来，招呼所有带相机的来宾拍照新人倩影了。人们大呼小叫，要他们靠近些，再靠近些，要笑，要举了花束，或者一个手搭了另一个的肩，一个搂了另一个的腰。大正和柳月不做。不做不行，有人上去为他们摆姿势了，又是哄然大笑，满堂喝彩。庄之蝶停在那红绸边，看清了红绸上却有金粉书写了郑燮的一副联语："春风放胆来梳柳，夜雨瞒人去润花。"旁边写有"恭贺大正柳月婚喜"字样，然后是麻麻密密的数百位恭贺人的签名。庄之蝶想，一般会议典礼留念都是参加者在宣纸上签名，这不知是谁的主意，倒把恭贺人名写在绸上，又以绸代替红地毯，也觉别出心裁，有趣有味。便有人拿了笔过来说："请签个名吧。"庄之蝶在上边签了，那人叫道："你就是庄先生？"庄之蝶笑笑点头，那人又说："我也爱好文学的，今日见到你十分高兴！"庄之蝶说："谢谢。"要往前走。那人却还要和他说话："庄先生，那新娘是你的保姆，是你熏陶出来的？"庄之蝶说："哪里！"那人说："我真羡慕她！我有个请求不知先生肯不肯答应？我也想去你家当保姆，一边为你服务，一边向你学习写作。"庄之蝶说："我不请保姆了，感谢你的好意。"那人说："你是嫌我不是女的吗？我是能做饭，能洗衣服的。"庄之蝶几乎是摆脱不了他的纠缠，牛月清便前去给黄德复讲了。黄德复正在介绍着各位嘉宾，立即大声说："今天参加婚礼的还有著名的作家庄之蝶先生，我们热烈鼓掌，请庄先生到主桌上来！"大厅里一片欢叫，掌声如雷，那人只好放了庄之蝶。庄之蝶上了主桌，与已坐了的各界领导和城中的名流显赫一一握手寒暄。刚在一个位上落身，却跑上来两个姑娘，要请他签名留念。庄之蝶以为是在笔记本上签的，姑娘却把身子一挺，说："这心口专是为庄先生留的！"看时，那穿着的白棉毛衫上已经横的竖的签满了人名。庄之蝶说："嗬，这么好的衫子怪可惜了！"姑娘说："名人签字才有价值的！平日哪儿寻得着你们，听说市长儿子结婚，寻思你们肯定是来的。你们签了，我们招摇过市，这才是真正的文化衫！"庄之蝶说："让我先看看谁都来了？"便见上面有汪希眠、阮知非、孟云房、孙武、周敏、李洪文、苟大海的名字，就把笔拿起来，在姑娘的胸前写了。另一个姑娘看了，却得寸进尺，说先生文思敏捷，能不能写一首诗，四句也行的。庄之蝶为难了，说："这儿哪是写诗的环境，写什么内容呢？"姑娘说："今日是婚礼，写点爱情的吧！"庄之蝶在姑娘背上写开了。那姑娘让另一姑娘给她念念，就念道：

把犁杖插在土里，希望长出红花。把石子丢在水里，希望长出尾巴。把纸压在枕下，希望梦印成图画。把邮票贴在心上，希望寄给远方的她。

姑娘就笑了，说："庄先生你是在怀念谁呀？"庄之蝶说："这是叫单相思。"姑娘说："对，我就喜欢单相思，我找了那么多男朋友，但我很快就拜拜了，这世上没有我相信的人，也没我可爱的人了。但我需要爱情，又不知道我要爱谁？单相思最好，我就放诞地去爱我想象中的一个人，就像是我有一把钥匙，可以去开每一个单元房！"庄之蝶就笑了，说："姑娘你有这般体会一定是爱着具体的人的，怎么会不知道要爱谁？"姑娘就说："那没有成功么。我发誓再不去爱他的，我天天都在这里警告我的。"庄之蝶说："可你天天都摆脱不了对他的爱。这就是不会相思，学会相思，就害相思；不去想他，怎不想他，能不想他？"姑娘叫道："哎呀庄先生你这么个年龄的人也和我们一个样的？！"姑娘就在他面前的椅子上坐下来，似乎很激动，有做长谈的架势。庄之蝶忙提醒婚礼开始了，咱在这儿说话，影响不好的，就把姑娘打发了下去。这时候，又一人弯了腰上来，悄声地对庄之蝶说："庄先生，大门外马路左边有个人叫你去说句话的。"庄之蝶疑惑了，是谁在这个时候叫他？如果是熟人，那也必是要来参加婚礼的呀？！就走出来，饭店的大门外，人们都进餐厅去看热闹了，只停着一排一排的小车，庄之蝶左右看了看，并没有人的。正欲转身返回，马路边的一辆出租车摇下了窗玻璃，一个人叫了一下："哎！"庄之蝶看时，那人戴了一副特大的墨镜。庄之蝶立即知道是谁了，急跑过去，说："你是要参加婚礼？"唐宛儿说："我要看看你！"庄之蝶仰天叹了一声。唐宛儿说："参加完婚礼，你能去'求缺屋'那儿见我吗？"庄之蝶看看身后的饭店大门，一拉车门却坐了进去，对司机说："往清虚庵那条街上开吧！"唐宛儿一下子把他抱住，疯狂地在他的额上、脸上、鼻子上、嘴上急吻，她像是在啃一个煮熟的羊头，那口红就一个圈儿一个圈儿印满了庄之蝶整个面部。司机把面前的镜扳了下来。

车到了清虚庵的街上，妇人说："她们都去了？"庄之蝶说："都去了。"妇人说："那我们到文联大院楼去！"不等庄之蝶同意，已给司机又掏了十元钱，车掉头再往北驶来。

　　两人一到住屋，妇人就要庄之蝶把她抱在怀里，她说她太想他了，她简直受不了了，她一直在寻找机会，她相信上帝会赐给她的，今天果然就有了，她要把这一个中午当做这分隔的全部日子的总和来过。她要让庄之蝶把她抱紧，再紧些，还要紧，突然就哭起来了，说："庄哥，庄哥，你说我怎么办啊，你给我说怎么办呢？"庄之蝶不知道给她怎么说，他只是劝她，安慰她，后来他也觉得自己说的尽是空话，假话，毫无意义的话，连自己都不相信了，唯有喃喃地呼唤着："宛儿，宛儿。"就头痛欲裂，感觉脑壳儿里装了水，一摇动就水泼闪着疼。

　　他们就一直抱着，抱着如一尊默寂的石头，后来鬼知道怎么回事，手就相互在脱对方的衣服，直到两人的衣服全脱光了，才自问这里又要制造一场爱吗？两人对视了一下，就那么一个轻笑，皆明白了只有完成肉体的交融，才能把一切苦楚在一时里忘却，而这种忘却苦楚的交融，以后是机会越来越少了，没有机会了！庄之蝶把妇人放到沙发上的时候，唐宛儿却说："不，我要到床上去！我要你抱我到你们卧室的床上！"他们在床上铺了最新的单子，取了最好的被子，而且换了新的枕巾。唐宛儿就手脚分开地仰躺在那里，静静地看着庄之蝶把房间所有的灯打开，把音响打开，喷了香水，燃了印度梵香。她说："我要尿呀！"庄之蝶从床下取出了印有牡丹花纹的便盆。妇人却说："我要你端了我的！"眼里万般娇情，庄之蝶上得床去，果然将她端了如小孩，听几点玉珠落盆……（此处作者有删节）但是，怎么也没有成功。庄之蝶垂头丧气地坐起来，听客厅的摆钟嗒嗒嗒地是那么响，他说："不行的，宛儿，是我的老毛病又犯了吗？"妇人说："这怎么会呢？你要吸一支烟吗？"庄之蝶摇着头，说："不行的，宛儿，我对不起你……时间不早了，咱们能出去静静吗？我会行的，我能让你满足，等出去静静了，咱们到'求缺屋'去，只要你愿意，在那儿一下午一夜都行的！"妇人静静地又躺在那里了，说："你不要这么说，庄哥，你是太紧张也太苦闷了，虽然没有成功，但我已经满足了，我太满足了，我现在是在你们卧室的床上和你在一起，我感觉我是主妇，我很幸福！"她说着，眼盯着墙上的牛月清的挂像，说："她在恨我，或许在骂我淫荡无耻吧，她是这个城里幸福的女人，她不理解我，她不会理解另一个环境中的女人的痛苦！"便站起来把挂像翻了个过儿。

他们出了文联大院，随着一条马路无目的地走。然后在饭馆里吃饭。吃完饭，路过一家影院，就买了票去看电影。他们商定看完电影就去"求缺屋"的，要买好多食品和饮料，去真正生活一日，体会那日夜厮守的滋味和感觉。庄之蝶说："一天一夜。"妇人说："两天两夜！"庄之蝶说："不，三天三夜！"妇人说："那就睡死去！"庄之蝶说："死了也是美死的！"妇人说："如果真的那么死了，以后被人发现，那'求缺屋'不知会被人当作殉情之地歌颂呢，还是被骂作罪恶之穴？"两人就嘿嘿地笑。他们这么说着笑着在影院里看银幕上的故事，妇人就把头倚在庄之蝶的肩上，庄之蝶刹那间却记起了以前照过的那张照片，但他不愿意再想这些，觉得他们现在的这个样子，实在是一个有意思的字，悄悄说给妇人。妇人问："什么字？"庄之蝶在她的手心里写了一个"总"字。妇人却在庄之蝶手心里写了一个"兑"字。庄之蝶就把妇人的两条腿提了放在自己怀里，脱鞋来捏，突然附在她耳边说："我真没出息，该用它的时候不行，不用了倒英武！"妇人于黑暗中去探摸，果然如棍竖起，就解了他的前边纽扣，弯下头来……庄之蝶恐后边的人看出，用手努力支开了。妇人说："我已经湿了。"庄之蝶伸手去试，果然也湿漉漉一片，就拧了妇人鼻子羞她，说："我去买点瓜子来嗑吧。"站起来从过道往出走。他瞧见了在那边的墙根有两个人靠墙蹲了下去，他以为是迟到的人在那里寻查座位，还指了一下手，意思是前边有空位子，但同时为自己的举动感到好笑：那么黑暗的，人家哪里懂得你指一下手的意思，也何必为他人操这份心？！于是在休息室的服务台前买瓜子儿，瓜子儿却是葵花子儿，他说："我要南瓜子儿！"南瓜子儿不上火。但南瓜子儿没有了。庄之蝶记得刚才进来时离影院左边三百米左右有家食品店的，就给门口收票的人说了，匆匆往街上跑。五分钟后，庄之蝶来到影院座位上，却没见了妇人，而妇人的小手提包还放在那里。庄之蝶想：去厕所了。他甚至想到她从厕所回来后，他一定要问是不是受不了了，到厕所又去用手满足了吗？但是，十分钟过去，妇人还没有回来。心里就疑惑了，站起来去厕所外唤她，妇人没有回应。让一个进去的女人看看里边有没有人，那女人出来了说"没有"。庄之蝶就急了，想她能到哪儿去呢？是在休息厅里？休息厅没有。他知道妇人爱逗乐子，一定是在影院的什么地方故意藏了，等着他经过时突然跳出来吓他的，就开始在剧场一排一排查看，在前院后院寻找，没有。这时候，电影结束了，观众散场，庄之蝶站在出口一眼一眼看，直等到剧场里没有一个人了，仍是没有妇人的面。庄之蝶慌了，给孟云房拨电话。孟云房问他怎么在婚礼中出去了再没见人，是干什么去了？庄之蝶只好告诉了他一切，让他去周敏家看看是不是唐宛儿提前回去了？孟云房说他和周敏参加完婚礼，一块儿去的周敏家，并未见到唐宛儿，他也是才从周敏家回来的。庄之蝶放下电话，现在唯一的希望是她先去了"求缺屋"，便搭出租车赶到"求缺屋"，那里还是没有。庄之蝶最后赶到孟云房家，一进门就哭起来了。

牛月清眼看了庄之蝶在婚礼开始时出了餐厅，一直没有返回，心里就起了疑惑，因为他的所有朋友都在参加婚礼，会不会是去幽会了唐宛儿呢？但牛月清无法离开，当市长和夫人向她打问庄之蝶哪儿去了，她推托说有人叫了出去，一定是有什么紧事吧，市长夫人就要她一定在吃罢饭后去新房看看，要等着新郎新娘闹过洞房了再回去。牛月清于夜里十一点回到家，她一眼就看见了有人来过了卧室，心贼起来，仔细检查了床铺，于是发现了一根长长的头发，又发现了三根短卷的阴毛，而且墙上她的挂像被翻挂着。她怒不可遏了，抓起了那枕头扔出去，把床单揭起来扔出去，把褥子也揭了扔出去。她大声叫喊着，踹了书房门，把那里的一切都弄翻了，书籍、稿纸、石雕、陶罐，搅在一起踩着，摔着，后来就坐在那里等待着庄之蝶的回来！

牛月清等了一夜，庄之蝶没有回来。第二天又是一天，庄之蝶还是没有回来。牛月清没脾气了，牛月清懒得去摔东西砸家具了，她在一只大皮箱里收拾起自己的换洗衣服。这时候，门在敲响着，她去拉开了门闩，却并不拉开门扇，转身又去了浴室，在那里用洗面奶擦脸。她在镜子里发现了一条新的皱纹，大声唏嘘，开始做英国王妃戴安娜的那一套面部按摩。她说："你回来了，冰箱里有桂圆精，你去冲一杯补补元气吧。以后干完那事，你得把毛扫净才是。"但是，回答她的却是哇的一声哭。

哭声异样，牛月清回过头来，当厅里跪倒的不是庄之蝶，是那个黄厂长。牛月清走出来并没有扶他，冷冷地问："你这是怎么啦，生意倒闭了吗？"黄厂长说："我找庄先生呀！"牛月清说："你找他就找他，哭哭啼啼跪在这里干啥的？"黄厂长说："我老婆又喝了农药。"牛月清坐下来，却拿了镜子照着描眉，说："又喝了农药？那她是肚子饥了渴了吧？"黄厂长说："我说的是喝的农药！"牛月清说："你那农药她又不是没有喝过？！"黄厂长从地上站起来说："她这次真的是喝死了！"牛月清身子抖动了一下，镜子从手里掉下来裂了缝儿，问道："死了？！"黄厂长说："我只说这'102'是喝不死人的，她要喝就喝吧，拉了门出来了。晌午回去，一掀锅盖，锅里什么饭也没有，我就火了，骂道你越来势越大了，连饭也不做了？！去炕上看时，她一条腿翘得老高，把腿一扳，整个身子却翻过来，她是死得硬邦邦的了。"牛月清听了，好久没有言语，待听到黄厂长还在那里唠唠叨叨，说这是一场什么事呀，农药要它有毒的时候它没个毒劲，不让它有毒时它却真把人毒死了！牛月清就笑了，说："黄厂长，死了好的，你那么有钱，什么都心想事成，就是缺一个洋婆娘嘛！她死是她命里不配你，这不给你腾了路，你还愁找不到个十八的，二十的？"黄厂长说："她喝药前也是这般说的，可离婚就离婚么，我已答应给她十万元的，她偏要去死！我知道她是不想死的，是要吓唬我的，可谁知道这药竟又有了毒性！她这一死，她的那些娘家兄弟就托人写了状子给法院寄，给区政府寄，听说给市长也寄了，全是告我的'101'是假农药，'102'也是假药。"牛月清说："噢噢，你来找庄之蝶是让他再给你做一篇文章宣传产品，或者去市上领导那儿为你开脱罪责？"黄厂长说："是这样，我现在只有寻庄先生这一条路了，他不会不救我的。"牛月清说："那你就在大院门口那儿等你的庄先生吧，我要出门的，这门我还得锁了的。"黄厂长一脸尴尬说："这，这……"牛月清叭地把那镜子在地上摔得粉碎，骂道："你给我滚出去！你们这些臭男人还有什么，就是有几个钱嘛！你老婆让你逼死了，你不忙着去料理她的后事，哭丧着来让别人找门子，你还有脸给我说？你还领了谁来，是不是把那个不要脸的野婆娘也领来了？是不是她还在楼下等着你？你把她领来我瞧瞧，害女人的又都是些什么女人？想没想过你今日害了这一个，赶明日又有她一个来害了你一个？！你滚出去，滚出去！"黄厂长被她一把推出去，门就哐地关了。

门关了，牛月清瞧着地板上一片泥鞋蹭下的污垢，只觉得恶心，就拿了拖把来拖，拖了一遍又一遍，回坐到床沿上呼哧呼哧喘气。

这个下午，庄之蝶依旧没有回来，牛月清写下了长长的一封信，历数了她与庄之蝶结婚十数年的和睦生活。追叙着当初他是怎样的一副村相，怎样的穷光蛋；是她嫁了他，她完全把自己牺牲在了他的身上，鼓励他、体贴他、照料他，使他一步一步奋斗到今日。今日他是成功的了，名有了，利也有了，当然她是不配做他的夫人了，因为她原本就不漂亮，何况现在老了，更是因为十数年里全为他在牺牲，已经活得没有了自己。很长很长的时间了，他们的婚姻已经死亡，两人同床异梦。与其这样，我痛苦，你也痛苦，不如结束为好。牛月清写到这里，就写了另一段话，说她到底不明白事情发展到这一步是她哪儿做得不对？对于他，对于这个家庭，她呕心沥血，而你庄之蝶一次一次伤她的心，难道一切都是假的吗？人活得就这么样地假？！但是，牛月清写下了这一段，她又用笔抹去了，她觉得没必要再写这些。于是又写道，为了保全他的声誉，为了他今后的幸福，她不愿同一般人一样在最后分手时打打闹闹成了仇人，只希望和平解决，不通过法院，而到街道办事处办理离婚手续就行。她说，她现在是要住到双仁府那边去，请不要找她，要找就是写好了协议书一块儿去街道办事处吧。牛月清写完了信，提了装满她的换洗衣物的大皮箱，从文联大院走出去，她感到了一种少有的解脱。

一到双仁府，老娘在院门口的石墩子上坐着，脸上木木呆呆，牛月清叫了一声："娘！"老太太没有理会，还向牛月清看了看，又一动不动地坐着。牛月清就蹲在她跟前，说："娘，你怎地不理我，你怎么啦？"老太太突然间惊醒过来，茫然的目光在眼眶里转悠，说："谁？"牛月清说："我是月清，你认不得我了吗？"老太太就大张了嘴，抽搐着，哭起来了。牛月清见娘怎么一下子成了这个样子，也就哭了。母女俩先是一个心思地哭，而后各有各的恓惶，哭得就更厉害了。好容易把娘搀扶到屋里，问娘怎么连人也认不得了。老太太说三个晚上她没有瞌睡了，脑子里总是嗡嗡地响，可女儿不过来，女婿也不过来，是她把牛月清穿过的衣服扎了个捆儿吊在院中那口枯井里，牛月清才回来了。她说："你没魂了，月清，我把你的魂叫回来了！"牛月清知道老太太的老毛病又犯了，但从来没有这么个呆相的。心想母女俩离得最近，女儿的事老娘一定有了什么感应才这样的。便忍不住又落了泪，说："娘，都怪我不好，好多天没有来照顾你了，使你病成这样！我再也不离开你了，我就住在双仁府这边，一日三顿给你做饭，晚上陪你睡觉，陪你说话啊！娘，你这会想吃些什么吗？"老太太说她想吃拌汤。牛月清赶忙去做，揭了锅盖，锅是洗了，但锅沿没有洗净，牛月清就又要伤心。十多年来，她的心十分之九都给了庄之蝶，然后一分才在娘身上，她觉得太对不起老娘，而在世界上最亲近的却只有老娘啊！

老太太有了牛月清在身边，脸上慢慢生动起来，但她总是说这房子该刷刷墙了，墙上爬满蚰蜒、臭虫，甚至有蝎子。牛月清给她倒了开水，她说碗里有一团虫子；给她端了洗脚水，她又说盆底有更大的一团虫子。夜里牛月清不让娘独个去睡那棺材床，和她打通铺儿，老太太又说是睡不着，总是说牛月清三四岁时的样子多胖的，多乖的，然后就用手不停地扇着牛月清伸过来的脚，说脚上落满了苍蝇，叮咛明日一定要洗洗脚的。牛月清听了，就和娘睡在了一头，让娘搂着，给娘呜呜咽咽地哭。

庄之蝶和孟云房、周敏满城里寻找唐宛儿，几乎转遍了所有的大街小巷，毫无结果，三人就来找赵京五。赵京五在家里喝了几天闷酒，见了他们，精神提不起来。庄之蝶就说："柳月是一个心眼儿要嫁给大正的，我是劝说了多次，可有什么作用？我说柳月呀，甭论京五一表的人才，单那一身的本事，说不定将来成龙变凤，不愁你享不了福的！可她眼窝浅，反问了我：庄老师你这是给我画饼吧！你瞧瞧，她就是这般见识，我也没办法了，我不是她的父母，也不是她的亲戚，就是箍了她的身，能箍了她的心？！既然这样，那就全随她去吧。"孟云房说："我看是好事不是坏事。当初听说赵京五和柳月要订婚，我心里老大的不高兴，但话就说不出口。现在她嫁给跛子，你们瞧着吧，跛子有难还在后头哩！"周敏说："孟老师这话怎讲？"孟云房说："我听我老婆说了，那一次她和柳月去洗澡，发现柳月是个白虎星。白虎星克男人可是杀人不用刀的，这是书上写着的。"赵京五说："你们都不用说了，我也不是为一个女人就要毁了自己的人。人各有志，她不愿嫁我，强扭的瓜总是不甜。我只是恨我自己没能耐，又是可惜她太看重眼前实利了。今日你们都来了，好心我也全领了，都不要走的，我提几瓶酒来喝喝。"庄之蝶说："京五有这个度量，我们也就放心了。要喝酒，改日到我那里去，咱们放开喝醉一场，只是今日还有要紧的事，你也得跟我们跑跑。你知道吗？唐宛儿丢了。"就根根梢梢说了一遍，只是没有说是他和唐宛儿去看电影时丢的。周敏禁不住哭腔下来，说："赵哥，咱这办的是什么事吗？你的一个走了，我的一个丢了！这么个城市，我们差不多篦梳一般儿篦过一遍，只是没个踪影，我倒害怕她遇着了坏人，要么被害了，要么让拐卖了。"庄之蝶说："你胡说什么！唐宛儿在城里无怨无仇，谁能害她？她那么精明的人就又能让人拐卖了？！京五你的门子多，三教九流都认识，咱要想法儿找着她才是。"赵京五说："这怎么不早早来给我说？现在黑道儿爱惹这些事的。我认识一个人，若是犯在他们手里，倒十有八九能寻得出来。"四人当下就走到街上，乘了一辆出租车直往北新街而来。到了北新街，穿过一个小巷，到一家挂着一个精致小花圈的店铺门口，赵京五让他们在门口等着，就进去和店里一个正制作纸花的老太太说话。过一会儿出来，说："牧子不在。"众人说："牧子是谁？"赵京五说："他是红道黑道两头挂的人物，早年学过拳脚，了不得的本事！咱先去街上吃饭吧，吃完饭再来。"四人就又到街上一家饭馆，才到的门口，就碰上了阮知非和一个女的坐了一辆车驶过，车停下来对庄之蝶说："哎呀，才要去找你的，没想就碰着了，你瞧我这运气！"孟云房瞥了一眼那车中的女子，低声说："又换了班子了？"阮知非说："哪里，这是我的秘书，换什么班子，现在是懒得离婚！今日你们倒有空逛街？跟我上车吧，我们要去招收三个时装女模特，现在歌舞厅吃香的是时装表演，已收了四个，去帮我看看！"庄之蝶说："我们还有重要的事，你走吧。"孟云房想托阮知非寻找唐宛儿，庄之蝶使了眼色，孟云房就不言语了。阮知非说："你们鬼鬼祟祟的不知又要干什么去，那我就不打扰了，改日要看这些模特，就给我打电话吧！"说完钻进车去，对那女子说了些什么，一阵浪笑，车开走了。四人就进了饭馆。

饭馆里人很多，赵京五自动去排队买票，庄之蝶、孟云房、周敏就拣一张桌子坐下说话。旁边的那张桌上，有两个年轻人低了头叽叽咕咕说什

371

么，便见一个粗壮汉子先在窗外的玻璃前朝里看了一会儿。庄之蝶先是抬头一看，玻璃上一个压扁的肉脸，便觉得不舒服，低了头对孟云房说："闲人！"把身子背了玻璃，故意挡了窗外的人。过一会儿，那汉子却进来，个头并不高，却四四方方地敦实，径直在油饼锅边买了四个油饼，也不包纸，一手两个捏着，就在那两个年轻的桌前坐了。两个年轻人没有言语，却要起身欲走，汉子伸过双臂，双手仍各捏着油饼，说："哥儿们，帮个忙，挽挽袖子！"两个年轻人看了看他，就无声地一人一个地帮他挽了袖儿，袖子挽上来，两个袖子里却都缝着红袖章，黄字写着"治安"二字。两个年轻人噢地一叫，转身便走，不想四个油饼眨眼间啪啪各打在他们的左右腮上，汉子低声吼道："敢给我走？！"两个年轻人真的立在那里不敢走了。汉子说："老实给我说，十二路公共车上的钱包是不是你们偷的？"年轻人说："你怎么知道？不是偷的，是捡的。"汉子说："好，捡的就好！把钱包装到我右边的口袋，丢钱人还在派出所哭着哩。"年轻人把钱包装在汉子的右口袋里了，还在说："大哥，我们真是捡的，是在车门口捡的。"汉子说："还乖，那你们走吧，若要以后再捡，遇着我就不会是今天了，滚吧！把扣子扣端，滚！"两个年轻人兀自把衣扣扣好了，一拱手，撒腿就跑。汉子笑了笑，从桌上捏了油饼却吃起来。这一幕直看得庄之蝶、孟云房、周敏目瞪口呆，孟云房低声说："他会不会把钱包送给丢钱的人？"周敏说："这种人我知道，惹不起的，别让他听到了。"庄之蝶说："你知道他是干什么的？"周敏说："这类闲人，派出所却常用的，我当年在潼关城里就充过这角色。"说话间，赵京五买了饭牌子过来，却叫道："牧子？！寻了你半天，你怎么就在这儿！"汉子腮帮子上鼓着一个大包，舌头调不过来，只把手里的油饼让赵京五吃。赵京五没有吃，喜得扭头对庄之蝶说："咱寻牧子，牧子就坐在你们身边！牧子，我介绍一下，这位是作家庄之蝶，这位是研究员孟云房，这位是编辑周敏。"牧子终于咽下一口油饼，问："是谁？你说谁？！"赵京五说："是庄之蝶，你知道吗？"牧子说："你说咱省长的名字我或许不知道，你说庄之蝶，我说我不知道，旁人就笑话我没文化了！"油手在桌上蹭蹭，伸过来——和庄之蝶等握，说："听说你写的书好看，我买了几本，但我没读过，我老婆读的，她是你的崇拜者！有什么事寻我？真的是寻我？"赵京五说："可不是在寻你！你不信，回家问问婶子！"牧子就油手在怀里掏了一把钱给了赵京五，说："就冲庄先生能寻我，也是我活得荣幸，去买一瓶白酒，咱们喝一喝！"庄之蝶忙说："不必了，这么豪爽的人，真叫人痛快，改日到我家去喝吧！"赵京五就按了他坐好，把求他帮忙的事叙说了一遍，牧子说："那好吧，我去打个电话问问。"就出了饭馆往电话亭去。一会儿回来说："东片的南片的都问了，他们没有收留这女人，也没见过。北一片的回话说此人居住的不在他们的范围。我不认识西片的那黑老三。我对北片的王炜说了，不属于他管的范围也要查，让他马上去找黑老三。过会儿就会回给我电话的。"庄之蝶听了如听神话，说："这还有势力范围啊？"牧子说："国有国界，省有省界么，要是丢了什么东西没有查不出来的；可人是活人，查起来就难了。"孟云房就来了兴趣，问："你刚才抓那两个小偷，怎么就能看出是小偷？"牧子说："我在十二路车站那儿，正好碰着车上下人，最后下来的一个老头叫嚷钱包丢了，我一留神，就看出那两个是贼的。职业有职业的味儿，什么味儿，我知道但我说不出来。"孟云房说："对了，这就像咱们写作人讲的感觉。"正说话，牧子身上的 BP 机叫起来，他一看号码，说："来电话了！"就又走出去。四个人心都提起，全都没话，一等牧子出现在饭馆门口，站起来就问："找着了？"牧子说："那小子也说没有。"大家脸色就难看了，坐下胡乱吃了饭，向牧子告辞，搭车回到孟云房家来。

庄之蝶说："云房，现在怎么办？"孟云房说："是不是向公安局报个案？"赵京五说："没必要的，牧子都寻不到，公安局还有什么办法？"庄之蝶说："到这一步，云房你查查卦吧。"孟云房说："平日开玩笑的事我可以算的，但现在这么大的事，我倒不敢了。让我试试，一般寻人是用《诸葛神数》的，周敏，你说三个字来。"周敏想不出来。孟云房说："要突然想到什么说什么。"周敏说："门石头。我是突然看见你家门口的这块石头的。"孟云房就开始数各字的笔画，门字要繁体门字，是 8 画，石字是 5 画，头是繁体字 16 画，去 10 剩 6，组成 856，然后减 384，查出第一个字，后又反复加 384，终于将查出来的字联成一首词："东临水际，生有桃林。鸟声向晚，云掩月昏。"大家就纳闷了。庄之蝶说："在东方，东方属哪儿？若在城里就是东城区，若在城外就是东边，东边郊区是什么地方？"周敏突然叫道："会不会回了潼关？潼关就在东边。"赵京五说："极有可能，周敏你在潼关还有哥儿们没有？"周敏说："那哥儿们多了。"赵京五说："那你就从这儿直拨电话问问呀！"周敏说："她是毫无迹象要回潼关呀，就是回，也得给我说一声的呀！"开始拨电话，拨了好一会儿，拨通了，果然唐宛儿是回到了潼关。那边的哥儿们说，唐宛儿回到潼关，消息传得满县城都知道了，说是周敏拐了良家妇女私奔到西京，唐宛儿的丈夫雇人雇车去西京查访了七天七夜，没想在一家电影院发现了。她丈夫就和一个人叫了一辆出租车停在影院门口，派另一个人去影院见她，唐宛儿是认识那人的，问起那人孩子的事，那人就让她出来说说话儿，引她出来，她丈夫和前一个人就把她抢了塞进车里，口里塞了毛巾，手脚用绳子捆了，一气儿开回潼关来的。周敏这么复述给了大家，庄之蝶第一个先哭了，说："这是对待犯人嘛，怎么敢这样待她？这是对待犯人了嘛！那她回去，不知要受什么罪了！周敏，你立即去车站买票往潼关去，你要救她出来，你一定要救了她出来！"周敏却霜打了一样蹲在那里不言语。庄之蝶说："你怎么啦，不想去啦？"周敏说："我日夜担心的就怕会这样，他们能在西京大海捞针一样把她寻回去，我怕回去了连见都见不到她了。"庄之蝶骂道："你说的屁话！那你何必当初要把她带来？你一个男子汉连一个女人都保护不了？唐宛儿真是瞎了眼，枉对你一场爱了！"骂完，周敏用拳头打自己头，庄之蝶也用拳头打自己的头。

牛月清住到双仁府这边。双仁府地区的低洼改造开始实施，北头的几条巷子人已经搬迁，老太太就恐慌：下一个月，或者是冬季，就该轮到她搬迁了，那这条昔日的水局巷，那有着古井台的亭子就要再没有了！她把那些骨片水牌就一日数次地拿出来看，唠唠叨叨给女儿说前朝，讲后代，一会儿人话，一会儿鬼话，人话鬼话混在一起了吱哇。牛月清照料着老娘，心却无时无刻不在庄之蝶身上。离开了文联大院的住屋，没有了更多的打扰，她原本是可以清静地思考他们的事情了，但是门前清凉，热闹惯了的人毕竟又生出了几许寂寞。她是一怒之下离开了那个家，发誓再也不想见他的。而现在离开了他，也才知道自己那样地爱着他。她猜想庄之蝶回到家去，看到了那封长信要做出怎样的反应，是暴跳如雷，痛不欲生？如果是那样，他就会很快到这边来的，痛哭流涕地向她诉说事情的原委，忏悔自己的过失，发誓与唐宛儿分手。她想，到那时，她就要把他堵在屋外，用笤帚扫土去羞辱他，泼一盆脏水出去作践他。她这么干着，娘偏拉她，她要与娘吵，然后当着娘的面骂他，用手采他的头发，直到把肚子里怨愤泄了，就可以接纳他了。但是，庄之蝶没有来，连个电话也没打过来。难道，庄之蝶盼望的正是这样吗？他一直在寻找离婚的借口，又想自己不说，只折磨得她这么说了，干起来了，正中了他的下怀？牛月清又想，或许是庄之蝶真的生了气了，他虽平日随和，但脾性儿执拗，要以硬顶硬，只等着她再回那边去了，才肯低头？他是名人，平日在外人都敬着，在家里她也惯着，他伤害了她，还得她再去顺毛扑索了才肯回头吗？牛月清几次想去文联大院那边看看，但走到半路上又折头回来。她担怕这样做了，庄之蝶会不会更反感，以为是她牛月清离不得他的。而自己这么个样儿回去那又何必当时要写下长信出走呢！牛月清给孟云房拨电话，孟云房知道了这事，在电话里训斥她处理问题太不明智了，怎么能离开家再不回去？怎么就提出要离婚？她的气上来了，在电话上说："你怎么尽说我的不是，即便是我处理问题不好，他干那种丑恶的事就对了？男人在外边嫖野，老婆还要把他当爷敬着？他是名人么，你们当然只得维护他么，他身上的疮也是艳若桃花么！"发完了火，就把电话摔下了。她只说这下连孟云房也恶了，没想孟云房在这个晚上竟登了门来，一进来就给她笑，就说是来听她训斥的。于是，她就和他谈，说她怎么也想不通庄之蝶怎么能堕落成这样？孟云房说："是的，令我也想不通！别人都干了什么样的事了却安然无恙，而庄之蝶可怜地只碰着个唐宛儿，就惹得人虽未亡家却要破？"牛月清说："你还嫌他堕落得不够？"孟云房说："但我可以说，在这个城里的文化圈里，庄之蝶算是最好的！"牛月清闷了闷，说："可他毕竟和别人不一样，他若是阮知非那样，出这事谁也不觉得是什么事，而他在大家心目中形象是什么呢？是一个正正经经的高高大大的人，出这事谁能接受了？这不只他毁了他自己，也毁了多少人呢？他虽然没有离家出走，但他夜夜是睡在书房的；虽然没有提出离婚，但那也只是时间问题。与其那样，我为什么还要赖着他？"孟云房说："这一点你说得很对。别人在外玩女人都是逢场作戏罢了，庄之蝶倒真的投入了感情！他实在是个老实的人。他同唐宛儿那么来往，我就不大愿意的，调剂调剂生活是可以的，但若弄到那个份儿上，那和自己老婆又有什么两样？"牛月清听了，心里不悦了，说："你这意思是让他在外胡来，见一个爱一个，爱一个扔一个，回来又把我哄得住住的？"孟云房说："婚姻是婚姻，爱情是爱情，这不是一回事，但又是统一的。别看庄之蝶在这个城市几十年了，但他并没有城市现代思维，还整个价的乡下人意识！"牛月清说："我需要的是婚姻就是爱情，爱情就是婚姻！"孟云房说："在这一点上，你和庄之蝶总是反对我，但现实情况如何呢？这不，你们现在就陷入多大的痛苦呢！"牛月清说："云房，咱不要说了，咱也说不到一搭去。你要喝水我给你倒去；你要不喝，你有别的事就干你的事去吧！"孟云房落下大红脸，却嘿嘿笑了："哎呀，这不是在赶我吗？可我偏不走的，我是吃惯了你的饭，我今日还要吃了才走的！"牛月清就哽哽咽咽哭自己的恓惶。孟云房见她越哭越伤心，就说："月清，我是个臭嘴人，说些话你或许不爱听的，但我从心里讲，我是同情你的。之蝶也给我说了你不回家去住的话，我就批评了他，我说之蝶，说良心话月清是个好老婆，她跟你了十多年，又没个什么大过错，你心就安吗？"牛月清说："我用不着同情。我也能看出庄之蝶之所以不主动提出离婚，是在同情我，是在为我的后路着想。从这一点讲，他还是个有良心的。可我需要同情吗？我要的是感情！我不是不爱他，正是我还爱着他，我才成全他，让他和唐宛儿成亲结婚去吧！"孟云房说："他和唐宛儿结婚？你不知道的，唐宛儿被她原来的丈夫寻着押回潼关了！"牛月清愣了一下，便说："这骚精狐子，她还有今天；她把人害够了，她回去了？！"孟云房说："别骂唐宛儿了，她也怪可怜的。"牛月清说："她还可怜，水性杨花的淫妇儿！"孟云房说："唐宛儿既然已经走了，你们还是好好地过日子吧！虽然这场事相互伤了感情，需要一段时间恢复，可我觉得只有你们两个和好是对谁都好的，那样，我孟云房以后来也有个吃饭喝茶的地方！"牛月清说："你孟云房来，我还给你吃的喝的，只恐怕你以后不会再到我这儿来了哩！"孟云房说："我吃不吃喝不喝是小事，要是你们离了婚，你是摆脱了这一时的痛苦，那以后就会幸福了？"牛月清说："他离了婚，就是和唐宛儿不行，凭他的地位名声，十八岁的能找，二十岁的也能找，他不会不幸福。我是找不下个名人男人了，可我想，找一个工人，一个小职员总还可以吧？或许，我什么也不会找了，我就跟我娘过！"孟云房说："你怎么这样固执？在旧社会，一夫多妻，那做老婆的都不活了？只要你肯放他一马，他那里由我去劝说！我以前就说了，无论如何，根据地不能失的。别像了我现在，原先是恨死了那一个，重新结婚了，反倒觉得还不如先前的，我现在夜里做梦还总是孟烬的娘，夏捷倒是一次梦里也没见过。"牛月清说："你这仍是要他搞双轨制吗？亏你给他出这馊主意！"噎得孟云房当下无语。牛月清就说她要睡觉了，撵着孟云房出了卧室。孟云房尴尬地只是笑笑，出来，老太太却坐在客厅里说："你们说什么来着，鬼念经似的。我这耳朵笨了，只听着说是谁丢了？"孟云房说："大娘，人耳朵笨些好，糊涂些就更好的！是唐宛儿丢了，你还记得吗？就是周敏的那个女人，她走失好些日子没见回来了！"老太太说："我说让睡觉了把鞋抱在怀里，你们谁听的？现在唐宛儿就丢了！女人家重要的是鞋！她丢的时候穿的什么鞋？"孟云房说："听说就是那高跟黑皮鞋吧。"牛月清说："娘，娘，你话这么多呀！"孟云房就又笑了一下，说："那我走啦。"出门也就走了。

孟云房一走，牛月清倒想：我该不该就放庄之蝶一马，何况唐宛儿人已经走了。但是，她又想，庄之蝶明显地从心里反感了自己，如今写了那信，又冲着孟云房说了那些话，他一定会更疏远起自己。即使唐宛儿走了，庄之蝶保不准将来还有个张宛儿、李宛儿的，与其这样，长痛不如短痛，罢罢罢了。这么咬着牙铁了心，却想不来庄之蝶为什么就反感了自己，自己背叛过他吗？自己服侍他还不周到吗？这只能说庄之蝶不是以前的庄之蝶了，她牛月清就是这么个悲惨的命了！

连着几日，孟云房又来了，而且赵京五也来，汪希眠夫妇也来，他们都来劝说。如果是庄之蝶亲自来向她认错赔情，这还罢了；如果是所有的朋友、熟人对此事皆不闻不问，这也还罢了；而庄之蝶无踪无影却是这些朋友、熟人轮番前来，施加压力，牛月清吃得硬不吃软，心越来越烦，话越说越硬，后来干脆谁来劝说连见也不见了。几天里少饭少菜，夜夜失眠，人明显地消瘦下一圈，头发也一把一把往下落。每日清晨对着镜子，瞧见自己的模样，想真要脱发不止，成个秃顶，这后半生就活得更惨了，一时万念俱灰，遂想

377

起了清虚庵的慧明来。一天黄昏，红云燃烧，鸟乱城头，牛月清终于进了清虚庵。山门口贴着一张红纸，上写着："初一施放焰口法令。焰口内容：生者消灾免难延年增福吉祥如意……亡者脱地狱之苦转生极乐世界……"牛月清不晓得焰口是什么，独步进去，听得观音殿里一片法器声响，也不过去瞧看热闹，径直到右边小园里，推那小独院里的一扇门户，慧明正坐在那里把什么药水往头上揉搓。慧明的头很圆，头发很稀。见是牛月清进来，忙招呼坐了，双手还在头上涂抹药水。牛月清就问："你这是在做什么功法？"慧明说："生发功。"牛月清说："生发功？出家人都是要削发的，还做什么生发不生发的功。"慧明说："都是熟人了，不怕说了你听的，出家人都是削发为僧，可我是当年无发可削才出了家的。我十八岁时一头浓发，不想那个夏天发就全脱了，一个女人没有头发算什么女人？我半年不敢出门见人，后来才索性去了终南山做了尼姑的，再后来又上了佛学院。可我现在要头发，我是要头上生出头发了再削掉头发的。这是北京产的生发灵，它还真管用的！"牛月清说："我倒恨不得这一头长发一夜之间全脱个精光了，也来跟你做尼姑！"慧明笑道："你就是头发全脱光了，充其量和我当时出家一样。在俗世也罢，出家也罢，女人毕竟还是女人，女人能少得了男人？女人又怎能摆脱掉男人？农民收获麦子就得收获麦草，龙衣蟒袍就能保里边不生虱子？"牛月清说："是这么个实情儿。"慧明说："你瞧着我一个尼姑还用生发灵，觉得奇怪吧？可我奇怪的是你怎么也想到要来清虚庵！庄老师是何等人物，别人有烦恼，莫非你也烦恼？"牛月清突然两颗清泪掉下，却一句话也不肯说。慧明见她如此，也不追问，沏了茶两人喝了，直送到山门外，分手告别了。

过了三天，牛月清又来到清虚庵，慧明却坐在被窝里，说："我知道你是还要来的。你的事我给孟云房打电话时询问了，他吓得在电话里直惊叫，要我多劝你。我不用劝的，你是来要出家也好，不为出家散散心也好，人各有志，劝也没有用的，但我可以告诉你，解脱自己的只有你自己。我当初出家，以为做了尼姑就万事清心，可进了佛门，才知道尼姑也不是随便就可以当的，若是那样，寺院倒成了避难所了，佛也显不出其圣洁来了！男人的心我倒理解，喜新厌旧、朝三暮四是他们的秉性。这个世界还是男人的世界。女人如同是大人的孩子，大人高兴了就来逗孩子，是要孩子把他的高兴一分为二地享受；大人苦闷了，也来逗孩子，或者骂孩子，是把孩子当做出气筒，或当做消气机，要把苦闷合二而一或一概儿推去。说女人是半边天，女人可以上天，可以入地，可上天入地的女人到底有多少？满城的商店里出售着女人的服装、女人的化妆品，好像社会一切都是为女人而服务的。可这一切又都是为了什么？还不是让女人打扮得漂漂亮亮了，供男人欣赏消用？在男人主宰的这个世界上，女人要明白这是男人的世界，又要活得好，没结婚的让别人喜欢，结了婚的让丈夫宠爱，女人就得不住地调整自己，丰富自己，创造自己，才能取得主动，才能立于不会消失的位置。若以美貌取悦，美貌总是随着时光要流逝的，且世上的美貌各式各样，你一人怎去满足男人吃了五谷还想六味的胃口呢？若一切围着男人打转儿，男人的一切就是自己的一切，到头来你只能活得窝囊，遭人遗弃。孔子说唯女子和小人难养，其实男人最难养。你离他远了他不行，离他近了他又烦。女人对于男人要若即若离，如一条泥鳅，让他抓在手里了，你又滑掉；如一颗瓜子儿，吃进嘴了，逗起了口液出来又填不饱肚子。男人就对你有了一种好的感觉，追求起来就像苍蝇一样勇敢。所以，女人要为自己而活，要活得热情，要活得有味，这才是在这个男人的世界里，真正会活的女人！”慧明讲经一样滔滔不绝地说了一大堆，牛月清心里腾腾在跳，一会儿觉得她在说那个唐宛儿，唐宛儿为什么活得人都宠爱，难道就是唐宛儿知道这些？一会儿又觉得她是在说自己，自己的失宠就是没晓得这么个理儿吗？但牛月清想不到的是慧明年纪轻轻，又是尼姑，却懂得这么多关于男人和女人的事，就说：“慧明师父，你能说这些，真让我吃惊哩！”慧明说：“是吗？我要再说出来，还要吓死你的呢！”牛月清说：“什么事就把我吓死了？”慧明说：“那好吧，既然你看得起我，到我这里来，我也就全对你说了。你不觉得我今日坐在床上和你说话是没礼貌吗？我是打胎了两天了。”牛月清叫道：“打胎？！”慧明说：“你把门掩上，别让别的尼姑听着了。是打了胎，你该用怎样的眼光看我了，你怕永远不会再来见我了吧？可这是真的，我一发觉身子有异样，就自配了中药打下来的。好了，你现在可以走了。”牛月清真不知道还要和慧明说些什么，她紧张地不敢看慧明，她不是怕慧明难堪，而是自己不好意思。她喃喃着，果真起身从那里走出来回家了。

　　足足过了七天，牛月清给单位告了病假，在家四门不出。庄之蝶与唐宛儿的事发生后，她感到痛苦的是自己最爱的丈夫竟会这样；而现在，出了家的慧明也打胎，这世上还有什么是真的？还有什么让人可相信、可崇拜、可信仰呢？这般思索没个究竟，果然自己就发病躺倒了。她的身上开始脱落皮屑，先是并不注意，后来穿袜子的时候，袜筒里有许多麦麸一样的东西，早晨起来扫床，床上也是，就觉得浑身非常痒。脱了衣服，才看清身上皮肤发糙，像蛇皮纹，像树皮纹，她就在晚上脱光了衣服，拿一把刷子刷着身子，又一遍一遍地洗。第八天里，她重新上班去了，很晚很晚才回来，老太太把女儿挡在门口瞧了半天。牛月清说："娘，你这是干什么，认不得我了？"老太太说："我真的认不得你了，你这是怎么啦？！"牛月清就笑道："娘，那你再瞧瞧，是漂亮了，还是难看了？"老太太说："眉毛黑了，脸上的蝴蝶斑怎么没有了？"牛月清说："这就好！"告诉老娘她是去美容了，眉毛黑是文了眉，蝴蝶斑是用一种药剂弄去了，她往后每天得去一次，一连去七天就会全去掉的。她还要去垫鼻梁，还要打平额上的皱纹，还要去掉下腹里的多余脂肪，还要把脚也变瘦的。说得老太太惊道："这不整个儿不是我女儿了？！"从此就整日唠唠叨叨，说女儿不是她的女儿了，是假的。夜里睡下了，还要用手来摸摸牛月清的眉毛、鼻子和下巴，如此就怀疑了一切。今日说家里的电视不是原来的电视，是被人换了假的；明日又说锅不是以前的锅，谁也换了假的；凡是来家的亲戚邻居又总不相信是真正的亲戚邻居。后来就说她是不是她，逼着问牛月清。

　　庄之蝶骂得周敏回潼关去搭救唐宛儿，回到家来，牛月清却走了。陡然之间，鸡飞蛋打，落得一个凄凄惨惨的孤家寡人。对于牛月清提出的离婚，在牛月清没有提出前，庄之蝶是恨不得一离了之；而当要离婚的信摆在了面前，庄之蝶却分明感到了一种震惊。他是看了那信后，大笑了一声，去冲泡了一杯浓浓的咖啡来喝，竟觉得一时身心轻松。但一个人在房子里待过了一天，便空荡难忍，把哀乐的声放到最大的音量，他方能在床上静静地躺下来思想。在以前的那些日子里，每当他与唐宛儿、柳月，甚至那个阿灿有了那种事，回家来就希望牛月清能骂他恨他。但牛月清不理了他，他又觉得难受；若牛月清对他百般照料，他心里又觉得对不住人。这种折磨他不止一次地盼望着能结束，现在是结束了，但涌上心头的是牛月清以往的好处。想到了牛月清诸多好处的庄之蝶，却并没有去双仁府那边登门求饶，他明白事情到了这一步，如果两人重归于好是太难了。首先是牛月清能消除心中的他和唐宛儿相好的阴影吗？再是他往后又如何能清理掉对唐宛儿的恋情呢？是唐宛儿给了他新的感觉新的冲动，而今唐宛儿坠入了另一个苦海深渊，他能心安理得地如没事一般地过好他的日子吗？不要说自己往后如何忍受痛苦，这岂不终生要背着双重负罪的枷锁吗？但是……但是，庄之蝶又想，正是认识了唐宛儿，和唐宛儿有了这些灵与肉的纠葛，使得他一步步越发陷入了泥淖之中啊！庄之蝶为了摆脱困境，他开始用关于女人的种种道德规范来看唐宛儿，希望自己恨起她，忘却她！可庄之蝶想不出唐宛儿错在哪里，哪里又能使自己反感生厌？他在心里一次次企图忘却她，一次次却在怀念。明明认定了面前的是一杯鸩酒，但那美艳的色泽，浓烈的香味，又诱他不得不去渴饮了。孟云房曾来和他谈过，斥责他从事文学创作时间太久了，太投入了，已经不懂得了社会，一切以艺术来处理，才一步步弄成了这样。事情出来了，难道还要这么继续下去吗？你揪心不下这个，揪心不下那个，那你把你自己呢？你是名人，名人活得应该更潇洒更自由，你却把你弄得这么累，这么苦？！庄之蝶是无声地笑了，他说他不会听你孟云房的，你孟云房的观点他过去不同意，现在也不会同意，他只请求朋友们不要来提说这事。他说唐宛儿丢了，牛月清走了，这无疑是上帝对自己的一种惩罚。既然是惩罚，那自己就来自作自受吧。于是，庄之蝶买来了一箱子方便面，自己洗自己的衣服。这么在家待过了几日，百无聊赖，就去孟云房那儿约了赵京五和洪江喝酒。见酒就贪，凡贪便醉。自己也觉得讨厌了自己，便每日骑了"木兰"，头发弄得纷乱，将小录放机装入音乐磁带，戴上耳机，一边在城中闲转一圈，一边听音乐。有时想，或许今日有个女人拦了他让捎她一程路吧，或许在某个空旷的路上去拦住一个漂亮的女人吧。但常常那么疯开了一圈就转回来，弄得一身汗一身土，面目全非。

　　这一日在闲转的时候，突然一个念头闪过，就去了南郊看那奶牛了。虽是秋后，太阳依然很旺，苞谷已经收割了，干旱的田里还未耕耘，到处都是一色褐黄，尘土飞扬。"木兰"到了刘嫂家门前的土场上，土场上集中了数十头耕牛，这些牛全没有主人牵着，也没有缰绳拴在木桩上或碌碡上，但它们并不走动，全围在已坍倒的刘家院墙外往里瞅着。庄之蝶往院中看去，那头奶牛在躺卧着，差不多是一张牛皮蒙盖了一堆骨头。刘嫂就蹴在牛头边搅和木盆里的吃食。庄之蝶停了"木兰"走进去，刘嫂默默地看着他，没有说话，泪水却已纵横满面。庄之蝶知道奶牛是不行了，庆幸自己偏巧赶来，还能最后看看它，就从坍倒的土墙根拔了一些腥味很重的白蒿放在了奶牛嘴边。奶牛只是艰难地动了一下耳朵，算是和庄之蝶打招呼了，它的眼没有大睁，眼圈周围有很黏的东西。腥味的草已经是闻到了，那舌头偶尔伸出来，只那么一寸，卷了一下垂流的浓涎。屋子里，男人很重的声音在喊叫了刘嫂："让你去打酒，你磨磨蹭蹭，这会儿还让它吃什么呀？！"就和一个汉子走出来站在台阶上。庄之蝶先是觉得一道白光闪了一下，才看清那汉子提了一把柳叶长刀。刘嫂的男人满脸胡楂儿，寡白无血，看见了庄之蝶，说："你来了？进屋喝茶吧。"庄之蝶说："是要杀牛吗？"男人说："实在没办法，拖得时间太长了，与其让它这么受罪，真不如让它解脱了。牛若有灵，它也是愿意这么做的。你这么大个人物，它病了你来看过，今日倒头，你又来了！"庄之蝶说："我与这牛有缘分。"那汉子就在太阳下呵地笑了一下："老齐，你死了怕也没人来看的哩！"刘嫂的男人说："这应该，牛偏偏就死在我手里，我也是有罪的。"汉子就走到奶牛身边，把刀子叼在了嘴里，双手在系紧着腰带，说："老齐，你两口来按住牛角吧。"刘嫂的男人上去按了，刘嫂却捂了脸向屋里跑去。男人骂道："这婆娘家的！"只好自己一手抓了一只牛角。刘嫂跑到屋门口站住了，她是不忍心去看，又不忍心在奶牛死时她不在场，就脸对了门扇，双手死死抓着门环。汉子的嘴里还是叼着那口刀，刀的白光在闪着，手就在奶牛的喉管处摸位置，然后从嘴中取下刀，说："这位客人，你来抓住牛尾巴！"庄之蝶没有动，汉子不屑地哼了一声，一条腿则跪下来，说："今日你受苦是到了头了，下回不要转生牛了！"哧啦一声，刀便从牛脖下捅进去，连刀把也送进去了一部分。庄之蝶看见，牛眼翻成了鸡蛋一般的白色，刀口咕咚咚冒出一股热腥气，血就泛着粉红色的气泡汩汩地流在热土上了。庄之蝶一时无力，慢慢蹲下去，同时看见刘嫂双手从门环上滑下去，最后瘫卧在门槛上。这时候，院外土场上是一片牛的吼叫，所有的牛疯狂地转圈奔跑，尘土飞扬，遮天盖地。汉子立即叫喊着过去关住了院门，而又拿了一条皮鞭守在坍倒的院墙豁口，皮鞭甩得叭叭响。牛群终于没有冲进来，后来就有一头极悲哀地哭嚎着从土场边的一个胡基壕里冲奔过去，随后是十几条牛都这么吼叫着冲奔过去了。庄之蝶回头来，地上已摊开了一张牛皮，汉子从乱七八糟的一堆肉里拿出了一小块金黄的东西，说："这么大的一块儿牛黄！"他兴奋得用血手把牛黄拿在阳光下看，牛黄上还浮着一层热气。

当庄之蝶被男人拉着进屋去坐在了酒桌上，庄之蝶从恍惚里清醒，在他的身边是一个大草笼，里边装了大块大块的牛肉，而那张血淋淋的牛皮晾在倒坍的院墙豁口。庄之蝶没有喝酒，他说："我想买了这张牛皮！"汉子在口里倒了一杯酒，说："噢，你是皮货店的老板？这皮子可是张好皮子，你掏什么价？"庄之蝶说："要多少价我出多少价。"刘嫂立即说："什么价不价的？！庄先生，你要肯收留，你拿走吧。"

柳月到了大正家，大正家和庄家一样，都是客人多。但庄家的客人都是清客；大正家的客人差不多都是各部局领导，工厂厂长和商场、公司的经理，这些客人从没有空手过。大到冰箱彩电，小到烟酒瓜果，拿礼的人几乎都是一个规律，进门换拖鞋的时候，礼品就势放在了鞋架边的一个没有窗口的小杂物间里，然后坐在客厅里与主人说话，送礼人再不言说有礼品放在那儿，收礼人也不寒暄致谢。他们在说话的时候，柳月是不出面打招呼的，只有婆婆或丈夫喊一声："柳月，你也来！"柳月方花枝招展地从卧室过来，过来了她会好看地对着来客笑笑，间或插一句两句的闲话。但她能准确地知道客人们茶杯里的茶是不是喝完了，她不去续水，喊："小菊，添水呀！"

小菊是大正家的保姆。过门的第二天早上，柳月认识了小菊的。那时小菊在厨房里择韭菜，柳月下意识地也蹴过去，抓起一把韭菜来择，还未择完，立即就不择了，站起来在水池里用香皂洗手。小菊"哼"了一声。柳月就一边洗，一边问："你叫什么名字？"她说："小菊。"柳月说："小菊，今日咱吃饺子吧，多放些虾皮，放的时候你说一声，我来下料。"小菊没有言语，依旧在择韭菜，突然说："市长家的饺子从来不放虾皮的！"柳月愣了一下，变了脸说："我就要吃虾皮饺子！"甩了甩手上的水，并不去拧水龙头，水哗哗地响，她就到新房去了，说："把水龙头拧上！"

第十天里，柳月在家里待烦了，她对大正说她要工作，大正说已经派人去办理她的城市户口了，一时还没有办好，到哪儿去上班呢？柳月说这她不管，她要工作。大正就把柳月的要求告诉了母亲，夫人想来想去，便给阮知非打了电话，要求把柳月安排在他们的歌舞厅。柳月第二天就去上班了。

柳月不会歌舞，柳月却有好脸好身材，柳月就跟着时装模特队学走台步。模特队都是些长腿细腰的女子，漂亮很漂亮，但一脸的没文化。柳月读的书多，气质好，知道怎样展示自己的风采，竟在很短的时间里成为模特队最出色的一个。这个城市的人欣赏时装模特表演，并不是来欣赏时装，而要看的是模特。或者说，不管你设计师设计了什么样的服装，在他们看来，台上的模特都是赤身裸体的。说这个脸好，臀部却大；说那个太瘦，胸部未隆。末了，觉得最迷人的最性感的还是那个叫柳月的。柳月每一次出场，下边都是噢噢噢的叫喊和口哨声。一时间，阮知非那儿有个好模特的话就传开来，歌舞厅的生意倒十分地红盛。

这一日中午，孟云房牵扯了北郊有《邵子神数》孤本的老头和新疆来的那位大师相见，长虹饭店的经理免费提供了食宿，两位奇人为了感谢经理，也是为了各显了本事让对方瞧瞧，就为经理发功治病，又为饭店预测生意，直折腾了一天。这经理当然也念孟云房的好处，赠了他一副老式莲花铜火锅，又给了五斤切好的羊肉片和三色调料。孟云房高高兴兴接受了，在家来做，就把庄之蝶和赵京五召来享用。庄之蝶情绪不佳，吃得并不多，随手打开电视机，电视里正在播映一部五十集的外国枪战片连续剧。剧前是阮知非歌舞厅的广告。孟云房就说："之蝶，你知道不，柳月现在就在歌舞厅里上班，她当了时装模特，好红火的！"庄之蝶说："这就好，柳月适宜于那份工作。这你怎么知道的？你常去跳舞吗？"孟云房说："我哪里去过！"夏捷说："他没去，他儿子倒常去！"庄之蝶说："孟烬那么小的去什么，他有钱买门票？"夏捷说："问题就在这里！大前日阮知非见了我，说你那儿子真聪明，隔三岔五领了同学去舞场玩，检票人要票，他说阮知非是我叔叔，柳月是我姐姐，就进去了。检票人后来问我有没有个侄儿的？我出来看了，见是孟烬，这小子行的，将来和老孟一样，是个人物！我回来给老孟说了，让他好好教育教育，他却一脸的不高兴！你瞧瞧，脸又黑封起来了！"孟云房黑起来的脸就又尴尴尬尬地笑，说："我哪里黑封了脸？之蝶，几时咱们去那里看看柳月去，别让柳月觉得嫁出的女泼出去的水。"庄之蝶说："行的嘛，你给咱联系联系。"孟云房说："那有什么联系的？吃过饭，我去宣传部一趟，部长昨儿来电话让我今日下午去一趟的。那有什么事！还不是让孟烬的师父给他老婆发气功排膀胱结石？我今日去不治的，只约个时间。"夏捷说："瞧你多积极，一会儿要去看望市长的儿媳，一会儿要去给部长老婆看病，把作家就搁在这里不理不睬了？！"孟云房说："你这一说，我成什么势利小人了？我去部长那儿要不了半个小时的，你们在这儿坐着聊吧，四点钟，咱们都准时在歌舞厅会面。"赵京五说："要去你们去，我是不去的。"孟云房说："京五你就小家子气了，柳月没做你的老婆你就不敢见她了？不敢见的倒是她柳月！你要不想见，你可以不见，你就在舞厅里跳舞吧，说不定在舞厅碰上一个中意的！"夏捷说："你要走你就快走，啰啰唆唆地烦人！云房，我可告诉你，今日要去那里散心就好好散散心，别又带了孟烬让舞厅检票人说闲话，我可再丢不起人哩！"孟云房发了一声恨就走了。夏捷赶忙收拾了碗筷，也不洗的，叫了隔壁一人，围桌搓起麻将来。

孟云房去宣传部，并不是部长让给他老婆排结石，却说出了一件关系到全城人的大事。原来市长为了进一步以文化搭台让经济唱戏，当得知北京动物园赠送了西京动物园三只大熊猫的消息后，忽然灵机一动，设想能否举办一个古城文化节，而且也想好了这个节的节徽就是大熊猫。市长召集了宣传部、文化局有关人开了个会，大家一致叫好，说这是一个好主意，一是向外扩大本市的宣传，二是以此搞活经济，这在全国也是一个创举。于是，一个庞大的筹备委员会就成立了。部长把孟云房叫去，就是征求孟云房对文化节内容的意见的。孟云房听了，首先就提出这事得庄之蝶参加吧，部长说那是当然，但庄之蝶是作家，一般事不必麻烦他，只等将来的许多文稿由他起草就是了。孟云房看了足足三页的文化节的设想项目，一时觉得若这么谈下

385

去，谈到天黑也谈不完的，就说这是大事，让他带了这些项目表回去好好思谋，明日下午来具体谈自己的想法好了。忙脱开身子，急急就去了歌舞厅。

歌舞厅里的营业演出刚刚结束，舞会却才开始。跳舞的人非常多，都是一对一对贴得紧紧地在那里晃，旋转的播撒着碎点的灯光，使所有人如同幻影和魔鬼，无法辨清那是谁和谁。孟云房听孟烬说过，柳月总是陪人跳舞的，就坐在旁边的一张桌前，极力于人窝里寻找柳月。但他的右眼已经坏了，左眼的视力也开始不好，他看每一个女的都奇装异服，美貌非常，似乎就是柳月，可一支乐曲终止，从舞池下来的女的却没一个是柳月。没见柳月，寻阮知非的身影吧，乐曲又起，男男女女又都拥进舞池跳起来了，一切又都分辨不清。孟云房这时倒叫苦没事先联系好，若庄之蝶他们来了，见不到柳月和阮知非，又该笑骂他了。正发急着，突然有人在说："你是孟先生吗？"孟云房扭头看时，声音就在旁边，同桌对面坐的一个俏丽的女子正双手支了下巴在端详他。孟云房说："是你在问我吗？我姓孟，你是谁？"女子手伸过来，孟云房当然接受了去握，又说了一句："面怪熟的，我这脑子不好，一时记不起了，实在抱歉。"女子说："不用的，咱们其实从未见过面，我只是看你的形象问的，果然就是孟先生了！"孟云房说："你是瞧着我一只眼的？！"女子就笑了，说："听说孟先生有趣，果真有趣。可我是个没趣的人，我在检察院工作，你一定会知道是谁了？还想不出吗？景雪荫是我的二嫂。"孟云房简直是吃了一惊，他几乎要起身而去，但他立即就笑了，说："知道了，知道了，你哪是没趣的人，在这儿碰着你实在让我荣幸的。我是认识你二嫂的，真是不是一家人不到一家去，你和她长得有些像哩！你二嫂好吗？"女子说："她能好吗？你的朋友一场官司几乎要让她去上吊了！"孟云房说："话可不能这样说，这场官司我大约知道一些，依我之见，何必闹到这一步呢？先前都是多好的朋友！庄之蝶现在家里害愁苦，怨恨周敏惹祸，把好端端一个朋友就变成了仇人！"女子说："他要真顾惜往日的友情，那为什么要提供他和我二嫂的隐私呢？他为了自己的名声而损害一个过去的朋友，这也就太不道德了！"孟云房说："事情绝不是你说的这样！好了，咱俩不要说这些了，好赖这场官司也算结束了。"女子说："孟先生不懂法律，中院判决了并不是案子的终了，还要允许向高院申诉的哩。"孟云房说："还要申诉？这何必嘛？"女子说："无论怎么说，我二嫂是咽不了这口气的，她既然打这场官司，投入了全部身心，她就得把官司打到底呀。你明白我的话吗？"孟云房说："当然明白，甭说你二嫂身后有人，单是身前有你这么一个小姑子，也会心想事成的。"女子笑了一下，说："那我也就不说了，先生能赏脸，让我陪你跳一场吗？"孟云房说："实在对不起，我一点也不会跳舞，我这是第一次到这地方来，要找一个人的。"女子说："这就遗憾了，那我只好邀请别人了。"就招手叫来服务员，付过了钱，说："给这位先生来一杯可乐。"自个儿却扬头走了。孟云房兀自觉得受辱，就问服务员柳月是在哪儿的？服务员说："今日她没来舞池，恐怕在她的房间吧。你从这里过去，出那个门，靠右手是楼梯，第三层十八号是她的办公室。"孟云房谢了，却从口袋里掏了钱给服务员说："等会儿你把可乐钱还了那位女的，就说我说了，约情人出来玩玩，怎么能让情人付钱？！"

　　孟云房在三楼十八号按了门铃，房间里并没有动静，又按了几下，听见是柳月在问："谁呀？"孟云房说："是我。"柳月说："有事到营业厅吧，我现在有重要客人。"孟云房赶忙说："柳月，我是你孟老师！"门开了，柳月浓妆艳抹，几乎让他都不敢认了，叫道："柳月，现在这么难见的！你身上洒的什么香水，就像洋人身上的味儿一样，怪难闻哟！"柳月赶忙使眼色，悄声说："我这里就有个老外的。"然后拿嘴努努那套间，套间门掩着，让孟云房进去了，大声地说："孟老师，把我出嫁了，你们就谁也不来看我了！今日是陪谁来跳舞吗？"孟云房说："我瞎眼笨耳的，能陪了谁来？你庄老师近来心绪糟糕，我们就一块儿出来看看柳月嘛！"柳月说："来散心就散心，却偏要说看我？庄老师他有什么事心绪糟糕，柳月一走倒省他多少心呢！"孟云房说："你这没良心的小猴精！"就把唐宛儿怎么丢了，牛月清又如何走了，庄之蝶孤零零的一个人怪可怜的说了一遍。柳月听了，眼圈倒红起来，问："庄老师人呢？"孟云房说："我们约好四点来这里的，我在下边舞厅里怎么也找不着你，等会儿他来了，你好好安慰安慰他，也劝他去你大姐那儿低个头认个错，重归于好。"柳月说："过了门我只忙着到这里上班，总说去看看他们却是没空，好赖在这里不被人下眼看了，还思谋着请了他们和你一块儿来看看我的表演，没想阮知非却遭了人打，将这一摊子临时交了我来张罗，才没个空儿去文联大院，他那里竟出了这等事来！"孟云房说："你说什么，阮知非遭人打了？"柳月说："这事你不知道呀？阮知非是每天晚上营业完了来收款的。前日晚上突然一个人把他堵在楼梯口，问，你是阮先生吗？阮知非不认识这人，来人说他是太平洋公司的秘书，公司要庆典，希望时装模特队前去助兴演出。阮知非说这里是正常营业，不外出演出的。来人就说他们经理在楼下的车里，能见见吗？阮知非便走下去，那小车里果然坐有三个人，其中一个胖子伸出手来和阮知非握，手刚一触到，阮知非就被拉得身子站不稳，那称做秘书的就势在后边一搋，阮知非就进了车去，车嘟地驶走了。阮知非知道不好，抱了钱箱问人家这是干什么，那胖子一拳就打在他的眼睛上，墨镜破碎了，镜碴儿扎在他的眼里，血当下流出来。那胖子说就是干这个的，姓阮的，知道你是发了财了，可总不能让我们饿肚子吧？向你借，你是不肯的，实在抱歉啊，只好这么办了！阮知非还在说，你们大白日抢劫，柳月可是我们歌舞厅的，你们知道柳月吗？胖子说知道她是市长的儿媳怎么样？你钱已经挣够了，留着这左眼再认我们吗？一拳就又打在阮知非的左眼上。车开到南环路，他们把阮知非放在路上，逃得没踪没影，亏得一个菜客发现了送到医院，那两只眼睛就全放了水了！这事摇了铃似的，你竟还不知道？大正爹也是发火了，要求公安局缉拿罪犯，公安局自然在城的四个门洞加派哨位检查过往车辆，但没有可疑的人。问阮知非，他也说不清那三个人的模样，只提供到有一个胖子，小车是红色的车。"孟云房听得毛骨悚然，柳月还在说公安局现在四处缉拿罪犯，但哪儿就能很快破案？他不关心这些，忙问阮知非是住在哪个医院，伤势治疗如何？柳月说是西医学院的附属医院，具体怎么治疗，她走不开，没有去的。孟云房说："这阮知非让你临时经营这里倒是明智的，可你也得小心，这里不比得当保姆。"柳月说："流氓地痞要连市长都不怕了，就让来吧，来了要多少我给多少，我才不像阮知非要钱不要命的。"孟云房就笑了一下，拿眼示意套间屋，低声问："这老外是哪国人？你们歌舞厅还和老外做生意？"柳月说："他是外语学院聘任的教师，能说几句中国话，常来跳舞，我们就认识了。这美国小伙，你是不是见见？"孟云房说："我闻不得老外身上的香水味。他坐了多久了，怎么还不走？"柳月说："他没事来聊聊的，美国人随便哩。你是不是有什么怀疑了？"孟云房说："你现在不比是小姑娘，是市长的儿媳了，多少人眼睛在看着你的。"柳月说："我这么大了，我是不会受骗的。"孟云房看了一下表，已经四点了，就说他到楼下门口去等庄之蝶他们，等会儿一块儿上来再说话吧。柳月就说她就不去接他们了，她很快打发老外走了，就腾出空来好好陪庄之蝶跳跳舞呀。孟云房就从楼上直去了楼下门口。

但是，孟云房在大门口等了半天，没有庄之蝶他们的影儿，柳月送走那个老外也下来等，还是没有见来。孟云房心里就操心阮知非，提出他到医院看看去，但叮咛柳月，一旦庄之蝶他们来了，不要告诉阮知非挨打的事，免得大家又都玩不好，等他过会儿从医院回来，打探个病情究竟了，再商量个日子，一块儿去探视好了。柳月倒感动孟云房的好心，也不敢到别处去，一直在歌舞厅等到天黑，庄之蝶没有来，也没有见孟云房从医院再回来，心里就惶惶不安了一夜。

孟云房去了医院并没有见到阮知非，医生告诉说做过了换眼手术，不允许任何人探视的。孟云房得知已经手术过了，手术又特别成功，心下宽展，却不明白阮知非双眼里放了水的，怎么做换眼手术，眼睛是能换吗？医生说："当然能换，你这只眼什么时候坏的？当时你怎么不来做个手术呢？"孟云房说："我一个眼睛也就够用了，现在大天白日的都有人敢抢劫，世事这么瞎的，多一只眼看着只会多生气！"医生却生气了，说："你这同志怎么这样说话？！"孟云房心里说：这人不懂幽默。就忙赔了笑脸，问给阮知非换的什么眼？医生说："狗眼。"孟云房吃了一惊，叫道："狗眼？那以后不是要狗眼看人低了？！"医生哼了一声再不理他走了。孟云房落了个没趣出了医院，看着天色已晚，也没再去歌舞厅就回了家。回到家里，庄之蝶、夏捷、赵京五都在，而且还有个周敏，大家霜打了一般谁也不说话。孟云房说："吓，我在歌舞厅等得脚都生出根了，你们竟纹丝不动还在这里！我这么大个人了，说句话是放了屁了，是要弄猴子吗？！"夏捷一指头戳在他的额上，说："嘿，我把你能恨死！"拉他到厨房里去说话。

夏捷告诉孟云房，他们搓牌到三点四十分，才起来要走呀，周敏一脚踏门进来。周敏是从潼关回来的，他并没有救得唐宛儿出来，而自己额头上却贴了块大纱布。大家见他狼狈，就知道在潼关打了架了，问几时到的西京，为何不来个电话让去车站接的？周敏却说他已经回西京两天了。庄之蝶说："回来两天了？两天了怎么不声不吭的？"周敏说："我觉得没有必要再给大家说。"倒嚷叫着打牌呀，让他也打一圈的。庄之蝶当下气得乌青了脸，说："周敏，你就是这个样子回来啦？大家日夜眼里盼你回来盼得要出血，你回来了两天不闪面，见了面就是这副嬉皮笑脸样？你告诉我，唐宛儿呢？"周敏倒被唬住了，说："我没有救了她。"庄之蝶说："我知道你救不回她，那她的情况你也不知道吗？！"周敏才说他回到潼关，潼关县城几乎一片对他的唾骂声、嘲笑声，他白天就不敢出现在街头。委派了几个哥儿们在唐宛儿家周围打探消息，知道唐宛儿被抓回后，丈夫就剥了她的衣服打，打得体无完肤，要她说句从此安心过日子的话来，但唐宛儿总是一声不吭，不说过也不说不过，那丈夫就又用绳索捆了她的手脚去强奸她，一天强奸几次，每次又都性虐待，用烟头烧她的下身，把手电筒往里边塞……这么才说着，庄之蝶眼泪就哗哗下来。周敏却笑道："罢了，甭为她流眼泪了，咱今辈子可能再也见不上她了，也得学会慢慢忘掉她。"于是继续往下讲，说他曾经派一个他认识、那个丈夫也认识的人去见唐宛儿，因为他已经在法院找人说妥，只要唐宛儿寄来离婚申请，管她丈夫同意不同意，都可以帮忙解除婚约的。但派去的人见不上唐宛儿，她是被反锁在后院的一间小房子里。周敏说他实在忍受不了，终于在一个黄昏戴了一顶草帽闯进了那家。那丈夫早防了他去，在家养了四个打手的。他一进门，他们就紧张了，双拳提起，怒目而视。他说："我不是来打架的。"先在桌前坐了，从怀里掏出一瓶酒来，吆喝拿了杯子来喝吧。那丈夫瞧他这样，也就开了几瓶罐头当下酒的菜，六个人喝了起来。周敏先说："兄弟，事情闹到这一步，咱们谈谈心吧。宛儿跟我去了西京城，我知道她是和你没有解除婚约的，但我爱她，她也爱我，这是没办法的事。你既然从西京偏要寻她回来，寻她回来也便罢了，可你也该留一句话的，害得我为宛儿操心。"那丈夫说："话这么说了，我是粗人，咱也就月亮地里耍锄刀，明砍！你是潼关城里的有名人物，可我也是墙高的一个男人，你让我戴了这么久的绿帽子，我全忍了，现在能坐在一起，我不骂你，也不打你，我只求你不要再来找她了。你不看在我的分上，也该看在孩子的分上。"周敏说："你在求我？"那丈夫说："我在求你。"周敏说："可我怎么能饶过你呢！你把她用绳索绑回来，打得她死去活来，又那么着去性虐待，她是做你的老婆还是你的一头牛一匹马，爱情是这么强打出来的吗？"那丈夫说："这你不用管，她是我的老婆，我怎么教训她旁人管不着的。"周敏说："我就不许你这么对待她！你要过，你好好待她；你要折磨她，你就去离婚。"那丈夫说："我死也不离婚！"周敏说："那好吧，你求我，我也求你，你让我见她一面。"周敏是代写了一封离婚申请的，他只要见到唐宛儿，让她在上边签个字按个手印，他就可以把离婚申请送到法院的。但那丈夫不允许见，双方就争执起来。周敏强行要往后院去找，旁边的打手一棒便把周敏打倒了，叫道："打！打这个流氓无赖，他是到这里闹事的，打死了咱也不犯法！"四个人扑上来就拳脚交加。周敏一下子跳上桌子，左右两脚踢倒了两个，那丈夫又抱住了他，他抓了那丈夫的手就咬，当下咬得骨头白花花露出来，但他的额上也同时被另一个人用酒瓶砸出个血窟窿。打闹声惊动了四邻八舍，周敏见状，将草帽戴在头上，满面流血地回家去了。回到家他就睡了，羞愧得三天三夜不出门。第四天得知娘在街头开的小杂货店也被那丈夫一伙儿砸了玻璃柜子，他从床上扑起，又要去拼命。是爹和娘抱住了他，求他让他们安生，说为一个女人，满城风雨了，谁个不说是你拐人家老婆，父母出门在外也被人指了脊梁，就是他们砸杂货店，围看的人那么多，也是没人帮咱说话嘛。如果再去闹事，那你就等于把你爹你娘活活杀了呀！天下的女人那么多，你什么人恋不得，偏偏稀罕人家的老婆？你这么大的人了，一般人都是开始供养爹娘了，我们不指望花你一分钱，不挂你一条线，可你也就不要让我们再为你操心啊，孩子！周敏听了爹娘的话，火气渐渐消了，又睡了七八天，就回西京来了。

孟云房听夏捷说过了事情的原委，心情也很是沉重，从卧屋出来，只是到冰箱里往外拿酒，说："唐宛儿没回来，没回来也好；周敏回来了，回来了就好。今日我也想喝喝酒吃吃肉的。夏捷，你去街上野味店里买四斤狗肉来。"夏捷说："吃狗肉喝烧酒，你让大家都上火呀？"孟云房说："让你去你就去嘛，话咋这么多的？！"夏捷就去了，大家还是没有说话。周敏说："你们怎么不说话了？唐宛儿是我的女人，我都不悲伤了，你们还伤什么心？世事如梦，咱就让这一场梦过去罢了，咱还是活咱们的人。"庄之蝶伸手就把酒瓶拿过去用劲启瓶盖，启不开，周敏说让他来，庄之蝶却拿牙咬起来，咬得咯吧吧响，咬开了，自己先给自己倒了一杯喝起来。这么一瓶酒你一杯我一杯咕咕嘟嘟都往口里倒，夏捷买了熟狗肉回来，瓶子里只剩有一指深的酒了。孟云房就又取了第二瓶来，夏捷却说："云房，你知道不，野味店里人都在说阮知非被人绑了票，两只眼都放了水！？"孟云房就给夏捷使眼色，但孟云房挤的是那只瞎眼，夏捷没在意，还在说："他们还在说医院给他换了狗眼。狗眼能给人换吗？"赵京五、周敏都惊得停了酒杯。孟云房却一直看庄之蝶，庄之蝶一连打了几个嗝儿，却一言不发，端起酒杯喝得更猛了。他说："之蝶，你还能行吧？"庄之蝶没有言语，还在添他的酒。夏捷说："让人喝酒又舍不得酒啦？喝醉了咱这儿有的是床哩！"孟云房说："那就喝吧，喝！阮知非遭人抢劫倒是真的，我也去医院了一趟。他也是活该要遭事的，发了财，又爱显夸，今日赞助这个，明日赞助那个，自然有人要算计了他。来，之蝶，我今日也豁出去醉的，干了这杯！"庄之蝶眼睛红红的，站起来却说："我要回去了。"说完竟起身就走。大家都愣起来，也没有敢说留他的话，直看着他趔趔趄趄从门里走出去了。孟云房兀自把那杯酒喝下去，一只好眼和一只瞎眼同时流下了两颗眼泪。

　　庄之蝶那晚回来，一进门就倒在地板上醉了。翌日早晨醒过来，只害着半个头痛。几天里就吃止痛片，吃方便面，不出门户。这期间，孟云房不再见他过来喝酒闲聊，就请了孟烬的师父来给他发气功调理，明明看见防盗铁门开着，再敲木板门就是不开。走到大院门房让韦老婆子用扩大器喊："庄之蝶，下来接客！庄之蝶，下来接客！"仍是不声不吭。孟云房就到街上公用电话亭里给他拨电话，庄之蝶接了，训道："你尽喊我干啥，你是催命鬼吗？"孟云房说："你不能老是待在家里四门不出！我知道你情绪不好，我才请了孟烬的师父来给你发功调理调理。"庄之蝶说："我要气功治疗？我没病，我什么病也没有！"孟云房在电话亭里沉默着，又说："那好吧，你不让调理，你好自为之吧。阮知非那边的事你不必操心，我已经和京五他们去看过了，我们是以你的名义去的，你也就用不着再去了。他情况还好，换了眼一切恢复很快的。可我要提醒你一件事，你这一年是事情缠身，我在家琢磨了，又翻了《奇门遁甲》，才醒悟你那房间里的家具摆设不当，事情全坏在了住家的风水上。西北角那间房，你做卧室是犯了大忌的，人应该睡在东北角那间房子。客厅的沙发不要端对了大门，往东边墙根放，你听清楚了吗？"庄之蝶气得把电话就放下了。孟云房听见听筒里咯噔一声后出现了忙音，苦笑了笑，但还是请孟烬的师父在小吃街上吃了粉蒸牛肉，放人家回宾馆后，就一人往歌舞厅来找柳月，希望柳月能把这一切告诉牛月清。如果她们两个一起去看看庄之蝶，庄之蝶的情绪或许会好些，否则庄之蝶真会病倒，真要毁了他自己的。

　　柳月去了双仁府，双仁府却人去屋空，推土机正在推倒着隔壁顺子家的土房子，知道牛月清和老太太已经搬迁到别的地方了。她独自站在院中的那棵桃树下发了半日的呆，才怏怏去了文联大院的楼上。庄之蝶是接纳了她，但庄之蝶唠叨不休地给她说唐宛儿被抓回潼关后如何受到性虐待。柳月就不敢与他多说，只去要给他做饭，看着他吃了便匆匆离开。自后十多天里，柳月见天来一趟，后来歌舞厅的事情多，她就在文联大院门前左边巷口的一家山西削面馆里委托老板娘，让一日两次去送饭。老板娘先是不愿意，柳月就掏了一把美元，说："我给你用美元付劳务费还不行吗？"

　　一日，柳月和那个美国小伙去了鼓楼街新开设的一家西餐馆吃完饭，有心领了老外去庄之蝶那儿，两人已走到文联大院的那条街上，她却让老外搭车回学校去，独个来见庄之蝶。才上楼到了门口，门口的墙根蹲着一个人，已经睡熟了，看时却是周敏，摇醒了问："周敏，你夜里偷牛了？怎么在这儿瞌睡？"周敏见是柳月，忙擦了口边流出的涎水，说："我到处寻庄老师，到处寻不着，估计他就在家里，敲门却是不开。我就蹲在这儿等着他，总要开门出来吧，没想太乏了，就睡着了。现在几点了？"柳月说："四点。"周敏说："那我这一觉睡过了两个小时？！"柳月就开始敲门，敲得咚咚地响，并且大声喊："庄老师，开门，我听见你在轻轻咳嗽了；我是柳月，柳月你也不见吗？"屋里就有了脚步声，门开了。庄之蝶脸色蜡黄地出现在门口，说："周敏你也来了？"周敏说："我在你门口睡了两个小时了。"庄之蝶说："有什么事，你肯下这么大功夫？"周敏说："要是没紧事，我绝不干扰老师的。昨日我去司马恭那儿，他告诉我，高院已通知他们要最后定案了，是全部推翻中院的结果，要改判为侵犯了景雪荫的名誉权。据说这是景的一个什么小姑在其中施了美人计，和具体复查的人做的鬼……咱们没立即行动去寻高院院长。我早让你去找院长，后来才知道你没有去，现在再不抓紧，黄花菜就全凉了！"庄之蝶说："是吗？"就去沏茶水，说："改判吧，怎么判都行，判输是输，判赢其实也是输了。你喝水。"周敏不喝，发急地说："那咱们就这么让人宰了？改判的第三条是写着要把结果在报纸上公开报导的呀！"庄之蝶回坐在沙发上，沙发后的墙上已经没有了字画，挂着一张巨大的牛皮，说："那有啥，让他去报导嘛。你要找院长，你去，我是不愿再去求任何人了。"周敏眼泪就流下来，说："庄老师，我去能顶什么用呢？我求求你还是再去一趟吧，咱苦苦巴巴争斗了这么长时间，最后就恶心地落到这步田地？！"庄之蝶说："周敏呀，让我怎么说你呢？你也饶饶我，不要再说这事啦行不行？我要写书呀，我是作家，我得静下心写我的书呀！"周敏说："那好吧，我就再也不求庄老师了。你写你的书吧，出你的名吧，我也是活该让你这名儿毁了！"周敏走出去，把门重重地关上了。

省高级人民法院果真在七天后公布了最后的审判结果，而城内的各家报纸又几乎在同一天刊登了消息。周敏几个晚上尾随着下班回家的景雪荫，窥探好了她家的地址，终于在一个下雨的夜晚，藏在一个拐角处，发现了景的丈夫从家里出来，骑车匆匆往东行走，他狼一样地扑过去，一脚把那男人连同自行车蹬倒在马路边，恶狠狠叫道："刘三拐，你欠我朋友的钱为什么不还？！"景的丈夫倒在地上，而雨披正好覆盖了头，听到了骂声，说道："哥儿们，你认错人了，我不是刘三拐，我从不欠什么人的钱！"周敏心中暗喜，又骂道："你好汉做事倒不敢认好汉，你不是刘三拐是龟孙子？！你别怪我下手狠，我得了人家的钱就得替人家办事，你欠款不还就拿那些钱去看病吧！"抬起脚来，照着那瘦瘦的一条小腿脖儿踩去，听得咯吧一声，知道起码是骨折了，骑车飞一般驶去。第二天一早，周敏喝得醉醺醺出现在杂志社办公室，杂志社的人都在议论景雪荫的丈夫被人打伤了，现在住进了骨科医院，说是恶有恶报，恐怕官司新赢的六百元的名誉损失赔偿费绝对付不了这笔药费的。周敏说："这是谁干的？咱们应该把这人寻出来，要好好谢谢他的。那男人怎么就遭人打了？"李洪文说："说是有人错认了人误打的。嗨，哪有认不得人就动手的，必是干什么坏事去了，遭人家打的吧？周敏呀，你要是有能耐，杂志社掏钱，你代表杂志社买了礼品去医院看看他怎么样？"周敏说："如果我还在杂志社干，我肯定是要去的，可我现在不是杂志社的人了。"李洪文说："厅里要辞了你？"周敏说："辞是迟早要辞的，今日我却是先来自辞的。"说罢，从挎包里取出一条香烟，一人一包散了，说："蒙各位关照，在这里待了一段时间，遗憾的是没有给杂志社出什么力，倒添了许多麻烦。现在我走了，请各位烟抽完就忘了我，我就是燃过的烟灰，吹一口气就什么都没有了！"大家面面相觑。李洪文说："可是，周敏，这每一支烟都是抽不完的，总得有个烟把儿。这么说，我们还是忘不了你。"周敏说："烟把儿那就从嘴角唾弃在墙角垃圾筐里吧！"笑着，走出办公室门，又扬了扬手，很潇洒地去了。

各家报纸刊载了庄之蝶官司打输的消息，西京城里立即便是一片风声。那些以前还并未知道这场官司的人到处又在寻找刊登周敏文章的那期《西京杂志》，李洪文就暗中将杂志社封存的那期杂志高价卖给了一家个体书商，书商又提价批发给街头的书摊小贩，更有那些小报小刊就采访杂志社和景雪荫，撰写了许多谈这场官司的文章，以增加其发行量。一时间街谈巷议，说什么话的都有。庄之蝶的家门每日被人敲响十数次，他仍是不开，而电话一个接一个打来，有问情况到底怎么样的，有安慰的，有愤愤不平的，也有责骂的。庄之蝶就把电话线掐断去。在家里无法待下去，一个人戴了墨镜来到了街上，原本想到一个地方去，譬如孟云房家打牌，譬如去找了赵京五或洪江，取些钱来花销，譬如精神病院里探望阿兰，但是，庄之蝶一来到街上的十字路口，他却拿不定了主意该往哪里。迎面的一辆自行车驶过来，他赶忙往左边让，自行车也在往左边让；他又往右边让，自行车也又往右边让。那人"啊，啊"叫着，人与车子就让在了一起摔倒了。庄之蝶爬起来，看街上人都瞅着他笑，慌慌顺了街就走。那骑自行车的人把车子骑过来，驶过他的身边了，扭头还骂一句："眼窝叫鸡啄了？！"庄之蝶一时噎往，倒傻呆呆立在那里不动。那人骑车前去了，却又骑着折过来再次经过庄之蝶身边，一边慢蹬，一边说："庄之蝶？"庄之蝶认不得他，他一脸粉刺疙瘩。那人说："有些像。不是，不是庄之蝶。"车子骑过去了。庄之蝶心想：多亏他没认出我来，要么多难堪的！就往前无目的地走，却想：他就是认出来，我也不承认是庄之蝶！于是无声地笑笑。瞥见旁边的小巷里有一面小黄旗儿在一棵柳树下飘晃，小黄旗儿上写着一个"酒"字，走过去果然见是一家小酒馆，就踅进去要了酒坐喝。庄之蝶喝下了一杯烧酒后，才蓦然认得这个小酒馆曾是自己来过的，那一日喝酒的时候看到过出殡的孝子贤孙，听到过那沉缓优美的哀乐的，一时便觉得这小酒馆十分亲近，就不再去孟云房家打牌，也不想去找赵京五和洪江，于鞋壳儿里又摸出一张钱来买下了第二杯酒。这么默默地喝过了一个小时，桌子上的阳光滑落了桌沿下去。庄之蝶偶尔向窗外一望，却见一个人匆匆走过，似乎是柳月，叫了一声，但没有答应，走出来倚在门口往远处张望，前边行走的正是柳月。就又喊了一声："柳月！"一股风灌在口里，人往前跑出十米，噗地竟醉倒在地上，哇哇地吐了一堆。

柳月往前走着的时候，好像听到有人在叫她，脚步慢下来，却没有听到第二声，以为是听错了，加快了步子又往前走。已经走出很远了，总感觉不对，就回头一看，正看到一个人倒下去了，心里有些疑惑，反身过来，啊地就叫道："庄老师！庄老师你醉了?！"忙扶他，扶不起，就跳到路边拦出租车，出租车却过来一辆拉着人，又过来一辆还是拉着人，好不容易拦住一辆，又给司机说好话，让司机和她一块儿过去抬了醉人上车，却见一只狗已在庄之蝶身边舐食着秽物，而且狗已伸了长长的舌头舐到了庄之蝶的脸上，庄之蝶无力赶走恶狗，手一扬一扬，嘴里说："打狗。打狗。"柳月一脚把狗踢远了，和司机抬了庄之蝶到车上，急急驶向文联大院，搀他回家洗脸漱口。

柳月一直伺候着庄之蝶慢慢清醒过来，恢复了神志，就怨他不该这样喝酒伤着自己身子，说罢了就从小皮包里掏出一沓钱来。庄之蝶说："你这是干什么？"柳月说："我知道你现在缺钱，可你缺钱就给我言传呀，柳月现在虽不是腰缠万贯，但也不是当年做保姆的时候，你对我说一声即便是低贱了你的身份，可你总不该拿自己名声去糟踏自己换钱喝酒吧?！"庄之蝶听得糊涂。柳月就说："这你还要瞒我？洪江把什么都给我说了！"庄之蝶更是莫名其妙，说："洪江说什么了？"柳月就从口袋里拿出一个小薄册子来，说："你瞧瞧！"庄之蝶拿过小册子看了，封面几乎没什么设计，白纸上只印有《庄之蝶风流官司始末记》，下边是几行主要章节的目录，分别为："旧情难却景雪荫，周敏文章写红艳"；"丽人羞怒寻领导，一封密信乞笑脸"；"法庭内外生烽烟，活该周敏遭背叛"……庄之蝶一把把小册子扔了，问道："这是怎么回事？"柳月说："我在歌舞厅里瞧见有人拿了这小册子，我吓了一跳，问哪儿来的，说是从'大众书屋'买来的，我去'大众书屋'查问时，洪江却在那里正帮了人家捆扎了这书往郊县邮发。我就问洪江这文章是谁写的，这不是拿糟踏庄老师来赚钱吗？你怎么也参与这个？洪江说他也不知道这是谁写的，既然这类东西能赚钱，为什么让别人赚而自己不赚呢？牛大姐和庄老师分居了，庄老师不好意思去大姐那儿取钱，他只是来我这儿要钱，咱的书店总得有钱呀！他说你也默许了这件事，让我少管少说。事情真是这样吗？"庄之蝶勃然大怒，骂道："×他娘的洪江，他也敢这么糟践我了？！"骂过了却轻轻地笑，说："嘿嘿，柳月，我不骂他了，他真是个会做生意的人，我骂他干什么呢？我也不追究这是谁写的，是周敏也好，是洪江也好，是赵京五或者是李洪文他们写的也好，让他们去写吧，现在已经是满城风雨，你能堵一张口两张口，哪里又能堵了全城人的口？你孟老师曾说我周围有一批人写文章在吃我哩，没想到咱开的书店也偷印这小册子赚钱，这就轮到我吃起我来了！"柳月听他这么说，也心里酸楚，就安慰道："老师能这么想也好。你头还晕吗？我扶你去床上睡一会儿。"庄之蝶摇摇头，说他睡不着了，他不睡，又可怜巴巴地看着柳月，说："我怎么能活成这样？柳月，你说官司结束了该事情就完了嘛，怎么又闹成这样？！"柳月说："你是名人么。"庄之蝶说："是名人，我是名人。现在我更成名人了，是一个笑名和骂名了！"柳月说："庄老师，这些你都不要去多理，你是作家，作家到底还是以作品说话的，你不是有一部长篇小说要写吗，你应该静下心来好好把作品写出来，你就可以为你正名，你还可以产生更大更好的名声的！"庄之蝶说："是吗？是吗？"柳月说："是的。"庄之蝶却大声说道："我不写了，我不要这名声了！"

庄之蝶送走了柳月，就坚定了自己不再写作的念头。不再写作，才能摆脱了自己的名声啊！他终于以最后的一篇文章来结束自己的写作生涯了，即写了一千零二十八个字的消息，说庄之蝶因严重失眠导致了写作能力的丧失，目前已正式宣布退出文坛。文章写成，便化名投往北京《文坛导报》。不过一个星期，《文坛导报》登载，西京一些小报小刊又以新鲜事儿转载开来。当日的晚上，孟云房就跑来看庄之蝶了，说："之蝶，你知道外边又在给你造谣了吗？他们说你丧失了写作能力，已退出文坛，这不是笑话吗？市长今日中午还把我叫去问是怎么回事，我说不可能的！市长也生了气，说如果是谣言，就要查一查这消息是哪儿来的，西京的报刊怎么能这样扼杀自己的名人？！之蝶，你知道这是谁写的稿件吗？"庄之蝶已经剃了个光头，青光光脑门上放着亮，说："我写的。"孟云房说："你写的？你怎么和自己开这么个玩笑？！你心情再不好也不能这样干呀？你想你除了会写作，你还能干了什么，去街上钉皮鞋？卖油条？"庄之蝶说："我总不会混得糊不住口吧？就是糊不了口，去你家门上讨要，也不能不给吧？"孟云房说："那好，你从来不会听我的，可我告诉你，你现在不是你庄之蝶的庄之蝶，你是西京市的庄之蝶，你有道理你去给市长说！我今日来还有一个任务，这也是市长的指示，就是古都文化节要你撰写几篇重要文章，其中一篇是关于节徽的叙写。我给市长说你近期身体不好，市长让我先写个初稿，初稿他看了，觉得不理想，一定要你这大手笔修改润色的。"就掏出一卷稿件来。庄之蝶看也不看，丢在一边，说："我丧失写作能力了，写不了也改不了的。"孟云房说："你哄了别人能哄了我孟云房？你就是安心不出名了，这文章便算署我的名，你也得修改修改！"庄之蝶说："我可以帮你，也只能帮你这一次，但你不许给市长透一个字真情！"

孟云房走了，庄之蝶就改动起那篇文章来，他就好笑一个古都文化节什么东西不能拿来做节徽，偏偏要选中个大熊猫！庄之蝶最反感的就是大熊猫，它虽然在世上稀有，但那蠢笨、懒惰、幼稚，尤其那甜腻腻可笑的模样，怎么能象征了这个城市和这个城市的文化？庄之蝶掷笔不改了，不改了，却又想，或许大熊猫做节徽是合适的吧，这个废都是活该这么个大熊猫来象征了！他不想写出了个更换象征物的建议，比如鹰呀马呀牛呀，甚至狼来，但他更不想把这一篇歌颂大熊猫的文章修改得多么优美，于是，故意划掉了几段文字，增加了许许多多的话，这些话偏颠三倒四，语法混乱。写好了，第二天并未让孟云房来取，而直接去邮局寄给了市长。

刚出了邮局，不想就遇着了阮知非，庄之蝶简直吃了一惊，阮知非没有戴墨镜，两只眼滴溜溜地闪着黑光。他说："你眼睛治好了？"阮知非说："治好了，一出院就说要去看看你的，可市长却委派我去上海购买一套乐器，我是被抽到文化节筹委会的呀！这不，才回来三天的，忙得鬼吹火似的，还没顾得上去你那儿哩！"阮知非就看着庄之蝶，突然一脸狐疑，说："你怎么啦，患了什么病了？你可别再有什么事，像希眠那样让我操心。"庄之蝶说："希眠怎么啦？"阮知非说："你还不知道吧？这事先不要让任何人知道。希眠又弄了些假画，有关部门正追查哩。"庄之蝶说："要紧不要紧？"阮知非说："现在说不来，估计不会出大事吧。之蝶，你得去医院做做检查，你一定是有了病的。"庄之蝶说："没什么病的。"阮知非说："那怎么一下子这么矮了！"庄之蝶并没有缩小，在自己身上看看，笑着说："你从上海回来，别就张狂得看什么都不顺眼了！"阮知非说："这也是的，人家上海……"庄之蝶说："得了得了，说你脚小，别扶了墙走。我每一次去上海，一回到西京，也觉得西京街道窄了，脏了，人都是土里土气的；过三五天，这感觉就没有了。没事吧，到我那儿喝口酒去。"两人到了庄之蝶家喝起酒，庄之蝶问治疗的情况，阮知非说给他换的是狗的眼珠儿，说："你看不出来吧？"庄之蝶看不出来，却噗哧笑了。阮知非："你笑什么？我原以为换了眼珠要难看了，后来才知道眼珠都是一样的。那些漂亮的女人眼睛好看吧，可你把她的眼珠取下来，放在桌上，你说是人眼也行，说是猪眼也行，好看与不好看，凭配着一张什么脸的。"庄之蝶说："你那脸是一张好脸，配上也好看的，只是你总看我个头矮了，狗眼怕就是这样吧?！"气得阮知非挥拳就打，说："真的是看你低了，说不定这眼珠倒使我有了常人看不到的功能了！"就突然惊叫起来，说墙上怎么有这么一张大的牛皮！哪儿弄来的，是准备要做一件皮大衣吗？他说："能不能卖给我们？这次文化节，我有个想法，除了组织所有民间艺术的演出和展览外，准备好好装饰钟楼和鼓楼，文化节期间每日清晨七点钟楼上要撞钟，每日晚上七点鼓楼上要击鼓，这就是古书上讲的天音和地声。并且，东西南北四个城门楼上，也要架设十八面鼓十八口钟。到时钟鼓楼上一敲响，四个城门楼上应声轰鸣，这是一种什么气氛？！你这张牛皮这么好的，卖给我们去做一面大鼓，就放在最雄伟的北城门楼上，怎么样？"庄之蝶沉吟了半会儿，说："卖是不卖的，但可以让你们拿去蒙鼓，只要能保证这面鼓除了文化节，也要在以后还能悬挂在北城门楼上，让它永远把声音留在这个城市，也就行了。"阮知非喜出望外，当下就从墙上要揭了牛皮，庄之蝶去帮忙，牛皮哗啦掉下来，竟把庄之蝶裹在了牛皮里，半天不能爬出来。阮知非把牛皮卷了，要走，庄之蝶却有些不忍了，说："你真的就要拿走了？"阮知非说："可不是真的？！又舍不得了？"庄之蝶说："那就给我留一条尾巴吧。"阮知非从厨房取了刀，在木墩上剁下了长长的牛尾，把牛皮扛下去，拦了一辆出租车运走了。

　　庄之蝶没想到竟让阮知非拿走了牛皮，心里总有些不美。几天里山西削面馆的老板娘再送来削面，吃起来觉得没滋味，说："这削面怎地没以前有味了？先前等不及你送来，我就馋出口水来的。"老板娘只是笑。庄之蝶说："是不是我吃五谷想六味了？"老板娘说："我实话给你说了，你千万可不能对外人讲，讲了就得把饭馆封了；封了饭馆我受罪你也得饿了肚子。你觉得先前削面好吃，你哪里知道调面的汤里放着大烟壳儿子！"庄之蝶叫起来："有大烟壳儿子！怪不得那么香的，你们为了赚钱怎么敢这样？"老板娘说："我真后悔就对你说了！放大烟壳儿子是不应该，但那还不是叫人吸大烟儿，它只是让人上那么一点瘾，多来饭馆吃几次饭罢了，伤不了多少身子的。你现在还吃不吃？我就害怕你知道了，这几天没给你浇那汤料的。"庄之蝶说："那就吃吧。"下午，老板娘真的端来了味道鲜美的削面来。

　　如果老板娘不说削面汤里有大烟壳儿子，庄之蝶吃了只觉得可口也就罢了，知道了里边是大烟壳儿子熬的汤，吃了削面便觉得自己有了吸大烟的功效，便躺在床上，脑子里恍恍惚惚起来。这种感觉越来越厉害，以至弄得他常常陷入现实和幻觉无法分清。这一个晚上，他还坐在沙发上看电视，看着看着便觉得他往电视里走，电视里的人竟也走出来牵他进去，他于是沿着那隧道一样的四方形里深入，就看见隧道的两边有无数的小洞，有一个小洞门上写着"扶乩"二字，便推门进去，果然里边有四个人在沙盘上扶乩。他就讥笑着扶乩有什么可信的，开始咒骂西京城里兴起的保健品，说人都入了迷津了，只想着法儿要保健自己，当然就有那么多的神功呀魔力呀的头罩、兜肚、鞋垫。现在萝卜也不是萝卜了，是暖胃壮阳的营养保健萝卜了；白菜也不是白菜了，是滋阴补气的营养保健白菜了；菜场的营业员也穿了白大褂，戴上了有红十字的卫生帽！那四个人见他口出狂言，就训斥他不要胡说，说扶乩可是灵验得很的事。他就说我写一个字，让神在沙盘上写出意思来看看！当下写一个"尿"字。不想沙盘上果真出现了一首诗来，直惊得他啊地叫了一声。这一声惊叫，庄之蝶猛地睁开了眼，又分明看见电视里还在播映着一部枪战片，知道自己刚才是在做梦的。但庄之蝶以前做梦醒来从记不清梦境的事，现在竟清清楚楚记得那沙盘上的诗句是："站是沙弥合掌，坐是莲花瓣开，小子别再作乖，是你出身所在。"于是疑惑不定，这一个夜里被这诗句所困，倒思想起往昔与唐宛儿的来往，便又恍恍惚惚是自己去了双仁府的家里要见牛月清，牛月清不在，老太太却在院门口拉住了他说："你怎么这么长日子不来看我？你大伯都生气了！我替你说了谎，骗他说你是去写东西了。可你到底忙什么呢？连过来转一次的时间都没有吗？周敏的女人回来了吗？我让把她的衣服和鞋用绳子系了吊在井里，她就会回来的，你是不是这样做了？"他说："周敏的女人，周敏的女人是谁？"老太太说："你把她忘了？！我昨天见到她了，她在一个房子里哭哭啼啼的，走也走不动，两条腿这么弯着的。我说你这是怎么啦？她让我看，天神，她下身血糊糊的，上面锁了一把大铁锁子。我说锁子怎么锁在这儿？你不尿吗？她说尿不影响，只是尿水锈了锁子，她打不开的。我说钥匙呢，让我给你开。她说钥匙庄之蝶拿着。你为什么有钥匙不给她开？！"他说："娘，你说什么疯话呀！"老太太说："我说什么疯话了？我真的看见唐宛儿了。你问问你大伯，你大伯也在跟前，还是我把他推到一边去，说：你看什么，这是你能看的吗？"庄之蝶就这么又惊醒，出得一身一身冷汗，就不敢再睡去，冲了咖啡喝了，直瞪着眼坐到天明。

天明后庄之蝶去找孟云房，他要把这些现象告诉孟云房，孟云房或许能解释清的。但孟云房没在家，夏捷在家里哭得泪人儿一般。问了，才知是孟云房陪了儿子孟烬一块儿和孟烬的那个师父去新疆。夏捷一把鼻涕一把泪地告诉他说，孟烬的师父先是说孟烬的悟性高，将来要成为一个了不起的人物的。孟云房先不大相信，但后来见儿子虽小，他半年里让念《金刚经》，那小子竟能背诵得滚瓜烂熟，就也觉得孟烬或许要成大气候，一门心思也让其参禅诵经，练气功呀，修法眼呀，倒哀叹自己为什么大半生来一事无成，一定是上天让他来服侍开导孟烬的，遂减灭了做学问的念头。孟烬的师父要领了孟烬去新疆云游，原本他是不去的，但市长叫了他去，说修改后的文章看了，修改后的怎么还不如修改前的，真的是庄之蝶丧失了写作的功能？孟云房才知庄之蝶把修改后的文章直接寄了市长的用意，也就附和说庄之蝶真的不行了，市长便指令他单独完成文章好了。孟云房回家来叫苦不迭，只草草又抄写了这份原稿寄给了市长，索性也同孟烬一块儿去新疆。为此，夏捷不同意，两人一顿吵闹，孟云房还是走了。夏捷说过了，就给庄之蝶再诉她在家里的委屈，叫嚷她和孟云房过不成了，孟云房是一辈子的任何时候都要有个崇拜对象的，现在崇拜来崇拜去崇拜到他的儿子了，和这样的人怎么能生活到一起呢？庄之蝶听了，默不作声，顺门就走，夏捷就又哭，见得庄之蝶已走出门外了，却拿了一个字条儿给庄之蝶，说是孟云房让她转给他的。字条儿上什么也没有，是一个六位数的阿拉伯数字。庄之蝶说这是留给我的什么真言，要我念着消灾免难吗？夏捷说是电话号码，孟云房只告诉她是一个人向他打问庄之蝶的近况的，是什么人没有说；孟云房只说交给之蝶了，庄之蝶就会明白。庄之蝶拿了字条，却猜想不出是谁的电话，如果是熟人，那根本用不着从孟云房那儿打听他的近况。庄之蝶猛地激灵了一下，把字条揣在口袋里，勾头闷闷地走了。

庄之蝶没有见着孟云房，心中疑惑不解，路过钟楼下的肉食店，便作想去买些猪苦胆，若在家一合眼还要再出现那些异样现象，就舔舔苦胆使自己清醒着不要睡去。这么想着，身子已经站在了肉铺前的买肉队列里。这时候，市长正坐了车去检查古都文化节开幕典礼大会场的改造施工进展情况，车在钟楼下驶过的时候，看见了买肉队列中的庄之蝶，他头顶青光，胡子却长上来，就让司机把车停下来，隔了车窗玻璃去看。庄之蝶站在肉铺前了，卖肉的问："割多少？"庄之蝶说："我买苦胆！"卖肉的说："苦胆？你是疯子？这里卖肉哪有卖苦胆的？！"庄之蝶说："我就要苦胆，你才是疯子！"卖肉的就把刀在肉案上拍着说："不买肉的往一边去！下一个！"后边的人就挤上来，把庄之蝶推出队列，说："这人疯了，这人疯了！"庄之蝶被推出了队列，却在那里站着，脸上是硬硬的笑。市长在车里看着，司机说："下去看看他吗？"市长挥了一下手，车启动开走了，市长说："可惜这个庄之蝶了！"

没有苦胆，这一夜里，庄之蝶吃过了削面，一觉睡下去又是恍恍惚惚起来了。他觉得他在写信，信是写给景雪荫的，而且似乎这是第四次或者第五次写信了。他的信的内容大约是说不管这场官司如何打了一场，而他却越来越爱着她，她既然和丈夫一直不和睦，丈夫现在又断腿残废了，他希望他们各自离开家庭而走在一起，圆满当年的夙愿。他觉得他把信发走了，就在家里等她的回音。突然门敲响了，他以为是送饭的老板娘，门开了，进来的却是景雪荫。他们就站在那里互相看着，谁也没有说话，似乎还有些陌生，有些害羞，但很快他们用眼睛在说着话，他们彼此都明白来见面的原因，又读懂了各自眼睛里的内容，不约而同地，两人就扑在一起了！于是，他们开始了婚礼的准备，就在这个房间里，他看见了她的盘着髻的、梳着独辫的、散披在肩的各式各样的发型，看见了在门帘下露出的一双白色鞋尖的脚，看见了沙发下蜷着缠搭在一起的脚，看见了从桌子下侧面望去的一双高跟鞋的脚。他催促着她去采买高级家具，置办床上用品，他就在所有的报刊上刊登他们要结婚的启事，然后他们又在豪华的宾馆里举行了结婚典礼，等晚上热烈地闹过了洞房，他却不让所有的来客走散，先自把洞房的门关了，他学着中国古人的样子，也学着西方现代人的样子，邀请着她上床，他给她念《金瓶梅》里的片断，给她看录制的西方色情录像，他把她性欲调动起来，脱光了衣服躺在床上，他开始抚摩她的全身，用手，用羽毛，用口舌，她激动得无法遏制，他却还在揉搓她，撩乱她，一边笑着，一边拈那一点最敏感的东西，他终于在她淫声颤语里看见了有一股泛着泡沫的汁水涌出了那一丛绵绣的毛，他便把指头在那小肚皮上蹭蹭，蹭干净了，捡起了早准备好放在床下的一片破瓦，轻轻盖了，穿衣走去。他在客厅里大声地向尚未走散的客人庄严宣告：我与景雪荫从此时起，正式解除婚约！而且电视上也立即播放了这一声明。客人们都惊呆了，都在说：你不是刚才才和景雪荫结婚吗？怎么又要离婚？他终于大笑：我完成了我的任务了！

这一个整夜的折腾，天泛明的时候，庄之蝶仍是分不清与景雪荫的结下了半瓶烧酒，心里在说：在这个城里，我该办的都办了，是的，该办的都办了！

夜幕降临，庄之蝶提着一个大大的皮箱，独自一个来到了火车站。在排队买下了票后，突然觉得他将要离开这个城市了，这个城市里还有他的一个女人，那女人的身上还有一个小小的他自己，他要离开了，应该向那个自己告别吧。就提了皮箱又折回头往一个公用电话亭走去。火车站就在北城门外，电话亭正好在城门洞左边的一棵古槐树下。天很黑，远处灯光灿烂，风却呜儿呜儿地吹起来，庄之蝶走进去，却发现亭子里已遭人破坏了，电话机的号码盘中满是沙子，转也转不动，听筒吊在那里，像吊着的一只硕大的黑蜘蛛，或者像吊着的一只破鞋子。在市政府今年宣布的为群众所办的几大好事中，这马路上的公共电话亭是列入第一项的，但庄之蝶所见到的电话亭却在短短的时期里十有三四遭人这么破坏了。庄之蝶想骂一声，嘴张开了却没有骂出来，自己也就把听筒狠劲地踢了一脚，听了一声很刺激的音响。走出来，于昏残的灯光下，看那古槐树上一大片张贴的小广告，广告里有关于防身功法的传授，有专治举而不坚的家传秘方，有××代×派大师的带功报告，竟也有了一张小报，上面刊登了两则"西京奇闻"。庄之蝶那么溜了一眼，不觉竟又凑近看了一遍，那奇闻的一则是：本城×街×巷×妇女，邻居见其家门数日未开，以为出了什么事故，破门而入，果然人在床上，已死成僵。察看全身，无任何伤痕，非他杀，但下身的×穴却插有一个玉米芯棒儿，而床角仍有一堆芯棒儿，上皆沾血迹，方知×妇女死于手淫。奇闻的另一则是本城×医院本月×日，为一妇人接生，所生胎儿有首无肢，肚皮透明，五脏六腑清晰可辨。医生恐怖，弃怪胎于垃圾箱，产妇却脱衣包裹而去。庄之蝶不知怎么就一把将小报撕了下来，一边走开，一边心里慌慌地跳。在口袋里摸烟来吸，风地里连划了三根火柴却灭了。风越来越大，就听到了一种很古怪的声音，如鬼叫，如狼嗥。抬起头来，那北门洞上挂着"热烈祝贺古都文化节的到来"的横幅标语，标语上方是一面悬着的牛皮大鼓。

庄之蝶立即认出这是那老牛的皮蒙做的鼓。鼓在风里呜呜自鸣。

他转过身来就走，在候车室里，却迎面撞着了周敏。两个人就站住。庄之蝶叫了一声："周敏！你好吗？"周敏只叫出个"庄……"字，并没有叫他老师，说："你好！"庄之蝶说："你也来坐火车吗？你要往哪里去？"周敏说："我要离开这个城了，去南方。你往哪里去？"庄之蝶说："咱们又可以一路了嘛！"两个人突然都大笑起来。周敏就帮着扛了皮箱，让庄之蝶在一条长椅上坐了，说是买饮料去，就挤进了大厅的货场去了。等周敏过来，庄之蝶却脸上遮着半张小报睡在长椅上。周敏说："你喝一瓶吧。"庄之蝶没有动。把那半张报纸揭开，庄之蝶双手抱着周敏装有埙罐的小背包，却双目翻白，嘴歪在一边了。

候车室门外，拉着铁轱辘架子车的老头正站在那以千百盆花草组装的一个大熊猫下，在喊："破烂喽——破烂喽——承包破烂——喽！"

周敏就使劲儿地拍打候车室的窗玻璃，玻璃就被拍破了，他的手扎出了血，血顺着已有了裂纹的玻璃红蚯蚓一般地往下流，他从血里看见收破烂的老头并没有听见他的呐喊和召唤，而一个瘦瘦的女人脸贴在了血的那面，单薄的嘴唇在翕动着。周敏认清她是汪希眠的老婆。

一九九二年十月十二日上午草完
一九九三年一月二十日晚改抄完
一九九三年二月二十一日下午再改完

后　记

　　一晃荡，我在城里已经住罢了二十年，但还未写出过一部关于城的小说。越是有一种内疚，越是不敢贸然下笔，甚至连商州的小说也懒得作了。依我在四十岁的觉悟，如果文章是千古的事——文章并不是谁要怎么写就可以怎么写的——它是一段故事，属天地早有了的，只是有没有夙命可得到。姑且不以国外的事作例子，中国的《西厢记》《红楼梦》，读它的时候，哪里会觉它是作家的杜撰呢？恍惚如所经历，如在梦境。好的文章，囫囵囵是一脉山，山不需要雕琢，也不需要机巧地在这儿让长一株白桦，那儿又该栽一棵兰草的。这种觉悟使我陷于了尴尬，我看不起了我以前的作品，也失却了对世上很多作品的敬畏，虽然清清楚楚这样的文章究竟还是人用笔写出来的，但为什么天下有了这样的文章而我却不能呢？！检讨起来，往日企羡的什么辞章灿烂，情趣盎然，风格独特，其实正是阻碍着天才的发展。鬼魅狰狞，上帝无言。奇才是冬雪夏雷，大才是四季转换。我已是四十岁的人，到了一日不刮脸就面目全非的年纪，不能说头脑不成熟，笔下不流畅，即使一块儿石头，石头也要生出一层苔衣的，而舍去了一般人能享受的升官发财、吃喝嫖赌，那么搔秃了头发，淘虚了身子，仍没美文出来，是我真个没有夙命吗？

　　我为我深感悲哀。这悲哀又无人与我论说。所以，出门在外，总有人知道了我是某某后要说许多恭维话，我脸烧如炭。当去书店，一发现那儿有我的书，就赶忙走开。我愈是这样，别人还以为我在谦逊。我谦逊什么呢？我实实在在地觉得我是浪了个虚名，而这虚名又使我苦楚难言。

有这种思想，作为现实生活中的一个人来说，我知道是不祥的兆头。事实也真如此。这些年里，灾难接踵而来，先是我患乙肝不愈，度过了变相牢狱的一年多医院生活，注射的针眼集中起来，又可以说经受了万箭穿身；吃过大包小包的中药草，这些草足能喂大一头牛的。再是母亲染病动手术；再是父亲得癌症又亡故；再是妹夫死去，可怜的妹妹拖着幼儿又回住在娘家；再是一场官司没完没了地纠缠我；再是为了他人而卷入单位的是是非非中受尽屈辱，直至又陷入到另一种更可怕的困境里，流言蜚语铺天盖地而来……我没有儿子，父亲死后，我曾说过我前无古人后无来者了。现在，该走的未走，不该走的都走了，几十年奋斗的营造的一切稀里哗啦都打碎了，只剩下了肉体上精神上都有着毒病的我和我的三个字的姓名，而名字又常常被别人叫着写着用着骂着。

这个时候开始写这本书了。

要在这本书里写这个城了，这个城里却已没有了供我写这本书的一张桌子。

在九二年最热的天气里，托朋友安黎的关系，我逃离到了耀县。耀县是药王孙思邈的故乡，我兴奋的是在药王山上的药王洞里看到一个"坐虎针龙"的彩塑，彩塑的原意是讲药王当年曾经骑着虎为一条病龙治好了病的。我便认为我的病要好了，因为我是属龙相。后来我同另一位搞戏剧的老景被安排到一座水库管理站住，这是很吉祥的一个地方。不要说我是水命，水又历来与文学有关，且那条沟叫锦阳川就很灿烂辉煌；水库地名又是叫桃曲坡，曲有文的含义，我写的又多是女人之事，这桃便更好了。在那里，远离村庄，少鸡没狗，绿树成荫，繁花遍地，十数名管理人员待我们又敬而远之，实在是难得的清静处。整整一个月里，没有广播可听，没有报纸可看，没有麻将，没有扑克。每日早晨起来去树林里掏一股黄亮亮的小便了，透着树干看远处的库面上晨雾蒸腾，直到波光粼粼了一片银的铜的，然后回来洗漱，去伙房里提开水，敲着碗筷去吃饭。夏天的苍蝇极多，饭一盛在碗里，苍蝇也站在了碗沿上，后来听说这是一种饭苍蝇，从此也不在乎了。吃过第一顿饭，我们就各在各的房间里写作，规定了谁也不能打扰谁的，于是一直到下午四点，除了大小便，再不出门。我写起来喜欢关门关窗，窗帘也要拉得严严实实，如果是一个地下的洞穴那就更好。烟是一根接一根地抽，每当老景在外边喊吃饭了，推开门直叫烟雾罩了你了！再吃过了第二顿饭，这一天里是该轻松轻松了，就趿个拖鞋去库区里游泳。六点钟的太阳还毒着，远近并没有人，虽然勇敢着脱光了衣服，却只会狗刨式，只能在浅水里手脚乱打，打得腥臭的淤泥上来。岸上的蒿草丛里嘎嘎地有嘲笑声，原来早有人在那里窥视。他们说，水库十多年来，每年要淹死三个人的，今年只死过一个，还有两个指标的。我们就毛骨悚然，忙爬出水来穿了裤头就走，再不敢去耍水，饭后的时光就拿了长长的竹竿去打崖畔儿上的酸枣。当第一颗酸枣红起来，我们就把它打下来了，红红的酸枣是我们唯一能吃到的水果。后来很奢侈，竟能贮存很多，专等待山梁背后的一个女孩子来了吃。这女孩子是安黎的同学，人漂亮，性格也开朗，她受安黎之托常来看望我们，送笔呀纸呀药片呀，有时会带来几片烙饼。夜里，这里的夜特别黑，真正的伸手不见五指，我们就互相念着写过的章节，念着念着，我们常害肚子饥，但并没有什么可吃的。我们曾经设计过去偷附近村庄农民的南瓜和土豆，终是害怕了那里的狗，未能实施。管理站前的丁字路口边是有一棵核桃树的，树之顶尖上有一颗青皮核桃，我去告诉了老景，老景说他早已发现。黄昏的时候我们去那里抛着石头掷打，但总是目标不中，歇歇气，搜集了好大一堆石块瓦片，掷完了还是掷不下来，倒累得脖子疼胳膊疼，只好一边回头看着一边走开。这个晚上，已经是十一点了，老景馋得不行，说知了的幼虫是可以油炸了吃的，并厚了脸借来了电炉子、小锅、油、盐，似乎手到擒来，一顿美味就要到口了。他领着我去树林子，打着手电在这棵树上照照，又到那棵树上照照，树干上是有着蝉的壳，却没有发现一只幼虫。这样为着觅食而去，觅食的过程却获得了另一番快感。往后的每个晚上这成了我们的一项工作。不知为什么，幼虫还是一只未能捉到，捉到的倒是许多萤火虫。这里的萤火虫到处在飞，星星点点又非常地亮，我们从林子中的小路上走过，常恍惚是身在了银河的。

老景长得白净，我戏谑他是唐僧，果然有一夜一只蝎子就钻进他的被窝蜇了他，这使我们都提心吊胆起来，睡觉前翻来覆去地检查屋之四壁，抖动被褥。蝎子是再也没有出现的，而草蚊飞蛾每晚在我们的窗外聚汇，黑乎乎的一疙瘩一疙瘩的，用灭害灵去喷，尸体一扫一簸箕的。我们便认为这是不吉利的事。我开始打磨我在香山捡到的一块儿石头，这石头极奇特，上边天然形成一个"大"字，间架结构又颇有柳公权体。我把"大"字石头雕刻了一个人头模样系在脖子上，当做我的护身符。这护身符一直系着，直到我写完了这部书。老景却在树林子里捡到了一条七寸蛇的干尸，那干尸弯曲得特别好，他挂在白墙上，样子极像一个凝视的美丽的少女。我每天去他房间看一次蛇美人，想入非非。但他要送我，我不敢要。

在耀县锦阳川桃曲坡水库——我永远不会忘记这个地名的——待过了整整一个月，人明显是瘦多了，却完成了三十万字的草稿。那间房子的门口，初来时是开绽了一朵灼灼的大理花的，现在它已经枯萎。我摘下一片花瓣夹在书稿里下山。一到耀县，我坐在一家咸汤面馆门口，长出了一口气，说："让我好好吃顿面条吧！"吃了两海碗，口里还想要，肚子已经不行了，坐在那里立不起来。

回到西安，我是奉命参加这个城市的古文化艺术节书市活动的。书市上设有我的专门书柜，疯狂的读者抱着一摞一摞的书让我签名，秩序大乱，人潮翻涌，我被围在那里几乎要被挤得粉碎。几个小时后幸得十名警察用警棒组成一个圆圈，护送了我钻进大门外的一辆车中急速遁去。那样子回想起来极其可笑。事后我的一个朋友告诉说，他骑车从书市大门口经过时，正瞧着我被警察拥着下来，吓了一跳，还以为我犯了什么罪。我那时确实有犯罪的心理，虽然我不能对着读者说我太对不起你们了，但我的脸上没有一丝笑容。离开了被人拥簇的热闹之地，一个人回来，却寡寡地窝在沙发上哽咽落泪。人人都有一本难念的经，我的经比别人更难念。对谁去说？谁又能理解？这本书并没有写完，但我再没有了耀县的清静，我便第一次出去约人打麻将，第一次夜不归宿，那一夜我输了个精光。但写起这本书来我可以忘记打麻将，而打起麻将了又可以忘记这本书的写作。我这么神不守舍地挨着日子，白天害怕天黑，天黑了又害怕天亮。我感觉有鬼在暗中逼我，我要彻底毁掉我自己了，但我不知道我该怎么办。这时候，我收到一位朋友的信，他在信中骂我迷醉于声名之中，为什么不加紧把这本书写完？！我并没有迷醉于声名之中，正是我知道成名不等于成功，我才痛苦得不被人理解，不理解又要以自己的想法去做，才一步步陷入了众要叛亲要离的境地！但我是多么感激这位朋友的责骂，他的骂使我下狠心摆脱一切干扰，再一次逃离这个城市去完成和改抄这本书的全稿了。我虽然还不敢保证这本书到底会写成什么模样，但我起码得完成它！

于是我带着未完稿又开始了时间更长更久的流亡写作。

我先是投奔了户县李连成的家。李氏夫妇是我的乡党，待人热情，又能做一手我喜爱吃的家乡饭菜。一九八六年我改抄长篇小说《浮躁》就在他家。去后，我被安排在计生委楼上的一间空屋里。计生委的领导极其关照，拿出了他们崭新的被褥，又买了电炉子专供我取暖。我对他们的接纳十分感激，说我实在没法回报他们，如果我是一个妇女，我宁愿让他们在我肚子上开一刀，完成一个计划生育的指标。一天两顿饭，除了按时去连成家吃饭，我就待在房子里改写这本书。整层楼上再没有住人，老鼠在过道里爬过，我也能听得它的声音。窗外临着街道，因不是繁华地段，又是寒冷的冬天，并没有喧嚣。只是太阳出来的中午，有一个黑脸的老头总在窗外楼下的固定的树下卖鼠药，老头从不吆喝，却有节奏地一直敲一种竹板。那梆梆的声音先是心烦，由心烦而去欣赏，倒觉得这竹板响如寺院禅房的木鱼声，竟使我愈发心神安静了。先头的日子里，电炉子常要烧断，一天要修理六至八次；我不会修，就得喊连成来。那一日连成去乡下出了公差，电炉子又坏了，外边又刮风下雪，窗子的一块儿玻璃又撞碎在楼下，我冻得捏不住笔，起身拿报纸去夹在窗纱扇里挡风；刚夹好，风又把它张开；再去夹，再张开，只好拉闭了门往连成家去。袖手缩脖下得楼来，回头看三楼那个还飘动着破报纸的窗户，心里突然体会到了杜甫的《茅屋为秋风所破歌》的境界。

住过了二十余天，大荔县的一位朋友来看我，硬要我到他家去住，说他新置了一院新宅，有好几间空余的房子。于是连成亲自开车送我去了渭北的一个叫邓庄的村庄，我又在那里住过了二十天。这位朋友姓马，也是一位作家，我所住的是他家二楼上的一间小房。白日里，他在楼下看书写文章，或者逗弄他一岁的孩子；我在楼上关门写作，我们谁也不理谁。只有到了晚上，两人在一处走六盘象棋。我们的棋艺都很臭，但我们下得认真，从来没有悔过子儿。渭北的天气比户县还要冷，他家的楼房又在村头，后墙之外就是一

411

眼望不到边的大平原，房子里虽然有煤火炉，我依然得借穿了他的一件羊皮背心，又买了一条棉裤，穿得臃臃肿肿。我个子原本不高，几乎成了一个圆球，每次下那陡陡的楼梯就想到如果一脚不慎滚下去，一定会骨碌碌直滚到院门口去的。邓庄距县城五里多路，老马每日骑车进城去采买肉呀菜呀粉条呀什么的。他不在，他的媳妇抱了孩子也在村中串门去了。我的小房里烟气太大，打开门让敞着，我就站出在楼栏杆处看着这个村子。正是天近黄昏，田野里浓雾又开始弥漫，村巷里有许多狗咬，邻家的鸡就扑扑棱棱往树上爬，这些鸡夜里要栖在树上，但竟要栖在四五丈高的杨树梢上，使我感到十分惊奇。

二十天里，我烧掉了他家好大一堆煤块，每顿的饭里都有豆腐，以至卖豆腐的小贩每日数次在大门外吆喝。他家的孩子刚刚走步，正是一刻也不安静地动手动脚，这孩子就与我熟了，常常偷偷从水泥楼梯台爬上来，冲着我不会说话地微笑。老马的媳妇笑着说："这孩子喜欢你，怕将来也要学文学的。"我说，孩子长大干什么都可以，千万别让弄文学。这话或许不应该对老马的媳妇说，因为老马就是弄文学的，但我那时说这样的话是一片真诚。渭北农村的供电并不正常，动不动就停电了，没有电的晚上是可怕的，我静静地长坐在藤椅上不起，大睁着夜一样黑的眼睛。这个夜晚自然是失眠了，天亮时方睡着。已经是十一点了，迷迷糊糊睁开眼，第一个感觉里竟不知自己是在哪儿。听得楼下的老马媳妇对老马说："怎不听见他叔的咳嗽声，你去敲敲门，不敢中了煤气了！"我赶忙穿衣起来，走下楼去，说我是不会死的，上帝也不会让我无知无觉地自在死去的，却问："我咳嗽得厉害吗？"老马的媳妇说："是厉害，难道你不觉得？！"我对我的咳嗽确实没有经意，也是从那次以后留心起来，才知道我不停地咳嗽着。这恐怕是我抽烟太多的缘故。我曾经想，如果把这本书从构思到最后完稿的多半年时间里所抽的烟支接连起来，绝对地有一条长长的铁路那么长。

当我所带的稿纸用完了最后的一张，我又返回到了户县，住在了先前住过的房间里。这时已经月满，年也将尽，"五豆""腊八"、二十三，县城里的人多起来，忙忙碌碌筹办年货。我也抓紧着我的工作，每日无论如何不能少于七千字的速度。李氏夫妇瞧我脸面发胀，食欲不振，想方设法地变换饭菜的花样，但我还是病了，而且严重地失眠。我知道一走近书桌，书里的庄之蝶、唐宛儿、柳月在纠缠我；一离开书桌躺在床上，又是现实生活中纷乱的人事在困扰我。为了摆脱现实生活中人事的困扰，我只有面对了庄之蝶和庄之蝶的女人，我也就常常处于一种现实与幻想混在一起无法分清的境界里。这本书的写作，实在是上帝给我太大的安慰和太大的惩罚，明明是一朵光亮美艳的火焰，给了我这只黑暗中的飞蛾兴奋和追求，但诱我近去了却把我烧毁。

腊月二十九的晚上，我终于写完了全书的最后一个字。

对我来说，多事的一九九二年终于让我写完了，我不知道新的一年我将会如何地生活，我也不知道这部苦难之作命运又是怎样。从大年的三十到正月的十五，我每日回坐在书桌前目注着那四十万字的书稿，我不愿动手翻开一页。这一部比我以前的作品能优秀呢，还是情况更糟？是完成了一桩夙命呢，还是上苍的一场戏弄？一切都是茫然，茫然如我不知我生前为何物所变、死后又变何物。我便在未作全书最后的一次润色工作前写下这篇短文，目的是让我记住这本书带给我的无法向人说清的苦难，记住在生命的苦难中又唯一能安妥我破碎了的灵魂的这本书。

贾平凹

一九九三年正月下旬